D1285370

LES CLÉS DE L'HISTOIRE CONTEMPORAINE

MAX GALLO

Les Clés de l'histoire contemporaine

Histoire du monde de la Révolution française à nos jours en 212 épisodes

Édition revue et actualisée par l'auteur

FAYARD

Ce livre paru chez Robert Laffont en 1989 sous le titre
Les Clefs de l'histoire contemporaine a été publié, revu et augmenté
par les éditions Fayard en 2001 sous le titre
Histoire du monde de la Révolution française à nos jours.

ISBN : 2-253-11502-9 - 1ère publication - LGF
ISBN : 978-2-253-11502-1 - 1ère publication - LGF

« L'histoire ne présente pas aux hommes une collection de faits isolés. Elle organise ces faits. Elle les explique, et donc pour les expliquer elle en fait des séries, à qui elle ne prête point une égale attention. Car, qu'elle le veuille ou non, c'est en fonction de ses besoins présents qu'elle récolte systématiquement, puis qu'elle classe et groupe les faits passés. C'est en fonction de la vie qu'elle interroge la mort. »

Lucien FÈBVRE,
Combats pour l'histoire.

Pour David.

Avant-propos

L'Histoire, laboratoire des hommes

Raconter, expliquer, comprendre les événements majeurs qui depuis 1789 scandent, année après année, l'histoire contemporaine, jusqu'à la fin du millénaire, tel est l'objet premier de ce livre.

Un événement par an donc, choisi dans l'histoire mondiale, qu'il appartienne au domaine politique, économique, militaire, technique, ou qu'il soit un « fait » de civilisation. La Révolution française de 1789, Trafalgar ou Austerlitz, la guerre de Sécession, le krach de 1929 ou celui de 1987, la bataille de Stalingrad, la fondation du Marché commun, la conquête de l'espace, la catastrophe de Tchernobyl ou la grande peur du sida, la guerre du Golfe et les attentats du 11 septembre 2001 à New York font partie de l'Histoire. Ils doivent être racontés, analysés dans leurs origines et leurs implications si l'on veut comprendre comment fonctionne l'histoire contemporaine.

Les événements choisis sont autant de clés qui permettent ainsi de saisir ce qui s'est passé d'essentiel, et pourquoi et comment, depuis 1789, cette grande fracture de l'histoire nationale, européenne et donc mondiale.

Mais chaque événement est, par son importance même, exemplaire.

Si on le démonte, si, au-delà du récit concret de la manière dont il s'est déroulé, on dégage les principaux ressorts qui ont été à l'œuvre, alors on peut, à partir de chacun de ces événements, établir un modèle qui doit servir à comprendre d'autres situations.

L'Histoire, en effet, est le seul laboratoire, le seul terrain d'expérience dont les hommes disposent pour saisir comment et pourquoi les événements ont lieu. *Et c'est à partir de ces événements déchiffrés qu'on peut dégager non des lois – l'Histoire n'en connaît qu'une de certaine et c'est celle de la* surprise –, *mais des tendances, des orientations, des imbrications qui peuvent se repérer dans plusieurs circonstances.*

Ainsi, analyser ces événements majeurs de l'histoire contemporaine depuis 1789 peut être le moyen d'élaborer avec prudence – sachant que l'inattendu est toujours au cœur de l'histoire que font les hommes, ces êtres en qui brûle le désir de liberté – une série de schémas d'explication qui peuvent aider à comprendre le présent et tenter de dessiner ainsi ce qui se prépare.

Par exemple, à propos de la prise de pouvoir par Bonaparte, Mussolini, Staline, Hitler, dégager à chaque fois les éléments qui conduisent des hommes différents, dans des moments et des situations différents, à s'emparer du sommet de l'État, c'est élaborer quelques clés d'une « science politique » de la prise du pouvoir. Et il en va de même pour une « science de l'histoire économique », quand on dégage les origines du krach de 1929 et celles du krach boursier de 1987. On perçoit mieux aussi les données « permanentes » d'une « science des relations internationales » quand on saisit ce qui détermine les rapports entre puissances et qu'on se fonde pour cela sur ces événements que sont, par exemple, l'alliance franco-russe, ou le rapprochement germano-soviétique des années 1920, et le pacte de non-agression entre ces ennemis complémentaires, le Reich de Hitler et l'U.R.S.S. de Staline.

Faire se succéder, année après année, les événements, et ce durant les deux cent onze ans de cette époque contemporaine, c'est nécessairement construire une histoire comparative, *sans laquelle il n'est pas de compréhension possible de l'Histoire.*

Ce livre peut donc se lire comme une histoire du monde contemporain depuis 1789, *à travers les moments clés, les événements majeurs, les « tournants ».*

Il est aussi un dictionnaire chronologique raisonné des deux derniers siècles *et* une chronique, année après année, des années les plus riches de l'histoire mondiale *dont nous sommes issus.*

Mais il peut être aussi lu comme un traité de science politique et historique *établi* à partir de l'étude de cas significatifs de l'histoire contemporaine, *qui fournissent des clés pour la compréhension de cette période.*

Il n'y a en effet d'abstraction possible, de théorie, en histoire et en politique, que si elles sont toujours directement reliées à une réalité : l'événement qui concentre en un moment toutes les données d'une situation.

Quand les hommes veulent savoir l'histoire qu'ils font, ils tentent toujours de comprendre l'histoire que d'autres hommes ont faite avant eux, le plus souvent en ignorant le chemin qu'ils traçaient.

On a voulu ici retrouver ce parcours, dégager *les clés du comportement historique des hommes, afin d'aider à comprendre non seulement ce qui a eu lieu, mais aussi ce qui se passe autour de nous.*

Et permettre, grâce à ces clés, d'imaginer, avec prudence, ce qui peut survenir, et ainsi de s'y préparer, de tenter parfois de l'éviter et quelquefois de le favoriser.

MAX GALLO

1789

L'effondrement d'un monde
et l'invention de la démocratie :
la Révolution française

Un État centralisé, aux rouages multiples mis en place depuis des siècles, dont le chef – le Roi – bénéficie de tous les caractères sacrés, dont la population est encadrée par un réseau aux mailles serrées de symboles, de croyances, de pouvoirs, un État qui dispose en principe de l'appui d'une Église et de la fidélité des couches dominantes associées à lui par l'organisation même de ce pouvoir, qui a dans les mains de nombreux et efficaces moyens de répression, dont la structure sociale est complexe, traversée déjà par mille divisions qui créent des sous-groupes aux intérêts divergents, un État aussi ramifié ne se brise que sous l'effet de contradictions multiples qui s'enrichissent l'une l'autre, de circonstances exceptionnelles – maladresses inattendues, saisons rigoureuses et donc mauvaises récoltes, etc. – qui composent une conjoncture particulière, « révolutionnaire », qui surprend presque tous les acteurs, et qui, pour la plus large part, leur échappe.

Contradictions et crises

Or le vent de l'Histoire en cette fin du XVIIIe siècle était à l'orage. Il soufflait de l'Ouest.

Une guerre de Sept Ans (1756-1763), opposant les deux plus grandes puissances mondiales, la France et l'Angleterre, avait modifié les rapports de forces, au bénéfice de l'Angleterre. L'État français se trouvait rejeté hors de l'Amérique du Nord. Il était marginalisé dans le fonctionnement de l'économie mondiale que l'Angleterre allait pouvoir dominer. Il était affaibli par la crise financière liée aux dépenses de cette longue guerre, finalement perdue.

Mais, en même temps, la victoire anglaise allait, par une série de contrecoups, provoquer la naissance de la «révolution américaine».

Les colons anglais d'Amérique refusent en effet que les terres conquises sur les Français soient réservées par Londres à de nouveaux immigrants. En 1770, à Boston, on se bat entre Anglais et Insurgents. En 1776, la Déclaration d'indépendance des États-Unis est proclamée. Les treize États publient des «Déclarations des droits». Les mots «patrie», «liberté», «Constitution», «droits» passent l'Atlantique, d'autant plus facilement que les Insurgents ont été soutenus par des Européens, puis ont pu compter sur un corps expéditionnaire français.

L'ordre mondial ainsi est ébranlé à l'ouest. La contagion «révolutionnaire» touche l'Irlande, les Pays-Bas (1781-1787), la Belgique (1787), Genève (1782). À chaque fois, les révolutionnaires sont écrasés par l'appel à des troupes étrangères (prussiennes ou piémontaises). Les patriotes s'exilent. Mais ces secousses témoignent d'un climat international favorable à des ébranlements politiques.

La France est l'épicentre de ce grand séisme qui s'annonce.

Puissance mondiale, battue par l'Angleterre en 1763, elle participe à la guerre d'Indépendance américaine, prend le dessus sur sa rivale anglaise, mais n'en tire aucun avantage sur le plan économique. Au contraire : les dettes de l'État se trouvent doublées sans que le commerce franco-américain vienne compenser ce déficit considérable, puisque, en 1788, le service de la dette engloutit 50 % du budget. Il faut trouver une issue. Pour tenter de récupérer des droits de douane, de favoriser l'exportation des vins, Paris signe un traité de commerce avec l'Angleterre qui ouvre nos frontières aux cotonnades anglaises : «Nous venons de faire un traité de commerce avec l'Angleterre

(1786) qui pourra bien enrichir nos arrière-neveux, mais qui a ôté le pain à 500 000 ouvriers dans le royaume et ruiné 10 000 maisons de commerce. »

Dès lors, le remède est pire que le mal. Le problème financier reste entier. Comment le résoudre ? Une réforme fiscale est nécessaire, chacun en convient au sommet de l'État. Mais elle se heurte à la résistance de ceux que l'on voudrait faire payer : les aristocrates privilégiés, mais aussi tous les « capitalistes » fonciers qui tirent des profits croissants de l'exploitation de leurs terres, car la rente foncière qu'ils obtiennent de leur fermage a augmenté.

L'État dans sa volonté réformatrice se trouve ainsi coincé entre une structure sociale fondée sur le privilège et le fonctionnement « libéral » de l'économie. Dans ces deux directions, il ne peut avancer. Il ne peut pourtant rester immobile car les besoins financiers sont là, criants, pour faire face à toutes les dépenses d'un État centralisé, disposant d'une organisation militaire et administrative vaste et fort coûteuse.

Les hésitations et les résistances

Cette nécessité de se réformer, cette difficulté à le faire sans briser des résistances conduisent à des hésitations politiques. On libère – sous l'influence des économistes adeptes de l'école anglaise – le prix des grains, cherchant la solution dans une perspective « libérale », mais la hausse des prix du blé et du pain entraîne une véritable « guerre des farines ». On se décide à une réforme fiscale, mais cela suscite le refus des ordres privilégiés qui composent les parlements et qui se présentent comme porte-parole de tout le royaume, alors que ces assemblées parlementaires ne sont que réunions de magistrats ayant acheté leurs charges et défendant leurs prérogatives. Parfois, avec l'appui de l'opinion, parfois en s'appuyant à l'Église et quelquefois en soutenant le pouvoir royal.

Dans cet enchevêtrement de contradictions, il ne reste au Roi qu'à tenter de sortir du guêpier en convoquant – pour la première fois depuis 1614 – les états généraux du royaume, où seront représentés les trois ordres (noblesse, clergé, tiers état). Et, pour contrebalancer les privilégiés, auxquels on le presse d'imposer une réforme fiscale, le Roi décrète que le tiers état comptera autant de membres que ceux des ordres réunis.

Mais, en décidant cela, il déclenche une mécanique politique, culturelle et bientôt sociale qui va lui échapper.

Les assemblées électorales, les cahiers de doléances qu'elles rédigent créent une immense attente. Et dans un pays travaillé par les difficultés économiques et sociales (mauvaises récoltes, disette après l'hiver rigoureux de 1788, émeutes ici et là, tension sur les salaires à Paris), ouvert aux idées réformatrices («l'esprit des Lumières»), fasciné par l'exemple américain et celui du parlementarisme anglais, influencé par les «sociétés de pensée» (on compterait près de cinquante mille francs-maçons), l'entreprise est périlleuse.

D'autant plus que Louis XVI et son entourage restent politiquement et psychologiquement solidaires des aristocrates, hostiles culturellement aux réformes, poussés vers les initiatives par quelques réformateurs (Turgot, Necker), et en fait persuadés que l'ordre des choses doit se perpétuer, parce qu'il est le seul légitime, qu'il est l'une des manifestations de l'organisation divine. Comment toucher à ce qui est «sacré»? Comment réformer ce que Dieu a voulu?

Blocage et coup de force

Il y a donc blocage, refus, alors même que ce pouvoir qui s'arc-boute et n'ose pas changer, et ne peut même pas concevoir de modifier sa nature, a lui-même lancé la mécanique qui doit modifier, réformer! Cette attitude ambiguë, qui déclenche à la fois l'espoir et la désillusion, est facteur de désarroi et d'impuissance. Au sommet de l'État, dans les couches dirigeantes comme dans la population.

Le pouvoir royal se déconsidère d'autant plus vite qu'il a suscité, lors de la convocation des états généraux, un véritable mouvement d'enthousiasme. Or, dès les premières réunions des états généraux (mai-juin), il apparaît clairement aux députés du tiers et à l'opinion – d'abord parisienne – que le pouvoir veut vider cette assemblée de toute réalité. Et que la répression menace. Les régiments composés de mercenaires étrangers sont rappelés autour de Paris. Et bientôt, coup de force, le renvoi du ministre réformateur Necker déclenche la réaction populaire. C'est la prise de la Bastille, le 14 juillet.

Ce mouvement populaire – urbain, paysan – qui va s'accentuer durant tout l'été – « grande peur » dans les campagnes – puis atteindre un sommet symbolique au mois d'octobre avec le retour, imposé par la foule parisienne, de la famille royale de Versailles à Paris, marque l'entrée en scène, dans le dispositif politique et social, des foules sans lesquelles il n'est pas de révolution.

Elles ont leur autonomie, leurs propres revendications, leur mode d'expression et leur type de violence (de l'incendie des châteaux à la lapidation des carrosses ou au massacre de tel ou tel noble, du gouverneur de la Bastille au prévôt des marchands). Et les couches réformatrices – la bourgeoisie dans ses différentes variétés – dans leur conflit avec le pouvoir royal trouvent, dans l'expression violente de ces milieux populaires, un moyen de résister à la pression royale, de se protéger de la répression et de reprendre l'initiative politique, sans adhérer pour autant aux revendications de ses humbles acteurs des premières journées révolutionnaires – du 14 juillet aux 5 et 6 octobre.

Des concessions doivent d'ailleurs être faites pour tenter de canaliser ce mouvement dont l'ampleur remet en cause tout l'ordre social. Ce qui n'est pas, bien sûr, l'objectif des bourgeois éclairés, qu'ils appartiennent aux milieux de la banque et des affaires ou au monde des talents – les avocats, par exemple.

Dans la nuit du 4 août, on abolit les privilèges.

Mais, au-delà des concessions au peuple – dictées sous la pression des événements –, une révolution radicale dans l'ordre des conceptions est voulue par cette bourgeoisie éclairée qui, dans la Déclaration des droits de l'homme et du citoyen (26 août), transcende ses intérêts de groupe et le poids des circonstances, pour formuler une synthèse politique et philosophique qui, exprimant le « droit naturel » de l'homme et du citoyen, concerne tous les hommes qui « naissent et demeurent libres et égaux en droits », affirme que « la loi est l'expression de la volonté générale ».

Faisant référence aux « représentants des citoyens », à « l'Assemblée nationale », la Déclaration des droits de l'homme et du citoyen fondait et exprimait ainsi la Révolution.

Elle illustrait le degré de maturation atteint par les esprits dans la société française du XVIIIe siècle.

L'impossibilité de l'État monarchique à se réformer, à résoudre les problèmes – financiers, de mobilité sociale – qui lui étaient posés, n'eût pas été ressentie comme inacceptable sans ce mouvement des idées – lent travail à l'œuvre depuis des décennies –, sans aussi le soutien physique apporté par les plus humbles aux réformateurs, bref sans une dynamique emportant tout un peuple, lui permettant de frayer des voies, d'inventer au jour le jour une démocratie parlementaire, de faire une « révolution » dont il n'avait mesuré ni la possibilité ni la nécessité au début de l'année 1789 et dont il n'imaginait pas les suites, quand s'achevaient ces douze mois tumultueux.

1790

La dynamique de la Révolution française

Il faut du temps pour apaiser une société secouée par des bouleversements révolutionnaires jusque dans ses profondeurs.

Une révolution fait ressurgir les violences séculaires. C'est comme si, de la faille ouverte, montaient les revendications, les haines, les espoirs longtemps enfouis. Une révolution reprend, totalise, toutes les attitudes, toutes les violences, tous les types d'affrontements qu'une société porte en elle, dans la profondeur de sa mémoire – des jacqueries médiévales aux vengeances individuelles ou aux passions religieuses. Et ce déchaînement qui survient quand la trame sociale «normale» s'est déchirée est difficile à maîtriser.

C'est pourtant la question que, en France, dans les milieux dirigeants, acteurs de la Révolution, adversaires d'un roi tout-puissant mais favorables à l'ordre social, on se pose. Comment arrêter la Révolution? Comment ne pas aller trop loin et verser dans l'anarchie? Comment consolider ce qui a été conquis, sans ouvrir la voie à de nouvelles réformes ou sans laisser les tenants de l'ordre ancien reprendre ce qu'ils ont dû concéder depuis le mois de juin 1789? Comment éviter l'engrenage de l'affrontement?

Naissance d'une nation

Or, quand l'année 1790 commence, les troubles paysans n'ont pas cessé. Les jacqueries se poursuivent en Périgord, en Quercy, en Bretagne. On brûle les châteaux, les documents fiscaux. Les désirs de révolte longtemps réprimés explosent encore.

La voie raisonnable consiste à mettre « en lois », à rédiger une Constitution qui organise juridiquement le nouveau cadre social et juridique. L'Assemblée constituante travaille donc. Beaucoup et vite : elle divise la France en quatre-vingt-trois départements, elle réorganise la justice, elle supprime les parlements, elle abolit la noblesse, elle adopte le drapeau tricolore. Les mesures sont à la fois d'ordre administratif, judiciaire, social, politique ; une *nation* prend naissance sur le corps du vieux royaume. On dépossède (vente des biens nationaux), on favorise la mobilité sociale (accès de tous aux grades militaires supérieurs), on unifie (suppression des douanes intérieures). À « l'agrégat inconstitué de peuples désunis » (Mirabeau) qu'était le royaume on veut substituer la « fédération » des citoyens.

Et d'ailleurs dans des dizaines de villes, on se fédère : instinctivement, les sujets devenus citoyens constituent des gardes nationales, et celles-ci élisent des délégués qui se rassemblent pour « fraterniser ». Puisque la trame ancienne s'effiloche, créons un nouveau maillage. À Pontivy, à Dole, à Lyon, à Strasbourg, des dizaines de milliers de fédérés célèbrent l'ordre nouveau et leur unité.

Ces moments d'émotion et d'enthousiasme suscitent, chez tous ceux qui y participent, des souvenirs, une nouvelle culture, une sensibilité qui sont accordés aux changements politiques. Et dans cette atmosphère de ferveur, d'adhésion festive, l'illusion prend corps : la Révolution serait terminée et une unanimité à la fois grave et joyeuse, sans arrière-pensée, serait née.

Chaque fête est ainsi, aussi, une sorte d'entracte dans le déroulement révolutionnaire, un moment de rêve qui symbolise l'espoir que du souverain – éclairé par les événements, arraché à ses mauvaises influences – au plus humble des citoyens chacun s'accorde à immobiliser cet instant ; on célèbre la paix retrouvée. Chacun pardonne et donne à l'autre, adversaire d'hier, frère d'aujourd'hui.

La Fête de la Fédération qui se tient à Paris, le 14 juillet 1790, sur le Champ-de-Mars marque l'apogée de ce mouvement fait d'espérance et de naïveté, de souhait d'une réconciliation nationale, dans laquelle le Roi reconnaîtrait de bonne grâce ce qui était nouveau dans le royaume – les citoyens l'assurant de leur fidélité et n'allant pas plus loin. La Révolution se figerait dans l'harmonie. Au Champ-de-Mars, Talleyrand célèbre la messe en plein air, La Fayette caracole devant la foule des gardes nationaux et Louis XVI jure de respecter la Constitution.

Mais, derrière ce décor, d'autres acteurs sont à l'œuvre.

Car la Révolution a déséquilibré les rapports de forces, et tout oscille encore sans que des partisans de l'ordre ancien – et le Roi est de ceux-là malgré ses serments – ou ceux de l'ordre nouveau aient la conviction d'avoir définitivement perdu ou réellement gagné. Et ils cherchent soit à reprendre ce qu'ils ont concédé, soit à protéger ce qu'ils ont conquis. De plus, les situations créées par la Révolution ont déclenché de nouvelles logiques, de nouvelles sources de conflit : par exemple dans les campagnes avec l'abolition des droits féodaux, ou dans l'armée avec les rapports difficiles entre soldats, plus ou moins acquis à la Révolution, et officiers aristocrates.

Vieilles haines et nouvelles violences

Si bien que, de toutes parts – et malgré les fêtes de la Fédération –, la violence affleure. Émeutes contre-révolutionnaires, ici et là (Montauban). Mutinerie de soldats sauvagement réprimée (à Nancy par le marquis de Bouillé). De vieux conflits se rejouent : protestants contre catholiques dans la région de Nîmes, les premiers partisans de la Révolution, les autres hostiles. Les contre-révolutionnaires se rassemblent au camp de Jalès en armes. Même conflit – catholiques-protestants – en Languedoc.

C'est bien l'enrichissement par de vieilles haines des nouveaux affrontements qu'illustrent ces situations. Et c'est la logique de la lutte armée, de la destruction physique de l'autre et de ses biens qui semble peu à peu s'imposer. Comme si, la Révolution ayant commencé, elle ne pouvait qu'aller jusqu'au bout, jusqu'à l'épuisement de toutes ses potentialités et comme s'il était illusoire d'espérer qu'elle s'interrompe avant d'avoir dissipé toute son énergie.

D'autant plus que, dans son déroulement, la Révolution s'engendre elle-même, se donne de nouveaux élans. Les révolutionnaires comme les aristocrates s'organisent – club des Cordeliers, presse royaliste –, ce qui pérennise et durcit les oppositions. Une émigration des plus déterminés des nobles – avec l'espoir d'un proche retour les armes à la main – illustre que la conciliation n'est pas possible et qu'il faut *rompre*. Louis XVI, qui joue en public le rôle du roi constitutionnel, assure le roi d'Espagne qu'il « s'élève contre tous les actes contraires à l'autorité royale qui lui ont été arrachés par la force depuis le 15 juillet » 1789.

Enfin, le Roi étant de droit divin, toute atteinte à son pouvoir est « sacrilège », et l'Église se sent contestée dans son essence même par ce qui intervient dans l'ordre politique, de même que, pour reconstruire un ordre politique différent ou simplement asseoir leur pouvoir, les révolutionnaires doivent intervenir dans le domaine ecclésiastique, manière ainsi de limiter le pouvoir royal.

Ils y sont poussés par les traditions gallicanes, hostiles à la papauté, mais aussi par l'attitude pontificale qui, dès le 29 mars 1790, condamne la Déclaration des droits de l'homme et du citoyen.

La guerre religieuse

Dès lors, une logique de « guerre religieuse » s'introduit dans la Révolution française, même s'il était déjà évident qu'on ne pouvait éviter cette dimension (catholiques royalistes contre protestants révolutionnaires, caractère sacré de la monarchie). L'Assemblée constituante, par souci gallican de tenir entre ses mains le pouvoir de l'Église, vote la Constitution civile du clergé. Les ecclésiastiques sont élus par les citoyens et prêtent serment de fidélité à la Nation, à la Constitution et au Roi. Comme par ailleurs la Constituante a décrété biens nationaux les biens de l'Église, l'État va assurer les frais du culte catholique. Ce souci de rationalisation – il y a quatre-vingt-trois évêchés comme il y a quatre-vingt-trois départements – et de contrôle politique, cette volonté de «nationaliser» l'Église et de faire de ses membres des élus, ne peut qu'aggraver le divorce d'avec le pape et créer de nouvelles divisions dans le pays. En même temps que donner aux conflits politiques une dimension encore plus passionnelle. Les prêtres jureurs vont s'opposer aux prêtres réfractaires, et les fidèles auront le sentiment, dans les régions les plus traditionnelles, qu'on veut étouffer leur foi.

Loin de s'arrêter, la Révolution française vient ainsi de trouver, par sa pente même, une accélération, une cause de son approfondissement et de sa poursuite. Et, parce qu'elle touche de ce fait aux convictions ancestrales, aux croyances, le risque d'une dramatisation et d'une violence plus grandes est réel.

1791

La solitude des modérés
dans la Révolution française

Il existe toujours, même et peut-être surtout dans une période révolutionnaire, des hommes de talent, lucides, fins politiques, sincères réformateurs, qui cherchent à faire triompher des solutions modérées. Elles tiennent compte à la fois de leurs intérêts – ces hommes sont souvent riches –, elles garantissent donc les fortunes et les propriétés contre les audaces populaires, mais elles enregistrent les « réformes raisonnables ». Ces « modérés », partisans de la paix civile, hostiles aux violences, ont un projet qui *devrait* rencontrer un large appui, dans les couches dirigeantes du pays, mais aussi chez tous ceux qu'inquiète la poursuite des troubles.

Ces hommes, dans la France de 1791, rêvent à une monarchie constitutionnelle, et ils en préparent le cadre à l'Assemblée constituante.

Les paris perdus

Ils estiment que le pays, mais aussi le Roi ont intérêt à cette stabilisation qui tiendra compte de la poussée de 1789 et en effacera les débordements. Si leur politique n'est pas suivie, ils prévoient le pire. Barnave, avocat grenoblois, est le modèle de ces modérés qui ont lancé le club des Jacobins et qui, attaqués sur leur gauche, tentent de se défendre en poussant à la mise en application de la Constitution civile du clergé, sans se rendre compte qu'ils creusent un abîme sous leurs pas, et surtout en se rapprochant de la Cour. Ils espèrent qu'elle jouera, avec eux, le jeu de la légalité et de la monarchie constitutionnelle. C'est un autre pari qu'ils vont perdre. Or là était la clé de leur réussite politique.

Une solution modérée, en 1791, ne peut en effet s'imposer que si Louis XVI et la Cour se sont ralliés sincèrement aux réformes. S'ils ont compris que la meilleure sauvegarde de leur vie et de leur statut, comme de ce qui leur reste de pouvoir – qui n'est pas rien, tant s'en faut : et notamment un droit de veto à l'application des lois et décrets –, est de s'appuyer sur des hommes comme Barnave ou La Fayette et d'accepter la Constitution comme le « moindre mal ». Alors pourrait se constituer un « front » entre le Roi, la noblesse libérale – du type La Fayette – et ces modérés, bourgeois de fortune et de talent qui n'aspirent, maintenant que le pouvoir royal est encadré par leurs lois, qu'au retour de la paix et de l'ordre social.

Si tel n'était pas le cas, ces modérés seraient isolés, affaiblis, entre une Cour qui rendrait vaine, par sa politique, toute recherche du compromis avec elle, et une gauche voulant pousser la Révolution plus loin.

Le succès des modérés suppose donc que la Cour n'opte ni pour la duplicité ni pour la politique du pire, espérant trouver, dans les excès mêmes de la Révolution, les occasions de reconquérir la totalité de son pouvoir.

Or quand, le 20 juin 1791, la famille royale s'enfuit, tentant de gagner l'étranger et de se mettre sous la protection des troupes fidèles, la preuve est fournie que Louis XVI n'a jamais accepté le compromis politique que représente la Constitution, et qu'il est le premier des émigrés, même si son arrestation à Varennes l'empêche de quitter la France.

L'événement, dans sa brutalité, brise toutes les apparences et la fiction d'une unanimité qu'avait tenté de mettre en scène la Fête de la Fédération. Il en est l'antithèse. Mais les modérés ne peuvent l'admettre sous peine de voir s'effondrer toute leur politique. Ils prennent donc la fuite du Roi comme une tentative d'enlèvement. Il leur faut maintenir à tout prix en place ce monarque constitutionnel qui est la clé de voûte de leur projet. Et Louis XVI, reconduit à Paris, est bien contraint de faire mine de l'accepter. Il ratifie la Constitution (13 septembre).

Cependant, la légende utile de l'enlèvement du Roi ne peut être acceptée par l'aile la plus avancée de la Révolution. Soit qu'elle veuille profiter de l'occasion pour remplacer Louis XVI par le duc d'Orléans (les intrigues de Danton) en réclamant son abdication ou sa déchéance, soit même qu'elle envisage une solution plus républicaine, un Conseil exécutif succédant à Louis XVI (club des Cordeliers, cercle social, avec Marat, Hébert, etc.).

La fuite du Roi fait donc apparaître la fracture profonde qui sépare modérés et avancés, même si dans chaque groupe les nuances et les oppositions de personnes sont nombreuses.

Le 17 juillet 1791, La Fayette, chef de la Garde nationale, fait tirer sur la foule qui, au Champ-de-Mars (où se trouve l'autel de la Patrie élevé lors de la Fête de la Fédération), vient signer une pétition réclamant la déchéance de Louis XVI. On dénombre une centaine de victimes, et la répression s'abat sur les Cordeliers, les clubs et sections révolutionnaires, cependant que des poursuites sont engagées contre les meneurs (Danton, Desmoulins, Marat, etc.). Cet affrontement sanglant est donc exemplaire. Il pourrait déboucher sur la victoire des modérés et la stabilisation conservatrice de la Révolution. Bien des mesures vont dans ce sens et montrent les limites des réformes réalisées depuis 1789 et le contenu – économique et social – de la politique modérée.

Une fusillade exemplaire

Les Noirs déclarés non-citoyens, le maintien de l'esclavage dans les colonies, la loi Le Chapelier, prohibant le droit de coalition et la grève, l'interdiction faite à la concertation sur les salaires et les prix sont la marque de cette orientation « libérale » des modérés, de même que la mise en place d'un suffrage censitaire pour l'élection de l'Assemblée législative (1er octobre).

Mais ces modérés (rassemblés désormais dans le club des Feuillants) doivent maintenant faire face à la suspicion des patriotes, et notamment des sections parisiennes qui ont subi le choc de la fusillade du Champ-de-Mars et sont désormais méfiantes à l'égard des Assemblées parlementaires.

Surtout, la fusillade du 17 juillet 1791, en divisant le parti patriote (entre une droite et une gauche), en opposant l'Assemblée à la rue, peut laisser croire au Roi et à la Cour qu'ils ont des marges d'action et que, plus qu'hier, c'est dans la politique du pire que se trouvent leurs meilleures chances.

Dès lors, le pouvoir des modérés se trouve miné, puisqu'ils ne peuvent compter ni sur la compréhension de la Cour, ni sur la bienveillance populaire, ni même sur la passivité du paysan.

En effet, la fuite du Roi a déclenché dans les campagnes de nouvelles flambées de violence contre les nobles ou les prêtres réfractaires. Malgré la fiction de l'enlèvement, l'Assemblée constituante elle-même s'inquiète d'une intervention des souverains étrangers et décrète une première levée de 100 000 volontaires qui se portent aux frontières.

L'empereur d'Autriche et le roi de Prusse publient, en août 1791, la déclaration de Pillnitz qui affirme leur désir de « mettre le roi de France en état d'affermir les bases d'un gouvernement monarchique » et conclut qu'ils sont « résolus à agir promptement, d'un mutuel accord, avec les forces nécessaires pour obtenir le but proposé et commun ».

Cette déclaration menaçante fait, pour la première fois ouvertement, entrer la logique de la guerre extérieure parmi les éléments déterminants de la Révolution.

Quelques semaines auparavant (le 10 mars), le pape avait condamné la Constitution civile du clergé.

L'isolement des modérés

Les modérés sont ainsi aux prises avec une situation qui leur échappe. Déjà sans appui populaire, sans soutien de la Cour – et contraints cependant de la défendre –, ils se trouvent en plus confrontés à une crise extérieure qu'ils ne peuvent contrôler et dont les conséquences se font immédiatement sentir en France même. L'appel aux volontaires qui partent aux frontières radicalise l'opinion : le climat guerrier rend les oppositions brutales. Les conflits à propos de la Constitution civile du clergé soulèvent les passions. Et le Roi est de plus en plus impliqué dans ces affrontements, d'autant plus qu'il estime obtenir grâce à eux une liberté d'action politique. Par ailleurs, psychologiquement – culturellement –, il ne peut comprendre ce qui se produit et en tout cas ne peut l'admettre.

Il oppose ainsi son veto – comme la Constitution l'y autorise – à la fois à un décret contre les émigrés (11 novembre), et à celui obligeant les prêtres réfractaires à prêter le serment civique (19 décembre).

Dès lors, le ministère modéré (celui des Feuillants), en place depuis le 9 novembre, se trouve écartelé par une contradiction qu'il ne peut résoudre sans se nier. Le Roi est dans son droit. Mais son attitude aggrave délibérément la situation et suscite des réponses révolutionnaires que les modérés veulent précisément écarter. Les modérés sont pris au piège. Le respect de leur « loi » – la Constitution – les désarme face au Roi et renforce le courant extrême.

Tout affaiblit donc les modérés.

Dans une conjoncture mouvante, un rapport des forces en évolution, quand les camps antagonistes estiment qu'il faut jouer leur va-tout pour l'emporter et survivre, les solutions de compromis raisonnable ont peu d'écho. Elles supposent un accord tactique entre des élites, dont la condition est la disparition ou l'atonie du mouvement populaire qui pousse, naturellement, aux extrêmes. Bref, elles impliquent l'épuisement de l'énergie révolutionnaire. Alors – en 1791 – les vagues les plus fortes sont à venir.

Tout échappe ainsi aux modérés, et donc bientôt aussi le pouvoir.

1792

La guerre aux rois coalisés ou la fuite en avant de la Révolution française

Quand des forces sociales, des groupes politiques sont incapables de dénouer les contradictions qui les opposent, de trouver en eux-mêmes la force de trancher, la tentation de la fuite en avant est grande. Ils cherchent, à l'extérieur du champ de confrontation, des alliés, des événements qui viendront par leur intervention modifier significativement le rapport de forces. Naturellement, ce choix est risqué, il peut produire des conséquences inattendues, aux antipodes de celles que l'on espérait. Il relève de la politique du pire.

La guerre est souvent l'une de ces issues. Elle « exporte » les contradictions, elle a sa logique « automatique » : elle militarise la société et peut donc stabiliser les conflits intérieurs, elle peut aussi permettre à l'un des camps de trouver des alliés hors des frontières.

En 1792, c'est cette voie-là qui est suivie.

À l'exclusion de quelques dirigeants lucides, dont le seul notable est Maximilien Robespierre, toutes les parties poussent la France dans un conflit. Et ce pour des raisons contradictoires.

Tous pour la guerre

Le Roi et la Cour espèrent que la guerre entraînera la défaite rapide des armées révolutionnaires et permettra ainsi à la Prusse et à l'Autriche de rétablir l'ordre à Paris. Louis XVI, même endossant l'habit patriote, fera tout pour affaiblir les positions françaises soit en transmettant à l'ennemi des informations, soit en refusant les mesures nécessaires à la défense. Mais de ce fait, il déchaîne contre lui l'hostilité populaire, d'autant plus forte que la guerre – déclarée le 20 avril 1792 – accuse toutes les tensions, entraîne la mobilisation (« la Patrie en danger », le 11 juillet) et, parce qu'elle est marquée par des défaites, fait craindre un complot des aristocrates.

Mais dans les milieux modérés aussi, des personnalités ont souhaité la guerre. Un ambitieux (comme La Fayette ou le général Dumouriez) peut espérer revenir à Paris à la tête d'une armée victorieuse et apparaître ainsi comme le « sauveur » à la fois de la Patrie et du Roi. Le destin de César – ou celui du général Monk, sabre de la Révolution anglaise – fait rêver bien des généraux. Pour des révolutionnaires – ceux qu'on appellera « Girondins » – Vergniaud, Roland, etc. –, plus bavards que réalistes, plus politiciens qu'hommes d'État, plus enthousiastes que réellement déterminés, et souvent plus intéressés par leur carrière personnelle que par le destin de la Révolution et du pays, la guerre est le moyen de s'imposer au Roi comme les dirigeants indispensables, de se créer une influence parmi la foule, et parfois d'envisager de faire fortune dans les fournitures dont les armées ont besoin.

Elle est, pour d'autres, plus cyniques, moyen d'envoyer au loin tous les va-nu-pieds enflammés, d'encadrer les foules révolutionnaires bien dangereuses pour les fortunes. Qu'elles s'épuisent dans la guerre et qu'en plus elles fassent des conquêtes et des rapines, ce ne peut être que tout avantage. Enfin il y a ceux qui – la foule révolutionnaire précisément, les sans-culottes, les volontaires – veulent répondre à la menace, libérer les peuples du joug monarchique, être les missionnaires armés de la Révolution. Et d'abord et surtout se défendre. Car « la Patrie est en danger », il faut « de l'Audace, encore de l'Audace ».

La guerre, voulue par presque tous avec des arrière-pensées multiples et contradictoires, déclenche ainsi une nouvelle phase du processus révolutionnaire. Elle le raidit, l'arme, le radicalise, elle déchaîne les passions et les violences, elle tranche entre les camps. La guerre n'admet qu'un vainqueur et un vaincu. La mort est au bout de sa logique. La mort de l'autre est son moyen d'action.

Politiquement, la guerre démasque le jeu du Roi et de la Cour. Elle fait de leur camp celui de la trahison, de la liaison avec l'ennemi. Elle transforme donc le monarque constitutionnel en comploteur, et mille indices confirment ce sentiment. Le souvenir de la fuite du Roi revient en force pour accréditer cette thèse, celle du complot de la Cour et des aristocrates. Il suffira – après une série de défaites et de trahisons – que le général Brunswick, dans un manifeste, menace Paris « d'exécution militaire et de subversion totale » si la famille royale n'était pas rétablie dans tous ses pouvoirs pour que la colère se déchaîne. De ce véritable combat aux Tuileries – le 10 août 1792 – entre révolutionnaires parisiens, fédérés provinciaux (les · Marseillais) contre les suisses et les nobles, la victime politique sera le pouvoir royal. Louis XVI et les siens sont désormais des prisonniers. La politique du pire s'est retournée contre ceux qui l'avaient, délibérément, choisie.

La guerre est ainsi un accélérateur considérable de la Révolution. Elle devient vite le facteur majeur de son évolution. Vaincre ou mourir : c'est l'enjeu. C'est autour d'elle, en fonction d'elle, des nécessités qu'elle impose – ou paraît imposer – que s'organisent les discours, les hommes, les pouvoirs, les actions. Mais, dans un premier temps, sous l'effet de choc, elle désorganise, décompose. Le pouvoir central ne contrôle presque plus rien. Violences, massacres – ceux de septembre, à Paris –, poussée antireligieuse, partage des biens (ceux des émigrés), troubles ruraux, radicalisation et démocratisation (les citoyens « passifs » qui ne paient pas d'impôts sont admis dans la Garde nationale) caractérisent les quelques semaines qui suivent la journée du 10 août. Paris – et une partie du pays – est en insurrection.

La guerre a donc fait voler en éclats toutes les tentatives modérées et dissipé toutes les fictions.

Quand, le 20 septembre 1792, les armées révolutionnaires remportent la victoire de Valmy (et le 6 novembre celle de Jemmapes), les périls extérieurs les plus grands et les plus immédiats sont écartés.

La Convention nationale et la République

Le 21 septembre, une Convention nationale (élue en fait par un dixième du corps électoral !) abolit la royauté et proclame la République.

On sort ainsi de cette période de troubles, et commence – toujours avec la présence écrasante de la guerre – la recomposition du pouvoir central. Se termine aussi, au bénéfice des éléments les plus avancés, l'hésitation qui avait régi les rapports de forces depuis le début de la Révolution.

Après la tentative de compromis et l'espoir d'arrêter la Révolution dans un consensus superficiel (1790, Fête de la Fédération), après la fiction voulue par les modérés (1791) d'un accord avec le Roi et leur victoire politique (fusillade du Champ-de-Mars), la guerre, au lieu de détruire le processus révolutionnaire, l'a amplifié et radicalisé.

La République, à laquelle, en 1789, personne ne songeait, apparaît comme la seule issue politique, après l'arrestation du Roi.

Mais c'est bien dans la guerre que la République trouve son origine. Et c'est du sort de la guerre, de la manière dont elle sera conduite – et par qui ? –, dont elle sera prolongée ou arrêtée, que dépendra son avenir.

La Révolution – qui est déjà une guerre intérieure – est désormais liée, dans tous ses aspects, aux aléas de la guerre extérieure.

Le meurtre du père :
l'exécution du roi Louis XVI

Dès lors qu'on affirme (article premier de la Déclaration des droits de l'homme et du citoyen [26 août 1789]) que «les hommes naissent et demeurent libres et égaux en droits. [Que] les distinctions sociales ne peuvent être fondées que sur l'utilité commune» ou encore qu'on inscrit (article 3) que «le principe de toute souveraineté réside essentiellement dans la Nation. [Que] nul corps, nul individu ne peut exercer d'autorité qui n'en émane expressément», on rompt radicalement avec la philosophie et la structure du pouvoir traditionnel d'essence monarchique et divine. Cette Déclaration des droits de 1789 est donc réellement un acte révolutionnaire considérable qui contient dans son principe l'abolition de la monarchie telle qu'elle fonctionnait en France.

Deux visions du pouvoir et du monde

Le Roi, en effet, y est bien représenté comme une manifestation de *l'ordre divin*. Il appartient à une lignée sacrée. Il ne procède en rien des hommes, et la fidélité qu'on lui doit est personnelle, du même ordre que celle qui peut lier un croyant à son Dieu. Il y a d'ailleurs superposition : le régicide est sacrilège. Et le déicide – ainsi ce chevalier de La Barre qui en 1765 fut accusé d'avoir mutilé un crucifix – ou le sacrilège doivent être poursuivis et condamnés par la justice du Roi. Et ce n'est point à la Nation que l'on doit fidélité, mais au Roi. Trahir la Nation n'a pas de sens.

De ce fait, rien n'est plus opposé à cette vision du pouvoir monarchique que celle qui fait surgir l'autorité de *la Nation*, et établit une *égalité* entre les hommes, faisant de la « loi l'expression de la volonté générale » (article 6 de la Déclaration des droits).

Entre cette conception laïque et démocratique du pouvoir et de la société d'une part et, d'autre part, la monarchie de droit divin, il ne saurait y avoir de compromis. Ces deux logiques sont réellement antagonistes et, dans les principes énoncés dès les premiers jours de la Révolution, il y a ainsi une *rupture*, qui mine toute possibilité de conciliation et ne permet pas de *fonder*, philosophiquement, la monarchie constitutionnelle. La Déclaration des droits de l'homme est, implicitement, par son radicalisme, *républicaine dans son essence*. Quelles qu'aient été la volonté et les intentions de ses rédacteurs.

Puisque les événements conduisaient la Révolution à s'approfondir, et que les circonstances mettaient en lumière la fidélité du Roi à lui-même, c'est-à-dire à l'ordre ancien, et révélaient de ce fait sa *trahison* – complicité avec « les ennemis de la Nation » – qui n'était de son point de vue que l'expression de cette fidélité, la monarchie devait être supprimée.

Cela impliquait-il que le Roi fût jugé et condamné à mort ?

Dans le climat de guerre – donc de violence – qui s'était installé en France, dans l'inquiétude qui régnait quant au sort de la Révolution et des hommes qui la conduisaient, après la découverte des preuves de la conspiration monarchique, dès les origines, contre la Révolution – et il ne pouvait en être autrement – on l'a vu –, le procès, acte symbolique, était inéluctable.

« On ne peut régner innocemment, dira Saint-Just. Tout roi est un rebelle et un usurpateur. » Cette déclaration n'est que la traduction précise des principes de la Déclaration des droits. Et le procès commencé – devant la Convention (10 décembre 1792) – ne pouvait aboutir qu'à la condamnation à mort. « La clémence qui compose avec la tyrannie est barbare », proclamera Robespierre.

Restait la question du sursis : c'est là que l'hésitation fut la plus forte (une voix de majorité pour son refus), mais la pression des circonstances, de la foule révolutionnaire parisienne, la volonté aussi de marquer, par un acte irrémédiable, l'engagement du pays et de la Convention dans la Révolution l'emportèrent. Le Roi fut exécuté le 21 janvier 1793.

Ce procès, cette condamnation, cette exécution sont l'expression tragique de la *rupture* édictée dans la Déclaration des droits. En tranchant une tête sacrée, on coupe le fil qui liait le pouvoir à Dieu. La Nation accomplit l'acte sacrilège par excellence. Elle baptise avec le sang royal, dans une sorte de rituel barbare, sa naissance. Le jour de l'exécution, le bourreau montre au peuple la tête du Roi et les sans-culottes trempent leurs piques et leurs mouchoirs dans le sang répandu du monarque. Et le ciel ne se brise pas.

Une lutte à mort

Cet acte, par sa violence et son contenu symbolique, ne pourra être effacé. D'abord il montre la résolution de la Nation et de ses représentants. Il relance la Révolution. Il conditionne la levée en masse de trois cent mille hommes (23 février). Il contient en germe toutes les mesures « terroristes » : si l'on a pu tuer le Roi, qui n'osera-t-on frapper ? Tous les aristocrates, tous ceux qui ne s'engagent pas aux côtés de la Révolution sont suspects (loi des suspects, le 17 septembre 1793). C'est bien une lutte à mort qui est en cours entre révolutionnaires et contre-révolutionnaires.

On le savait depuis la déclaration de guerre – 20 avril 1792 – et la prise des Tuileries – 10 août 1792. L'exécution du Roi le proclame et l'assume. « La République nous appelle, il faut vaincre ou il faut mourir. » Et : « Mourir pour la Patrie est le sort le plus beau, le plus digne d'envie. »

Ce n'est pas seulement vrai aux frontières. La Vendée,

Lyon, Toulon, bien des départements sont dressés contre la Convention. Marat est assassiné le 13 juillet 1793. Et, dans cet affrontement qui requiert toutes les énergies, il faut donner des gages aux plus humbles : c'est aussi bien l'emprunt forcé d'un milliard sur les riches que les biens émigrés vendus en petites parcelles ou l'obligation et la gratuité scolaires, comme le maximum général des prix.

Mais la mort du Roi, outre ces conséquences immédiates, pose le problème du sens et du contenu du pouvoir politique.

Le pouvoir n'est plus, dans son principe, sacré : il est sur *terre*, vide. Il ne tire sa légitimité que des citoyens. Il n'est fondé que sur leur participation et le respect qu'ils ont de ce qui le régit : la loi, la volonté générale. Autrement dit, la légitimité du pouvoir est à la merci des circonstances. Elle ne réside plus dans une transcendance qui échapperait aux contingences parce que inscrite dans une hérédité et une divinité. Elle a la précarité des choses humaines. Et on peut imaginer, dès le lendemain même de la mort du Roi, que les tentations seront fortes de rétablir, pour consolider le pouvoir, une autorité qui échappe précisément à la volonté changeante des citoyens : ce pourrait être soit la dictature – d'un homme, d'un groupe (dès le 6 avril 1793 : création du Comité de salut public) – soit le retour à une consécration religieuse du pouvoir. Qu'il s'agisse d'une restauration ou du sacre d'une nouvelle lignée.

Mais l'acte sacrilège accompli le 21 janvier 1793 demeurera, dans la conscience nationale, comme la preuve de ce que la Nation est capable de faire : aller jusqu'au bout dans sa lutte contre le pouvoir. En nier l'essence même, fût-elle divine.

Et, dès lors, tout pouvoir qui cherchera sa légitimité hors de la Nation sera précaire, toujours menacé. À la fois désiré – comme pour effacer le sacrilège de jadis – et repoussé – comme pour répéter l'acte révolutionnaire et affirmer sa liberté.

En fait, la République est inscrite, dès 1789, dans le devenir national. Mais elle suppose l'active participation des citoyens : c'est-à-dire, pour qu'elle soit *légitime*, l'instruction et la vertu, qui les rendent libres et autonomes dans leurs choix.

1794

La Révolution française et la Terreur

La destruction physique de l'ennemi – sa mort après un jugement ou son assassinat, sa liquidation dans un affrontement armé ou sa suppression dans une répression plus ou moins sauvage – est une constante de l'action des groupes humains dès lors qu'ils sont emportés par la logique de la guerre. Celle-ci implique en effet la soumission de l'autre, sa défaite, au terme d'un conflit dont la mort est le moyen.

La Révolution n'échappe pas à cette loi puisque, à partir du 20 avril 1792, la guerre est au cœur de son évolution.

Mais la terreur peut prendre plusieurs formes. Anarchique et plus ou moins spontanée, elle peut se traduire par des massacres (septembre 1792) qui, même s'ils sont accompagnés d'un simulacre de jugement, sont l'expression barbare de comportements hérités, d'une sauvagerie liée à un état culturel qui, dans le désordre révolutionnaire, la peur de l'invasion, l'exaltation collective et la faiblesse du pouvoir central, trouvent à se manifester.

La loi des suspects

La terreur peut aussi être décidée au sommet de l'État, être «mise à l'ordre du jour» (5 septembre 1793) comme moyen de gouvernement, volonté dans les circonstances extraordinaires de la guerre intérieure qui double la guerre extérieure, de contrôler – et d'organiser – le pays. La loi des suspects (27 septembre 1793) établit une surveillance sur tous les ennemis intérieurs, tous ceux qui (nobles, prêtres) peuvent potentiellement devenir des adversaires actifs de la Révolution.

Le 5 février 1794, Robespierre écrit que « le ressort du gouvernement populaire en révolution est la vertu et la terreur : la vertu sans laquelle la terreur est funeste, la terreur sans laquelle la vertu est impuissante… Le gouvernement de la Révolution est le despotisme de la liberté contre la tyrannie ».

Cette terreur-là, gouvernementale, suppose toute une organisation administrative, un réseau de surveillants – patriotes membres des sections sans-culottes –, un tribunal révolutionnaire à la procédure plus ou moins expéditive (la loi du 22 prairial [10 juin 1794] la simplifiera au maximum), une machinerie humaine et technique (la guillotine), apte à juger et à tuer vite (16 000 personnes environ exécutées sous la Terreur), des exécutants qui glissent vite à la barbarie (Colonnes infernales en Vendée, noyades à Nantes).

Cette terreur frappe à la fois les ennemis de la Révolution et aussi les révolutionnaires qui s'écartent de la ligne gouvernementale (à gauche, les partisans de Hébert, les enragés, à droite, Danton et ses indulgents). Elle ne tire sa justification que de la nécessité de faire front aux impératifs de la guerre, à la menace extérieure. Mais si elle réussit en effet à briser les obstacles – politiques, économiques, humains – et à permettre ainsi au Comité de salut public d'« organiser le pays en vue de la guerre », elle crée un climat nouveau dans le pays. « La Révolution est glacée », dira Saint-Just.

Sous « l'œil de la surveillance », la vie se fige. On emprisonne des centaines de milliers de personnes (500 000 ?). D'autres dizaines de milliers sont assignées à résidence. À l'élan populaire succède ainsi une pesanteur bureaucratique et « terroriste », d'autant plus que les meneurs populaires ont été emprisonnés ou guillotinés (Jacques Roux, l'enragé, s'est suicidé le 10 février 1794). Les mesures allant dans le sens d'une démocratie économique (décrets de ventôse) ne sont que partielles et vite tournées. Le 5 thermidor (23 juillet 1794), un nouveau maximum (des prix et des salaires) défavorable aux pauvres est proclamé.

La tentative de «normalisation» et de création d'une idéologie qui par sa religiosité et sa référence à la vertu pourrait redonner une flamme à un peuple que les événements écrasent et que la misère continue d'étrangler est un échec : la fête de l'Être suprême n'est qu'une cérémonie pompeuse (8 juin) qui intervient deux jours avant le lancement de la Grande Terreur (10 juin, 22 prairial).

La Terreur, machine gouvernementale efficace, vide ainsi, en même temps, la société de toute dynamique révolutionnaire.

Faut-il voir dans son organisation un effet de l'idéologie des révolutionnaires ? La première expression d'une tendance totalitaire qui serait inhérente aux révolutions qui veulent établir le règne du bonheur, de la Raison et de la Vertu ? L'histoire de l'installation de la Terreur dément cette vision.

Une machine répressive

C'est peu à peu que s'organise, au gré des événements et des nécessités, cette machine répressive, même s'il est vrai que le discours qui l'accompagne (la référence à la vertu, par exemple), les justifications qu'elle se donne relèvent de l'idéologie de ceux qui la mettent en œuvre (et comment en serait-il autrement ?). Il est clair aussi que cette idéologie – expression du Bien et du Juste, selon ceux qui y adhèrent (essentiellement Robespierre) – tend à rejeter dans la sphère du corrompu tous ceux qui sont opposés à elle. Comment pourrait-on en effet être l'ennemi sincère de ce qui est manifestation du vrai, du raisonnable et du vertueux ?

La coloration idéologique de cette Terreur révolutionnaire est donc évidente : une religiosité réelle se conjugue avec une brutalité barbare et bureaucratique. Mais en même temps elle est fragile. À aucun moment Robespierre n'a mis en place (et Bonaparte le fera) un contrôle du pouvoir central comme aurait pu le conduire un dictateur. Il reste soumis au bon vouloir de la Convention, et finalement cette Grande Terreur ne fait jamais cesser le fonctionnement d'un régime parlementaire devant lequel les membres du Comité de salut public doivent rendre compte.

Ce dernier aspect confirme bien que nous sommes loin d'un régime totalitaire dont la Révolution française serait la matrice et la première manifestation. C'est d'ailleurs la Convention qui renversera Robespierre. Il aura suffi de la conjonction de la victoire militaire (but de la Terreur : Fleurus, le 26 juin 1794), de la lassitude de l'opinion, de l'inquiétude des Conventionnels les plus corrompus (Fouché, Barras), des maladresses de Robespierre et de son usure psychique et nerveuse.

La chute de l'Incorruptible (le 9 thermidor – 27 juillet) marque la fin de la Terreur montagnarde. 105 robespierristes seront exécutés le 28 juillet (un record dans les exécutions).

Dans les semaines qui suivent, de nombreuses mesures – et un climat social nouveau : on abandonne le mot « citoyen » et on utilise le « monsieur » de jadis – marquent un retour à la normale et un incontestable effacement des anticipations sociales qui avaient été prises : par exemple, la suppression de l'obligation scolaire ou l'abolition du maximum.

Mais les adversaires de la Révolution n'ont pas triomphé. Ni sur les frontières ni à l'intérieur du pays.

La Terreur était-elle une nécessité ? L'idéologie de ses acteurs en a-t-elle exagéré les effets ?

Dès lors que la Révolution affrontait la guerre, elle ne pouvait se soustraire à sa logique. Et comme à la guerre extérieure répondait une guerre intérieure, les violences s'étendaient à l'ensemble du pays et ne se limitaient pas à sa périphérie. La maîtrise – la pacification à l'intérieur – était la condition du succès à la fois de la mobilisation des ressources et de la victoire contre les armées étrangères. La terreur d'État est un aspect de la militarisation du pays consécutive à la guerre.

Mais il est difficile de répondre à la deuxième question

tant la situation que dut affronter le Comité de salut public était difficile, pour ne pas dire désespérée.

Replacer la Terreur dans l'Histoire

Reste que la Terreur marque la Révolution de son sceau.

C'est autour d'elle et de sa signification que s'organiseront la plupart des polémiques.

Si l'on veut raison garder, il faut à la fois tenir compte des circonstances, du niveau culturel du pays, de la politique du pire voulue par la monarchie et de la guerre qui s'est ensuivie. Il faut aussi replacer la Terreur – et son inacceptable cortège de victimes – dans l'histoire générale.

Entre des siècles de monarchie absolue – avec les violences terroristes qu'ils ont comportées – et les quinze années du Premier Empire, et cette forme de massacre – ou de terreur d'État – que sont les guerres napoléoniennes.

La Terreur, ainsi mise en perspective, ne peut plus résumer à elle seule la Révolution. Elle est un des aspects de cette violence sanguinaire qui est à l'œuvre dans l'Histoire. Hélas ! Et pour discriminer ces violences toutes scandaleuses, il faut les insérer dans le moment historique, dont elles ne sont qu'une facette, et savoir ce que celui-ci, en fin de compte, a laissé comme héritage.

La fin de l'élan révolutionnaire en France

La force et la dynamique créatrice d'une révolution tiennent pour beaucoup au mouvement populaire, spontané ou organisé qui peut faire front, prendre l'initiative, créer un nouvel équilibre dans le rapport des forces. Il pousse en avant les « réformateurs », les « déborde », fait surgir de son sein des élites politiques, des porte-parole, impose des mesures en sa faveur, amplifie, radicalise, interdit le retour à « l'ancien régime » et oblige le pouvoir – même quand il est issu de la Révolution – à suivre, à légaliser les initiatives et les volontés de la rue. Ce mouvement, à l'idéologie confuse, souvent égalitaire, réclame le partage des « biens » des riches – ici des émigrés – et est davantage sensible à la démocratie directe qu'à la démocratie représentative.

La fin de l'élan révolutionnaire

Mais par ces caractères mêmes il s'épuise vite. Il doit en effet se structurer, s'organiser pour durer. Une bureaucratie l'encadre, le « glace ». Ses éléments les plus déterminés partent aux armées, où ils se militarisent et s'enfoncent dans des guerres de conquête et réduisent souvent leur engagement politique à la fidélité à un chef.

L'élan, dès lors, retombe et précisément parce qu'il a remporté des succès. La poussée révolutionnaire n'a qu'un temps. Les avant-gardes du mouvement fortes seulement de ceux qui les suivent se retrouvent isolées et le pouvoir qu'elles dominaient, mais ne contrôlaient pas, peut les briser.

C'est ce qui se produit en France, après la chute de

Robespierre, notamment durant l'année 1795. Le pouvoir, perdu par les robespierristes, échappe à la pression de la rue, et se concentre entre les mains de la majorité de la Convention qui est thermidorienne et souhaite « arrêter » et stabiliser la Révolution.

Les émeutes de germinal (au cri : « Du pain et la Constitution de 1793 ») et de prairial (mars, avril, mai 1795) scellent cette défaite du mouvement populaire et, bien au-delà du sort de trois journées d'émeutes, la fin du mouvement révolutionnaire. L'habile tactique de la Convention consiste à opposer aux gardes nationaux des quartiers de l'Est parisien ceux des quartiers de l'Ouest – mieux armés – composés d'hommes aux opinions modérées. Les sans-culottes vont se laisser désarmer. Les députés montagnards qui demeurent encore en liberté sont décrétés d'arrestation. Et ces mesures légales viennent compléter les effets de la Terreur blanche qui, dans la province – à Lyon par exemple –, avait conduit à des massacres de jacobins.

En fait, si le mouvement populaire s'épuise ainsi, en 1795, c'est aussi que tout au long de la Révolution, depuis le printemps de 1789 (émeutes d'avril, prise de la Bastille), ces « bras nus » ont attendu, espéré, une modification réelle de leurs conditions de vie. Ils ont donné leur sang et, en échange de quelques mesures – le maximum, les lois de ventôse –, ils ont accepté la discipline révolutionnaire et soutenu le pouvoir contre la réaction monarchique. Ils ont fait les « journées » – 10 août, etc. – et ils ont permis au Comité de salut public de l'emporter. Or celui-ci (avec Robespierre notamment) les frappe par souci d'ordre et d'efficacité. Ce fut le procès des enragés. « Glacés », les « bras nus » n'ont pas défendu les montagnards le 9 thermidor. Mais leurs conditions de vie se sont aggravées depuis la chute de Robespierre. Même les mesures superficielles prises en leur faveur ne sont pas respectées. Ils ont à nouveau faim. Ils découvrent – ou redécouvrent – qu'à l'intérieur de la Révolution une autre lutte se poursuit : « bras nus », pauvres, contre ces « révolutionnaires » qui tels Barras ou Fouché ont acquis de solides fortunes, ont été régicides et terroristes mais n'ont jamais voulu œuvrer en faveur du quatrième état.

Les pauvres réclament donc du pain, et Carnot, qui les voit enfoncer les portes de la Convention, dira : « Jamais dans les journées les plus terribles de la Révolution, je n'avais vu le peuple aussi exaspéré ; c'est la seule fois où il m'a paru féroce… Il y avait du désespoir et de la faim sur ces visages. »

Il est trop tard, cependant, pour arracher la moindre concession des pouvoirs. La menace monarchique n'est plus assez forte pour que les couches dirigeantes aient besoin de l'appui populaire. Ce sont les « bras nus » qui, dans les mois précédents, ont défait la réaction. Maintenant des armées révolutionnaires existent, efficaces et disciplinées. Le pouvoir a les armes. Il peut écraser le mouvement populaire si celui-ci vise à l'autonomie – ce qui est le cas dans ces émeutes de germinal et prairial. Il peut briser les tentatives monarchiques si elles se manifestent. Ce sera fait, le 5 octobre 1795 (13 vendémiaire), quand les troupes de Barras et de Bonaparte dispersent une insurrection royaliste à Paris.

Ce qui se met ainsi en place sur les décombres du mouvement populaire, c'est un pouvoir central, disposant des instruments de répression et de coercition (les armées). Un pouvoir qui se sent assez puissant pour se perpétuer : un décret dit « des deux tiers » prolongera les mandats des deux tiers des membres de la Convention.

Un pouvoir qui fait du rétablissement de la paix civile autour des principes de la Révolution – modérés en termes économiques et sociaux – son programme. Le 26 octobre, la place de la Révolution devient la place de la Concorde. C'en est fini des changements : il faut réconcilier les Français.

Mais un pouvoir qui dépend aussi du bon vouloir des hommes en armes. Et qui ne peut faire arbitrer les luttes de personnes et de clans qui le divisent que par telle ou telle armée.

Quand, dans une Révolution, le mouvement populaire disparaît, s'approche le temps des généraux.

1796

La conspiration des Égaux
ou la révolution dans la Révolution

La conspiration des Égaux ou la révolution... Quand une révolution proclame comme l'un de ses principes fondateurs l'*Égalité*, elle déclenche une réaction en chaîne dont on peut, par la loi, la force et la répression, fixer les bornes, mais qui continue son travail de contestation des hiérarchies dans les esprits. Qui peut en effet considérer que l'égalité est jamais atteinte ?

La conscience de l'inaccomplissement est d'autant plus forte que la revendication égalitaire est l'une des plus présentes et des plus spontanées de l'histoire humaine. On peut suivre son fil rouge dans les révoltes les plus anciennes et les plus primitives, on peut le repérer aussi dans les hérésies religieuses, les mouvements millénaristes auxquels il sert presque toujours d'axe majeur.

Cette revendication est le plus souvent souterraine parce que refoulée par les pouvoirs. Mais elle perce cependant la chape de l'ordre et tente d'imposer quelques mesures, au moment où les gouvernants font appel aux forces populaires. Des théoriciens essaient alors d'élaborer des systèmes d'organisation qui permettraient de réaliser enfin le règne de l'égalité.

C'est ainsi que, dans la Révolution, on voit, année après année – jusqu'à cette année 1796 –, s'exprimer plus ou moins haut la revendication égalitaire et s'élaborer des ébauches de système politique, économique et social.

Le fantôme de l'égalité

Il s'agit d'abord d'une critique de ce qui se met en place, de la dénonciation des limites de la Déclaration des droits de l'homme et du citoyen. Les *enragés* (Varlet, Jacques Roux, Leclerc) répètent que «la liberté n'est qu'un vain fantôme quand une classe d'hommes peut affamer l'autre impunément. L'égalité n'est qu'un vain fantôme quand le riche, par le monopole, exerce le droit de vie et de mort sur son semblable».

Ce sont bien les aspects bourgeois de la Révolution qui sont attaqués, comme le caractère juridique et formel des libertés et de l'égalité concédées. Le curé Pierre Dolivier, puis François Joseph Lange mettent en cause plus radicalement encore les différences entre riches et pauvres. «On vient de vendre et l'on vend encore tous les jours beaucoup de biens nationaux. Qui est-ce qui en a profité et qui est-ce qui en profite? écrit Dolivier. Ne sont-ce pas les seuls riches, ou les seuls qui se sont emparés des moyens de le devenir?»

À partir de cette critique acerbe se mettent en place les éléments d'une loi agraire – un communisme agraire. La Nation seule est propriétaire des parcelles réparties également entre les citoyens qui n'en sont donc que les usufruitiers.

Ces mesures restent pourtant timides et empreintes de la nostalgie d'une nation constituée de petits propriétaires ou de petits exploitants, rassemblés ou non dans des coopératives.

C'est à Gracchus Babeuf (1760-1797) que l'on doit un pas supplémentaire et décisif. Dans le *Manifeste des Égaux* (1796), il dépasse la loi agraire et réclame la propriété collective de la terre: «Plus de propriété individuelle des terres, la terre n'est à personne. Nous réclamons, nous voulons la jouissance communale des fruits de la terre: les fruits sont à tout le monde.» Mais cette proclamation intervient alors que le mouvement populaire est brisé, épuisé. Les babouvistes en sont donc réduits à réunir un directoire secret (30 mars 1796) et à mettre sur pied une conspiration. Isolés, pénétrés par les indicateurs et les provocateurs du Directoire, ils sont arrêtés, et leur complot sert de prétexte à une répression accrue contre les derniers jacobins. Babeuf sera condamné à mort en 1797.

Cependant, par le témoignage de l'un de ses proches – Buonarroti –, qui publie en 1828 *La Conjuration pour l'égalité, dite de Babeuf* (1829), l'action des babouvistes et leur projet économique seront transmis aux générations suivantes. Et le refus de la propriété individuelle, le choix d'une « socialisation » des fruits du travail serviront de germe aux doctrines socialistes, surgies dans les années 40 du XIXe siècle. Mieux, le mode d'organisation des babouvistes sera reproduit par les premiers communistes. L'idée de la conspiration, d'un petit nombre d'affidés, entraînant par un coup de force (ce qu'avaient tenté les babouvistes en attaquant le camp militaire de Grenelle et en tombant dans un piège) le peuple, caractérise ainsi le socialisme de ce tournant du siècle. Ce choix de la société secrète n'est donc pas seulement dicté par le reflux du mouvement populaire ou l'efficacité de la répression mais par le modèle babouviste, et plus généralement par l'idée que des initiés – qui deviendront des martyrs – peuvent s'emparer du pouvoir et, celui-ci conquis, changer la nature de la société en donnant au peuple le système idéal.

Mouvement populaire et conspiration

Ce n'est pas l'un des moindres paradoxes que la Révolution française, qui fut portée durant ses premières années (1789-1795) par un mouvement populaire, s'achève ainsi sur une orientation conspiratrice. Comme si n'étaient retenus que ses ultimes épisodes et si les derniers révolutionnaires avaient pris conscience de la passivité des masses.

Le socialisme naissant issu de la Révolution est lié à cette idée de conspiration. Autant dire qu'en plus de ses faiblesses théoriques – il ignore la question industrielle, c'est-à-dire l'essentiel – il est atteint d'une véritable maladie infantile qui conduira ses premiers adeptes à l'échec.

Mais, en même temps, ces sacrifices, cette liaison avec un passé vite devenu mythique parce que plongeant ses racines dans la grande Révolution, devaient donner au socialisme des origines une coloration et un élan mystiques qui, associés au caractère utopique de la doctrine, allaient assurer sa postérité.

C'est ainsi, au moment même où s'éteignait sous le poids des intérêts égoïstes et dans le bruit de bottes des coups d'État l'élan révolutionnaire, qu'avec *la conspiration des Égaux*, s'amorçait une révolution dans la Révolution.

1797

Le temps des coups d'État en France

Au terme d'une période révolutionnaire, quand le mouvement populaire s'est épuisé, les acteurs politiques sont en nombre réduit et jouent, entre eux, sur une scène que ne viennent plus guère envahir les manifestants issus de sections ou de quartiers indignés. Le peuple déçu et dompté se terre et tente de résoudre les problèmes de la vie quotidienne comme il peut. Quelques rêveurs conspirent, surveillés par une police qui les incite parfois à comploter si cela peut être utile au pouvoir en place. Celui-ci veut se perpétuer et, dans la partie qui l'oppose à ses concurrents (de gauche et de droite, puisque le pouvoir est « central »), il est le mieux placé pour faire appel à un acteur qui reste dans l'ombre : l'armée. Celle-ci est comme la concrétion des élans révolutionnaires. Elle en est issue. Elle en a tiré sa force. Elle les a disciplinés, portés hors des frontières, transformés en un instrument efficace, qu'un chef habile peut utiliser presque à sa guise.

À une condition cependant : que ne soient pas remis en cause les principes qui ont donné naissance à cette armée, autrement dit, que la restauration monarchique, le retour à l'Ancien Régime, ne soit pas le but du coup d'État. Pour que cela soit possible, il faudrait que les années soient brisées et que les soldats ne soient plus animés que par le souci égoïste de leur carrière.

Les armées, instrument politique

On n'en est pas là en 1797, quand, au contraire, les armées de la République remportent succès sur succès. Dès lors, le pouvoir central – le Directoire – peut les utiliser contre toutes les menaces qui tentent de remettre en cause sa politique : contre les monarchistes le 13 vendémiaire (1795), contre les babouvistes (1796), contre les monarchistes à nouveau en 1797 (18 fructidor – 4 septembre).

Il s'agit cette fois-ci de briser les « Conseils » du Directoire auxquels les élections d'avril 1797 ont donné une majorité monarchiste, ce qui crée entre les directeurs et les Conseils (entre l'Exécutif et le Législatif) un conflit permanent. L'armée (une tentative est faite avec Hoche : elle est déjouée ; puis celle du général Augereau, « prêté » par Bonaparte, réussira) va quadriller Paris, et, le coup d'État accompli, une répression rétablira les pouvoirs des Directeurs. C'est la « guillotine sèche » (les déportations de députés en Guyane) et l'interdiction des journaux d'opposition.

L'armée est donc l'atout qui rend maître du jeu et permet la réussite des coups d'État.

Le destin de la Révolution confirme ainsi les analyses de Maximilien Robespierre qui, lors du déclenchement de la guerre, en avril 1792, avait annoncé que, au terme du conflit, un général sortirait vainqueur et imposerait sa loi au pays. Les coups d'État (1795-1797) marquent des étapes dans cette voie. Mais, pour l'heure, les généraux louent encore leur service, et les politiciens – le pouvoir civil – tirent encore les principaux bénéfices de l'intervention militaire. L'armée est au service du pouvoir. Elle n'a pas mis totalement le pouvoir à son service.

Mais chaque coup d'État renforce son emprise. Et celle-ci accuse encore la militarisation qui, depuis 1792, a caractérisé l'évolution politique.

La guerre déploie en effet sa propre logique, presque mécaniquement. Elle impose ses lois et, que ce soit dans le domaine de la justice et de la répression (la terreur) ou bien dans celui de la société (conscription, levée en masse, réquisitions, etc.), elle pèse de tout son poids sur les façons de gouverner et de vivre.

Le coup d'État, de ce point de vue, n'est que la manifestation visible de la place prise par l'armée dans la société et de la militarisation de celle-ci, en liaison avec la guerre.

Si bien que, après cinq années de conflit (1792-1797), la Révolution, qui a profondément transformé le pays, a été elle aussi transformée par la guerre.

Le couple révolution-guerre débouche sur le coup d'État et, à terme, le pouvoir ne peut que tomber tout entier entre les mains des généraux ou de l'un d'entre eux. Un modèle de l'évolution historique se met ainsi en place. Et il jouera à plein tant qu'un parti politique, lui-même structuré comme une armée, ne sera pas capable d'utiliser les militaires tout en les pliant à sa loi. En 1797, il n'y a pas un parti de ce type, mais simplement des politiciens. Leur temps, malgré le succès des coups d'État qu'ils montent, ne peut être que compté.

La France de la Révolution
à la conquête de l'Europe

Si la logique de la guerre impose à l'intérieur du pays combattant l'encadrement de la population (la conscription devient obligatoire le 3 septembre 1798 : loi Jourdan), la militarisation de bien des institutions, le renforcement du pouvoir exécutif au détriment du législatif et l'accroissement du poids de l'armée dans la vie publique (on l'a noté à propos de la succession des coups d'État), elle se déploie avec encore plus de force sur le terrain même où la guerre se déroule.

L'autonomie des armées et de leurs chefs

Les armées deviennent (et d'autant plus qu'elles respectent moins le pouvoir central) de plus en plus autonomes. Elles se nourrissent sur le pays conquis, elles l'administrent, l'annexent, et parfois leurs généraux traitent avec l'ennemi sans même en référer au pouvoir central. La politique extérieure de la nation, dès lors que se relâche le contrôle révolutionnaire sur les armées, devient ainsi dépendante du bon vouloir des généraux. Certes, tous n'ont pas l'envergure suffisante pour accéder à cette liberté dans les décisions, mais la tentation d'agir à leur guise les touche tous. Cette tendance est aggravée par les nécessités : les approvisionnements sont insuffisants et irréguliers, les soldes ne parviennent pas aux troupes ou sont dérisoires. Il faut donc vivre sur le pays, piller les villes et les musées, administrer. Ce ne sont là que les conséquences négatives de ce qui fut un grand élan. Car toute révolution profonde porte en elle la certitude de la justesse de sa cause, un idéal qu'elle veut communiquer. Et déclarerait-elle la paix au monde – ce que fit la Convention nationale – elle suscite dans les pays étrangers suffisamment de dévouements, de sympathie, d'adhésions et réciproquement de haines, de peur, d'hostilités, pour qu'elle soit entraînée dans des relations conflictuelles avec l'extérieur.

Pour la Révolution, la présence d'émigrés français poussant les puissances européennes à intervenir, la volonté royale de provoquer le conflit par le choix de la politique du pire, l'enthousiasme – et l'aveuglement – des Girondins, qui croyaient aux « missionnaires armés », les calculs et les ambitions des généraux, l'intérêt des marchands, tout cela qui fut aux origines de la guerre s'amplifia avec les années. La guerre se nourrissait et renaissait de la guerre.

Se mêlaient ainsi les uns aux autres, dans le développement de la guerre, à la fois des aspects idéologiques, économiques, individuels et aussi, bien sûr, des nécessités stratégiques, elles-mêmes fruits d'une tradition nationale.

La France était le plus grand pays de l'Europe continentale, le plus peuplé, confronté depuis longtemps à la question de ses frontières – naturelles ? –, de ses alliances – en Italie, en Allemagne –, de ses rivalités – avec l'Angleterre.

La Révolution héritait de cette tradition nationale et devait prendre en compte les données géopolitiques que, d'une certaine manière, elle ne changeait pas. L'Angleterre restait une puissance maritime qui cherchait à empêcher que ne s'installe sur le continent européen une « superpuissance » française. Et, réciproquement, Paris cherchait à s'assurer la domination continentale pour se dégager d'une pression maritime qu'il n'avait pu briser, ni après une guerre de Sept Ans (1756-1763) dans laquelle il avait été battu, ni après une guerre victorieuse conclue en 1783.

La France, superpuissance continentale

Or les armées françaises sont en situation de l'emporter. Les soldats de l'an II sont nombreux, enthousiastes dans les premières années, commandés par des officiers jeunes, inventifs qui utilisent l'effet de masse, l'élan de l'infanterie et de la cavalerie, qui disposent d'un bon armement – celui de la monarchie – et qui, après quelques flottements, réussissent l'amalgame entre la tradition militaire d'Ancien Régime et les volontaires de la Révolution.

La France possède donc, après six années de conflit, les armées les plus aguerries d'Europe, les plus nombreuses et les mieux encadrées, associant le sentiment national et révolutionnaire au goût de la rapine et du pillage des mercenaires.

Ainsi la France peut-elle annexer, à ses frontières, des régions entières et les transformer en départements, puis créer des « Républiques sœurs » qui forment autour d'elle comme un bouclier de protection et qui adoptent ses institutions et réalisent de cette manière – plus ou moins en profondeur – une « révolution », avec l'appui des « jacobins » locaux. Les Républiques batave (1795), cisalpine, ligurienne (1797), helvétique, parthénopéenne, romaine (1798), de Lucques (1799) créent ainsi une « Europe française », dominée militairement, politiquement et, beaucoup l'espèrent, économiquement.

Mais cette expansion militaire, les bouleversements politiques qu'elle entraîne, la rupture des équilibres sociaux qui en découle, les violences qu'elle comporte, l'attitude des soldats provoquent des réactions d'hostilité. Celles-ci sont soutenues, exacerbées par l'action des adversaires de la Révolution (l'Église souvent) et se diffusent surtout dans les campagnes. Les paysans des Apennins (Barbets), ceux de Calabre (Sanfédistes) ou de Toscane (Santa Maria), les paysans de Belgique, d'Allemagne, de Suisse, de Hollande, harcèlent les troupes françaises et parfois les battent. Ces résistances (qui seront écrasées en 1799) montrent que le sentiment national est réveillé par l'expansion militaire révolutionnaire, et il y a là, pour le développement politique de l'Europe, des germes lourds de conséquences et comme le produit indirect de la Révolution. De même, idées et institutions, imposées par les armées françaises, laisseront-elles partout des traces.

L'expansion militaire révolutionnaire est ainsi un processus complexe qui ne saurait se limiter à l'aspect militaire, précisément parce qu'il est révolutionnaire. Il agit dans l'instant – sous l'angle directement militaire : victoire ou défaite, renforcement des positions des uns ou des autres –, mais il se prolonge dans le moyen et le long terme – bouleversements sociaux, diffusion des idées et des institutions. Et il pèse lourdement sur l'évolution française : rôle des armées et des généraux. En même temps qu'il oriente aussi l'économie du pays.

C'est assez dire que l'expansion militaire est l'un des phénomènes majeurs de l'histoire révolutionnaire.

18 Brumaire : le coup de maître de Bonaparte

Un homme ne conquiert le pouvoir − et ne le garde − que s'il a des qualités éminentes. Elles peuvent ne pas correspondre aux impératifs de la morale, mais elles visent à l'efficacité plus qu'à la vertu, et le plus souvent elles expriment la détermination d'un caractère, l'ambition, la capacité à analyser, vite, les rapports de forces, à choisir sans scrupule ses alliés dans la marche vers le pouvoir. Mais il y faut aussi une part de chance.

Napoléon Bonaparte dispose de tout cela. Parti pour l'Égypte à la tête d'une armée (mai 1798), il réussit à son retour (août-octobre 1799) à éviter la flotte anglaise qui contrôle pourtant la Méditerranée.

Les atouts de Bonaparte

La conquête du pouvoir par un homme implique aussi qu'il dispose d'un soutien de l'opinion et de liens nombreux dans les rouages de l'État et dans le milieu politique. Qu'il soit capable de trouver des relais, des alliés, des points d'appui au centre même du pouvoir. Mais en même temps, précisément pour conserver sa liberté d'action, il doit être en dehors du système politique, mais proche de lui pour le connaître et y avoir ses entrées, et pourtant suffisamment marginal à lui pour jouer librement, à son profit propre, et contre le système aux yeux de l'opinion.

Enfin, il faut à l'évidence que le « sauveur » ait donné des gages aux forces qui, dans le système politique et dans la société, représentent la vraie puissance, celle qui se compte en biens mobiliers et fonciers. Bref, que pour les couches dominantes, cet homme apparaisse comme un consolidateur de leur pouvoir réel, ou au pis, un moindre mal.

Napoléon Bonaparte se trouve dans cette situation.

La gloire militaire l'a distingué (campagne d'Italie, expédition d'Égypte, même si les résultats de cette dernière aventure sont fort négatifs), et les services qu'il a rendus au milieu politique (à Barras) lors des coups de force ou des coups d'État (vendémiaire et fructidor) ont montré qu'il sait jouer à bon escient et la bonne carte. Ses frères – Lucien et Joseph – occupent d'ailleurs dans ce milieu politique des places en vue. Enfin, la situation politique lui est favorable. Le Directoire est affaibli. Les échecs se succèdent sur le plan militaire. Va-t-on vers un effondrement du régime et, qui sait, une restauration qui remettrait en cause les acquis – c'est-à-dire les fortunes – issus de la Révolution ? L'inquiétude est accrue encore par un péril jacobin qui semble (on en grossit l'importance) à nouveau réel. Devant la menace extérieure, certains ne reparlent-ils pas du Comité de salut public, de la guillotine, et ne vient-on pas de voter une loi des otages qui fait craindre un retour au temps des suspects ? Pis, peut-être, la décision a été prise de lever un emprunt forcé de 100 millions sur les riches, payable sans délai !

Même si nombre de ces mesures seront bientôt levées et si la situation militaire s'améliore, le fait qu'elles aient pu être un temps décidées et que la France se soit trouvée à la merci de quelques défaites a montré aux couches dirigeantes combien leur sécurité, dans le cadre du Directoire, restait précaire. Elles ne veulent ni d'une restauration provoquée par la victoire des armées étrangères et le retour des émigrés en France, ni, bien sûr, de mesures terroristes qui referaient surgir le climat des années noires, 1793 et 1794.

La personnalité de Bonaparte dans cette conjoncture est la clé de la situation. Il a donné des gages. Il est un général issu de la Révolution. Il a fait tirer contre les monarchistes (le 13 vendémiaire), mais personne ne peut le soupçonner

– ne fût-ce qu'à cause de son amitié avec Barras – d'être un jacobin. Dans les rencontres qui précèdent le coup d'État, il prend soin de rassurer le personnel politique (par l'entremise de Talleyrand) et les milieux financiers : les banquiers Perrégaux et Récamier lui avancent des fonds pour monter l'opération. Il laisse même croire à Sieyès (le Directeur qui veut réformer le système politique pour le stabiliser et s'y tailler la place du maître) qu'il ne sera que son épée, le temps d'un coup de force, comme il avait été celle de Barras en vendémiaire. L'élection de Lucien Bonaparte à la présidence du Conseil des Cinq-Cents – l'une des deux assemblées du Directoire – va favoriser son entreprise. Habilement ses complices avancent à nouveau la menace d'un complot jacobin, décident le déplacement des assemblées de Paris à Saint-Cloud afin de les éloigner de Paris et nomment Bonaparte commandant de la division militaire de la capitale.

Un coup d'État réussi

Le reste, les 18 et 19 novembre 1799, fut affaire technique et ménagea quelques temps d'hésitation et d'inquiétude. Mais Bonaparte fut désigné comme l'un des trois « consuls » provisoires et s'empara de la présidence de ce « consulat ». Le coup d'État, avec intervention militaire contre les députés, avait réussi et laissait Bonaparte vainqueur et Sieyès dupé.

Quelles que fussent les formes qu'allait prendre le pouvoir de Bonaparte et la symbolique qu'il allait choisir, il était clair que ceux qui souhaitaient *à la fois* le maintien des acquis de la Révolution (ventes des biens nationaux, droits de l'homme limités à leur aspect juridique, etc.) et la stabilisation sociale, c'est-à-dire l'établissement d'un ordre public (et juridique) se trouvaient satisfaits. La Révolution était fixée aux principes qui l'avaient commencée. Arrêtée en somme. La modération qu'on avait tant recherchée allait l'emporter, expulsant les citoyens du « quatrième état », de la scène. Mais cette modération, pour s'imposer, avait dû emprunter le chemin du coup d'État. Bonaparte avait conquis le pouvoir avec l'appui des grenadiers. La remise en ordre se ferait donc sous le poids – et dans la forme – d'une dictature militaire.

Or celle-ci était issue de la guerre. Saurait-elle se dégager de ses origines ? Construire non seulement la paix civile, mais aussi la paix extérieure ? Et pouvait-on préserver l'ordre intérieur si l'on ne stabilisait pas aussi la situation internationale ?

Il y avait là une contradiction lourde de dangers. Et ils étaient perceptibles dès la prise du pouvoir de Bonaparte, en ce brumaire an VIII.

1800

Bonaparte le centralisateur

S'installer au centre du pouvoir n'est rien si ce pouvoir ne contrôle que des apparences ; si la réalité économique, sociale, politique lui échappe. Situation d'autant plus difficile quand, sur tous ces terrains, essentiels, les oppositions et les conflits existent et quand la guerre se poursuit, exigeant rapidité et unité de commandement. Situation inacceptable quand, précisément, on a été poussé à la tête du pouvoir au terme d'une crise caractérisée par l'impuissance et les velléités d'un gouvernement divisé.

Les ambitions personnelles de Bonaparte – tout le pouvoir tout de suite et pour lui seul – sont ainsi soutenues par les aspirations de larges couches qui veulent se sentir gouvernées, c'est-à-dire assurées de la stabilité politique, condition de l'ordre social et économique.

Après dix années (1789-1799) de secousses, de troubles, de déchirements, d'improvisations, de constitutions successives, de périodes de terreur, de coups d'État, le temps est venu de la normalisation, c'est-à-dire de la codification de la vie publique. Et cela passe par la centralisation aux mains de l'État des différents pouvoirs.

Le désir de stabilité

Tout y pousse donc. La formation et l'expérience militaires de Bonaparte. Les nécessités : il faut reprendre le pays d'une poigne ferme, briser hésitations et résistances. Apaiser. Et s'appuyer pour cela sur la forte tradition centralisatrice de la monarchie, continuée par les méthodes jacobines de gouvernement. Et la militarisation de la société et des procédures de décision telles que la guerre les a suscitées puis maintenues.

Politiquement, en attaquant sur ses deux ailes – droite et gauche –, Bonaparte renforce ce pouvoir central. Il interdit les journaux royalistes, reprend l'offensive contre la chouannerie, mais dénonce et réprime le complot jacobin. Les Jacobins seront déportés après l'attentat de la rue Saint-Nicaise (24 décembre 1800). En même temps, il en appelle au centre de la nation : « Ni bonnet rouge, ni talons rouges, je suis national », dit-il et il prêche la réconciliation autour de ce centre : c'est la clôture de la liste des émigrés. Le plébiscite venant manifester cette réunion dans la nation incarnée par sa personne.

Dès les premiers mois du pouvoir de Bonaparte, rejoue ainsi, à son profit, le réflexe monarchique, après ces dix années de gouvernement d'Assemblées et de Comités qui, même sous Robespierre, étaient restés les maîtres du pouvoir.

Le code civil (mis en chantier dès 1800), les préfets tuteurs de l'administration du département, l'organisation judiciaire et financière constituent l'armature de cette structure pyramidale du pays, dont le sommet est à Paris, dans les bureaux du Premier consul.

Pour bâtir ces institutions, Bonaparte fait appel à des hommes d'Ancien Régime – ses ministres souvent (ainsi aux Finances) – et au personnel politique de la Révolution. Leur force vient de ce que ces institutions reconnaissent les transferts de propriété – et de pouvoir – qui se sont opérés pendant la Révolution : le code civil ratifie et garantit les ventes des biens nationaux. Les banquiers – qui ont traversé en s'enrichissant la période révolutionnaire – se retrouvent dans le conseil de régence de la Banque de France (créée en février 1800), qui dispose du privilège de l'émission des billets. Le système fiscal est réaménagé, la monnaie stabilisée et un franc – dit germinal – sera bientôt créé (en 1803), équivalant à 4,5 grammes d'or et 0,3 gramme d'argent.

Cette stabilisation – administrative, sociale, financière –, cette centralisation, ébauchée dès les premiers mois pour l'essentiel – et achevée en moins de quatre années –, vont servir de cadre à la France contemporaine (XIXe et XXe siècles).

La liberté civile, l'égalité de droit, la propriété, le caractère laïque de l'État sont affirmés. La Révolution se trouve ainsi codifiée, enregistrée.

Bonaparte a réussi, par le forceps du coup d'État, à faire naître cette France hiérarchisée, centralisée, dominée par un pouvoir personnalisé (héritière en cela de l'Ancien Régime monarchique) et qui est en même temps façonnée – juridiquement, socialement, économiquement, culturellement – par les bouleversements révolutionnaires.

Il fallait, pour que cette France nouvelle prît corps, la rigueur d'un pouvoir fort, dont la centralisation est la manifestation administrative et politique.

1801

L'Église et l'État en France :
le compromis au service de l'ordre

La Révolution, quand elle va jusqu'au bout d'elle-même, rêve de changer les esprits, d'en finir avec les croyances traditionnelles. Elle songe – à son sommet paroxystique – à créer un homme nouveau. Et elle se heurte à la religion qui exprime, avec plus ou moins de force selon les régions, des valeurs ancestrales.

Ainsi, au-delà des circonstances politiques et des erreurs de gouvernement, au-delà des conflits d'intérêts (dans la Révolution française ce furent la Constitution civile du clergé et la vente des biens nationaux), il y a une opposition fondamentale entre la religion traditionnelle – souvent appui du pouvoir d'Ancien Régime – et la Révolution, créatrice d'une nouvelle organisation de la société.

Les cérémonies pleines de religiosité de la période révolutionnaire (culte de la Raison et de l'Être suprême) ne doivent pas faire illusion : elles marquent la volonté de rupture avec la religion et la tentative pour en faire naître une nouvelle, exprimant les principes du nouveau pouvoir.

Le choix de l'ordre

Réciproquement pour signifier de manière officielle que la Révolution est terminée, et que, après le temps des troubles, le pouvoir renoue avec l'ordre millénaire et qu'au-delà des changements d'hommes, des transferts de fortune, des mutations politiques, la société demeure fondée sur une stricte hiérarchie, qu'elle retrouve ainsi la tradition conservatrice, rien ne vaut le rétablissement symbolique de l'Église au cœur de l'État. Ainsi sera indiquée de manière éclatante la fin de l'épisode révolutionnaire. Et le choix de l'ordre social.

Les premiers gestes de Bonaparte vont spectaculairement dans ce sens.

Ses intentions sont politiques, réalistes, voire cyniques.

Il déclare au Conseil d'État : « Ma politique est de gouverner les hommes comme le grand nombre veut l'être. C'est là, je crois, la manière de reconnaître la souveraineté du peuple. C'est en me faisant catholique que j'ai gagné la guerre de Vendée ; en me faisant musulman que je me suis établi en Égypte ; en me faisant ultramontain que j'ai gagné les esprits en Italie. Si je gouvernais un peuple juif, je rétablirais le temple de Salomon. »

Il s'agissait aussi pour Bonaparte, et il l'exprimera, d'utiliser la religion comme un instrument de pacification sociale : elle prêche la résignation, elle prône la soumission à l'ordre civil. Les curés s'ajoutent aux gendarmes et aux préfets. « Une société sans religion est comme un vaisseau sans boussole, dira-t-il. Il n'y a que la religion qui donne à l'État un appui ferme et durable. » De manière plus circonstancielle, l'accord avec l'Église était nécessaire pour en finir avec la chouannerie. Si le pape reconnaît en Bonaparte le pouvoir légal, l'insurrection n'est plus légitime.

Par ailleurs, la remise en ordre administrative du pays implique que l'on unifie les clergés qui s'opposent les uns aux autres : à la suite des mesures révolutionnaires, prêtres jureurs et réfractaires coexistent. Ce désordre ne saurait durer. Une situation conflictuelle dans l'Église est facteur de troubles dans le pays. Comme le déclare Portalis, ministre de Bonaparte : « Le bon ordre et la sûreté publique ne permettent pas que l'on abandonne les institutions de l'Église à elles-mêmes. »

Le pape, pour sa part, trouve par l'accord avec Bonaparte le moyen d'entreprendre la rechristianisation du pays et, par l'unification du clergé, l'occasion de lier plus qu'elle ne l'a jamais été l'Église de France à Rome, en profitant notamment d'une soumission plus grande des prêtres aux évêques.

Le Concordat est donc le fruit d'un compromis. L'Église reconnaît la vente des biens nationaux et s'engage à ne jamais la remettre en cause. Elle accepte de n'être plus que la «religion de la majorité des Français», ce qui accorde une place aux protestants et aux israélites. Elle admet un nouveau découpage des diocèses, la nomination commune des évêques, la prise en charge par l'État de l'entretien du clergé.

Par ces concessions, elle laisse en somme à l'État le pouvoir politique et le contrôle politique sur le clergé. Mais elle reparaît au centre de l'État, et elle est libre de déployer toute son influence. Bonaparte, pour des raisons politiques, souhaite cette reprise en main «morale».

Chacune des deux parties trouve donc dans le Concordat des avantages. Mais Bonaparte n'est gagnant que si son pouvoir politique n'est pas affaibli. Car l'Église, dans son principe, reste une force d'opposition, liée au pouvoir monarchique, et considérant Bonaparte – puis l'empereur – comme un usurpateur. Qu'il chancelle et elle l'abandonnera.

L'équilibre du compromis peut donc être rompu, au détriment de Bonaparte, par la modification de sa situation politique.

Car il n'implique en rien une entente idéologique du type de celle qui liait l'Église au monarque de droit divin. Même le sacre ne sera qu'un acte politique.

Les deux faces du régime

Dès 1801, on perçoit cette contradiction sourde.

D'une part, en effet, le code civil laïcise les rapports sociaux. Le catholicisme est ainsi absent de toute la structure juridique qui encadre la société civile. Mais, d'autre part, le Concordat fixe la religion catholique à l'État, et lui assigne en fait le soin de gouverner les esprits de la masse du peuple, alors même que la hiérarchie sociale, enregistrée par le code civil, obéit aux valeurs nouvelles.

Cette contradiction reflète l'ambiguïté du régime bonapartiste qui, dès l'origine, se veut héritier de la Révolution (et il a été suscité, accepté pour en consolider les acquis), mais cherche à fonder son pouvoir politique sur les mêmes procédés, la même symbolique (pouvoir personnel, soumission des esprits à l'Église, bientôt le sacre) que le pouvoir d'Ancien Régime.

Le Concordat annonce ainsi la dualité de la dynastie napoléonienne et ne peut masquer la fragilité des rapports entre Bonaparte et l'Église.

Mais il signale clairement que la Révolution est finie, même si l'on cherche encore la forme politique adaptée à la nouvelle organisation sociale et si l'on espère que l'Église pourra, comme par le passé, encadrer la société et faire la police des esprits. Comme si les bourgeoisies rêvaient à leur tour d'être de droit divin.

1802

Bonaparte à la recherche de la paix

La stabilisation intérieure d'un pays n'est possible, sur le long terme, que s'il est en paix. La guerre en effet est une dynamique imprévisible, dans la mesure où le sort des batailles est toujours incertain. Elle a de plus des exigences telles – en hommes, en ressources, etc. – qu'elle crée toujours de fortes tensions dans la société.

Certes, la nécessité de contrôler ces tensions et d'encadrer la société, comme les impératifs du commandement, aboutit au renforcement de l'État, mais si la guerre se prolonge celui-ci est entraîné dans une dialectique infernale : il doit se renforcer encore pour tenir une société qui s'épuise ; il doit l'emporter à tout prix sur les fronts extérieurs sous peine de voir s'ouvrir des batailles intérieures qui l'affaibliront face à ses ennemis.

La paix, dès lors qu'elle est victorieuse, vient au contraire consolider un État que la guerre a durci et concentré. Elle est donc souhaitée par ceux qui ont profité de cette évolution de l'État, pour, utilisant les circonstances de la guerre, le conquérir.

C'est le cas de Bonaparte.

Le désir de paix

Il veut la paix, d'autant plus que la France est en guerre depuis dix ans et que l'opinion aspire à la fin des combats, comme elle a souhaité, sur le plan intérieur, en terminer avec les troubles révolutionnaires et les coups d'État.

Or les circonstances sont favorables. Les victoires militaires ont permis de conclure un traité avec l'Autriche (Lunéville, 9 février 1801). L'influence française est assurée en Italie (République cisalpine), en Suisse et en Hollande. L'Europe continentale est dominée par Paris. Reste l'Angleterre, isolée, appauvrie par le long conflit, travaillée par les revendications populaires. Elle se résout à signer le traité d'Amiens (27 mars 1802).

Il tente de définir une sorte de partage du monde, puisque l'Angleterre restitue à la France et à ses alliés (France, Espagne, Hollande) l'essentiel de leurs colonies, qu'elle s'engage en outre à évacuer l'Égypte, la France se retirant de Naples et des États romains.

Mais ce partage ne fait aucune allusion à la Belgique, à la rive gauche du Rhin et aux transformations intervenues en Italie, comme si les deux parties convenaient, dans leur recherche de la paix, de laisser cette question ouverte, c'est-à-dire s'en remettaient à l'évolution du rapport des forces sur le terrain, celui de l'Europe continentale.

La situation de celle-ci reste donc précaire, et, de ce fait, la paix d'Amiens apparaît à l'évidence comme une trêve, puisque l'essentiel aux yeux des deux puissances signataires – c'est-à-dire le sort de l'Europe continentale – reste en dehors de la paix. Or, là – en Belgique, à propos de la rive gauche du Rhin – se trouve la zone d'affrontement, par puissances interposées, entre la France et l'Angleterre.

Cependant, cette fiction de paix, cette suspension de la guerre, est nécessaire à Bonaparte. Elle est un élément capital de sa construction politique. Après le code civil et le Concordat, la paix – outre qu'elle favorise des ralliements d'émigrés – confirme que c'en est fini des guerres révolutionnaires – de la Révolution. Puisque la Révolution est apparue comme liée à la guerre, il est décisif que l'ordre et le régime nouveaux fassent naître, fût-ce pour un instant, la paix.

Un pouvoir civil de style militaire

L'entracte permet à Bonaparte de changer d'image. Il quitte l'uniforme pour la tenue civile. Parce que l'armée – soldats et généraux – rechigne devant l'abandon de la symbolique républicaine et le retour de l'Église – le jour de Pâques 1802, un *Te Deum*, à Notre-Dame, consacre la promulgation du Concordat –, parce que aussi elle rappelle les origines du pouvoir bonapartiste, il est souhaitable que la paix marque qu'elle dépend désormais du pouvoir politique, et qu'elle ne fait plus la politique. « Le militaire, déclare le Premier consul le 4 mai 1802, ne connaît point d'autre loi que la force, il rapporte tout à lui, il ne voit que lui. Je n'hésite pas à penser, en fait de prééminence, qu'elle appartient incontestablement au civil. »

La paix – ou son apparence – est donc l'occasion de cette mutation qui a pour but de normaliser, de civiliser un pouvoir et un homme issus de la guerre et de l'année.

La Constitution de l'an X (4 août 1802) est la couverture juridique de cette transformation. Mais elle confirme qu'il ne s'agit en rien d'une démocratisation puisqu'un plébiscite proclame Napoléon Bonaparte « Premier consul à vie » (29 juillet 1802 : 8 374 non sur 3 577 259 votants) et que ce Premier consul, dans la nouvelle Constitution, contrôle tout, jusqu'à la désignation au sein des conseils municipaux des maires et des adjoints. La dépendance de chaque pouvoir, de chaque assemblée, de chaque homme à l'égard du Premier consul est totale.

Ce pouvoir civil est aussi rigide, aussi structuré, aussi hiérarchique qu'un pouvoir militaire. Mais il échappe à l'armée pour se concentrer entre les mains de Bonaparte.

Symboliquement, le 15 août, date de naissance du Premier consul, est décrété fête nationale.

Cependant cette toute-puissance, née de la guerre, confortée par la paix (et la recherchant pour cela), souhaitée et acceptée par l'opinion (d'ailleurs fermement contrôlée), a sa propre logique, sa propre dynamique. À l'intérieur :

peut-elle se contenter du consulat à vie ? À l'extérieur : peut-elle se satisfaire d'une trêve qui laisse en suspens les questions cruciales ?

La puissance va, quand elle est sans frein, jusqu'au bout d'elle-même. Bonaparte, sûr de lui, multiplie les annexions : l'île d'Elbe (août), le Piémont (septembre), Parme (octobre). Il devient médiateur de la Confédération helvétique : « Il faut que, pour ce qui regarde la France, la Suisse soit française comme tous les pays qui confinent à la France » (décembre 1802). Il établit des tarifs douaniers protectionnistes qui défavorisent l'Angleterre.

Dès lors l'entracte de la paix sera bref.

Mais, si la guerre reprend, la stabilisation du pouvoir et de la société ne peut être que compromise, dépendant du sort des batailles, de l'issue des conflits, toujours aléatoire.

1803

La dictature ou le vrai visage du bonapartisme

Un pouvoir qui s'est établi à partir d'un coup de force, appuyé par l'action d'hommes en armes, craint les oppositions, doute au fond de lui-même de sa légitimité et, issu d'un complot, traque les conspirations. La dictature est donc inscrite dans l'origine même d'un tel pouvoir.

Mais la nécessité de figer les rapports de forces, après les dix années de secousses révolutionnaires, la volonté d'arrêter le mouvement des couches sociales puisque, désormais, on occupe le pouvoir central, le cynisme de Bonaparte, son réalisme acquis pendant la période révolutionnaire – peu propice à une pédagogie de la démocratie… –, tout contribue à mettre en place une dictature. Et cette dictature vise à contrôler *la totalité* de la société. L'idéal d'organisation étant la structure militaire, hiérarchisée, disciplinée, obéissant comme une mécanique aux injonctions du chef.

Le contrôle de toute la société

La masse du peuple est surveillée par la police (« la police machiavélique d'un homme sans pitié », selon Stendhal jugeant ainsi Fouché) et la gendarmerie. Son obéissance est assurée par la police des esprits que doit assurer l'Église, prêchant la soumission, et par l'ignorance qu'il faut maintenir : l'enseignement primaire est abandonné parce que jugé inutile et même dangereux.

Le 12 avril 1803, les coalitions ouvrières (la grève) sont interdites, et l'ouvrier doit être porteur d'un livret sous

peine d'être accusé de vagabondage. Enfin le mythe napoléonien – victoires, bientôt sacre impérial – doit fidéliser
une masse ainsi surveillée.

Dans cette masse amorphe – on l'espère –, il faut aussi
susciter des dévouements et créer une structure d'encadrement : la Légion d'honneur et les cohortes qui, dans chaque
département, regrouperont les décorés doivent permettre
de constituer une sorte de milice liée à Bonaparte. « Je défie
qu'on me montre, dira Bonaparte, une république ancienne
ou moderne dans laquelle il n'y ait pas de distinction. On
appelle cela des hochets ! Eh bien, c'est avec des hochets
que l'on mène les hommes... »

L'Université est une autre structure d'encadrement. Elle
est hiérarchisée, soumise à un grand maître lui-même directement soumis à Bonaparte. La militarisation de la jeunesse,
qui, dans les lycées, est destinée à fournir les futurs cadres
du régime, est totale : le 10 juin 1803, l'emploi du temps
dans les lycées est réglé quart d'heure par quart d'heure, et
les élèves et les professeurs devront porter un uniforme.

Plus tard (1808), la création d'une noblesse impériale
marquera la même volonté de contrôler et de lier des individus au régime, et donc à la personne de son chef. Dans une
telle dictature, aucune des garanties individuelles – celles
des droits de l'homme – n'est assurée. D'ailleurs, fait
significatif, dès le 20 mai 1802 l'esclavage et la traite ont
été rétablis. C'est dire que l'universalisme humaniste de la
Convention est oublié. Dès lors une terreur d'État, bureaucratique, peut fonctionner. Elle n'est en rien désordonnée,
improvisée comme celle de la période révolutionnaire. Elle
s'appuie sur un ensemble de textes. Mais des tribunaux
spéciaux sont créés, les jurys sont supprimés là où il y a
des troubles, la confusion du judiciaire et du policier est
même, un temps, légalement organisée puisque les services
du ministère de la Police générale sont rattachés au grand
juge. La surveillance, la délation, le soupçon, la provocation, l'enlèvement de suspects, l'assignation à résidence,
l'emprisonnement sans garantie judiciaire et pour finir

l'assassinat – même s'il prend le nom d'exécution – sont courants.

Dans un tel système, la censure est tatillonne. Elle contrôle les propos, les correspondances privées, les journaux, les livres. Elle pourchasse les écrivains, les intellectuels qui refusent d'être aux ordres (de Mme de Staël à Benjamin Constant ou Royer-Collard). Les institutions sont épurées de ceux – idéologues – qui contestent le pouvoir ou ne manifestent pas une servilité suffisante. Et pour éviter que ne se forme un foyer d'opposition, l'Académie des sciences morales et politiques est dissoute en 1803. Cette dictature – on s'étonne que le mot soit si rarement prononcé à propos du régime de Bonaparte – vise donc à régler tous les rouages de la société, à fournir à celle-ci un ensemble de croyances – traditionnelles (le catholicisme) et nouvelles (le culte du Premier consul, bientôt empereur) –, de symboles (les aigles, la Légion d'honneur). Elle crée ses filières et elle veille à la répression de toute velléité d'opposition.

Elle est acceptée d'abord parce que le mouvement populaire est épuisé après avoir été brisé. Et que le régime veille à ce que rien ne puisse venir le réveiller. Acceptée aussi parce qu'elle ne touche pas à la nouvelle répartition de la fortune et de l'influence, telle que la Révolution l'a réalisée. Les notables acheteurs de biens nationaux se retrouvent dans les cohortes de la Légion d'honneur. Dès lors qu'ils acceptent le pouvoir personnel de Bonaparte, ils sont associés aux honneurs et aux pouvoirs locaux. Et la dictature leur garantit la paix sociale et la soumission des esprits. En ce sens, la dictature personnelle est aussi la dictature des notables et des couches sociales qu'ils représentent.

Napoléon Bonaparte et les notables

Et, dès lors que Bonaparte réussit, pourquoi ces notables, ainsi confortés dans leur richesse et leur rôle, contesteraient-ils son pouvoir ?

Mais ce point, capital, de la réussite de Bonaparte est aussi précisément la faiblesse de la dictature.

Elle pourrait en effet se stabiliser, s'enraciner, si la guerre ne venait créer des déséquilibres. Or la paix d'Amiens est rompue dès le mois de mai 1803. Et l'annonce de la guerre entraîne immédiatement une nette baisse de la Bourse et un ralentissement des affaires.

En ne réussissant pas à s'installer dans la paix, la dictature bonapartiste issue de la guerre reste, en ce qui concerne le pouvoir personnel de Bonaparte, une construction fragile dépendant du sort des armes. Et les notables, qui acceptent ce pouvoir personnel s'il garantit leur sécurité, s'en détacheront si celle-ci est mise en cause.

Or la guerre, ce sont des déserteurs, la raréfaction des denrées, la hausse des prix, les troubles, le risque d'invasion. Les notables, pour garder leurs biens et leur pouvoir, sont prêts à changer de dictateur – de monarque. Celui qui assurera l'ordre – fût-il un roi rentré d'exil – sera le bienvenu si Bonaparte ne peut plus remplir ce rôle.

1804

L'Empire de Bonaparte

La plupart des hommes qui ont accédé au pouvoir suprême cherchent à s'y maintenir le plus longtemps possible et s'ils le peuvent pour toute la durée de leur vie. Ils tentent même de prolonger leur emprise sur les institutions – qu'ils ont parfois modelées – et sur la société qu'ils gouvernent, au-delà de leur mort, en retrouvant, d'une manière ou d'une autre, le principe de la transmission héréditaire du pouvoir. C'est aussi pour eux façon de se garantir, leur vie durant, contre les rivaux, en cadenassant leur succession. Ils essayent ainsi de faire disparaître dans leur entourage la lutte pour le pouvoir, manière de chercher à le garder jusqu'au bout entre leurs mains.

Un pouvoir monarchique

Si la prise du pouvoir par la force conduit presque inéluctablement à la dictature, celle-ci contient donc les germes d'un pouvoir monarchique héréditaire. Et comment légitimer celui-ci, aux yeux du peuple, sinon en affirmant l'essence exceptionnelle de la famille qui prétend présider, pour toujours, aux destinées d'une collectivité ? Le principe héréditaire débouche ainsi sur la consécration religieuse. Et parce qu'il reproduit un modèle de pouvoir politique connu, traditionnel dans l'Histoire, parce qu'il place un homme et sa famille – légalement, symboliquement, religieusement – au-dessus de tous les autres, il recrée, immédiatement, tous les aspects secondaires du pouvoir monarchique : phénomènes de cour, courtisans, bon vouloir du monarque, distribution des bénéfices – ou des royaumes – aux parents et aux proches, définition d'une étiquette qui consacre la fin de l'égalité entre les hommes (même si elle est réaffirmée). C'en est fini du « citoyen » et recommence le temps des titres de noblesse, des « messieurs » et des « sujets » de Sa Majesté.

Cette évolution est celle que suit, étape après étape, le régime bonapartiste, qui est, de ce point de vue, un modèle si parfait qu'il en paraît caricatural. En faisant proclamer le consulat à vie, Bonaparte a déjà dessiné clairement ses intentions. « Voici le second pas fait vers la royauté », a pu alors s'exclamer Mme de Staël. Les circonstances vont accélérer cette démarche.

La guerre rouverte avec l'Angleterre, les alliances continentales qu'elle conclut (avec la Russie) rendent l'avenir incertain. Or, il faut consolider le pouvoir, donner, au moment où sont perceptibles des signes d'inquiétude chez les notables, la preuve de la stabilité du régime en le mettant à l'abri des circonstances.

Cette nécessité est d'autant mieux perçue par Bonaparte qu'il se sent personnellement menacé.

La guerre avec l'Angleterre, et quoi qu'il dise, l'inquiète. Il sait « qu'elle entraînera après elle une guerre sur le continent ».

Il craint aussi une conspiration, dont le but serait de l'assassiner. La police arrêtera le chouan Cadoudal, et le général Pichegru. Bonaparte suppose qu'il existe un lien entre ces monarchistes et un « prince français ». Le duc d'Enghien, enlevé hors de France, conduit à Vincennes, sera exécuté parce que soupçonné – à tort – de tenir ce rôle dans le complot.

La fonction de cette exécution est en partie la même que celle de Louis XVI en 1793 : montrer la détermination, marquer la rupture. Mais elle ne se fait plus seulement au bénéfice de principes, mais aussi dans l'intérêt personnel et dynastique d'un homme. Même si Bonaparte affirme : « Je suis l'homme de l'État, je suis la Révolution française et je la soutiendrai. »

Et il est vrai que cette exécution rend la réconciliation impossible entre les Bourbons et Bonaparte et signifie que le Premier consul veut être à l'origine d'une nouvelle lignée politique, qui a pour base les transformations accomplies pendant la Révolution française. C'est l'Empire napoléonien. Le Sénat le proclamera le 10 mai 1804, Napoléon est empereur des Français et la dignité impériale est héréditaire. Le plébiscite sur cette Constitution de l'an XII ne comptera sur 3 524 254 suffrages exprimés que 2 579 voix contre !

Formes anciennes et réalité nouvelle

Il reste, pour affirmer et manifester la légitimité monarchique du nouvel empereur face à Louis XVIII, à obtenir du pape un sacre. C'est fait le 2 décembre 1804, à Notre-Dame. Les formes anciennes viennent couronner une réalité nouvelle, puisque, le pape s'étant retiré, Napoléon prononce un serment qui est la charte morale de l'Empire. L'empereur prête serment au peuple français, sur l'Évangile : il jure de « maintenir l'intégrité du territoire de la République, de respecter et de faire respecter les lois du Concordat et la liberté politique et civile, l'irrévocabilité des ventes des biens nationaux ; de ne lever aucun impôt, de n'établir aucune taxe qu'en vertu de la loi, de maintenir l'institution de la Légion d'honneur ; de gouverner dans la seule vue de l'intérêt, du bonheur et de la gloire du peuple français ».

Sous les mots, il n'y a, en fait, que deux réalités fortes : le pouvoir personnel de Napoléon Bonaparte, qui peut tout dans l'ordre politique, judiciaire, policier (après le duc d'Enghien, Cadoudal et ses complices ont été guillotinés, Pichegru a été retrouvé étranglé dans sa cellule) et le respect des fortunes des notables (« irrévocabilité de la vente des biens nationaux »). Mais qui oserait dire que l'égalité des droits, la liberté politique existent ? Quant à la République, confiée à un empereur des Français, le mot lui-même disparaîtra bientôt.

Dans le sang, dans la guerre, en ranimant les vieux symboles (le sacre), en se coulant dans les formes traditionnelles du pouvoir (l'hérédité), en conservant quelques-uns des mots de la Révolution et surtout la nouvelle structure des fortunes qu'elle avait mise en place, Napoléon tente une synthèse politique – l'Empire –, qui voudrait défier les années.

Mais la guerre est là, qui dicte sa loi.

1805

Trafalgar et Austerlitz :
puissance de la mer et force de la terre

Derrière le décor des cérémonies, l'éclat des discours, l'héroïsme des soldats, le talent des chefs d'armée et même l'ampleur des succès militaires, il existe une réalité plus discrète (financière, économique), des données politiques peu perceptibles d'abord – l'état de l'opinion publique –, mais qui portent en elles les évolutions d'avenir, et permettent, alors même qu'un régime paraît au sommet de sa réussite, de déceler ses faiblesses. L'homme d'État qui n'est pas capable de prendre en compte cette dynamique, de la maîtriser, de l'infléchir à son profit, de se dégager de la contrainte des circonstances immédiates pour assurer le futur est, à terme, condamné à l'échec.

L'inéluctable fuite en avant

Or, à peine la cérémonie du sacre achevée, Napoléon se trouve lancé dans une fuite en avant, qui n'est pas manière d'assurer le futur, mais obligation de colmater les brèches qui s'ouvrent à tout instant dans sa nouvelle construction politique. Il le fait avec génie, mais le rythme d'apparition des problèmes qui se posent à lui et leur ampleur, l'impossibilité dans laquelle il se trouve de les régler, au fond, marquent la précarité de son pouvoir. Il réussit à faire face. Il remporte des succès inespérés parfois, mais il se montre incapable de *stabiliser* la situation.

Il répond au temps qui lui échappe en tentant de contrôler l'espace. Mais cette conquête territoriale, outre qu'elle l'entraîne toujours plus loin et qu'elle n'a donc pas de limite, si elle a l'apparence du succès (et la réalité aussi : les victoires militaires sont des faits), ne résout pas la question : l'espace n'est pas du temps. Et la domination (toujours partielle) de l'espace ne brise pas le ressort du temps, qui joue donc toujours contre le conquérant.

Le cœur du temps, c'est l'Angleterre, et Napoléon sent bien que lui faire la guerre le fait entrer dans une spirale dont il aura du mal à s'échapper.

Le 2 janvier 1805, il offre la paix à Londres avec l'emphase d'un nouveau souverain : « Monsieur mon frère, écrit-il au roi d'Angleterre, le monde est assez grand pour que nos deux nations puissent y vivre. » Mais l'Angleterre se dérobe. Comme le dit l'un de ses diplomates : « Nous faisons la guerre au pouvoir exagéré de la France, qu'elle soit gouvernée par un Bourbon ou un Bonaparte. »

Or cette Angleterre irréductible est un espace inaccessible.

La flotte française est incapable de maîtriser la mer, et donc le débarquement dans les îles Britanniques auquel rêve Napoléon et qu'il prépare devient impossible. La supériorité navale anglaise (cent trente-cinq navires contre cinquante) n'est pas seulement numérique, elle tient à la qualité des équipements, des équipages et du commandement. La domination sur mer est le reflet de l'avance anglaise en matière d'économie, de commerce et de finance. Elle contrôle les voies atlantiques qu'empruntent les navires espagnols chargés de piastres mexicaines, nécessaires à l'équilibre financier de l'Empire napoléonien (par un jeu de réescompte). Elle domine le commerce du coton et donc celui du textile. Il en est de même pour le sucre. Cette supériorité marchande et économique a son pendant dans le domaine des finances : Londres dispose d'une masse monétaire abondante (papier-monnaie) émise à discrétion par le pouvoir sur autorisation de la Chambre des communes. Et toujours remboursable. La puissance anglaise est ainsi appuyée à trois piliers (maritime, économique, financier) qui se renforcent mutuellement et aucun d'entre eux ne peut être atteint par l'action de Napoléon. L'empereur peut dire : « En trois jours, un temps brumeux, et des circonstances un peu favorisantes peuvent me rendre maître de Londres, du Parlement et de la Banque », il ne disposera pas de ces trois jours et la défaite navale – tragique pour ses projets et son avenir – de Trafalgar (21 octobre 1805) fait éclater son impuissance. L'espace anglais (les mers, les océans et les îles Britanniques) lui échappant, il ne peut contrôler le temps, dont Londres, par la banque, l'économie, la détermination politique, est le centre. Dès lors, l'extension continentale du pouvoir napoléonien (roi de Lombardie, en mai 1805 ; rattachement de Gênes à l'Empire, etc.), les victoires militaires fulgurantes (Ulm, contre les Autrichiens – 20 octobre 1805 –, Austerlitz, contre les Russes, 2 décembre 1805) elles-mêmes ne peuvent résoudre cette question. Elles apparaissent comme un sursis. Napoléon réussit à desserrer un peu le garrot que Londres, maîtresse de l'économie et des finances et donc du temps, a noué autour de son pouvoir.

L'opinion en France sent bien ce danger. La paix a été trop courte et le sort du régime est lié malgré le sacre, chacun le sait, à celui des armes. La censure s'appesantit sur les journaux accusés par Napoléon de n'être que les « truchements des journaux et des bulletins anglais et propres à alarmer sans cesse l'opinion ». « Le temps de la Révolution est fini, et il n'y a plus, en France, qu'un seul parti ».

La crise du crédit

L'inquiétude se manifeste par bien plus grave que des articles de journaux que l'on peut toujours censurer. Un resserrement général du crédit accompagne en effet le retour de la guerre. Les faillites se multiplient. Les capitaux hollandais désertent la place de Paris. Le commerce colonial – source de profits – est rendu impossible par la maîtrise anglaise de la mer. Or il faut financer la guerre, payer les armements, l'intendance et les soldes. Napoléon qui se souvient de l'Ancien Régime s'interdit les emprunts publics et s'en remet donc à des prêteurs à court terme. Système archaïque si l'on pense à la modernité de la place financière de Londres et de ses méthodes. Système qui conduit à confier le service du Trésor (1804-1806) à des « Négociants réunis » (Ouvrard, Vanlerberghe, Desprez) qui, pour récupérer leurs prêts (en France, en Espagne), s'associent à des banquiers hollandais et... anglais. La banque Baring de Londres est chargée de transporter, en pleine guerre, sous pavillon anglais des piastres mexicaines qui doivent servir à alimenter (après partage des bénéfices entre ces banques) les caisses d'Ouvrard qui financent la guerre napoléonienne !

C'est dire la dépendance dans laquelle se trouve l'Empire. Et les remboursements de billets sont presque suspendus par la Banque de France, durant plus de dix semaines, entre le départ de l'empereur pour les champs de bataille (en septembre 1805) et les lendemains de la victoire d'Austerlitz (2 décembre).

Ces réalités – ajoutées aux aléas des récoltes, au marasme du commerce, etc. – sont significatives, alors que brille le soleil d'Austerlitz, du véritable rapport de forces entre Paris et Londres.

Une politique qui ne peut briser le cercle dans lequel son principal adversaire l'emprisonne est, malgré ses succès passagers, fussent-ils spectaculaires, condamnée dès lors que l'ennemi, fort de son invulnérabilité, est décidé à tenir jusqu'au bout.

1806

Le blocus continental
ou le rêve d'une Europe napoléonienne

La guerre d'un pays contre une coalition, quand elle ne permet pas de réduire l'adversaire principal, même si les succès contre les ennemis secondaires se multiplient, tend à devenir totale. C'est-à-dire qu'elle ne se limite plus au plan militaire, mais tente d'atteindre au cœur la puissance opposée. Les formes primitives de la guerre totale sont le pillage, la destruction des populations civiles et de leurs habitats, etc. Les formes modernes – qui n'excluent pas l'emploi des procédés primitifs – utilisent l'arme économique, dans l'espoir de réduire ce qui fait la force de cet ennemi (le commerce, les finances, etc.) qu'on ne peut détruire militairement.

La conquête de l'espace doit, dans cette perspective, conduire à son contrôle économique. Mais celui-ci, pour être efficace, doit être rigoureux, ce qui lèse des intérêts locaux liés au commerce, à la banque, à l'industrie. Il doit aussi s'étendre afin de restreindre au maximum les marges de liberté économique de l'adversaire. Si bien que la guerre économique conduit à une diffusion des opérations militaires et ne peut que susciter des résistances.

Le militaire contre l'économique

Il y a d'ailleurs dans cette confrontation, « moderne », une différence de niveau entre les puissances rivales. Celle qui utilise l'arme militaire pour affaiblir l'économie se place d'emblée sur un terrain « ancien » et ne peut qu'être entravée par les rigidités propres à l'action des armées, alors qu'au contraire la puissance économique, si elle peut protéger militairement son *hinterland*, joue de toutes les souplesses de la finance, du commerce, de l'industrie, c'est-à-dire des ressources du marché et des ressorts de l'intérêt. À moyen et long terme on ne peut combattre l'économique que sur son terrain. L'espace militarisé ne peut jamais long-temps dominer le temps de la production, du commerce et de l'argent.

C'est ce que tente pourtant de faire Napoléon dès lors que, après Trafalgar, il a compris qu'il ne pourrait conqué-rir militairement l'Angleterre. Il vise donc son cœur écono-mique dans l'espoir, en fermant l'Europe à ses produits, de provoquer sa faillite, de l'acculer, en empêchant les expor-tations de produits agricoles, à la famine et de faire naître ainsi chez elle une crise industrielle et une crise de subsis-tances débouchant sur une crise sociale.

Par une série de mesures de plus en plus draconiennes (taxes douanières pouvant dépasser 250 %, prohibition et saisie des marchandises anglaises), il en arrive, après sa victoire sur la Prusse (Iéna et Auerstedt, 14 octobre 1806) et son entrée à Berlin (le 27 octobre 1806), à formuler, le 21 novembre 1806 dans la capitale prussienne, un décret qui déclare les « îles Britanniques... en état de blocus », et il précisera dans *Le Moniteur* : « L'Angleterre a voulu exci-ter contre la France... Le temps approche où l'on pourra déclarer l'Angleterre en état de blocus continental. »

La prise des villes hanséatiques (Hambourg, Brême, Lübeck), le contrôle des côtes vers la Russie créent des dif-ficultés à l'Angleterre, sans pour autant que son commerce, sa production soient menacés de paralysie ou d'asphyxie. Napoléon a sous-estimé la souplesse et les facultés d'adap-tation de l'économie anglaise. Londres a toujours su défendre son système financier et ne jamais céder à la panique ou à la spéculation, maintenant ainsi la convertibi-lité de son papier-monnaie, sans le vouer au sort de l'assi-gnat. Cela fut possible par l'avancement technique et politique, par rapport au continent, de ce système financier et économique anglais.

Mais surtout, le blocus continental, loin d'entraîner la décadence de l'économie anglaise, favorise au contraire son progrès. L'agriculture se modernise pour faire face aux besoins, l'industrie continue – même ralentie – sa progression, et le commerce, freiné en Europe, trouve de nouveaux débouchés en Amérique latine et en Méditerranée orientale. La construction à Londres des West India Docks montre que l'économie anglaise est devenue une « économie-monde » et qu'elle joue le rôle central dans le commerce mondial, transportant, entreposant, revendant.

Et l'Europe, malgré Napoléon, n'est pas exclue de cette toile d'araignée. Certes, la pénétration des marchandises venues d'Angleterre y est plus difficile, mais la contrebande est active. D'ailleurs Napoléon ne peut contrôler la totalité des côtes européennes, l'Espagne et le Portugal échappant par exemple au blocus.

Plus sourdement, mais plus fondamentalement, le blocus continental est miné par ses contradictions.

D'abord, il favorise le développement des oppositions nationales à l'Empire. Chaque pays d'Europe se sent corseté, privé de marchandises. Et ces résistances creusent autant de failles qu'elles le peuvent dans le blocus.

Les faiblesses du blocus

Mais la vision même du blocus est lourde de paradoxes. Si les droits de douane perçus augmentent, des régions entières – les villes-ports et leur *hinterland* – sont ruinées et ont le sentiment qu'on les sacrifie aux intérêts financiers à court terme de l'État, dévoreur pour ses guerres de numéraire et aux intérêts des manufacturiers. Mais ceux-ci ne sont pas eux-mêmes unanimes, ayant besoin pour leur fabrication de fil ou de toile de coton.

Les contradictions économiques éclatent ainsi de toutes parts.

Par exemple, pour remplir les caisses, Napoléon accepte

que se développe le système des licences d'importation et d'exportation en direction de l'Angleterre, ce qui sape les bases mêmes du blocus. L'Angleterre devient ainsi la première importatrice de produits français et la première exportatrice vers la France, et sa balance commerciale est excédentaire.

Certes, l'industrie européenne – notamment celle de la filature –, mise à l'abri de la concurrence anglaise, s'est développée (en France, en Suisse, en Saxe et dans le pays de Bade), et la contrebande permet l'accumulation de la richesse dans la vallée du Rhin notamment. De même, dans d'autres régions du monde, les difficultés du libre-échange en Europe favorisent l'expansion de nouveaux acteurs du commerce mondial : l'Amérique latine et surtout les États-Unis.

Mais le but même du blocus continental – la faillite de l'Angleterre – s'est dérobé. Les armes et les décrets – même impériaux – ne peuvent jamais longtemps dicter leur loi à l'économie et détruire sa dynamique.

Le blocus n'est qu'une forme archaïque de résistance à la modernité économique, comme l'Empire napoléonien – avec sa prétention à retrouver les traces de Charlemagne – est, face au parlementarisme anglais, une construction surannée.

1807

Le réveil de la Prusse

Les idées de réformes se retournent souvent contre ceux qui les propagent à l'étranger les armes à la main. Les peuples ne croient pas longtemps aux « missionnaires armés ». Les troupes – même porteuses d'idées libératrices – vivent sur le pays qu'elles occupent. Elles pillent, elles imposent un lourd tribut. Elles suscitent des réactions nationales surtout là où existaient déjà une idée de patrie, une identité forte que l'occupation – et la défaite – fouette. Les années étrangères le demeurent, même si elles sont issues d'un pays révolutionnaire. Et la résistance à leur présence est d'abord une réaction nationale.

D'autant plus forte quand ces années ont perdu, au fil des ans et par suite des transformations politiques survenues dans leur pays, leur élan et leur visage révolutionnaires pour ne plus apparaître que comme des troupes de conquête, se partageant l'Europe, pour le plus grand profit d'une grande nation, devenue un grand Empire.

L'humiliation des nations

C'est le cas avec les armées napoléoniennes en 1807. Elles dominent l'Europe continentale de l'océan Atlantique à la Vistule. Napoléon est à Varsovie. Les batailles d'Eylau (8 février) et de Friedland (14 juin) sont à la fois coûteuses en hommes, incertaine pour la première et nettement victorieuse pour la seconde. Elles marquent la domination française tout en montrant que « les destinées de la France et de chaque famille sont soumises à un coup de canon »

(Savary). La peur de la défaite a fait baisser la Bourse à Paris.

À Tilsit, un traité entre Napoléon et le tsar Alexandre scelle l'alliance (passagère) entre la France et la Russie, et cela sur le corps de la Prusse vaincue. Ce traité est un « chef-d'œuvre de destruction » de la Prusse (Pozzo di Borgo).

Un grand État, à l'identité forte, se trouve ainsi humilié, imposé, dépecé, sa capitale occupée, son armée réduite, sa politique surveillée. Son évolution va être exemplaire des réactions nationales face à l'Empire napoléonien.

Il existe un parti français en Prusse pour qui Napoléon est le « héros de notre temps » (Buchholz). Ce parti souhaite une alliance avec Paris, une application stricte du blocus continental, moyen de développer les industries de Saxe et de Bohême, et les foires de Leipzig et de Francfort. Partisans de la philosophie des Lumières, les pro-français insistent à la fois sur la nécessité d'appliquer les principes « français » (par exemple, en supprimant les privilèges de la noblesse, responsable des défaites prussiennes, du retard économique à cause du régime seigneurial) et sur les avantages qu'un rapprochement avec Paris apporterait à la Prusse, contre la Russie et contre l'Autriche, faisant d'elle la plus grande puissance d'Allemagne.

Mais ce parti français est battu en brèche par ceux qui veulent régénérer la Prusse contre la France. Dans le Berlin occupé par les armées napoléoniennes, durant l'hiver 1807-1808, le philosophe Fichte, dans ses *Discours à la Nation allemande*, affirme ainsi qu'il faut se dresser contre la philosophie des Lumières et prendre appui sur *la nation*.

Ainsi, en Prusse, et par l'effet de la politique « impérialiste » de la France, se dissocient l'idée de *nation* et celles des Lumières.

Une conception se fait jour – et des réformes se mettent en place – selon laquelle il faut faire une révolution par le haut dans l'ordre. Que la modernisation de la nation ne suppose en rien une rupture avec l'Ancien Régime, ou la remise en cause de la monarchie ou un bouleversement des structures sociales existantes. Autrement dit, une révolution conservatrice peut se réaliser, ne prenant pas appui sur les bourgeoisies faisant alliance avec le « peuple », mais au contraire s'adossant à l'État, maintenant une société d'ordre, forgeant la nation non pas sur l'idée de peuple, de droits de l'homme ou d'égalité des droits, mais sur les hiérarchies traditionnelles et les élites. La nation, dans cette perspective, est une collectivité naturelle, une volonté de défense et d'identité et non une libre association de citoyens.

Fichte et ceux qui le suivent affirment donc qu'on doit lutter contre Napoléon – pour la nation allemande dont Berlin et la Prusse sont le cœur. Mais il invite aussi tous les Allemands à rejeter la vieille structure politique du Saint-Empire romain germanique et à s'émanciper politiquement, ce qui implique la lutte contre les Français. Il faut à l'Allemagne un redressement politique, intellectuel et moral.

La régénération de la Prusse

Stein (le Premier ministre de Prusse), Scharnhorst, Gneisenau, Grollman mettent en œuvre cette révolution conservatrice, par exemple dans l'armée, en ne faisant plus de l'appartenance à la noblesse une condition d'accès aux grades. Ainsi par en haut, les privilèges nobiliaires, puis le servage sont abolis.

À aucun moment dans ce processus il n'y a irruption des couches populaires, formulation de principes universels – les droits de l'homme et du citoyen –, si bien que cette modernisation autour de l'idée de nation renforce en même temps le régime politique traditionnel et les structures politiques et sociales qui le soutiennent.

Un type d'évolution historique se met ainsi en route en Prusse, qui doit son origine à la Révolution française et à la présence napoléonienne, mais qui ne provoque pas d'ébranlement social. Le mot « nation » a, dès cette année 1807, un contenu différent sur les bords de la Spree ou de la Seine.

La renaissance de la nation prussienne se fait contre la

France et ce que, à travers les armées de Napoléon, elle représente.

Une histoire de l'Europe qui occupera tout le XIXe siècle et la première moitié du XXe siècle et qui sera dominée par la confrontation entre la France et l'« Allemagne » commence en 1807.

1808

L'insurrection des peuples
contre l'Empire napoléonien

La guerre peut n'être que l'affaire des armées. Les
peuples – réservoir de soldats – subissent les malheurs des
temps, pillés par les uns et les autres, indifférents au sort
des batailles et subissant la loi du vainqueur quel qu'il soit,
acceptant que celui-ci occupe le trône du souverain qu'il
vient de chasser, et désignant pour régner l'un de ses proches
qui devient un fidèle vassal. Les peuples ne sont pas appe-
lés – sinon en fournissant les corps de leurs fils et les fruits
des récoltes – à se mêler des querelles des rois. Les armées
dans lesquelles ils servent peuvent au gré des changements
d'alliance passer dans tel ou tel camp. Peu importe. Ils
obéissent à leurs officiers qui ne doivent fidélité qu'à leur
souverain et le suivent dans les méandres et les changements de sa politique.

Mais le sentiment national existe. Il peut ne toucher
d'abord que les élites, et ce sont elles alors – comme en
Prusse, à partir de 1807 – qui organisent la régénération de
la patrie en vue de résister à une politique qui met en cause
l'indépendance du pays.

Foi et Patrie : une guerre totale

Mais ce sentiment national peut aussi soulever, presque
spontanément, la masse du peuple qui entre alors en *insurrection*, bouscule parfois les calculs de ses propres souverains et, dans des formes qui lui sont propres, mène le
combat pour sa patrie qui se confond souvent avec une foi.

La guerre alors change de forme. Elle n'obéit plus à aucune règle. Elle est totale : c'est-à-dire qu'elle se déroule aussi en dehors des champs de bataille. Chaque fossé, chaque taillis, chaque route, chaque maison devient un obstacle à l'occupant car un combattant peut s'y dissimuler. On égorge. On mène la guérilla. Et l'armée d'occupation impuissante est conduite à réprimer avec une sauvagerie égale. Elle torture, fusille, déporte, assassine les otages, les populations civiles, brûle les villes, pille, saccage. Il faut terroriser un peuple qui terrorise les soldats parce qu'il est partout hostile, et toujours insaisissable parce que toujours renaissant.

La Révolution française avait rencontré de telles insurrections populaires : sur le sol même de la France, en Vendée. Mais il y avait eu aussi des « Vendées » en Provence et dans les Alpes du Sud (les Barbets). En Italie, les Sanfédistes ou les Viva Maria avaient lutté avec le fanatisme des croyants contre les Français « infidèles ». D'ailleurs la Révolution, en répandant le modèle de la « nation », dans laquelle le combattant doit, pour se battre, adhérer à des idées et à une conception de la patrie, avait par son exemple contribué à briser le comportement d'obéissance aveugle des peuples à ceux qui les dirigent.

Or, Sa Majesté Napoléon qui partage l'Europe entre les membres de sa famille et ses généraux, qui distribue les trônes sans se soucier des sentiments populaires, qui viole ainsi les dignités nationales, qui exige pour ses batailles des contingents de troupes aux souverains qu'il force, après les avoir défaits, à s'allier avec lui, veut réanimer le modèle traditionnel de gouvernement.

Mais, à partir de 1808, et de sa tentative pour imposer sur le trône de Madrid son frère Joseph, il va rencontrer la résistance des peuples qui entrent en insurrection contre les troupes françaises, au nom de leur identité nationale.

L'Espagne, en effet, se rebelle tout entière après le *dos de mayo* (1808) de Madrid. La répression barbare conduite par les troupes de Napoléon – commandées d'abord par Murat – non seulement ne peut écraser la résistance, mais sa violence même élargit l'insurrection. Dans ce pays, les *afrancesados* (les pro-français) sont une infime minorité. C'est au cri de «mort aux infidèles» et souvent conduit par des ecclésiastiques que l'on massacre les Français. Aux troupes régulières espagnoles s'ajoutent des milliers de volontaires, conduisant une guerre de guérilla. Les troupes napoléoniennes sont contraintes de reculer, de capituler (à Baylen, par exemple). Et ces premières défaites, les erreurs de Napoléon (politiques et militaires) qui les ont provoquées, les lourdes pertes qu'elles entraînent sapent l'autorité de l'empereur, aux yeux de ses officiers, de l'opinion française et des cours d'Europe. On sait que Napoléon subit des revers, que pour la première fois il chancelle et qu'il se montre impuissant à résoudre – militairement – le problème de l'insurrection espagnole.

Cette *guerra de independencia* est bien en effet celle de l'insurrection de tout un peuple. Quand on exige des combattants espagnols «paix et capitulation», ils répondent *guerra y cuchillo*, «guerre au couteau». Les exécutions d'otages, les destructions de villes (Saragosse) et de villages, les pillages (Cordoue), les déportations ne pourront rien contre cette volonté générale, cette exaltation patriotique (que l'officier espagnol Palafox incarne) et religieuse.

Napoléon, à Sainte-Hélène, appréciera l'importance du tournant que représente cette «malheureuse guerre d'Espagne» qui a été, ajoute-t-il, «la cause première de tous les malheurs de la France. Toutes les circonstances de mes désastres viennent se rattacher à ce nœud fatal ; elle a détruit ma moralité en Europe, compliqué mes embarras, servi d'école aux soldats anglais... Cette malheureuse guerre d'Espagne m'a perdu».

Les Français oppresseurs des peuples

Mais il ne peut dire dans ce diagnostic – et peut-être ne peut-il ni concevoir ni s'avouer – qu'il a eu tout un peuple contre lui. Qu'ainsi la guerre d'Espagne marque de manière éclatante et sanglante un renversement de situation : les soldats français ne sont plus perçus comme des libérateurs venant briser les chaînes du servage ou dissiper les ténèbres de la superstition, apportant l'égalité et les lumières de la raison. Ils apparaissent comme des oppresseurs, semant la mort, voulant soumettre les autres peuples, leur imposer des souverains et des lois dont les peuples ne veulent pas. Les mouvements populaires se solidarisent ainsi, en Espagne et bientôt dans toute l'Europe (au Tyrol et en Allemagne en 1809, en Russie en 1812, en Allemagne en 1813), avec les souverains nationaux contre Napoléon et la France. Pis, pour Napoléon : en France même, si le peuple n'entre pas en insurrection il se dérobe, manière de résister à une politique, à la conscription : le nombre des déserteurs augmente sans cesse (atteignant parfois 20 %).

Ainsi se manifeste l'échec d'une politique, née d'une Révolution porteuse de liberté, mais devenue, en quelques années, expression d'une ambition dynastique et dominatrice, génératrice de guerre et d'oppression.

1809

Les armes de l'Église :
l'excommunication de Napoléon Ier

L'Église catholique, puissance spirituelle et temporelle,
a des intérêts à défendre. Ils sont de l'ordre de la foi
d'abord : elle veut maintenir les communautés chrétiennes
et, si possible, les étendre. Elle cherche ainsi à christianiser
ou à rechristianiser. Pour ce faire, elle doit pouvoir elle-
même, en toute autonomie, définir sa politique temporelle,
ce qui suppose qu'elle réussisse à sauvegarder l'indépendance des États pontificaux et qu'elle puisse s'appuyer sur
des régimes politiques qui, reconnaissant sa mission, l'aident à l'accomplir. En ce sens, l'Église – et le pape,
son chef spirituel et temporel – soutient les États et les souverains d'Ancien Régime qui déclarent le catholicisme
religion d'État. Ils combattent plus ou moins les autres
confessions et, par le biais du sacre, rattachent leur pouvoir
à l'organisation divine de l'univers, telle que la définit
l'Église.

Mission et politique de l'Église

La mise en œuvre – temporelle – de cette politique de
l'Église ne va pas sans conflit de pouvoir avec tel ou tel souverain, et sans concession. Mais ces principes fondamentaux (maintenir et développer la foi catholique et, à cette
fin, conserver son autonomie de décision, sans dépendre
d'un État ou d'un souverain en particulier) ne peuvent
admettre aucune altération sous peine de voir l'Église
perdre son rayonnement universel et par là même la réalité

de sa puissance. Un pape, conscient de sa place et de sa mission, ne troque pas sa vocation mondiale contre le plat de lentilles d'un maintien ou même d'un renforcement local, circonstanciel, de son pouvoir.

Le Concordat de 1801, conclu entre Pie VII et Bonaparte, s'inscrit dans cette problématique. Le pape a fait des concessions (le sacre en est une en 1804) pour assurer la mission de l'Église, mais rien d'autre ne le lie à Bonaparte.

Or celui-ci veut inclure l'Église dans son projet politique de domination. Il ne lui accorde que la « police des esprits », qui n'a de sens pour l'Église qu'autant qu'elle conforte un pouvoir temporel qui, à plus ou moins long terme, consolidera les intérêts fondamentaux de l'Église.

Ce n'est pas le cas avec Napoléon pour qui l'Église n'est qu'un instrument de pouvoir, dépendant de son imperium. « Votre Sainteté est souveraine de Rome, mais j'en suis l'empereur ; tous mes ennemis doivent être les siens », écrit-il le 13 février 1806. Mais Pie VII répond que le « Saint-Père… ne reconnaît point et n'a jamais reconnu dans ses États aucune puissance supérieure à la sienne et qu'aucun empereur n'a aucun droit sur Rome ».

Les termes du conflit sont clairement posés. Il ne peut qu'éclater selon l'évolution de la situation générale.

En 1809, les circonstances créent les conditions de cet affrontement.

L'Espagne catholique – dont dépend une bonne part de l'Amérique latine – est en insurrection, et l'Église espagnole participe activement – par les prêches et l'action de ses membres – à cette résistance. Napoléon est affaibli. L'Autriche, puissance catholique qui joue, en Europe, le rôle de clé de voûte de la politique vaticane, est entrée en guerre contre l'empereur et les premières batailles (Essling, mai 1809) sont incertaines. Napoléon ne paraît pas maîtriser la situation.

Le Tyrol, autre bastion catholique, est en insurrection contre les Français avec Andreas Hofer. À Paris même, des conspirations se trament (celle du général Malet en juin).

Le pape est ainsi porté par les événements, et notamment ces mouvements populaires qui en Europe marquent un changement dans les dispositions des peuples. Et ce retournement favorise les tentations d'Ancien Régime d'une papauté pour qui Vienne – où Metternich va devenir chancelier en octobre 1809 – et Madrid sont deux piliers d'une politique européenne et mondiale.

Or Napoléon est entré à Vienne le 13 mai 1809, il combat en Espagne, menaçant ces môles de la résistance catholique. Le 10 juin, enfin, les troupes françaises s'emparent de Rome et la réunion à la France est décidée sous le nom de « département des Bouches-du-Tibre, chef-lieu Rome ».

Le pape ne peut, dans ces conditions, que prononcer l'excommunication contre les « usurpateurs, fauteurs, conseilleurs, exécutants » de la violation de la souveraineté temporelle du Saint-Siège (nuit du 10 au 11 juin 1809).

Les 5 et 6 juillet 1809, Napoléon livre avec succès, à Wagram, la bataille à l'Autriche. Cette victoire, chèrement payée, oblige l'Autriche à déposer les armes. Dans le même temps – et la concomitance des événements est à soi seule significative –, le pape est arrêté et conduit à Savone.

Il restera prisonnier à Fontainebleau jusqu'en 1814.

Cette conclusion d'un conflit confirme bien que l'année 1809 est un tournant. L'Église entre en même temps que les peuples catholiques – et que Vienne – dans l'opposition ouverte à Napoléon. Certes, celui-ci n'est pas encore battu : à preuve Wagram. Mais l'affrontement avec le pape – excommunication, arrestation – indique que la tentative de Napoléon de s'intégrer à l'ordre ancien – tout en préservant les éléments économiques et sociaux de la Révolution – a échoué.

Ce sont à la fois les peuples et l'Église comme les monarchies qui se dressent contre lui. Autant dire qu'il est seul alors même que les apparences le donnent plus puissant que jamais et qu'il semble pouvoir rejoindre les familles régnantes d'Europe, puisque, alors qu'il prépare son divorce d'avec Joséphine (décembre 1809), Metternich lui a proposé comme épouse une archiduchesse autrichienne (novembre 1809).

Mais ce n'est là que concession formelle liée au succès militaire. Napoléon est bien seul mais avec son armée.

Autant dire que, plus que jamais, tout dépend pour lui du sort de la guerre. Il n'a pas pu enraciner réellement son pouvoir. Il est contraint de toujours prouver qu'il est le plus fort, capable de réduire militairement ses adversaires. Obligé à la fuite en avant, dans un jeu toujours plus risqué.

Mais lui-même l'a dit : « On peut tout faire avec des baïonnettes sauf s'asseoir dessus. »

1810

Le réveil d'un continent :
l'Amérique latine secoue le joug

Les conséquences d'une révolution profonde qui affecte une puissance mondiale sont toujours d'une ampleur universelle, même s'il faut un certain temps avant que la propagation de l'onde de choc atteigne les antipodes. La révolution peut même être achevée, sans pour autant que son effet ait disparu, comme si son éclat continuait d'être présent alors que la source lumineuse est depuis longtemps éteinte.

Cela tient d'abord au fait que, structurellement, une puissance mondiale a tissé des liens (politiques, économiques, culturels) avec tous les continents. Que la révolution les modifie, que par eux se propagent idées et institutions nouvelles, qui dans le contexte local où ils surviennent ont des conséquences souvent imprévisibles ou en tout cas non souhaitées par la métropole. Révolte des esclaves ici, volonté d'indépendance là : l'équilibre social d'une région, son statut politique peuvent être bouleversés par les germes venus d'ailleurs.

Contagion révolutionnaire et réalités locales

Le changement peut être aussi provoqué par les rivalités qui naissent entre grandes puissances, du fait de la Révolution. Des zones d'influence traditionnelle, acceptées par tel ou tel pays, sont brusquement remises en cause et deviennent des proies. Les rapports de forces se modifient, les tutelles métropolitaines peuvent s'affaiblir et le jeu mondial, fermé ou stabilisé, se trouver à nouveau ouvert. Des colonies peuvent ainsi acquérir leur indépendance, des régions entières – et parfois des continents – échapper à la domination de métropoles éloignées. Ou, sans atteindre ce point d'évolution, des processus s'amorcent qui deviennent vite irréversibles.

Ainsi, dès lors que la France, puissance mondiale, est aspirée par la tourmente révolutionnaire et par les guerres prolongées, ses possessions coloniales, son influence mondiale sont remises en cause. Et d'autant plus qu'elle n'a pas la maîtrise des mers qui passe, dès les années 1800 (entre la défaite navale d'Aboukir – 1799 – et celle de Trafalgar – 1805) et pour des décennies, entre les mains de l'Angleterre. Les colonies se révoltent (Saint-Domingue – 1803), tombent entre les mains des Anglais (Saint-Louis du Sénégal, la Guyane française et la Martinique – 1809) ou sont cédées à vil prix, faute de pouvoir les défendre (la Louisiane aux États-Unis – 1803).

Mais un autre ébranlement a lieu quand la France napoléonienne s'intéresse à l'Espagne et au Portugal qui contrôlent toujours – politiquement – l'Amérique latine. Les pays qui composent ce continent sont minés par des contradictions. L'esclavage (il entre au Brésil près de trente mille esclaves noirs chaque année entre 1800 et 1850), le régime foncier, les oppositions entre bureaucraties liées aux métropoles et élites enracinées sur place et acquérant une sensibilité, une culture locales, rendent déjà fragile le pouvoir de Madrid et de Lisbonne.

De plus, le mouvement des Lumières a touché ces pays. Un Miranda, un Bolivar sont, à l'égal des jeunes gens éclairés de France, sensibles aux idées de Rousseau. Et ils vivent en Europe la période révolutionnaire. Miranda, compagnon d'armes de Dumouriez, est à Valmy et à Neerwinden et sera élevé au grade de général français. Il sera même mêlé aux événements du 13 vendémiaire et emprisonné à Paris.

Bolivar séjourne en Europe (en France notamment) entre 1789 et 1806 : autant dire qu'il est imprégné par le climat de la Révolution et témoin direct des événements. Sans doute est-il initié à la franc-maçonnerie.

Ces hommes, rentrés sur le continent latino-américain, n'aspirent qu'à faire naître des nations indépendantes, au moment où précisément, engagées dans les affaires européennes, l'Espagne et le Portugal ne peuvent maintenir l'ordre.

Par ailleurs, et cela accélère les évolutions, l'Angleterre joue sa carte de grande puissance mondiale, cherchant à créer, à son profit, une « économie-monde ». Dans la mesure même où elle rencontre, par suite du blocus continental, des difficultés en Europe (elle est frappée par la crise de sa production et de ses échanges, avec des conséquences sociales en 1810 et 1811), elle veut prendre pied en Amérique latine et, sous prétexte de défendre l'Espagne et le Portugal, elle se substitue dans le domaine économique aux métropoles.

Les choses sont rendues d'autant plus complexes qu'un temps le roi régnant à Madrid est Joseph Bonaparte et qu'en conséquence il est de bonne guerre, dès lors qu'on combat la France, de s'implanter dans les colonies espagnoles.

La Révolution française, puis la période impériale font donc entrer le continent latino-américain dans une longue période de troubles.

Dès 1806, Miranda tente de se rendre maître du Venezuela. En 1808, c'est Bolivar qui s'empare du pouvoir à Caracas. En 1810, c'est, d'avril à septembre, l'insurrection générale des colonies espagnoles de la Colombie au Chili. En 1811, le Venezuela proclamera son indépendance, puis une série de victoires et de défaites conduiront les Espagnols à perdre et à reconquérir le Venezuela, le Chili, contre Miranda (qui capitule en 1812) et Bolivar. Cette première phase des guerres d'indépendance des nations en formation de l'Amérique latine est capitale.

La domination anglaise

L'Angleterre s'est imposée : les Anglais ont pris, perdu Buenos Aires, occupé Montevideo (1806-1807). Elle peut commercer librement à Buenos Aires (1809), brisant ainsi le monopole espagnol, et marquant clairement que ses objectifs de guerre sont économiques, comme doivent l'être ceux d'une grande puissance mondiale moderne. Alors que Napoléon s'enfonce dans le *continent* européen, Londres règne sur les étendues atlantiques. L'armée napoléonienne se dissout dans les plaines russes. La marine anglaise protège les bases commerciales de Londres à Buenos Aires. Un avenir contrasté se dessine ainsi entre l'Angleterre et la France.

En Amérique latine même, ces premières guerres de l'indépendance créent une histoire, lancent un mouvement, tracent des frontières, qui ne pourront plus être oubliés.

La période napoléonienne est ainsi, à la suite de la Révolution française, le moment où, contradictoirement, les idées et les événements d'Europe ont le plus d'influence sur l'Amérique latine et où, de ce fait, elle s'autonomise, politiquement, culturellement, en même temps qu'Espagne et Portugal, par la guerre avec la France, sont entraînés malgré eux dans le tourbillon européen.

Indirectement – par ricochet –, la Révolution et Napoléon ont accéléré la naissance d'un continent indépendant.

Le rêve dynastique de Napoléon Ier :
un fils pour survivre

Se prolonger par un fils est l'une des pulsions les plus instinctives de l'homme et, pour cela, elle est présente comme une des grandes lignes de force de l'Histoire. À l'évidence, quand l'homme est un monarque, ce désir – ce rêve – devient en effet facteur d'événements. C'est autour du fils – aîné – que s'est organisée la succession dans la monarchie française, et dès lors qu'on veut régner à Paris à la manière des anciens rois, la question du fils devient cruciale.

Napoléon la rencontre donc – autour des années 1810 – au point de retournement de son aventure historique, quand l'apogée même de sa puissance, l'extension maximale de son Empire (130 départements) contiennent les germes de leur déclin. Il lui faut plus que jamais stabiliser et « assurer ».

Cynisme et naïveté de Napoléon

Tel qu'il est engagé dans la normalisation traditionnelle de son pouvoir, Napoléon ne peut que vouloir aller jusqu'au bout de cette logique, autrement dit, se comporter comme un souverain français classique. L'histoire est allée vite, du jeune général-vendémiaire, créature de Barras, à l'empereur qui divorce d'avec Joséphine, stérile, pour assurer sa descendance : « Des neveux ne peuvent me remplacer, dit Napoléon. La nation ne le comprendrait pas. Un enfant né dans la pourpre, sur le trône du palais des Tuileries, est, pour la nation et pour le peuple, tout autre chose que le fils de mon frère.» Mais il ne suffit pas d'un fils. Le reniement des origines, la négation – l'effacement – des sources du pouvoir (la Révolution, le coup d'État) doivent être complets. Il y avait eu le sacre, déjà. Maintenant Napoléon, comme il le dit, veut se «donner des ancêtres». Chaque mot du communiqué annonçant le nouveau mariage de l'empereur porte la marque de cette transformation, de cette volonté de s'intégrer à une tradition, de se déguiser en souverain traditionnel et héréditaire donc pour mieux séduire les peuples et les familles régnantes. Il y a du cynisme et de la naïveté dans ce revirement qui intervient une décennie seulement après les événements de brumaire an VIII. «Il y aura mariage, précise le texte officiel, entre Sa Majesté l'empereur Napoléon, roy d'Italie, protecteur de la Confédération du Rhin, médiateur de la Confédération suisse et Son Altesse Impériale et Royale, Madame l'archi-duchesse Marie-Louise, fille de Sa Majesté, l'empereur François, roy de Bohême et de Hongrie» (février 1810).

Napoléon a désormais pour grand-oncle et grand-tante Louis XVI et Marie-Antoinette.

La naissance puis le baptême du «roi de Rome» (20 mars-9 juin 1811) entourés de fastes monarchiques (et d'enthousiasme populaire) confirment cette volonté de Napoléon d'enfermer la nation dans le cadre des symboles et des institutions traditionnelles; en même temps, ce nou-veau signe s'adresse aux monarques européens. Napoléon veut être le premier d'entre eux. Dicter sa loi, certes, mais une loi qui ne bouleverserait en rien l'ordre monarchique dès lors que celui-ci accepterait la nouvelle famille régnante, associée d'ailleurs par le mariage et la descen-dance à l'une des plus anciennes dynasties européennes, celle d'Autriche.

Napoléon se veut une sorte de nouveau Charlemagne, fédérant des royaumes dont les monarques sont ses vas-saux.

Cette construction politique «médiévale», qui ne prend pas en compte le mouvement national des peuples, cherche pourtant – autre ambiguïté de Napoléon – à rêver et esquisser un ordre différent : « Mon fils, dit Napoléon, doit être un homme des idées nouvelles et de la cause que j'ai fait triompher partout… réunir l'Europe dans les liens fédératifs indissolubles… Je veux achever ce qui n'est qu'ébauché : il me faut un code européen, une cour de cassation européenne, une même monnaie, les mêmes poids et mesures, les mêmes lois ; il faut que je fasse de tous les peuples de l'Europe un même peuple et de Paris la capitale du monde. »

Mais ce fond neuf, cette intuition encore inaccomplie aujourd'hui sont totalement contredits par la forme archaïque que Napoléon met sur pied. Le rêve dynastique – et européen – ne s'appuie que sur l'apparent consentement des monarques, eux-mêmes contraints à la soumission par le rapport de forces militaire qui, en 1811, semble encore jouer en faveur de Napoléon. La réorganisation politique et la dynastie n'ont donc de réalité qu'autant que Napoléon domine militairement l'Europe. Et, là, le blocus continental n'est qu'à peine l'ébauche d'une construction économique et plutôt la version douanière d'un contrôle militaire à incidences économiques, minées de toutes parts d'ailleurs.

La guerre seule issue

Pour tenir cet ensemble fragile, la guerre est une fois encore la seule issue. D'autant plus qu'en France même les difficultés s'accumulent : 1811 est une année de crise économique, financière et sociale. Un Conseil des subsides est créé (20 août 1811) pour assurer l'approvisionnement de Paris. La disette va bientôt frapper la France (1812).

Tout naturellement, dans ces conditions, la dictature s'alourdit : censure aggravée, emprisonnements multipliés pour raison d'État.

Le rêve dynastique napoléonien, reniement presque caricatural de la Révolution, de son avancée républicaine, et des sentiments populaires de la décennie précédente (Napoléon Ier épouse une « Autrichienne » !), quelles que soient les apparences de sa réussite, se heurte ainsi, dès son origine, à la réalité : celle de l'opposition des monarchies européennes qui n'attendent qu'un affaiblissement de la Grande Armée pour se dégager et s'opposer ; celle des peuples qui rêvent, eux, plus ou moins clairement, à l'émancipation nationale ; celle des Français qui supportent depuis vingt ans le poids de la guerre.

Des réalités aussi pesantes ne peuvent que rendre le rêve de 1811 précaire et, à terme, l'écraser.

1812

Napoléon Ier contre le tsar : le piège de la terre russe

La Russie ne peut se désintéresser de ce qui se passe en Europe. Puissance européenne, elle n'a pas de limites nettes à l'ouest si bien que sa frontière est, avec cette Europe, toujours mouvante : les partages successifs de la Pologne, et le statut changeant de cette nation par rapport à la Russie en témoignent. Il y a ainsi, historiquement, une zone de confrontation plus ou moins étendue entre la Russie et les autres puissances (Autriche, Prusse et un temps Suède). Puissance continentale, fermée au nord par les glaces et les détroits du Sund, à l'ouest par les immensités de la plaine européenne disputée avec les autres puissances, la Russie cherche un débouché au sud, mais entre ici en conflit avec la Turquie et les puissances européennes qui soutiennent Constantinople, précisément dans le but de bloquer l'expansion russe.

La Russie, puissance européenne

Ces données géopolitiques – permanentes – conduisent la Russie à faire alliance avec une grande puissance de l'ouest de l'Europe (la France ou l'Angleterre) pour, avec elle, négocier l'extension maximale de sa zone d'influence en Europe continentale et vers le sud (Turquie) ; ou, si cette grande puissance tend à étendre son hégémonie sur toute l'Europe et à borner ainsi les ambitions russes et même à menacer la Russie dans son intégrité, à entrer en conflit avec elle en s'appuyant sur les puissances qui, en

Europe, peuvent avoir intérêt à s'opposer à cette super-puissance.

Avec l'Empire napoléonien, la Russie est passée d'une situation à l'autre.

En 1807, à Tilsit, la première solution est envisagée. Mais le tsar Alexandre est vite conscient des périls que la superpuissance napoléonienne fait peser sur la Russie. En voulant régenter l'ensemble de l'Europe continentale (y compris sur le plan commercial : blocus continental), Napoléon bloque tout le jeu diplomatique de la Russie. Pis, il semble vouloir reconstituer une grande Pologne souve-raine qui ferme toute expansion russe et menace même son territoire. Enfin, contrairement à ses promesses, il ne favo-rise pas la poussée russe vers le sud, et même, après avoir annexé Rome, envisage de contrôler Constantinople.

C'est bien le conflit de deux empires, chacun ayant une volonté d'expansion continentale qui s'amorce très vite après Tilsit.

Napoléon ne peut en fait stabiliser son hégémonie sur le continent européen – et étendre le blocus continental – que s'il brise militairement la Russie. Celle-ci ne peut garder la possibilité de jouer politiquement en Europe et vers le sud que si elle empêche Napoléon de fédérer sous sa férule les différents États européens, autrement dit d'établir cette hégémonie.

Dans cette confrontation continentale, Napoléon cherche la neutralité de l'Angleterre, ce qui est illusoire, celle-ci étant directement menacée si s'établissait un Empire napo-léonien stable, ayant brisé la Russie, et imposant sa loi de l'Atlantique à la Vistule. La lutte avec la Russie va donc se dérouler alors que se poursuit la guerre au Portugal et en Espagne, tumeur qui ronge l'Empire napoléonien à l'autre extrémité, fixant des troupes de qualité.

Mais, s'il n'obtient pas la neutralité anglaise, Napoléon cherche à conduire toute l'Europe contre la Russie. C'est le sens de la réunion à Dresde – 17 mai 1811 – de tous les souverains européens pour les contraindre à l'action contre la Russie. La Grande Armée comportera ainsi des corps appartenant à toutes les nationalités européennes si bien que, sur près de 700 000 hommes, on ne dénombrera que 300 000 Français. Les gouvernements autrichien et prussien n'en font pas moins savoir à la Russie qu'ils ne s'engagent dans la guerre que contraints et forcés et, comme le dit le roi de Prusse, en rappelant « que nous devons un jour redevenir alliés ».

La terre brûlée contre la Grande Armée

La campagne commencée trop tard (22 juin 1812) est un désastre militaire et donc politique. Elle ne peut pas être gagnée car le ravitaillement d'une telle armée ne peut, compte tenu des moyens dont on dispose à l'époque, être assuré. La tactique de la terre brûlée, l'habileté de Koutouzov à ne pas livrer bataille, ou à ne pas être détruit (Borodino) ou à interdire aux troupes de Napoléon de gagner le Sud (bataille de Malo-Jaroslavetz) après l'incendie de Moscou, les harcèlements des cosaques et des « partisans » transforment, dès le mois d'octobre, et surtout en novembre (Berezina), la Grande Armée en « foule en fuite ». Napoléon, d'ailleurs, a le 5 décembre abandonné ses hommes pour rentrer à Paris. Murat, auquel il a confié le commandement, fera de même pour regagner son royaume de Naples.

Cette déroute, tragédie pour des centaines de milliers d'hommes, ces départs précipités marquent la décomposition d'une grande armée, mais annoncent aussi une décomposition politique.

En France, en effet, l'année 1812 voit s'accentuer la crise économique, financière et sociale. À Caen, des émeutes de la faim entraînent une sévère répression (mars 1812). Si la récolte de 1812 est bonne, le système manufacturier est toujours dans le marasme : les faillites se multiplient, le chômage se répand.

La fragilité du système politique mis en place par Napoléon est illustrée, au même moment, par l'action du général Malet qui, le 20 octobre 1812, faisant état de la mort de Napoléon, réussit, sur cette fausse nouvelle, à s'emparer presque totalement de Paris et, de fait, à mettre fin au régime. Il est arrêté et fusillé.

Un an à peine après la naissance du roi de Rome, huit ans après le sacre, la construction dynastique de Napoléon ne résiste donc pas à la défaite militaire. Et tout son système européen s'émiette en quelques jours : le 30 décembre 1812, les troupes prussiennes changent de camp.

Ce n'était pas qu'une guerre que Napoléon avait perdue en Russie. Dans son excès et sa démesure inéluctables, la campagne de 1812 montrait les impuissances du système napoléonien.

1813

L'Europe des nations contre Napoléon Ier

Un moment vient toujours dans un parcours historique où les contradictions accumulées et non résolues, les faux semblants admis comme des vérités, les paris aventurés, bref toutes les faiblesses d'une politique apparaissent au grand jour, ensemble, s'aggravent les unes les autres et provoquent la défaite. Aucun remède ne peut venir à bout de la crise, et il ne sert à rien de colmater les brèches, car l'une fermée, une autre s'ouvre. On dit communément qu'il est trop tard.

C'est cette situation que doit affronter Napoléon en 1813. Même si, depuis son accession au pouvoir, en 1799, il a compris l'importance de la paix, il l'a toujours recherchée par la défaite et la soumission des adversaires, c'est-à-dire qu'il a constamment pris le risque de la guerre. Et elle dure depuis treize ans et en fait, si l'on tient compte de la période révolutionnaire, depuis vingt et un ans. La France est saignée à blanc. Napoléon manquant d'hommes ordonne donc une levée de cent quatre-vingt mille hommes sur les classes antérieures à 1813 et de deux cent quarante mille hommes sur la classe 1814. Car il sait qu'il doit faire face, puisque les offres de paix qu'il a adressées à la Russie n'ont reçu, à la fin de 1812, aucune réponse.

Le mouvement national contre Napoléon

En fait, c'est toute l'Europe qui se dresse contre lui. Les souverains et leurs gouvernements d'abord, car l'on mesure dans toutes les cours à quel point la campagne de Russie a affaibli l'Empire. Mais aussi les peuples : un mouvement national touche toute l'Europe et particulièrement l'Allemagne, en même temps qu'il continue d'animer la résistance espagnole appuyée par les troupes anglaises de Wellington. Il se concrétise le 17 mars 1813, dans la déclaration de guerre de la Prusse à la France qui soulève l'enthousiasme, particulièrement à Berlin. Il entraîne l'Autriche. Mais pires et encore plus significatives sont les hésitations et les défections des « souverains » napoléoniens. Murat cherche à monnayer son passage aux côtés de la coalition. Bernadotte, roi de Suède, prend les armes contre l'empereur. Chacun veut sauver « son » royaume.

Ce sentiment national est le fruit de l'opposition à la dure loi des troupes françaises, aux humiliations imposées par Napoléon, aux contraintes du blocus continental, mais aussi le produit de la diffusion des idées françaises de « nation », qui se retournent contre la nation qui a transformé son idéal libérateur en caricature et a chaussé les bottes de tous les conquérants.

Ainsi se conjuguent les réactions des princes d'Ancien Régime, des élites modernisatrices et des peuples. Napoléon a réussi à souder contre lui cette *coalition* qui dépasse très largement les limites d'une simple entente diplomatique décidée à briser les reins d'une superpuissance.

Toute l'Europe est entraînée par ce mouvement. Et même le pape – toujours retenu à Fontainebleau – ose se rétracter, dénonçant le nouveau Concordat (dit de Fontainebleau et favorable à Napoléon) qu'il vient de signer (24 mars 1813).

Les conséquences militaires de cette situation sont lourdes de menaces. Napoléon doit faire face à des armées ennemies qui disposent d'une supériorité numérique écrasante (un million d'hommes contre moins de cinq cent mille) et d'une plus grande puissance de feu. Mais, plus grave encore, ses maréchaux songent à sauver leur vie et leur fortune et ont en face d'eux des officiers de valeur : Blücher et Wellington.

Dans ce contexte, les contingents étrangers de l'armée napoléonienne ne peuvent que rejoindre le mouvement national : au cours de la campagne d'Allemagne de 1813, Saxons, Wurtembergeois, Bavarois, Hessois changent de camp et retrouvent leur nation. Les Hollandais se révoltent. Les Suisses rejettent leur médiateur et laissent le libre passage aux troupes autrichiennes.

L'isolement de « l'Ogre »

Dès lors, les batailles même victorieuses ne sont que des sursis (Lutzen, Bautzen, les 2 et 20 mai 1813), car Napoléon ne peut détruire ses adversaires par faute de moyens, et aussi du fait du manque de réussite de ses maréchaux découragés. De plus, ces victoires sont autant de défaites car elles coûtent très cher en hommes, et l'empereur ne peut plus compter que sur les conscrits français, jeunes hommes qui se battent bien mais sont décimés par dizaines de milliers à chaque affrontement. Or, en France, face aux exigences de « l'Ogre », le nombre des déserteurs s'accroît de manière inquiétante.

Des défaites vont sanctionner ce rapport de forces. À Vitoria, en Espagne, Wellington rejette les troupes de Joseph Bonaparte en France (21 juin). À Leipzig – bataille des Nations –, l'empereur est sévèrement battu (16-18 octobre), et les débris de l'armée sont, après des combats réussis pour s'ouvrir la route, contraints de repasser le Rhin.

Le 31 décembre, pour la première fois depuis deux décennies, les frontières de l'ancienne France sont franchies, et la ville de Bourg-en-Bresse est pillée par les coalisés.

Triste épilogue pour une aventure politique qui avait utilisé l'élan révolutionnaire de la « nation » – concentré dans les armées – pour une entreprise où l'ambition dynastique avait pris peu à peu toute la place, et qui avait dressé contre elle toutes les autres nations d'Europe.

1814

Le retour des rois : la Restauration en France

Reconnaître les évolutions quand elles sont irréversibles est l'une des qualités majeures d'un homme politique. Mais la tentation est toujours forte, chez les acteurs de l'Histoire, de s'aveugler pour réanimer, s'ils le peuvent, les pouvoirs, les institutions, les mœurs, les symboles qui correspondent non à l'état de la société, mais à leur propre conception du monde et à leurs intérêts à court terme.

Ce penchant est d'autant plus fort qu'on s'imagine – et c'est le cas des familles régnantes d'Ancien Régime – participer de l'ordre universel et immuable voulu par Dieu. Un tel état d'esprit conduit à une politique de *réaction* contre ce qui est, au bénéfice de ce qui a été ou de qui devrait être à nouveau.

Certes, la réalité est prégnante et on voudrait passer des compromis avec elle. Mais elle est aussi une *négation* de cette organisation divine du monde, à laquelle on croit, qui est seule *légitime* et qu'on a pour mission de reconstituer. Dès lors, ce que l'on concède est à la fois insuffisant et, aux yeux de ses propres partisans, *légitimistes*, excessif.

Une Restauration périlleuse

Si bien que la restauration d'une structure politique – et sociale – d'Ancien Régime dans une société qui a été bouleversée de fond en comble par une révolution est une entreprise périlleuse, lourde de nouveaux conflits et de heurts répétés entre un pouvoir qui veut régner selon des modes anciens et une société qui aspire à un gouvernement qui tienne compte de ce qu'elle est devenue.

La réussite d'une telle tentative suppose soit une société épuisée, exsangue, incapable de réagir, soit que le pouvoir ait conscience, dans de telles circonstances, des limites qu'il doit lui-même s'imposer.

En 1814, c'est cette situation de précaire équilibre qui se trouve, pour quelques mois, établie, et dont bénéficie Louis XVIII, frère de Louis XVI, souverain légitime depuis 1795 – date de la mort de Louis XVII – et qui n'a, depuis un quart de siècle, connu que l'exil.

Mais la France n'aspire qu'à la paix. Cela est vrai des notables, même et surtout ceux auxquels Napoléon a concédé titres, pouvoirs, fortunes. Maréchaux, membres du Sénat et du Corps législatif, membres de sa famille trahissent, renient l'empereur, le poussent à abdiquer, livrent les villes et les armées alors que la campagne de France conduite par l'empereur est une suite – inutile compte tenu du rapport des forces général – de victoires (Montmirail, Troyes, etc.).

Dès lors que le désordre de la guerre est aux portes, que leurs biens sont menacés, les notables se tournent vers les Bourbons pour passer au plus vite avec Louis XVIII un compromis politique et social.

Cependant, le pays profond est lui-même las. « Depuis deux ans on moissonne les hommes trois fois l'année – dira un membre du Corps législatif. Une guerre barbare et sans but engloutit périodiquement une jeunesse arrachée à l'éducation, au commerce et aux arts. »

Napoléon est, ainsi que sa famille, déchu par le Sénat (2 avril 1814). Louis XVIII débarque à Calais le 24 avril.

Talleyrand a organisé ce retour des Bourbons, l'a suggéré aux souverains européens alors qu'ils eussent pu accepter une régence, et un règne de « Napoléon II ». Les maréchaux – et Talleyrand –, et derrière eux les notables, en ont voulu autrement. En se ruant vers les Bourbons, en choisissant la restauration, ils espèrent – enfin ! – réaliser leur rêve : celui d'une monarchie, garante de la continuité et de la stabilité sociale, confortée par la référence à Dieu (telle était aussi la signification du sacre de Napoléon) mais encadrée par une Constitution qui assurerait leur pouvoir et leurs biens.

Cette monarchie constitutionnelle qui n'avait pu s'imposer en 1790-1791, que la fuite du roi Louis XVI notamment et sa politique du pire avaient rendue impossible, ils espèrent que Louis XVIII, instruit par l'exil, la mettra sur pied. C'est en ce sens que le Sénat appelle «librement» au trône «Louis Stanislas Xavier de France» (et non pas Louis XVIII) pour bien marquer que ce sont les sénateurs qui le désignent. Et d'ailleurs il doit prêter serment à la Constitution.

Mais l'histoire bégaie. Louis XVIII tient à être un souverain de droit divin. Il ne veut pas être subordonné à une assemblée. Il octroie une Charte (4 juin) qui, certes, reconnaît des éléments clés de la nouvelle réalité, *mais* dont l'application dépend du seul bon vouloir du monarque. Les «principes de 89» sont admis (égalité de tous devant les charges de l'État, droit pour la nation de consentir les impôts, libertés individuelles), *mais* le catholicisme est à nouveau religion de l'État, *mais* surtout le roi a seul la plénitude du pouvoir exécutif et l'article 14 de la Charte l'autorise même à faire «les règlements et ordonnances nécessaires pour l'exécution des lois et la sûreté de l'État». Le régime n'est donc pas parlementaire. Les deux Chambres (des pairs et des députés) sont élues au suffrage censitaire (90 000 électeurs et 10 000 éligibles).

Une politique de réaction

Par ailleurs, de toutes parts, un climat *de réaction* s'installe. Drapeau et cocarde blancs ; Louis XVIII se déclare souverain depuis… dix-neuf ans ; l'Université est démantelée et passe sous le contrôle de l'Église ; l'armée est humiliée, ses officiers licenciés, placés en demi-solde, les émigrés qui ont combattu avec les coalisés y sont intégrés ; on restitue aux émigrés les biens qui n'ont pas été vendus, et des pressions sont exercées, dans de nombreuses régions, sur les acquéreurs de biens nationaux. C'est psychologiquement – et socialement – un retour à l'Ancien Régime que l'on vit.

Par ailleurs, la fin du blocus continental entraîne une invasion de marchandises anglaises, des faillites, un accroissement du chômage.

Sur le plan diplomatique, la « grande nation » et le « grand Empire » sont humiliés au Congrès de Vienne : la France est repoussée dans ses frontières de 1792 et autour d'elle un cordon sanitaire d'États tampons est mis en place pour lui interdire toute expansion. La Prusse est installée sur la rive gauche du Rhin.

La Restauration est donc bien (malgré la conscience royale de la nécessité d'un compromis et d'une politique marquée par la volonté d'union et de pardon) une *réaction*, attisée, dans la réalité sociale (et provinciale), par le désir de revanche des élites aristocratiques, évincées ou muselées depuis deux décennies.

À l'évidence, cette Restauration ne peut être qu'un état de transition.

1815

La Terreur blanche : vengeances en France

Il est rare, dans l'histoire, qu'un groupe social – et encore plus rare s'il s'agit d'une caste privilégiée – puisse, après avoir éprouvé la peur d'être détruit, d'être dépossédé de ses biens, renoncer à se venger ou bien encore sache limiter ses prérogatives quand il dispose à nouveau de tout le pouvoir. La violence, la réaction, la répression – plus ou moins barbares – caractérisent le plus souvent son comportement. Se retrouver en situation de dominer absolument après avoir cru tout perdre conduit à se montrer impitoyable comme si l'on voulait exorciser, en détruisant physiquement l'adversaire, le risque d'être à nouveau vaincu. Et naturellement être persuadé de détenir la légitimité pousse à encore plus de rigueur. En outre, le désir de protéger – définitivement – ses biens, son pouvoir, de conquérir sur l'ennemi terrassé des places, d'assurer ainsi sa domination, accentue cette volonté de *réaction*, cette politique de *contre-révolution*.

De telles tendances sont aux antipodes d'une politique de compromis. Elles représentent au contraire la volonté d'aller jusqu'au bout de ses possibilités, de son pouvoir. Elles récusent toute politique moyenne, modérée et optent pour les solutions *ultras*.

Des velléités de compromis

C'est bien de cela qu'il s'agit en 1815, en France mais aussi en Europe. L'abdication de Napoléon en 1814 (son installation à l'île d'Elbe), la Charte octroyée (et ses velléités de compromis avec les réalités issues de la Révolution et de l'Empire), le Congrès de Vienne (et la liberté d'action diplomatique regagnée par la France), tout cela ne va pas au terme de la logique de réaction et de contre-révolution.

La victoire des hommes de l'Ancien Régime en France et en Europe a été freinée par la volonté des notables de traiter avec eux, à tout prix. Ces élites politiques issues de l'Empire chassent Napoléon pour se « blanchir » et orienter, dans le sens d'un compromis, la Restauration et le succès militaire de la coalition.

Le « vol de l'Aigle », de Golfe-Juan à Paris (mars 1815), le frémissement – superficiel certes mais sensible – révolutionnaire qui accompagne ce retour de Napoléon enveloppé du drapeau tricolore plongent dans la frayeur et dans la rage les hommes d'Ancien Régime. À nouveau l'exil, à nouveau la dépossession de leur pouvoir et de leurs biens, des joies du retour à peine goûtées, juste assez pour éprouver l'amertume d'une nouvelle frustration. Quant aux souverains, ils veulent désormais écraser cette menace française, renaissant de ses cendres.

Ainsi, les Cent-Jours ouvrent la porte à une contre-révolution qui ira jusqu'à ses extrêmes limites. Alors que, contradiction exemplaire, Napoléon, tout en prenant quelques mesures de tonalité radicale (le bannissement des émigrés rentrés après 1814, la convocation des électeurs), s'en tient à une politique modérée, de conciliation avec les notables, répétant qu'il ne veut pas « être le roi d'une jacquerie », confiant à Benjamin Constant le soin de rédiger une Constitution, cherchant en somme à désarmer les notables qui l'avaient abandonné en 1814 et à les rallier en leur offrant, lui aussi, une Charte – un peu plus libérale que celle de Louis XVIII. Essayant aussi de maintenir la paix – condition clé de l'alliance avec les notables – alors qu'il s'agit là d'une tâche impossible, puisque les Alliés ont décidé de le détruire. Dans ces conditions Napoléon est condamné : Waterloo scelle, le 18 juin 1815, son destin. Et libère les forces de la contre-révolution.

En Europe, ce sera la proclamation de la Sainte-Alliance

(26 septembre 1815) entre l'Autriche, la Prusse et la Russie, qui manifeste sous le patronage « des Saintes Écritures » la volonté des trois souverains de se considérer comme les membres d'une « seule nation chrétienne », c'est-à-dire en fait d'empêcher où que ce soit en Europe des mouvements hostiles aux principes de l'Ancien Régime. L'expérience de la Révolution française puis de l'Empire n'est pas perdue : la Sainte-Alliance codifie (et organise donc) la politique de la contre-révolution. Elle est une sorte de réaction préventive à l'échelle européenne.

Massacres et lynchages

En France, c'est le déchaînement de la Terreur blanche. D'abord dans les villes et les départements du Midi, hostiles, depuis les années 90, à la Révolution puis à l'Empire. Lynchages (le maréchal Brune, les généraux Ramel et Lagarde), massacres (à Marseille, en Avignon, à Montpellier, à Toulouse), résurgences des persécutions contre les protestants (à Nîmes) : des bandes armées (les Verdets) bénéficiant de la tolérance des autorités locales – et de l'impuissance ou de la complicité des autorités centrales – se déchaînent. Elles sont encadrées par des émigrés, des membres de sociétés secrètes (les Chevaliers de la Foi) et composées de représentants des couches sociales qui ont eu à souffrir de la Révolution et de l'Empire, et de « bandits ».

Cette Terreur blanche n'a comme justification que la vengeance et la peur. Elle n'est ni l'expression d'une volonté de défense ni même l'un des aspects d'une guerre civile. Elle liquide des adversaires. En même temps, elle est, pour les plus politiques de ses meneurs, moyen de peser sur le pouvoir central et sur les alliés, pour leur faire adopter des mesures ultras et écarter du pouvoir « le vice appuyé sur le crime », Talleyrand et Fouché qui ont, une fois de plus, négocié le second retour de Louis XVIII.

Ces deux ministres éloignés, la Terreur blanche – politique de réaction sans frein – va pouvoir devenir légale. Une Chambre introuvable est élue dans cette atmosphère de terreur. Par les lois qu'elle vote (loi de sûreté générale, lois sur les cris et édits séditieux, loi sur le rétablissement des cours prévôtales, loi d'amnistie), elle officialise la répression, et fait de la contre-révolution l'axe de la politique du pouvoir. L'épuration est massive, dans l'armée, les administrations. Les exécutions symboliques (le maréchal Ney, le colonel La Bédoyère), les emprisonnements de suspects (70 000), la censure, le rôle de la police montrent l'ampleur et la violence de la répression et la réalité de la politique de réaction et de Terreur blanche.

La Chambre des députés se fait le porte-parole de cette orientation et, en accentuant ses pressions sur le pouvoir exécutif – un peu plus enclin au réalisme et à la prudence –, elle veut élargir ses prérogatives. Ainsi s'ébauche une esquisse de régime parlementaire.

Or il n'y aura pas toujours une Chambre introuvable, si bien que cette pression ultra sur le gouvernement de Louis XVIII annonce un conflit futur entre le législatif et l'exécutif. Fruit paradoxal de cette période de Contre-Révolution.

1816

L'alliance du trône de France et de l'autel

Durant des siècles, l'Église catholique, en Occident, contribue largement à structurer la société, lui donnant son armature spirituelle, conférant aux souverains et aux hiérarchies sociales un caractère sacré. Idéologie d'une organisation politique et économique de la société, elle entretient avec le pouvoir temporel des rapports complexes où la solidarité l'emporte, et de loin et au fond, sur les conflits. Mais, dans la mesure où la société évolue (développement urbain, croissance des bourgeoisies, rôle de la science, etc.), le pouvoir politique doit tenir compte des autres forces, ce qui le conduit à s'engager parfois dans des oppositions plus longues et plus dures avec tel ou tel secteur de l'Église (expulsion des Jésuites en France, en 1762). Par ailleurs, les progrès de la philosophie des Lumières, la critique de la place et de la forme de l'Église dans le siècle vont, en même temps que cette crise des relations avec le pouvoir politique, affaiblir l'influence de l'Église. Certes, le sentiment religieux reste fort, mais l'Église pèse moins, et la défaite de la monarchie de droit divin en France est aussi la sienne. D'ailleurs, certains commentateurs du temps vont jusqu'à considérer que les attaques contre l'Église sont la cause directe – et peut-être même organisée par un complot... maçonnique ! – de la Révolution.

Une volonté de retour à l'ordre

Critiquée, attaquée, persécutée puis soumise à l'État (les Concordats napoléoniens), l'Église traverse donc une longue période sombre (au moins un quart de siècle) sans pour autant renoncer à sa vision traditionnelle des rapports entre elle et la société. Autrement dit, elle reste fidèle à sa conception des hiérarchies (familiales, politiques), à sa vision de la société (la place des structures foncières), et les malheurs qu'elle a subis la rendent encore plus soucieuse de favoriser – enfin ! – un retour à l'ordre. Par ailleurs, la persécution endurée a, d'une certaine manière, épuré l'Église catholique – ainsi en France – de ses éléments les plus faibles. Elle a aussi montré à l'Église qu'il lui faut reconquérir, dans la société, un peuple qu'elle avait laissé se déchristianiser, et si elle reste décidée à s'appuyer sur les élites traditionnelles (la monarchie et sa noblesse, etc.), elle veut, comme elle le faisait avant le XVIIIe siècle, « tenir » le peuple. Si bien qu'il y a, dans l'Église d'après 1815, à la fois une volonté de revanche politique, une détermination à obtenir à nouveau d'un État « restauré » des moyens et un appui sans partage, mais aussi une conviction *missionnaire*.

La tâche de l'Église est favorisée non seulement par l'évolution politique – le triomphe de la réaction, la restauration en France et la Sainte-Alliance en Europe –, mais aussi par la crise des idées révolutionnaires qu'elle avait eu à combattre – et face auxquelles elle avait subi plusieurs défaites – dès les années 1750. Or, la philosophie des Lumières est partout en crise. La violence politique des deux dernières décennies, les échecs de la Révolution, l'impuissance des idéologues à faire naître une forme d'État nouvelle, l'inquiétude liée à la longue période de guerre, tout cela conduit à une remise en cause de la raison, de la notion de progrès. Le retour en force, dans l'État napoléonien, de l'Église – quelles que fussent les intentions cyniques de Napoléon – marque de manière officielle et symbolique ce retournement de la situation. Et *Le Génie du christianisme* de Chateaubriand est le signe intellectuel que les temps de la reconquête catholique ont commencé. D'autant plus que les secousses politiques ont fait gagner à l'Église catholique de nouveaux appuis et plus déterminés.

L'aristocratie – souvent athée au XVIIIe siècle – a retrouvé la foi de ses pères non plus du bout des lèvres et par convention, mais par foi et conviction politique affirmées. On ne joue plus avec l'Église : on a vu où cela conduisait. Même chose chez bien des notables qui ont découvert – à l'instar de Napoléon – que l'Église est utile à la police des esprits. Quant au peuple, dans des régions entières (l'Ouest par exemple), le renouveau de l'Église a été le moyen pour lui, face à la politique du Paris révolutionnaire et impérial, d'affirmer ses résistances et son identité. Le voici donc – et pour une très longue période, pluriséculaire – attaché à l'Église et à la politique et aux valeurs qu'elle soutient.

Rien d'étonnant donc à ce que l'Église joue un rôle central après 1815 et qu'elle soit associée au trône, considérée par Louis XVIII (puis Charles X) comme une des pièces maîtresses de leur politique et de leur tentative de restauration de la société d'Ancien Régime. Dans ces conditions, l'Église prend tout ce que le pouvoir lui donne – et c'est beaucoup –, elle revendique plus encore, et elle joue ainsi à plein son rôle parce qu'elle aussi imagine – et souhaite – qu'un demi-siècle d'histoire soit effacé.

À nouveau religion d'État, le catholicisme travaille la société par mille moyens. La Chambre introuvable, dès le mois de janvier 1816, a supprimé le divorce : la morale de l'Église – l'ordre moral – redevient la morale légale et sociale. Elle accroît sa puissance temporelle : elle peut recevoir des biens en donations ; les bourses dans les séminaires sont multipliées. Le traitement des prêtres est augmenté, les églises remises en état. Elle pèse de toute son influence : la Compagnie de Jésus réapparaît sous le nom de « Pères de la Foi » ; on crée les « missions » de France.

Le cléricalisme

Il s'agit ainsi, en encadrant la société par les lois, avec des prêtres plus nombreux, des actions diversifiées, de réveiller la vie religieuse partout. Des sociétés secrètes (la

Congrégation, les Chevaliers de la Foi), des sociétés de bonnes œuvres, les écoles complètent ce dispositif. On pèse à la fois sur le gouvernement (par l'intermédiaire des ultras et des sociétés secrètes), on obtient le rétablissement du concordat de... 1516 (août 1816), et la promesse d'une donation à l'Église ; on organise la sélection impitoyable des élites par le contrôle de l'esprit public (qu'on relise *Le Rouge et le Noir*) ; on s'appuie sur la sensibilité populaire – et surtout féminine – pour, à l'aide de cérémonies qui tiennent de la procession et du défilé militaire (les autorités y sont toujours associées), favoriser les « conversions » de masse (c'est le rôle des missions de France).

Ce triomphe culturel et politique de l'Église, cette association intime entre les tenants de l'Ancien Régime et le catholicisme sont lourds de conséquences.

L'Église est identifiée aux forces de réaction. Le *cléricalisme* devient son visage. Et, par là même, l'*anticléricalisme* s'affirme comme le nécessaire comportement – politique et intellectuel – des adversaires (libéraux ou républicains) de l'Ancien Régime.

L'un des traits essentiels de l'histoire de la France contemporaine s'esquisse ainsi dans les années de la Restauration.

1817

Les États-Unis entrent en scène

Une nation est toujours lente à naître. Mais, même quand elle conquiert son indépendance – et souvent cela suppose qu'elle affronte dans un conflit plus ou moins violent d'autres nations –, elle ne réussit pas toujours à définir aussitôt une politique autonome et encore moins à peser sur les affaires du monde. Il faut parfois des décennies pour entrer et agir sur la scène mondiale et pour que les autres puissances, installées depuis des siècles dans leurs rôles, prennent conscience qu'un nouvel acteur prend la parole et qu'il peut à son tour infléchir le cours des événements.

C'est avec les présidences de Monroe (1817, puis réélection en 1820) que l'émergence des États-Unis dans le concert international devient évidente. Et cette entrée dans le jeu qui intervient quatre décennies après la déclaration d'indépendance est directement liée aux événements qui se produisent en Europe.

Naissance d'une nation

Certes, un processus d'unification, de conquête de l'Ouest et du Sud (l'Ohio, l'Indiana, le Mississippi, l'Alabama, le Missouri deviennent autant d'États, comme l'Illinois et le Maine) a fait prendre conscience d'une claire identité américaine (la naissance de la littérature y contribue), mais aussi de l'avenir des États-Unis comme grande puissance aux immenses ressources. Le pouvoir fédéral s'est renforcé par le vote des lois par le Congrès et par la multiplication des décisions par la Cour suprême. Les problèmes américains sont aussi perçus comme spécifiques : ceux de l'esclavage des Noirs (il pèse dans le Sud, à propos des nouveaux États, et des compromis sont conclus : le compromis du Missouri en 1820), ceux des rapports avec le continent américain.

Au sens nord-américain, d'abord : les États-Unis se portent acquéreurs des possessions coloniales des puissances européennes : la Louisiane à la France (1803), la Floride à l'Espagne (1819). Et ce sont déjà là des possibilités qui sont consécutives aux guerres européennes et à l'affaiblissement des États d'Europe qui résultent de leurs rivalités.

Puis au sens de l'ensemble du continent : les États-Unis sont attentifs aux guerres d'indépendance que livrent les Latino-Américains contre l'Espagne.

Mais l'affirmation des États-Unis sur la scène mondiale ne peut déboucher que sur une confrontation avec les autres puissances. On sait en effet que la guerre en Europe et d'abord la rivalité entre la France et l'Angleterre ont une dimension économique : pour la France, le blocus continental, la prohibition des marchandises anglaises ; pour l'Angleterre, la volonté de forcer ce blocus, d'élargir le champ de son commerce tout en empêchant celui de la France.

Les États-Unis vont être conduits à manifester, dans ce conflit, leur volonté de rester neutres, donc de défendre les droits des neutres face aux exigences des belligérants. Ils affirment ainsi leur vocation marchande et maritime (un ministère de la Marine a d'ailleurs été créé dès 1798).

De ce fait, ils s'opposent vigoureusement (aux limites d'une guerre ouverte) à la France en 1798-1800, puis dans un conflit militaire à l'Angleterre (1812-1814). Et ils remportent des victoires navales contre l'ancienne puissance coloniale, gagnant ainsi ce qu'ils ressentent comme une seconde guerre d'indépendance. Et la confiance dans les destinées nationales s'en trouve accrue, d'autant plus que des succès symboliques sont remportés dans bien des domaines : en 1819, le premier vapeur, le *Savannah*, traverse l'Atlantique (après que Fulton a réussi dès 1807 ses essais de bateau à vapeur).

En même temps, des secousses économiques et financières, nées de la rapidité impétueuse de la croissance – et ce, dès 1817-1819 –, provoquent des faillites, une chute des prix agricoles, le chômage, etc., rendant encore plus nécessaire la définition d'une politique extérieure capable de créer un espace américain protégé des produits européens.

Cette volonté politique et économique (définir sa sphère d'influence, réduire celle de l'Europe) se manifeste dans la reconnaissance des États qui, en Amérique latine, conquièrent leur indépendance : le Chili avec San Martín (1817-1818), la Colombie (1819), le Pérou, le Venezuela (1821), le Mexique, le Brésil, l'Équateur (1822).

Le 2 décembre 1823, Monroe définit de manière solennelle, dans un message au Congrès, cette politique. Cela paraît nécessaire à la fois pour concrétiser une démarche commencée dès 1817, mais aussi pour faire face à deux problèmes précis.

La Sainte-Alliance paraît prête, dans un souci de maintien de l'ordre établi, à envisager une intervention en Amérique latine pour renverser le processus de décomposition de l'Empire espagnol. La Russie – membre actif de la Sainte-Alliance – possède l'Alaska et développe son influence dans le nord-ouest du continent, vers l'Oregon.

Monroe, dans son message, affirme, face à la Russie, que l'ère de la colonisation est révolue en Amérique et, pour contrer la Sainte-Alliance, interdit formellement toute intervention de l'Europe dans le Nouveau Monde.

Les États-Unis imposent ainsi à l'Europe le principe de non-intervention dans les affaires du Nouveau Monde, mais, réciproquement, ils affichent leur neutralité dans les affaires européennes.

L'affirmation des États-Unis sous la présidence de Monroe est donc un effet lointain de la décomposition du système de relations internationales, commencée à la fin du XVIIIe siècle et dont la guerre d'indépendance américaine a été un moment important.

Un impérialisme aux couleurs de la liberté

Un nouvel espace politique s'est créé : celui du continent américain où les États-Unis déploient leur volonté de prépondérance.

Il est remarquable que cette nation encore inachevée marque déjà son ambition impériale, favorisée par les rivalités sanglantes des nations européennes. Cela donne la mesure du rôle que, potentiellement, elle s'assigne. Et le fait qu'elle s'oppose à la Sainte-Alliance, et défende les jeunes nations de l'Amérique latine en lutte pour leur indépendance, masque cet impérialisme sous les prestiges de la liberté.

Une image durable – et un mythe – des États-Unis se dessine ainsi, dans ces deux premières décennies du XIXe siècle, et vient relayer et accentuer le thème de l'indépendance américaine, cette lutte pour la liberté d'une nation.

1818

L'Angleterre,
origine et cœur de la Révolution industrielle

Il n'est pas d'événement qui ait davantage transformé le monde que la Révolution industrielle : urbanisation, travail dans les manufactures, production de masse, destruction des modes de vie traditionnels, de la famille ancestrale, de la morale séculaire ; création de classes sociales nouvelles – le prolétariat, les classes moyennes –, surgissement d'idéologies opposées à ce mode de rapports de production – le capitalisme –, unification du monde par le réseau des transports, des échanges, etc., toutes ces conséquences construisent, en quelques décennies, un nouveau paysage économique et social – et bientôt politique.

En 1818, la grève des filateurs de coton de Manchester – la ville qui symbolise cette révolution – illustre de façon éclatante que l'Angleterre est le pays qui a vu naître la Révolution industrielle (depuis les années 50 du XVIIIe siècle) et que, dans la deuxième décennie du XIXe siècle, cette révolution a pris un rythme et une ampleur irrépressibles : la population de Manchester a décuplé de 1760 à 1830 ; le nombre de métiers mécaniques est passé de 2 400 en 1813 à 55 000 en 1829. C'est bien dans ces quinze années qu'a lieu le saut décisif (le nombre des métiers atteindra 85 000 en 1833 et 240 000 en 1850).

L'axe de l'économie mondiale

Cette accélération de la croissance à travers une transformation économique et sociale – c'est cela la Révolution industrielle – se produit en Angleterre d'abord parce que, dès la fin du XVIIIe siècle, ce pays a plié sa politique extérieure (les guerres qu'il conduit) aux impératifs économiques et qu'il cherche la domination maritime pour ouvrir les continents à ses produits et contrôler le commerce mondial. La guerre de Sept Ans (1756-1763), puis les guerres de la période révolutionnaire et impériale sont des aspects de cette conquête économique du monde et de l'élimination de la France, concurrente potentielle. La prise des colonies – françaises et néerlandaises –, l'ouverture forcée de l'Amérique latine au commerce anglais accentuent ce caractère économique de la politique extérieure anglaise. L'Angleterre devient l'axe de l'économie mondiale. Elle est, pour l'ensemble du monde, l'intermédiaire obligé entre les industriels et les producteurs de matières premières, entre les métropoles et les colonies, entre les pays développés et les pays retardés.

Elle accumule de ce fait une puissance financière considérable en même temps qu'elle offre à ses manufacturiers à la fois des matières premières (le coton est le produit clé de la Révolution industrielle) et des débouchés.

On mesure combien l'aventure napoléonienne s'enlise dans le passé – et le continent – au moment où l'Angleterre produit déjà en masse et s'assure de la domination des mers, condition de son essor commercial et industriel.

La guerre est ainsi pour l'Angleterre un facteur de développement économique (il faut ajouter à l'aspect conquête des marchés les innovations technologiques que les conflits permettent d'apporter, dans le domaine maritime notamment). Ainsi l'Angleterre, en combattant Napoléon, s'assure des débouchés et perfectionne les instruments de son commerce.

La Révolution industrielle anglaise est donc née du commerce, spécialement avec le monde colonial ou sous-développé.

Cette révolution provoque en Angleterre des modifications sociales radicales. Misère, sauvagerie des mœurs et des lois : « Le caractère des habitants d'un pays qui se couvre de manufactures change, écrit Robert Owen, en 1815, et cette nouvelle personnalité est fondée sur un principe tout à fait défavorable au bonheur individuel ou collectif. » Plus tard, Tocqueville écrira : « La civilisation fait des miracles et l'homme civilisé retourne presque à l'état sauvage. »

Cette situation, ce changement social radical rendent la vie précaire. L'urbanisation isole les individus en même temps qu'elle les agglomère. Les vieux principes de solidarité familiale s'effritent puis disparaissent, et ces conditions créent un malaise politique et social : des violences (avec destruction des machines), des grèves éclatent en 1811-1813, en 1815-1817, en 1818. En 1819, c'est le « massacre de Peterloo » : 11 morts et 400 blessés parmi les manifestants, qui réclament l'abolition des *Corn Laws* – le pain est cher – et la réforme parlementaire. Des revendications « coopératives » (socialistes) commencent à se faire jour. Mais, en même temps, les affrontements « révolutionnaires » sont peu fréquents.

En effet, et c'est une des caractéristiques de l'Angleterre, les vieilles structures politiques (la monarchie) et l'aristocratie se sont adaptées, sur une longue période, à ces modifications sociales. La *gentry* foncière profite de la hausse des produits agricoles. Les couches moyennes-supérieures s'intègrent au système et n'entrent pas en révolte, contre l'aristocratie. La paysannerie qui, sur le continent, est un facteur de violence politique (qu'on songe à la Grande Peur, à l'atmosphère de jacquerie de certaines phases de la Révolution française, ou bien au contraire à la Vendée) est déjà marginalisée, et le problème de la propriété de la terre (d'abord levier révolutionnaire puis argument pour enrôler les paysans derrière la contre-révolution) ne se pose plus.

Ainsi l'Angleterre a-t-elle pris, à l'orée du XIXe siècle – alors que la France s'enfonce dans la réaction et l'Europe dans la Sainte-Alliance et qu'elles se tournent de cette manière vers leur « Ancien Régime » –, un avantage considérable. Elle est le pôle économique, commercial et financier du monde.

Cela est net dès 1818, année de grève à Manchester, année de la naissance de Karl Marx.

1819

« Sa Majesté l'Opinion » :
les lois sur la presse en France

Il n'est pas un gouvernement, pas un monarque qui depuis la fin du XVIIIe siècle n'ait pris conscience de l'importance de l'opinion – Sa Majesté l'Opinion ! – et n'ait tenté, dès lors, de l'entraver, de la flatter, de l'encadrer, de l'utiliser. L'Ancien Régime avait connu, notamment en France, des campagnes d'opinion, à l'aide de libelles, de pamphlets, de feuilles éphémères et, dans le domaine de la justice ou de la politique, elles avaient été efficaces – qu'on songe à l'affaire Calas, ou bien à la préparation des états généraux et aux cahiers de doléances.

L'Angleterre et son système politique (quasi parlementaire) donnaient d'ailleurs l'exemple du « libre » jeu de l'opinion, par le rôle des journaux, étant entendu que l'opinion est limitée à ceux qui savent lire, ont la capacité d'acheter ou de consulter les journaux, et représentent de ce fait une fraction à peine plus large que le nombre de citoyens autorisés à voter dans le cadre d'un suffrage censitaire.

La Révolution française marque l'essor de l'opinion qui impose souvent ses solutions. Et, de 1789 à 1792, des centaines – voire des milliers – de journaux sont publiés à Paris, reflétant toutes les sensibilités. De *L'Ami du Roi* au *Patriote français*, de *L'Ami du Peuple* au *Père Duchesne*. On voit apparaître le groupe social des journalistes (Desmoulins, Brissot, Hébert, Rivarol, Suleau, Royou, etc.) dont l'engagement politique est clair. En août 1792, la presse royaliste disparaît, et le Comité de salut public ne laissera

pas vivre longtemps, au temps de la Terreur, les journalistes « indulgents » ou « enragés ».

En France, la peur de l'opinion

Après la chute de Robespierre, ce sont les journaux montagnards qui sont interdits. L'expression, dans la presse,
d'opinions contraires à celles du pouvoir en place reste
considérée comme dangereuse pour le gouvernement. Les
événements révolutionnaires sont dans les mémoires de tous
ceux qui gouvernent – ils y furent directement mêlés – et ils
ne craignent rien tant que l'intervention de l'opinion dans
les affaires publiques.

La perfection du contrôle sera réalisée par Napoléon Ier.
Domestication de l'opinion, censure, pression sur les journalistes – et les écrivains –, arrestations, interdictions : tout
est fait pour museler la presse et l'empêcher de refléter
l'état de l'opinion ou, surtout, de répandre des nouvelles, de
poser des questions capables d'agiter les esprits. Dès 1810,
il n'existe plus qu'un seul journal par département, et tout
article politique est interdit. Seuls ceux du *Moniteur* peuvent être reproduits. La police devient même directement
actionnaire du *Journal de l'Empire*.

Sous la Restauration, dans la mesure où Louis XVIII et
certains de ses ministres (Decazes, de Serre, ou des hommes
comme Guizot, de Broglie, Barante) tentent de desserrer
l'étreinte des ultra-royalistes et de faire surgir une pratique
politique qui concilie – à l'anglaise – tradition conservatrice et jeu constitutionnel – et donc à terme régime parlementaire –, l'expression de l'opinion libérale et d'une
presse où elle s'exprime devient une nécessité ; une façon
de moderniser la vie nationale, la vie politique, de faire
contrepoids aux forces d'Ancien Régime qui contrôlent
presque toutes les institutions. Le dilemme est, dans des
conditions différentes sans doute, celui qu'avait déjà dû
affronter la monarchie à la fin du XVIIIe siècle : comment
ouvrir le régime, le réformer, sans s'appuyer – contre les
ultras – sur une partie de l'opinion éclairée ? Pour permettre

à cette dernière de s'exprimer, il n'existe que deux voies : une presse plus libre qui est autorisée à publier des articles politiques, fussent-ils critiques ; et des élections qui prennent en compte l'existence d'une opposition. On saisit, quand on repère ces deux voies, comment la question de la presse est *directement liée* à l'existence de *l'opposition* et donc aux élections et donc au fonctionnement d'un *vrai régime parlementaire*.

Des lois libérales sur la presse conduisent à la reconnaissance du droit à l'opposition politique et donc à terme au parlementarisme, et celui-ci implique une presse libre.

C'est ce chemin qu'empruntent Decazes et de Serre en proposant, en mars 1819, trois lois sur la presse, issues des réflexions des « doctrinaires » qui veulent faire naître ce régime politique à l'anglaise, qui aurait pour clé de voûte un centre, éloigné des ultras royalistes et débarrassé du poids des républicains et des bonapartistes. Guizot, l'un des rédacteurs de ces lois, dira ainsi : « La liberté de la presse, c'est l'expansion et l'impulsion de la vapeur dans l'ordre intellectuel, force terrible mais vivifiante qui porte et répand en un clin d'œil les faits et les idées sur toute la face de la terre. J'ai toujours souhaité la presse libre ; je la crois, à tout prendre, plus utile que nuisible à la moralité publique. »

Ces trois lois affirment dans leur préambule que « la liberté de presse, c'est la liberté des opinions et la publication des opinions. Une opinion quelle qu'elle soit ne devient pas criminelle en devenant publique ». Les délits de presse (provocation à un crime ou à un délit de droit commun ; outrage à la morale publique et à la morale religieuse ; offense envers le roi ou les autorités ; diffamation, injures envers des particuliers) relèvent désormais des jurys d'assises et non d'un tribunal correctionnel où des juges tremblent devant le pouvoir. L'autorisation préalable est supprimée, remplacée par un cautionnement en rentes sur l'État, garantissant le paiement des amendes éventuelles, il existe enfin un droit de cinq centimes par feuille.

On mesure d'ailleurs à ces limitations le caractère de

compromis de ces lois, notamment dans la définition – très politique – des délits.

Mais un pas important – si l'on songe à la pratique napoléonienne – est accompli.

Il permet la multiplication des journaux, leur diffusion – à Paris mais également en province (*Le Journal de Rouen, de l'Isère*, etc.) et un pluralisme des opinions entre *Le Conservateur* (Chateaubriand), *Le Journal de Paris* (gouvernemental), *Le Courrier* (Guizot) et *Le Constitutionnel* (gauche).

Tout dépendra en fait de la conjoncture politique.

Les monarchistes éclairés (Decazes) réussiront-ils à avancer dans la voie du parlementarisme ? La question de la liberté des journaux devient ainsi un enjeu politique d'importance capitale pour la vie nationale, dont la signification déborde largement le domaine de la presse pour concerner en fait la nature même du régime qui gouverne la nation.

1820

L'échec français
d'une solution politique modérée

Être modéré, vouloir une politique qui concilie tradition et mouvement, qui marie principes monarchiques – et notamment le droit divin – et pratique parlementaire, autrement dit qui mette en place une monarchie constitutionnelle, suppose courage, lucidité et détermination extrêmes. Il faut aussi trouver, dans le pays, des forces politiques sociales et culturelles décidées à soutenir cette orientation et suffisamment averties pour, au-delà du court terme et de leurs avantages immédiats, favoriser ces évolutions qui préservent les intérêts d'ensemble, admis donc comme non inconciliables, des couches dirigeantes passées et des couches nouvelles qui aspirent à la direction du pays et de l'économie. La France n'y est pas parvenue à l'orée de la Révolution.

L'Angleterre – modèle pour les doctrinaires-monarchistes constitutionnels, libéraux à la Guizot – a au contraire réussi cette construction politique équilibrée, ce qui n'exclut pas, notamment autour des années 20-40 du XIXe siècle, à la fois la misère profonde des classes laborieuses et les aspirations radicales d'une minorité. Mais le régime – et ses classes dirigeantes – a suffisamment de force et d'intelligence, d'appuis dans les couches moyennes pour maintenir le cap et éviter ainsi soit le blocage politique que constitue toujours une dictature, soit les tentations de gouvernement ou de solution par les extrêmes (ultra-royalistes et révolutionnaires).

La situation française dans ce tournant crucial – pour

cette perspective politique modérée – des années 20 est bien plus délicate.

Les souvenirs de la Révolution et de l'Empire – c'est-à-dire les cicatrices d'un affrontement long et cruel entre les groupes sociaux et parmi les élites politiques – sont proches. Il y a des revanches à prendre, la volonté de restaurer tout le passé. La classe moyenne qui pourrait soutenir cette politique est faible dans un pays où, si l'État est fort (centralisé), les industries manufacturières ne jouent encore qu'un rôle second et où donc les structures sociales qui leur sont liées (prolétariat mais aussi milieu des affaires, professions nées du commerce, etc.) sont peu développées et où au contraire le monde rural (et donc les notables ruraux) représente encore l'essentiel de la population active. D'ailleurs cette classe moyenne qui a connu la Révolution est pleutre politiquement, soumise au pouvoir. Si bien que les « modérés », les « constitutionnels » à la Decazes (et à la Guizot) n'ont que peu d'appuis. D'autant plus qu'ils appartiennent au camp royaliste et sont sensibles à son idéologie, même s'ils veulent s'en éloigner et que, comme les ultras dont ils tiennent à se différencier, ils craignent la gauche, la « révolution ».

Les difficultés de la stabilisation

Il suffit dès lors d'élections à gauche précisément (en septembre 1819) pour que la détermination des constitutionnels soit ébranlée. Or, dans ces élections, les ultras ont pratiqué (autre spécificité française) la politique du pire, répétant qu'il « vaut mieux des élections jacobines que des élections ministérielles », faisant ainsi élire, à Grenoble par exemple, l'abbé Grégoire, ancien conventionnel, ancien évêque constitutionnel. Aussitôt Decazes, devant cette poussée à gauche, cède à la pression ultra, met en chantier une loi électorale qui favorise les électeurs les plus riches (ils voteront deux fois ! – « loi du double vote » en juin 1820, sous le ministère Richelieu) ; il entame des poursuites contre les journaux, bref il renonce – quelles que soient ses intentions – à la politique modérée. Il abandonnera d'ailleurs bientôt la présidence du Conseil au bénéfice du duc de Richelieu. « Nous voulons gouverner raisonnablement avec la droite », affirme l'un des ministres. C'est une gageure.

En fait, les ultras vont imposer leur politique car, effet des vieilles haines et des rancœurs accumulées depuis 1814, de la timidité de la politique modérée, dans la nuit du 13 au 14 février, le duc de Berry, neveu de Louis XVIII, seul héritier mâle des Bourbons, a été assassiné par le bonapartiste Louvel.

La politique modérée est immédiatement mise en accusation : « Ceux qui ont assassiné Mgr le duc de Berry, écrit Chateaubriand exprimant le point de vue des ultras, sont ceux qui depuis quatre ans établissent dans la monarchie des lois démocratiques, ceux qui ont banni la religion de ses lois, ceux qui ont cru devoir rappeler les meurtriers de Louis XVI... ceux qui ont laissé prêcher dans les journaux la souveraineté du peuple, l'insurrection et le peuple. »

Ce réquisitoire dit bien que la France retrouve son cycle politique où s'affrontent tenants de la réaction ultra et révolutionnaires, et qu'ainsi la voie de la monarchie constitutionnelle est fermée.

La gauche en effet, républicaine – et bonapartiste –, tente – en s'appuyant sur la jeunesse (étudiants des grandes écoles, des facultés, etc.), sur certains militaires bonapartistes ou républicains – de renverser le régime par des complots, organisés par des sociétés secrètes (Charbonnerie divisée en « ventes », etc.). L'Europe d'ailleurs (à Cadix en janvier 1820, à Naples en juillet, au Portugal en août) connaît de semblables secousses qui font croire que de telles actions peuvent réussir.

Dans les milieux ultras on dénonce le complot révolutionnaire et international déjà responsable de l'assassinat du duc de Berry.

Des lois d'exception

La répression est impitoyable contre les manifestations (en 1820), contre la presse (rétablissement de la censure, procès devant les tribunaux correctionnels, etc.), contre l'Université, placée sous la surveillance du clergé (février 1821), contre les libertés individuelles. Une loi est votée le 28 mars qui permet au gouvernement d'arrêter et de détenir pendant trois mois les personnes suspectes de complot contre le roi ou la sûreté de l'État.

Ces lois d'exception constituent l'armature juridique d'une seconde Terreur blanche. La politique ultra l'emporte alors que continue officiellement de régner Louis XVIII, le « raisonnable ». Et grâce à la loi électorale du « double vote », une nouvelle Chambre introuvable est élue en novembre 1820.

L'esquisse de monarchie constitutionnelle, prenant en compte les réalités de la société, acceptant une presse d'opposition – et une opposition politique parlementaire –, se trouve ainsi effacée, par le jeu de la politique du pire des ultras, la pusillanimité des modérés dans la mise en œuvre de leurs projets, modérés affaiblis par la politique du pire des ultras et par les actes, fussent-ils isolés, des révolutionnaires.

Une chance est ainsi manquée, en 1820 – trente ans après les années 1789-1791 –, par les Bourbons.

Certes, à court terme, il n'existe aucun risque révolutionnaire majeur et avec la naissance du duc de Bordeaux (fils posthume du duc de Berry) et la présence du comte d'Artois qui attend la mort de Louis XVIII pour lui succéder, l'avenir des Bourbons paraît assuré. Mais il est clair qu'à moyen terme, les problèmes de l'orientation du régime face à la société se poseront à nouveau et les Bourbons viennent de montrer qu'ils ne sont pas dans la situation de pouvoir les résoudre autrement que par la répression. Ce n'est jamais une vraie politique d'avenir.

Naissance et pouvoir d'un mythe :
la légende napoléonienne

La réalité n'est pas seulement la somme brute des événements et de leurs conséquences quantifiées. L'homme est ainsi fait que les *idées*, la manière dont l'événement est ressenti, jugé, sont aussi partie prenante, pesante de la réalité. L'événement historique est consubstantiellement constitué aussi par son image, sa lecture, le commentaire que l'on fait de lui dans l'instant et dans l'avenir. Si bien que ses conséquences sont constamment infléchies par la façon dont, avec le temps, la perception des faits, les faits eux-mêmes sont rapportés, modifiés. Un mythe, une légende peuvent ainsi se constituer et n'avoir que des rapports ténus avec le réel, mais ils sont aussi ce réel, et, si les circonstances du présent s'y prêtent, ils peuvent devenir facteurs d'histoire, d'organisation des hommes, et donc modeler leur vision de ce présent.

Dans cette reconstruction du passé, la nostalgie, la réaction contre ce que l'on vit et qui déçoit, mais aussi la propagande, la déformation systématique jouent leur rôle, comme la sensibilité de l'époque, plus ou moins apte à recevoir mythe ou légende.

De la nostalgie à l'opposition

Autour des années 20 du XIXe siècle en France – en 1820 paraissent les *Méditations poétiques* de Lamartine –, le romantisme est l'expression des aspirations d'une génération née au tournant du siècle et qui a été la spectatrice de l'épisode napoléonien dont elle n'a perçu que les échos sans en subir – comme ses pères – les blessures ou profiter de sa gloire. Monarchiste un temps, parce que le renouvellement des valeurs – et des élites – pouvait convenir à ses ambitions, elle s'est vite heurtée aux « anciens hommes » de l'« Ancien Régime ». Elle est mûre pour la nostalgie et l'opposition.

En même temps, d'autres couches sociales subissent la dure loi des terreurs blanches et de l'ordre moral qu'imposent les ultras. Demi-solde frustrés de leur gloire, fonctionnaires impériaux épurés, doctrinaires – ou enseignants – soumis à la censure ou au contrôle d'une Église associée à la réaction politique. Ouvriers et paysans éprouvant les difficultés provoquées par l'invasion des marchandises anglaises : c'est-à-dire le chômage et la concurrence. Enfin, pour tous, les excès symboliques de la politique ultra (de la « loi du double vote », à l'idée d'élever un monument à Pichegru le « traître », du drapeau blanc à l'arrogance des « anciens maîtres ») sont ressentis comme autant de vexations par un peuple qui a pris la Bastille et, durant un quart de siècle, a vécu dans l'idée de sa force, de sa gloire et dans les « plis des trois couleurs ».

Or, en 1821, quand meurt Napoléon à Sainte-Hélène, il est évident que s'est ouverte une longue période de réaction dure qui frappe dans tous les domaines. La presse est bâillonnée. Les opposants – qu'ils soient députés ou « conspirateurs » de la Charbonnerie – sont poursuivis. Une loi fait taire les premiers y compris dans l'enceinte parlementaire ; quant aux conspirateurs (ainsi les quatre sergents de La Rochelle), ils sont exécutés (septembre 1822). La mort de Napoléon (le 5 mai 1821, mais la nouvelle n'est connue que trois mois plus tard) intervient dans ce contexte politique, social et culturel. Par son destin fulgurant, la vie du jeune général devenu empereur et mourant seul – après avoir été trahi – dans une île lointaine comporte tous les éléments nécessaires pour fasciner et émouvoir un peuple toujours et encore sensible au légendaire.

Cette geste napoléonienne peut se raconter comme une

fable, une épopée, un mythe. Or, en 1823, paraît le *Mémorial de Sainte-Hélène*, huit volumes de propos de Napoléon recueillis à Sainte-Hélène par Las Cases. La censure autorise cette publication dont le succès ne va pas se démentir durant des décennies (une deuxième édition dès 1824).

Très habilement, Napoléon s'y présente comme incarnant les forces nouvelles et il gomme ainsi tous les traits rétrogrades, dictatoriaux de son entreprise. Il s'y place en « soldat de la Révolution » : « Rien ne saurait désormais détruire ou effacer les grands principes de notre Révolution, conclut-il. Ces grandes et belles vérités doivent demeurer à jamais, tant nous les avons entrelacées de lustre, de monuments, de prodiges. Elles seront la foi, la religion, la morale de tous les peuples, et cette ère mémorable se rattachera, quoi qu'on ait voulu dire, à ma personne. »

À gauche, un homme comme Edgar Quinet confirme cette « transfiguration » de Napoléon. Il écrit : « Lorsqu'en 1821, éclata aux quatre vents la formidable nouvelle de la mort de Napoléon, il fit de nouveau irruption dans mon esprit… Il revint hanter mon intelligence, non plus comme mon empereur et mon maître absolu, mais comme un spectre que la mort a presque entièrement changé… Nous revendiquions sa gloire comme l'ornement de la liberté. » Et, parmi les ultras, Chateaubriand notera : « Vivant, Napoléon a manqué le monde, mort, il le conquiert. »

Le Mémorial, une reconstruction de l'Histoire

En fait, la légende prend appui sur un constant travail de propagande entrepris par Bonaparte dès qu'il a été placé à la tête de l'armée d'Italie. Les journaux de cette armée – financés par le butin – dressent de lui un portrait de sauveur. La presse du Consulat, le catéchisme impérial martèlent cette même image, « celle de Dieu et du dépositaire de sa puissance sur la terre ». La réussite du *Mémorial* – qui s'explique par l'intuition politique de Napoléon et par le contexte de la France subissant les terreurs blanches – est de s'appuyer sur cette imagerie impériale – traditionnelle –

tout en se « marquant » à gauche… c'est-à-dire en reprenant à son compte les conquêtes de la Révolution. Tâche aisée sous le régime de la Restauration et d'autant plus qu'il y a dans cette affirmation une vérité. Mais ce qui est réalité sociale et économique de l'Empire, Napoléon le transfigure dans le *Mémorial* en fidélité aux principes de la Révolution… alors qu'il y a loin de la pratique impériale à la Liberté, l'Égalité, la Fraternité !

Il n'empêche, c'est cela que lègue Napoléon à la sensibilité populaire et à l'histoire politique de la France. Les conséquences en sont importantes. D'abord, sous la Restauration même, une sorte de front uni entre bonapartistes et républicains se constitue contre les royalistes, puis, à plus long terme, la perception par une large partie de l'opinion du bonapartisme comme une tradition de gauche, par opposition à l'Ancien Régime des Bourbons.

Dans les années 20 du XIXe siècle s'affirme ainsi, à côté de l'échec d'une monarchie constitutionnelle, issue des Bourbons, la force d'une veine populiste et autoritaire, celle du bonapartisme, repeint en façade aux couleurs de la Révolution.

1822

L'insurrection et l'indépendance grecques

Lorsqu'un peuple est soumis à la loi d'un autre peuple, son accession à l'indépendance est un processus lent et difficile, jalonné d'avancées et de reculs. Il ne réussit, en général, à devenir – ou à redevenir – une nation autonome que si s'ajoute à sa propre dynamique l'affaiblissement de la puissance dominante, dont la lutte de ce peuple pour son indépendance est d'ailleurs un aspect : à la fois conséquence et cause.

Cet affaiblissement du colonisateur est, le plus souvent, le résultat de la situation internationale dans laquelle il est engagé : rivalité ou guerre avec des voisins. Et l'indépendance du peuple est aussi un moment de cette rivalité. Bref, l'indépendance d'un peuple, la naissance d'une nation sont un processus complexe où les facteurs extérieurs jouent un rôle majeur. À la condition, première, que le peuple en lutte montre son unité, son obstination, son abnégation, sa détermination.

Un peuple réuni

Le peuple grec, dispersé géographiquement – Péloponnèse, poussière d'îles et bientôt colonies dans les grands ports de la Méditerranée : ainsi Marseille –, est rassemblé culturellement par la mémoire et la religion. Les Turcs, en conquérant, en 1715, le Péloponnèse, l'ont uni sous la même domination politique et ont favorisé ainsi, contradictoirement, sa cohésion.

Or la décomposition interne du régime turc s'accélère

tout au long du XVIIIe siècle, notamment sous la poussée des guerres russo-turques. Et la Russie obtient, en 1774, la protection des sujets orthodoxes de Constantinople. La liaison entre le peuple grec dominé et un puissant facteur extérieur est ainsi réalisée. Enfin, et c'est la donnée nouvelle, le quart de siècle de la Révolution et de l'Empire français accélère en Grèce le processus de prise de conscience et de mobilisation. D'abord parce qu'il favorise la diffusion des idées démocratiques, le modèle de la « nation », et que ces thèmes vont à la rencontre d'une renaissance intellectuelle grecque et la provoquent. Mais ce mouvement n'est possible que parce que la société grecque s'est à la fois ouverte et transformée. Le commerce crée les bases de la naissance d'une bourgeoisie et il est favorisé par le blocus continental : Salonique devient le seul port libre de la Méditerranée, et les hommes, les marchandises, les navires et les idées y affluent. Enfin, la politique française influence directement la situation grecque : elle est le germe déstabilisateur. Dès 1792, les liens entre la France et les Grecs se multiplient, pour les nécessités du commerce d'abord : les Grecs naviguent au profit des Français et on parle pour la première fois de Grecs indépendants. D'ailleurs, le mirage oriental de Bonaparte englobe aussi la Grèce. Le traité de Campoformio permet aux troupes françaises d'occuper les îles Ioniennes en 1797 et, quand elles se retirent, une République ionienne indépendante est fondée où se constitue une ébauche d'armée grecque. Un bataillon de chasseurs d'Orient participe à l'expédition d'Égypte et, dès 1798, Bonaparte crée une Agence d'Ancône dont le but est de fomenter des troubles dans tout l'Empire turc en s'appuyant précisément sur le mouvement national grec et balkanique. Ainsi, très directement, les événements de la politique française, les ambitions de Bonaparte créent-ils une situation nouvelle.

La volonté russe de s'étendre vers le sud et la Méditerranée, d'affaiblir pour cela l'Empire turc, son désir messianique de prendre en charge les orthodoxes dont Moscou est la Rome sont l'autre élément favorable. Et les deux fac-

teurs – la politique française et la poussée russe – paraissent même se rencontrer. À Tilsit, le 29 septembre 1807,
Napoléon déclare au tsar Alexandre : « Aujourd'hui on ne
doit s'occuper que de la manière de faire retourner en Asie
un peuple étranger à l'Europe et de lui retirer certaines
provinces qu'il tourmente plutôt qu'il ne les gouverne… »

Certes, un tel contexte comporte des périls : les grandes
puissances sont des rivales et, dans le but de bloquer l'une
d'entre elles, les autres pourraient bien geler la situation au
bénéfice d'un Empire, fût-il déclinant. Mieux vaut un
homme malade que son héritage capté par un voisin.

Mais c'est ici qu'intervient la volonté nationale grecque :
des sociétés secrètes ont été fondées (à Odessa, par
exemple en 1814, la Philiki Hetaira, que dirige à partir de
1820 Alexandre Hypsilanti, officier… russe). Par ailleurs,
la situation en Europe, malgré la Sainte-Alliance., est marquée autour des années 20 par des secousses révolutionnaires (Cadix, Naples, etc.) et, en 1821, la révolution éclate
en Grèce. En janvier 1822, la première Assemblée nationale grecque se réunit près d'Épidaure et vote une Constitution très démocratique, qui crée le premier gouvernement
général de la Grèce.

Un pas décisif vient d'être franchi qui ne pourra pas être
effacé.

Pourtant, devant le phénomène révolutionnaire, les réactions négatives se multiplient. D'abord la répression : dans
l'île de Chio, les Turcs massacrent les populations grecques
(1822). La Sainte-Alliance, dans ses congrès (Laibach,
1821, Vérone, 1822), condamne la révolution grecque.
Méhémet Ali, à partir de l'Égypte, vient briser (1825) militairement les Grecs.

Mais il est trop tard pour étouffer la revendication nationale grecque. Et d'abord parce que les puissances européennes sont divisées : Sainte-Alliance, oui, mais peut-elle
jouer en faveur des Turcs, contre des chrétiens ? Les Russes
s'y refusent. Et l'opinion publique européenne aussi. La
Grèce est devenue – contre les politiques d'intervention de
la Sainte-Alliance précisément – un exemple : Delacroix a

peint les massacres de Chio. Byron est mort à Missolonghi (1824), et les Grecs qui fuient cette ville assiégée par les Turcs (1826) racontent dans toute l'Europe le sacrifice de la poignée de défenseurs (commandés par Botzaris) qui a fait sauter la citadelle plutôt que de se rendre.

Le calcul des grandes puissances

Pour les gouvernements réactionnaires d'Europe, soutenir la Grèce n'est pas non plus une concession trop dangereuse à leurs libéraux : une triple alliance (France, Angleterre, Russie) va intervenir et briser la flotte turco-égyptienne à Navarin (20 octobre 1827). L'indépendance n'étant acquise qu'en mai 1832, quand les puissances auront installé en Grèce une monarchie absolue, contre une partie du mouvement national grec, républicain et même révolutionnaire : les jacqueries contre les notables avaient été nombreuses durant la lutte pour l'indépendance. Mais le couronnement d'Othon Ier (prince de Bavière) est le prix politique à payer par les Grecs pour le soutien que les grandes puissances leur ont apporté.

D'une certaine manière, il est déjà miraculeux qu'ils aient réussi à imposer ainsi en pleine « réaction » leur volonté d'indépendance. D'autres peuples proches – dans les Balkans, en Italie – attendront encore des décennies.

1823

L'Espagne manque sa modernisation

Moderniser une vieille structure politique enracinée dans une tradition et des intérêts, appuyée sur des groupes sociaux, l'ouvrir à des pratiques institutionnelles nouvelles (une Constitution), la laïciser – en la séparant donc de l'influence d'une Église – sont une entreprise difficile. À chaque pas, elle peut verser soit dans une révolution brutale, exaltée, soit au contraire s'interrompre sous la poussée des forces réactionnaires. Par ailleurs, si la société dans ses différentes composantes (masses rurales, bourgeoisies, cadres de l'État, intellectuels, etc.) ne voit pas se dégager un groupe capable de prendre la direction, fût-ce un moment, de l'évolution, le risque de stagnation, d'échec et de régression est grand. En outre, si la société n'est pas assez riche d'initiatives, c'est *l'armée* qui peut vouloir jouer le rôle de substitut à ces formes sociales défaillantes.

Le rôle de l'armée

L'armée, en effet, dans une structure sociale ankylosée, est une organisation qui peut être la seule à combiner à la fois une certaine mobilité (le recrutement des officiers, l'échelle hiérarchique), une diffusion nationale (elle incarne toute la collectivité dans son histoire nationale), un contact avec le monde extérieur (par la nécessité même où elle se trouve pour remplir sa fonction d'y faire face) ; enfin, les cadres de cette organisation (les officiers…) sont en général beaucoup plus jeunes que ceux des autres institutions, et par leur fonction même plus en contact avec la réalité populaire : les recrues sont souvent issues des couches les plus humbles de la société.

Il n'est pas étonnant que, dans plusieurs pays d'Europe – en Italie (Naples, notamment), ou au Portugal –, l'armée, dans les années 20-30 du XIXe siècle, soit un ferment de révolte. En France aussi, dans la même période, c'est des milieux militaires que sont issus bien des conspirateurs et des insurgés.

La situation est identique en Espagne.

La résistance nationale à l'invasion napoléonienne a eu le triple effet de montrer à la fois la combativité populaire – et militaire – face à l'étranger, la nécessité des réformes et aussi leur difficulté puisque la résistance s'était faite contre les Français – porteurs des Lumières – et les *afrancesados* profrançais. Mais alors que, dans un État comme la Prusse, une révolution conservatrice, une modernisation par le haut s'avéraient possibles par l'engagement national et réformateur des élites autour de la monarchie, en Espagne le poids des couches rurales, le régime seigneurial de la propriété, le rôle écrasant de l'Église, la médiocrité du souverain bourbon Ferdinand VII et des camarillas qui l'entouraient bloquaient ce type d'évolution.

Restait dès lors une issue : le coup de force pour tenter d'imposer des réformes.

Riego, officier fait prisonnier par les Français en 1808, gagné aux idées libérales, lieutenant-colonel des Asturies, se rebelle à Cadix (1819) et proclame la Constitution des Cortès dite de 1812 (le 1er janvier 1820) et l'impose à Ferdinand VII. Cette Constitution libérale est bien accueillie par la bourgeoisie, mais, très vite, cependant que Ferdinand VII biaise, manœuvre et pratique en fait la politique du pire – façon Louis XVI –, la situation se radicalise entre les « exaltés » – les radicaux – et les partisans d'une réaction « apostolique », que Ferdinand VII favorise.

Les modérés sont écartés, et dans un pays dominé par le monde rural et l'Église, les « exaltés », ceux qui approuvent les réformes, et les militaires qui sont à l'origine du mouvement ne peuvent être à terme que battus. D'autant plus que la situation internationale n'est pas favorable. Dans son congrès de Vérone (octobre-décembre 1822), la Sainte-Alliance a incité à l'intervention militaire en Espagne pour soutenir la monarchie légitime. Et la France serait chargée de la répression.

La France au service de la Sainte-Alliance

Les ultras à Paris en sont partisans et, après des hésitations, Louis XVIII s'y rallie dans son discours du trône de janvier 1823. Le nouveau ministre des Affaires étrangères – Chateaubriand – va se faire l'ardent partisan du rétablissement de l'ordre en Espagne. Les débats, à Paris, en février 1823, sont vifs : le député Manuel est exclu des séances de la Chambre pour son opposition à l'intervention. En fait, depuis des mois, un cordon sanitaire de troupes a été établi le long des Pyrénées, et les partisans de Ferdinand VII s'y préparent à l'action. Le 7 avril les « Cent mille fils de Saint Louis » entrent en Espagne pour soutenir Ferdinand.

Sur le plan militaire, l'intervention française est un succès (prises de Madrid, du Trocadéro, de Cadix – mai-septembre 1823). Les troupes ont bénéficié de la passivité des populations rurales et du soutien des milieux religieux et des notables. Pas de guérilla contre les Français en 1823 ! La politique ultra vient de se donner une allure héroïque et elle en tire, à Paris, immédiatement, les fruits : élections, réaction plus accusée, etc. Dans le concert des puissances de la Sainte-Alliance, Paris a fait preuve de son efficacité. Le temps est loin où la France incarnait le mouvement des idées libérales.

En Espagne, en effet, la défaite des « exaltés » et le rétablissement de Ferdinand VII dans tous ses pouvoirs mettent fin à tous les espoirs de réforme. Commence pour l'histoire de ce pays une « ignominieuse décade ». L'intervention et le succès français ont ouvert la voie à une réaction « apostolique » d'une violence sans limites. Riego et bien d'autres sont exécutés. Ferdinand VII annule toute la législation libérale, cependant que les plus fanatiques des

« apostoliques » forment des bandes qui terrorisent le pays, et qui tentent de pousser vers le trône le frère du roi, don Carlos.

Certes – et précisément à cause de cette surenchère –, Ferdinand VII, à partir de 1827, se rapproche des libéraux (il cherche à imposer sur le trône sa propre fille, Isabelle, contre la tradition bourbonienne de la loi salique), et les modérés tentent, par en haut, une modernisation de l'Espagne. Une administration éclairée essaye de se mettre en place et d'agir.

Mais les handicaps sont trop lourds.

La rénovation espagnole, la libéralisation des mœurs et des institutions se sont trouvées d'abord compromises par l'entreprise française de 1808 (elles étaient associées à l'envahisseur étranger) puis écrasées par une autre intervention française, celle de 1823 !

Ce qui confirme le rôle décisif que joue, dans ce début du XIXᵉ siècle, la politique française, levier et frein à la fois.

L'Espagne, aux prises aussi avec la crise que représente l'indépendance des colonies d'Amérique, manque en tout cas ce moment de modernisation.

Toute l'histoire de la péninsule Ibérique jusqu'à la deuxième moitié du XXᵉ siècle s'en trouvera marquée.

1824

L'enseignement :
un enjeu de la politique française

Toute politique qui veut contrôler les esprits, les soumettre à l'obéissance, cherche à faire de l'enseignement l'un des rouages de sa domination de l'opinion. On peut dans cette perspective le considérer d'emblée comme un lieu à haut risque parce que l'acquisition de connaissances, quelle que soit la soumission des professeurs, éveille toujours l'esprit critique : et on tente alors de réduire le nombre des écoles ou d'en limiter l'accès. Mieux vaut un illettré qu'un citoyen lucide.

Cette politique de limitation délibérée va en général de pair avec une prise en main par le pouvoir de l'enseignement, c'est-à-dire la surveillance plus ou moins tatillonne des enseignants, des élèves et des étudiants, ainsi que la censure des programmes. Des disciplines – l'histoire, la philosophie, et même les sciences – peuvent être particulièrement visées parce qu'elles portent en elles – par leur nature même – une leçon de choses et parfois une vision du monde. C'est précisément cette autonomie de jugement – cette laïcité des enseignants et des programmes – qui est crainte par le pouvoir dans un enseignement indépendant.

L'élan donné par la Révolution

Or, la Révolution a engagé un intense effort – parfois désordonné – pour organiser un enseignement dont le but est de former des citoyens qui ne soient pas des sujets. La connaissance y apparaît comme la condition même de l'exercice des droits de l'homme et l'un des droits précisément. La Constitution de 1791 déclare ainsi : « Il sera organisé une Instruction publique, commune à tous les citoyens, gratuite à l'égard des parties d'enseignement indispensables pour tous les hommes. » Un réseau d'écoles centrales, de grandes écoles, d'écoles « spéciales » est mis en place.

Le système napoléonien à partir de ces bases crée le monopole étatique avec la volonté de caporaliser, de normaliser, de contrôler. Quand, en 1806, Napoléon définit le « corps enseignant », c'est, dit-il, « pour avoir un moyen de diriger les opinions politiques et morales ». Exclusive, hiérarchisée, destinée à former des sujets de l'État – fonctionnaires notamment –, l'Université impériale abandonne en fait l'enseignement primaire et une bonne partie de l'enseignement secondaire à l'Église (en 1810 : 11 000 élèves des lycées, contre 32 000). L'essentiel n'étant pas de diffuser démocratiquement l'instruction mais de sélectionner des cadres pour le régime. Pour le reste, il suffit d'obtenir la soumission des esprits. Et on sait quel rôle Napoléon assigne à l'Église.

La Restauration se trouve face à cette création impériale et, après une hésitation – faut-il la supprimer ? –, elle la détourne à son profit – avec le même but : contrôler les consciences – tout en soutenant le développement d'un enseignement libre. Mais, dans les deux cas, c'est l'Église catholique qui assure sa domination, puisqu'elle est l'expression de l'idéologie du régime.

Il s'agit d'abord de limiter la diffusion de l'enseignement : seize facultés de lettres et trois de sciences sont supprimées en 1815. Les professeurs (et les élèves boursiers) sont épurés. En 1821, on décide que seuls les enseignants en poste dans les lycées royaux ou les petits séminaires pourront se faire inscrire sur la liste des candidats aux concours de recrutement. Ainsi peut-on s'assurer de la docilité des enseignants. Ceux-ci d'ailleurs sont soumis à un contrôle de leurs mœurs et de leurs idées très strict : ne pas paraître dans une cérémonie religieuse (celles organisées par les missions, par exemple) entraîne le blâme et le renvoi. Soumission, lâcheté, incompétence, rancœur sont chez les enseignants les fruits de cette politique.

L'École normale supérieure est supprimée. Les cours d'histoire de Guizot et ceux de philosophie de Cousin, qui deviennent, à la Sorbonne, des manifestations libérales, le sont à leur tour.

Épuration et régression

Les programmes sont eux aussi épurés des matières dangereuses : l'histoire est exclue ou transformée en matière facultative ; l'enseignement de la philosophie se donne en latin et celui des sciences est limité à la dernière année de l'enseignement secondaire et encore n'est-il pas obligatoire !

Cette régression est délibérée. Elle va de pair avec la politique de réaction ultra conduite sur tous les autres terrains et amplifiée après l'accession de Charles X au trône (septembre 1824). Elle est symbolisée par deux mesures prises, précisément cette année-là : d'abord Mgr Frayssinous, qui fut prêtre réfractaire en 1790, puis aumônier du Roi en 1821, puis grand maître de l'Université en 1822, est nommé – en 1824 donc – ministre des Affaires ecclésiastiques, et c'est de son ministère que dépend l'Instruction publique. Le pape félicite le gouvernement de cette initiative qui s'accompagne du contrôle accordé aux évêques sur tout l'enseignement primaire.

Si l'on ajoute à ces mesures le rôle dévolu aux associations tenues en main ou créées par les Jésuites ou la Congrégation (Société des bonnes études, Société catholique des bons livres, etc.), on apprécie la domination totale – totalitaire – exercée par l'Église sur l'enseignement, dans un but éminemment politique, celui-ci étant aussi conçu comme religieux. De nombreux prélats refusent ainsi leur autorisation de tout établissement d'enseignement échappant à leur contrôle, qu'il s'agisse d'écoles mutuelles – laïques, apprenant les rudiments de la lecture et du calcul dans les villages – ou luthérienne (Montbéliard) ou calviniste (le Cher).

Le résultat de cette mise en friche volontaire des esprits ou de cette volonté d'endoctrinement et d'appauvrissement est d'abord le retard pris sur d'autres pays. Certes, il y a de grands enseignants (Guizot, Cousin, Laennec, Villemain, etc.), mais on dénombre jusqu'à 90 % d'illettrés chez les femmes et plus de 50 % chez les hommes. Au moment où est fondée à Londres une université laïque (1825), la France, écrasée sous le conformisme d'une religion d'État – une idéologie officielle –, sombre dans l'obscurantisme. La censure et les procès frappent des livres aussi différents que ceux de Voltaire et de Rousseau, *Julie ou la Nouvelle Héloïse*, ou même l'édition des recueils des arrêtés gouvernementaux réservés à une diffusion restreinte…

Ce long épisode dans l'histoire de l'enseignement en France (il commence en 1815, mais se prolonge bien au-delà de la chute de Charles X en 1830) laisse des traces profondes dans les sensibilités et les attitudes du pays : toute la fin du XIXe siècle et le XXe siècle en seront marqués : la question de l'enseignement est devenue sous la Restauration une question politique. Un enjeu. Un objet de querelle et donc un clivage de la société française.

1825

Le temps des utopies
sociales et économiques

L'apparition d'un nouveau mode de production entraîne de profonds bouleversements sociaux. Les formes anciennes se décomposent, cédant la place à de nouveaux comportements. La société, dans ses différents aspects – scientifique, économique, social, culturel, politique –, offre un nouveau visage, qu'il faut décrire, interpréter, critiquer, afin de comprendre la nouvelle donne et, à partir de cette réalité, de l'organiser au mieux.

Dans un premier temps, ce sont des théoriciens, hommes isolés le plus souvent, qui, parce qu'ils sont aux marges du mouvement de la société, peuvent l'observer et l'analyser, puis formuler leur diagnostic, élaborer leur théorie et définir un mode d'organisation idéale – une *utopie*? – qui conviendrait aux nouvelles forces à l'œuvre dans la société. Ce système – philosophique, économique, social – peut être ou ne pas être repris par des groupes sociaux qui s'en serviront comme d'une grille de lecture de la réalité et élaboreront, à partir de lui – ou de certains de ses éléments –, des modalités d'action. Le système – théorie, utopie – aura donné naissance à une force politique.

À partir des années 20 du XIXe siècle, ce travail de réflexion et d'élaboration de systèmes de réforme sociale, économique, politique est en cours, en France notamment, mais aussi en Angleterre, en Allemagne.

Rêver l'avenir et le préparer

En France, cela s'explique d'abord par la proximité des événements révolutionnaires. Les hommes ont directement vécu – comme adultes ou enfants – ces vingt-cinq années de brutales mutations politiques et sociales, ce qui rend vivante et prouve l'idée que les sociétés peuvent changer de fond en comble. Et cette expérience du mouvement rend encore plus dérisoire et rétrograde l'effort politique des ultra-royalistes pour retrouver un Ancien Régime et le figer.

Par ailleurs, le nouveau mode de production produit ses effets sous les yeux de ces observateurs qui ont la mémoire pleine des bouleversements politiques récents. Découvertes scientifiques, applications technologiques, manufactures, urbanisation vont de pair avec la misère physiologique et morale de ces nouveaux esclaves que sont les premiers prolétaires. L'inégalité et l'injustice, l'inhumanité (le travail des enfants dès l'âge de quatre-cinq ans par exemple) révoltent des esprits encore façonnés par les idées de bonheur, de progrès, de raison, telles que certains d'entre eux les avaient connues au XVIIIe siècle par le mouvement de la philosophie des Lumières et l'esprit de l'*Encyclopédie*. Saint-Simon (1760-1825), Fourier (1772-1837), Owen (1771-1858) sont ainsi à la charnière de deux siècles, témoins et participants de deux époques, à la fois portés par une volonté d'organisation rationnelle du monde et déjà sensibles aux frémissements romantiques ; observateurs et acteurs des conséquences de la révolution politique et aussi des premiers effets de la Révolution industrielle. Le spectacle du libéralisme économique et de ce qu'il produit dans l'ordre social ne peut les satisfaire. Il est non seulement facteur d'inégalité (sociale, mais dans l'ordre politique le suffrage censitaire est à mettre en rapport avec la doctrine libérale), mais aussi de gaspillage de ressources, de désordre. En somme, il révolte à la fois sur le plan de la morale (les droits de l'homme) et de la raison.

Dès lors il faut mettre en place une *nouvelle organisation* de la production, de la société qui soit à la fois *juste et rationnelle*, les deux termes se répondant. Saint-Simon (mort en 1825) est allé le plus loin dans cette voie. Certes il ne s'agit pas de socialisme, mais il dénonce « l'exploitation de l'homme par l'homme », met implicitement en cause la propriété privée (et ses disciples, Enfantin notamment, le feront explicitement) et en affirmant que ce sont les « producteurs » qui doivent détenir le pouvoir économique et politique, en marquant le rôle tout à fait secondaire et dépendant des élites politiques (parabole de Saint-Simon, dans sa revue *L'Organisateur*, 1819 : la disparition de ces notables n'entraînerait aucun mal pour l'État, contrairement à la disparition des producteurs), il renverse la hiérarchie sociale habituelle. De plus, sa construction est portée par un grand souffle de justice et d'égalité des droits (même si celle-ci n'est pas son but) : « À chacun selon sa capacité, écrit-il, à chaque capacité selon ses œuvres. » Et, à la veille de sa mort, il précise : « Le résumé des travaux de toute ma vie, c'est de donner à tous les membres de la société la plus grande latitude pour le développement de leurs facultés. »

Cet objectif serait possible en s'appuyant sur la science et l'industrie, la politique n'étant qu'une « superstructure », et de cette manière la crise révolutionnaire prendrait fin.

L'administration des choses

On voit comment c'est la révolution scientifique – en cours – et la révolution industrielle qui servent de point d'appui au système saint-simonien, comment aussi sa construction vise à résoudre le problème politique de la révolution et des crises successives qu'elle entraîne par un dépassement du politique. Dans l'âge scientifique et dans l'âge industriel, il faut que l'administration des choses remplace le gouvernement des hommes. Il faut organiser la production, faire en sorte que les « oisifs » soient écartés, et

l'ensemble des hommes devra entrer dans le «parti national ou industriel».

L'ampleur de cette vision montre que, dans les
années 20 du XIXᵉ siècle, les grandes questions que pose la
Révolution industrielle sont perçues. En Angleterre, un
Robert Owen développe lui aussi une «nouvelle vision de
la société» (dès 1813). Il intervient (comme plus tard les
disciples de Saint-Simon, de Lesseps à Michel Chevalier,
des frères Pereire à A. Comte) dans la vie publique. Il lutte
par exemple pour obtenir la limitation du travail des
enfants : une loi de 1819 en fixera l'âge minimal d'admis-
sion à neuf ans ! En 1825, il crée une colonie «communiste» dans l'Indiana, aux États-Unis. Ce sera l'échec, mais,
de retour en Angleterre, il tente de mettre sur pied une
«bourse d'échange du travail» qui supprime la monnaie.

Utopies, sans doute. Mais ces systèmes qui surgissent à
l'orée de la Révolution industrielle marquent que le refus
d'accepter sans réagir les conséquences négatives de ce
bouleversement est déterminé. Qu'il s'inscrit dans un projet à la fois critique, global et optimiste.

La confiance est grande – religieuse souvent – dans
l'avenir et les possibilités de l'homme à condition qu'il
sache organiser la production et la société. C'est dans ces
systèmes que puisera le socialisme.

1826

La Russie soumise à une politique d'airain

Gouverner un espace immense, plaine ouverte aux invasions qui peuvent venir de tous les points de l'horizon (le sud et le nord, mais aussi l'ouest et l'est) ; avoir pour sujets des millions de paysans liés à la terre, soumis à la servitude ; subir un climat rude, impitoyable, passant du froid intense – polaire – aux chaleurs lourdes, du gel à la boue ; ne posséder que des villes qui sont comme des îles sur un océan rural ; ne disposer que de groupes limités d'esprits éclairés et d'une noblesse fidèle certes, le plus souvent, mais repliée sur ses immenses domaines : tout cela fait que l'une des préoccupations majeures de qui gouverne la Russie est toujours de tenir ce pays ensemble, de l'unifier en l'agrandissant encore, de lui fournir – pour le réunir précisément – une armature, à la fois charpente et en même temps barreaux pour éviter qu'il ne se disloque ou bien qu'il ne « s'enfuie ».

Les éléments de ce gouvernement de la Russie ne peuvent être, dans ces conditions, qu'un pouvoir central fort – et cela dépend du tsar d'abord –, une armée qui en est le glaive et une idéologie qui rassemble les âmes dans un projet qui confond le salut personnel et celui de l'État.

C'est ainsi que peu à peu le gouvernement de la Russie s'est mis en place et que des frontières se sont naturellement dessinées après des siècles de lutte, puisque la langue, et surtout la religion marquent la différence. Chrétienne, la Russie n'est ni catholique (par opposition à la Pologne qui la borde) ni réformée (et cela la sépare de la Prusse ou de la Suède, ses voisines). Elle est pourtant, parce que chrétienne, d'Europe (et elle est de ce fait un rempart contre les Turcs musulmans) et cependant totalement singulière.

La modernisation sans l'occidentalisation

Dès la fin du XVIIᵉ siècle puis au XVIIIᵉ siècle, toute son évolution signale cette ressemblance et cette disparité. Pierre le Grand modernise sans occidentaliser, puisque aucune des structures sociales (et d'abord les structures rurales) ne change. Catherine II ouvre les salons de sa cour et de ses villes aux idées des Lumières, mais cela ne touche que les « insulaires » – nobles, officiers, fonctionnaires – et laisse immuable la mer paysanne. Alexandre, à la veille de devenir tsar, confie en 1797 à son précepteur, La Harpe : « Ma pauvre patrie se trouve dans des conditions désastreuses : le paysan est opprimé, le commerce paralysé, la liberté et le bien-être personnels anéantis… Dès que sonnera mon heure, il sera nécessaire d'accorder au peuple le droit d'élire ses représentants, qui, inspirés de manière convenable, auront la tâche de créer une Constitution libérale. » Mais cette ambition réformatrice et libérale se heurte à une question clé : sur qui s'appuyer pour moderniser ? Comment réaliser la réforme, à l'heure où la Révolution française jacobine, puis les armées de Napoléon déséquilibrent les Anciens Régimes ? Alexandre, tout en continuant de prôner des « institutions légalement libres » (celles de Pologne par exemple), en vient vite à dénoncer « une doctrine dévastatrice qui menace de nos jours l'organisme social » (1818). Sorte de Hamlet russe, il voudrait changer son pays et craint de le faire, car alors tout serait emporté. Son idéal serait évidemment une révolution conservatrice – à la prussienne – mais la victoire des Russes dans leur guerre patriotique contre Napoléon a – contrairement à ce qui s'est passé en Prusse, précisément – rendu celle-ci plus difficile. Alexandre est emporté dans son rêve messianique de maintien de l'ordre en Europe et dans le monde, sous l'autorité des Saintes Écritures : ce sera la Sainte-Alliance. À l'opposé, les jeunes officiers nobles qui ont combattu et vaincu se sont rapprochés du peuple durant la guerre, mêlés qu'ils ont été à leurs soldats, aux paysans. Ils ont mesuré l'arriération de la Russie et, en même temps, ils se sont sentis profondément – mystiquement – attachés à elle. Leur séjour en France leur a permis de comparer et ils se sont ouverts aux idées libérales et réformatrices. À leur retour, dans les loges maçonniques, les sociétés secrètes, ils poursuivent leur réflexion dans le but d'aider Alexandre Ier : « Ils se firent la promesse de collaborer avec l'empereur par les paroles et par les actes, dans tous les projets tendant au bien du peuple », dira l'un d'eux. Mais peu à peu, ils sont emportés : autour des années 20, les soulèvements militaires d'Europe (Espagne, Naples, Portugal) donnent des modèles d'action. Si, dans ce mouvement russe naissant et secret, une aile libérale (« la Société du Nord ») existe qui se veut seulement réformatrice, un courant radical (« la Société du Sud », « la Société des Slaves réunis ») affirme une pensée républicaine, jacobine, révolutionnaire, voulant poser – d'en haut – la question agraire.

La mort d'Alexandre Ier (19 novembre 1825), l'hésitation entre ses frères sur sa succession qui échoit finalement au cadet Nicolas Ier favorisent l'insurrection décembriste (décembre 1825) d'officiers nobles. Elle est réprimée en quelques semaines.

Cette première révolte politique russe – issue d'élites sociales converties à la révolution – est un avertissement pour le pouvoir. Et Nicolas Ier en tire la leçon qu'il faut appliquer une politique d'airain.

Dès 1826 est créée une troisième section de la chancellerie impériale qui est en fait une police politique, surveillant les hommes – autorisée à emprisonner, à déporter –, contrôlant les journaux, les livres, interdisant les publications étrangères, établissant ainsi une autocratie répressive et une censure efficace et tatillonne. En même temps, Nicolas Ier considère la noblesse – dont sont issus les décabristes – comme suspecte, et, parce que le pays a besoin d'une armature, il développe une bureaucratie puissante, militarisée, tout entière au service de l'État, et il essaie de contraindre la noblesse à entrer à son service.

Un pouvoir renforcé et des problèmes en suspens

Le pouvoir autocratique se renforce donc, en multipliant ses rouages, mais sans résoudre les problèmes de la modernisation sociale du pays. La masse paysanne reste abandonnée, sous la domination féodale de la noblesse. Mais la création d'une bureaucratie va avoir pour conséquence l'apparition de nouvelles couches urbaines, plus ouvertes au mouvement des idées, sensibles à la littérature (Pouchkine, Lermontov) et à ce que, inéluctablement, elle véhicule de questions et de critiques. L'autocratie, pour se renforcer, crée les conditions de son affaiblissement à moyen terme.

Ainsi, dans le premier tiers du XIXe siècle, se met en place, en Russie, par suite – comme en Espagne – d'une réforme ou d'une révolution manquée, la dialectique sociale et politique qui conduira aux explosions du XXe siècle.

1827

L'avenir est aux ingénieurs

Les sciences et les techniques ont leur propre histoire, autonome, qui a ses rythmes, ses étapes, sa logique interne liée à la progression même des découvertes, des applications et des relations aussi qui s'établissent entre, précisément, science et technique. Mais les unes et les autres ne sont pas isolées du processus général qui entraîne la société, crée les conditions de la recherche, une attitude plus ou moins positive à l'égard des sciences, des besoins aussi de la production, du développement des échanges commerciaux qui suscitent une *demande* de science, une *demande* d'invention, d'amélioration dans les processus de fabrication, une accélération dans l'exploitation des domaines nouveaux.

Économie-monde et demande étatique

L'histoire des sciences et des techniques est ainsi imbriquée dans l'histoire générale, non de manière automatique, mais par une dialectique complexe qui laisse à chaque domaine son propre temps de développement.

Autre facteur important : le soutien que l'État et la société peuvent apporter à la recherche scientifique et technique.

Tous ces éléments convergent à la fin du XVIIIe, surtout dans les premières décennies du XIXe siècle, pour donner un élan à la science et à la technique.

En Angleterre, c'est la société qui, parce qu'elle se déploie en « économie-monde », avec ses besoins de produits, sa multiplication des manufactures, joue le rôle essentiel. Et, dans ces conditions, l'invention technique, l'application pratique, directement liées à un souci de production, sont mises en avant.

En France, c'est la demande étatique qui a le rôle premier. L'idéologie révolutionnaire – raison, progrès, nation – favorise le développement des sciences. Des institutions sont créées. Bonaparte accentue encore ce rôle de l'État. Il est lui-même membre de l'Institut, dans l'Académie des sciences physiques et mathématiques, et il participe régulièrement aux travaux. Dès 1802, il insiste sur le rôle que doit jouer, à l'échelle de toute l'Europe, l'Institut. Une grande puissance, un empire ont besoin de savants, de découvertes et d'applications techniques. Ces objectifs – politiques et de prestige – rencontrent de vraies intuitions scientifiques : par exemple, en 1802, Bonaparte, après avoir assisté aux exposés de Volta sur l'électricité, déclare que ce domaine de la physique doit être exploré systématiquement car il est le « chemin des grandes découvertes ». On sait aussi ce que l'on doit à Bonaparte en matière d'égyptologie.

Il y a donc, à l'échelle de l'Europe, sous la poussée de la demande d'État, dans le cadre de la Révolution industrielle et du développement du marché capitaliste mondial, des circonstances favorables, qui expliquent cet essor des années 15-30 du XIXe siècle.

Dans le domaine de la théorie générale, c'est la compréhension des phénomènes physiques fondamentaux qui s'élabore en un vaste front qui commence à décrypter le monde de la matière. Fresnel (1788-1827), Young (1773-1829), Fourier (1768-1830), Carnot (1796-1832), Ampère (1775-1836) explorent la nature de la lumière, de l'optique, de la propagation de la chaleur, de la thermodynamique et de l'électrodynamique.

Dans le domaine des techniques et de la technologie (en relation directe suivant les cas avec les recherches scientifiques), ce sont les instruments liés à la production et aux transports qui connaissent le plus de transformations. Elles sont à l'évidence liées aux besoins du marché et du commerce. Laminoirs, forges, moissonneuse mécanique (MacCormick, 1831); chaudière tubulaire (Seguin, 1827); bientôt locomotive (1829; première liaison en chemin de fer Manchester-Liverpool, 1830); machine à coudre (Thimonnier, 1830) sont l'expression de cette modification des conditions de la production et du transport.

Mais il s'agit là surtout de l'application et du développement de données existantes ou d'inventions ponctuelles (hélice de Sauvage, 1832) qui vont permettre d'étendre (de produire et de transporter plus, plus vite, moins cher) ce qui existe déjà. C'est dès 1819 que le premier bateau à vapeur a traversé l'Atlantique (le *Savannah*).

Ces modifications vont, par le biais des changements qu'elles provoquent, transformer peu à peu les sociétés, enserrer le monde entier dans un réseau de transports et d'échanges, bref, permettre la constitution de ce marché mondial dont la Révolution industrielle était grosse.

Cependant, les années 15-30 du XIXe siècle apparaissent aussi comme le germe des évolutions qui, à la fin du XIXe et au XXe siècle, modifieront une nouvelle fois les conditions de la production et les mœurs. Un fait annonciateur par exemple : en 1824, Niepce découvre le principe de la photographie. Dans cette invention se trouve la modification du regard de l'homme sur lui-même, sur les autres et sur le monde, et de nombreuses applications techniques à venir. Mais l'essentiel tient à ce que Arago (1786-1853), Ampère (1775-1836), Gauss (1777-1855), Faraday (1791-1867), Ohm (1789-1854) établissent les lois de l'électricité et que, dès 1822, un premier moteur électrique de laboratoire est mis au point. En 1827, c'est le tour de l'électro-aimant et, en 1831, le premier véritable moteur électrique tourne (Del Negro).

Il s'agit donc bien dans ces premières décennies du XIXe siècle d'un essor capital, à la fois par la diffusion de ce qui est connu et la mise en place de ses applications techniques, mais aussi, avec l'électricité, de l'avenir dont déjà se dessinent les contours.

Sur le plan social, la science et la technique sont reconnues comme les deux colonnes de la nouvelle civilisation qui, malgré les tenants de l'Ancien Régime, se met en place. Saint-Simon le souhaite, Auguste Comte va le proclamer à son tour, mais quels que soient les conceptions, les espoirs ou les regrets, chacun à l'époque, et même les plus réticents, doit reconnaître les faits. Dans la France de la Restauration finissante, en 1829, est créée l'École centrale des arts et manufactures.

L'avenir appartient – imagine-t-on, souhaite-t-on – à l'ingénieur.

1828

La question d'Irlande

Le refus de disparaître des nations

Rien, semble-t-il, sinon le génocide complet (et peut-il jamais l'être ?) ou la dissolution d'un peuple dans d'autres pour la naissance d'une nouvelle civilisation (mais il y faut plusieurs siècles et la mémoire conserve des traces de l'état antérieur) ne peut effacer la conscience d'une identité nationale quand elle s'appuie sur une communauté linguistique et territoriale bien délimitée (une vallée montagnarde, un massif enclavé, une île) et est exaltée par une foi qui a été précisément – et depuis les origines – l'instrument de la cohésion de la communauté. Les répressions, les occupations, même la dispersion d'une partie de la communauté aux quatre coins du monde ne suffisent pas à briser cette volonté d'être soi, c'est-à-dire différent. Cette énergie vitale, cette conscience nationale traversent les siècles, animent les luttes dont le souvenir renforce à son tour l'identité de la communauté. Les saints fondateurs et les martyrs patriotiques sont rassemblés en une même légende héroïque et sacrée, génératrice de nouveaux sacrifices. Les tentatives de compromis, les discours de la raison, fondés sur l'analyse d'un rapport de forces, sont rejetés comme autant de discours de capitulation. La violence, le sang deviennent, au cours des siècles, les emblèmes inaltérables d'une nation qui refuse de disparaître et d'admettre que les peuples peuvent être condamnés par d'autres à s'assimiler.

L'Irlande incarne, presque parfaitement, ce type de personnalité historique. Cette île occidentale de l'archipel britannique, peuplée de Celtes – les Gaëls –, qui a affirmé son identité par l'un des catholicismes les plus anciens d'Europe (ve siècle) et sa langue, le gaélique, n'a pu être domptée par la Grande-Bretagne, qui, tout au long des siècles (à partir du XVIe surtout), a massacré (Cromwell à Drogheda, 1649), réprimé (lois pénales de 1704), volé les terres pour coloniser, créé une minorité protestante, gouverné directement l'île, pour reconnaître, en 1783, que l'Irlande est « liée seulement par les lois qu'adopteraient Sa Majesté et le Parlement de ce royaume, cela établi et reconnu pour toujours et à jamais hors de question ».

Cette acceptation – formelle – d'une nation irlandaise (protestante en fait, ce qui ne règle rien à l'évidence) vient de ce que l'Angleterre, parce qu'elle affronte la guerre en Amérique, doit éviter de laisser proliférer à son flanc le cancer d'une opposition irlandaise.

Or, l'Irlande compte, à la fin du XVIIIe siècle, plus de quatre millions d'habitants, et la Grande-Bretagne seulement huit !

Le long conflit avec la France révolutionnaire et napoléonienne va encore accroître les inquiétudes anglaises. D'autant plus que certains Irlandais (Wolfe Tone, en 1791) regardent vers la France dans l'espoir d'y trouver un appui. Ils tentent de rassembler tous les pauvres (catholiques ou presbytériens) contre les landlords, et Paris, pour sa part, essaie de soutenir une insurrection irlandaise (tentative de débarquement de Hoche en 1798).

Mais l'Angleterre a la maîtrise de la mer et dispose en outre dans cette période de deux atouts.

D'abord, durant les guerres napoléoniennes, les besoins en produits agricoles font monter les prix des denrées et même les plus démunis, les plus parcellisés des agriculteurs irlandais profitent de cette hausse des prix. De plus, le clergé catholique qui encadre la population est profondément hostile à la France antipapiste telle qu'elle apparaît vue de l'étranger. Un jeune avocat irlandais, appelé à devenir le leader irlandais du début du XIXe siècle, Daniel O'Connell (1775-1847), est ainsi – à la manière de Burke –

antirévolutionnaire et antifrançais. Dans ce contexte, l'Acte d'Union, proposé par Pitt, bénéficie de circonstances favorables. Il est accepté en 1800 : cent Irlandais siégeront au Parlement britannique, les catholiques étant électeurs mais non éligibles.

C'est pour les rapports entre l'Irlande et l'Angleterre un moment d'accalmie que Pitt veut prolonger, en ralliant les élites catholiques à l'Union. Mais il se heurte à une double résistance : celle du roi d'Angleterre qui refuse que les catholiques disposent des mêmes droits que les protestants et à celle d'O'Connell. Ce dernier intervient pour que l'Église irlandaise – fort tentée – refuse une sorte de Concordat avec l'Angleterre qui lui eût assuré des rentes en échange d'une soumission à Londres.

Dès lors, la paix rétablie, la menace française effacée, Rome et le pape à nouveau libres, la question irlandaise, un temps assoupie, se réveille.

La population a augmenté. En une trentaine d'années, elle a atteint 6,8 millions d'habitants (1821) : soit une hausse de plus de 50 %. La parcellisation des terres s'est aggravée, la misère est plus lourde. La culture de la pomme de terre est en fait la seule ressource familiale. On vend en effet les céréales, le lait ou les œufs qu'on produit. Mais, avec le retour de la paix, les prix baissent. Les pâturages s'étendent, les expulsions de fermiers se multiplient. L'Irlande connaît la famine en 1821-1822. L'industrie lainière s'effondre par suite de la concurrence des manufactures anglaises de coton. Et l'Irlande a trop de retard pour développer, face à la première puissance industrielle du monde, une production propre ou elle est trop dépendante pour protéger son artisanat. En 1824, les droits protecteurs ont disparu entre l'Angleterre et l'Irlande.

La révolte gronde, sourde, se manifestant par des crimes agraires sévèrement punis. O'Connell va organiser une résistance légale, s'appuyant sur le clergé, proche des humbles, présent dans chaque paroisse. Il fonde, en 1823, une association catholique qui lève un « fermage catholique » d'un penny par mois et obtient ainsi des fonds considérables. L'Association est dissoute en 1825, mais l'élan est donné. Les catholiques ont désormais le courage de relever la tête, de s'organiser et d'utiliser leur bulletin de vote. En juillet 1828, O'Connell, inéligible parce que catholique, est pourtant élu, dans le comté de Clare. Il refuse de prêter le serment antipapiste de 1692. Exclu du Parlement et triomphalement réélu.

Vers des actions illégales

En avril 1829, le gouvernement anglais fait voter un bill d'Émancipation qui accorde aux catholiques des droits équivalents à ceux des protestants. Victoire irlandaise que Londres s'emploie immédiatement à limiter en augmentant le cens électoral et en maintenant tout le poids du pouvoir exécutif sur l'île. Or, de *jeunes Irlandais*, constatant les impasses et les lenteurs des solutions légales d'O'Connell, commencent à s'organiser pour explorer d'autres voies.

La misère et la famine, le climat international, la politique anglaise vont servir de détonateur à ce baril de poudre jamais éventé qu'est la conscience nationale irlandaise.

1829

L'Europe commence la conquête du monde

Le processus d'unification du monde – d'homogénéisation même – est un fait. Il comporte des étapes entre les découvertes de continents nouveaux, de longs paliers où seuls quelques hommes isolés font des percées vers l'inconnu, puis des accélérations quand les États et/ou les peuples se répandent dans de nouvelles zones.

Cette unification suppose d'abord la connaissance du monde, c'est-à-dire son exploration complète et l'établissement de relations régulières entre ses différentes parties. Celles-ci peuvent être d'ailleurs lentes à se mettre en place, dépendre des conditions techniques (navigation, etc.), du climat des relations internationales (la guerre navale est évidemment un obstacle), de la pression démographique qui s'exerce dans le pays explorateur et conquérant, et/ou du développement du marché mondial.

Dans le premier tiers du XIXe siècle, notamment après la période des guerres napoléoniennes, les bases sont jetées par différentes puissances, dans le contexte général de la Révolution industrielle – et donc d'une nécessité et d'une intensification des échanges –, d'une européanisation du monde, puisque c'est par ce biais d'abord que procède l'unification.

À la recherche d'espaces nouveaux

En fait, la découverte des continents et des océans est presque achevée. Après les grands navigateurs (Cook, Lapérouse) de la fin du XVIIIe, qui ont balisé l'océan Pacifique, l'heure est à compléter plus qu'à réellement découvrir. Mais des espaces nouveaux – repérés déjà – sont parcourus et explorés. Ainsi dans trois directions.

L'année 1829 voit René Caillé revenir d'un voyage à Tombouctou ; Alexandre de Humboldt d'une exploration, à la demande de Nicolas Ier, dans l'Oural, l'Altaï et les steppes de la mer Caspienne, et Dumont d'Urville avancer, après avoir reconnu l'Australie, la Tasmanie, la Nouvelle-Zélande, les Fidji et la Nouvelle-Calédonie, vers le pôle Sud.

Rien d'équivalent, bien sûr, dans ces voyages, avec les temps des Grandes Découvertes quand des continents entiers sortaient de la nuit, mais ces explorations marquent que, au tournant des années 30, une nouvelle étape commence, qui est celle d'une plus minutieuse reconnaissance des zones situées. Et, avec René Caillé, c'est la pénétration à l'intérieur des royaumes noirs, comme le premier jalon d'une conquête à venir, qui est réalisée.

Car – et quelle que soit la forme de conquête envisagée – c'est bien de cela qu'il s'agit, ne fût-ce que pour faire pièce à telle ou telle autre puissance qui paraît vouloir prendre pied dans le même secteur.

La rivalité entre pays européens se transporte en effet aux antipodes. Dans le Pacifique, par exemple : au nord, entre Anglais, Russes et Américains ; au sud, entre Français et Anglais. Moscou et Londres sont encore opposés dans tout le secteur de l'Orient : de la Perse au Caucase, de la Caspienne à la mer Noire. En Afrique s'amorce, déjà, une rivalité entre la France et l'Angleterre. Et on observe avec suspicion, à Londres, le blocus – inefficace – que, depuis 1827, la flotte française tente d'imposer à Alger après l'insulte faite au représentant de Paris par le dey.

Cette poussée – globale – de l'Europe vers le reste du monde, qui reprend, et va aller s'accentuant, après 1815, a d'abord pour origine la croissance démographique rapide du vieux continent qui se peuple bien plus vite que le reste du monde. Ce trop-plein d'hommes – jeunes – n'est plus détruit par les massacres guerriers. La paix s'est installée en Europe pour des décennies (1815-1848, à quelques exceptions près), et, à l'horizon, on ne voit pas poindre de conflit généralisé (il faudra attendre les décennies 1850-1870). La misère, la famine, les conséquences diverses de la Révolution industrielle, l'espoir chassent du vieux continent près de quarante millions d'Européens. Chiffre considérable mais qui n'est qu'une amorce de la grande migration de la deuxième partie du XIXe siècle.

Cette européanisation du monde ne s'est pas encore clairement définie comme une colonisation territoriale. Au contraire, les résistances à ce mode de domination sont nombreuses, argumentées à partir des avantages du libre-échange, du commerce mondial, impératif de la Révolution industrielle. Comme l'écrit J.-B. Say dans son *Cours complet d'économie politique* qui connaît trois éditions sous la Restauration : «Les vraies colonies d'un peuple commerçant, ce sont les peuples indépendants de toutes les parties du monde. Tout peuple commerçant doit désirer qu'ils soient tous indépendants pour devenir plus industrieux et plus riches car plus ils sont nombreux et productifs et plus ils présentent d'occasions et de facilités pour les échanges. Les peuples deviennent pour nous des amis utiles et qui ne nous obligent pas de leur accorder des monopoles onéreux ni d'entretenir à grands frais des administrations, une marine et des établissements militaires aux bornes du monde. Un temps viendra où l'on sera honteux de tant de sottise et où les colonies n'auront plus d'autres défenseurs que ceux à qui elles offrent des places lucratives à donner et à recevoir, le tout aux dépens des peuples.»

Cette position, souvent partagée, ne peut pourtant empêcher le mouvement d'installation de bases navales et la vision traditionnelle d'un empire colonial.

Dans ces premières décennies du XIXe siècle, l'Espagne et le Portugal s'échinent en vain, par exemple, à défendre leurs colonies d'Amérique latine, mais leur Empire se disloque inéluctablement. La Hollande conserve ses territoires. La Russie progresse en Asie et vers le sud (elle conquiert Erivan en 1827) ; la France et l'Angleterre jettent les bases d'un Empire colonial nouveau (ainsi : conquête de l'Algérie en 1830). Pour les autres pays européens, l'expansion est affaire d'individus – explorateurs ou marchands.

Il reste que, quelles que soient ses modalités, un processus est engagé, qui suscite déjà, dans les régions atteintes, des résistances plus ou moins organisées, plus ou moins efficaces, mais réelles : dès ses premiers pas, l'expansion européenne se heurte donc aux peuples qu'elle s'apprête à dominer, alors même que ces peuples n'ont parfois pas encore conscience de constituer une entité. La lutte va les aider à en prendre conscience.

Et cette dialectique conquête-résistance, enclenchée dès ces années 30 du XIXe siècle, sera l'un des couples de force majeurs du XXe siècle.

1830

Les Trois Glorieuses :
une révolution confisquée

Souvent, les groupes dirigeants et les acteurs anonymes qui les suivent n'ont pas les mêmes objectifs et ne vivent pas de façon identique les événements.

Les premiers s'efforcent d'imposer leurs buts, de canaliser vers eux les forces en mouvement. Les seconds, agissant le plus souvent spontanément sous le coup de l'indignation ou du poids d'une réalité quotidienne, sont «utilisés» et quand ils se rendent compte que, au terme de leurs actions, ils ont servi à réaliser d'autres desseins que ceux qu'ils imaginaient, il est trop tard. Ils ont cessé de pouvoir peser sur l'événement. Leur déception peut se muer en révolte, mais le rapport de forces joue rarement en leur faveur.

La manipulation des masses populaires

Ce schéma, si fréquent, qui relève en partie de la manipulation des masses populaires par les leaders politiques, est parfaitement illustré par les événements de juillet 1830.

On les nomme à tort «révolution». En fait, il ne s'est agi que d'un glissement de pouvoir, qui, pour se produire, a pris la forme de «journées» révolutionnaires parisiennes (27, 28, 29 juillet), dont les acteurs (la foule en armes – Charles X, frère de Louis XVI, La Fayette, Louis-Philippe d'Orléans), le décor (Paris) ne pouvaient que rappeler la Révolution de 89. Elles n'en sont tout au plus qu'un épisode tardif, édulcoré et presque caricatural. Mais cependant profondément significatif.

D'abord dans leurs causes. L'échec de la politique ultra de Charles X – successeur de Louis XVIII en 1824 – est patent dès 1827. Mais il redouble les enjeux en constituant un ministère « Coblentz-Waterloo-1815 » (Polignac, La Bourdonnaye, Bourmont), concentré d'Ancien Régime, d'émigration et de trahison de la nation. Pour faire face à la résistance de 221 députés, et à celle vigoureuse des journaux et de l'opinion, quatre ordonnances – dont l'une suspend la liberté de la presse – marquent le choix d'une politique de force, de coup d'État en fait (dissolution de la Chambre).

Or, depuis 1827 et le succès libéral aux élections, un scénario se prépare dans les milieux politiciens et journalistiques que tenaille l'ambition et le désir de mettre en place ce régime à l'anglaise – « le roi règne et ne gouverne pas » – qui laisserait tout le pouvoir à la bourgeoisie de talent et de fortune.

Ce groupe (Thiers, Talleyrand, La Fayette, Guizot) dispose d'un prince de remplacement : Louis-Philippe. Il s'agit, dans ce dispositif, de profiter d'une faute de Charles X (ce seront les ordonnances) pour le contraindre à abdiquer et placer ainsi sur le trône le « roi-citoyen », fils de régicide. La Fayette couvrira l'opération. Les jeunes étudiants, les artisans, les républicains et les bonapartistes, les ouvriers parisiens sont, comme le pensaient les auteurs de l'opération politique, la masse de manœuvre qui bouscule le trône des Bourbons au profit non de la république, mais des Orléans. Le drapeau tricolore remplace les fleurs de lys, Louis-Philippe n'a-t-il pas combattu à Jemmapes ? « Le rideau est tiré, la farce est jouée », dira le banquier Laffitte.

En fait, cette issue « politicienne », habile exploitation d'une situation de crise, illustre un rapport de forces.

Les bourgeoisies veulent pour elles le pouvoir. Les masses rurales et les notables provinciaux désirent conserver leurs biens et la paix sociale. Elles approuveront le changement de roi et de drapeau, sans intervenir. Les légitimistes sont incapables de défendre leur roi, car ils ne peuvent prendre en compte la nouvelle réalité française. « Ils ne connaissent ni le pays, ni le temps, dit un contemporain. Ils vivent en dehors du monde et du siècle. » Quels que soient leurs rêves et leurs espoirs, ils ont en France, après cette deuxième chance – 1815-1830 –, perdu la partie.

Quant aux républicains, acteurs des journées de juillet, ils sont les dupes. Portés par ce mouvement romantique (Hugo et la bataille d'*Hernani* en 1830 précisément et Stendhal écrit *Le Rouge et le Noir*), combatifs, ils ne représentent qu'une minorité, presque essentiellement parisienne. Ils ont peu de liens avec le monde ouvrier, en train d'accéder à la conscience de son nombre, de sa misère, de l'exploitation qu'il subit, de ses besoins et de ses droits.

Dans ces conditions, les républicains ne peuvent remporter que des batailles de rue, mais ils sont incapables de dominer la conjoncture sociale et nationale. D'où le succès de la stratégie de Thiers, réussissant à faire d'un Orléans un roi de France.

C'est bien le triomphe d'une bourgeoisie raisonnable, qui rêve de juste milieu entre légitimistes et républicains, qui révise la Charte dans un sens parlementaire, supprime la censure, élargit – un peu ! – la base électorale du régime (abaissement du cens) et ouvre la Garde nationale à tous les contribuables. Ils pourront dans leurs rangs élire leurs officiers.

En ce sens, les journées de juillet 1830 renvoient aux années 1790-1791. Quand les modérés rêvaient d'arrêter la Révolution. La Fayette était déjà le grand homme de cette politique. En 1830, il n'en est plus que le symbole et le paravent. Cette stratégie est incertaine, elle suppose, pour réussir, que le monarque soit réellement disposé à ne pas gouverner et non à jouer au roi-citoyen pour mieux reconquérir la réalité du pouvoir. Il faut aussi que la bourgeoisie reste unie sur ses objectifs politiques. Or il y a *des* bourgeoisies. L'une – qui s'incarne en un Guizot et dans un parti de la résistance – est à la fois pour la modernisation *et* l'ordre. Libérale, elle veut l'expansion économique et des décisions rationnelles mais, élitiste, elle ne veut pas voir diffuser le pouvoir politique et elle veut le réserver à ceux qui en ont les capacités et que la fortune distingue. Dans la politique de Charles X, elle condamnait l'archaïsme stupide, irréaliste et irrationnel, finalement néfaste aux progrès économiques liés à la Révolution industrielle. Elle rejetait l'attachement à une économie foncière. Cette grande bourgeoisie a donc admis et souhaité l'installation de Louis-Philippe, mais pour elle, la révolution de Juillet n'a représenté qu'une « modernisation » des institutions, une adaptation à la Révolution industrielle. « La banque, écrit Stendhal après les Journées, est à la tête de l'État. La bourgeoisie a remplacé le faubourg Saint-Germain et la banque est la noblesse de la classe bourgeoise. »

Les bourgeoisies françaises

Une autre fraction de la bourgeoisie (petite bourgeoisie, sensible aux talents, ouverte sur les artisans, les boutiquiers, la jeunesse des écoles) est favorable au mouvement. Elle est, par le mode de vie et la sensibilité, plus proche des aspirations populaires. Parce que, et c'est là la faiblesse congénitale de la solution orléaniste aux problèmes français, la Révolution de 89 ne s'est pas arrêtée dans les années 90-91.

Il y a eu les Jacobins, la Montagne, la Patrie en danger, la République, la réalité des aspirations nationales et révolutionnaires même déviées ensuite dans l'Empire. Et c'est ce passé-là, cette idéologie-là – républicaine – qui colore en teintes de plus en plus rouges les couches sociales qui, de la petite bourgeoisie – ralliée à Louis-Philippe en 1830 –, conduisent au peuple – essentiellement parisien.

Un bloc existe là potentiellement, dès 1830, qui n'a pas réussi à s'agglomérer, mais qui peut être une voie, autrement plus stable, autrement plus large, que l'orléanisme, pour l'avenir de la politique et de la société françaises.

1831

La révolte des canuts :
l'entrée en scène du prolétariat

La prise de conscience par un groupe social de sa propre existence est lente. Il doit identifier ses membres, reconnaître dans le voisin – d'habitation, de chantier, d'établi – un semblable, qui subit les mêmes conditions de vie et de travail et partage les mêmes espoirs. La concentration en un lieu (quartiers, manufactures, ateliers) est donc un facteur premier de cette découverte d'une collectivité par elle-même. La mémoire y joue aussi un rôle capital : le groupe a besoin d'une histoire commune, qui lui donne des racines, des occasions de célébration – fêtes, etc. ; il lui faut enfin une organisation par laquelle il exprime ses solidarités d'abord : sociétés de secours mutuel, d'assistance pour aider ceux qui, membres du groupe, sont dans le dénuement ; organisations qui, bientôt, deviennent des instruments de défense et de revendication.

La référence républicaine

Le monde ouvrier, que la Révolution industrielle «produit», plus ou moins rapidement selon les pays, parcourt ces différentes étapes dans les trois premières décennies du XIXe siècle. Elles s'inscrivent dans une histoire nationale, c'est-à-dire que, dans le style de leur action, leurs rapports avec la politique et leurs objectifs, elles doivent beaucoup au passé du pays. Ainsi, en France, ce développement d'un mouvement ouvrier se réalise dans une nation imprégnée par les souvenirs de la Révolution, de ses luttes violentes, des revendications égalitaires qui en ont marqué les moments cruciaux, par les anticipations – que ce soit le maximum des prix ou la Conspiration pour l'Égalité de Babeuf – que cette Révolution a fait naître. Enfin la république, proclamée précisément dans cette période révolutionnaire, reste une référence politique d'autant plus forte que le retour des hommes de l'Ancien Régime (la Restauration) a vu s'aggraver, par suite de la crise économique qui marque la fin de la période impériale, la condition ouvrière.

L'insurrection ouvrière est, dans ces conditions, un moment clé qui intervient quand déjà existe une prise de conscience du groupe qui lui permet de s'organiser, de s'opposer aux autorités locales, à l'État et à ses forces armées – ce qui renvoie aux traditions révolutionnaires de la mémoire collective. Et l'insurrection devient, par la force qu'elle manifeste, les combats qu'elle mène, un moment décisif de la prise de conscience, un tremplin à partir duquel – parfois après un reflux dû à la répression – le groupe social s'affirme davantage.

Autour de lui, dans les autres classes de la société, l'insurrection le fait reconnaître comme une réalité singulière, avec laquelle il faut désormais compter.

Tous ces éléments apparaissent clairement dans les « trois journées » d'insurrection des canuts lyonnais (21-23 novembre 1831).

Les frustrations politiques consécutives à la « Révolution confisquée » de juillet 1830 ont joué leur rôle. « On » espérait. « Le peuple a vaincu pour les libéraux et les bourgeois, écrit le journal saint-simonien *L'Organisateur* (28 août 1830), et le peuple subit toute l'ingratitude forcée que nous avions prévue. Pour les excès de la concurrence dont il se plaint, on lui refuse au nom de la liberté un remède. »

L'essentiel, en effet, reste, pour les ouvriers, la dureté des conditions de vie et de travail. À Lyon, grande cité industrielle, la misère des tisseurs concentrés dans des habitations insalubres est profonde. Les enfants sont au travail dès l'âge de cinq ou six ans ; les salaires, dictés par les fabricants, sont insuffisants et en baisse. La revendication ouvrière est précisément de voir fixer un tarif des salaires au-dessous duquel les fabricants ne pourront descendre. La victoire politique de juillet 1830 devrait entraîner, imagine-t-on, la fixation de ce tarif. Or, au contraire, le prix de façon baisse sans arrêt, la situation du tisseur s'aggrave. Dès lors, l'agitation est continuelle. Elle reprend avec plus de force la vieille complainte ouvrière qui est aussi chant de révolte : «Mais notre règne arrivera – Quand votre règne finira – Alors nous tisserons – le linceul du vieux monde – Car on entend déjà – la révolte qui gronde – C'est nous les canuts – Nous n'irons plus tout nus. » Et l'insurrection va s'emparer de la ville, au terme de trois jours de combat qui font plusieurs centaines de victimes.

Le gouvernement intervient – avec à la tête des troupes l'un des fils de Louis-Philippe – et reprend la ville. L'insurrection n'avait pas d'objectif politique précis et se trouvait réduite à l'impasse sur le plan local et national. Mais, par leur existence même, la prise de contrôle de la ville, l'insurrection des canuts ont fortement marqué.

Le monde ouvrier d'abord. Dans la région lyonnaise, à Paris et dans toutes les collectivités ouvrières, «les agitateurs travaillent cette partie de la population en mettant sans cesse devant ses yeux l'exemple des ouvriers de Lyon», écrit le préfet de police. L'insurrection a donc joué son rôle dans la prise de conscience de l'existence du prolétariat et de ses objectifs. Le saint-simonien Michel Chevalier écrit : «Les événements de Lyon ont changé le sens du mot politique ; ils l'ont élargi. Les intérêts du travail sont décidément entrés dans le cercle politique et vont s'y étendre de plus en plus. »

Les nouveaux « barbares »

Mais l'ébranlement touche en fait toute la société. Le prolétariat apparaît en pleine lumière et ses revendications inquiètent. De vieilles peurs sont réactivées après la longue période d'accalmie (1796-1830) due à l'épuisement du mouvement populaire, à la vigueur de la répression et au lent démarrage de la Révolution industrielle. Mais « la sédition de Lyon a révélé un grave secret, celui de la lutte intestine qui a lieu dans la société entre la classe qui possède et celle qui ne possède pas…, écrit Saint-Marc de Girardin. Notre société commerciale et industrielle a sa plaie comme toutes les autres sociétés ; cette plaie, ce sont ses ouvriers… Les barbares qui menacent la société… sont dans les faubourgs de nos villes manufacturières… c'est là où est le danger de la société moderne… Il ne s'agit ici ni de république, ni de monarchie ; il s'agit du salut de la société ». Et Saint-Marc de Girardin poursuit dans *Le Journal des débats* du 8 décembre 1831, évoquant les perspectives politiques qu'ouvre l'insurrection ouvrière : « Républicains, monarchistes de la classe moyenne, quelle que soit la diversité d'opinion sur la meilleure forme de gouvernement, il n'y a qu'une voix pourtant sur le maintien de la société. »

Le débat que fait naître au sein des couches dirigeantes l'entrée en scène du prolétariat est, dès 1831, énoncé : oublier les vieilles divisions politiques et faire front commun contre les « barbares » (le prolétariat, bientôt le socialisme) au nom des intérêts supérieurs de la « société » (bientôt de la civilisation).

Avec l'insurrection ouvrière des canuts, une nouvelle période commence.

1832

L'Angleterre choisit la réforme

À chaque moment de l'évolution politique d'un pays, plusieurs possibilités s'ouvrent, qui dépendent de l'histoire de ce pays, donc des expériences et de l'idéologie, de ses structures économiques et sociales, de ses rapports avec les autres nations, et de l'intelligence des hommes, c'est-à-dire de la manière dont ils vivent leur propre histoire, du regard qu'ils jettent sur leur société.

Une telle combinaison de facteurs peut conduire au blocage qui, à terme, ne comporte que deux issues : une évolution régressive (vers un Ancien Régime) ou bien le changement vers de nouvelles manières de conduire le pays et de l'organiser. Mais si ce choix du mouvement est fait, une nouvelle bifurcation se présente : changement pacifique ou révolution ?

Blocage de la société et réforme

De la durée et de l'ampleur du blocage, de la force des évolutions régressives dépend qu'on emprunte, pour modifier la situation, la voie révolutionnaire ou celle de la réforme. Et de ce choix surgissent de nouvelles déterminations qui vont ajouter de nouvelles données à l'histoire nationale.

En France, durant près d'un siècle (1789-1880), on voit alterner blocage, essais de régression et de restauration, puis explosion révolutionnaire (1789-1830-1848-1871), chacune de ces péripéties entraînant l'affinement du modèle d'évolution. On agit en se référant à l'épisode précédent, qu'on imite et qu'on veut prolonger.

L'Angleterre, dans ce siècle des révolutions (elles touchent, avec plus ou moins d'ampleur, la plupart des pays de l'Europe continentale), paraît être la terre de la réforme, de l'évolution politique maîtrisée au moindre coût en termes de violences.

Quatre éléments fondamentaux servent de cadre à ce type d'évolution et la conditionnent sans pour autant la déterminer dans toutes ses parties.

D'une part, le fait que l'Angleterre soit, dans les guerres napoléoniennes, restée à l'abri des opérations militaires sur son sol tout en étant la puissance victorieuse, leader en fait des coalitions. La cohésion nationale – déjà forte – autour du gouvernement s'en trouve renforcée, malgré tel ou tel épisode (la révolte des équipages de la flotte, les troubles sociaux, etc.).

Deuxième facteur, lié au premier : la domination qu'exerce l'Angleterre sur l'économie mondiale et le rôle d'« atelier du monde » qu'elle tient dans la Révolution industrielle. Outre les avantages économiques et financiers que cette prééminence produit, l'orgueil national s'en trouve exalté. En 1832, au cours des débats sur la réforme électorale, Macaulay – un réformateur – déclare ainsi : « Nos champs sont cultivés avec une habileté inconnue partout ailleurs… Nos maisons sont munies d'un confort que les rois d'autrefois auraient envié… Nulle part ailleurs les usines ne sont parvenues à pareille perfection. L'homme nulle part ailleurs n'est arrivé à dominer pareillement la matière. »

Le troisième élément tient à la place du religieux dans la société anglaise. Si l'on exclut les catholiques (en 1829, ils obtiennent leur émancipation) concentrés en Irlande (et c'est le seul noyau de violence irréductible malgré les réformes), non seulement il ne se pose plus de question religieuse en Angleterre, mais la vie religieuse (démocratique : sectes, assemblées, prêches, etc.) et l'Église (anglicane) renforcent la cohésion sociale et nationale.

Dernier élément : les élites politiques et sociales – qu'elles appartiennent au parti tory – plus conservateur –

ou au parti whig – plus réformateur – sont mêlées à la vie économique, conscientes des réalités de la Révolution industrielle, des impératifs à la fois du marché mondial et de l'équilibre social intérieur. Leurs valeurs ne sont figées qu'en apparence. Le compromis, l'adaptation, la souplesse sont les qualités qu'exige la situation économique et sociale, caractéristiques qu'ils feront passer dans la vie politique.

Des mouvements radicaux

Or celle-ci, autour des années 30, doit changer. Le système électoral (bourgs pourris, surreprésentation des campagnes, cens électoral, privilèges, carte électorale inchangée depuis le Moyen Âge) fait que le régime politique est le privilège d'une aristocratie désuète. Des forces de renouvellement existent aussi bien chez les tories que chez les whigs. Jeremy Bentham, Ricardo, Cobbett et les publications qui les appuient (*Edinburgh Review, Weekly Register*, etc.) sont favorables à une réforme électorale. Des milieux radicaux groupés dans l'Union de Birmingham ou dans le Mechanic Institute de Londres animent le mouvement en sa faveur. Des hommes comme Canning et Peel, élus de Liverpool, ou le leader whig, lord Grey, sont sensibles à sa nécessité. Mais elle devra être imposée à la Chambre des lords au terme de heurts violents (le château de Nottingham est brûlé ainsi que le palais épiscopal de Bristol, cette ville est occupée par les émeutiers) que les ouvriers touchés par la crise – et dirigés par la bourgeoisie libérale et manufacturière – suscitent.

Le whig Macaulay n'en qualifie pas moins ce *Reform Bill* de 1832 d'inéluctable : « Une loi aussi forte que celles de la pesanteur et du mouvement » a conduit, selon lui, à élargir le droit de vote à la bourgeoisie anglaise (on passe de 430 000 électeurs à 800 000) et il ajoute que le *Reform Bill* est à la « politique ce que la Réforme avait été à la religion : il fait de la raison la pierre de touche en la substituant à la tradition ».

Or ce *Reform Bill* de 1832, point tournant du régime

parlementaire britannique, acte de décès de l'Ancien
Régime, n'est qu'un compromis que caractérise bien plus
le maintien d'éléments anciens que l'apparition d'aspects
nouveaux. Il est vrai que tout un train de lois (municipales
– mettant fin aux corps privilégiés héréditaires ; lois
sociales, etc.) accompagne le *Reform Bill* ; et que les partis politiques, à partir de cette loi, se renforcent, jusqu'à
mettre en place une alternance qui s'impose au souverain
en fonction des résultats électoraux ; que l'opinion publique
s'élargit par la diffusion de plus en plus vaste des grands
journaux indépendants : *Times, Morning Post, Morning
Chronicle*. Mais l'essentiel est ailleurs : par le *Reform Bill*,
la classe dirigeante anglaise a montré sa capacité à négocier
le changement à temps. La comparaison avec un Polignac,
jouant de l'expédition d'Alger pour faire passer ses ordonnances régressives, est accablante pour les conservateurs
français. Même si, en fait, le *Reform Bill* n'est guère plus
démocratique que la Charte rénovée votée à Paris après les
journées de juillet 1830.

Mais, dans un processus historique, ce ne sont pas seulement les résultats qui comptent, mais tout autant les
voies empruntées pour les obtenir.

1833

L'échec de l'unité italienne :
les patriotes savent mourir

Les conditions et le moment dans lesquels se constitue un État national sont décisifs pour le développement de son histoire. Comme si la genèse d'une nation contenait – à l'égal d'un embryon – bien des caractéristiques de la personnalité future de cette collectivité. Parmi ces éléments d'origine, l'un des plus importants est le degré de participation du peuple (paysans, *popolo minuto* des cités), des intellectuels, des élites politiques à la lutte de libération. C'est en effet de cette contribution des masses populaires que dépendra, pour une large part, le contenu social de la lutte nationale. Que la nation se constitue par en haut, bureaucratiquement, ne mobilisant que certaines couches sociales (bourgeoisie, intellectuels), et tout le futur en sera coloré. La nation sera d'une certaine façon en l'air, c'est-à-dire que les masses se sentiront peu impliquées par cette construction nouvelle, qui se superposera aux autres – régionales, locales – et, tout en étant formellement réalisée, la nation restera à faire et l'État à construire.

Dès les années 30 du XIXe siècle, on voit se dessiner un schéma de ce type en Italie.

Les diversités italiennes

Il faut dire que la péninsule est plus une « expression géographique » qu'une unité sociale, culturelle et politique. Certes, au XVIIIe, la philosophie des Lumières a peu à peu conquis sa place dans beaucoup d'États italiens. Un

Buonarroti, futur révolutionnaire français, est étudiant à Pise. Et quand la Révolution de 1789, puis Bonaparte donnent leurs coups de boutoir dans la construction politique italienne, l'Ancien Régime est, dans ses cadres, déjà ébranlé. Cela ne touche pourtant que les élites intellectuelles ou les bourgeoisies locales, qu'enflamment l'ambition, le souvenir de Rome qui avait fait l'Italie maîtresse d'un Empire, ou qui cherchent à faire éclater les frontières des petits États pour s'ouvrir au commerce européen. Les différences politiques – et de civilisation – demeurent entre Parme et Naples, entre Turin, Venise et le département français des Bouches-du-Tibre (Rome).

La construction napoléonienne, si elle donne un élan à l'aspiration à l'unité de la péninsule, si elle crée un socle institutionnel et idéologique, laisse la péninsule divisée. Plus grave encore : durant la période révolutionnaire et impériale, les masses paysannes qui constituent l'immense majorité de la population, qui demeurent enfermées dans l'archaïsme culturel et économique, se sont mises en mouvement *contre* les novateurs. Il y a eu de nombreuses « Vendées » italiennes, antifrançaises, pour la défense de la « Sainte Foi ».

À ce handicap (dont on a mesuré le poids, en Espagne, en Russie) s'ajoute le fait que l'Italie, après 1815, rencontre sur le chemin de son unité deux obstacles majeurs. Elle est coupée en deux par les États pontificaux, d'une part, et au nord, dans les régions les plus riches (de Milan à Venise), elle est terre autrichienne. Or, la papauté et Vienne sont deux piliers de la Sainte-Alliance et de la politique de réaction en Europe, et deux forces qui ne peuvent être que résolument hostiles à l'unité italienne. Celle-ci, c'est clair, dès 1815, devra donc s'imposer militairement (et politiquement) contre le pape et l'empereur d'Autriche. Comment les patriotes italiens pourraient-ils venir à bout de ces deux puissances considérables – l'une sur le plan symbolique, l'autre sur le plan militaire –, alliées naturelles, alors qu'ils ne disposent même pas du soutien populaire ? Ils ne pourront réussir que si, à l'extérieur de l'Italie, par le jeu des rivalités internationales, ces deux puissances majeures sont affaiblies ou brisées par plus fort qu'elles, à un moment donné.

Mais ce n'est pas dans cette direction que s'oriente la lutte nationale dans les premières décennies du XIXᵉ siècle. D'abord, entre 1815 et 1820, la Restauration est relativement modérée. L'héritage législatif napoléonien est conservé et le bouillonnement d'idées qui avait commencé au siècle des Lumières se poursuit, cherchant dans l'histoire de la péninsule des raisons d'orgueil national et d'espoir. En Piémont, le plus puissant et le plus structuré des États italiens, et à ce titre, celui autour duquel pourrait se réaliser l'unité, ne fût-ce que par les permanentes ambitions territoriales et dynastiques de la monarchie turinoise, la réaction se déchaîne, cléricale, autoritaire ; ce royaume se coupe ainsi des éléments « jacobins » et ne peut servir de pôle de ralliement. Quand, en 1820-1821, des troubles révolutionnaires éclatent, à Naples d'abord, puis en Piémont, le régent Charles-Albert soutient la répression autrichienne.

Les sociétés secrètes et l'exil

Les révolutionnaires appartenant à l'armée et à la bourgeoisie étaient organisés dans le cadre de la Charbonnerie. L'échec les conduit à l'exil. À Genève, à Paris, à Londres, leur horizon politique s'élargit. Et la révolution de 1830 renforce leur détermination à agir. Dans ces milieux patriotes, la personnalité de Giuseppe Mazzini s'impose. À Marseille, il fonde en 1831 la Jeune Italie, puis en 1834, à Berne, la jeune Europe. Partisan d'une République italienne unifiée, il puise dans le passé impérial et pontifical de Rome la conviction que l'Italie est appelée à une mission universelle de régénération de l'humanité. Cette exaltation mystique du thème national, cette exacerbation de l'orgueil péninsulaire, ce refus aussi d'une analyse réaliste de la situation de l'Italie vont marquer, par leur enthousiasme et leur délire, le mouvement national italien et donc aussi l'histoire future de l'Italie.

Pour l'heure, cette combinaison d'héroïsme, de recherche de sanctification par le sacrifice, et d'une méconnaissance de l'état de l'opinion italienne – et d'abord de ses masses paysannes illettrées – conduit à des échecs répétés.

L'organisation des actions, quand on est isolé, ne peut être que celle des sociétés secrètes et des complots. Tous seront écrasés. En 1833, Ruffini – un compagnon de Mazzini –, découvert, se suicide pour ne pas être exécuté – au Piémont. En 1834, Garibaldi échappe de justesse à l'arrestation ; même insuccès des « patriotes » à Naples ; défaite en Sicile (1834), à L'Aquila (1841), en Calabre (1843-1844).

En multipliant les tentatives, les patriotes italiens témoignent à la fois de leur courage et de leur impuissance. Les martyrs écrivent la préhistoire héroïque du Risorgimento et démontrent par leur échec que d'autres voies doivent être empruntées par le mouvement national italien.

1834

La passion républicaine en France

Le passé, dans la mémoire collective, surtout s'il est héroïque et devient légendaire, fonctionne comme un modèle durant des générations. Il fournit les références, les valeurs, il structure les mentalités et suscite les modes d'action. On rêve de le répéter en le dépassant. Et d'autant plus que les autorités le refoulent ou le combattent. Il devient alors une arme, une pensée subversive dont s'emparent les opposants.

La mémoire est révolutionnaire

En France, la référence républicaine – la république – tient ce rôle avec de plus en plus de force à partir de 1830. Sous l'Empire, puis avec plus de vigueur encore sous la Restauration et déjà sous la récente monarchie de Juillet, la république sent le soufre. Citer Robespierre, Marat, les « monstres », selon les tenants de l'ordre, mais plus généralement exalter les Jacobins et les Montagnards, invoquer Babeuf (le texte de Buonarroti, rappelant la conspiration des Égaux, a été publié en 1828), c'est immédiatement faire acte d'opposition, pis même : choisir la révolte. Mais, et cela donne encore plus de poids à ces références, cela suscite l'enthousiasme et, à l'opposé, la peur, chacun se souvient que ces « monstres » ont gouverné le pays, qu'ils ont été donc, à un moment donné, la légalité, le pouvoir, la représentation nationale. Autrement dit, rappeler leur souvenir, ce n'est pas construire un rêve, mais bien vouloir renouveler une expérience. La république a bien existé, elle a été « une et indivisible », la Constitution de 93 peut être consultée. Ce poids de réalité explique la force de ralliement que représente l'idée républicaine et aussi, chez les nantis, sa puissance de répulsion.

D'autant plus que les journées révolutionnaires de juillet ont révélé sans doute l'habileté des manipulateurs (de Thiers à La Fayette), mais aussi l'efficacité du modèle insurrectionnel. Un notable libéral (Rémusat) écrit : « Nous ne connaissions pas la population de Paris, nous ne savions pas ce qu'elle pouvait faire. » La frustration des insurgés, qui ont fait tomber Charles X, est à la mesure de la découverte qu'ils ont faite eux-mêmes de leur puissance. Et ils peuvent croire que celle-ci n'est pas que parisienne. Les trois journées de révolte des canuts lyonnais (novembre 1831), les coalitions (grèves) qui partout se multiplient en 1832-1833 confirment ce sentiment que le pouvoir royal peut être renversé. Il s'agit d'une illusion, mais elle est réelle.

On voit dès lors se multiplier les associations (« Les Amis du peuple », « Aide-toi le ciel t'aidera » et surtout, à partir de 1833, « La Société des droits de l'homme et du citoyen ») qui tournent la loi, créent pour ce faire des sections de dix à vingt membres, présentes non seulement à Paris mais aussi en province. On y lit *Le National*, d'Armand Carrel, le journal républicain, mais aussi *Le Populaire* de Cabet qui prend en compte les revendications ouvrières.

Car, dans ces associations et durant cette période, s'opère la rencontre entre les républicains déterminés – appartenant à la jeunesse des écoles, à la bourgeoisie de talent (avocats), aux milieux de la toute petite bourgeoisie : boutiquiers, artisans – et le monde ouvrier. Celui-ci dispose avec la république d'un cadre politique de référence : il revendique dans cette perspective le suffrage universel, l'organisation du crédit par l'État, etc. Ainsi, la référence républicaine sert de ciment à un bloc politique en cours de constitution. Mais cette république met l'accent sur l'égalité. Comme le dira Laponneraye – en 1832 –, il s'agit d'une « république où l'on ne connaîtra point la distinction de bourgeoisie et de peuple, de privilégiés et de prolétaires, où la liberté et l'égalité seront la propriété de tous et non le monopole exclusif d'une caste ».

Ce rapprochement (républicains, ouvriers) et ce programme ont de quoi inquiéter non seulement les tenants de l'*orléanisme*, mais aussi la masse des propriétaires qui peuplent les campagnes et les villes. Le spectre de la terreur, celui bientôt des « partageux » vont être entre les mains de Thiers, Guizot, de Broglie (le gouvernement de Louis-Philippe depuis 1832 et la mort de Casimir-Perier) une arme efficace. Ils en jouent avec cynisme et habileté. Et la réserve des campagnes, de la France provinciale, celle des propriétaires de biens nationaux, leur permet de réprimer avec rigueur les émeutes républicaines.

Une répression sauvage

Celles-ci sont nombreuses. Une manifestation légitimiste (messe en l'honneur du duc de Berry – 1831 –, tentative de soulèvement de l'Ouest par la duchesse de Berry, avril 1832), l'épidémie de choléra qui frappe les milieux populaires d'abord (mars 1832), les obsèques du général Lamarque (juin 1832) peuvent les provoquer. Elles sont violentes, anticléricales en 1831, insurrectionnelles au cloître Saint-Merri en juin 1832. « Les misérables » – ouvriers, républicains, jeunes des écoles – se battent contre l'armée ou la Garde nationale. Et ces événements – qu'évoque Victor Hugo – enrichissent la légende républicaine et confirment le cynisme de l'orléanisme et la brutalité d'un Thiers ou d'un Guizot. On le voit dans les lois qui limitent le droit d'association et qui déclenchent à nouveau trois jours d'émeutes à Lyon, où l'on dénombrera plus de trois cents morts. Les procès se succèdent. Dans les prisons (à Sainte-Pélagie) se mêlent dans un même culte républicain « jacobins » et ouvriers. L'indignation est aussi vive qu'après les journées des canuts en novembre 1831. La solidarité se manifeste par des manifestations dans les villes de province et, à Paris, une journée des barricades. Elle se termine par le massacre de la rue Transnonain (14 avril

1834), répression sauvage ordonnée par Thiers, couverte par Guizot et exécutée par le général Bugeaud. Elle entre, elle aussi, par le dessin vengeur de Daumier, dans le patrimoine républicain.

Cette impitoyable remise en ordre explique la profondeur des haines qui s'accumulent contre ce roi-citoyen qui en fait est dévoré par la passion du pouvoir. Le 28 juillet 1835, Fieschi tentera de l'abattre. En vain. L'attentat servira de prétexte au vote d'une série de lois de répression (septembre 1835).

Le régime tient désormais le pays en main. Il peut penser avoir brisé ses deux oppositions – la légitimiste et la républicaine – et pouvoir désormais s'engager dans la voie du juste milieu, que plébiscitent les élites orléanistes – soucieuses de tranquillité, de revenus et de respectabilité – et le monde rural.

Mais, durant ces années (1830-1835), le mouvement républicain s'est donné – à lui-même – une nouvelle légitimité. Il a trouvé dans le monde ouvrier à la fois les éléments d'un élargissement de son programme et des troupes. Les émeutes et la répression ont actualisé l'héritage héroïque de la grande Révolution. Un fil a été renoué entre 1793 et 1834. Des générations se sont formées lors des journées de barricades (1830-1831-1832-1834).

Après le long silence de l'Empire et de la Restauration, le feu a brûlé, à nouveau vif. Et même si, en 1834-1835, l'orléanisme a réussi à le contrôler, il couve.

1835

La résistance de l'Algérie
à la conquête française

Il est fréquent qu'un gouvernement – ou un groupe politique – prenne une initiative dont il ne mesure pas toutes les conséquences. Des circonstances peuvent l'inciter à agir sans avoir une claire conscience de ce qu'il veut vraiment à long terme. De plus, il y a une logique de l'événement qui enclenche, en cascade, une série d'autres événements qui sont imprévisibles ou échappent à tout contrôle. C'est vrai en politique intérieure, mais c'est plus vrai encore dans le domaine de la politique internationale car les données sont plus complexes, ignorées souvent, et de nombreux acteurs – d'autres nations par exemple – peuvent intervenir.

En outre, quand l'action émane d'une grande puissance qui cherche à s'assurer le contrôle d'une région ou d'un État de plus faible envergure, la résistance est toujours sous-estimée.

C'est une situation de ce type que rencontre la France en Algérie.

Une diversion glorieuse

Dans le contexte de politique intérieure marqué par la crise du gouvernement de Charles X, l'intervention à Alger, en juin-juillet 1830, qui se solde par la prise d'Alger, est conçue comme une diversion glorieuse. Mais elle est sans effet et le régime tombe, si bien que Louis-Philippe hérite de ce début de conquête. Qu'en faire ? L'Angleterre est hostile à une installation française dans ce qui est un mor-

ceau de l'Empire turc et une pièce importante sur l'échiquier méditerranéen que Londres compte bien contrôler à
la fois en Orient (question grecque, question des détroits,
puis question d'Égypte) et à l'ouest.

Cependant – premier aspect de cette dérive des événements –, les milieux militaires français, bloqués en Europe,
cherchent le moyen de gagner des lauriers (galons et soldes).
Si bien que, alors que le gouvernement hésite, ils poursuivent la conquête : Oran en 1831, Bône, Bougie, Mostaga-
nem en 1833. Et, en juillet 1834, est créé un « Gouvernement
général des possessions françaises dans le nord de
l'Afrique ». Désignation vague à dessein.

Mais l'hésitation demeure. Certes les « Marseillais »
– armateurs, commerçants – sont partisans de l'extension
de l'entreprise, envisageant parfois clairement la prise de
contrôle de toute l'Afrique du Nord, de la Tunisie au Maroc.
D'autres sont, au contraire, fermement anticolonialistes,
mettant l'accent sur les conséquences économiques négatives que la possession de l'Algérie produira dans tout le
midi de la France. « Le seul parti raisonnable, affirme l'un
d'eux (de Sade), est d'entretenir des relations amicales
avec le pays afin d'y exporter nos produits ; mais ce dont il
faut se garder surtout, c'est d'y envoyer des troupes. »

Il est déjà trop tard. L'intervention et la présence française ont suscité des résistances et notamment celle d'Abd
el-Kader (1807-1883). Cet homme pieux, doué d'un grand
sens stratégique et diplomatique, devient l'émir des tribus
de Mascara et étend son autorité sur une grande partie de
l'Oranais. Le gouverneur d'Oran (le général Desmichels),
dans l'incertitude quant aux intentions du gouvernement,
reconnaît son autorité par le traité du 26 février 1834.
Désavoué par Alger et Paris, le traité est rompu et la guerre
reprend. Et Abd el-Kader inflige aux Français la défaite de
la Macta (26 juin 1835), mais il sera à son tour battu en
novembre 1835.

L'année 1835 est ainsi une année tournant pour la
conquête de l'Algérie.

Une puissance s'est constituée en face des Français. Elle

se réclame de l'Islam – en 1839, Abd el-Kader déclare la
Guerre sainte –, mais organise aussi un début d'État avec
un système de gouvernement, des levées d'impôts, une
armée régulière et même des relations internationales,
puisque Abd el-Kader entre en contact avec l'Angleterre.
À cette date de 1835, la France pourrait établir avec l'émir
un partage d'influence. Ce sera d'ailleurs l'objet d'un traité
conclu entre Abd el-Kader et le général Bugeaud (traité de
la Tafna, 1837). Rompu à son tour sous la pression des
milieux militaires, favorisée par les hésitations de Paris,
Louis-Philippe est lui aussi soucieux de prestige militaire
et tirera, imagine-t-il, de la présence de l'un de ses fils sur
le terrain un renforcement de son autorité dynastique.

Malgré l'échec qui, à terme, attend Abd el-Kader, l'émir
a réussi à rassembler autour de lui des forces importantes
qui manifestent qu'une nation algérienne est entrée en lente
gestation. La colonisation qui se dessine avec Bugeaud est
en effet prédatrice. Outre les violences barbares infligées
aux tribus, il y a la dépossession de la terre, si bien que la
résistance devient une défense du sol et par là même s'affirme l'attachement à un terroir, à un régime de la propriété, bref à quelques éléments forts qui constituent les
bases d'une identité.

Certes, Abd el-Kader est loin d'avoir réussi à unifier
toute l'Algérie : les Berbères sont méfiants, le Constantinois
se dérobe ; une seule des quatre grandes confréries musulmanes va l'appuyer. Les situations économiques et sociales
de l'Ouest et de l'Est algériens sont différentes et chacune
de ces régions réagit différemment à la pénétration française.

Mais il reste qu'un noyau s'est constitué, qui a battu
l'armée d'occupation et a obtenu la signature de deux traités. Qu'Abd el-Kader a négocié avec Bugeaud des contre-
parties financières, qu'en somme, durant au moins quelques
mois, en 1835, il a su s'opposer victorieusement à l'intervention.

Une résistance qui a de l'avenir

Si l'on ajoute à cela la longue résistance du dey d'Alger (1827-1830), on mesure quelles difficultés potentielles existent pour la France en Algérie. D'autant plus que l'hésitation continue de caractériser la politique de Paris.

La France s'engage ainsi, outre-Méditerranée, et d'abord pour des raisons de politique intérieure, dans une aventure militaire, sociale, culturelle – et politique – dont elle ne mesure ni toutes les implications ni les conséquences.

C'est au XXᵉ siècle que les effets de cette politique en Algérie et de la résistance qu'elle a, dès le début, suscitée apparaîtront en pleine lumière. Mais rien de surprenant à cette fin quand on rappelle les conditions de la conquête et la vigueur de l'opposition algérienne.

1836

Le retour d'un Bonaparte

Les solutions qui s'offrent à un pays pour résoudre ses contradictions ne sont pas innombrables. Les rapports entre les forces sociales et les mentalités évoluent lentement. Élites politiques et citoyens puisent dans leurs souvenirs des modèles et, la propagande et la nostalgie aidant, imaginent un passé mythique dont l'influence est d'autant plus forte que le présent est décevant.

En France, depuis 1789, quatre modèles politiques forment la combinatoire institutionnelle dont, dans la première moitié du XIXe siècle, on ne peut sortir.

D'abord la monarchie d'Ancien Régime. Balayée en 1792 puis en 1830, elle n'a plus guère de perspective (Charles X meurt en exil en 1837) : elle n'a pas su reconnaître la nouvelle société française et les nouveaux rapports de forces.

La république a de nombreux partisans à Paris dans la jeunesse, dans les milieux ouvriers, mais elle effraie les propriétaires et garde des années 1793-1794 les traits de Marat, de Robespierre et de Saint-Just. Elle ne rassemble pas autour d'elle la majorité des Français.

Le souvenir napoléonien

Le bonapartisme est, dans les années 30 du XIXe, une solution qui paraît purement théorique. Napoléon II (le roi de Rome) est mort en 1832. L'héritier de la dynastie est Louis Napoléon Bonaparte (né en 1808), fils du frère de Napoléon, Louis Bonaparte (qui fut roi de Hollande), et de la reine Hortense (fille de Joséphine de Beauharnais).

C'est un inconnu. Mais la «légende napoléonienne» est active. Le régime impérial a satisfait le besoin d'ordre des notables et des propriétaires, la guerre et la défaite venant seules les séparer du régime. Le discours «populiste» et «national», prêté à Napoléon Ier, empereur *des* Français, la référence aux valeurs de 89 séduisent le peuple et même certains républicains. Le bonapartisme peut être une force s'il trouve l'homme pour l'incarner et si les notables se rallient à lui.

Or ils ne le feront que si le quatrième terme de la combinatoire française, la monarchie constitutionnelle, les déçoit. Elle apparaît aux couches dirigeantes comme le régime idéal qui leur donne toute leur place, confirme les changements sociaux et ceux intervenus dans le régime de la propriété depuis 1789 ; elle assure l'ordre – c'est fait avec efficacité et vigueur depuis les lois répressives de septembre 1835 – contre les «barbares», ces ouvriers qui sont le malheur nécessaire de la Révolution industrielle. Mais il n'y a chez ces notables – à l'exception de quelques dirigeants politiques (Guizot) qui ont théorisé la monarchie parlementaire et que séduit le modèle britannique – aucun attachement idéologique profond à ce régime. Qu'il se montre incapable d'assurer l'ordre ou que son évolution mette le pouvoir social et économique des notables en péril et ils se rallieront à une autre forme politique pourvu qu'elle assure cet ordre et garantisse les propriétés. Entre la république telle qu'elle est perçue et le bonapartisme, on imagine aisément quel sera leur choix.

De ce point de vue, 1836 est une année décisive.

D'abord pour l'évolution de la monarchie constitutionnelle. La victoire remportée contre les insurrections républicaines, la stabilisation du régime poussent Louis-Philippe non à en normaliser – dans le sens parlementaire – le fonctionnement, mais au contraire à accentuer dans plusieurs domaines son gouvernement personnel. Il a confié le pouvoir à un conservateur – Molé –, et la crise devient endémique entre les tenants des règles du jeu parlementaire (Thiers et un temps Guizot) et Louis-Philippe. Les dissolutions de la Chambre – en 1837, en 1839 –, la démission de Thiers vainqueur des élections (1840) découvrent l'inviolabilité du souverain et le caractère formel de la monarchie constitutionnelle. Le principe qui est la clé de voûte du régime – le roi règne et ne gouverne pas – se trouve ébranlé.

Or, au même moment, l'opposition révolutionnaire, après ses échecs (1830-1834), se réorganise, ce qui inquiète les notables et les propriétaires, et Louis Napoléon Bonaparte affirme ses ambitions, en dévoilant sa volonté de conquérir le pouvoir, en donnant donc au bonapartisme un début de crédibilité.

Un national-populisme autoritaire

Le 27 octobre 1836, il tente de s'emparer de la place militaire de Strasbourg dans le but de marcher vers Paris. L'entreprise échoue, mais, même si le pouvoir s'efforce de minimiser l'incident (Louis Napoléon sera expulsé vers New York avec un pécule donné par le roi, les complices acquittés), elle a révélé que le bonapartisme rencontre l'appui de nombreux officiers de tous grades ; que les radicaux alsaciens sont prêts à se rallier à lui pour renverser la monarchie bourgeoise. Qu'en somme, le mariage entre le nationalisme, le populisme, l'autorité est fructueux. Dans sa proclamation aux troupes de Strasbourg, les références aux victoires (Austerlitz, Wagram) rappellent le temps des gloires nationales. Mieux : Louis Napoléon s'adresse aux « soldats de la République », comme aux « soldats de l'Empire ». Installé à Londres, il publie *Idées napoléoniennes*, livre dans lequel il affirme : « L'esprit napoléonien peut seul concilier la liberté populaire avec l'ordre et l'autorité… La gangrène du paupérisme périrait avec l'accès de la classe ouvrière à la prospérité. »

On mesure la lucidité politique et l'habileté du candidat au pouvoir qui joue simultanément sur deux forces : l'appui populaire (c'est la veine populiste et plébiscitaire) et le désir d'ordre et d'autorité (cela en direction des notables).

En août 1840, il tentera un nouveau coup de force à

Boulogne, tombant probablement dans un piège monté par Thiers. Mais, une fois encore, il a affirmé les mêmes orientations politiques et, arrêté, il les renouvellera devant ses juges : « Je représente devant vous ce principe, dira-t-il, la souveraineté du peuple. »

Enfermé, il écrira *L'Extinction du paupérisme* (1844), prenant ainsi à contre-pied sur ces terrains essentiels (le droit de suffrage, durement censitaire sous la monarchie constitutionnelle – et la misère, accablante) Louis-Philippe et se construisant peu à peu une image populaire que l'évasion du fort de Ham (en 1846) viendra conforter.

Certes, autour des années 1840, rien n'est joué, ni pour la monarchie constitutionnelle ni pour le bonapartisme. Mais, en une décennie (1836-1846), les chances de durer de l'une comme la popularité du souverain se sont effritées, alors qu'au contraire les perspectives de l'autre demeurent ouvertes. Si la monarchie constitutionnelle tombe, le choix sera entre république et bonapartisme. Avec le recul, on peut penser que, compte tenu des éléments en présence, les jeux sont faits. Déjà.

1837

La « railwaymania » :
la révolution des chemins de fer

Une invention, un changement technologique ne pénètrent la société et ne la modifient qu'au rythme de leur diffusion. Et celle-ci dépend non pas seulement de la réalité ou de l'efficacité révolutionnaire de la découverte, mais des possibilités d'accueil et d'appel de la société. Cette conjoncture est elle-même déterminée par les besoins marchands – la modification favorise-t-elle l'augmentation du profit immédiat ? –, la capacité de mobiliser des financements, l'idéologie : les hommes sont-ils ouverts à la notion de progrès ou au contraire figés dans leurs habitudes ? La société peut rester fermée à l'invention durant des décennies ou s'ouvrir instantanément.

Mais quand l'introduction dans la société a eu lieu, en général, la diffusion est rapide car la nécessité d'affronter la concurrence oblige chaque partenaire à suivre le précurseur.

Ce schéma se trouve réalisé en ce qui concerne les chemins de fer.

Le principe de la traction mécanique date de la fin du XVIIIᵉ siècle (Cugnot, 1770), mais il faut attendre 1825 pour que la première locomotive (Stephenson) tracte un train de voyageurs. La première ligne régulière étant ouverte entre Liverpool et Manchester en 1830.

Le chemin de fer, moteur de l'industrialisation

Dès lors c'est la « railwaymania ». Le chemin de fer réalise en effet l'adaptation parfaite d'un moyen de transport à l'état de la Révolution industrielle. Sa technologie fait appel à la métallurgie et il est de ce fait un facteur de développement de cette industrie dont il permet le perfectionnement (acier des rails, fonderie pour les chaudières, tubulures, etc.). Il transporte et consomme le charbon, énergie de la Révolution industrielle. Il nécessite de grands investissements et il exige des milieux financiers une modernisation qui mobilise le crédit mobilier. Il permet le déplacement rapide et en masse des hommes et des produits, ce qui correspond aux nouvelles nécessités de l'économie mondiale. Enfin, dans les continents récemment explorés, les lignes de chemin de fer facilitent une colonisation de masse même si, avant de se mettre en place, il faudra, compte tenu des difficultés, plusieurs années.

La révolution des chemins de fer est donc, au tournant des années 30-50 du XIXᵉ siècle, au cœur de la Révolution industrielle qu'elle active et symbolise. C'est durant cette période que les lignes apparaissent dans les différents pays : Angleterre (1825), États-Unis (1830), Allemagne (1835), Italie (1839), Russie (1839), Belgique, où il suffit de quelques années et de l'action de l'État, qui prend en charge le développement des chemins de fer, pour faire de ce jeune et petit pays la plaque tournante des transports dans ce secteur de l'Europe entre la Ruhr et la mer du Nord.

En France, le 24 août 1837, est inaugurée la ligne de voyageurs Paris-Le Pecq (Saint-Germain), malgré le scepticisme gouvernemental d'un Thiers qui déclare à cette occasion : « Il faut donner cela aux Parisiens comme un jouet. Jamais on ne transportera de la sorte un voyageur ou même un seul bagage. » Des lignes Paris-Versailles (1839-1840), Lyon-Saint-Étienne, etc., suivront. La loi Guizot de 1842 permet à l'État d'accorder des concessions et son appui (terrain, ballast) à des compagnies qui fournissent le matériel. L'État en échange obtient de larges pouvoirs de contrôle et à long terme la propriété des chemins de fer.

Ce système français ne prouve guère son efficacité sous la monarchie de Juillet. En 1848, les dix-huit compagnies autorisées n'ont construit que 3 000 kilomètres de voies ferrées.

Il a vu cependant apparaître de grands acteurs économiques : ainsi, les frères Pereire (saint-simoniens, collaborateurs des journaux « avancés », *Le National, Le Globe*) sont présents dans la plupart des compagnies, dont ils assureront (ainsi que les Rothschild) le financement. Un capitalisme financier – à la fois spéculateur et industriel – lié à l'État, le pénétrant, orientant sa politique législative, se structure, donnant au capitalisme français une orientation et des habitudes particulières.

Ses faiblesses apparaîtront dès cette époque, puisque le développement spéculatif qui entoure l'extension du réseau des chemins de fer, les investissements excessifs devaient créer des difficultés dès 1846.

Mais la révolution des chemins de fer est lancée et, quels que soient les obstacles qu'elle rencontre, rien ne peut l'arrêter.

Les conséquences vont s'en faire sentir dans les domaines industriels et commerciaux – à l'évidence –, dans l'ouverture de régions d'accès difficile, et dans l'accélération donnée à l'exode rural.

En France, par exemple (où la population passe de 27 millions en 1801 à 30 millions en 1821 et à 35 millions en 1846), Paris augmente de 547 000 habitants à 1 053 000. Cela vaut pour la plupart des pays.

Le chemin de fer agit aussi sur les mentalités : il est le visage même de la Révolution industrielle, et par son unique présence, son mouvement à travers un paysage rural immuable, il modifie le rapport que, depuis des siècles, le paysan entretient avec le monde, l'outil, les autres. Le monde se transforme, l'outil devient machine, les autres sont plus proches, plus accessibles qu'on ne pensait.

La révolution des chemins de fer, conséquence et aspect de la Révolution industrielle, par les ébranlements financiers, sociaux et culturels qu'elle provoque, les accélérations qu'elle détermine, est aussi l'une de ses causes.

1838

L'Angleterre, laboratoire de l'action ouvrière

Presque tous les groupes sociaux élaborent, dès qu'ils prennent conscience de leur existence et de leur force, des formes d'organisation et de représentation, une tactique et une stratégie pour défendre leurs intérêts de groupe. Mais tous ne passent pas de cette phase corporatiste, syndicaliste, de l'action à une vision politique générale, qui englobe dans un programme toute la collectivité sociale, et fait du groupe – ou de ses représentants – le porte-parole des réformateurs d'une société.

Le monde ouvrier – le prolétariat comme on commence à dire –, tel qu'il surgit de la Révolution industrielle, n'échappe pas à cette hésitation entre les deux orientations possibles. *Syndicaliste* ne se souciant que de la défense des intérêts moraux et matériels de ses membres syndiqués, et de l'amélioration concrète de leurs conditions de vie et de travail, ou bien *politique*, faisant de l'action syndicale un moment d'un combat plus vaste plaçant le prolétariat au centre de la lutte sociale, le définissant même comme la force politique transformatrice et révolutionnaire par excellence, le « fourrier » de la société future : tels sont les deux termes de l'alternative.

Le poids du prolétariat anglais

Dans les années 40 (alors que Karl Marx n'est qu'un étudiant à Berlin puis à Iéna, jeune disciple de Hegel préparant sa thèse sur les *Différences entre la philosophie de la nature de Démocrite et d'Épicure*, 1841), le prolétariat anglais se pose dans l'action ces questions, et la décennie qui s'ouvre en 1838 va être pour lui, mais aussi pour l'ensemble du mouvement ouvrier international et pour ceux qui méditent sur le rôle du prolétariat (Marx bientôt), un laboratoire d'expériences auxquelles, bien sûr, l'histoire politique et idéologique anglaise donne sa spécificité.

Le prolétariat anglais ne peut que se trouver à l'avant-garde de ces luttes.

Nombreux, concentré, il est la clé de voûte de la Révolution industrielle dont l'Angleterre est le chef de file. Il pèse lourd, trouve parfois dans la bourgeoisie industrielle une compréhension d'autant plus forte que celle-ci veut imposer sa politique. Dès 1824 ainsi, le prolétariat anglais obtient la levée de l'interdiction des coalitions (de la grève), peu à peu se constituent des « syndicats ».

À leur origine ils ne sont pas engagés dans une logique d'affrontement de « lutte des classes ». Au contraire, quand Owen fonde en 1834 la *Grand National Consolidated Trade Union*, il espère pouvoir gagner les chefs d'entreprise à son plan de système d'économie coopérative et il croit à l'harmonie entre les classes, c'est le sens de son *New Moral World*. Mais le renforcement des syndicats, les problèmes concrets qu'ils posent aux patrons (salaires, conditions de travail, etc.) conduisent ceux-ci sur la voie de la répression. Les syndicats deviennent, pour éviter la vindicte patronale sur leurs membres, des organisations secrètes que le gouvernement peut alors poursuivre à ce titre.

C'est l'une des voies qui conduisent certains leaders ouvriers à poser le problème du rapport des revendications du prolétariat à la politique.

Il en est d'autres. D'abord l'absence de démocratie réelle. La réforme électorale de 1832, tournant politique essentiel, a cependant laissé en place un système censitaire qui exclut tous les ouvriers. Que dire des 10 % d'indigents que compte alors la société anglaise ? Précisément, l'injustice sociale se trouve comme « légalisée » par la *Poor Law* (1834) qui a moins pour but d'aider les indigents que de les parquer, les humilier en les stigmatisant comme ratés. Selon cette loi – inhumaine par plus d'un aspect – les secours doivent demeurer inférieurs au plus bas salaire du marché. Les bénéficiaires sont contraints d'habiter dans des hospices ressemblant à des prisons, les maris étant séparés de leurs femmes et de leurs enfants.

Cet univers, à la Oliver Twist, suscite la révolte. Or, à partir de 1837-1838, la crise économique touche les milieux ouvriers. Ceux-ci se sentent menacés, pour une part d'entre eux, de tomber dans l'indigence et d'être ainsi assujettis à la *Poor Law*. Et l'idée d'une démocratisation de la vie politique et sociale anglaise trouve un large écho.

Les dirigeants de la *Londoner Working Men's Association* élaborent en 1838 une *People's Chart*, qui formule un programme complet de réformes (abolition du cens ; suffrage universel masculin ; découpage des circonscriptions électorales éliminant les inégalités scandaleuses ; réunion annuelle du Parlement ; secret des votes ; allocation aux députés). Pour la première fois, un mouvement ouvrier se donne une perspective nationale. Parallèlement se constitue une *London Democratic Association* (animée par O'Brien, traducteur du livre de Buonarroti, *La Conjuration pour l'égalité*), d'inspiration plus révolutionnaire encore.

Défiance à l'égard de l'action politique

Mais ce mouvement chartiste va d'une part se heurter aux refus de la Chambre des communes de prendre en compte les pétitions « ouvrières » (en 1839, rejet de la convention des classes industrielles ; en 1842, une nouvelle pétition rassemble pourtant plus de trois millions de signatures) et d'autre part aux divisions et aux hésitations des leaders chartistes. Ceux-ci ne réussissent pas à organiser un mouvement massif de grèves (en 1842). La répression (les émeutes de Newport, en novembre 1839, par exemple, font 24 morts) est efficace. Mais surtout, le mouvement ouvrier, dans de nombreux secteurs, se défie de cette action politique qu'il juge sans débouché, violente et stérile. Il préfère défendre ses objectifs syndicaux (en 1841 se constitue le syndicat des mineurs anglais).

Enfin – et c'est capital –, la classe dirigeante anglaise sait faire des concessions. En 1846, la suppression des droits de douane sur l'importation de blé marque que la bourgeoisie industrielle a imposé ses vues aux propriétaires fonciers, parce qu'elle tient à éviter toute flambée revendicatrice ouvrière sur les prix du pain. En 1847, une loi limite la journée de travail à dix heures.

Ces victoires sont certes limitées par rapport aux objectifs politiques que s'est donnés le mouvement chartiste, mais elles sont aussi la preuve de la puissance ouvrière.

Marx, dans le premier tome du *Capital*, salue la loi de 1847 comme « le résultat d'une guerre civile longue et plus ou moins cachée entre la classe capitaliste et la classe ouvrière... les ouvriers anglais ont été les champions de toute la classe ouvrière moderne... les ouvriers ont arraché une loi d'État qui les empêche de se vendre, eux-mêmes et leurs familles, à la mort et à l'esclavage, par un contrat volontaire ». Mais le succès sur ce terrain du travail détourne un peu plus des objectifs politiques qui paraissent inaccessibles.

En une décennie, le mouvement chartiste a donc débouché sur des succès partiels visant non l'organisation politique de la société, mais les conditions concrètes de l'existence ouvrière.

Le mouvement ouvrier anglais en sera durablement affecté dans ses orientations et ses méthodes d'action. La manière de définir les rapports entre le syndicalisme et la politique, entre la réforme et la révolution se trouve esquissée dès la période 1838-1848.

1839

Naissance d'une nation : la Belgique

Une délimitation géographique précise – par des frontières « naturelles » –, une cohésion ethnique, une unité linguistique ne sont des conditions ni nécessaires ni suffisantes à la naissance d'un État. Et celui-ci – organisation bureaucratique d'une collectivité, représentation institutionnelle d'un ensemble géographique – ne recouvre pas toujours une nation. Un État peut naître sous la poussée déterminante de données extérieures (qui peuvent aussi dans d'autres cas empêcher ou durablement retarder son éclosion ou celle d'une nation) : volonté par exemple des grandes puissances du secteur de voir se constituer un bastion, un tampon, aux frontières d'une nation jugée menaçante, annexionniste.

Certes, cette construction est souvent instable, mais si l'obstination et l'accord des grandes puissances sont durables, alors le ciment étatique peut prendre, surtout si – et c'est presque toujours le cas – la construction issue des réunions entre diplomates correspond fût-ce partiellement à une réalité historique sur le terrain. D'ailleurs des adaptations « spontanées » se produisent qui établissent des équilibres « naturels » entre vœux des diplomates et données concrètes.

Un carrefour disputé

La Belgique est l'une de ces créations récentes – 1830, mais la « question belge » n'est définitivement réglée que par le traité de Londres du 19 avril 1839 – qui sont dues à la fois aux interventions extérieures des puissances et aux désirs des populations, à leurs antécédents historiques, à leur entrée en action. Qu'il y existe des Belges, aucun conquérant de ces régions du nord-ouest de l'Europe occidentale n'a pu l'ignorer, de Jules César aux Autrichiens. La résistance aux Romains lors de la guerre des Gaules est inébranlable et longue. Au Moyen Âge, la prospérité et l'esprit des villes flamandes ou wallonnes font de ce carrefour l'un des lieux où bat le cœur de la civilisation médiévale. En 1789, la révolution brabançonne chasse les Autrichiens. Mais, précisément, il s'agit d'un carrefour, zone de passage disputée entre plusieurs souverainetés, centre de création – urbaine, artisanale, culturelle, bientôt industrielle –, région de transit, non génératrice d'un État. La diversité des langues (flamand, wallon), des religions (réformée, catholique), des sympathies (vers la France et le Sud, vers la « Hollande » et le Nord), l'équilibre aussi entre ces forces divergentes empêchent que se constituent naturellement une nation et un État.

La France, par la puissance centripète de son État royal, par son rayonnement dans la période révolutionnaire et impériale, par ses liens culturels, joue, auprès des Wallons, un rôle de protecteur. D'ailleurs, après la victoire de Fleurus (26 juin 1794) et le traité de Campoformio (1797), la « Belgique » devient territoire français (neuf départements). Il n'empêche que le pays est considéré comme conquis et traité de ce fait en conséquence (pillages, etc.). Napoléon favorise un redressement économique et un développement industriel ainsi qu'une réforme juridique, mais il prélève l'impôt du sang, et sa chute est bien accueillie.

Le but des puissances alliées est alors de favoriser la création d'un État tampon bloquant l'expansion française. En 1814, un royaume de Hollande est créé qui reconstitue les dix-sept provinces de Charles Quint rassemblant ensemble provinces belges et hollandaises sous l'autorité de Guillaume Iᵉʳ d'Orange-Nassau. Cette construction « diplomatique » est en contradiction avec la réalité des divergences entre le Nord et le Sud, ainsi rassemblés sous un souverain autoritaire, favorisant systématiquement ses sujets du Nord, dans le domaine linguistique (la langue officielle est le néerlandais depuis 1823), notamment. Or il s'agit là de bien plus que d'un symbole : c'est la négation culturelle d'une région et d'une histoire ; le sentiment pour les élites du Sud (avocats, médecins, lettrés, juges, industriels) d'être bloqués dans leurs carrières. Enfin, la politique douanière du monarque – longtemps hésitante – s'oriente vers une baisse des tarifs qui défavorise les industriels du Sud (charbonnage, métallurgie wallons).

Dès lors, il suffit de l'ébranlement des journées de juillet 1830 pour déclencher des mouvements à Bruxelles et, au terme de quelques jours de combats, la « révolution belge » l'emporte (28 août – 23-26 septembre 1830). Excepté Gand et Anvers, toutes les villes embrassent le parti de Bruxelles. Un gouvernement provisoire, installé à Bruxelles, proclame l'indépendance et convoque un congrès national.

Un bastion contre la France

La question se déplace alors vers les grandes puissances voisines. L'État hollandais n'a été créé que comme un bastion contre la France. Il reste donc à empêcher, dès lors que l'indépendance belge est un fait et que la séparation du Nord et du Sud apparaît inéluctable (la reprise des hostilités le montre), que cette fonction ne disparaisse, c'est-à-dire que la Belgique ne soit absorbée par la France.

Or, le 3 février 1831, le congrès national a offert la couronne de Belgique au duc de Nemours, le second fils de Louis-Philippe. L'Angleterre met aussitôt son veto et Louis-Philippe s'incline. Le nouveau souverain choisi par les Belges est le prince Léopold de Saxe-Cobourg, et le choix est ratifié par la conférence de Londres. Des divergences surgissent avec la Hollande sur le contenu des articles définissant les frontières du nouvel État belge et ce n'est finalement que grâce à l'aide militaire de la France et de l'Angleterre que la forteresse d'Anvers, tenue toujours par les Hollandais, cède (décembre 1832), le traité définitif n'étant conclu et ratifié entre la Belgique et la Hollande que le 19 avril 1839.

L'attitude déterminante a donc été celle des puissances et particulièrement de la France et de l'Angleterre. La Prusse et l'Autriche, autres gardiennes de l'ordre et de l'équilibre européens, se trouvent aux prises avec la révolution polonaise de 1839. La Russie seule ne peut intervenir. Restent Paris et Londres.

L'Angleterre commençait à être gênée par la puissance commerciale du royaume de Hollande de Guillaume d'Orange, et l'affaiblir par l'amputation de la Belgique lui paraît une bonne solution dès lors que la France ne s'empare pas d'un nouvel État. Or, Louis-Philippe, en renonçant pour sa famille au trône de Bruxelles, donne une garantie de neutralité à la Belgique.

Les deux États, Angleterre et France, deviennent ainsi les parrains et les protecteurs du nouveau royaume qui doit son origine à la «révolution belge» de 1830, mais surtout à cette conjoncture particulière. Il n'empêche que l'Europe de 1815 – celle de la Sainte-Alliance – se trouve ébranlée victorieusement. Et que la liberté politique se conjugue avec l'indépendance d'une nation.

Si l'on se souvient que la Grèce comme les colonies espagnoles d'Amérique latine ont bénéficié de l'appui – ou de la complicité bienveillante – de l'Angleterre, on peut dire, après le cas belge, que rien, en termes d'indépendance nationale, dans cette période du XIXe siècle ne peut se faire sans l'aval de Londres.

1840

Le cri de douleur de la misère ouvrière

Les conditions dans lesquelles les fortunes s'établissent, les puissances se constituent sont souvent obscures. Rien n'est fait pour mettre au jour cette «préhistoire», presque toujours brutale, cruelle et impitoyable, des élites et du système social contemporain. À l'oubli, naturel, de ce qui fut la trame quotidienne de cette histoire d'hier, on ajoute, pour mieux effacer les données gênantes, les récits édulcorés qui laissent dans l'ombre les mécanismes réels. Vie parisienne sur les grands boulevards et bals à la cour plutôt que galeries de mines et hall étouffant des manufactures textiles où travaillent femmes et enfants.

Or, l'accumulation du capital, les investissements nécessaires à la Révolution industrielle, les profits immenses ont été payés par la plus-value prélevée sur le travail ouvrier. Et, en tout cas, quelle que soit l'analyse que l'on fait des mécanismes du capitalisme, il reste que les années 40 du XIXe siècle ont été un enfer pour les millions d'hommes, de femmes, d'enfants qui composaient le prolétariat naissant. Il demeure aussi que cette misère explique à la fois l'essor du capital et le développement des théories sociales – socialisme, communisme – qui le mettent en cause, tentant d'élaborer un autre modèle d'organisation sociale.

L'exploitation de l'homme par l'homme

La misère ouvrière est donc un fait historique majeur – central –, même s'il n'en est fait état que de façon marginale, comme d'un aspect parmi d'autres de la réalité d'alors. C'est d'autant plus étonnant que les enquêtes, les témoignages sont innombrables et que cette misère est telle qu'elle ébranle les convictions, émeut tous ceux – les médecins, les écrivains, etc. – qui ne sont pas directement liés à son exploitation et aux bénéfices qu'on en tire. À la célèbre enquête du docteur Villermé, *Tableau de l'état physique et moral des ouvriers* (1840), s'ajoutent celles du docteur Gasset à Lille, du docteur Guépin à Nantes, de Huret, *De la misère des classes laborieuses en Angleterre et en France* (1842). Mais Disraeli, dans *Sybil*, fait une description accablante de l'état moral et physique des mineurs anglais ; Dickens, Eugène Sue, Hugo, George Sand, et surtout Flora Tristan, qui se livre à un véritable reportage dans le monde ouvrier, dressent un constat de l'inhumanité des conditions de vie et de travail du prolétariat. Si Proudhon ou Lamennais, Louis Blanc ou… Louis Napoléon Bonaparte (de *Qu'est-ce que la propriété ?* (1840) de Proudhon à *L'Extinction du paupérisme* (1844) de Bonaparte) mettent l'accent, pour des raisons diverses il va de soi et sous des angles différents, sur cette paupérisation, c'est qu'il s'agit d'un phénomène majeur. Engels (*Situation des classes laborieuses en Angleterre*, 1844) et Marx partiront de cette réalité pour produire leur analyse critique du capitalisme.

« Caves de Lille ! On meurt sous vos plafonds de pierre…

C'est de ces douleurs-là que sortent vos richesses, princes ! » écrira Victor Hugo.

Cette misère apparaît comme la conséquence d'une exploitation sans frein d'une main-d'œuvre livrée presque sans défense aux détenteurs du capital.

Les ouvriers des manufactures – les prolétaires – sont, le plus souvent, des déracinés jetés dans la ville par l'exode rural, mal intégrés au milieu urbain, voués à des tâches répétitives qui les lient – au sens propre du mot parfois – à leurs machines, et qu'aucune loi ne protège. Les règlements de la manufacture sont draconiens. L'ouvrier est embauché ou renvoyé au gré des nécessités patronales. La durée quotidienne du travail est « de l'aube à la nuit », une quinzaine d'heures au moins. Le salaire est fixé arbitrairement par le patronat. Les coalitions sont interdites. On sait qu'en Angleterre le prolétariat a conquis le droit de se mettre en grève et qu'une loi de 1847 limite le travail à dix heures quotidiennes. Ce n'est pas le cas sur le continent européen.

Par ailleurs, la conjoncture économique générale est – malgré les apparences de la Révolution industrielle – défavorable au monde ouvrier. En effet, après la montée séculaire des prix (1726-1817), la période 1817-1850 est marquée par une tendance à la baisse des prix. Le patronat – qui domine les institutions politiques par le biais des notables élus au suffrage censitaire – est en condition d'imposer ses solutions. Le prolétariat n'a aucune possibilité légale (coalition, syndicats, etc.) de défense, et ses protestations violentes – et minoritaires – sont brisées par le pouvoir étatique (1831, 1834 : révolte des canuts à Lyon, mais, dans un autre style, dans le cadre du mouvement chartiste, refus par la Chambre des communes de reconnaître les revendications démocratiques ouvrières et la répression des émeutes de Newport, 1838-1839). Les profits patronaux continuent donc de s'accroître par l'utilisation de trois moyens qui, tous, contribuent à l'accroissement de la misère ouvrière : l'augmentation de la production – et de la productivité du travail – se traduit par le durcissement des conditions de travail, le renforcement de la protection douanière (afin de limiter la concurrence et de maintenir les prix aussi élevés que possible), la compression des salaires. Ainsi le salaire réel baisse, cependant que les crises économiques cycliques – surproduction momentanée, etc. – entraînent des périodes plus ou moins longues de chômage, la situation du marché du travail étant d'ailleurs rendue difficile par l'entrée dans la production (pour cause de misère) des femmes et des enfants. La seule loi fonctionnant en France dans le domaine de la législation sociale concerne ces derniers. Elle est du 22 mars 1841 et indique que, dans les manufactures comptant plus de vingt ouvriers réunis, on ne peut embaucher les enfants avant huit ans, ni employer plus de huit heures ceux qui ont entre huit et douze ans… Mais ce texte ne fut jamais accompagné de décrets d'application et resta donc lettre morte.

Les esclaves de la Révolution industrielle

Dès lors, la liberté patronale étant totale, l'ouvrier est livré à l'exploitation et à la misère. Elle entraîne la sous-alimentation chronique, la dégradation physique et morale (maladies, mortalité infantile : « À Lille il meurt un enfant sur trois avant la cinquième année » dans certains quartiers ouvriers, et dans telle rue « sur 48 naissances, 46 décès »…), l'alcoolisme, la prostitution des femmes, la criminalité. Ces classes laborieuses urbaines – vues par les tenants de l'ordre social comme des « barbares » appartenant à une autre race – tenaillées par la faim, l'insécurité, touchées par les épidémies – le choléra – deviennent effectivement des « classes dangereuses ». Leur état, l'aggravation même de leur condition au moment où croît la richesse sociale posent la question – à la fois morale et sociale – de l'organisation de ce système capitaliste que la Révolution industrielle engendre et diffuse.

Le socialisme apparaît ainsi, à son origine, comme une protestation contre cette misère, cette « inhumanité ». Il est d'abord un cri de protestation, un « cri de douleur » (Durkheim), plus qu'une réflexion « scientifique ».

1841

La « révolution redoutable » :
socialisme et communisme en France

La misère, les tares d'une organisation économique, les injustices sociales, la paupérisation alors que la production augmente, si elles sont les racines des réflexions qui se donnent pour objet les rapports de l'homme et de la société, ne déterminent pas, mécaniquement, l'orientation de ces réflexions. Le mouvement des idéologies, s'il est lié à cette réalité économique et sociale, est aussi, en large partie, autonome. Il y a une histoire propre des idées qui tient à la mémoire historique de chaque nation.

En France, le poids du catholicisme, de l'État centralisé et de l'expérience révolutionnaire influence par exemple de manière directe les systèmes idéologiques qui se mettent en place autour des années 40 du XIXᵉ siècle et qui tournent autour de deux mots : socialisme (d'origine anglaise, 1831, ou française, 1836 ?) et communisme (1840) et veulent mettre l'accent sur le bien « commun », l'intérêt de tous et de toute la « société ».

Le souvenir de Babeuf – et de sa conspiration des Égaux –, dont l'histoire écrite par Buonarroti est publiée dès 1828, marque ainsi des hommes comme Auguste Blanqui (1805-1881), Armand Barbès (1809-1870) aussi bien dans leur programme (défendre les « intérêts sacrés du peuple » – « renverser toute sorte d'aristocratie ») que dans leur mode d'action (les sociétés secrètes : « Sociétés des familles », 1835-1836 ; « Société des saisons », 1837-1839) qui cherche par le coup de force, le coup de main, à s'emparer par surprise du pouvoir central. Blanqui et Barbès donneront l'assaut avec cinq cents hommes armés à l'Hôtel de Ville de Paris, le 12 mai 1839, et seront écrasés après deux jours de combats.

Ces hommes, s'ils réalisent une critique sévère du capitalisme – exploiteur du prolétaire –, se contentent de généralités et s'en remettent à une « révolution » pour « déblayer le terrain ». On peut néanmoins les définir comme « communistes » – au sens du XIXe siècle – car ils cherchent appui sur le mouvement ouvrier, prêchent, comme Babeuf, un communisme de distribution des biens, et revendiquent l'héritage jacobin – et même terroriste – de la Révolution française.

Cependant, un homme comme Étienne Cabet (1788-1856), auteur d'un *Voyage en Icarie* (1838), qui décrit une société communiste idéale (« À chacun selon ses besoins »), récuse la violence. « Si je tenais une révolution dans la main, je la tiendrais fermée, quand même je devrais mourir en exil. »

C'est dire que ces années, loin d'être marquées par la formulation d'une doctrine claire, unique, sont caractérisées par la profusion des singularités. À chaque penseur sa théorie, à chaque groupe sa nuance, à chaque révolutionnaire sa sensibilité. C'est un temps de « grandeur de l'idéologie » et aussi de « faiblesse du mouvement » car ces idées mordent peu sur le mouvement ouvrier.

D'abord, parce que celui-ci n'entraîne pas – loin s'en faut – la majorité du prolétariat naissant, et que les conditions de vie et de travail ne permettent qu'à une poignée d'individus de sortir de l'écrasement de la misère et de l'épuisement pour acquérir les moyens d'une réflexion.

Il y a aussi le fait que bien des théoriciens critiques du capitalisme sont absorbés par lui, entraînés par le mouvement de son développement. Les disciples de Saint-Simon (1760-1825) se mettent au service de ce système économique, en deviennent les « organisateurs » (Pereire, Michel Chevalier, etc.) ou versent dans une religiosité extravagante (le père Enfantin). Seul l'un d'eux, Pierre Leroux (1797-1871), échappera à cette récupération par le système ou à ces extravagances.

Fourier (1772-1837), l'autre grand des années 20 du siècle, a quelques disciples actifs qui mettent l'accent, comme Victor Considérant (1808-1893), sur l'affrontement antagoniste entre les classes sociales. Et des «phalanstères» se créent ici et là, qui veulent être des lieux exemplaires où la vie communautaire est modelée par l'idée de partage et d'égalité.

C'est la dureté, le cynisme, l'égoïsme de la société capitaliste et industrielle qui se met en place qui suscitent ces réactions tout imprégnées de valeurs chrétiennes et que l'on retrouve chez Lamennais (1782-1854), et tous les socialistes chrétiens qui, comme Constantin Pecqueur (1801-1887), veulent construire *La République de Dieu*, collectiviste et chrétienne.

La propriété, c'est le vol

D'autres, comme Pierre Joseph Proudhon (1809-1865), vont plus loin. C'est en 1840 qu'il s'interroge : «Qu'est-ce que la propriété ?» et qu'il répond : «La propriété, c'est le vol.» En 1842, il publie un *Avertissement aux propriétaires* qui sera saisi. En fait, apparemment radical, Proudhon propose, à l'intérieur du capitalisme, le développement du mutuellisme, du droit au crédit, du crédit gratuit offert par une banque nationale aux «producteurs». Ceux-ci échapperaient donc à l'oppression du système, le crédit assurerait leur indépendance, permettant le fédéralisme ; il empêcherait toute dérive autoritaire. Ainsi s'élabore autour de ces thèmes un «socialisme anarchiste», antijacobin et libertaire, aux antipodes de la sensibilité d'un Blanqui. Tendance à l'apolitisme chez Proudhon (on le verra vivre en paix sous l'Empire autoritaire), à l'activisme politique chez l'autre (Blanqui sera le perpétuel «enfermé»). Mais la position de Proudhon, si elle marque en profondeur le mouvement ouvrier français – qui a payé son lourd tribut d'engagements politiques aux côtés de la bourgeoisie et en a peu retiré de profits : qu'on pense à 1830 –, est difficile à tenir, car à tout instant le pouvoir – la *politique* donc – pèse sur la conjoncture économique et sociale.

Un système d'extermination

Louis Blanc (1811-1882) le sent bien, qui élabore, après une critique impitoyable contre le capitalisme (et notamment contre la libre concurrence, ce « mal universel », ce « système d'extermination » pour le peuple), l'idée de coopératives de production, « les ateliers sociaux », qui bénéficieraient de l'aide de l'État, seraient gérés par des ouvriers – égaux entre eux au plan du salaire. Peu à peu ces « ateliers » s'imposeraient comme la forme « sainte », parfaite de la production remplaçant, sans heurt, « naturellement », le capitalisme. Il résume ses idées dans *L'Organisation du travail* (1839) qui est le grand thème de ces années 40 pour les « socialistes » et les « communistes ». Mais, en même temps, il écrit une *Histoire de dix ans* (1841), dur pamphlet contre la monarchie de Juillet.

C'est que la réflexion sociale et la critique du capitalisme ne peuvent, en ces années, que déboucher sur l'action politique contre Louis-Philippe et son ministre Guizot qui incarnent le système économique dans sa version la plus conservatrice.

Tocqueville sent bien les choses quand, le 27 janvier 1848, il annonce qu'une tempête est à l'horizon : « Regardez ce qui se passe au sein de ces classes ouvrières qui aujourd'hui, je le reconnais, sont tranquilles…, écrit-il. Mais ne voyez-vous pas que leurs passions de politiques sont devenues sociales ? Ne voyez-vous pas qu'il se répand peu à peu des opinions qui ne visent pas à renverser telles lois, tel ministère, tel gouvernement, mais la société même ? Ne voyez-vous pas que peu à peu il se dit… que la division des biens jusqu'à présent dans le monde est injuste, que la propriété repose sur des bases qui ne sont pas des bases équitables ? Et ne pensez-vous pas que quand de telles opinions descendent profondément dans les masses elles amènent tôt ou tard les révolutions les plus redoutables ? »

1842

L'Angleterre contre la Chine :
une guerre pour vendre de l'opium

C'est le plus souvent à son origine, dans la brutalité, le cynisme, la naïveté, la bonne conscience et l'audace des premiers actes, qu'on saisit le mieux la vérité et le sens d'une politique. Ensuite, la volonté de légitimer par des principes – moraux –, la nécessité des « reconstructions » historiques – vertueuses –, et la complexité croissante des causes au fur et à mesure que l'événement se développe rendent plus difficile à saisir le noyau central, qui est encore à vif, au point de départ.

Cette constatation, qui vaut aussi bien en politique intérieure – quoi de plus révélateur que les conditions d'une prise de pouvoir ? – qu'en politique extérieure – quoi de plus indicatif que les circonstances du déclenchement d'un conflit ? –, prend encore plus de sens quand on examine les épisodes de la conquête du monde par et pour les Européens, la manière dont ils ont, ici et là, « colonisé ». L'expansion européenne en effet, plus que d'autres événements, s'est parée de toutes les justifications humanitaires et civilisatrices.

Il suffit d'examiner les conditions dans lesquelles s'est réalisée « l'ouverture » de la Chine pour les réduire soit à leur dimension de prétexte soit à leur place marginale par rapport aux autres causes : conquérir un marché, s'y implanter à n'importe quel prix pour y vendre n'importe quoi.

Les « barbares » colonisateurs

Face à la Chine, on ne peut d'abord avancer aucun argument de civilisation. L'Empire mandchou est un « milieu » du monde. C'est un vaste pays unifié, tenu par une structure politique qui réussit toujours à rassembler au moins dix-huit provinces autour d'elle, un territoire pétri par une immense histoire qui en fait l'un des foyers principaux de la culture mondiale. Les « barbares », pour les Chinois, ce sont précisément les colonisateurs européens.

Ceux-ci d'ailleurs, qui ont noué avec la Chine, depuis la fin du Moyen Âge, des relations commerciales et culturelles, ténues mais régulières – les Jésuites ne désespèrent pas de faire basculer l'Empire du Milieu dans le monde chrétien, fût-ce en sinisant le catholicisme… –, ont pris conscience de la réalité chinoise et, face à son immensité – dans toutes les acceptions : spatiale, humaine, historique –, ne songent pas à la « coloniser » mais à l'« ouvrir ».

À la fin du XVIIIe siècle, des missions anglaises (Macartney et Amherst, 1793 et 1816) font les premières tentatives pour pénétrer le marché chinois. Mais les empereurs mandchous de la dynastie des T'sing – ils règnent en Chine de 1644 à 1911 – désirent au contraire « fermer » la Chine aux Européens dont ils mesurent la force, la « barbarie » et les menaces qu'ils représentent pour leur pouvoir et l'équilibre de la Chine.

Cette fermeture de la Chine est donc une des premières formes de résistance à la fois aux missionnaires qui veulent évangéliser la Chine et aux marchands.

Mais, entre cette volonté de défense et le désir – et le besoin – d'ouvrir au marché mondial l'espace chinois, il y a une opposition radicale qui ne peut être tranchée que par la force.

L'occasion de la confrontation est fournie par l'introduction en Chine d'opium indien à laquelle se livrent des marchands anglais. Cette importation d'une drogue inconnue en Chine inquiète le pouvoir chinois (le gouverneur de

Canton) qui peut déjà en mesurer les effets corrupteurs. En 1839, après plusieurs avertissements, il saisit donc 20 000 caisses d'opium qui sont jetées à la mer.

Les relations commerciales sont rompues avec l'Angleterre qui bombarde Canton (1840) et dont les navires remontent le Yangtsê jusqu'à Nankin (1842).

Une grande puissance européenne – civilisatrice… – déclenche ainsi un conflit militaire – de trois années – pour contraindre un autre État à accepter l'importation et la vente de *drogue* sur son territoire. Cette « guerre de l'Opium » est bien exemplaire ! Mais la lutte est inégale et se termine par le traité de Nankin (29 août 1842) qui ouvre au commerce étranger cinq ports chinois (Canton, Amoy, Fou-tchéou, Ning-po, Shanghai) et cède à l'Angleterre l'îlot de Hong Kong qui commande l'entrée de la rivière de Canton. En outre, une indemnité est versée aux marchands anglais pour l'opium confisqué.

Cette défaite et cette humiliation chinoises ont des répercussions en chaîne qui, à long terme, vont modifier l'équilibre du monde, puisqu'elles entraînent l'ébranlement de la Chine puis sa mise en mouvement.

L'ouverture et le dépeçage de la Chine

En effet, « l'ouverture » de la Chine, réussie par les Anglais au terme de cette guerre scandaleuse pour l'opium, déclenche d'abord les appétits des autres puissances (France, Russie, déjà sur les rangs, mais aussi Allemagne, États-Unis, et bientôt Japon), et une série d'expéditions – souvent franco-anglaises – vont aboutir à l'ouverture définitive de la Chine (traité de Pékin, 1860).

Mais la guerre de l'opium et les expéditions qui suivent sont vécues comme une tragédie par les dirigeants de l'Empire et le monde lettré chinois. L'Empire du Milieu, monarchie confucéenne, est un Empire céleste. Que les barbares lui imposent leur politique et c'est toute une construction intellectuelle millénaire, base du pouvoir impérial et creuset de la civilisation, qui s'effondre. Le système politique

ne peut à terme qu'être remis en cause. La dynastie mandchoue a montré qu'elle était incapable de préserver la Chine
de la pénétration des barbares d'Occident. L'équilibre précaire qui permet de tenir l'Empire se trouve ainsi menacé.
Déjà, dans la guerre de l'opium, le peuple a pris les armes
contre les barbares, constituant des milices à Canton.

L'ouverture de la Chine, réalisée par et pour l'Occident,
est ainsi le début d'un processus révolutionnaire dans
l'Empire céleste, dont nul au milieu du XIXe siècle ne peut
encore prévoir l'issue (renversement ou restauration et
modernisation de la dynastie mandchoue?).

Mais la guerre de l'opium fait rentrer la Chine dans
l'histoire «unifiée» du monde, et c'est un moment clé de
l'unification de cette histoire, qui s'en trouve potentiellement modifiée. Un acteur vient d'être poussé sur la scène.
Il n'en sortira plus.

1843

Marier Dieu et la liberté :
les contradictions du catholicisme libéral

Une foi religieuse et l'Église qui l'incarne, la célèbre et la représente ne sont jamais réductibles à un seul élément. Il y a trop de charges affectives dans l'attitude d'un croyant, trop d'espérances, une manière, nécessairement personnelle, de vivre le rapport à son Dieu et à son Église, pour qu'on puisse, mécaniquement, déduire de telle appartenance religieuse telle attitude politique. Les exceptions sont toujours nombreuses et significatives de l'ambiguïté « terrestre » de la foi religieuse. Elle est souvent manifestation des souffrances « ici-bas », revendication d'« humanité » pour les plus humbles, elle affirme (en ce qui concerne le christianisme) un tel désir d'égalité (future et éternelle) entre les hommes que l'on peut trouver dans son enseignement des ferments de révolte contre l'ordre établi. Que d'hérésies nées ainsi de la foi et des besoins !

Les deux visages de l'Église

Quant à l'Église catholique, structure sociale, pouvoir temporel, son ambiguïté est encore plus grande puisqu'elle s'est historiquement liée au pouvoir monarchique et qu'en même temps elle n'est forte que si elle reflète les aspirations populaires et si elle ne s'enferme pas dans une forme politique donnée, privilégiant toujours le long terme plutôt que la défense jusqu'au bout de l'ordre établi, dans laquelle elle pourrait sombrer, étant confondue avec lui.

En optant, sous la Restauration, pour l'alliance du trône

et de l'autel, l'Église catholique de France se trouve, en 1830, en butte à une profonde, large hostilité. Des évêques s'enfuient, des églises sont mises à sac, les pamphlets antireligieux se multiplient. Et cette vague d'anticléricalisme exprime aussi le voltairianisme et le cynisme d'une bourgeoisie qui, avec Louis-Philippe, parvient aux affaires et qui, alors qu'elle va mettre le pays à la curée, est heureuse de livrer, par conviction et par tactique, l'Église à la gauche, comme un bouc émissaire et une diversion.

L'Église, après avoir été associée au pouvoir – depuis 1801, en fait –, se trouve rejetée. Et Henri Heine peut, analysant la situation française, écrire : « La vieille religion est radicalement morte ; elle est déjà tombée en pourriture. La majorité des Français ne veut plus entendre parler de ce cadavre et se tient le mouchoir devant le nez quand il est question de l'Église. »

À la fois par souci de dépasser cette situation, néfaste pour l'Église et son rayonnement, et parce qu'ils sont entraînés par le mouvement général de l'époque, des catholiques affirment, dès les années 30, des convictions libérales. Lamennais (1782-1854), Lacordaire (1802-1861), Montalembert (1810-1870) développent, dans leur journal *L'Avenir*, un véritable programme « libéral » (liberté religieuse et donc séparation de l'Église et de l'État ; liberté d'association – pour les congrégations donc – et liberté de la presse) dont la liberté de l'enseignement devient vite le point fort.

Dans les autres domaines, en effet, les efforts de Lamennais pour marier « Dieu et la liberté », pour entraîner l'Église dans la direction républicaine et socialiste (*Le Livre du peuple*, 1837) sont condamnés par Rome (1832-1834). Lamennais se retirant de l'Église, son mouvement « menaisien » n'en reste pas moins présent, mais la pointe la plus acérée (républicaine et socialiste) a disparu.

Lacordaire prêche à Notre-Dame avec un très grand écho. Des prêtres – rejetés par les notables voltairiens – ambitionnent de séparer l'Église et tout pouvoir politique. « Une grande chose est faite, écrit ainsi Ozanam – un professeur catholique, fondateur d'œuvres sociales –, la séparation de deux mots qui semblaient inséparables, le trône et l'autel. » De même, face à la Révolution industrielle, les catholiques découvrent le monde des pauvres, du prolétariat exploité cyniquement. Dans les nouveaux modes de vie – urbains, travail en manufacture, prostitution, décomposition de la famille, etc. –, c'est toute une structure sociale stable (le village, le paysan, le curé, etc.) qui se trouve remise en cause, et cela aussi explique la dénonciation par l'Église des nouvelles formes d'exploitation. « Le salaire n'est que l'esclavage prolongé », dira Chateaubriand.

Il s'agit aussi d'une compétition pour contrôler la formation – et « l'âme » – des hommes. Et notamment des élites. Car le pouvoir politique – incroyant – est prêt à abandonner l'enseignement primaire à l'Église. Comme le dira Guizot (1836) : « Nous sommes frappés de cette soif effrénée de bien-être matériel et de jouissances égoïstes qui se manifeste surtout dans les classes peu éclairées… Croyez-vous que les idées religieuses ne sont pas un des moyens, le moyen le plus efficace pour lutter contre ce mal ? », et Molé (1840) exaltera « le clergé, sublime conservateur de l'ordre public ».

Mais l'Église, avec la liberté de l'enseignement, vise autre chose : l'enseignement secondaire et universitaire, là où la bourgeoisie forme ses fils et où elle veille, soucieuse de ne pas les soumettre à l'Église, à préserver le monopole de l'État. À partir de 1840, Montalembert va conduire à ce propos le combat contre le pouvoir politique, et, autour de lui, on dénoncera dans l'université cette entreprise qui « forme des intelligences prostituées qui vont chercher au fond des enfers la glorification du bagne, de l'inceste, de l'adultère et de la révolte ». C'est Louis Veuillot qui, dans *L'Univers*, tonne ainsi, à partir de 1841, contre l'Université « laïque ».

La bataille des idées atteint son point paroxystique en 1843, quand Jules Michelet et Edgar Quinet, professeurs au Collège de France, entrent en guerre contre les Jésuites. « Pour nous débarrasser des Jésuites, nous avons chassé une dynastie, dira Michelet ; nous en chasserions au besoin dix autres. » Le roi et le gouvernement, pour leur part, louvoient. Ils perdent ainsi l'appui des catholiques sans gagner celui des républicains anticléricaux. Et leur isolement politique s'accuse.

Mais surtout on mesure, en cette année 1843, les contradictions du catholicisme libéral. Soucieux de dégager le catholicisme du pouvoir politique et économique de la bourgeoisie, le catholicisme libéral est conduit, non à soutenir une démarche « laïque » – une laïcisation de l'État – qui préserverait les droits de l'Église, mais à vouloir remplacer l'État par le pouvoir de l'Église, comme si cette dernière incarnait, par nature, la liberté.

Vigueur de l'anticléricalisme

Cette vérité d'évidence pour un croyant est ressentie par le non-croyant comme une forme, peut-être pire, d'oppression. Si bien que ce catholicisme libéral, qui, dans ces années 40 du XIXe siècle, s'enracine dans la réalité française et réussit à faire sortir l'Église de son isolement, ne lève pas, tant s'en faut, toutes les hostilités dans les milieux anticléricaux. Au contraire, il les renforce même, car son dynamisme, sa virulence, ses revendications (dans l'ordre de l'enseignement) sont considérés comme l'un des nouveaux visages de la « réaction ».

1844

Paris-Londres : l'entente cordiale

Les relations entre grands États dépendent d'un ensemble de facteurs géopolitiques, qui tiennent aussi bien à la situation géographique – l'Angleterre est une... île, nation à la fois dans et hors d'Europe – qu'à leur puissance économique ou militaire, qu'à leurs ambitions et aux choix de leurs dirigeants. Entre des États, l'Histoire tisse aussi une trame de souvenirs, faite de conflits ou d'ententes, qui à son tour intervient dans l'évolution de leurs rapports. D'autant plus que les situations géopolitiques changent lentement et que les rivalités, liées à ces situations, transcendent les changements politiques.

La France et l'Angleterre, les deux plus grandes puissances européennes du XVIIIᵉ siècle, sont des rivales de fait, et la période révolutionnaire et impériale, l'habile jeu anglais (susciter des coalitions pour affaiblir à tout prix la « super-puissance » française) ont montré que Londres veillait à maintenir un équilibre européen, qui passait par la limitation des ambitions françaises.

La puissance anglaise

De cette longue période de conflits, l'Angleterre est sortie victorieuse non seulement sur les champs de bataille (Trafalgar et Waterloo), mais aussi sur le terrain économique. Elle est le pôle du développement industriel et commercial du monde et, à ce titre, dicte sa loi en politique internationale. La France n'est pas de taille à résister.

Quand Thiers, président du Conseil, veut, en 1840, s'opposer à Londres sur la question d'Orient, il est écarté par Louis-Philippe soucieux de ne pas entrer en conflit avec l'Angleterre, et remplacé par Guizot, ambassadeur de France à Londres et anglophile. L'Angleterre est une fois de plus victorieuse dans cette crise européenne de 1840 : avec la Convention des détroits signée en 1841 à Londres, elle écarte le tsar du Bosphore et la France du Nil. Pour faire oublier le camouflet ainsi reçu par le gouvernement français, Londres autorisera, le 15 décembre 1840, le retour des cendres de l'empereur.

Cette reculade française marque en fait un choix politique : celui de l'établissement d'une paix honorable et sûre avec l'Angleterre. Elle indique aussi – parce que le modèle politique anglais fascine les orléanistes – qu'on veut même aller au-delà, comme le dira Louis-Philippe lors d'une visite qu'il rend (octobre 1844) à la reine Victoria : « La France ne demande rien à l'Angleterre. L'Angleterre ne demande rien à la France. Nous ne voulons que *l'entente cordiale*. » Mais, si telles sont les intentions françaises, les réalités géopolitiques demeurent, qui créent des zones de conflit et rendent l'entente cordiale précaire et en tout cas superficielle.

L'un des facteurs de conflit – classique – est la Belgique. Louis-Philippe a renoncé à toute ambition dynastique en 1830, et, en 1842, Guizot écarte les projets d'union douanière franco-belge.

Même secteur traditionnel en Espagne, où, en 1844 précisément, commence une « course au mariage ». L'Angleterre craint les manœuvres françaises, qui visent à écarter le candidat anglais de l'union avec la reine Isabelle II. Cette politique française réussit – un fils de Louis-Philippe épouse l'infante d'Espagne et Isabelle II un cousin du roi –, ce qui déclenche la colère de Palmerston. On voit aussi, autre signe de cet affrontement, le tsar Nicolas Ier nouer à Londres en 1844 une alliance anglo-russe contre la France.

La logique des situations géopolitiques l'emporte donc sur les intentions bienveillantes. Et plus lourdes de conséquences pour l'avenir sont les rivalités coloniales qui apparaissent et montrent, dès 1844, que le partage du monde entre puissances coloniales peut être source de graves conflits.

C'est ainsi qu'en 1844, les interventions militaires françaises au Maroc consécutives à la conquête de l'Algérie (dans la région d'Oujda, en août 1844 – bombardement des ports marocains de Tanger et Mogador) inquiètent les Anglais qui, tenant Gibraltar, veulent contrôler le détroit et craignent de voir la France s'installer sur la rive marocaine. Le gouverneur anglais de Gibraltar fournira ainsi en armes et munitions le Maroc. Et la pression anglaise, la volonté de concessions de Guizot seront telles qu'un traité sera conclu avec le souverain du Maroc qui ne donne pas satisfaction aux militaires français (Bugeaud).

Aux antipodes – Tahiti –, en 1844 encore, les Français, en expulsant un ancien consul anglais (Pritchard), déclenchent une crise entre Paris et Londres, que n'effacent pas les excuses de Guizot.

En Afrique noire – au Gabon –, même inquiétude anglaise devant la poussée française. Et, partout où cela est possible (ainsi à Athènes), Londres tente de marquer des points contre Paris et souvent y réussit : par exemple en faisant tomber le ministre grec Colettis, profrançais.

Éviter une confrontation

Cette rivalité active franco-anglaise, révélatrice des oppositions d'intérêts mondiaux, ne débouche cependant pas sur des affrontements militaires.

Cela est dû sans doute au gouvernement français (Louis-Philippe et Guizot) soucieux d'éviter à tout prix une confrontation, malgré la pression de l'opinion, notamment en 1844, au moment de l'affaire Pritchard. Mais plus encore pèse le souvenir de la période révolutionnaire et impériale. Les guerres ont appris la modestie à Paris et surtout imposé l'idée que l'Angleterre a les moyens – diplomatiques, économiques, militaires, géopolitiques pour tout dire – de vaincre la France.

La solution «pacifique» des heurts avec l'Angleterre, la volonté d'une entente cordiale sont donc les signes indiscutables d'un affaiblissement français face à Londres.

Avec la monarchie de Juillet, la France s'avoue une puissance seconde, cherchant l'expansion mais reculant chaque fois que l'Angleterre entre en scène.

Une telle situation exige soit un ralliement à la politique anglaise – impossible, compte tenu des oppositions d'intérêts –, soit la volonté de trouver sur le continent européen des alliés, soit une politique au coup par coup, prudente et souvent hésitante.

Pas de grands desseins en tout cas : l'Angleterre règne et ne le permettrait pas.

1845

Une guerre civile en Suisse

Aucune collectivité, si limitée soit-elle, n'échappe aux contradictions et aux conflits. Plus ou moins feutrés, plus ou moins chargés de violence, ils manifestent les tensions qui opposent des groupes, à l'intérieur de la communauté. Les causes en sont toujours multiples. Elles relèvent à la fois de l'ordre social, économique, politique ou religieux et culturel. Et, même si l'un de ces aspects semble prédominer – par exemple le thème religieux –, les autres données enrichissent le conflit de leurs caractéristiques.

La Suisse est, au milieu du XIXe siècle, un lieu exemplaire pour ce type d'affrontement. Ce qui est en cause, la concernant, après 1815, ce ne sont pas les orientations de la politique extérieure, ou les menaces qui pèsent sur le pays du fait de la politique des puissances voisines, mais bien l'équilibre de cette collectivité qui, depuis des siècles, tente de concilier, en une structure fédérale, à la fois la personnalité des cantons – ethnique, religieuse, économique, culturelle – et leur unité.

Modernisation et liberté religieuse

Certes, la Suisse n'est pas fermée au monde extérieur. Elle avait subi – jusqu'en 1814 – la tutelle française. Et, en 1830, contrecoup de la révolution parisienne, les cantons les plus importants se dotent, après une série de troubles, de Constitutions fondées sur le suffrage universel et les libertés fondamentales. Mais surtout, à partir de cette date, un courant radical exprime une triple volonté : voir réalisée la liberté religieuse, favorisée l'expansion économique et renforcé le lien fédéral. Il s'agit, en fait, des trois faces d'une même dynamique : celle de l'adaptation de la Suisse au monde moderne. Pour que le décollage économique se réalise pleinement – il a commencé –, il faut effacer les trop fortes particularités cantonales ; or les cantons conservent leurs douanes, leurs postes, leurs monnaies. Il faut donc accroître les liens fédéraux. Mais, pour atteindre cela, il faut réduire l'influence religieuse catholique qui tend à maintenir dans des structures figées certains cantons traditionalistes. Si bien que la lutte pour la liberté religieuse – en fait contre le catholicisme – est un des aspects essentiels de la modernisation. Mais, dès lors, on entre dans la logique passionnelle des guerres de religion, qui engendre les guerres civiles.

L'affrontement se développe par étapes.

En 1832, le projet de révision du pacte fédéral s'était heurté à la résistance des trois cantons catholiques d'Uri, Schwyz et Unterwald et a été rejeté. Dans les cantons où les radicaux dominent, ils prennent alors une série de mesures anticléricales, décidant ainsi, par exemple en Argovie, la suppression des couvents (1841). Ce qui entraîne, et c'est l'acte qui déclenche la crise, les catholiques de Lucerne à appeler les Jésuites et à leur confier, en 1845, la direction de l'enseignement secondaire. Cette décision est ressentie comme une provocation par la majorité protestante de la Suisse mais – et l'on saisit ici le lien entre l'aspect religieux et constitutionnel – la Diète ne peut intervenir puisque les cantons conservent une entière souveraineté dans leurs affaires intérieures.

La seule voie qui s'ouvre aux radicaux, s'ils veulent régler la question, est celle de la force.

En mars 1845, un corps de volontaires – radicaux – tente sans succès d'envahir le canton de Lucerne. Quelques mois plus tard – nouveau degré dans l'escalade de la violence –, le chef des catholiques lucernois, le paysan Joseph Leu, est assassiné (juillet 1845).

Cette irruption d'une politique de force dans l'équilibre

helvétique conduit les cantons suisses au bord de la rupture de leur unité.

Les cantons catholiques, en effet, se sentent menacés dans leur souveraineté. D'autant plus qu'à Lausanne les radicaux ont pris le pouvoir (avec Henry Druey, le 14 février 1845) et qu'une insurrection populaire va à Genève, sous la direction de James Fazy, établir un régime démocratique (octobre 1846).

Dès lors, les sept cantons conservateurs et catholiques (Lucerne, Uri, Schwyz, Valais, Unterwald, Zoug et Fribourg) décident de constituer une confédération – alliance séparée –, le *Sonderbund* (11 décembre 1845). On entre ainsi dans une logique de sécession, et les séparatistes refusent de dissoudre le Sonderbund, malgré les injonctions de la Diète, où désormais les radicaux ont la majorité.

C'est donc une nouvelle fois la force qui va trancher. Mais, cette fois-ci, la légalité est respectée : les séparatistes se sont retirés de la Diète (juillet 1847), et c'est en leur absence que l'assemblée vote, le 4 novembre 1847, le principe d'une intervention armée contre les cantons adhérents au pacte séparé du Sonderbund. La Suisse connaît donc une période de guerre civile de vingt-six jours, durant laquelle s'opposent les milices fédérales (50 000 hommes) du général genevois Guillaume Henri Dufour et les troupes catholiques sous les ordres d'Ulrich de Salis Soglio. Le 14 novembre 1847, Fribourg, puis Zoug et Lucerne tombent aux mains des milices. Le Sonderbund est vaincu, les cantons dissidents réintègrent la Confédération et expulsent les Jésuites.

Une solution de compromis constitutionnelle (12 septembre 1848) laissera une large indépendance aux cantons, tout en assurant à la Confédération (un Conseil fédéral de gouvernement, deux chambres élues au suffrage universel – le Conseil national et le Conseil des États) la maîtrise des affaires étrangères, de l'armée, des douanes, des postes et de la monnaie. Ainsi est assurée la base à la fois d'un développement économique et d'une grande stabilité politique.

Mais la crise de 1845 a illustré comment, même dans le

cadre suisse – c'est-à-dire avec ce que cela suppose d'équilibre ancien entre les différentes entités cantonales et de pratique du compromis –, les problèmes d'unité, de nationalité (n'est-ce pas au fond de cela qu'il s'agit ?) sont complexes et déclenchent des passions, conduisant, même en Suisse, à la guerre civile. C'est l'épée qui finalement dénoue et impose le compromis confédéral.

Une préface et une répétition

À cette aune, on mesure ce qui peut advenir dans le cadre plus vaste, plus complexe encore, et soumis aux rivalités internationales, des autres nationalités européennes. La crise suisse (1845-1847) est ainsi comme une préface – et une répétition en modèle réduit – de la crise révolutionnaire qui va secouer toute l'Europe. Personne ne s'y trompe. « Il ne s'agit ni de Jésuites, ni de protestants, ni de savoir si la Constitution de 1815 est menacée par ceux-ci ou mal interprétée par ceux-là., écrit le roi de Prusse. Il s'agit uniquement de ceci : le radicalisme va-t-il, par la force, le sang et les larmes, obtenir la prépondérance en Suisse et mettre en danger toute l'Europe ? »

1846

Le feu révolutionnaire couve en Europe

Un système politique – quel qu'il soit – ne peut indéfiniment bloquer les évolutions, empêcher les changements auxquels les peuples, en tout ou partie, plus ou moins clairement, aspirent. Les forces du renouveau sont inscrites dans la dynamique même des générations. Les hommes jeunes que la vie pousse sur le devant de la scène n'ont pas connu les défaites de leurs aînés. Ils supportent mal l'oppression et la répression. Plus les années passent et plus la rigidité du système auquel ils sont soumis devient elle-même facteur de révolte. Là où des concessions eussent pu, en temps opportun, éviter des explosions, le refus de toute ouverture crée des risques d'affrontements accrus, mais, par ailleurs, les concessions peuvent apparaître comme des signes de faiblesse et entraîner ainsi à plus de contestation.

Cela vaut pour un État, et encore davantage pour un système politique international parce que les rivalités entre puissances créent pour les opposants au système des possibilités supplémentaires d'action.

Une situation bloquée

En 1846, le système politique de la Sainte-Alliance, mis en place en 1815 comme un carcan conservateur destiné à empêcher toute poussée libérale ou radicale en Europe, doit faire face à une situation de ce type.

Déjà 1830 l'avait ébranlé, en France (mais à partir de 1834-1835, Louis-Philippe avait choisi l'ordre), en Grèce, en Belgique. Pour l'essentiel cependant le système avait résisté à la secousse révolutionnaire, tant en Italie qu'en Europe centrale ou en Pologne. Mais aucun des problèmes posés par les revendications nationales – et libérales : les deux se confondent à ce moment historique – n'a été résolu. Au contraire, près de vingt années ont été perdues pour l'adaptation du système. En fait, la situation, sur ce terrain des revendications nationales, est bloquée depuis près d'un demi-siècle, depuis que Napoléon Bonaparte a fait irruption en Europe, déclenchant, par imitation puis par réaction, la pensée et les mouvements nationalistes.

Or mille signes – complots, livres, manifestations, réunions, etc. – indiquent que, malgré l'efficacité de la surveillance et de la répression (la police de Metternich veille et ne tolère rien), le frémissement des mouvements nationaux s'amplifie. D'autant plus que des États – l'Angleterre de Palmerston, le Piémont de Charles-Albert – ont intérêt à laisser se développer ces mouvements – et même à les encourager – soit pour affaiblir l'Autriche de Metternich (c'est le cas de l'Angleterre), soit pour des raisons dynastiques (c'est le cas du Piémont). Ainsi en Italie, le *Risorgimento* touche-t-il toujours davantage les milieux intellectuels (Gioberti, Massimo d'Azeglio, Cesare Balbo), et le directeur de la police en Vénétie peut écrire : « Le venin de la propagande littéraire s'insinue goutte à goutte dans les âmes » (1847). En 1846, des manifestations anti-autrichiennes ont lieu à Milan. Le pape Pie IX, qui succède en 1846 à Grégoire XVI, annonce des mesures libérales dans les États pontificaux. Elles inquiètent Metternich et suscitent l'enthousiasme à Rome et en Italie.

Même tendance en Allemagne où, grâce à l'union douanière (*Zollverein*) et aux chemins de fer, un sentiment allemand se développe dans la grande bourgeoisie. Ce sentiment, on le rencontre encore plus vif dans les milieux intellectuels. En 1846, deux initiatives importantes interviennent. D'abord la fondation à Mannheim d'un journal, la *Deutsche Zeitung*, qui s'adresse à toute la nation allemande. Puis la réunion à Francfort d'une assemblée de professeurs qui constitue en fait la « Diète intellectuelle du peuple allemand » (septembre 1846).

Quelle que soit la région d'Europe que l'on observe, on y découvre l'action des éléments nationalistes, de la Roumanie à la Bohême, de la Hongrie à la Galicie. Dans chaque nation, on commence par se réapproprier l'Histoire, en publiant des chroniques, une histoire nationale, puis on s'organise, on revendique, on manifeste. Or, l'Autriche, qui contrôle presque tous ces pays, est impuissante à définir une politique à long terme. Le gouvernement de Vienne résout les affaires courantes sans avoir de stratégie. « L'État est administré mais n'est pas gouverné », dit, dès 1836, Hartig, l'un des membres de la Confédération ministérielle viennoise. Mais, dix ans plus tard, en 1846, la situation est autrement grave. Non seulement parce que les mouvements nationalistes se sont renforcés, mais parce que toute l'Europe est confrontée à une profonde crise économique qui commence précisément en 1846.

C'est d'abord une crise agricole (mauvaise récolte de blé, maladie de la pomme de terre) qui fait doubler le prix du grain et du pain et entraîne de véritables famines en Europe centrale et occidentale, et particulièrement en Irlande. On dénombrera des centaines de milliers de victimes. Cette crise agricole provoque une crise financière – on achète le blé aux États-Unis, en Russie, on relève le taux d'escompte – et une crise industrielle : on ne trouve plus que des produits alimentaires déjà hors de prix. D'où surproduction et chômage. Le taux de chômage peut atteindre 70 % en Saxe, 50 % en Westphalie. Les tisserands silésiens sont en état de révolte et de grève permanent. Le choléra réapparaît.

Un terrain favorable

Ces conditions économiques et sociales créent un terrain favorable à la propagande nationale, libérale, révolutionnaire. C'est en 1846 que Marx et Engels créent un Comité de correspondance communiste. Même si son influence est très réduite, le fait est significatif.

Metternich est conscient du danger : « Le monde est bien malade, écrit-il (1847), et chaque jour la gangrène s'étend. » Et il estime, lucide, que « la phase dans laquelle se trouve aujourd'hui l'Europe est la plus dangereuse que le corps social ait eu à traverser dans le cours des soixante dernières années » : depuis la Révolution française donc.

L'Angleterre joue sa partie, conseillant aux souverains italiens d'accorder des réformes pour éviter la révolution. Mais Metternich ressent cette politique pour ce qu'elle est aussi : une manière d'affaiblir l'Autriche, et les milieux nationalistes y trouvent un encouragement.

L'une des clés de voûte de la situation en Europe continentale est naturellement la France, compte tenu de son rôle « phare » dans les périodes révolutionnaires, en 1789 comme en 1830. Chacun le pressent. Après le succès des radicaux suisses, coup de semence, le roi de Prusse écrit à Louis-Philippe : « Vous êtes le bouclier des monarques européens. »

Tout indique ainsi, en 1846, que ce qui se prépare en Europe sera de grande ampleur.

1847

Un régime politique bloqué :
le pouvoir en France

L'aveuglement, la bonne conscience, l'entêtement, l'immobilisme de ceux qui gouvernent sont des facteurs essentiels dans le déclenchement des crises révolutionnaires. Ce ne sont pas seulement les intérêts ou les certitudes idéologiques qui expliquent la cécité des hommes au pouvoir, souverains ou présidents du Conseil, mais les protections qu'offre toujours un système institutionnel. Ces murailles qui séparent le gouvernement de la réalité du pays et des transformations qu'elle connaît sont d'autant plus hautes, plus étanches, que le système est moins démocratique. Un régime électoral censitaire assure des majorités confortables à la Chambre des députés. Une administration soumise et aux ordres ne joue plus son rôle d'intermédiaire, d'avertisseur, et se contente de répéter, quels que soient les événements, ce que le gouvernement veut entendre. Le pouvoir poursuit donc sa route, comme si rien ne survenait, de plus en plus sûr de lui et, en fait, de plus en plus isolé, de plus en plus contesté. Les oppositions et l'opinion incapables de se faire entendre sont alors poussées à se radicaliser. Le mécanisme révolutionnaire commence à se mettre en route, et nul, bientôt, ne peut le maîtriser.

La radicalisation de l'opinion

Telle est la situation en France en 1847. Guizot, qui, depuis 1840, oriente la politique gouvernementale, devient effectivement président du Conseil en septembre. Cet universitaire protestant, ce doctrinaire anglophile – même si, en 1846-1847, il se rapproche de Metternich et le soutient dans sa résistance aux mouvements nationalistes –, est persuadé de la justesse et de l'efficacité de sa politique conservatrice qui doit assurer la paix, l'ordre, la stabilité financière et permettre le développement économique. «Enrichissez-vous par le travail et par l'épargne», a-t-il dit dans un discours célèbre.

En même temps, il est fermé à toute idée de réforme électorale, d'abaissement du cens qui permettrait de faire passer le nombre d'électeurs de 240 000 à 450 000 ! En mars 1847, il fait repousser tous ces projets et se coupe ainsi de l'opposition dynastique (Duvergier de Hauranne, Thiers) qui ne cherche qu'à élargir les bases de la monarchie constitutionnelle et à rentrer, par ce biais, dans le jeu du pouvoir pour en tirer profit.

En se séparant ainsi d'opposants respectueux ou prêts à des compromis, Guizot et Louis-Philippe s'isolent, alors que, de toutes parts, s'amplifient des menées bien plus radicales. On assiste en effet à une poussée socialiste, communiste, républicaine dans les milieux populaires et ouvriers. Tocqueville pourra dire, en janvier 1848 : «Leurs passions [celles des classes ouvrières] de politiques sont devenues sociales. Ne voyez-vous pas qu'il se répand peu à peu dans leur sein des opinions, des idées, qui ne visent pas seulement à renverser telles lois, tel ministère, tel gouvernement, mais la société même, à l'ébranler des bases sur lesquelles elle repose aujourd'hui ?» Une presse «communiste» entretient ses idées, des théoriciens les précisent (Considérant, Pecqueur, Proudhon, Louis Blanc, Cabet, Esquiros, Dazamy, etc.). Les villes ouvrières connaissent de nombreux troubles. C'est que la crise économique vient briser le socle sur lequel s'appuyaient, en fait, la politique et l'immobilisme de Guizot. Disettes, doublement du prix du pain (mauvaises récoltes en 1846), émeutes dans les campagnes (à Buzançais par exemple), crise financière liée à cette crise agricole (achat de blé à l'étranger) et aux spéculations maladroites et excessives sur les chemins de fer, qui provoque à son tour une crise industrielle (dans la métallurgie par arrêt des commandes en provenance des chemins de fer), entraînant chômage, faillites, banqueroutes et misère. Les conditions sociales sont ainsi créées pour une explosion révolutionnaire.

D'autant plus que le gouvernement et les élites sont mis en accusation. Non seulement parce qu'ils sont impuissants à résoudre les problèmes posés par la crise économique et la misère et qu'ils s'obstinent dans leur politique, mais parce qu'une série de scandales viennent, en 1847, les déconsidérer. Des anciens ministres (Teste et Cubières) sont convaincus de concussion. L'un était président de la Cour de cassation, l'autre général. Le duc de Praslin assassine sa femme. Un pair de France – le prince d'Eckmühl – est sous la tutelle d'un conseil judiciaire, mais... participe à l'élaboration des lois! Cette corruption de la haute société atteint de plein fouet le pouvoir, accusé en outre de protéger – par des jugements cléments – les coupables. «Tous ces scandales, tous ces désordres, ne sont pas des accidents, dira Duvergier de Hauranne, c'est la conséquence nécessaire, inévitable de la politique perverse qui nous régit, de cette politique qui, trop faible pour asservir la France, s'efforce de la corrompre.»

Du 9 juillet 1847 à la fin décembre, une campagne de banquets réformistes (réclamant une réforme électorale) se déroule dans tout le pays avec un succès croissant. Mais, très vite, les réformateurs modérés sont débordés par les orateurs les plus radicaux, alors même que les souvenirs – et l'exaltation – de la Révolution française connaissent un vif regain : Michelet achève sa monumentale *Histoire de France* dont le peuple est le héros et le saint, Lamartine publie en huit volumes son *Histoire des Girondins*.

Un pouvoir sans force

Tocqueville, lucide, déclare à la Chambre : «Le sentiment de l'instabilité, ce sentiment précurseur des révolutions, existe à un degré très redoutable dans ce pays.» Mais le pouvoir, lui, malgré ces signes et ces avertissements, reste insensible, immobile. Dans son discours du trône (28 décembre 1847), Louis-Philippe affirme : « Au milieu de l'agitation que fomentent des passions ennemies ou aveugles, une conviction m'anime et me soutient : c'est que nous possédons dans la monarchie constitutionnelle, dans l'union des grands pouvoirs de l'État, les moyens assurés de surmonter tous les obstacles et de satisfaire à tous les intérêts matériels de notre chère patrie. » En fait, le roi – et le gouvernement – est incapable « de prendre une résolution virile » (Joinville, le 7 novembre 1847). Les effets de l'âge viennent aggraver les aveuglements et les impasses d'une politique.

Mais cette rigidité laissera la place, dès lors que, à la suite de l'interdiction d'un banquet à Paris le 21 février 1848, se dresseront les premières barricades, à la panique et à la démoralisation. Guizot démissionnera le 23 février, et le roi abdiquera dès le lendemain. Paris est à nouveau l'épicentre de la crise révolutionnaire qui couve en Europe – et en France – depuis 1846.

1848

Le printemps et l'automne des peuples

Une crise révolutionnaire peut se propager comme un incendie par grand vent. Elle bouscule, renverse, oblige les pouvoirs à reculer – parfois à capituler. Mais, si elle a la force et la rapidité d'une bourrasque, elle en a aussi la brièveté. Très vite en effet, comme dans tout mouvement, les divisions apparaissent entre ceux que la Révolution a entraînés presque malgré eux et qui veulent limiter les changements et ceux qui au contraire veulent aller plus loin encore. Dans les mouvements nationaux révolutionnaires, les objectifs des différents groupes nationaux concernés ne sont pas non plus convergents, des oppositions apparaissent dont peut jouer le pouvoir. L'inexpérience des nouvelles élites, les contraintes des délibérations démocratiques (impuissance des assemblées, etc.) jouent aussi leur rôle dans l'affaiblissement du mouvement révolutionnaire face à des machines gouvernementales qui, une fois la tourmente passée, recommencent à fonctionner si elles n'ont pas été totalement détruites. Enfin, et c'est l'aspect décisif, une crise révolutionnaire met en jeu la violence, c'est-à-dire qu'en dernier ressort, son issue dépend du sort des armes. Si l'instrument militaire du pouvoir n'a pas été brisé par les révolutionnaires dans la phase initiale, il devient la menace suprême, et c'est lui qui, s'il est conduit avec fermeté, scellera le destin de la révolution au bénéfice des tenants de l'ordre.

L'année 1848 voit dans toute l'Europe se dérouler un scénario de ce type.

Paris et Vienne : les deux pôles de l'Europe
en révolution

Les deux lieux décisifs – pour le sort de la révolution et, contradictoirement, la réussite de la politique de réaction – sont Paris et Vienne.

Paris, parce que si la révolution s'y déploie victorieusement, les mouvements révolutionnaires d'Europe pourraient y trouver un appui. Vienne, parce que c'est la clé de voûte de toute l'Europe centrale : la Hongrie, la Bohême, mais aussi l'Italie et l'Allemagne – où Vienne pèse encore bien plus que la Prusse – sont en fait sous le contrôle de l'Autriche. Que Vienne soit affaiblie par la révolution, et tous les mouvements nationaux et libéraux de ces pays pourront durer. Qu'au contraire l'instrument militaire autrichien demeure intact au service des forces de réaction, et ce sont tous ces mouvements nationaux qui seront menacés de destruction.

Après Paris et Vienne, Saint-Pétersbourg est un autre centre important pour le destin du printemps des peuples. Or, la Russie non seulement ne sera pas touchée par la vague révolutionnaire, mais elle est décidée à agir vigoureusement pour la contenir et l'écraser.

Au début de l'année 1848, le jeu paraît certes ouvert et favorable au « printemps des peuples ».

Le 15 janvier, c'est la révolution à Palerme, puis à Naples, et Ferdinand II est contraint d'accorder une Constitution. Le 24 février, le jour même de l'abdication de Louis-Philippe, est publié à Londres, en allemand, le *Manifeste communiste* de Marx et Engels, qui est comme l'expression enflammée de la vague révolutionnaire européenne. Celle-ci s'élève encore en mars : révolution à Vienne (13 mars), à Berlin (18 mars), cependant que ce même mois Venise, la Lombardie et Milan se libèrent de la domination autrichienne et que, le 26 mars, le roi du Piémont Charles-Albert déclare la guerre à l'Autriche.

À Paris, la poussée révolutionnaire se maintient – création des ateliers nationaux, manifestations révolutionnaires, mesures sociales – cependant que la Hongrie et la Bohême affirment elles aussi leur volonté démocratique et nationale.

Partout, dans ces trois premiers mois de 1848, la réaction recule. Mais les forces de répression, l'armature bureaucratique du pouvoir ne sont pas détruites et, pis, des divisions apparaissent parmi les révolutionnaires.

Avril-mai 1848 sont ainsi des mois incertains. Les élections qui ont lieu en France donnent une majorité aux modérés, et les tendances socialisantes de la République sont peu à peu limitées et condamnées. Une manifestation révolutionnaire échoue. Mais, le 15 mai, il y a encore une émeute à Vienne, et un Parlement allemand – expression nationale – se réunit à Francfort.

Le climat change définitivement en juin. À Paris, les 25 et 26, l'armée de Cavaignac massacre les ouvriers parisiens acculés à l'insurrection. La République a changé de visage, elle montre qu'elle peut être conservatrice et répressive. En juin, toujours, le général autrichien Windischgraetz écrase les démocrates de Prague, cependant qu'en juillet un autre général autrichien, Radetzki, bat les Piémontais de Charles-Albert à Custozza.

Paris, où une réaction, encore républicaine, s'installe, ne peut donc être un point d'appui pour la révolution en Europe, et l'armée autrichienne, systématiquement, écrase l'une après l'autre les insurrections nationales, se donnant ainsi les moyens, après ces victoires à la périphérie, de rétablir l'ordre au centre : à Vienne. C'est fait le 31 octobre 1848. La répression peut alors se déployer sans masque. On exécute un parlementaire de Francfort, Robert Blum (9 novembre), on envahit la Hongrie (15 décembre). Quant au pape Pie IX, qui a commencé son règne avec des orientations libérales, il bascule dans le camp de la réaction et s'enfuit de Rome à Gaète (24 novembre), appelant les puissances à reconquérir Rome contre ses propres sujets.

En France, l'évolution, après les massacres de juin, les exécutions et les déportations d'ouvriers et de révolutionnaires, va jusqu'à son terme. Les milieux modérés (Thiers)

cherchent à garantir l'ordre tout en maintenant les apparences républicaines et démocratiques (le suffrage universel). Le meilleur candidat leur paraît être Louis Napoléon
Bonaparte qui l'emporte facilement, au terme d'une campagne démagogique (appuyée par le parti de l'ordre, mais
rencontrant un large écho dans le peuple paysan), contre
Lamartine, Cavaignac, Ledru-Rollin et Raspail.

De la Révolution à la réaction

Ainsi, en douze mois, la France et l'Europe sont-elles
passées de la victorieuse poussée révolutionnaire au
triomphe presque complet de la réaction. En Europe, les
divisions entre mouvements nationaux, leur absence, de ce
fait, de coordination, la puissance inentamée de l'armée
autrichienne ont été les facteurs principaux de ce retournement. En France plus qu'ailleurs, la peur des «rouges», de
la république sociale (que l'on imaginait esquissée dans les
ateliers nationaux) a favorisé les entreprises de la réaction
qui dressent les paysans – propriétaires – contre les ouvriers
et les villes. Mais cet écrasement de l'espérance et de l'élan
révolutionnaires à Paris, par la république conservatrice
qui se livre à Louis Napoléon Bonaparte, laissera des traces
profondes. On sait désormais qu'à l'égal d'une monarchie
une certaine république peut être répressive et réactionnaire. Le monde ouvrier s'en souviendra.

De même qu'en Europe les nationalistes ont compris
qu'il faut briser la puissance de l'Autriche pour l'emporter
et que cela ils ne peuvent le faire qu'avec l'aide d'autres
puissances européennes.

1848, année rouge et noire, est ainsi riche d'enseignements.

1849

L'ombre de la réaction sur l'Europe

Quand des mouvements révolutionnaires n'ont pas réussi à briser l'ordre antérieur, et, plus grave encore, quand celui-ci a repris l'offensive et remporté des succès militaires, il est impossible de limiter la politique de réaction. Le vainqueur veut aller jusqu'au bout, tout reprendre de ce qu'il a dû parfois concéder, se prémunir contre un retour de flamme révolutionnaire, en exécutant, emprisonnant, bannissant, en limitant les droits des citoyens.

La réaction est d'autant plus vive que des foyers révolutionnaires persistent. Les pouvoirs réactionnaires veulent les éradiquer à tout prix. Malheur, dans ces conditions, aux mouvements révolutionnaires qui éclatent à contretemps, alors que la réaction a repris l'offensive. Ils sont condamnés, car la révolution doit aussi ses premiers succès à l'effet de surprise. Celui-ci éventé, c'est le rapport de forces brut – militaire – qui tranche seul, et il est rarement en faveur des révolutionnaires, d'autant plus que les succès de la contre-révolution ont fait rentrer dans leurs coquilles tous ceux – le plus grand nombre – qui pensent d'abord à leur sécurité et à leur avenir.

Quand le vent tourne avec violence, il n'est pas bon d'aller contre lui.

Partout en France la réaction

En 1849, dans toute l'Europe, la réaction l'emporte ainsi.

Le cas de la France est exemplaire. Avec Louis Napoléon Bonaparte, un pouvoir personnel s'est installé à l'Élysée. Les élections montrent, en mai, la force du parti de l'ordre (ordre, propriété, religion) qui remporte 53 % des sièges (60 % seulement du corps électoral a voté). Tocqueville juge lucidement cette assemblée : « La majorité y est entre les mains des ennemis de la République », écrit-il. Dans tous les domaines se développe une politique de réaction (projet de loi Falloux sur l'enseignement ; l'Université n'aura plus le droit exclusif d'enseigner ; intervention française contre la République romaine en vue de favoriser le rétablissement du pape dans ses États, manière de flatter le parti clérical ; loi sur la presse qui punit les délits d'offense au président de la République ; interdiction des grèves). Quelques mesures démagogiques n'ont pour but que de renforcer la popularité personnelle de Louis Napoléon (il accorde sa grâce, en novembre, à la plupart des insurgés de juin 1848). En fait, on pressent que les jours de la république sont comptés. « On craint une folie impériale, note un témoin. Le peuple la verrait tranquillement. » Quant aux modérés, leur souci de l'ordre, la crainte de la révolution – des « rouges », de la Montagne – ne peuvent faire d'eux des forces de résistance à un coup de force. Ils ont déjà, quels que soient leurs propos, abdiqué toute autonomie politique. 1849 est ainsi, pour la France, une étape clé dans la marche vers le pouvoir personnel de Louis Napoléon Bonaparte.

En Italie, l'ordre autrichien se réinstalle à Venise et en Lombardie, après la deuxième défaite militaire de Charles-Albert qui a voulu reprendre les hostilités, imaginant Vienne paralysée par les événements de Hongrie et de Bohême. Mais, après cette bataille de Novare (24 mars 1849), il ne reste au roi du Piémont qu'à abdiquer au bénéfice de Victor-Emmanuel II. À Rome, ce sont les Français qui rétablissent l'ordre (1er juillet) et permettent à Pie IX de rentrer dans ses États et d'y déclencher une violente répression. Événement significatif du climat de l'année 1849, la France, traditionnellement porteuse des idéaux de liberté en Italie, s'est muée en gendarme pontifical. Comme l'écrit Edgar Quinet : « Ce qui se passe à Rome a un caractère général pour l'Italie et le monde… c'est la marque de la défaite de la démocratie française. »

En Europe centrale, la question hongroise est réglée par l'alliance austro-russe. Elle est décisive car elle permet à Vienne de liquider rapidement (été 1849) la République hongroise et de se retourner ensuite vers l'Allemagne afin d'y rétablir son influence.

En effet, les problèmes allemands sont pour Vienne les plus complexes. Non seulement l'Autriche se trouve face à un mouvement national et démocratique qu'incarne le Parlement de Francfort (qui, en 1849, s'est installé à Stuttgart), mais aussi face aux ambitions prussiennes. Berlin n'est certes pas partisan d'une Allemagne démocratique, mais compte utiliser le mouvement national pour imposer sa tutelle à un État fédéral allemand, constitué sous son égide. Ainsi la question nationale allemande devient-elle un affrontement entre deux puissances qui aspirent à l'hégémonie en Allemagne. Mais le rapport des forces, dès lors que l'Autriche a rétabli l'ordre à l'est (Hongrie, Bohême) et au sud (Italie), n'est pas en faveur de la Prusse. D'autant plus que Berlin craint, en cas d'affrontement avec Vienne et d'échec militaire, d'être menacé par un mouvement démocratique. Par ailleurs, les grandes puissances jouent plutôt en faveur de l'Autriche. L'Angleterre est inactive ; la France de Louis Napoléon hésite. Le prince-président est pris entre son désir de soutenir la Prusse et l'attitude de sa majorité conservatrice qui est plutôt favorable à l'Autriche. Quant à la Russie, si elle est pour une solution pacifique entre Berlin et Vienne, elle dissuade Berlin d'aller jusqu'à l'épreuve de force. Compte tenu de tous ces éléments, quand l'Autriche fera parvenir un ultimatum à Berlin, la Prusse s'inclinera (reculade d'Olmütz, 29 novembre 1850). La victoire de l'ordre – autrichien, et russe, car le tsar a soutenu Vienne – est ainsi totale en Europe.

La division des révolutionnaires

Ce triomphe de la réaction s'explique par des causes internes aux mouvements révolutionnaires : à leur division, à l'intolérance des nationalités les unes par rapport aux autres, et donc à l'absence de tout plan commun d'attaque contre Vienne. Les deux années 1848-1849 ont ainsi montré que, contrairement à ce que pensaient certains révolutionnaires (Mazzini), la force des particularismes nationaux et de leurs intérêts efface la volonté de conciliation et d'action commune. Mais la réaction ne l'eût pas emporté si facilement sur les mouvements révolutionnaires sans d'une part la défaite de la révolution à Paris et d'autre part la stabilité de la Russie, qui a pu, de ce fait, jouer un rôle sans craindre d'être ébranlée par un mouvement révolutionnaire russe.

Contrairement à la période révolutionnaire de la fin du XVIIIᵉ siècle, aucun pays ne connaît un succès révolutionnaire. À soi seul cela dit la faiblesse, au fond, de ce mouvement révolutionnaire de la moitié du XIXᵉ siècle, qui ne peut à aucun moment définir des objectifs capables de rassembler autour d'eux une majorité de la population. Dès lors, le jeu des États et des forces de réaction est ouvert. Et le triomphe de la réaction complet, même si les problèmes demeurent posés.

1850

Les souffrances de l'Europe

Étouffer un mouvement révolutionnaire – ou national –, ce n'est pas résoudre les problèmes qu'il pose, mais bien supprimer leur expression. Certes, gouverner les hommes, c'est souvent, pour les tenants du pouvoir, réussir à reculer les échéances, gagner du temps, conserver le plus longtemps possible. Différer, grâce à la répression, de vingt ou trente ans, le changement, c'est autant de pris sur le mouvement historique, et, pour bien des souverains ou des chefs de gouvernement, un jour de pouvoir inchangé de plus équivaut à l'éternité. De ce point de vue, le triomphe de la réaction en Europe, en 1848-1849, renvoie aux décennies suivantes, et aux générations qui viennent, ce qui avait été désiré et entrevu dans ce bref et illusoire « Printemps des peuples » du début de l'année 1848.

L'esprit de 1848

Mais, d'un autre côté, surseoir aux solutions, écraser les mouvements nationaux et révolutionnaires et ne répondre aux aspirations des peuples que par les exécutions, les emprisonnements (et ce fut le cas dans tous les territoires reconquis par les Autrichiens en Italie et en Europe centrale, comme à Rome et à Naples), c'est creuser sous les pas de l'avenir un piège où risque de s'effondrer tout le système politique réactionnaire et non plus seulement telle ou telle de ses parties. Car les martyrs sont, on le sait, toujours un exemple pour les peuples, et c'est ainsi que l'esprit de 48, son élan, ses espoirs, sa générosité, son désir de voir se réaliser les indépendances nationales, se trouve être, pour les années futures, un puissant facteur de prise de conscience. Pas toujours dans la profondeur des masses populaires paysannes, le plus souvent passives, mais parmi les élites urbaines – bourgeoisies, notables, étudiants, intellectuels, etc. L'échec de 48, le triomphe de l'Autriche ont aussi dissipé beaucoup d'illusions et donné une cruelle leçon de réalisme aux révolutionnaires.

C'est notamment le cas en Italie. Longtemps, certains patriotes avaient vu dans le pape le noyau autour duquel pouvait se réaliser l'unité italienne. Et les premières mesures de Pie IX avaient paru aller dans ce sens. Pie IX ne prenait-il pas des mesures libérales ? Sa fuite hors de Rome, son ralliement à la politique de réaction, son appel à l'étranger pour étrangler la République romaine – ce sont les troupes françaises qui s'en chargeront, on le sait – le discréditent. Gioberti lui-même, qui avait été l'apôtre de cette solution, abandonne cette perspective et, en 1851, dans un nouvel ouvrage (*Il rinnovamento civile d'Italia*), il renonce aux idées qu'il avait exprimées en 1843 dans le *Primato d'Italia*. Le pape est devenu un obstacle à l'unité italienne, et son pouvoir temporel ne tient que grâce à la présence de troupes étrangères à Rome. L'espoir se tourne désormais vers le Piémont qui, malgré ses échecs militaires face à l'Autriche, est apparu décidé à l'affronter. C'est la maison de Savoie qui rassemble donc les espoirs des patriotes du *Risorgimento*, et symboliquement, alors que le pape entre à Rome (22 avril 1850) sous la protection des troupes étrangères, le roi du Piémont nomme Cavour ministre (11 octobre), qui deviendra l'âme du *Risorgimento* au bénéfice de Turin. Par ailleurs, les Italiens ont pu mesurer la puissance militaire autrichienne, et, peu à peu, l'idée s'impose que l'unité de l'Italie ne peut se faire par la seule force des Italiens incapables de briser l'Autriche, mais avec l'aide de concours extérieurs.

L'objectif, en tout cas, est de briser l'Autriche. Or, c'est le même que poursuivent les nationalistes allemands. Certes, l'Autriche l'a emporté. Mais l'épisode du Parlement de

Francfort – l'Assemblée nationale allemande – a laissé des traces profondes. C'est vers la Prusse que l'on regarde, même si celle-ci, en 1850, sera contrainte de reculer à Olmütz devant un ultimatum autrichien. La bourgeoisie allemande pense néanmoins que c'est cette solution d'une petite Allemagne à direction prussienne qui devra tôt ou tard s'imposer. D'ailleurs, de même qu'en Italie le Piémont a conservé la Constitution qu'il s'était donnée en mars 1848, le roi de Prusse a, tout en modifiant la Constitution, maintenu une Assemblée législative. Ces deux États, le Piémont et la Prusse, apparaissent ainsi comme les noyaux futurs autour desquels devraient se réaliser les unités nationales, et cela est perceptible dès 1850. En janvier 1851, Bismarck est nommé représentant de la Prusse à la Diète.

La situation est plus sombre pour les patriotes hongrois et tchèques. La répression s'est abattue sur eux et d'abord sur les Hongrois. Ils ont subi la double attaque des Autrichiens et des Russes, et rien de ce qui se fera dans cette zone ne peut l'être sans l'aval ou les réactions de la Russie. Celle-ci en effet sort renforcée de la crise révolutionnaire. Tout a été calme dans l'Empire, et même en Pologne. Le tsar Nicolas Ier est conscient de sa force prépondérante en Europe centrale et décidé à une politique active dans ce secteur (mais aussi en Extrême-Orient où il pousse à la colonisation de la Sibérie, en direction du Pacifique).

Mais pour autant le nationalisme magyar – ou tchèque – n'est pas écrasé, même si ses perspectives sont incertaines.

Ce qui est vrai, c'est que chacun des groupes patriotes mesure que la crise sera longue à surmonter. Les leaders révolutionnaires ont fui : Mazzini est à Londres, Garibaldi en Amérique du Sud ; le Hongrois Kossuth en Turquie. Seuls quelques « vaincus » obstinés (des mazziniens) imaginent pouvoir, en 1850, constituer par l'entente des mouvements nationaux les États-Unis d'Europe.

Les piliers du pouvoir

Partout, en fait, la bureaucratie et l'armée – l'ordre – sont les piliers du pouvoir. Les ouvriers, les paysans et même la petite bourgeoisie sont exclus de la vie politique, soit que le droit de vote ait été supprimé, soit qu'un système censitaire les élimine (c'est le cas au Piémont et en Prusse). Nombreux sont ceux qui, dans cette conjoncture – et malgré la reprise économique de 1850 –, préfèrent quitter l'Europe pour le Nouveau Monde. La défaite révolutionnaire entraîne ainsi un flux d'immigrants vers les États-Unis : en 1854, 427 000 Européens (Irlandais, Allemands, Italiens, Hongrois, etc.) entrent aux États-Unis, ce qui favorise leur marche vers l'ouest, le peuplement de la façade Pacifique et même leur politique impériale vers la Chine et le Japon.

Cet affaiblissement de l'Europe (face aux États-Unis et à la Russie) est l'un des fruits de l'échec révolutionnaire. Il confirme la dimension internationale des problèmes nationaux européens. Tant que ceux-ci persistent – et c'est le cas, on l'a vu –, l'Europe se trouve globalement affaiblie et déchirée. Même si, en 1850, rares sont ceux qui ont cette vue générale du problème des nationalités en Europe, c'est bien l'une de ces dimensions essentielles et l'une des plus lourdes conséquences pour l'avenir.

1851

Le « crime » du 2 décembre :
Louis Napoléon Bonaparte prend le pouvoir

Quand une structure politique stable depuis des siècles est détruite par une secousse révolutionnaire (ainsi la monarchie française en 1789), une forme politique nouvelle a du mal à la remplacer et à se stabiliser. Les tenants de l'Ancien Régime veulent le reconstruire. Les partisans du nouveau tentent d'enraciner leurs institutions, et, au gré des événements, des acteurs surgissent qui essayent de capitaliser à leur profit la situation mouvante et incertaine. C'est comme lorsque, après un séisme, la terre continue de trembler, les couches de sédiments bougent encore alors même que le tremblement de terre originel est terminé, l'épicentre devenu calme. Mais des glissements de terrain se produisent néanmoins, modifiant le paysage.

La France, depuis 1789, connaît ainsi une succession de régimes (monarchie constitutionnelle, république, consulat, empire, monarchie selon la charte, monarchie ultra, monarchie constitutionnelle orléaniste, république de février 48, puis république avec élection du président au suffrage universel) qui sont comme des tentatives successives et avortées, après une plus ou moins longue durée, pour définir, aux lendemains de la secousse révolutionnaire (1789-1799), un régime adapté au pays.

Le poids du modèle historique

Les événements passés, par leur violence, leur ampleur, leur radicalité, ont acquis aussi une valeur mythique. Le désir de répétition, plus ou moins conscient, anime les acteurs des nouvelles générations, car le passé est devenu une référence obligée, qui oriente les comportements.

C'est ainsi que, en 1851, la France est gouvernée par un Louis Napoléon Bonaparte et que, dès le mois de janvier, on commence à prévoir que, cinquante-deux ans après son oncle, il prépare son « 18 Brumaire », c'est-à-dire la prise du pouvoir à son profit.

Louis Napoléon, président de la République élu au suffrage universel en 1848, se trouve en effet poussé à agir. D'abord parce qu'il est… bonapartiste. Et qu'il se méfie du pouvoir des assemblées et veut le pouvoir pour lui-même. Il a donc une idéologie et une mystique qui le rattachent à la tradition impériale : on le découvrira quand il choisira comme date du coup d'État le 2 décembre, anniversaire et du sacre de Napoléon Ier et d'Austerlitz. Il veut restaurer un héritage – et se servir de lui en maniant les symboles. Il est dans la logique de sa légende napoléonienne.

D'autres facteurs expliquent la nécessité du coup d'État. Louis Napoléon et son entourage (Morny, son demi-frère) se trouvent dans une situation financière personnelle désastreuse. Ils ont multiplié les emprunts. La perte de la fonction présidentielle serait, de ce simple point de vue, une catastrophe pour Louis Napoléon et le parti de l'Élysée. Ils doivent se maintenir en place. Or, la Constitution interdit la réélection du président et, à l'Assemblée, malgré les tentatives de Louis Napoléon, il n'existe pas de majorité des deux tiers favorable à une révision constitutionnelle. Il faut donc un coup d'État pour rester au pouvoir.

Contre les « rouges »

Tout au long de l'année 1851, Louis Napoléon et son entourage (Morny, Persigny, Saint-Arnaud) en préparent avec minutie l'exécution. L'année (débarrassée de son commandement en chef hostile, Changarnier) est prête. Les officiers, les généraux commandant les places de province sont acquis. Mieux, les soldats et les gradés subalternes ont

– malgré les journées de juin 48 où ils ont déjà pris leur revanche – un compte à régler avec les insurgés de février 48. Et puis, dans le régime à venir, ils espèrent promotions et soldes. Les préfets sont fidèles au prince-président et ils suivront les ordres de Persigny, l'une des âmes du complot. Ils sont d'ailleurs, depuis près de trois ans, en première ligne dans la chasse aux « rouges » qui est le grand thème de la république de l'ordre depuis juin 1848. Dénonciations, arrestations, déportations, intimidations se succèdent dans les départements contre ces « rouges » – républicains partisans d'une « bonne république » démocratique et sociale – qui d'ailleurs s'organisent dans une « Nouvelle Montagne », créent un réseau de militants et de sociétés secrètes. Ils espèrent même que, en 1852, par le simple jeu du suffrage universel la gauche l'emporte. Le 28 avril 1850, Eugène Sue, présenté par les démocrates, n'a-t-il pas été élu contre un conservateur ? Aussi l'Assemblée, saisie par l'inquiétude, vote-t-elle, le 31 mai 1850, une loi électorale qui prive trois millions d'électeurs de leur droit de suffrage.

Louis Napoléon Bonaparte joue habilement de toutes ces données. Il est à la fois le rempart de l'ordre contre la menace « rouge » et en même temps il demande l'abolition de la loi électorale du 31 mai, geste démagogique qui a en outre l'avantage de diviser les oppositions. Si bien que le coup d'État attendu, et prévu, surprend pourtant quand il intervient le 2 décembre 1851. Paris est rempli de troupes, et les affiches annoncent... le rétablissement du suffrage universel, cependant que les leaders politiques sont arrêtés. Mais cette démocratie césarienne qui voudrait ainsi se mettre en place, presque naturellement, va se heurter, et c'est la surprise, à une double résistance. Celle de Paris. Limitée certes – les ouvriers se souviennent du comportement des républicains en juin 1848 – mais suffisante sur le plan symbolique (mort de deux députés de la Montagne, Baudin et Dussoubs) pour caractériser le coup d'État comme une action réactionnaire du parti de l'ordre, d'autant plus que, le 4 décembre, les troupes massacrent les badauds des boulevards par dizaines. En province, dans les départements du Centre, du Sud-Ouest et surtout du Sud-Est, la résistance villageoise est vive, républicaine, déterminée, populaire. La répression sera impitoyable, démesurée (exécutions, déportations, justice expéditive des «commissions mixtes»), s'étendant à tous les «complices moraux» (journalistes, etc.) des «bandits insurgés». Car, pour se justifier *a posteriori*, les bonapartistes caractérisent la résistance à leur coup d'État comme une jacquerie, expression barbare de la menace «rouge». Si bien que le coup d'État réconcilie tous les conservateurs – bonapartistes et libéraux... – mais qu'en même temps il est démasqué. C'est une prise de pouvoir réactionnaire qui s'est opérée. L'auteur de *L'Extinction du paupérisme* a bien lutté contre la pauvreté, mais... à coups de chassepot.

Les origines vont peser lourd sur le régime. Présenté au départ comme une mesure «populiste» et «salvatrice», le coup d'État devient le «crime de décembre» accompli par un «parjure» sur qui vont s'abattre des «châtiments» et par là même la «bonne République» s'en trouve revigorée, enracinée dans les cœurs, à Paris comme dans les campagnes. Le plébiscite du 21 décembre, qui se déroule sans débat, dans un climat de terreur, approuve naturellement Louis Napoléon (7 500 000 oui contre 600 000 non et 1 500 000 abstentions) mais le régime ne pourra se débarrasser de sa tare originelle, sa «vérité» – d'autant plus que les lois sur la presse et la répression accusent son caractère de régime d'ordre. Mais, pour cela aussi, ses assises sont larges. Les conservateurs de toute obédience reconnaissent en lui le garant de la paix sociale. Il faudra beaucoup d'erreurs et surtout d'échecs pour que certains d'entre eux se détachent de lui.

1852

Une nouvelle fois un « Empire » français

Le pouvoir conquis par la force ne se partage pas, sauf si une force supérieure l'exige. Mais, si cette condition n'est pas remplie – et il est rare qu'elle intervienne au lendemain d'une prise de pouvoir –, la logique d'un coup d'État implique qu'on aille jusqu'au bout de ce qui est possible. Et vite. De manière à assurer la mainmise totale sur le pouvoir, à fidéliser encore davantage les complices, bref de façon à créer, et pour de longues années, une situation qu'on veut irréversible. De ce point de vue, la notion de pouvoir héréditaire paraît la plus rassurante, parce qu'elle s'inscrit dans une durée que l'on imagine longue et qu'elle reprend une tradition. Louis Napoléon Bonaparte, le risque majeur du coup d'État ayant été pris, et le succès ayant couronné l'entreprise, ne peut que vouloir tirer tous les profits de sa réussite. Il est d'ailleurs dans la continuité napoléonienne, et il ne fait aucun doute, pour les observateurs du temps, que l'épisode du consulat – un pouvoir pour dix ans, tel qu'il est défini dès janvier 1852 – n'est qu'une mesure de transition. Cette Constitution d'ailleurs met fin au régime parlementaire et fait du prince-président le détenteur de tous les pouvoirs. On attend donc l'empire dès ce début d'année 1852.

Ampleur de la répression

La tâche est d'autant plus aisée que toutes les oppositions ont été liquidées et qu'un climat de terreur règne dans le pays, que trente-deux départements sont soumis au régime de l'état de siège, qu'ils subiront jusqu'au 27 mars 1852. Durant toute cette période – quatre mois – s'exerce une vaste répression qui par le bannissement des élus – ainsi Victor Hugo –, la déportation (à Cayenne, en Algérie), l'emprisonnement et les exécutions, terrorise le pays et le soumet. Comme par ailleurs la presse est muselée (cautionnement pour les journaux), la justice aux ordres, les préfets efficaces, la délation une pratique courante, chaque citoyen se sent, personnellement, menacé dans sa liberté, son emploi. Cela touche particulièrement les milieux républicains, une partie de la jeunesse des écoles (qu'on pense à Jules Vallès) qui, exclue des journaux, étranglée par la censure, vit dans une situation de misère. Dans ce climat, les élections – ou les plébiscites – ne présentent aucun danger pour le pouvoir. Les candidatures officielles – soutenues par les préfets et toutes les autorités –, le découpage des circonscriptions, les pressions sur les électeurs aboutissent à ne faire élire que des partisans du régime. Ainsi en 1852. Le pouvoir fait d'ailleurs appel à de nouvelles élites qui n'ont pas de passé politique et qui seront davantage soumises, s'il est possible. Montalembert – candidat officiel pourtant – pourra dire, après avoir été battu en 1857 aux élections pour s'être montré trop indépendant : « Nul ne saura jamais ce que j'ai souffert dans cette cave sans air et sans jour où j'ai passé six ans à lutter contre des reptiles. »

Cette mise sous contrôle du pays s'opère avec le concours de l'Église qui bénéficie de tout l'appui du pouvoir (en termes de budget) et se félicite en conséquence du coup d'État et de ses suites. On lui abandonne le contrôle de l'enseignement où l'épuration de tous les esprits indépendants – et pas seulement républicains – est menée avec minutie : l'instituteur est nommé par le préfet après l'accord des autorités religieuses et il est sous la tutelle du curé qui le contrôle ! Mais, utilisant les vieilles méthodes de mise en condition de l'opinion – terreur, répression et rôle de l'Église qui doit asservir les âmes au pouvoir –, Louis Napoléon veut conserver une façade moderne à son régime. Alors que les préfets reçoivent l'ordre, dès le 6 janvier 1852,

d'effacer partout la devise « Liberté, Égalité, Fraternité »,
le préambule du texte constitutionnel affirme : « La Constitution reconnaît, confirme et garantit les grands principes
proclamés en 1789 et qui sont la base du droit public français. » Et Louis Napoléon répète : « J'appartiens à la Révolution. » Symboliquement au mois de janvier, les Orléans
reçoivent l'ordre de vendre tous leurs biens immobiliers en
France… En fait, il s'agit là – et aucun républicain ne s'y
trompe – de l'utilisation cynique d'une référence – et d'une
vengeance personnelle –, alors même que toute la pratique
du pouvoir est celle d'un autoritarisme sans frein qui veut
se donner les apparences d'un fonctionnement démocratique ou plutôt populaire.

Le détournement du suffrage universel

Car le suffrage universel est maintenu, même s'il est
sous surveillance. La leçon est d'importance : le suffrage
universel n'est pas une arme absolue contre les dictatures.
Il peut être détourné, utilisé même pour renforcer un régime
autoritaire. La preuve en sera une nouvelle fois fournie par
le plébiscite du 21 novembre 1852 qui confirme le rétablissement de la dignité impériale par 7 800 000 voix
contre 280 000. Louis Napoléon deviendra – le 2 décembre
1852 – Napoléon III, empereur des Français « par la grâce
de Dieu et la volonté nationale ». La propagande, la peur,
les intérêts ont orienté cette volonté nationale. Et ceux qui,
comme Guizot, Tocqueville ou même Marx, s'imaginent
que l'aventure de « Crapulinsky » (Marx) sera brève se
trompent. Napoléon III va bénéficier d'abord de la passivité de la plus grande partie de la population : masses paysannes – où la légende impériale est vivace – qui, à
l'exception des zones républicaines, sont soumises sinon
satisfaites par ce régime d'ordre qui garantit les propriétés
contre les rouges. Les notables – à l'exception de quelques
légitimistes ou de quelques républicains – sont à l'aise
dans ce climat qui favorise les affaires. Et, précisément, le
développement de l'industrialisation, des chemins de fer,

du commerce, du système du Crédit (le Crédit mobilier), les grands travaux lancés dans les villes (Haussmann à Paris) créent une atmosphère d'activité et de spéculation – d'affairisme et de corruption – qui comble l'entourage du pouvoir et les milieux d'affaires où l'on rencontre d'anciens saint-simoniens (Michel Chevalier, les frères Pereire). Ce régime est bien pour eux celui de « la Fête impériale », du triomphe de l'« argent ». Les opposants – intellectuels, marginaux, républicains – sont finalement peu nombreux et ils ne peuvent presque rien contre cette immense machine politico-économico-administrative qui draine autour d'elle tout ce qui compte parmi les notables de la fortune ou de… l'esprit (ainsi les écrivains). Le prolétariat en cours de constitution cherche à défendre ses droits et ses conditions de vie plutôt que de se lancer dans une opposition politique sans issue. D'autant plus que la république a d'abord laissé le souvenir du massacre des ouvriers en juin 1848. C'est dire que le régime peut être d'abord la victime de ses propres erreurs. Car ni la composition sociale du pays ni l'état d'esprit – quelles que soient les couches sociales envisagées – ne permettent d'envisager une opposition capable de l'emporter. Le Second Empire, associant les techniques traditionnelles de domination aux habiletés modernes de la politique des masses, est un pouvoir fort, dont la principale faiblesse est la conduite solitaire – ou limitée à un groupe restreint – des affaires de l'État. Avec les risques d'errements qu'une telle pratique implique.

1853

La révolte chinoise :
les Taipings contre l'empereur et l'étranger

L'ouverture forcée d'une civilisation – et d'un État – par une autre, possédant les moyens modernes de la puissance (les armes), ne peut qu'entraîner, dans le pays ainsi humilié, contraint à des concessions, des troubles profonds. D'autant plus si la civilisation en question est à la fois ancienne et consciente de sa supériorité (dans l'organisation du monde telle qu'elle la conçoit). Ces troubles – révolutionnaires – affectent nécessairement le pouvoir en place, l'affaiblissent face aux « étrangers » – et le rendent souvent dépendant à leur égard. Les révolutionnaires s'inspirent de la tradition nationale qu'ils veulent restaurer pour effacer l'humiliation subie, mais aussi ils ont le souci de « moderniser » leur pays, pour mieux résister à l'envahisseur, et en ce sens ils tentent d'imiter cet étranger qu'ils combattent. Ces révolutionnaires sont ainsi à la fois des « archaïques » et des « modernes ». Ce processus, que l'on retrouve presque dans tous les lieux de colonisation – en Afrique ou en Asie – quand entrent en contact les puissances avancées (Europe, États-Unis mais aussi Russie) et les pays « arrêtés » ne participant pas à l'économie industrielle et marchande mondiale, se manifeste de façon exemplaire en Chine après la guerre de l'Opium (1842), dans une série de révoltes populaires dont la plus importante est celle des Taipings.

La plus grande jacquerie de l'Histoire

Les Taipings – le terme signifie « grande harmonie » et a été utilisé à plusieurs reprises dans des jacqueries de l'ancienne Chine – mettent en cause la dynastie mandchoue incapable à leurs yeux de résister aux étrangers. Originaires de la Chine du Sud, leur révolte est à la fois paysanne, nationale et moderniste. C'est en 1853 qu'elle s'exprime avec le plus de clarté, bien qu'elle ait commencé dès 1850. Cette année 1853, les Taipings s'emparent de Nankin dont ils font leur capitale et leur chef, Hong Sieou-ts'iuan, se proclame empereur. Il constitue autour de Nankin un véritable État, en guerre contre l'Empire mandchou, et qui entraînera des millions d'hommes et de femmes, réussissant à se maintenir durant plus de dix ans (jusqu'en 1864). Cette immense jacquerie – qui fit, dit-on, près de vingt millions de victimes – est une révolte d'une ampleur inégalée dans l'Histoire.

Elle est traditionnelle, enracinée dans l'histoire chinoise par le rappel de nombreuses croyances anciennes et le nom même de Taipings, par la volonté aussi de chasser la dynastie mandchoue, afin de rétablir une dynastie chinoise. Peut-être, derrière les Taipings, faut-il voir l'action des sociétés secrètes chinoises – la plus importante est la Triade – qui sont porteuses de cette revendication nationale, exacerbée par les défaites devant l'étranger dans la guerre de l'opium.

Mais la révolution des Taipings exprime aussi une volonté de libération sociale : en 1853, ils promulguent une loi agraire et communautaire, dans la tradition des jacqueries chinoises.

En outre les Taipings sont aussi influencés par cet Occident qu'ils combattent. Les influences chrétiennes sont manifestes et explicites. Leur chef Hong se proclame le second fils de Jésus. Il a été élève des missionnaires protestants de Canton, et la Bible tient une grande place dans toutes les cérémonies religieuses des Taipings. Hong se proclame « Pape céleste de la grande paix » et, dans les territoires conquis, « libérés », il procède à l'émancipation des femmes et met fin au pouvoir des mandarins et des lettrés.

Ce mouvement Taipings combine ainsi de façon originale plusieurs éléments, mais il est surtout l'expression de la double crise que traverse l'Empire du Milieu. D'une part, il manifeste la révolte contre le système politique et social de la dynastie mandchoue, et s'inscrit dans la longue crise qui mûrit en Chine depuis la fin du XVIIIe siècle. D'autre part, il est réaction contre l'ouverture à l'Occident, et participe donc d'un sursaut national. Il est frappant que, dès le milieu du XIXe siècle, les données fondamentales qui expliqueront l'histoire chinoise du XXe siècle soient ainsi mises en place.

Mais les Taipings ne sont pas en état d'imposer leur solution. D'abord, celle-ci reste confuse, sans vrai programme politique. Ensuite, les divisions entre les chefs sont nombreuses et de nouvelles féodalités se constituent autour de chefs de guerre qui s'entre-tuent. Enfin la dynastie mandchoue, même si elle échoue dans la reconquête de Nankin, ne s'effondre pas. Elle trouve l'appui des fonctionnaires chinois qui ne peuvent admettre le syncrétisme religieux – à forte coloration chrétienne – de Hong.

Pour leur part, les Occidentaux ne restent pas inactifs. La guerre civile paraît être, pour Londres – mais aussi pour Paris –, un facteur favorable permettant de « nouer avec le Céleste Empire des rapports plus étroits » (le gouvernement de Londres). Pendant quelque temps, les représentants anglais en Chine ont même hésité, se demandant si, pour pénétrer plus avant dans l'Empire, le meilleur moyen n'était pas de soutenir les Taipings : « Il est probable, a ainsi estimé en 1853 le représentant anglais, que nous pourrions obtenir des insurgés plus d'avantages politiques et commerciaux que nous n'en obtiendrons jamais des Impériaux. » Des contacts sont pris avec Nankin. Ils montrent que les Taipings ne sont pas capables d'organiser une vie économique, même s'ils réussissent à établir une administration militaire. Dès lors les Occidentaux décident (en échange de nouvelles concessions – l'accès libre aux grands centres commerciaux du territoire chinois – qui marquent le plein succès, après vingt années de difficultés, de l'ouverture) d'aider les Impériaux à écraser la révolte des Taipings. Il aura fallu en plus, pour faire céder le gouvernement mandchou, une expédition contre Pékin (1860).

Les grandes puissances contre les Taipings

Un corps de volontaires américains et européens participe à la réduction de la révolte Taipings et cette « Armée toujours victorieuse » – sous un commandement anglo-américain – empêche les Taipings de s'emparer de Shanghai et reprend leur capitale Nankin (juillet 1864). Hong se suicide. On massacre plus de cent mille révoltés. Ce succès qui affaiblit encore un peu plus la Chine et la livre aux « étrangers » a donc été très coûteux et difficile à obtenir. La durée de la révolution des Taipings (une décennie), l'âpreté de leur résistance montrent, en tout cas, la puissance de l'opposition à la fois contre la dynastie mandchoue et l'organisation sociale chinoise et contre la « soumission » de la Chine.

En « ouvrant » la Chine, les Occidentaux ont aussi ouvert la porte à la révolution chinoise.

1854

La guerre de Crimée :
Anglais et Français contre la Russie

Les relations internationales obéissent à un ensemble de facteurs, de données complexes, où interviennent les caractéristiques géopolitiques – la situation géographique qui est un élément permanent, les données proprement politiques, l'équilibre des forces, etc. – et aussi les aspects de la politique intérieure de chaque État, et même quand les gouvernements sont monarchiques, les sentiments, les illusions, l'idéologie du souverain et la conception qu'il se fait de son rôle et de sa place dans l'Histoire.

Remodeler la carte de l'Europe

Au tournant des années 1850, après l'échec de la poussée révolutionnaire qui aurait pu, si elle avait réussi, remodeler la carte de l'Europe et « réviser » les traités de 1815, l'initiative est entre les mains des gouvernements. Ce sont eux et non les poussées nationales, les mouvements sociaux qui orientent la politique internationale et européenne.

Or le grand vainqueur de la crise révolutionnaire est le tsar Nicolas Ier. Il a contribué à écraser la révolution hongroise et, de ce fait, permis le redressement autrichien. Il a pesé lourdement dans les rapports interallemands en modérant à la fois l'Autriche et la Prusse et en contraignant celle-ci à reculer. Il n'a pas été affecté par les troubles révolutionnaires. Il peut donc penser qu'il est en situation de jouer les cartes qu'il désire. D'autant plus que l'accession d'un Napoléon au pouvoir en France lui paraît de nature à compromettre toute entente entre Londres et Paris.

Les objectifs politiques de la Russie sont clairs : elle veut liquider, pour des raisons à la fois religieuses, stratégiques, de prestige, l'Empire ottoman, cet « homme malade » dont il faut dépecer le territoire en Turquie d'Europe au bénéfice des peuples balkaniques – Serbes, Bulgares, etc. – et réduire ailleurs l'influence. Nicolas Ier estime avoir une mission chrétienne contre l'Islam, et c'est ainsi par exemple qu'il soutient, en Palestine, les chrétiens orthodoxes.

Cette politique ambitieuse qui est aussi une descente vers les mers libres, par la conquête du Bosphore, se heurte à la nette opposition anglaise.

Il s'agit pour Londres de maintenir en vie l'Empire ottoman qui fait bouclier devant la puissance russe et l'empêche précisément d'étendre son influence en Méditerranée. Des raisons économiques jouent aussi fortement. Les industriels anglais sont mécontents de la politique douanière russe qui frappe lourdement les cotonnades importées (un tarif trois ou quatre fois plus élevé que celui de l'Autriche ou du *Zollverein*). Par ailleurs, l'Empire turc est devenu, depuis le traité de commerce de 1838, un acheteur de produits anglais et un exportateur de céréales. Mais ce qui l'emporte pour Londres, c'est la volonté de protéger les routes navales méditerranéennes de toute possibilité d'incursion russe, et les « verrous » des Dardanelles et du Bosphore sont essentiels. Ils doivent rester entre les mains de la Turquie. Londres s'oppose donc à Saint-Pétersbourg.

Napoléon III va épauler la résistance anglaise, avec vigueur. Pourtant la France n'a dans la région aucun intérêt majeur à défendre, si ce n'est peut-être la défense des catholiques des Lieux saints contre les orthodoxes et la protection des intérêts du Saint-Siège qui pourraient être menacés si Constantinople devenait le siège d'un pouvoir chrétien… schismatique. Il y a en fait derrière tout cela le souci de plaire au parti de l'ordre et aux catholiques qui soutiennent Napoléon III. Mais les buts de l'empereur sont sans doute plus fondamentaux : la leçon du Premier Empire a porté. Napoléon III veut être l'allié de Londres, et offrir en gage de bonne volonté l'armée française pour l'aider à réaliser ses objectifs politiques. Il s'agit de neutraliser Londres qui a vu avec inquiétude un Bonaparte redevenir empereur et payer le prix de sa bienveillance. « Je veux la paix si elle est possible, dira Napoléon III, mais en faisant cause commune avec l'Angleterre. » À l'ouverture des Chambres, le 2 mars 1854, après que Paris et Londres ont envoyé un ultimatum à la Russie (27 février), Napoléon III explique son intervention dans la guerre par un ensemble de raisons : sauf la principale puisqu'il annonce que la France fait la guerre « pour défendre le sultan, maintenir l'influence française en Méditerranée, et protéger l'Allemagne d'un voisin trop puissant » !

Une guerre cynique

Dans cette guerre qui s'engage, les données diplomatiques et politiques pèsent plus que les éléments strictement militaires. Paris et Londres hésitent d'ailleurs pour savoir quel théâtre d'opérations choisir. Finalement, on attaquera la base navale de Sébastopol, ce qui entraîne un siège long et difficile. Or Napoléon III, qui n'a pas à défendre des intérêts essentiels, craint que l'opinion française ne se lasse de cette guerre. « L'Empereur commence par 1812 », a dit Hugo, résumant le sentiment des opposants.

En fait, il n'y aura pas de défaite française, mais au contraire un échec russe, car Londres et Paris ont fait pression sur l'Autriche pour qu'elle menace la Russie d'une intervention militaire. Vienne, longtemps réticente à s'engager, a été contrainte de le faire dès lors que Londres et Paris faisaient état d'un soutien, en Italie, aux revendications piémontaises... tout en précisant à Vienne qu'elles s'opposeraient à toute initiative de l'État sarde dans la péninsule si l'Autriche s'engageait à intervenir.

On ne saurait mieux illustrer le cynisme de cette guerre de Crimée, comment, en dehors de l'Angleterre, de la Russie et de la Turquie, les autres puissances n'interviennent que dans le cadre d'un calcul masqué. L'Autriche contrainte ; le Piémont qui se déclare allié de Paris et Londres, pour trouver des alliés ; Paris pour satisfaire l'Angleterre.

Dans cette partie, les peuples sont des pions sacrifiés à des stratégies gouvernementales ou dynastiques pour lesquelles ils ne sont pas consultés et dont ils ignorent les buts. Et les propagandes – surtout à Paris – flattent les passions chauvines, l'héroïsme des soldats dans le but de dissimuler les vrais mobiles et de tirer des actions militaires un soutien accru de l'opinion.

À ce jeu, il faut gagner les guerres. C'est le cas en Crimée. Un succès qui donne de l'assurance à l'empereur alors que rien n'est plus hasardeux que ces parties diplomatiques et guerrières. On peut tout y perdre si le sort des armes est contraire, car alors les apparences s'effacent et reste l'absurdité inutile et maladroite d'un engagement sans profit.

1855

Alexandre II : le tsar réformateur

Dans un système autocratique, quand tout dépend du sommet – et très précisément du monarque –, le rôle de l'autocrate et de son entourage est décisif. La société n'est pas représentée par des institutions qui, même quand elles existent, sont muselées ou vidées de toute signification ; les structures bureaucratiques et militaires sont des rouages serviles du pouvoir, passifs, complaisants, et souvent inefficaces ; la censure bâillonne tous ceux qui tentent de critiquer le fonctionnement du système et d'en dénoncer les tares. La société civile est ainsi sans réelle autonomie, et les révoltes – des jacqueries ou des insurrections nationales – sont sa seule manière de s'exprimer. Encore sont-elles le plus souvent rapidement écrasées.

Une réforme venue du sommet

C'est donc du sommet lui-même qu'il faut attendre, dans une telle situation, les premières initiatives. Mais ces réformes ne sont pas sans danger pour le pouvoir qui en prend l'initiative. Elles mettent en branle, en dépit souvent de leur prudence – et aussi à cause de ce caractère limité –, des processus difficiles à maîtriser. Elles libèrent des énergies critiques jusqu'alors contenues ou étouffées. La société entre en mouvement, le système figé bouge. C'est son avenir qui se joue car il est presque impossible de revenir en arrière. La conduite d'une évolution de ce type est difficile, périlleuse pour l'autocratie.

La Russie s'engage, à partir de 1855, dans cette voie. Et

c'est le visage qu'elle prendra dans les décennies à venir qui est en question. En fait, c'est même le socle de son XXe siècle qui se met en place.

Il a fallu, pour cela, à la fois la défaite en Crimée face à l'Angleterre et à la France, qui illustre les impuissances du colosse russe et l'empêche de «descendre» vers le sud, bloquant ainsi son expansion, mais aussi le changement de souverain, car dans une structure autocratique beaucoup dépend de la personnalité de celui qui l'incarne et la dirige.

C'est le 2 mars 1855 qu'Alexandre II succède à son père Nicolas Ier. Il est depuis longtemps mêlé à l'action politique et gouvernementale. Son précepteur, le poète Joukovski, en a fait un homme ouvert, lucide, conscient de ses responsabilités historiques. Âgé de trente-sept ans, Alexandre II (1818-1881) accède au pouvoir avec de solides armes intellectuelles et morales. La situation de la Russie est alors contradictoire. L'Empire est vaste, puissant, calme en fait – même si, tout au long des décennies précédentes, il y a eu des jacqueries et la révolution polonaise de 1831. Et cependant il vient d'essuyer un échec militaire – à Sébastopol – et bientôt diplomatique (le traité de Paris, 1856). Pour Alexandre II, cet échec, qui ferme la voie de la mer Noire, est dû à l'arriération de la Russie, à son système social archaïque (le servage), et son objectif est celui d'un réformateur qui veut, pour le rendre plus efficace, moderniser le système. Ce sera sa tâche pendant près d'une décennie.

Il rencontre d'ailleurs, allant dans ce sens, une intelligentsia qui s'est développée sous Nicolas Ier. Elle subissait la censure d'un régime dont les principes étaient «autocratie, orthodoxie, principe national», mais dès l'avènement d'Alexandre II, elle peut s'exprimer plus librement (dans la revue *Le Contemporain*, par exemple). À Bielinski (1811-1848) succèdent les maîtres de la grande littérature russe. Dostoïevski (1821-1881), Tolstoï (1828-1910), Tourgueniev (1818-1883) et ces écrivains critiques, Tchernychevski (1828-1889), Pissarev (1840-1868) ou Herzen (1812-1870) qui amplifient ce que, sous Nicolas Ier, un Pouchkine ou un Gogol avaient pu écrire.

Alexandre II (qui accomplit un effort considérable pour le développement de l'enseignement : le nombre des lycées est multiplié par trois, de nouvelles universités sont créées ; et toutes ces mesures favorisent le développement d'une intelligentsia de masse : professeurs, instituteurs, étudiants) s'attaque d'abord à la question du servage. Le 19 février 1861, le « statut des paysans libérés du servage » donne à tous les serfs la liberté et à ceux qui exploitent la terre un lot, mais en général inférieur à celui qu'ils exploitaient et ce, contre un prix de rachat dont l'État fait l'avance. Cette mesure, positive, au plan de la liberté individuelle, favorable à la naissance d'une main-d'œuvre pour l'industrie, a d'abord pour effet d'aggraver la condition des serfs, tenus de rembourser et en fait privés d'une partie des terres qu'ils exploitaient. Si bien que cette accession à la liberté de la personne se traduit par un servage économique moderne, peut-être, mais durement ressenti. Et une véritable crise agraire se développe à partir de ce statut pourtant réformateur et libérateur. Mais il est significatif des blocages du système qui ne peut envisager, sans entrer en conflit avec les grands propriétaires, une redistribution des terres au profit des paysans libérés du servage.

Les effets pervers des réformes

D'autres réformes, notamment dans le domaine administratif et judiciaire, ouvrent aussi la voie à des revendications nouvelles. Les *Zemstvas* (conseils locaux) sont élus dans les districts par la population (répartie en catégories, avec un suffrage censitaire assurant la prépondérance des nobles). Mais, malgré leur représentativité partielle, ils commencent à jouer un grand rôle dans la vie économique et sociale locale. Ils donnent aux nouvelles classes moyennes (médecins, enseignants) le moyen de s'exprimer et ils manifestent vis-à-vis du pouvoir les besoins populaires. Mais ils posent à terme la question d'une assemblée nationale représentative de tous ces *Zemstvas*, et donc d'une modification profonde du système de l'autocratie. Dans le domaine judiciaire, la réforme sépare la justice de l'administration, et rend les juges inamovibles. L'arbitraire se trouve ainsi tempéré, et l'on supprime les châtiments corporels, le fouet, la marque imposée aux condamnés de droit commun (oukase de 1863).

Mais pour autant l'autocratie et son aspect policier restent en place, créant ainsi une situation de déséquilibre, le pouvoir n'osant aller jusqu'au bout des réformes. D'autant plus que, en 1863-1864, l'insurrection polonaise et une tentative d'assassinat d'Alexandre II (avril 1866) montrent que ces réformes ont plutôt avivé les oppositions qu'elles n'ont renforcé le système. Le temps des réformes se referme donc, après une décennie, et les problèmes russes vont dès lors connaître une maturation et un pourrissement accélérés.

La première chance d'une réforme par le sommet, dans le cadre de l'autocratie, n'a pas été pleinement jouée. Les autres étapes ne peuvent être que plus difficiles.

1856

L'homme de Neandertal :
la naissance de la Préhistoire

Poser la question des origines de l'homme, c'est ouvrir un débat à plusieurs entrées, et aux implications multiples. Car s'interroger sur le point de départ biologique de l'homme et ses liaisons avec les espèces animales, évoquer l'évolution de l'espèce humaine dans la grande évolution des autres espèces, c'est heurter de front les croyances arrêtées, les articles de foi, les catéchismes. C'est ébranler – peut-on croire – la (ou les) religion(s) en remettant en cause leurs postulats et leurs mystères. Mais c'est aussi ouvrir un chantier scientifique difficile. Les traces humaines sont rares, dispersées, les reconstitutions problématiques. Il faut répertorier, comparer, classer, bref établir les fondements d'une science qui touche à l'essentiel et qu'on ne peut constituer que dès lors qu'on échappe aux préjugés, aux croyances fixées.

La fin des interdits religieux

Il est compréhensible, dans ces conditions, que l'émergence de la Préhistoire n'ait été possible qu'après que l'on s'est dégagé – à partir de la fin du XVIIIe siècle – de la pression des croyances et qu'ainsi une démarche à la fois *positiviste* – prendre en compte ce que l'on voit – et *rationaliste* réussisse à se frayer un chemin entre les interdits religieux.

En ce sens, la naissance de la Préhistoire est un signe de plus du désir d'émancipation de l'homme, qui s'opère avec la philosophie des Lumières et qui va de pair avec la multiplication des découvertes scientifiques.

Mais il faut attendre la deuxième moitié du XIXᵉ siècle pour que la Préhistoire se donne des assises scientifiques.

De ce point de vue, la découverte en 1856, dans la grotte de Neandertal, près de Düsseldorf, dans un territoire relevant de l'autorité de la Prusse, d'une calotte crânienne joue un rôle majeur. Cette trouvaille fortuite et isolée pose le problème de l'aspect physique de l'homme primitif. La calotte crânienne est en effet surbaissée et comporte de lourdes arcades sourcilières. Une polémique s'engage : s'agit-il d'un homme primitif très différent de l'homme moderne, ce qui indique qu'il y a eu *évolution*, l'homme de Neandertal ayant conservé des caractéristiques simiesques, ou au contraire se trouve-t-on en présence du crâne pathologique d'un idiot ? Répondre à cette question en affirmant l'évolution et la normalité du crâne, c'est pour certains remettre en cause la religion. Mais les découvertes successives (en 1866, puis en 1886, régions de Dinant et de Namur) mettent en évidence une mâchoire et des crânes tout à fait comparables à ceux de l'homme de Neandertal.

Cette découverte spectaculaire de 1856 prolonge et accompagne les trouvailles et les conclusions d'hommes comme Boucher de Perthes (1788-1868), Édouard Lartet (1801-1871), Gabriel de Mortillet (1821-1898), qui sont réellement les fondateurs de la Préhistoire.

Boucher de Perthes, par ses recherches dans les carrières de la Somme (autour d'Abbeville), met au jour à la fois des ossements d'animaux et des outils (des haches). Il établit ainsi, malgré les polémiques, les contestations et les refus de prendre en compte ses découvertes, que l'espèce humaine est contemporaine d'espèces animales disparues, et qu'elle a subi des variations climatiques importantes. C'est ici aussi l'idée d'évolution qui progresse. En 1859, l'ouvrage de Darwin, *L'Origine des espèces*, vient théoriser et généraliser cette conception de l'évolution humaine considérée comme un aspect de l'évolution des êtres vivants. Ce qui suscite à nouveau d'intenses polémiques, le livre de Darwin étant condamné par de nombreuses Églises comme contraire à l'enseignement de la Bible.

Mais, en même temps, il devient difficile, compte tenu des découvertes, de refuser la notion de « civilisations » de la Préhistoire. En 1868, on découvre, dans l'abri de Cro-Magnon près des Eyzies (Dordogne), les restes de trois hommes adultes, d'une femme et d'un fœtus entourés d'outils d'os et de silex ainsi que de trois cents coquilles marines. Ainsi l'hypothèse de rites, de pratiques funéraires et religieuses commence-t-elle à se faire jour. On définit donc mieux l'*Homo sapiens*, d'autant plus que l'on découvre des formes d'art « quaternaire » (objets gravés, morceau d'ivoire de mammouth gravé d'un mammouth – en 1864).

Ces découvertes successives permettent l'élaboration de classements : paléontologique (les gisements préhistoriques sont classés d'après la faune – âge du grand ours, du mammouth, du renne, etc.) ; classement archéologique fondé sur les types de silex taillés (on arrive ainsi à la séparation du Paléolithique – pierre taillée – et du Néolithique – pierre polie). Des correspondances sont aussi établies avec les variations climatiques (quatre grandes glaciations) et le cadre géologique.

Un effet de choc sur les croyances

Ces avancées de la science préhistorique (et, à la fin du siècle, on mettra au jour un art pariétal) reculent de plus en plus l'apparition de l'homme (des dizaines de milliers d'années d'abord puis des centaines de milliers d'années…) et, même si la diffusion de ces découvertes et de ces conclusions est lente, elle s'opère néanmoins, et sape les assises traditionnelles des religions. Non que la « foi » soit fondamentalement menacée, mais elles obligent à une lecture différente des textes sacrés et changent la perspective. On ne peut plus prendre au pied de la lettre les différents catéchismes.

Ce travail de mise au jour, d'adaptation des croyances aux résultats de la science préhistorique n'est même pas esquissé au tournant de la moitié du XIXe siècle. Mais, par son effet de choc, la découverte de 1856 ouvre la porte à toutes les questions.

En ce sens, le lourd visage simiesque de l'homme de Neandertal (tel que très vite on le reconstitue à partir des éléments découverts) est symbolique. C'est toute l'évolution humaine – ses rythmes, son sens, ses liaisons avec les autres espèces vivantes – qu'il faut reconsidérer.

La Préhistoire porte ainsi en elle, dès 1856, le bouleversement de toute la pensée scientifique et philosophique du XIXe siècle.

1857

La première révolution indienne :
la révolte des Cipayes

Il n'y a jamais eu de colonisation douce. Toute « ouverture » d'une civilisation par une autre a été une épreuve de force et a entraîné des violences, des massacres. Même s'il ne s'est agi que de la conquête d'une île perdue dans le Pacifique, les Européens se sont heurtés à des résistances qui ont pris des formes diverses – d'actes isolés à des révoltes générales – et ils n'ont pu maintenir leur présence et élargir leur domination qu'en écrasant brutalement par les armes – parfois au terme de guerres longues, d'opérations de « pacification » – ces résistances. Ils ont souvent réussi à diviser les peuples qu'ils dominaient en jouant sur les rivalités ethniques, les oppositions religieuses ou bien en utilisant les hiérarchies locales (politiques ou religieuses), en les corrompant, en en faisant les intermédiaires entre eux et les populations.

L'histoire sanglante de la colonisation

Il y a ainsi toute une histoire sombre, sanglante de la colonisation (le plus souvent masquée sous des images édifiantes) qui explique l'évolution des rapports entre ces peuples dominés et les Européens au XXe siècle.

Cette façade idyllique craque d'ailleurs sous l'impact d'un événement plus spectaculaire, d'une résistance plus longue, d'une révolte plus vigoureuse. Qu'on pense à Abd el-Kader en Algérie, à la révolution des Taipings en Chine.

En Inde, sous la domination anglaise, c'est la révolte des

cipayes qui fait trembler, plusieurs années (1857-1859), le colonisateur britannique.

Les cipayes – de l'anglais *sepoy* venu du persan *sipahi* (en français, « spahi ») – sont des mercenaires autochtones de l'année britannique. Ils sont, à la moitié du XIXᵉ siècle, environ deux cent mille, encadrés sévèrement par des officiers anglais, soumis à un endoctrinement, une propagande chrétienne et payés par l'*East India Company*.

Au début de 1857, un ensemble de rumeurs sème le trouble parmi les cipayes, travaillés en outre par la propagande de certains princes hindous, qui craignent d'être dépossédés de leurs terres : on assure que, sur ordre de la reine Victoria, tous les cipayes vont être baptisés, mais, surtout, les mercenaires apprennent que désormais, pour des raisons économiques, les munitions de leurs nouveaux fusils seront enduites de graisse de porc ou de bœuf (et non plus de mouton). Or, il faut déchirer les cartouches avec les dents, et le contact avec ces graisses d'animaux sacrés ou interdits est ressenti comme un sacrilège. Les quatre-vingt-cinq cipayes qui refusent d'obéir, au camp de Meeruth, sont condamnés à dix ans de travaux forcés, enchaînés, voués à la construction des routes, ce qui équivaut à une mort certaine. La brutalité de la condamnation, l'esprit de lucre, l'obstination du commandement britannique, le mépris pour les religions locales révèlent l'esprit du colonisateur. L'Inde – « joyau de la Couronne » – est une terre d'exploitation. On y exporte les cotonnades – et on y ruine ainsi les centaines de milliers d'artisans locaux –, on y prélève des impôts lourds et c'est l'*East India Company* qui est chargée de cette levée fiscale et même de l'administration, avec la rapacité à courte vue d'une société en fait privée – même si elle est sous le contrôle gouvernemental – et dont le seul objectif est de faire des profits.

La situation est donc mûre pour une rébellion contre l'occupant anglais. Hindous et musulmans, artisans, princes dépossédés ou menacés de l'être, chaque groupe religieux, ethnique ou social a des raisons de se dresser contre la domination coloniale.

La révolte des cipayes du camp de Meeruth (mars-avril 1857) gagne donc d'autres garnisons, dont celle de Delhi et d'Allahabad (mai-juin 1857), et c'est bientôt toute la population de la plaine du Gange – soit des millions de personnes – qui entre en lutte contre les Britanniques isolés et retranchés dans leurs forteresses et quartiers. Des Européens sont ainsi massacrés à Cawnpore.

La situation des Anglais est critique durant plusieurs mois. La reine Victoria presse le Premier ministre Palmerston d'intervenir avec force : « Le gouvernement prend une terrible responsabilité envers son pays, lui écrit-elle le 25 août 1857, par son apparente indifférence. Dieu veuille nous accorder qu'aucune complication imprévue en Europe ne s'abatte sur notre pays, mais vraiment nous tentons le diable. »

En fait, les Britanniques vont, au terme d'une année de combats, redresser la situation. Le mouvement reste en effet limité à l'Inde du Nord et du Centre. Les Britanniques disposent d'une supériorité militaire réelle – artillerie, munitions, etc. – et peuvent compter non seulement sur les renforts envoyés d'Angleterre, mais aussi sur les mercenaires gurkhas, afghans et sikhs du Pendjab. On fait même venir des troupes anglaises de Chine.

Les atrocités commises par les Britanniques révèlent la violence de l'affrontement et l'importance de l'enjeu. Le colonisateur se montre plus « barbare » que le colonisé ; les massacres ne doivent rien à l'improvisation ou à la chaleur des combats. La répression est systématique, décidée comme un moyen de terroriser et de rétablir l'ordre. On met Delhi à sac, on massacre des centaines d'Indiens attachés à la bouche des canons anglais.

À ce prix, l'ordre sera officiellement rétabli en juillet 1858, mais des combats se prolongeront jusqu'en 1859.

Cette révolte des Cipayes est un événement capital pour l'histoire de l'Inde et l'avenir de ses rapports avec Londres. Elle met un terme à l'humiliation écrasante que ressent toujours un peuple qui doit accepter l'occupation étrangère. Elle est ressentie par les Indiens comme leur première guerre d'indépendance, leur première révolution, leur grande rébellion. Les chefs naturels de la communauté indienne se sont montrés solidaires des révoltés (le Grand Moghol, souverain de l'Inde). La reine de Jhansi meurt à la tête de ses troupes et incarne la résistance *nationale*, à la manière d'une Jeanne d'Arc. Ses exploits et son sacrifice seront célébrés dans cet esprit.

Une prise de conscience nationale

C'est dire que cette première révolution indienne est une étape décisive dans la prise de conscience nationale et qu'elle oblige la puissance colonisatrice à modifier sa politique. L'*East India Company* perd ses privilèges et, par une loi du 2 août 1858, la Couronne va directement administrer les Indes, le gouverneur général devenant un vice-roi. Sur place, l'administration britannique, au lieu de les combattre, s'appuie désormais sur les princes hindous dont elle renforce les privilèges afin de s'en faire des alliés. Elle favorise aussi les hindous contre les musulmans.

Mais cette politique de division – cynique et efficace – ne peut effacer les leçons de la première guerre d'indépendance. Contre l'occupant, l'unité nationale est nécessaire. La résistance, un impératif. Les luttes du XXe siècle prennent leurs racines dans cette grande rébellion de 1857.

1858

Une bombe contre Napoléon III :
l'attentat d'Orsini

Dans un régime de pouvoir personnel (dictature, monarchie, autocratie, etc.), l'attentat contre celui qui, au sommet de l'État, est la clé de voûte du système peut apparaître comme un moyen – parfois le seul – pour modifier radicalement et rapidement les orientations politiques du régime ou provoquer sa chute. En ce sens, l'attentat fait partie intégrante de l'histoire politique de ces régimes. Il est l'envers de la toute-puissance du « chef » – empereur, roi, dictateur ou président dans une république à forte personnalisation et à pouvoirs concentrés.

Les conséquences contradictoires d'un attentat

L'attentat peut d'ailleurs être un moyen pour le régime en place et son chef de monter des opérations de diversion, soit en provoquant l'attentat – ou en le laissant intervenir, toutes précautions prises –, soit en l'utilisant pour renforcer le régime, en prenant prétexte de la menace pour accroître les moyens d'action et de répression de l'État.

Il est clair aussi qu'il est difficile de protéger, contre un homme décidé à mettre en jeu sa propre existence, une personnalité. En outre, au XIXᵉ siècle, cette notion même de sécurité du chef est moins évidente qu'aujourd'hui. Les attentats, peut-on penser à l'époque, sont les accidents du métier de roi. Tout le XIXᵉ siècle – et particulièrement sa deuxième moitié – sera ainsi jalonné d'attentats – réussis ou non. Leur fréquence étant d'autant plus grande que le régime est autocratique et qu'à défaut de toute possibilité d'action par la voie d'élection, le meurtre du souverain semble la seule issue. La Russie connaîtra ainsi, à partir de 1866, une succession d'attentats spectaculaires, significatifs du degré de tension atteint entre des opposants, peu nombreux mais résolus, et le régime.

L'attentat que, le 14 janvier 1858, perpètre Felice Orsini, à Paris, contre le couple impérial qui se rend à l'Opéra relève de ce schéma, mais comporte une dimension internationale supplémentaire.

Orsini est en effet un patriote italien à la biographie représentative de l'héroïsme des partisans du Risorgimento et de leurs échecs successifs. Très jeune, Orsini (1819-1858) a adhéré au mouvement de la *Giovane Italia*, puis participé à l'insurrection de Romagne en 1844 – condamné à perpétuité pour cela. Agent de Mazzini, il a été membre de l'Assemblée républicaine de Rome. À ce titre, il a affronté les troupes de Napoléon III venues rétablir le pape dans ses États. Condamné à mort en 1855, il vit à Londres où il prépare l'attentat contre l'empereur. Selon lui : « L'Italie ne peut rien faire de durable sans l'aide de la France républicaine. Celle-ci nous tendrait la main, mais Napoléon III a mis fin chez elle aux espérances des partis avancés. Qu'il disparaisse, ce sera la révolution en France et aussitôt, par contrecoup, la révolution de l'autre côté des Alpes. »

Cette vision naïve des effets de l'attentat – il changerait tout, radicalement – ne peut être vérifiée puisque l'attentat échoue (cent cinquante blessés, huit morts cependant). Orsini et ses complices (trois) sont arrêtés, Orsini et Pieri seront condamnés à mort et exécutés (13 mars 1858).

Des lois de répression générale

Mais leur acte a été l'objet de la part du pouvoir d'une double manipulation. D'abord, en politique intérieure, Napoléon III utilise l'attentat pour se donner les « moyens de réduire au silence les oppositions extrêmes et factieuses ». Loi de sûreté générale, France divisée en cinq commandements militaires, ministère de l'Intérieur confié au général Lespinasse fournissent au pouvoir les moyens « légaux » de faire fonctionner le régime avec la force pour seul ressort. Cette véritable loi des suspects permet la déportation en Algérie – ou l'internement – de centaines de républicains, qui ne sont en rien liés à l'attentat, mais auxquels on reproche simplement leurs opinions ou leur action en 1848-1849 ou 1851. Cet encadrement du pays est complété par un sénatus-consulte faisant obligation à tout candidat aux élections de prêter, huit jours avant le scrutin, serment « d'obéissance à la Constitution et de fidélité à l'Empereur ».

L'attentat d'Orsini est aussi exploité sur le plan de la politique extérieure. Orsini, dûment chapitré (et manipulé) par le préfet de police, avec la complicité de son défenseur, le républicain Jules Favre, écrit une lettre à Napoléon III qui la fait publier par les journaux : « Que Votre Majesté ne repousse pas le vœu suprême d'un patriote sur les marches de l'échafaud, écrit Orsini, qu'Elle délivre ma patrie, et les bénédictions de vingt-cinq millions de citoyens la suivront dans la postérité. »

La diffusion de cet étrange document – un autre, transmis par le secrétariat de Napoléon III, est publié à Turin – montre que l'empereur, poussé par le clan corse (le préfet de police Pietri) et italien qui l'entoure, travaillé sans doute par ses souvenirs de conspirateur en Italie, par la volonté de se donner une stature internationale à la dimension de la légende napoléonienne, et aussi dans le souci d'offrir les hochets de la gloire militaire au peuple français qu'on écrase sous les lois répressives, s'apprête à avoir une politique active en Italie.

Le 2 juillet 1858, il reçoit à Plombières le comte de Cavour, ministre de Victor-Emmanuel, dans le but de définir les modalités d'une guerre des Franco-Piémontais contre les Autrichiens, afin de libérer l'Italie jusqu'à l'Adriatique. Le Piémont céderait la Savoie à la France, la question du comté de Nice ayant été évoquée sans être tranchée.

Napoléon III tente de s'assurer dans cette perspective de l'alliance prussienne et anglaise, sans succès. Il rencontre (septembre 1858) le tsar, sans obtenir plus qu'un accord de concertation diplomatique. Si bien que la politique de Napoléon III paraît aventurée, hésitante même durant tout le début de l'année 1859. Napoléon III cède aux pressions anglaises, en faveur de la paix, mais d'un autre côté il est soumis au chantage de Cavour, à son activisme (préparatifs militaires, création de comités révolutionnaires dans les territoires occupés par l'Autriche), à ses menaces de révéler les accords de Plombières. Cavour veut la guerre et veut y entraîner la France. Il l'obtiendra quand l'Autriche, cédant aux provocations, prend l'offensive (avril 1859). Napoléon III proclame alors l'entrée en guerre : « Le but de cette guerre est de rendre l'Italie à elle-même », dit-il.

L'armée française est mal préparée. Elle dispose de mauvais équipements et d'armements insuffisants. Elle est le reflet de cette diplomatie napoléonienne versatile, velléitaire et ondoyante. Qui finalement laisse la France seule en Europe, sans alliés.

Ce n'est pas le moindre effet de l'attentat d'Orsini d'avoir ainsi précipité le Second Empire dans une aventure internationale risquée, significative des méthodes de gouvernement et du caractère du souverain.

1859

La solitude de Karl Marx

Il est rare qu'un système de pensée, s'il est novateur, s'il anticipe, s'il est de ce fait en rupture avec les conformismes idéologiques du moment, bref s'il se donne pour but d'être à la fois critique de l'ordre existant (même s'il ne s'agit que de l'ordre philosophique) et révolutionnaire, puisse être rapidement reconnu pour tel par de larges groupes sociaux. Il faut toujours du temps pour que ce système de pensée apparaisse comme un instrument de compréhension – ou de lutte – et pour qu'il se diffuse, d'un petit cercle de fidèles, d'initiés, à de larges masses et commence son travail de transformation des consciences et donc de l'organisation des choses.

Il faut aussi que, précisément, des groupes sociaux – association, parti, classe sociale, etc. – s'emparent des éléments de ce système – quitte à le déformer, ou à le schématiser – et en fassent la base de leur idéologie, l'élément central de leur doctrine.

Il y a loin ainsi de l'œuvre théorique d'un penseur isolé (d'abord parce qu'il y a les contraintes du travail de recherche et de la réflexion philosophique qui conduisent à la solitude du lecteur et de l'écrivain) à l'utilisation politique ou sociale de ses travaux.

Une faible audience

Quand, en janvier 1859, Karl Marx (1818-1883) envoie à son éditeur Duncker le manuscrit de sa *Contribution à la critique de l'économie politique*, il n'est encore que ce publiciste-journaliste, homme politique, pamphlétaire, agitateur révolutionnaire, dont les écrits ne connaissent qu'une très faible audience. Le tirage de la *Critique de l'économie politique* ne dépasse pas deux mille exemplaires, et on en vend à peine quelques centaines. Il n'y eut qu'un seul compte rendu dans la presse, écrit par Friedrich Engels !

Le livre, pourtant, comporte des réflexions révolutionnaires – qui serviront d'assise au *Capital*, dont le livre I est publié en 1867. Il affirme : « À un certain stade de leur développement, les formes productives matérielles entrent en contradiction avec les rapports de production existants ou ce qui n'en est que l'expression juridique, avec les rapports de propriété au sein desquels elles s'étaient unies jusque-là. De formes de développement des forces productives qu'ils étaient, ces rapports en deviennent des entraves. Alors s'ouvre une époque de révolution sociale. Le changement dans la base économique bouleverse plus ou moins rapidement toute l'énorme superstructure. » Mais qui peut entendre cette analyse qui met en rapport la marchandise, le temps de travail, la valeur d'usage, l'argent ?

L'Europe tout entière est entrée, à partir des années 1849-1850, dans une longue période de réaction, de contre-révolution. L'écrasement des révolutions de 1848 laisse les mains libres aux gouvernements (russe, français, prussien, autrichien, anglais) qui sont à la fois en compétition (pour le partage du monde, l'influence en Europe, etc.) et d'accord pour neutraliser tout processus révolutionnaire.

Dans ce climat, Marx ne peut qu'être isolé. Depuis qu'il a émigré en France en 1843, il s'est radicalisé, à la fois sur le plan de sa pensée et sur celui de l'action politique. Il est devenu communiste – l'aile extrême du mouvement révolutionnaire –, a fréquenté la « ligue des Justes ». Chassé de France en 1845, il se réfugie à Bruxelles, rentre à Paris au moment de la IIe République, puis se rend en Allemagne, où il participe aux combats des révolutionnaires rhénans, avant de s'exiler à Londres. La publication, en janvier 1848, du *Manifeste communiste* (« L'histoire de toute société jusqu'à nos jours n'a été que l'histoire des luttes de classes ») l'a désigné à la fois aux yeux des cercles ouvriers révolutionnaires et des pouvoirs comme un révolutionnaire. Et chacune de ses publications ultérieures marque un pas de plus dans sa démarche de rupture avec les réflexions dominantes. Ainsi, en 1850, il écrit aux sections de la Ligue des communistes, tirant la leçon des journées de juin 1848 et de l'attitude de la République française : « Le parti du prolétariat doit se différencier des démocrates petits-bourgeois qui veulent terminer la révolution au plus vite... Il doit rendre la révolution permanente jusqu'à ce que toutes les classes plus ou moins possédantes aient été chassées du pouvoir... dans tous les principaux pays du monde. » Ainsi s'affirme la notion de *la dictature du prolétariat*.

Comme il prend parti avec la vigueur d'un polémiste aux luttes politiques et idéologiques contemporaines (en 1847, déjà, en réponse à Proudhon il publie *Misère de la philosophie*, puis, en 1850 et 1852, ces analyses critiques de la France : *Les Luttes de classes en France* et *Le 18 Brumaire de Louis Napoléon Bonaparte*), il ne peut être que l'objet d'attaques et ne rencontrer qu'une faible audience puisque la contre-révolution l'emporte partout.

En outre, Karl Marx, dans de nombreux articles (une quarantaine en 1859 dans le *New York Daily Tribune*), se fait observateur de la situation internationale. Il est d'un antibonapartisme radical, condamnant toute intervention militaire française en Italie par exemple, moyen selon lui non de libérer les Italiens mais bien de les empêcher de faire une « révolution générale ». Il est ainsi partisan de l'entrée en guerre de la Prusse aux côtés de l'Autriche, contre la France, parce que, estime-t-il, un processus révolutionnaire pourrait s'engager à partir d'une défaite française, et notamment permettre la révolution en Italie et en Allemagne.

Vision utopique, mais qui l'oppose à tous ceux qui – souvent payés par l'État – se font en Europe, et notamment parmi les émigrés allemands, les apôtres de la neutralité prussienne et les partisans de la politique de Napoléon III. Marx s'embourbe dans ces polémiques où on l'accuse de

n'avoir pour devise « que les mots de République et de dictature ouvrière, et d'ourdir des associations et des conspirations ».

En fait, il est seul. En proie à la misère. Il a, dit-il à
Engels le 5 octobre 1869, les « pires emmerdements domestiques ». Il écrit (à Lassalle le 6 novembre 1859) : « Je n'ai
depuis 1851 aucun rapport d'aucune sorte avec la moindre
des associations ouvrières publiques – y compris celle
qu'on appelle communiste. Les seuls ouvriers avec qui je
sois en rapport, ce sont vingt ou trente personnes triées sur
le volet, auxquelles je donne en privé des cours d'économie politique. »

Rien n'illustre mieux la solitude de Marx, rien ne permet mieux de mesurer l'écart entre l'auteur de la *Contribution à la critique de l'économie politique*, publiciste au
faible écho en 1859, et celui qui, après sa mort en 1883, sera
devenu le maître à penser du mouvement socialiste à la fin
du XIXᵉ siècle. À peine quarante années plus tard.

1860

Les chemins tourmentés de l'unité italienne

La formation d'une unité nationale, ce processus qui conduit à une unification dans le cadre d'un même État, de principautés, de régions, d'États, jusqu'alors séparés et parfois antagonistes, et aboutit aussi à l'indépendance du nouvel ensemble, peut prendre plusieurs voies, même s'il s'agit toujours d'un cheminement complexe, supposant des étapes, des affrontements, etc.

Le rôle principal – dans ce processus – peut être joué par un soulèvement populaire, entraînant dans des séquences révolutionnaires la majorité des populations et bénéficiant de l'appui d'une partie des élites, et contraignant, par sa force, une structure étatique (ou des éléments de cette structure) à s'engager dans ce mouvement pour le canaliser, en tirer profit. Cependant il reste de cette dynamique populaire – et révolutionnaire –, une fois l'unité réalisée, des traces dans l'organisation du nouvel État, dans les principes qu'il se donne.

L'unité par en haut

Mais l'unité nationale peut prendre d'autres chemins. L'acteur majeur n'est plus alors le peuple, mais un État, son souverain, son gouvernement, ses institutions (diplomatie, armée), et le processus d'unification s'apparente alors à une guerre de conquête, qui suppose des accords internationaux avec les grandes puissances voisines.

Cela ne signifie pas que l'opinion ne soutient pas l'entreprise, mais que la masse du peuple reste étrangère à ce processus, laissant les élites décider.

C'est ce chemin-là qu'emprunte l'unité italienne.

Cavour, dans le contexte à la fois d'une Europe contre-révolutionnaire, et parce qu'il est le Premier ministre d'une monarchie, ne peut envisager la voie révolutionnaire. Il le peut d'autant moins que les masses paysannes italiennes ne sont pas unifiées, que les différences entre le Nord (le Piémont, la Lombardie, la Toscane) et le Mezzogiorno (qui commence à Rome, mais les écarts s'accusent dans le royaume de Naples et en Sicile) sont énormes. Et que les idéaux du *Risorgimento* (corrigés d'ailleurs en soumission aux intérêts et à la stratégie du roi de Piémont-Sardaigne) ne sont partagés que par l'élite intellectuelle et sociale, le plus souvent urbaine, de l'Italie.

Ainsi s'explique la démarche de Cavour, entraînant, en 1859, Napoléon III dans la guerre contre l'Autriche. Mais, après les difficiles et coûteuses victoires militaires de Magenta (4 juin 1859) et de Solferino (24 juin 1859), l'empereur signe rapidement avec l'Autriche l'armistice de Villafranca (11 juillet 1859).

L'attitude française est dictée par un ensemble de considérations : peur de l'isolement en Europe (la Prusse pourrait mobiliser) ; coût de la guerre en hommes. Et surtout peut-être crainte de voir la guerre changer de caractère par le soulèvement de l'Italie centrale (Toscane, Parme, Modène) et les révolutionnaires déborder les stratégies des États.

Cavour joue habilement de cette situation. Il utilise Garibaldi (1807-1882) qui, jadis compagnon de Mazzini, révolutionnaire des années 48, révolutionnaire encore en Amérique latine, représente la veine populaire, la pointe avancée (et longtemps républicaine) du *Risorgimento*, pour inquiéter Napoléon III, au nom de l'ordre compromis dans la péninsule, si on ne laisse pas les armées piémontaises conquérir les territoires soulevés et les annexer – les unifier – au royaume turinois.

Napoléon III se prête à cette manœuvre. Il veut conserver son influence en Italie ; il souhaite récupérer – ce sera chose faite en 1860 – la Savoie et Nice.

Cette tractation – ces pourboires – signale bien le caractère étatique du processus de l'unité italienne. Avec ce que l'amputation de ces territoires peut avoir de symbolique : la Savoie est la patrie originelle de la monarchie piémontaise, Nice, le lieu de naissance de Garibaldi ! On mesure ce que, pour le sentiment national, ces amputations – quelles que soient les formes qu'elles prennent : plébiscite, etc. – peuvent avoir d'humiliant et combien elles laisseront de traces dans la mémoire nationale. Ces frustrations expliquent bien des exacerbations extrémistes du nationalisme italien au XXe siècle. On prend conscience aussi du fait que (malgré la consultation des populations savoyardes et niçoises, mais intervenant après la décision des gouvernements), dans ces abandons de territoires, le peuple est cédé avec le sol. Curieuse mise en œuvre du principe des nationalités !

Cavour, néanmoins, poursuit sa stratégie. Il laisse agir Garibaldi en Sicile et dans le royaume de Naples (l'expédition des Mille, mai-septembre 1860) puis profite de l'action des garibaldiens pour envoyer les troupes piémontaises occuper ces territoires – et au passage les États pontificaux, non compris la ville de Rome laissée au pape : Napoléon III n'aurait pu se permettre face à ses soutiens catholiques de voir le pape dépouillé de tout pouvoir temporel. Mais Garibaldi, utilisé, soumis, peut alors être renvoyé (novembre 1860).

Lorsque, en 1862, il tentera de monter une opération contre Rome, les troupes piémontaises interviendront contre les garibaldiens, et Garibaldi lui-même sera blessé dans l'affrontement (bataille d'Aspromonte, août 1862). Combat symbolique qui montre que l'unité nationale, fruit d'un compromis international (avec la France et l'Angleterre notamment), s'est aussi réalisée au terme d'un compromis intérieur : l'unité contre l'ordre social intégralement maintenu – ainsi dans le Mezzogiorno ; l'unité par le sommet contre les ferments révolutionnaires ou simplement populaires (Garibaldi et les siens) utilisés, manipulés, puis rejetés et même abattus.

La question romaine

Pourtant, si le royaume d'Italie est proclamé en 1861, bien des points restent en suspens. D'abord Rome : qu'est-ce qu'une Italie unifiée sans la capitale historique de la péninsule ? Mais pour cela il eût fallu affronter la France de Napoléon III. Celui-ci perd, dans l'opinion italienne, par la position qu'il prend dans la question romaine, toute l'influence qu'il avait imaginé conquérir en Italie (en 1867, des troupes françaises s'opposeront aux Italiens et à Garibaldi, dans un affrontement à propos de Rome, à Montana). « Les chassepots ont fait merveille. » Reste aussi la question de la Vénétie, qui demeure sous la tutelle autrichienne. Napoléon III n'a pas été jusqu'au bout de ses promesses (l'Italie libre jusqu'à l'Adriatique), et seule une défaite de Vienne peut en permettre le rattachement à l'Italie. Mais l'Italie seule n'est pas capable de briser l'Autriche.

Le plus grave, cependant, est sans doute que les conditions dans lesquelles s'est réalisée l'unité n'ont permis aucun élan populaire, aucun brassage, aucune vraie fusion des régions, que l'unité est davantage un phénomène bureaucratique et institutionnel que social, et que, de ce fait, les élites italiennes – engagées dans le *Risorgimento* et favorables à l'unité – se trouvent en l'air, sans vraies racines nationales autres que verbales, mythologiques, et que cela aussi va orienter le nationalisme – le chauvinisme – et l'histoire italiens.

1861

La guerre de Sécession :
ni pitié ni répit, le rapport des forces

L'unité d'une jeune nation est toujours précaire. Et une nation est jeune encore après un siècle – et parfois plus – d'existence. En effet, les modifications qui interviennent dans les équilibres qu'elle rassemble peuvent se modifier radicalement. Soit que ses limites territoriales changent, déplaçant le centre de gravité de l'État d'origine. Soit que la composition de la population évolue, par exemple par l'apport massif d'émigrants qui apportent, dans la nation, d'autres modes de vie, d'autres valeurs, et qui constituent de toute façon une main-d'œuvre, qui peut changer le fonctionnement de l'économie de la nation. Par ailleurs, il peut y avoir aussi, en fonction de toutes ces données nouvelles, mais aussi comme simple résultat des évolutions technologiques et économiques, des concentrations de richesse et de puissance qui modifient là encore les rapports traditionnels entre les régions qui la constituent. Enfin, quand elle s'est constituée par ajouts successifs, union de territoires qui ont gardé leur personnalité, l'hétérogénéité est un facteur permanent de division, jusqu'à ce qu'une crise – violente souvent – vienne créer, par la force, un brassage, en brisant telle ou telle velléité de sécession, en réduisant les disparités, en imposant en tout cas un lien fort à l'ensemble. Cette crise, comme une crise de l'adolescence, est aussi importante pour la nation que celle qui lui a donné naissance, et c'est souvent à partir d'elle que se constitue sa personnalité.

La fonction unificatrice de la crise

Au milieu du XIXᵉ siècle, et particulièrement en 1861, après l'élection d'Abraham Lincoln (1809-1865) à la présidence de l'Union, les États-Unis connaissent une crise de ce type.

Ses origines sont anciennes. D'une part, il y a la question des pouvoirs de l'Union sur les États, mais d'autre part, et prenant de plus en plus d'importance, se pose la question de l'esclavage. Elle est liée au développement de la culture du coton, en pleine expansion. La Révolution industrielle en Europe a, en effet, accru la demande de coton et donc les profits. La culture du coton est ainsi conquérante, au sud et vers l'ouest. Or, cette culture n'apparaît possible et rentable que si est maintenu l'esclavage : main-d'œuvre fixe et payée en nature. Aucune autre solution n'est envisagée par les planteurs. Si bien que, à chaque extension de l'Union – par adhésion d'un nouvel État : Mississippi, Alabama, Arkansas, Texas, Californie, Nebraska, etc. –, la question se pose de savoir s'il sera ou non esclavagiste, et de la réponse dépend aussi l'équilibre entre les États au niveau de l'Union, les États esclavagistes craignant d'être mis en minorité dans les instances fédérales. Des compromis sont à chaque fois négociés de manière que l'extension vers l'ouest ne se solde pas par une diminution du nombre d'États esclavagistes. Mais, en même temps, deux évolutions se produisent. D'une part, les pionniers – nouveaux émigrants – craignent de voir les planteurs, dans leur avance vers l'ouest, les déposséder de leurs terres et étendre la culture du coton et l'esclavage. D'autre part, l'influence des abolitionnistes s'accroît. Ils entrent au Congrès, disposent de journaux (le *Liberator*) et rencontrent un large appui de l'opinion – au nord – avec la publication, en 1852, de *La Case de l'oncle Tom* (Harriet Beecher-Stowe).

L'élection de Lincoln (en 1860, prise de fonctions en 1861), avec moins de 40 % des voix mais une large majorité de mandats, va précipiter la crise. On sait Lincoln hostile à l'esclavage, mais surtout on le sait déterminé à maintenir l'Union à tout prix. Or, dès avant sa prise de fonctions, la Caroline du Sud fait sécession (décembre 1860), suivie bientôt par les autres États du Sud qui fondent une nouvelle Confédération (février 1861) et attaquent Fort Sumter, à l'entrée de la baie de Charleston (avril 1861). C'est la rupture, la guerre civile, la guerre de Sécession.

Le conflit va durer quatre années (12 avril 1861-9 avril 1865). Le rapport des forces est – théoriquement – favorable au Nord : 24 États (22 millions d'habitants) contre 11 États confédérés (9 millions d'habitants) ; la puissance industrielle contre une économie de «plantations». Mais le Nord est long à mobiliser. Les qualités militaires du Sud supérieures. De plus, il lutte pour sa survie, ses valeurs, un mode de civilisation qu'il sait condamné à terme s'il est battu. Si bien que la guerre va être à la fois longue et impitoyable.

Ce qui frappe, c'est son caractère de guerre moderne : transports d'immenses armées par chemin de fer, batailles de mouvement qui durent plusieurs jours, emploi de l'artillerie. Les batailles contemporaines de Magenta et de Solferino (1859) font figure d'affrontements archaïques par rapport aux heurts entre Sudistes et Nordistes et aux techniques employées.

Le Sud, qui remporte de nombreux succès (surtout jusqu'en 1862), tente d'obtenir la reconnaissance par les puissances européennes auxquelles il espère livrer son coton. Mais le Nord établit un blocus efficace des côtes des États confédérés, et ni la France ni l'Angleterre ne prennent ouvertement parti pour eux. Paris serait tenté – parce qu'il intervient au Mexique – de favoriser la cassure définitive des États-Unis, mais, comme toujours, la diplomatie de Napoléon III est hésitante, fluctuante, paralysée par les opinions différentes de l'empereur et de son ministre des Affaires étrangères. Et, surtout, la France n'ose en rien aller contre la politique anglaise beaucoup plus attentiste, et finalement favorable au Nord.

Dans ces conditions, le Sud est condamné. Et l'assassinat de Lincoln, en 1865, par un Sudiste – après sa réélection

à la présidence – va faire peser sur lui tout le poids d'une
«reconstruction» par le Nord, dure et qui prend la forme
d'une véritable reconquête. Car Lincoln était prudent et
finalement modéré. Il visait surtout à «sauver l'Union», il
savait que la proclamation d'émancipation des Noirs (1862,
reprise en 1865 dans le 13e amendement, qui met fin à
«l'institution particulière» : l'esclavage) ne réglait pas le
problème noir.

Une coupure décisive dans la conscience américaine

La guerre de Sécession devient ainsi une coupure décisive dans l'histoire de la conscience américaine. L'opposition entre Confédérés et Yankees est durable. L'humiliation
subie par le Sud, les ruines provoquées par la guerre
(Atlanta), les excès de la «reconstruction» laissent des
cicatrices durables, en même temps que toute la structure
sociale du Vieux Sud – son aristocratie, ses planteurs, etc.
– est ruinée au bénéfice d'une Amérique industrielle. Les
pionniers l'ont emporté.

Plus que la guerre d'Indépendance, la guerre de
Sécession modèle ainsi, pour l'avenir, le visage – et la sensibilité – des États-Unis.

Sur ce continent aussi, l'unité nationale s'est finalement
forgée par le fer, le feu, la guerre, la loi implacable du rapport des forces, militaire et économique.

1862

Derrière les décors de la « Fête impériale »,
la France

Dans un régime autoritaire qui étouffe, grâce à la répression, à la censure, aux lois sur la presse, au contrôle des élections, toute manifestation non autorisée de la réalité et de ses problèmes, la façade est souvent brillante et laisse rarement apercevoir des lézardes, même si les fissures sont nombreuses et que le régime, quand il est bousculé, peut s'effondrer d'un seul coup.

D'ailleurs, dans un tel régime, les phénomènes de clientèle, de corruption, d'affairisme, sont si importants qu'ils créent une couche assez large de nantis, de nouveaux riches, de privilégiés, qui profitent du régime, sont assurés de n'encourir aucune critique d'une opinion bâillonnée et auxquels la possession du pouvoir donne morgue et assurance. Ils peuvent afficher avec cynisme leur fortune, leur joie de vivre. L'ordre inégalitaire est, à leurs yeux, l'ordre naturel et ils peuvent faire la fête, en toute tranquillité. Qui proteste, qui critique est emprisonné. Il ne reste donc qu'à se taire, qu'à envier – en tentant d'entrer dans le cercle des privilégiés –, qu'à applaudir ou qu'à haïr en silence. Mais il faut même veiller à ce que le silence ne soit pas provocant car la police épie les conversations et guette les regards et qu'on peut, si l'on est jugé dangereux, se retrouver en prison.

Le règne de l'argent et de la fête

Le régime d'ailleurs, dans l'éclat de cette fête de façade, paraît assuré de la durée. Les adversaires politiques sont muselés. Tout cela contribue à démoraliser et, pour certains, participer à cette « fête » est aussi une forme de désespoir. Ces phénomènes s'observent sous le Second Empire. Et on peut ne garder de cette longue période de répression (1851-1879 : dix-neuf ans) que la rumeur des bals (aux Tuileries, au Quai d'Orsay, au ministère de l'Intérieur, sur les boulevards, avenue Montaigne, etc.), des fêtes costumées, des airs d'opérette (Meilhac, Halévy, Offenbach) qui occupent la scène des Variétés, des Bouffes-Parisiens, du Palais-Royal. L'argent coule à flots : l'affairisme immobilier (les grands travaux dans les villes rapportent beaucoup aux proches du pouvoir), la spéculation sur les chemins de fer, l'industrialisation, etc., sont sources d'immenses profits. Le luxe va de pair avec la luxure. On s'exhibe dans les clubs, mais aussi dans les lupanars. Et autour des riches s'est constituée une couche de déclassés viveurs, boulevardiers, noceurs, filles en tout genre (et de toutes catégories, des « pierreuses » aux « courtisanes », en passant par les « lorettes », les « biches », les vedettes du « caf'conc' »). On peut gaspiller jusqu'à un demi-million par an en pures prodigalités. L'immoralité s'évalue : l'empereur indemnise sa maîtresse Miss Howard (qui a financé le coup d'État) en lui versant en quatre ans 5 449 000 francs-or. Quand le comte de Morny se marie, il paie 3 500 000 francs à sa maîtresse (la comtesse Le Hon).

Les journaux (soumis à de sévères lois sur la presse : cautionnement, avertissements, condamnation, suppression, etc.) sont le reflet complaisant de cette « fête » des « élites ». Ce sont eux aussi des machines à faire de l'argent par les annonces, les séductions (frivolités, feuilleton, etc.). Malheur aux chroniqueurs qui se piquent de condamner cette « fête » ou d'émettre une opinion politique : ils sont condamnés au silence et à la misère. Ainsi Jules Vallès.

Cependant que nombre d'écrivains et la plupart des journalistes profitent de cette corruption ou fréquentent les salons officiels (celui de la princesse Mathilde, cousine de l'empereur, celui de la princesse Metternich, etc.).

Ce qu'il faut, c'est taire et masquer la réalité. Dans tous les domaines. Vallès, quand il essaie de décrire simplement *La Rue* telle qu'elle est, est condamné. Hugo – toujours en exil – est révolutionnaire simplement parce qu'il publie – en 1862 précisément – *Les Misérables*, qui, bien que décalés chronologiquement (ils racontent les années 30), font surgir un monde sordide et héroïque qui tranche avec le conformisme, les rires et les froufrous de la fête impériale.

La misère, envers du décor

Car il ne faut pas dire *la misère*. Le salaire quotidien est, en 1862, à Paris (et il faut tenir compte des jours chômés, des maladies, etc.), de moins de quatre francs par jour. On emprunte, on meurt de faim, on vit dans des conditions misérables, on se prostitue pour vivre, on boit et l'on travaille au moins quatorze heures par jour ! Écrasé depuis les journées de juin 1848, un timide mouvement ouvrier se réveille cependant : en 1862 encore, les ouvriers parisiens éliront deux cents délégués qui partiront visiter l'exposition de Londres et prendront contact avec les ouvriers anglais.

Les artistes sont poursuivis au même titre que les « politiques » s'ils montrent le réel dans sa nudité. En 1862, le jury du Salon de peinture refuse la toile de Manet, *Le Déjeuner sur l'herbe*, parce qu'une femme y apparaît nue entre deux « artistes » vêtus. La façade morale du régime – à l'heure de la corruption des élites – doit être préservée, même si Napoléon III autorisera, en 1863, l'exposition de ce tableau au Salon des refusés. C'est tout le réalisme qui est condamné : celui de Courbet, par exemple (Courbet qui sera d'ailleurs emprisonné), cependant que règne l'art officiel, académique et respectueux.

Le contrôle s'étend au monde des lettres : on corrompt par des « indemnités littéraires », des invitations, des flatteries, une majorité d'écrivains, mais on sait aussi frapper de condamnation les auteurs et leurs œuvres (et leur éditeur), car il faut réprimer « les outrages à la morale publique et à la morale religieuse ». Les Goncourt en 1853, Flaubert pour *Madame Bovary*, Baudelaire pour *Les Fleurs du mal* (« odieux », « ignoble », « repoussant », « infect ») sont condamnés en 1857. On exclut des emplois publics, on révoque les écrivains qui se montrent indépendants d'esprit. Cela crée une atmosphère contradictoire, d'une part enjouée, brillante, libertine où l'on brûle des fortunes pour satisfaire ses plaisirs, et dans laquelle sont entraînés les « élites » et tous ceux – journalistes, etc. – qui vivent de ce gaspillage, en profitent, le commentent, l'exaltent. D'autre part il y a la chape de plomb hypocrite d'un ordre moral, tatillon, borné qui, par la bouche du procureur (Pinard, qui deviendra ministre de l'Intérieur à la fin de l'Empire), se livre à une condamnation générale du réalisme. Enfin bouillonne la révolte sourde dans une minorité de républicains intransigeants, marginalisés, réduits au silence depuis 1848 pour les plus vieux, scandalisés par la Fête impériale et la misère qu'ils vivent et côtoient dans le monde ouvrier, et par l'hypocrisie, la bonne conscience mêlée de cynisme des partisans du régime.

Ces contradictions – au moins à Paris qui les rassemble – sont explosives. Après la chute de l'Empire, elles compteront parmi les causes de la Commune.

1863

Être polonais ou mourir

Une nation, quand elle est enracinée dans l'histoire, quand un peuple, une langue, une foi, une culture, une conscience collective ont assuré sa cohésion, est difficile, pour des occupants, à briser. La tâche est même impossible si, entre la nation considérée et celles qui la menacent, les oppositions paraissent irréductibles non seulement en termes de souveraineté politique, mais surtout sur le plan de l'identité culturelle et religieuse. La religion peut d'ailleurs devenir, dans ce cas, la forteresse de la conscience nationale, et c'est autour d'elle que se rassemble le peuple : foi et nation sont identifiées ; la défense de la foi est défense de la nation et vice versa.

La survie souterraine d'une nation

Cette résistance d'une nation peut, dans ces conditions, au prix certes de dures souffrances, supporter de longues périodes d'occupation. On peut croire alors à la disparition de la nation parce que toute expression politique a disparu et que cela peut se prolonger durant des décennies. Mais, parce que l'identité nationale est liée non pas exclusivement à la représentation politique – existence d'un État, d'une indépendance, etc. – mais bien plus profondément à la langue, à la foi, à la culture – c'est-à-dire à la mémoire historique de la nation et c'est encore avec la foi que souvent celle-ci s'identifie –, la nation survit souterrainement pour ressurgir vigoureuse, quand les circonstances s'y prêtent. Et l'épisode, même s'il est bref, même s'il se termine par un échec, vient enrichir la conscience nationale.

La Pologne si souvent dépecée manifeste ce type de résistance, et son identité catholique lui assure, face à l'orthodoxie russe et au protestantisme prussien, une personnalité profonde, sûre d'elle-même et sur laquelle s'appuie sa résistance.

La dernière insurrection polonaise, pour son indépendance, s'est déroulée en 1830-1831, mais le tsar Nicolas Ier l'a matée avec une brutalité sans faille (pendaisons, déportations en Sibérie et au Kouban, etc.). Une «grande émigration» a poussé vers la France des milliers de Polonais (Mickiewicz, Chopin) qui maintiennent vif, à Paris, le sentiment national polonais.

L'avènement d'Alexandre II (1855) suscite des espoirs puisque, dans sa volonté réformatrice des débuts de son règne, le tsar permet la réouverture de l'Université – 1861 – de l'École de médecine – 1857 – et autorise la création d'une Société d'agriculture. Il s'appuie même sur un parti modéré (Wielepolski), qui souhaite une coopération avec la Russie.

Ces mesures ambiguës favorisent en fait le développement du mouvement en faveur de l'indépendance qui s'exprime lors de la commémoration de la révolution de 1830-1831. Les troupes russes tirent sur la foule (1861), et, pour décapiter le mouvement de protestation, la décision est prise d'incorporer dans l'armée – russe – les jeunes opposants, ce qui n'est qu'une manière de masquer une déportation de masse.

La révolution éclate alors en janvier 1863. Elle dure plusieurs mois sous la direction d'un Comité national clandestin. Elle dispose de faibles moyens, mais une guérilla antirusse se développe, s'appuyant sur les paysans dans un premier temps. Les divisions, pourtant, minent cette révolution, opposant une gauche et une droite, révolutionnaires et conservateurs, tous antirusses mais rivaux entre eux.

Aucune mesure capable d'entraîner durablement les paysans (partage des terres, par exemple) n'est prise, si bien que les résistants sont bientôt isolés. D'autant plus qu'au plan international aucune puissance ne vient à leur secours.

Au contraire, la Prusse, par la Convention d'Alvensleben (février 1862), a apporté son aide aux Russes. Napoléon III est, verbalement, plus actif. Il lance un avertissement aux Russes, souhaite la convocation d'un congrès pour revoir non seulement la question polonaise, mais toute la construction politique de l'Europe puisque, dit-il, « sur presque tous les points, les traités de Vienne sont détruits, modifiés, méconnus ou menacés ». En fait, cette orientation diplomatique – révisionniste –, qui envisage non seulement la reconstitution d'un État polonais, mais, par exemple, le partage de la Belgique entre la France et les Pays-Bas, inquiète toutes les puissances européennes et d'abord l'Angleterre qui craint, à nouveau, une prépondérance française en Europe continentale.

Par ailleurs si, en France, les catholiques libéraux (Montalembert, proche du poète exilé Adam Mickiewicz), les républicains (Jules Favre) et les bonapartistes les plus populistes (le prince Napoléon Jérôme) soutiennent les Polonais, l'opinion reste hostile, semble-t-il, à toute aventure militaire, et les milieux d'affaires ne veulent pas la rupture avec la Russie. Une fois encore, donc, Napoléon III s'est avancé à découvert sur l'arène internationale. Peut-être les succès de l'opposition aux élections de mai 1863 (dans le département de la Seine 153 000 voix contre 82 000 aux candidats gouvernementaux, Thiers est élu) ont-ils incité Napoléon III à rechercher un succès diplomatique, dans la ligne de la défense du principe des nationalités, propre, imagine-t-il, à séduire le peuple.

C'est, en tout cas, un échec qui confirme l'isolement des Polonais.

À Londres, Marx et les associations de travailleurs allemands peuvent bien rédiger des communiqués de solidarité (« Sans une Pologne indépendante, pas d'Allemagne indépendante et unie... Le rétablissement de la Pologne doit être inscrit en lettres de feu sur votre drapeau », dit l'un d'eux), cela n'apporte aucun appui réel aux Polonais.

L'ordre peut donc régner à Varsovie. « Le pendeur de Wilno », Muraviev, s'y emploie pour Alexandre II, et, en

1864, le calme est rétabli en Pologne. Les pendaisons, les déportations sont nombreuses.

Alexandre II procède alors à une russification de la Pologne : le polonais est supprimé comme langue officielle, l'enseignement et la justice sont russifiés, l'Église catholique surveillée, les droits limités. En même temps, une réforme agraire – 1864 – favorise les paysans (distribution de terres) de manière à les couper de l'aristocratie polonaise, considérée par les Russes comme responsable de la révolution de 1863.

La Russie, ennemie héréditaire de la Pologne

Mais ces mesures – et les Prussiens en prennent d'aussi dures dans les territoires polonais qu'ils contrôlent –, si elles sont suffisantes pour briser toute velléité de nouvelle révolution, sont impuissantes à détruire l'identité polonaise. Elles confirment au contraire que la Russie est l'ennemie héréditaire de la Pologne.

Cela aussi s'inscrit, après 1863, encore plus profondément dans la mémoire nationale. Et ne s'effacera pas. Même un siècle plus tard.

1864

« Prolétaires de tous les pays, unissez-vous » :
la Iʳᵉ Internationale

La multiplication des échanges économiques internationaux, la création, en fait, d'une économie et d'un marché mondiaux, les solidarités industrielles qui traversent les frontières nationales créent des liens nouveaux, supranationaux, entre les pays, et surtout dans le groupe de ceux (l'Europe du Nord-Ouest) qui sont (avec l'Angleterre comme chef de file) à l'origine de cette révolution industrielle, point de départ de la création de l'économie mondiale.

Les produits circulent et créent ainsi des liens entre producteurs et consommateurs de pays différents, et les travailleurs sont conscients qu'ils subissent les conséquences de ces échanges : un traité de commerce (par exemple, le traité libre-échangiste de 1860 entre la France et l'Angleterre) a des effets directs (ainsi dans l'industrie textile) sur l'emploi dans l'un et l'autre pays. Ce peut être la ruine ici, l'expansion là. De petits cercles de « prolétaires » découvrent ainsi qu'ils sont dépendants dans leur vie quotidienne de ce qui intervient au-delà des frontières nationales.

La poussée de l'internationalisme

Ce sentiment s'appuie d'ailleurs sur une tradition ancienne – vive par exemple en 1848 – de la solidarité entre les peuples. N'est-ce pas Mazzini (et Hugo, et Garibaldi) qui rêvait aux États-Unis d'Europe ? Ce qui n'avait qu'une dimension politique (la lutte des « révolutionnaires » contre les « tyrans »), ce qui s'exprimait dans la solidarité à l'égard des exilés (nombreux Français en Belgique et en Angleterre depuis 1851, Polonais en France, depuis 1831, etc.) va s'élargir à l'aspect social et économique. Et, déjà en 1848, le *Manifeste communiste* de Marx et Engels affirmait cette solidarité internationale de classe. Les prolétaires contre les exploiteurs, partout, quelle que soit leur nationalité. Cet internationalisme qui se fraie peu à peu un chemin, parce que les faits l'imposent comme une réalité, est renforcé encore par les contacts qui se nouent – parce que les hommes circulent davantage (émigrants d'Europe aux États-Unis, exilés politiques, etc.) et plus vite, et que des occasions leur sont offertes de confronter leurs expériences, par exemple à l'occasion des Expositions universelles.

C'est ainsi que deux cents ouvriers français (dont l'ouvrier ciseleur Tolain) obtiennent l'autorisation de se rendre à l'Exposition universelle de Londres. D'anciens saint-simoniens proches du pouvoir ont favorisé – et financé – ce voyage pour permettre aux ouvriers de découvrir les techniques nouvelles. L'intention politique est claire aussi : lier le prolétariat à l'empereur, alors que sa politique internationale (en Italie) risque de lui aliéner une partie de la bourgeoisie catholique. Mais les ouvriers, modérés pourtant, reviennent enthousiasmés par l'organisation des trade-unions britanniques et les libertés d'association et de revendication dont disposent les prolétaires anglais. En 1863 – le 22 juillet –, de nouveaux délégués français se rendent à Londres, pour manifester, avec d'autres représentants des ouvriers de différents pays, leur solidarité à l'égard de la Pologne.

Le Manifeste des Soixante

Ces contacts vont de pair avec la conscience de plus en plus nette de l'autonomie des revendications – et des besoins – du prolétariat par rapport aux objectifs que se donnent les politiques, fussent-ils républicains. En France, Napoléon III et ses stratèges voient l'avantage qu'ils peuvent tirer d'une rupture entre les républicains (notables de la moyenne bourgeoisie : avocats, professeurs, etc.) et l'électorat ouvrier. Habilement, en janvier 1864, Napoléon III propose ainsi que la coalition (c'est-à-dire la cessation concertée du travail : la grève) ne soit plus un délit. Naturellement, les peines sont maintenues – et aggravées – s'il y a atteinte à la liberté du travail, mais le pas franchi est important : la grève devient possible. Le 17 février 1864, soixante ouvriers (dont Tolain) proposent dans un *Manifeste* (dit des *Soixante ouvriers de la Seine*) qu'il y ait aux élections (un scrutin complémentaire doit avoir lieu le 20 mars 1864) des candidatures exclusivement ouvrières. «Nous ne sommes pas représentés, écrivent-ils, et voilà pourquoi nous posons cette question des candidatures ouvrières... Nous ne voulons pas être des clients ou des assistés, nous voulons devenir des égaux.» Au-delà de l'intérêt politicien – pour le Second Empire – de voir se créer ainsi une division dans l'opposition (Tolain et les ouvriers contre ou à côté de Gambetta, Jules Favre ou Jules Ferry), ce *Manifeste des Soixante* marque une étape importante dans la naissance d'une conscience ouvrière.

La même année, à Londres, le 28 septembre 1864 (meeting de Saint-Martin's Hall) en présence de délégués de plusieurs pays (Tolain est parmi les Français) est fondée l'Association internationale des travailleurs (A.I.T.), *Working Men's International Association*. Karl Marx en rédige l'*adresse*, dont la tonalité est révolutionnaire. «Après l'échec des révolutions de 1848, peut-on lire, une main de fer a broyé toutes les organisations et toute la presse de parti des classes travailleuses... La grande tâche des classes travailleuses, c'est de conquérir le pouvoir politique... L'expérience du passé a démontré qu'un lien de fraternité doit exister entre les travailleurs des différents pays et les inciter à tenir bon coude à coude... [Ils doivent] percer les mystères de la politique internationale, surveiller les agissements de leurs gouvernements respectifs... Prolétaires de tous les pays, unissez-vous !»

Le préambule des statuts affirme que «l'émancipation

de la classe ouvrière doit être l'œuvre des travailleurs eux-mêmes... le prolétariat ne peut agir comme classe qu'en se constituant lui-même en parti politique distinct... [c'est] indispensable pour assurer le triomphe de la révolution sociale et son but suprême : l'abolition des classes».

La griffe de Karl Marx est évidente, l'accent radical net, l'internationalisme – contre les chauvinismes –, la notion de prolétariat, celle de lutte des classes clairement affirmés. En ce sens, les textes fondateurs de l'A.I.T. sont – malgré quelques passages dus à la présence de modérés, tel Tolain – dans le droit fil du *Manifeste communiste*.

Au fil des congrès de cette Iʳᵉ Internationale (un par an), si l'organisation se développe (25 000 Anglais, 600 Français, des Suisses, des Belges, des Allemands, etc.), elle se divise aussi entre différents courants. De nouveaux adhérents (pour la France, Varlin) s'opposent à ceux qui pensent en termes de solidarité, de pacifisme, plus que de révolution (Tolain). Mais surtout se dessinent d'autres conflits : entre proudhoniens et marxistes, entre ceux qui veulent faire de l'Internationale un groupe politisé et organisé (Marx) et ceux qui mettent l'accent sur l'antiautoritarisme nécessaire et l'absolue autonomie ouvrière (ce seront les anarchistes collectivistes, proches de Bakounine).

Mais reste, au-delà des cassures prévisibles, la naissance d'une organisation internationale, issue du prolétariat, cette classe sociale nouvelle, fruit de la Révolution industrielle, qui pénètre ainsi, pour la première fois de manière délibérée et pensée, sur la scène mondiale. Le XXᵉ siècle est en marche.

1865

L'expédition française au Mexique : le piège et la honte

Un affrontement mondial

Les grandes puissances dessinent dans le monde, et parfois fort loin de leurs frontières, des zones d'influence qu'elles s'emploient à préserver de l'intervention d'autres puissances et qu'elles essaient d'étendre. Ces zones d'influence peuvent prendre l'aspect de prises de possession territoriales (colonisation, protectorat, enclaves, etc.) directement contrôlées par des troupes et parfois par une administration. Elles peuvent n'être que des chasses gardées pour les échanges commerciaux et ce pour influer sur l'orientation politique et culturelle de ces régions. Ces zones participent de la force d'un État pour lequel elles constituent des points d'appui, des marchés et des réservoirs de matières premières. Dans le partage du monde qui s'opère au cours de la deuxième moitié du XIXe siècle, la lutte pour l'extension et la conquête de nouvelles zones devient l'un des enjeux majeurs des relations internationales. D'autant que la puissance est plus que jamais liée à la possession de ressources et de débouchés. Si bien que plus un continent – l'Asie, l'Afrique, etc. – n'échappe à la compétition et que toutes les grandes puissances – européennes, mais aussi États-Unis et Russie – se lancent dans cette recherche. Dès lors, l'affrontement entre puissances ne se fait plus nécessairement le long de leurs frontières propres. Il peut intervenir aux antipodes, et les conflits peuvent naître de cette rivalité qui s'est déplacée géographiquement, même si ce sont toujours les «centres» qui sont concernés et si des affrontements de la « périphérie » (dans les zones d'influence) peuvent être les détonateurs des conflits centraux.

Or, à partir des années 1860, l'une des grandes puissances, les États-Unis, se trouve empêchée de défendre la zone d'influence qu'elle a définie, dès « la doctrine Monroe » (1823), et qui « interdit » à des puissances européennes d'intervenir sur le continent américain, sous peine de rencontrer l'hostilité des États-Unis. La longue guerre de Sécession (1861-1865) paralyse la politique extérieure américaine et ouvre des possibilités d'intervention aux autres puissances. C'est dans ce contexte que se situe l'expédition française au Mexique.

Ce pays est affaibli, par sa défaite en face des États-Unis en 1848, par la lutte qui oppose les libéraux (Juarez) anticléricaux aux conservateurs catholiques. Ceux-ci sont écartés du pouvoir en 1860. Juarez laïcise l'état civil, expulse les Jésuites et surtout sécularise les vastes biens du clergé. En même temps, il refuse d'endosser la lourde dette contractée à l'étranger par le gouvernement précédent.

Une aventure sans issue

Autant de prétextes d'intervention pour Napoléon III. Il rêve depuis sa jeunesse à l'Amérique centrale, il a même eu l'idée d'un canal transocéanique. Il cherche une compensation pour les catholiques français, irrités par sa politique italienne. Il médite sur la création d'une zone d'influence française dans cette région du monde, d'autant plus facile à établir, pense-t-il, que la cassure des États-Unis lui paraît définitive et que ses sympathies vont aux Sudistes. Mais pèsent aussi, sur l'entourage, d'autres considérations : l'influence des émigrés mexicains et les plus basses considérations financières. Morny – le demi-frère de l'empereur – a inscrit sur la liste des réclamations françaises liées à la dette une créance suisse, les « bons Jecker » ; en échange d'une commission de 30 p. 100 ! Jamais peut-être comme dans cette « affaire mexicaine » les tares de la politique du Second Empire ne sont apparues aussi clairement :

poids de l'affairisme le plus sordide, impréparation militaire, diplomatique et stratégique, machiavélisme sans vision de Napoléon III, reniements. Et la France et des hommes se trouvent engagés par ce pouvoir personnel et celui d'une « camarilla » dans une aventure qui ne peut être que sans issue.

En effet, l'Espagne et l'Angleterre, malgré les efforts de Napoléon III, refusent de se laisser entraîner dans une intervention au Mexique qui aurait pour but – c'est celui de Napoléon III – de placer un monarque (Maximilien d'Autriche – peut-être le fils du duc de Reichstadt) à la tête de ce pays. C'est fait en 1863 après les victoires militaires françaises de Puebla et de Mexico (1863). Mais ce souverain est isolé. Juarez et ses partisans pratiquent une guerre de guérilla. Maximilien, hésitant, est à la fois en difficulté avec les milieux cléricaux – qui réclament le retour de ses biens à l'Église – et haï par les patriotes mexicains. Il ne tient que grâce au corps expéditionnaire français. Encore que le chef de celui-ci, Bazaine, mène sa propre politique, avec des buts personnels ; peut-être « gouverner » à son profit le Mexique. Napoléon III garantit d'abord à Maximilien (lettre du 30 janvier 1864) de laisser sur place le contingent français aussi longtemps que nécessaire. Mais, dès la guerre de Sécession terminée (mai 1865), les États-Unis, de manière vigoureuse, condamnent la présence française au Mexique (juillet, puis octobre 1865) et exigent le retrait des troupes de Napoléon III. Celui-ci ne peut envisager une guerre avec les États-Unis. Il se parjure donc, annonce le départ du corps expéditionnaire dès le 15 janvier 1866. Et, de ce fait, il condamne Maximilien qui sera fait prisonnier par les troupes de Juarez et exécuté (juin 1867).

Cet échec lamentable dans la tentative de se créer une zone d'influence est lourd pour l'Empire.

La France a été engagée dans le soutien d'un gouvernement rejeté par le pays, développant une politique réactionnaire, et ce, « au profit d'un prince étranger et d'un créancier suisse », dira Jules Favre, au nom de l'opposition républicaine.

Elle a envoyé des troupes sur un théâtre d'opérations lointain alors que la situation en Europe est mouvante et périlleuse, à la suite de la politique prussienne.

Pour l'opposition républicaine, cet échec est le résultat même du fonctionnement du système impérial.

Pour une large partie de l'opinion, l'impopularité commence à toucher l'empereur cependant que, chez les plus intransigeants de ses adversaires, la haine se mêle au mépris.

D'autant plus que les arguments du régime sont inexistants : « Dieu n'a pas voulu que nous rendions à elle-même cette nation débarrassée de la guerre civile et de l'anarchie, respectons ses décrets », dit seulement Rouher, chef du gouvernement (juillet 1867).

On ne peut mieux avouer son impuissance. Un tel régime, accumulant de telles tares, peut-il durer longtemps ?

L'irrésistible ascension de la Prusse :
Sadowa

La guerre, instrument politique

Le déclenchement d'une guerre – ce point extrême d'une confrontation entre deux puissances, ce moment de vérité du rapport de forces – est le résultat d'une « mécanique » que des acteurs – dans les pays en question – ont certes délibérément mise en route, mais qui, le plus souvent, leur échappe, parce que la décision passe de leurs mains à celles d'autres responsables (les militaires) qui ont leurs propres responsabilités, leur propre logique et qui, une fois l'engrenage politique lancé, l'entraînent jusqu'au bout – la guerre – par les dispositions qu'ils sont conduits à prendre : à cet échelon, ce sont les généraux qui exigent mobilisation, actions, etc. Les politiques, initiateurs, perdent la maîtrise complète du choix. Ils cèdent aux impératifs techniques de la situation qu'ils ont créée, il est vrai. Mais, parfois, la guerre est totalement maîtrisée par un grand chef politique, sachant contrôler l'instant de son déclenchement, poussant l'adversaire à s'y engager, comme on le fait d'un animal qu'on contraint à entrer dans une nasse. Il faut pour cela que le chef ait à la fois une volonté de fer et une clairvoyance politique sans défaut ; qu'il soit audacieux et obéi. Ce qui suppose le plus souvent une concentration – ou une délégation – entre ses mains du pouvoir civil et militaire, et donc des structures politiques autoritaires qui font sauter les hésitations et les débats propres aux instances démocratiques (assemblées, etc.) ; mais ce qui implique aussi de sa part des qualités supérieures d'homme d'État : la capacité de décider vite, le réalisme, l'acuité du regard, et ce choix de l'instant de l'action, qui caractérisent les grands politiques et les grands chefs de guerre, et la détermination de se tenir absolument à ce choix, une fois qu'il est accompli.

Alors la guerre, selon le mot célèbre du Prussien Clausewitz, est bien « la continuation de la politique par d'autres moyens ».

Bismarck (1815-1898), président du Conseil de Prusse à partir de septembre 1862, possède ces qualités éminentes, mises au service de la passion nationale « allemande ». Au cours de sa carrière (délégué de la Prusse à la Diète germanique, ambassadeur à Saint-Pétersbourg puis à Paris), il s'est convaincu de la nécessité pour la Prusse, si elle veut voir se réaliser l'unité allemande, d'affronter l'Autriche. Il a pu aussi mesurer les faiblesses de l'État russe et le caractère velléitaire, l'absence de pensée claire et stratégique de Napoléon III, ainsi que les divisions de son entourage. Or l'attitude française dans la question allemande est déterminante. Elle peut favoriser les desseins prussiens, mais elle garde aussi la possibilité d'une alliance avec l'Autriche. Le poids de son armée – même affaiblie par l'aventure mexicaine qui mobilise ses troupes les plus aguerries – est réel, et la Prusse ne peut se permettre de s'engager dans une guerre sur deux fronts : contre l'Autriche et la France. Bismarck va donc s'employer par étapes d'une part à contraindre l'Autriche à entrer en guerre contre la Prusse (il faut briser militairement l'Autriche pour faire l'Allemagne), d'autre part à neutraliser la France. Pour ce faire, il dispose d'un atout : la question italienne. Napoléon III souhaite en effet obtenir que la Vénétie soit rattachée au royaume d'Italie. Moyen, estime-t-il, de faire oublier Rome aux Italiens (les catholiques français n'accepteraient pas de reculade française sur ce point). Pour ce faire, Napoléon III favorise (il a des entretiens avec Bismarck à Biarritz en octobre 1865) l'alliance entre l'Italie et la Prusse. En même temps, avec ce qu'il croit être de l'habileté, il négocie avec Vienne, pour obtenir aussi de l'Autriche la Vénétie, tout en ajoutant : « Je ne demande pas mieux que vous battiez les

Italiens s'ils vous attaquent. » En fait, Napoléon III croit à une guerre longue entre Prusse et Autriche et espère en retirer des avantages territoriaux pour la France sur le Rhin : voilà qui redorerait son blason devant l'opinion française.

Assuré de la neutralité française (résultat surtout de l'incapacité de Napoléon III à choisir), Bismarck pousse systématiquement à l'affrontement avec Vienne : en 1864, en faisant prévaloir le point de vue prussien dans la question des détroits danois (au terme d'une guerre avec le Danemark, ces « duchés » deviennent prussiens), en déposant devant la Diète germanique un projet de réforme inacceptable pour Vienne (avril 1866). Bismarck sait que, en Allemagne, toutes les forces dynamiques (intellectuelles et nationales : la société du *Nationalverein* ; économiques : depuis le *Zollverein*, l'unité économique allemande – voies ferrées, échanges, développement industriel – se réalise hors et contre la sphère d'influence autrichienne) soutiennent son entreprise.

Certes, une guerre est toujours un pari risqué. Mais Bismarck compte sur la supériorité militaire prussienne en termes d'armement, de commandement, de tactique, de conviction. La rupture entre la Prusse et l'Autriche est du 14 juin 1866. Le 3 juillet 1866, l'armée autrichienne subit à Sadowa une défaite décisive.

Rarement guerre a été aussi précisément décidée. L'Autriche a été acculée à la faire. François-Joseph, l'empereur d'Autriche, était conscient du piège mais, disait-il, « comment éviter la guerre si d'autres la veulent ? La situation est telle que la guerre est inévitable... j'ai un pistolet sur la poitrine ».

Et Moltke, le général prussien, précisait – comme une paraphrase de Clausewitz : « La guerre de 1866 n'a pas été appelée par l'opinion publique et par la voix du peuple. C'était une guerre qui avait été reconnue nécessaire par le cabinet, une lutte prévue de longue date et préparée de sang-froid : elle n'avait pas pour objet la conquête, l'extension du territoire ou un avantage matériel – mais bien un idéal : l'accroissement de puissance. »

Cet «accroissement de puissance», l'Angleterre et la Russie l'acceptent. Mais Napoléon III ne peut que le ressentir comme une défaite grave. Ses calculs sont bouleversés. Le Piémont a même été battu par les Autrichiens (bataille de Custozza, 24 juin 1866). Et si les Italiens obtiennent la Vénétie, ils ne renoncent pas à Rome. Il faudra des troupes françaises pour s'opposer aux garibaldiens (bataille de Mentana, 1867). Et en Italie le «prestige» français en est encore plus durablement atteint.

Le piège bismarckien

Pis, à toutes les revendications françaises de compensations (rive gauche du Rhin, Belgique, Luxembourg!), Bismarck oppose un refus, qu'il rendra bientôt public, obligeant Napoléon III (qui a un instant envisagé une médiation armée… mais les troupes sont au Mexique!) à une reculade, et donc à l'aveu d'un échec et d'une humiliation. Le piège bismarckien s'est aussi refermé sur Napoléon III.

Celui-ci, au terme d'une série d'échecs diplomatiques majeurs, ne peut plus qu'envisager de faire face à l'adversaire qu'il a contribué à renforcer : la Prusse de Bismarck.

Grosse partie où le régime impérial peut se perdre.

L'évolution du Second Empire :
changer pour que rien ne change

Dans une société, quand les forces conservatrices se sentent menacées par une poussée révolutionnaire, quand de larges masses populaires (paysannes par exemple) sont désorientées, effrayées par cette même poussée, quand le système politique – pour des raisons historiques – comporte des consultations électorales larges (élections au suffrage universel des députés, ou du chef de l'État, etc.), le recours à un homme providentiel peut stabiliser, dans un sens conservateur, la société. L'homme providentiel – au-dessus des factions, dit-il, au-dessus des partis, etc. – se présente comme le rassembleur de la nation. Il est – avantage considérable dans le cadre d'un suffrage universel – capable de rallier sur son nom une majorité de votes. Son prestige et son « populisme » masquent ainsi le fait que, le plus souvent, il exprime les intérêts des forces conservatrices qui parfois l'ont poussé sur le devant de la scène, le soutiennent, lui fournissant les moyens matériels de ses campagnes.

La situation de « l'homme providentiel »

Ce ralliement à un homme providentiel des élites politiques et sociales conservatrices ne va pas sans leur poser des problèmes. L'homme providentiel, devenu roi, empereur, président, acquiert une réelle autonomie de décision. Il a sa popularité, son entourage, il incarne le pays. Il peut jouer sa propre carte (dynastique). Il a ses propres idées : il peut entrer dans certains domaines sociaux, économiques en conflit avec le parti de l'ordre qui l'a soutenu. Et il peut être tenté de pousser contre le parti de l'ordre tel ou tel secteur de l'opinion. Bref l'homme providentiel n'entretient jamais des relations simples, mécaniques avec les couches conservatrices qui sont pourtant son assise principale.

C'est pourquoi celles-ci visent, au fur et à mesure que le temps passe, que la crise qui a permis à l'homme providentiel de s'imposer s'éloigne, à reprendre directement le pouvoir, à imposer leur loi, derrière lequel elles se sont cachées, mises à l'abri du « péril rouge », puis qu'elles ont subi. Et si le « souverain » est en situation de faiblesse, il est bien contraint de capituler. Il n'a pas d'autre issue : ses adversaires de gauche – les rouges – ne se rallieront jamais à lui.

Quand, en septembre 1867, le préfet de police Piétri déclare : « L'empereur a contre lui les classes dirigeantes », c'est une situation de ce type qu'il illustre.

Napoléon III – l'homme du parti de l'ordre en 1849, le bouclier et le glaive contre le « péril rouge » – a déçu. Le catalogue est long : échecs et aventures dans le domaine international (Mexique et Sadowa), politique ambiguë à l'égard des intérêts pontificaux (soutien à l'unité italienne) qui choque les catholiques ; politique économique qui heurte les intérêts (1860 : traité de commerce libre-échangiste avec l'Angleterre), politique sociale qui ne produit pas les résultats escomptés : les gestes en direction des ouvriers (droit de coalition, etc.) n'ont en rien pacifié le prolétariat. Au contraire, les grèves se multiplient (en 1867, année de l'Exposition universelle de Paris), la Section française de l'Internationale ouvrière est active. Pis, les grèves manifestent une combativité ouvrière inconnue depuis 1848 : ainsi lourdes grèves des mineurs du Massif central (1869-1870, Ricamarie, Aubin, Le Creusot : des morts partout). Et, loin de se séparer des républicains, les militants ouvriers forment – surtout dans les villes – l'aile la plus radicale de ce mouvement, comme l'ébauche d'un syndicalisme révolutionnaire. En même temps que de nouvelles générations de républicains (Gambetta, Rochefort) s'affirment « irréconciliables », rappellent le souvenir du coup d'État (souscription pour élever la statue du député Baudin), attaquent le régime dans des journaux agressifs (*La Lanterne, La Marseillaise* de Rochefort), remportent les élections dans les grandes villes – notamment à Paris – et organisent des manifestations qui sentent l'émeute révolutionnaire (à propos de l'assassinat du journaliste Victor Noir par le prince Pierre Bonaparte, le 12 janvier 1870). À Paris, des révolutionnaires jeunes – derrière le « vieux » Blanqui –, des « Jacobins », toute une extrême gauche qui souffre encore des journées de juin 1848 rêvent de révolution.

Le retour des « modérés »

Il s'agit là, certes, de groupes très minoritaires – parisiens surtout –, mais ils suffisent, surtout après l'échec international que représente la victoire prussienne de Sadowa, à créer un climat de crise. Et à faire craindre à nouveau un « péril rouge » que l'empereur ne serait plus capable de mater, mais qu'au contraire son régime personnel et ses échecs entretiendraient et renforceraient. C'est le moment (1867) où, pour les forces conservatrices, l'homme providentiel n'est plus une protection mais un péril. Ainsi voit-on surgir les anciens et les nouveaux modérés – de Thiers (qui déclare : « Il n'y a plus une faute à commettre »), à Schneider (le magnat du Creusot) élu président du corps législatif, à Émile Ollivier – républicain rallié –, tous constituent une sorte de tiers parti, entre le parti bonapartiste et les républicains irréconciliables.

En plusieurs étapes – la première, la plus décisive, est une lettre de Napoléon III, du 19 janvier 1867, annonçant un train de mesures libérales – et sous la poussée de résultats électoraux négatifs (en mai-juin 1869, un million seulement de voix séparent les gouvernementaux des opposants, l'opposition double le nombre de ses voix et de ses sièges), et face à la vigueur de la campagne républicaine (Gambetta énonce alors son « programme de Belleville » : toutes les libertés, instruction primaire laïque et obligatoire, séparation de l'Église et de l'État), Napoléon III abdique l'essentiel de son pouvoir entre les mains du tiers parti. Émile Ollivier est chargé de former un cabinet homogène «représentant fidèlement la majorité du corps législatif» (décembre 1869). Le parti de l'ordre – sans populisme – a retrouvé le pouvoir. Pourquoi aller au-delà? «Nous ferons à l'empereur une vieillesse heureuse», assure Émile Ollivier. Un plébiscite vient approuver les réformes libérales par 7 350 000 voix contre 1 358 000. Triomphe de l'empereur. Pessimisme des républicains: «L'empire est plus fort que jamais.» Émile Ollivier peut déployer sa nouvelle autorité en faisant tirer l'armée sur les grévistes, en faisant emprisonner les dirigeants de l'Internationale et des républicains.

Mais cette force, ce «recommencement» de l'Empire sont minés par le principe même du compromis qui a été passé. L'empereur teste, malgré tout, la clé de voûte du système institutionnel – dynastique. Il a de ce fait un poids décisif, notamment en politique extérieure, d'autant plus que les chefs militaires, l'entourage, jouent dans ce domaine un rôle important. Et que le gouvernement – sur ce point essentiel – est dépendant de l'empereur, sous peine d'entrer en conflit avec lui, c'est-à-dire de mettre fin au compromis qui est la base même de l'existence gouvernementale.

La survie de l'empire est ainsi liée à la sagesse de l'empereur. Situation d'autant plus incertaine que celui-ci peut vouloir retrouver sa gloire et son pouvoir dans la réussite d'une aventure extérieure, providentielle.

1868

L'exploration du continent mystérieux : l'Afrique

La prise de possession du monde, c'est-à-dire l'intégration de chacune de ses parties (continents, zones reculées, etc.) dans cet ensemble que constitue l'économie mondiale et que pilotent les pays européens avancés, se fait, suivant les régions, à des rythmes différents qui sont fonction des difficultés rencontrées (hostilité des populations, résistance donc plus ou moins grande, mais aussi caractéristiques géographiques et médicales : déserts, forêts, grands espaces, maladies) et de l'intérêt économique de la zone considérée (ressources, possibilités d'exploitation de plantations, etc., ou bien capacité d'achat des populations locales).

Il existe aussi, pour les États conquérants, la volonté de s'assurer des points d'appui stratégiques, pour protéger des voies de communication ou faire face à la présence de puissances rivales.

L'Afrique, de ce point de vue, paraît, jusqu'à la deuxième moitié du XIXe siècle, l'un des continents les moins attirants pour l'expansion européenne. Autant les régions de l'Asie, peuplées, structurées, ouvrent des possibilités, autant le continent africain semble stérile. L'exploration, jusqu'aux années 1850, y est de ce fait l'œuvre d'individus qui agissent de leur propre initiative ou avec de très faibles soutiens (René Caillé – 1827-1829 – ou les premiers voyages d'exploration de Livingstone, 1846).

À partir de 1850 (et jusqu'aux années 1880), la progression de la connaissance du continent africain s'opère lentement mais plus systématiquement.

L'Afrique entre dans le circuit mondial

C'est que, peu à peu, l'Afrique côtière, surtout, entre dans le circuit économique mondial. Certes, il ne s'agit pas d'une grande « exploitation ». Les États sont réticents devant ce continent fermé par la nature et par la maladie et dont les populations sont difficiles à comprendre, jugées comme primitives. Mais dès lors que la traite des esclaves n'est plus pratiquée – comme produit d'exportation africain vers les Amériques –, on recherche des marchandises de substitution : huile de palme, arachide, pour les savons et les huiles. En France, des villes comme Marseille et Bordeaux commencent à établir des relations suivies, avec le Sénégal notamment.

C'est d'ailleurs au Sénégal que se réalise la première implantation territoriale d'envergure, par l'action du général Faidherbe (en poste de 1854 à 1860 puis de 1863 à 1867). Il crée une véritable colonie unifiée (autour de Saint-Louis et de Gorée), protégée par des fortins, disposant d'une assise économique – l'arachide – et d'une défense – les tirailleurs sénégalais. Les Anglais, pour leur part, sont conduits à s'assurer des points d'appui côtiers, en Gambie, à la Sierra Leone, avec le port de Lagos, et à Zanzibar. Ces prises de position – potentiellement rivales – sur les côtes de l'Afrique noire sont aussi déterminées par les zones d'influence qui se dessinent en Afrique blanche – du Maroc à l'Égypte. Là, les Européens ont pris pied (la France en Algérie) ou se disputent déjà un leadership (Français contre Anglais en Égypte). Or des relations terrestres existent entre les rives méditerranéennes et l'Afrique noire : des caravanes, des trafics d'esclaves, des échanges commerciaux, des pénétrations « culturelles » (l'Islam conquérant gagne le Sud), sans compter les explorations qui poussent à rechercher loin au sud par exemple les sources du Nil, lient les deux Afriques.

Tout cela explique le développement de la pénétration en Afrique intérieure, surtout autour des années 1860.

Le Tchad, le Niger, le Zambèze, les lacs Meoro et Bang-weolo (en 1868) sont découverts, explorés par Barth et surtout Livingstone (1813-1873), figure exemplaire de cette période («Un mysticisme voisin du martyre y rejoignait chez lui la soif de la découverte», dira de lui l'Américain Stanley venu à sa recherche). D'autres explorateurs (Speke, Baker, Brazza, Rohls, Nachtigal, etc.) abordent les rives du lac Victoria, longent le haut Nil, pénètrent la forêt gabonaise, traversent le Sahara, parcourent le Tibesti.

Les peuples africains sont, au cours de ces explorations, répertoriés, étudiés ; l'Afrique noire et profonde sort ainsi de ses mystères sans pour autant être encore comprise ou intégrée au système mondial. Son immensité même, ses singularités dans la faune, la flore, son histoire particulière – avec ses systèmes d'organisation politique et ses croyances – sont autant d'obstacles.

D'autant plus que l'exploitation de ses ressources (le bois, les minerais, les cultures) est rendue difficile par le climat, les distances, la difficulté de construction des voies de communication moderne. Par ailleurs, les puissances européennes n'ont pas encore digéré, dans cette période (1850-1880), leurs avancées en Asie (révolte des Taipings, ouverture de la Chine et du Japon, la France impose son protectorat au Cambodge en 1863 – Garnier et Doudart de Lagrée explorent, en 1865-1868, la vallée du Mékong), et la mobilité de la situation européenne (1866 : Sadowa) fixe leur attention sur les conflits internationaux intereuropéens. L'heure n'est pas encore venue du partage systématique de l'Afrique.

Mais les explorations préparent ce moment. En outre, les découvertes médicales vont favoriser cette prise de possession : la quinine, qui a été isolée dès 1820 (Pelletier et Caventou), se révèle non seulement apte à soigner les fièvres paludéennes, mais à les prévenir (découverte du docteur Baikie, en 1854).

Vers le contrôle complet

D'autres facteurs (le nationalisme français en quête de compensation après la défaite de 1870 ; la nécessité de contrôler, le long des côtes de l'Afrique orientale, la nouvelle route maritime ouverte par le canal de Suez ; les modifications intervenant dans l'organisation des peuples africains : des États tentent de se créer, avec à leur tête El Hadj Omar et Samory en Afrique occidentale ; l'achèvement de la pénétration européenne en Asie, et le réveil du Japon qui y fait obstacle) poussent au contrôle complet de l'Afrique.

Un nouveau secteur d'exploitation vient de s'ouvrir. Et le champ de rivalité entre les puissances européennes s'étend à ce continent.

Le temps du mysticisme à la Livingstone (1868) est passé. L'impérialisme va marquer de son talon de fer la terre africaine.

1869

La réalisation d'un rêve millénaire :
le canal de Suez

Au cours de l'Histoire, les points névralgiques (entre puissances, sur les voies de communication), les carrefours stratégiques, les axes vitaux peuvent changer en fonction des déplacements du centre de gravité des échanges économiques, des aires de civilisation, des lieux d'affrontement, de l'extension aussi des zones connues, de la nature des voies de communication et des modes de transport.

Des mers, considérées comme le cœur de la civilisation, peuvent devenir des zones calmes, « mortes », alors que des océans vides se transforment en zones de confrontation que sillonnent des escadres et sur le pourtour desquelles on recherche des points d'appui. La Méditerranée, la mer Rouge, les océans Atlantique et Pacifique, etc., ont ainsi connu des variations sur l'échelle de leur importance stratégique.

Des points vitaux

Mais il est aussi des points vitaux qui, pour des siècles et parfois des millénaires, conservent leur rôle clé, parce qu'ils permettent de surveiller ou de bloquer des issues : ainsi le Bosphore, les Dardanelles, Gibraltar, etc. Leur possession fait toujours l'objet de luttes sévères.

L'homme pourtant peut, de toutes pièces, créer des zones névralgiques en ouvrant des voies nouvelles. C'est le cas du percement de l'isthme de Suez (l'inauguration du canal a lieu le 17 novembre 1869) qui restitue à la Méditerranée son rôle de mer vitale pour le grand commerce international, avec l'Afrique orientale et surtout l'Extrême-Orient, l'Inde et tout le Sud-Est asiatique.

Il s'agit donc d'un événement décisif qui modifie les équilibres stratégiques mondiaux, qui suscite des déplacements d'intérêts et de tensions, qui contient en germe une mise sous contrôle de l'Égypte par l'une ou l'autre des grandes puissances concernées au premier chef (la France et l'Angleterre). Et cela est si prévisible que Méhémet Ali, le vice-roi d'Égypte, s'est longtemps opposé à la construction du canal, craignant pour l'Égypte une perte de son indépendance, car le monde entier sera intéressé par le destin politique de cette région.

Or l'idée de percer l'isthme est ancienne. Elle surgit dès l'époque... pharaonique et sans doute des canaux ont-ils existé dans l'Antiquité. Colbert, puis Napoléon Bonaparte s'intéressent à cette idée. Les saint-simoniens s'en emparent (article de Michel Chevalier dans *Le Globe* en février 1832, études par l'ingénieur Fournel en 1833, perspectives offertes par l'ouverture d'un canal et sur lesquelles Enfantin attire l'attention). Mais le rôle décisif va être joué par Ferdinand de Lesseps (douze ans vice-consul de France à Alexandrie) qui, par ses liens d'amitié avec le nouveau khédive, Mohamed Saïd, va obtenir, en novembre 1854, un acte de concession.

La partie dès lors va se jouer sur plusieurs plans.

Technique d'abord. Mais les problèmes à résoudre sont simples. Les travaux seront longs, utiliseront une main-d'œuvre abondante sans qu'il y ait d'obstacles majeurs (contrairement à ce qui se passera lors des travaux du canal de Panama).

Financier ensuite : une Compagnie universelle du canal maritime de Suez est créée en 1858, avec une émission de 400 000 actions (pour une valeur de 200 millions de francs) dont 54 000 sont remises au khédive. Le capital restant sera souscrit en majorité par des Français.

International enfin : Lesseps a obtenu l'appui de Napoléon III. Mais celui-ci est toujours paralysé, dès qu'il prend une initiative en politique étrangère, par un souci majeur : ne pas entrer en conflit avec Londres. Or, l'Angleterre est longtemps hostile à l'entreprise. Elle ne veut pas voir se créer – selon le mot de Palmerston – un « second Bosphore » ou un « Gibraltar égyptien ». Et Londres pèse sur Constantinople pour que les travaux cessent. Si bien que, de 1863 à 1866, le percement du canal est interrompu. Il reprendra quand la Grande-Bretagne aura reçu l'assurance que la France ne recherche aucune position territoriale autour du canal et qu'elle se contente du contrôle financier de la Compagnie.

Dès que les difficultés avec Londres sont levées, les travaux reprennent et le canal est inauguré en novembre 1869.

L'ouverture du canal favorise, en fait, l'Angleterre qui a déjà de nombreux points d'appui : à Malte, à Aden. De plus, Londres pense à s'assurer de la majorité financière en contrôlant des actions que détient le khédive (ce sera chose faite en 1875). Napoléon III tente, pour faire pièce à la puissance anglaise – sans entrer en conflit avec elle ! –, d'intervenir en Syrie pour assurer la protection des catholiques – mais la pression de Londres conduit Paris à beaucoup de modestie. Le corps expéditionnaire français, un temps présent – août 1860 –, est retiré dès juin 1861. L'empereur évoque certes l'idée de faire de la Méditerranée « à peu près un lac français » (entretien avec Bismarck, dès 1857), il n'y a aucune continuité dans sa politique méditerranéenne. Les obstacles sont levés par Ferdinand de Lesseps qui agit avec obstination.

À moyen terme, l'Angleterre, outre le contrôle financier de la Compagnie, s'assure un protectorat de fait sur l'Égypte (1882). Elle montre par là l'importance qu'elle attache à la voie nouvelle qu'est le canal de Suez. Une convention (Constantinople, 1888) déclare certes que le canal est ouvert aux navires de tous les pays : elle ne sera jamais respectée. L'Angleterre dicte sa loi dès que ses intérêts ou ceux des puissances qu'elle veut soutenir se trouvent en jeu (ainsi, lors de la guerre russo-japonaise, la flotte russe ne peut emprunter le canal de Suez).

Reste, dans la région, une « influence » française – culturelle, diplomatique, financière, et aussi stratégique : le contrôle de la rade d'Obock, à l'entrée sud du détroit de Bab el-Mandeb.

Le triomphe de la « communication »

Reste aussi la signification générale de ce percement : le dernier tiers du XIXe siècle est bien marqué par l'extension d'un réseau de nouvelles voies de communication. Le 10 mai 1869 est ouvert le premier chemin de fer transcontinental américain. En 1866, on a inauguré le premier câble transatlantique. En 1867, le chemin de fer du Brenner fonctionne. Le tunnel du Mont-Cenis (1871), celui du Saint-Gothard (1880), du Simplon (1906) confirment que les reliefs ne sont plus un obstacle, l'invention de la dynamite par Nobel (1866) ayant permis ces grands travaux. Le 3 août 1914, le premier navire franchira le canal de Panama, à l'origine duquel se trouve encore Ferdinand de Lesseps.

Ainsi, en 1869, l'inauguration du canal de Suez annonce-t-elle que les espaces maritimes et terrestres sont maîtrisés par les techniques. Que la toile serrée des nouvelles communications s'étend à l'ensemble du monde.

Dans ces conditions, comment un affrontement entre plusieurs grandes puissances mondiales pourrait-il, s'il intervenait, rester localisé ? L'économie, les transports, les intérêts sont désormais mondiaux.

Les conflits le seront.

1870

Vive la République !
Le début, en France, de la IIIᵉ République

Un régime autoritaire et dynastique s'effondre dès lors que son chef subit un échec personnel majeur et symbolique, et d'autant plus sûrement si cet échec intervient au terme d'une série de revers, d'une usure du pouvoir. L'effondrement est même inévitable si c'est la force militaire – que le souverain incarne presque toujours et qui est liée à son pouvoir – qui est défaite avec lui. La guerre, de ce point de vue, est un pari risqué pour un régime dynastique.

Mais, au-delà de la famille du monarque, de ce pouvoir personnel, les rapports de forces entre les groupes sociaux ne sont pas brutalement modifiés. Un monarque peut être destitué sans que, par exemple, le poids de la paysannerie soit modifié dans le pays ! Les notables – le parti de l'ordre plus ou moins lié à la dynastie – conservent aussi toute leur place. Ainsi un effondrement dynastique, s'il ouvre une phase d'instabilité – avec des aspects qui peuvent être révolutionnaires –, n'est pas nécessairement la préface à une révolution.

Le temps des illusions

La contradiction dans un événement de ce type vient du fait que, dans le très court terme, dans des lieux particuliers – une ville capitale, les agglomérations les plus importantes, les milieux populaires –, circonstanciellement, des minorités agissantes – révolutionnaires regroupés ou non dans des organisations secrètes – peuvent catalyser autour d'elles une partie du peuple. Et d'autant plus que la chute du monarque entraîne, pour un temps, la paralysie des institutions, la démoralisation et l'incertitude des moyens de répression, la prudence des notables, etc., et que le devant de la scène est occupé par les forces les plus dynamiques. Les conservateurs, les partisans de l'ordre sont comme anesthésiés. Cette situation peut créer des « illusions » sur la situation réelle, faire croire à la possibilité d'une révolution en profondeur. Mais la réalité, si elle est ainsi oubliée par la minorité révolutionnaire, revient, comme un boomerang, les frapper, les contraindre à des surenchères, à un durcissement, et presque toujours les conduit à l'échec.

La France de 1870 connaît une conjoncture proche de celle-ci.

L'année débute de manière contradictoire : par la puissante manifestation républicaine qui proteste contre l'assassinat du journaliste Victor Noir par Pierre Bonaparte (12 janvier – Pierre Bonaparte est acquitté en mars), par le succès du plébiscite qui semble donner à l'Empire une seconde vie (8 mai 1870 : 7 358 000 oui, 1 572 000 non, 2 000 000 d'abstentions) en assurant Napoléon III d'un soutien populaire pour ses ouvertures institutionnelles (gouvernement d'Émile Ollivier).

Mais la haine et le désespoir des républicains (la répression frappe après l'affaire Victor Noir, elle est dure contre le monde ouvrier) vont de pair avec la volonté des bonapartistes intransigeants (l'entourage de l'empereur, l'impératrice, les milieux militaires) d'utiliser les résultats du plébiscite comme point d'appui pour une reconquête totale du pouvoir. Une politique extérieure active – une guerre victorieuse – leur paraît être la meilleure tactique pour y parvenir. Or, Bismarck est décidé à faire tomber la France dans le piège d'une guerre contre la Prusse. Le conflit lui semble nécessaire pour achever l'unité allemande par l'incorporation des États de l'Allemagne du Sud que Paris n'acceptera jamais. Bismarck utilise donc tous les moyens pour acculer Paris à lui déclarer la guerre. La candidature d'un prince allemand au trône d'Espagne (juillet 1870), une dépêche (d'Ems) humiliante pour l'ambassadeur de France que le roi de Prusse refuse de recevoir à nouveau (12 juillet) font « sur le taureau gaulois l'effet d'une étoffe rouge » (Bismarck).

L'entourage impérial, l'impératrice, les chefs militaires (« De Paris à Berlin, ce serait une promenade une canne à la main », maréchal Lebœuf), Émile Ollivier (qui accepte la guerre d'un « cœur léger ») poussent à la déclaration de guerre (19 juillet 1870).

L'aveuglement politique (la France n'a pas d'alliés), l'incurie, la suffisance, la bêtise, l'impréparation, l'incapacité des cadres de l'armée, gavés par l'Empire et bons soldats « coloniaux », la lâcheté du personnel politique (soumis à la décision impériale, malgré la façade d'un Empire dit parlementaire) conduisent, en quelques jours, de défaites qui démontrent la nullité accablante de l'état-major (Mac-Mahon, Bazaine, Lebœuf et naturellement Napoléon III) à la reddition de l'empereur à Sedan (1er septembre 1870).

L'Empire dès lors est condamné. Au bénéfice de qui ?

La grande peur du parti de l'ordre (qui regroupe désormais les anciens bonapartistes, les libéraux, le parti de l'ordre traditionnel, Thiers, les républicains modérés, de Jules Favre à Jules Ferry, toute l'armée, les notables, etc.), c'est la menace révolutionnaire surtout sensible à Paris. Favre, républicain (!), déclare seulement le 3 septembre : « Il est nécessaire que tous les partis s'effacent devant le nom d'un militaire qui prendra la défense de la nation. » C'est l'émeute qui, le 4 septembre, impose la république. Ce sont les révolutionnaires qui, dès le 14 septembre, dans une « affiche rouge », appellent à la défense de Paris. Alors que, dès le 15 septembre, Jules Favre négocie avec Bismarck.

Une minorité déterminée de révolutionnaires

Ainsi, si, en apparence, la question clé est celle de la guerre (Gambetta va gagner Tours et animer cette « défense nationale »), en fait, la préoccupation majeure de la majorité – du parti de l'ordre – consiste à contrôler, à neutraliser, à abattre la minorité révolutionnaire que le siège de Paris par les Prussiens, les difficultés de vie qui en naissent, l'exaltation patriotique, le désir de revanche politique et sociale après vingt-deux ans (depuis les journées de juin 1848) galvanisent. Et que la passivité des militaires (le général Trochu), leur trahison (Bazaine capitule à Metz le 27 octobre) révoltent. Le 31 octobre 1870, les révolutionnaires manifestent à Paris, envahissent l'Hôtel de Ville, mais sont écrasés aux élections du 3 novembre dans lesquelles 300 000 voix font confiance au gouvernement contre 60 000 aux révolutionnaires.

Pourtant, dans un Paris « enfiévré », cette minorité est forte d'autant plus qu'elle s'organise (Comité central des vingt arrondissements), qu'elle veut la « guerre à outrance », qu'elle rêve à un gouvernement de la Commune (comme en 1792-1793).

Face à cette réalité essentiellement parisienne, le parti de l'ordre, le gouvernement n'ont qu'un souci : briser cette minorité. Et pour cela en finir au plus vite avec la guerre.

Le 28 janvier 1871 – sans même avertir Gambetta – le gouvernement capitule. Thiers a négocié le traité : perte de l'Alsace et d'une grande partie de la Lorraine, occupation de la France jusqu'au versement d'une rançon de 5 milliards de francs. Élection d'une Assemblée nationale pour ratifier ces clauses draconiennes, humiliantes, qui sont comme l'héritage que le Second Empire laisse à la France, après vingt ans de gouvernement sans partage et de prétention à la grandeur.

1871

Entre le rêve et le massacre :
la Commune de Paris

Une insurrection qui met en mouvement des milliers d'hommes, dans un lieu symbolique – la capitale d'un grand État centralisé –, qui débouche sur une guerre civile, brève et localisée mais lourde de dizaines de milliers de victimes, de destructions, d'actes de sauvagerie, n'est pas réductible à une seule série de causes et porte en elle des conséquences multiples.

Elle est, toujours, par sa complexité même, une somme, née souvent par un enchaînement de circonstances qui échappent aux acteurs, même les plus lucides, les plus aptes et les plus déterminés à maîtriser l'événement. Dans ce précipité – comme dans un phénomène chimique – il y a, à la fois, tout le passé – social, économique, culturel, politique –, les données immédiates (le très court terme, ce qui se passe heure après heure) et aussi des aspects radicalement nouveaux, que l'événement révèle et qui vont marquer profondément l'avenir.

Un événement aux lectures multiples

Parce que, aussi, un événement violent, sanglant, symbolique, ne se limite pas à ce qu'il est. La lecture que l'on fait de lui, le mythe que l'on construit, plus ou moins consciemment, à partir des faits deviennent partie constitutive de l'événement, et parfois c'est cette lecture qui s'impose comme la réalité de l'événement, c'est elle qui – quoi qu'ait été la réalité brute – devient sa vérité et influence les générations suivantes. Si bien que l'interprétation de l'insurrection est, elle aussi, un enjeu politique, une bataille qui prolonge l'événement, le garde vivant et donc continue d'en faire une source d'« histoire », un germe de passions contraires. La Commune de Paris (18 mars-28 mai 1871) est un événement de ce type, dont la résonance s'est prolongée durant plus d'un siècle.

Elle éclate dans le Paris surpeuplé, affamé, miséreux, indigné, ouvrier, républicain, patriote, armé (il y a deux cent cinquante bataillons de la Garde nationale) qui vient de subir le siège des Prussiens, que la capitulation du 28 janvier devant Bismarck, l'entrée symbolique des Prussiens dans la capitale ont humilié. Et dont la minorité révolutionnaire – organisée même si elle est divisée en factions rivales – sort de vingt années d'empire, résolue.

Or les élections du 8 février 1871 – imposées par Bismarck – qui se déroulent dans une France occupée par l'ennemi, terrassée par l'inattendu de la défaite, encadrée par ses notables traditionnels, dans un climat de peur et d'angoisse, sans débat électoral, avec l'aspiration majoritaire des masses paysannes au lâche soulagement de la paix et leur crainte des « rouges », ces habitants des villes désœuvrés et violents, donnent une écrasante victoire au parti de l'ordre : monarchistes, conservateurs, ruraux. Hugo, Garibaldi (venu combattre aux côtés des Français) sont insultés par cette masse de députés qui livrent l'Alsace et la Lorraine, et se ruent dans la paix, confiant à Thiers la direction du gouvernement provisoire. Avec un seul but : rétablir l'ordre, c'est-à-dire écraser les révolutionnaires parisiens.

L'Assemblée le veut si clairement qu'elle s'installe à Versailles, comme si elle voulait ainsi signifier au Paris républicain quel est son programme politique. Humiliation supplémentaire, provocation politique. Vieux souvenirs pour une ville qui se souvient de 1793 et aussi de 1848, quand Thiers poussait vers le pouvoir Louis Napoléon Bonaparte après avoir conseillé à Louis-Philippe d'évacuer d'abord Paris pour mieux le réduire militairement.

Les Versaillais vont, par une série de mesures (dont le

choix de Versailles comme siège de l'Assemblée est la première), pousser le Paris révolutionnaire à l'insurrection.

Prendre le risque de l'insurrection

Quel est le degré de provocation lucide dans ces actes de Thiers ? Si la réponse à cette question est incertaine, la volonté de briser la minorité révolutionnaire en la désarmant – quel qu'en soit le coût humain – est sûre. Le 18 mars, la tentative de reprendre les deux cent vingt-sept canons de la Garde nationale, placés à Montmartre, échoue. La troupe se rebelle, se mêle à la foule, et deux généraux (Lecomte et Thomas) sont fusillés. Thiers – répétition de son projet de 48 – décide de faire évacuer Paris par les troupes, pour éviter la contagion révolutionnaire. Paris tombe ainsi, par surprise, aux mains du Comité central de la Garde nationale. Des élections, le 26 mars, rassemblent 230 000 votants (sur 470 000 électeurs) qui donnent une majorité aux révolutionnaires. La logique de l'affrontement – choisie par Thiers et les versaillais – va ainsi dérouler ses conséquences. Les communards sont divisés entre ceux qui rêvent de renouveler la Commune jacobine de 1792-1793, le Gouvernement de salut public, et ceux qui, plus fédéralistes – la minorité –, récusent toute idée de dictature robespierriste. Dans ce climat (où chacun pressent que les versaillais vont attaquer et que la répression sera impitoyable : l'attaque versaillaise commence le 2 avril), le gouvernement de la Commune – qui représente une minorité de plus en plus réduite de la population parisienne – ébauche des mesures anticipatrices, républicaines (instruction laïque, gratuite, obligatoire, séparation de l'Église et de l'État) puis à tonalité sociale et autogestionnaire (rôle des militants de l'Internationale, chambres syndicales, etc.).

En fait, cette ville qui se veut libre est seule. Les communes provinciales (Marseille, Narbonne, Toulouse, Le Creusot) ont été écrasées, et Paris est assiégé par les troupes versaillaises qui entrent dans la ville le 21 mai 1871.

Cette « Semaine sanglante » (21-28 mai) qui commence est un exemple de barbarie. Exécutions sommaires (au moins 30 000 communards et suspects fusillés sans jugement), 40 000 arrestations, 10 000 déportations. L'armée – et ses cadres bonapartistes – se vengent sur le Paris révolutionnaire et patriote de sa défaite devant les Prussiens (ceux-ci ont libéré les officiers prisonniers pour cette besogne de répression). Face à des ouvriers – qui composent l'essentiel des combattants – mal encadrés, mal armés, qui résistent en désespérés (incendie des bâtiments publics, exécution d'otages), l'armée tue systématiquement. « La Seine coule rouge de sang », écrit le *Times*.

Cette répression qui liquide une génération de militants (Varlin lynché, Vallès en exil) marque toute l'histoire de la république commençante.

Le mouvement ouvrier français garde le souvenir de cette « Semaine sanglante », et cela renforce ses tendances révolutionnaires. D'autant plus que, avec Marx (dans *La Guerre civile en France*, 1871), le monde ouvrier ressent l'événement comme l'annonce d'un « nouveau pouvoir ». Le Paris ouvrier avec sa commune sera célébré à jamais comme le glorieux fourrier d'une société nouvelle.

Cette dernière révolution du XIXe siècle français se mue ainsi en ébauche de la première révolution socialiste.

Quant au parti de l'ordre – appuyé sur la France provinciale et rurale des notables –, il peut hésiter, débarrassé du péril rouge au gré de ses rapports de forces internes, des circonstances, entre une restauration monarchique ou bien une république conservatrice dont le pays vient de voir qu'elle sait mater, avec quelle sauvagerie, les « rouges ». Et l'étouffement du mouvement ouvrier peut, pendant une décennie, laisser le libre jeu politicien s'exercer.

Les communards sont morts ou exilés. Paris est dompté. Les versaillais sont, pour un temps, maîtres du terrain.

1872

La fin d'une époque :
la mort de la Ire Internationale ouvrière

La création, puis le maintien et le développement d'une organisation internationale regroupant des représentants de nationalités différentes sont toujours, y compris lorsqu'ils appartiennent à la même classe sociale, aléatoires. Il y a les divergences de contextes nationaux (différences dans les histoires de chaque groupe social, différences culturelles, politiques, etc.), les situations qui varient d'un pays à l'autre, auxquelles s'ajoutent des difficultés nouvelles s'il s'agit de représentants d'une classe sociale exploitée qui ne disposent donc d'aucun pouvoir institutionnel ni des moyens qui l'accompagnent, et qui sont aussi, souvent, poursuivis par la justice de leurs pays respectifs, voire en situation d'exil.

Les faiblesses de l'Internationale

Ces handicaps sont renforcés par les contrastes idéologiques et les phénomènes de lutte pour le pouvoir. Ces luttes sont d'autant plus vives que l'organisation est moins puissante, qu'elle est – parfois sous l'effet des répressions – repliée sur elle-même, qu'il n'y a pas de « puissance » qui s'impose et qu'en conséquence, les phénomènes de division se multiplient, surtout si les difficultés, les événements imposent des choix. On voit aussi apparaître, dès qu'une organisation se structure, un appareil qui tend à s'emparer de la direction de l'organisation, et contre lequel se dressent des minoritaires.

Tous ces aspects, classiques, se retrouvent dans la vie de

l'Association internationale des travailleurs – la Ire Internationale ouvrière.

Celle-ci est confrontée, en effet, après une période d'essor (1864-1869) marquée par une série de congrès annuels et le développement des sections dans différents pays (le congrès de Bâle de septembre 1869 rassemble 7 délégués, représentant 9 nationalités), à trois problèmes majeurs.

D'abord, la guerre franco-prussienne et la Commune. Que faire, que dire face à ces événements qui mettent en cause à la fois la solidarité entre les classes ouvrières nationales (Français contre Allemands) et posent la question de la révolution ?

Puis la lutte, au sein de l'Internationale, entre deux tendances, celle de Marx et celle de Bakounine (1814-1876), l'une marquant la volonté centralisatrice, l'autre animée par un antiautoritarisme anarchisant.

Enfin, à cause de ce contexte international, et de ces divisions internes, quel va être le destin de cette Ire Internationale ?

Face à la guerre, l'Internationale en dénonce « la criminelle absurdité ». En même temps, elle salue la proclamation de la République à Paris, tout en mettant en garde contre une insurrection prématurée de la classe ouvrière qui serait une « folie désespérée ». Mais déjà Bakounine, à Lyon, s'est emparé de l'hôtel de ville et a proclamé « l'abolition de l'État », et surtout Paris s'insurge le 18 mars 1871 et les « internationaux » participent à la Commune (Varlin, Malon). Marx, pour l'Internationale, analyse cette « guerre civile en France » comme une étape dans la destruction de l'État et la mise en place d'un nouveau pouvoir. Transfiguration qui n'est pas acceptée par tous : les trade-unionistes anglais n'ont pas approuvé la Commune, même s'ils dénoncent la répression et accueillent les exilés.

Paradoxalement, l'échec de la Commune donne à l'Internationale (et à Marx) une notoriété inattendue. Les gouvernements voient dans l'A.I.T. le moteur d'un complot international dont la Commune a été un moment. Le républicain Jules Favre, ministre des Affaires étrangères, demande aux gouvernements une politique commune hostile à l'Internationale. L'Internationale est mise hors la loi en Espagne, en France (14 mars 1872), ses membres sont poursuivis, au Danemark, en Autriche-Hongrie, en Allemagne (Liebknecht et Bebel sont emprisonnés), en Russie, en Belgique, en Italie.

Cette répression affaiblit l'Internationale, minée de plus par les conflits intérieurs. Les exilés français ont transporté à Londres – et au Conseil général de l'Internationale – leurs divisions. Mais, surtout, ressurgit avec plus de force l'opposition entre les marxistes autoritaires et les partisans de Bakounine. Le conflit est ancien. Mais l'ancien déporté de Sibérie (il s'est évadé après avoir rédigé une «confession» au tsar) a peu à peu développé son influence (en Espagne, en Suisse, chez les Jurassiens, derrière James Guillaume [1844-1916]). Il critique désormais l'organisation même de l'Internationale, exigeant le droit à l'autonomie pour chaque section, rejetant la dictature du Conseil général, condamnant l'idée de Marx selon laquelle «l'Internationale a été fondée pour donner à la classe ouvrière une organisation de combat»; prêchant au contraire le refus de la politique, l'abstention, retrouvant ainsi les thèses proudhoniennes que Marx précisément avait condamnées. Et récusant l'Adresse que Marx fait adopter (Londres, septembre 1871) et selon laquelle, au contraire, «dans l'état militant de la classe ouvrière, son mouvement économique et son action politique sont indissolublement unis».

Bakounine contre Marx

La scission entre les deux courants intervient au congrès de La Haye (2-7 septembre 1872). Et c'est Marx lui-même qui condamne l'Internationale en faisant décider – par la majorité qui le suit – que le Conseil général siégera à New York. Compte tenu des difficultés de communication, du rôle majeur du prolétariat européen, c'est vouloir liquider l'Internationale (ce sera fait en 1876). Et c'est bien le but recherché par Marx et Engels. Après la Commune, ils

espèrent bâtir une autre organisation «directement communiste et [qui] implantera nos principes» (Engels). Et la
Iʳᵉ Internationale, avec sa minorité anarchiste, les gêne,
apparaît comme un obstacle au but premier de Marx : «la
constitution du prolétariat en parti politique distinct, opposé
à tous les anciens partis formés par les classes possédantes».

Après la rupture, une Internationale «bakouninienne»,
antiautoritaire, avec autonomie des sections, se constitue
en septembre 1872 et tient un congrès à Genève en 1873.
Elle ne vivra que jusqu'en 1877.

En fait, une époque se termine, et Marx l'a pressenti. La
Commune marque effectivement un tournant, la fin d'une
période de stabilité sociale – dont le Second Empire est un
aspect. Malgré son échec – et sa réalité sociale qui en fait,
par la plupart de ses aspects, une révolution ancienne –, la
Commune révèle la vigueur de la combativité ouvrière. Par
ailleurs, la répression générale exercée contre l'Internationale montre bien que les gouvernements conservateurs
devinent qu'une force politico-sociale nouvelle – le prolétariat – est en train de se lever et de s'organiser.

À ces temps nouveaux qui s'annoncent, vont correspondre de nouvelles formes d'organisation tant nationales
(les partis socialistes) qu'internationales.

1873

Le septennat : un président de la République pour attendre le roi de France

L'organisation – constitutionnelle – d'un système politique se fait le plus souvent par une série d'adaptations et est autant le produit des circonstances que de la claire et lucide volonté du législateur. En outre, les intentions des constituants quand ils mettent sur pied – en fonction de données immédiates et de prévisions – une Constitution peuvent ne pas être confirmées par les faits. Autrement dit, les conséquences peuvent produire des effets pervers inattendus.

Il est évident aussi qu'un système institutionnel ne peut prévoir tous les cas de figure, et que, de ce fait, les constitutions les plus sommaires, les plus vagues, sont aussi les plus durables car elles laissent à l'usage – et aux circonstances – le soin de fixer des règles, d'établir des procédures, de répartir des pouvoirs, toutes choses que les constituants, à l'origine, n'avaient pas définies.

Les lois constitutionnelles

Enfin, un ensemble de lois constitutionnelles reflète toujours, même de façon biaisée, ou de manière incomplète, le rapport de forces social et politique, au moment où elles sont établies. Ce rapport est mobile. Les sociétés changent. Les données politiques aussi. Les lois constitutionnelles ne sont plus alors en phase avec le pays ou bien elles peuvent être détournées de leur orientation première.

La France, dans la période de transition difficile qui fait

suite à la chute du Second Empire et de la Commune, voit s'élaborer, au travers d'affrontements politiques, un ensemble de textes qui vont tenir lieu de Constitution pour la IIIᵉ République, jusqu'à l'effondrement du régime en 1940.

Or ces textes sont nés dans l'ambiguïté, et les majorités qui les ont votés étaient composées de monarchistes soucieux non d'établir la république, mais bien au contraire de préparer les conditions d'une restauration monarchique. Si bien que ces lois constitutionnelles auraient tout aussi bien pu définir une monarchie parlementaire. Et, comme le dira Gambetta, c'est « à reculons » que « nous sommes entrés dans la république ».

Cet apparent paradoxe s'éclaire quand on analyse les conditions politiques et sociales de cette période.

En 1873, le parti de l'ordre règne sans partage. L'écrasement de la Commune, la mort de Napoléon III (le 9 janvier 1873), le succès de la politique de Thiers (il lève des emprunts, obtient la libération anticipée du territoire national par les Prussiens, le 16 avril 1873) assurent la stabilité politique et sociale du régime.

Mais la question se pose de savoir de quel régime il s'agit.

Thiers, par réalisme, se rallie à la république, puisque, dit-il, du fait de la présence de deux prétendants au trône (le duc de Bordeaux – Bourbon – et le comte de Paris – Orléans), « la monarchie est impossible ». Thiers, qui assume à la fois les fonctions de président et de chef du gouvernement, souhaite voir s'établir un régime conservateur : « La république sera conservatrice ou ne sera pas », précise-t-il.

Le ralliement de Thiers à la république – les progrès des républicains dans le pays : la république effraie moins, elle est un régime d'ordre – incite les monarchistes du parti de l'ordre à installer à la présidence l'un de leurs proches, en provoquant la démission de Thiers dont ils ont limité les pouvoirs.

C'est fait le 24 mars 1873. Le maréchal Mac-Mahon

devient président, et le duc de Broglie chef du gouvernement. Ainsi s'instaure la pratique de la séparation entre les deux pouvoirs (présidentiel et gouvernemental) jusqu'alors confondus.

Commence alors un régime d'ordre moral, la France est vouée au Sacré-Cœur. Le cléricalisme s'affiche (processions, construction de la basilique du Sacré-Cœur pour expier la Commune), déclenchant par là même une réaction voltairienne de la petite bourgeoisie qui s'affirme républicaine, avec Gambetta : « Le cléricalisme, voilà l'ennemi ! »

Mais cet ordre moral, ce pouvoir aux mains des monarchistes ne débouchent pas sur la restauration. Le prétendant Bourbon refuse tout compromis, affirme son attachement au drapeau blanc, montre par là même qu'il « ne rétracte rien » de ses idées d'Ancien Régime, de ses convictions ultras. De ce fait, il se ferme la route du pouvoir car même ses partisans savent qu'une restauration de ce type est inacceptable pour le pays.

Dès lors, il s'agit pour les monarchistes de durer au pouvoir en attendant la mort du duc de Bordeaux, qui permettra à un Orléans, le comte de Paris, plus ouvert, d'accéder au trône. Durer, cela signifie que le maréchal Mac-Mahon demeure à la tête de l'État pour une longue période. Le 20 novembre 1873, la loi du septennat est votée. La durée d'une présidence est fixée à sept années.

Mais cette disposition – circonstancielle – va devenir l'une des clés de voûte de la Constitution républicaine. En effet, des regroupements politiques s'opèrent entre les dynasties bourgeoises, les unes monarchistes, les autres républicaines. Toutes deux appartiennent au parti de l'ordre et ne veulent exclure de la vie politique que les extrêmes : « chevau-légers », ultra-monarchistes, républicains radicaux, et aussi bonapartistes dont les hommes politiques modérés craignent le retour. Un centre droit et un centre gauche (de Thiers ou Casimir-Perier à Jules Grévy ou Jules Ferry) se constituent et se rapprochent, pour définir les règles de fonctionnement d'un gouvernement des « honnêtes gens ».

Pour les monarchistes modérés (orléanistes), ce type de

régime (un parlement tempéré par l'existence d'une chambre haute [le Sénat]) est acceptable, et présente moins de risque qu'une restauration susceptible de provoquer des réactions extrêmes en poussant à la constitution d'un bloc républicain, comprenant les radicaux.

Pour les républicains modérés, ce système institue la république conservatrice qu'ils souhaitent, régime qui peut progressivement, en fonction des opportunités, en laissant à l'écart les extrémistes, les « rouges », s'enrichir d'un certain nombre de réformes éclairées.

C'est dans cet esprit que sont votées les lois constitutionnelles en 1875.

L'amendement Wallon

Le mot république est adopté à une voix de majorité (amendement Wallon, 29 janvier 1875), puis sont précisés les pouvoirs du président de la République, l'existence des deux Chambres (le Sénat est élu dans un scrutin à deux degrés qui assure une majorité conservatrice et une surreprésentation des campagnes).

Cette Constitution issue des circonstances peut à la fois servir de base à une monarchie constitutionnelle ou à une république conservatrice.

Elle est parlementaire (les ministres sont responsables devant les Chambres et le président ne peut rien sans eux).

Un compromis historique et institutionnel s'est ainsi réalisé – sur une base orléaniste – entre monarchistes et républicains, entre « honnêtes gens ». Reste à savoir s'il va pencher du côté monarchiste ou du côté républicain.

1874

« N'oubliez jamais » :
la question d'Alsace-Lorraine

Les relations entre nations ne sont pas réductibles à la simple logique finalement rationnelle des rapports de puissance – économique, militaire – ou de l'affrontement des intérêts. S'il en était ainsi, des compromis pourraient toujours intervenir. Or, entre les nations, existent aussi des relations plus passionnelles, où, en dépit parfois des dirigeants, se concentrent – se totalisent – les histoires nationales, les différences et les rivalités culturelles. Des lieux, des régions, des groupes sociaux, des entités locales – ethniques aussi – peuvent incarner des rivalités. Il peut exister ainsi entre des nations des abcès de fixation, irréductibles, qui pèsent à la fois sur les relations que les nations entretiennent entre elles (c'est une sorte de gangrène de leurs rapports internationaux, une source permanente de frictions, un empoisonnement de leurs politiques, un pourrissement de leurs relations qui peut conduire à la guerre), mais aussi sur leurs politiques intérieures. L'abcès sert de prétexte ou alimente des groupes extrêmes. Le nationalisme, le chauvinisme – parfois le racisme – s'en trouvent renforcés, et toute l'évolution politique d'un pays peut ainsi être déviée. Ou, en tout cas, certains courants – par exemple dans les milieux militaires – peser plus, en fonction de cette passion nationaliste alimentée en permanence par l'abcès irréductible. Dès lors, cette question locale, qui, parfois, ne concerne que des populations finalement peu nombreuses, peut être l'un des détonateurs de crises internationales majeures.

Un abcès entre deux nations

Entre la France et l'Allemagne, à partir de 1871, la question d'Alsace-Lorraine est un abcès de ce type.

Quand, le 18 février 1874, les députés alsaciens au Reichstag – de Berlin – demandent, avec Édouard Teutsch, « que les populations d'Alsace-Lorraine, incorporées sans leur consentement à l'Empire allemand par le traité de Francfort, soient appelées à se prononcer d'une manière spéciale sur cette incorporation », cette protestation devant l'Assemblée de l'Empire allemand intervient après une déjà longue histoire de trois années.

Dès le 8 octobre 1870, Bismarck a fait afficher sur les murs de la capitale alsacienne la proclamation suivante : « Strasbourg à partir d'aujourd'hui sera et restera une ville allemande. » Pour Bismarck – et les pangermanistes : ainsi l'historien Treitschke –, l'annexion est naturelle, mais en plus, parce que l'Alsace et la Lorraine deviennent un *Reichsland* (une terre impériale), cette incorporation concerne tous les États allemands, les rend solidaires, scelle leur jeune unité (l'Empire allemand a été proclamé à Versailles le 18 janvier 1871).

Dans les préliminaires de Versailles (entre Français et Prussiens, 26 janvier 1871), puis au traité de paix de Francfort (10 mai 1871), l'annexion est acceptée par le gouvernement de Thiers. La protestation des députés alsaciens-lorrains à l'Assemblée de Bordeaux (le 1er mars 1871), solennelle et conforme au principe des nationalités (« Nous déclarons encore une fois nul et non avenu un pacte qui dispose de nous sans notre consentement »), est écartée par la majorité conservatrice, décidée à se « coucher » et à obtenir la paix à n'importe quel prix, fût-ce donc en sacrifiant les Alsaciens-Lorrains et ce, malgré les voix de Gambetta et de Denfert-Rochereau (le défenseur de Belfort : ce territoire ne sera pas annexé).

L'abcès qui va « pourrir » les relations franco-allemandes durant un demi-siècle est né.

Les Allemands procèdent en effet à la germanisation autoritaire des territoires alsacien et lorrain (l'allemand devient langue obligatoire, l'enseignement du français est supprimé dans les classes primaires). Un *Statthalter* – gouverneur – a le droit de perquisitionner, d'expulser, d'interdire les réunions publiques. Sur une population de 1 500 000 habitants, près de 250 000 choisissent d'opter pour la nationalité française (ce droit leur est accordé jusqu'en 1872), et la plupart quittent les territoires annexés. Mais surtout, en France, se développe un courant qui – avec une ampleur diverse suivant les périodes – a les yeux fixés sur « la ligne bleue des Vosges » et alimente les passions nationalistes, la volonté de revanche. Une Association générale d'Alsace-Lorraine, une Société protectrice des Alsaciens-Lorrains demeurés français sont créées. Et, en Allemagne, on craint que, s'appuyant sur ce sentiment de protestation, on ne prépare une guerre de reconquête. Ainsi, lorsque en mars 1875, est adoptée à Paris une loi sur les cadres de l'armée, Bismarck laisse entendre qu'il envisage une nouvelle guerre – préventive en quelque sorte – contre la France puisque celle-ci se prépare à la revanche.

La résistance à la germanisation

À plusieurs reprises, des incidents surgissent, qui ont pour point de départ la question d'Alsace-Lorraine (en 1887, et surtout après 1910). Le renouveau nationaliste que manifeste le mouvement d'opinion en faveur du général Boulanger (1889), les polémiques qui naissent à propos de l'affaire Dreyfus (dont la famille est originaire d'Alsace), surtout après 1898, l'audience d'un Paul Déroulède et d'un Maurice Barrès prennent appui sur la question d'Alsace-Lorraine. D'autant plus que, dans les territoires annexés, la résistance à la germanisation est réelle. Une Ligue d'Alsace, dont le mot d'ordre est « Protestation et Abstention », se crée. Les conscrits se dérobent au service militaire ; les abstentionnistes sont nombreux à chaque consultation électorale. Et, en février 1874, c'est donc la protestation des députés alsaciens au Reichstag.

Certes, au fur et à mesure que le temps passe, que de nouvelles générations accèdent à la maturité, n'ayant connu que l'administration allemande, la résistance faiblit. Il s'agit moins d'affirmer sa volonté d'être français, et c'est le courant en faveur de la défense de l'identité – et de l'autonomie – alsacienne, notamment, qui se renforce. Et alimente un esprit satirique antiallemand qui cerne la personnalité culturelle alsacienne (qu'un caricaturiste comme Hansi – 1872-1951 – exprime avec talent).

Mais cette complexité de la situation alsacienne et lorraine disparaît sous la brutalité rigide des oppositions chauvines que, à Paris ou à Berlin, la question d'Alsace-Lorraine entretient. Si bien que, dans la longue période européenne de paix (1871-1914), cette question reste irréductible, comme un foyer permanent – plus ou moins actif – d'opposition. Et qu'il se trouvera au cœur des passions qui entraînent l'Europe (la France et l'Allemagne d'abord) dans sa première guerre civile du XXe siècle (1914-1918).

1875

La montée des « masses » :
les quotidiens à grand tirage

La diffusion d'un quotidien à des centaines de milliers de lecteurs, la multiplication des journaux à bon marché, dans une même ville et sur l'ensemble d'un territoire national, sont des faits de civilisation qui apparaissent surtout dans le dernier quart du XIXe siècle et pèsent très lourd dans l'évolution politique, sociale, économique et culturelle.

L'événement, plus que jamais, ne peut se séparer de la manière dont il est rapporté. Et on en a vu les conséquences, dès juillet 1870, avec l'utilisation d'une dépêche – celle d'Ems, écrite par Bismarck – pour peser, par l'intermédiaire de la presse et donc de l'opinion, sur les décisions du gouvernement français.

La presse, dès lors qu'elle est un phénomène qui touche une grande masse, devient ainsi un « quatrième pouvoir ». Elle agglomère les individus isolés, elle brise les barrières qui séparent les groupes sociaux, elle crée – utilise, reflète ? – cette réalité mouvante qu'on appelle précisément l'opinion.

Une nouvelle marchandise : l'information

Mais, en même temps, l'information et le journal deviennent des marchandises qu'il faut vendre, ce qui implique un traitement particulier de l'événement, un tri, en fonction de la plus grande rentabilité, dans ce que la réalité propose. Une hiérarchisation est donc opérée entre les faits par les journaux en fonction de ce qui peut attirer

ou pas le lecteur. Des secteurs entiers de la réalité risquent
ainsi d'être masqués, oubliés, au bénéfice d'une présenta-
tion spectaculaire de tels autres.

En outre, la nécessité de vendre, d'imposer sa marque
par rapport aux journaux concurrents oblige à la fois à la
rapidité dans la transmission : il faut découvrir, il faut être
les premiers (le *Times* a annoncé ainsi, avant les communiqués officiels, la victoire de Waterloo !), mais aussi il faut
rendre spectaculaire l'événement. Enfin, le journal, dès
lors qu'il a une clientèle fidèle, peut, utilisant l'émotion,
créer des campagnes d'opinion.

On entre ainsi, avec la grande presse, dans l'ère des
« masses », de l'opinion, des manipulations, de la propagande, des diversions, de l'exploitation des « affaires » –
Dreyfus, Panama, etc. C'est le temps des « passions ». Et la
conduite du gouvernement doit compter quotidiennement
avec l'opinion – donc avec les journaux –, la flatter, la ber-
ner ou l'utiliser.

C'est autour des années 1875 que cette nouvelle donne
politique et sociale s'impose avec force.

En effet, avant 1865, les données techniques – impression à plat, papier, etc. – comme la base étroite de lecteurs
– compte tenu du faible niveau d'instruction et du prix
élevé du journal – limitent la diffusion des publications.
Elles vivent sur un fonds d'abonnés ; elles disparaissent
vite – parfois après quelques numéros. Et de plus, en France,
la censure, les lois sur la presse (cautionnement, avertissement) les écrasent. Leur tirage n'atteint que très rarement
une dizaine de milliers d'exemplaires. Rien de commun
avec la diffusion et la qualité d'un journal comme le *Times*
(fondé en 1788) et qui diffuse à 50 000 exemplaires. *Le
Figaro* n'est encore qu'un hebdomadaire (fondé en 1854).

Cette avance anglaise, en matière de presse, n'est que le
reflet d'une avance en termes de vie démocratique (vie
parlementaire, débats, liberté de publication, etc.) et aussi
dans le développement économique et social : industrialisation, urbanisation.

Or, à partir de la décennie 1865-1875, la France connaît

d'une part une urbanisation accélérée, l'installation d'un système parlementaire (et, dès les années 1865, une atténuation des lois répressives sur la presse), d'autre part un débat politique plus vif, ainsi que des progrès dans l'instruction.

En outre, la diffusion des mécanismes du marché – et donc de la concurrence – fournit aux journaux des publicités qui, par les revenus qu'elles procurent (ils restent encore faibles), permettent d'abaisser le prix de vente au numéro. C'est ainsi qu'aux États-Unis, le tirage du *New York Herald* (de Gordon Bennett) augmente en même temps que l'insertion d'annonces (vantant par exemple les pilules curatives : la publicité se soucie peu alors d'exactitude).

En même temps se développent des agences de presse (Havas, Reuter) qui vendent à la fois les nouvelles et les annonces. L'extension du réseau télégraphique permet de relier leur siège central aux agences dispersées (dans le monde ou en province), associant ainsi les principaux journaux à l'agence. En 1866, le patron de Reuter a obtenu la concession d'un câble qui joint Londres aux Indes. Une sorte de monopole dans la production de l'information.

Des techniques nouvelles (la rotative, vers 1880) permettent de plus une impression rapide : 25 000 exemplaires à l'heure. Et tous ces nouveaux éléments favorisent le développement de la grande presse, dite d'information.

Le Petit Journal (créé en 1863) appuie sa diffusion (près de 1 000 000 exemplaires à la fin du siècle) sur un prix de vente très faible (5 centimes), une livraison en province (grâce aux chemins de fer), l'accent mis sur les faits divers, le refus de tout engagement politique, et la large place laissée au feuilleton (Ponson du Terrail y raconte les aventures de Rocambole).

En 1875-1876, le lancement du *Petit Parisien* se fait sur les mêmes bases, mais avec une mise en pages plus soignée. Le succès est immédiat et dépasse celui du *Petit Journal*.

Des quotidiens régionaux (*La Dépêche de Toulouse, Le Progrès de Lyon, La Tribune de Saint-Étienne*), des journaux austères, destinés aux élites (*Le Temps*, fondé en 1861,

Le Journal des débats), acquièrent une audience suffisante pour les faire vivre (plus de 50 000 exemplaires).

Une modification de la vie politique et culturelle

La vie politique et culturelle se trouve radicalement modifiée par la présence de ces quotidiens.

Certaines de ces feuilles sont « achetées » par des subventions gouvernementales, et parfois les gouvernements sont étrangers. Elles amplifient l'écho des débats politiques (ainsi pendant l'affaire Dreyfus). Elles peuvent choisir des boucs émissaires (Jaurès dans la presse conservatrice, les Juifs dans la presse catholique – *La Croix* – ainsi que dans *La Libre Parole* de Drumont).

La grande presse, en tout cas, fait basculer cette fin du XIXᵉ siècle, déjà marquée par l'urbanisation, l'industrialisation, le développement des communications, dans la « civilisation de masse ».

Le XXᵉ siècle se dessine déjà à grands traits.

1876

L'innovation technologique

L'expérimentation et les théories scientifiques sont, presque toujours, à l'origine des améliorations technologiques, de la mise au point de telle ou telle machine. Les inventions elles-mêmes (qui ont leur propre histoire et relèvent souvent de l'intuition) dépendent pour une large part de ces recherches théoriques.

Mais le moment d'une découverte expérimentale et celui où elle devient un procédé technique coïncident rarement. Le temps qui les sépare peut être plus ou moins long en fonction des demandes de la société, de l'état de son développement économique, des besoins que manifeste son économie et aussi des contraintes du marché. Une application technique doit être rentabilisée. Il en va de même avec les inventions, non seulement pour leur lien avec les théories, mais aussi pour la généralisation industrielle des procédés, des mécanismes qu'elles ont mis au point.

Il peut y avoir des périodes de stagnation, pendant lesquelles les théories scientifiques ne suscitent aucune application technique et les inventions aucune modification dans les processus de production ou dans les machines en usage. C'est comme si l'ensemble économique et industriel – la société tout entière – était dans une phase de digestion d'une vague précédente d'inventions et de procédés, et n'avait pas encore achevé de les rentabiliser, d'épuiser tout le profit qu'ils pouvaient apporter.

Un effet cumulatif

Vient un moment, pourtant, où de nouveaux procédés entrent en service, en un lieu, dans un secteur donné de la production ou de la technologie. Alors, le mouvement l'emporte, et comme dans une réaction en chaîne, les applications des découvertes (parfois anciennes), les inventions se multiplient. Il y a un effet cumulatif. On entre ainsi dans une nouvelle phase du développement technologique avec toutes les conséquences qui en découlent, dans les rapports des hommes à la production, au milieu naturel, ou entre eux.

Dans le dernier quart du XIXe siècle, on assiste ainsi à plusieurs phases d'applications de techniques nouvelles et de diffusion d'inventions qui vont donner un nouveau visage à la civilisation.

La première de ces phases dure une décennie à partir de 1875-1876 environ, bien qu'il soit difficile dans ce domaine d'établir des coupures chronologiques franches. Ces phases d'innovation – technologique – sont à mettre en relation avec le mouvement général des prix, les périodes économiques de longue durée.

C'est ainsi que, dans un mouvement des prix à la baisse qui s'étend de 1817 à 1895 environ, on peut nettement distinguer pour les dernières années deux périodes plus courtes, l'une de hausse des prix (1850-1873) qui correspond à la poussée du capitalisme libéral, l'autre (1873-1895) marquée au contraire par une longue dépression. Les prix chutent. Les salaires résistent parce que le mouvement ouvrier a commencé à s'organiser. Les profits sont donc menacés. Le libre-échange est de ce fait battu en brèche par le retour du protectionnisme. Les entreprises doivent réaliser un intense effort d'adaptation (des crises cycliques décennales frappent avec encore plus de force dans ce contexte dépressif), et cela favorise, dans un climat de concurrence exacerbée, le progrès technique, la mise en circulation de nouveaux produits, de façon à abaisser les coûts, à conquérir de nouveaux marchés, à défendre les profits, et à tenter de les augmenter malgré tout.

Dans cette période, il y a peu de révolutions théoriques (M. Berthelot, en 1875, publie *La Synthèse chimique*, et, en 1881, Henri Poincaré son étude des fonctions mathématiques, Einstein *naît* en 1879, Niels Bohr en 1885), mais des inventions ou des mises au point de procédés décisifs.

Dans le domaine des communications à distance, Bell invente, en 1876, le téléphone et, dès 1878, un bureau téléphonique est mis en service à Newhaven. On mesure ce que cette invention va introduire comme bouleversements. En 1877, Edison invente le microphone et le phonographe. De nouveaux rapports entre les hommes – une nouvelle manière de vivre – sont contenus dans ces découvertes.

Tout aussi lourdes de conséquences – sur le plan des modes de vie et sur le plan industriel – en 1878, Edison et Swan inventent la lampe à incandescence et, dès 1881, la Société électrique Edison est fondée. En 1882, l'éclairage électrique public commence à se mettre en place à New York. En 1878, Bergès a utilisé la houille blanche pour produire de l'électricité, et, en 1883, Deprez réalise le premier transport d'énergie électrique à distance. La révolution électrique est en marche. En 1880, mise au point des alternateurs. Et, application dans l'industrie : en 1886, Héroult réalise la fabrication de l'aluminium par électrolyse. Hertz, en 1886, découvre les ondes électromagnétiques.

La charnière avec le XXᵉ siècle

Cet ensemble – communications à distance, électricité – fait de ces années 1876-1886 la vraie charnière avec le XXᵉ siècle.

Autre trait du XXᵉ siècle qui se dessine : la mise au point de l'automobile. En 1876, Otto construit le premier moteur à explosion. En 1883, Dion et Bouton font rouler une voiture à vapeur sur route. En 1885, Daimler et Benz mettent au point le principe d'une voiture à essence. Et, en 1888, Forest réalise le premier moteur à essence. Les obstacles principaux à la fabrication des automobiles sont levés. Le combustible ne va pas manquer : en 1882 a été créée la Standard Oil.

En 1880 – autre révolution dans les transports –, c'est l'invention de la bicyclette, et en 1888, des pneumatiques pour cette « petite reine » qui va modifier les habitudes de millions d'hommes.

Il n'est pas un secteur qui ne soit touché par l'innovation. La métallurgie (Gilchrist Thomas met au point, en 1878, le procédé de déphosphorisation des minerais de fer), l'agriculture (moissonneuse-batteuse-lieuse en 1885) ; imprimerie avec la linotype (1884). Procédé de construction avec la généralisation des armatures métalliques (en 1883, le premier gratte-ciel à Chicago). Et naturellement, dans le domaine militaire, toutes ces inventions ont des retombées : Maxim invente la mitrailleuse en 1883. Reste la conquête de l'air : en 1884, les frères Renard réalisent le premier ballon dirigeable.

Si l'on ajoute, sur le plan médical, la formulation du principe des vaccins (celui de la rage est inoculé par Pasteur en 1885, et l'Institut Pasteur est inauguré en 1888), on mesure quel saut une décennie (1876-1888) fait accomplir dans cette période de dépression des prix.

Ce n'est en fait qu'un début. Il faut que ce qui vient d'être amorcé se généralise. Que d'autres secteurs soient explorés (le plus lourd que l'air). C'est une nécessité. Car la baisse des prix continue. Et la concurrence s'intensifie. Le partage du monde devient une lutte serrée. Et, pour que les profits se maintiennent, il faut rationaliser les modes de production. Le temps des inventions ne fait que commencer.

1877

La victoire des républicains en France

Le passage d'un régime politique à un autre ou la consolidation définitive d'un régime peuvent se faire par étapes, par une évolution lente, sans les secousses violentes de l'intervention de la rue, sans forme d'émeutes, de barricades, d'actions révolutionnaires.

Cela suppose que, précisément, il y ait, entre les acteurs politiques, même s'ils sont décidés à jouer de toutes les cartes dont ils disposent, la volonté de ne pas franchir certaines limites, qui les feraient basculer de la légalité – même si celle-ci est sollicitée – au coup d'État. Ce type d'affrontement, sévère mais contrôlé, n'est possible d'ailleurs qu'autant que le jeu reste circonscrit à la scène politique entre professionnels – notables, hommes responsables des deux camps – et que des foules, ou que des groupes – ce peut être l'armée – ne viennent pas, par leurs excès, radicaliser la confrontation, et la faire déraper.

Pas de bouleversement social

Ce qui signifie que, pour déterminé qu'il soit, le combat reste politique – et il peut être aussi idéologique –, mais n'implique pas, au moins à terme prévisible, un bouleversement social. Que les fortunes, les propriétés, les modes de production, les hiérarchies sociales, ne sont pas, dans l'immédiat, remis en cause. En somme que les camps politiques qui s'opposent – et qui sont réellement adversaires –, qui représentent des sensibilités et des groupes sociaux différents, des orientations sociales divergentes, ne remettent pas en cause les fondements essentiels de l'ordre social.

Ce jeu «entre soi», entre «honnêtes gens» (qui se combattent cependant), est aisé quand, pour des raisons circonstancielles, les autres couches sociales (le prolétariat notamment) et les partis qui peuvent les représenter (les socialistes, les révolutionnaires) sont politiquement marginalisés et ne peuvent faire entendre leur voix. Qu'elles ne peuvent servir – par exemple, dans le cas du suffrage universel – que de force d'appoint à l'un des camps. Mais ce sont les notables, les politiques professionnels qui gardent la conduite des opérations.

En France, entre 1875 et 1880, ces années qui voient s'installer définitivement la république, une telle disposition des forces est réalisée.

Le monde ouvrier – ses cadres, ses militants, les socialistes, etc. – est hors jeu. Il se reconstitue lentement, après le traumatisme de la Commune. Aucune menace contre l'ordre social, l'organisation économique du pays, n'existe et ne peut être utilisée comme épouvantail, par les monarchistes, pour effrayer les couches modérées. Les républicains – Jules Simon, Jules Grévy, Jules Ferry, Waddington, Freycinet – sont des bourgeois, des nantis, qui, sur le plan des propriétés, n'ont rien à envier aux monarchistes. Ils ont montré leur détermination antirouges durant la Commune. Ferry a ainsi commenté la répression versaillaise (30 000 fusillés) : «Je les ai vues… les représailles du soldat vengeur, du paysan châtiant en bon ordre. Libéral, juriste, républicain, j'ai vu ces choses et je me suis incliné comme si j'apercevais l'épée de l'archange.»

On peut compter sur ces hommes (Jules Simon dira : «Je suis profondément républicain et profondément conservateur») pour ne tolérer aucune atteinte à l'ordre social. Mais ils demeurent partisans du progrès, de l'évolution. Ils croient à la raison. «Mon but, dira Ferry à Jaurès, est d'organiser l'humanité sans dieu et sans roi.» «Mais non sans patron», commentera Jaurès.

Les modérés contrôlent le jeu

Ceux des républicains qui paraissent trop sensibles aux revendications populaires ou que l'on soupçonne de vouloir s'appuyer sur ces sentiments populaires, pour asseoir leur pouvoir, inquiètent. Et c'est ainsi que Gambetta, le grand leader de cette période, le chef incontesté de la majorité républicaine, celui qui, avec efficacité, mène la bataille contre les monarchistes, sera le plus longtemps possible tenu à l'écart du pouvoir, alors que, par son rayonnement, sa capacité à rallier autour des républicains les électeurs, il a le plus contribué à la victoire de son camp. Mais – outre les antipathies personnelles qu'il peut susciter – on l'imagine trop proche des couches populaires, trop démagogue donc, et on craint avec lui la dérive sociale. Le jeu reste donc contrôlé en fait par les modérés, même si l'affrontement est sévère et sans concession.

Ce combat politique républicains-monarchistes a lieu en plusieurs phases. Le 16 mai 1877, Mac-Mahon renvoie le président du Conseil, le républicain modéré Jules Simon, et le remplace par le duc de Broglie, puis il dissout la Chambre des députés – restant dans les limites formelles de la légalité, mais en fait violant l'esprit des lois constitutionnelles qui dépouillaient le président de pouvoirs réels. Les trois cent soixante-trois députés républicains entrent en campagne. La bataille politique est sans concession. Le pouvoir use de tous les moyens (condamnations, destitutions, etc.). La collusion Église-monarchistes est partout éclatante. « C'est le gouvernement des prêtres, le ministère des curés », déclare Gambetta, qui ajoute pour Mac-Mahon : « Il faudra vous soumettre ou vous démettre. » Au terme de la campagne, les républicains conservent la majorité en voix et, en janvier 1879, la conquièrent au Sénat. Mac-Mahon démissionne, remplacé non par Gambetta – chef du parti républicain : il devient président de la Chambre –, mais par Jules Grévy. Le nouveau président écarte encore le leader républicain de la présidence du Conseil au bénéfice de Waddington, Freycinet puis Ferry.

Aux mesures symboliques (le 14 juillet, fête nationale, *La Marseillaise*, hymne national) s'ajoutent des mesures d'épuration des administrations. Mais la grande affaire est celle de la lutte contre les congrégations en matière d'enseignement. L'anticléricalisme est le ciment idéologique des républicains, la véritable – et la seule – frontière nette avec les conservateurs monarchistes ; le moyen aussi de souder les milieux populaires républicains, la petite bourgeoisie de talent (et voltairienne) à la grande bourgeoisie, elle aussi anticléricale. Les projets de Jules Ferry (mars 1879) laïcisent l'enseignement, s'en prennent aux Jésuites. Les débats sont violents et finalement c'est par décrets (29 juin 1880) que le gouvernement procède, exigeant la dispersion des Jésuites et la mise en conformité avec la loi des autres congrégations. Des incidents – spectaculaires mais mineurs en fait – marquent l'application des décrets. Au vrai, leur mise en œuvre est très lente ou inexistante. Mais la ligne de rupture entre cléricaux et anticléricaux est nette. Elle a servi à souder les républicains. Seule concession à la gauche républicaine – entraînée par Gambetta –, l'amnistie aux communards (800 personnes environ) est votée le 11 juillet 1880. « Il faut que vous fermiez le livre de ces dix années, avait dit Gambetta. Il n'y a qu'une France et qu'une République. »

Une nouvelle période commence en effet. 14 juillet 1880 : première fête nationale. La IIIe République est installée.

1878

« Tuer le tsar » :
le mouvement terroriste en Russie

Dans toute société, il existe une minorité d'opposants radicaux qui refusent d'en accepter les valeurs, les règles, contestent et haïssent les leaders, récusent les hiérarchies. Cette minorité, cette marge est plus ou moins importante, plus ou moins engagée dans des actions organisées – d'ordre politique donc, quelles que soient les formes de cette politique. Elle peut être neutralisée par une répression efficace. Elle peut se rendre elle-même impuissante par ses divisions internes, ses actions illégales qui la font verser dans le strict et pur banditisme – soit individuel, soit de groupe. Elle peut aussi ne rencontrer aucun écho dans les différentes couches sociales qu'elle côtoie et parfois veut influencer. Mais une autre configuration est possible.

Le rôle des minorités

Cette minorité est suffisamment importante pour que ses actions soient visibles. La société peut receler de si nombreux et graves problèmes que l'audience de la minorité est large, même si elle n'est pas suivie. Elle peut ainsi bénéficier de la compréhension et de la sympathie de secteurs entiers de l'opinion qui, en état d'opposition potentielle avec le système politique, ne s'engagent pas dans l'action, mais approuvent ceux qui agissent. Enfin, elle peut se forger une idéologie, adopter une ligne politique, glisser en somme d'une révolte plus ou moins spontanée à une détermination révolutionnaire. Cela ne change en rien son caractère très minoritaire par rapport à la masse de la population, mais accroît de manière décisive son efficacité et son rayonnement.

Ce qui joue pour qu'une telle situation se produise, ce sont les évolutions culturelles, sociales et politiques du système politique et des groupes sociaux qu'il organise.

En Russie, la politique de réformes d'Alexandre II, arrêtée en 1863-1866 (insurrection polonaise et attentat contre le tsar), a néanmoins entraîné des modifications dans la société russe. Les réformes et l'extension de l'enseignement – le développement de l'économie aussi – ont multiplié le nombre des étudiants, provoqué une démocratisation et une paupérisation du public cultivé. Ce sont les fils de famille appartenant à des couches modestes – ou même pauvres (fils de prêtres, de petits fonctionnaires, etc. – des *raznotchintsy*, des roturiers d'origines diverses) – qui accèdent aux études. Les femmes s'émancipent aussi. Et se crée ainsi une couche assez large, souvent pleine de ressentiment (elle a connu les conditions de vie les plus dures, elle s'élève par la culture, et la société – encore archaïque – ne lui offre pas les débouchés sociaux et politiques auxquels elle estime avoir droit). Elle peut ainsi déboucher sur la révolte et l'esprit révolutionnaire.

Aller au peuple

Cette intelligentsia est à la fois influencée par le *réalisme critique* (dénoncer ce qui est), le *nihilisme*, qui est une révolte absolue contre les valeurs (famille, discipline, hypocrisies et injustices sociales, hiérarchies, conventions, etc.) et une volonté de libération individuelle, mais elle se tourne aussi vers le *populisme* qui ajoute à ce désir individuel de rigueur et de liberté la volonté d'*aller au peuple*. De rencontrer cette masse de *moujiks* (paysans) pour leur « apporter » la culture (les populistes sont médecins, instituteurs, vétérinaires : ils *vont au peuple* pour lui rendre cette culture qu'ils ont acquise, grâce à ses sacrifices), mais en même temps, ils veulent apprendre du peuple, de la communauté

villageoise, car ils imaginent que le peuple porte en lui la
vérité, la pureté, les valeurs morales. La déception est générale. Les moujiks livrent parfois les populistes à la police.
La révolution populaire espérée par certains populistes ne
se produit pas. Et la répression est sévère : des procès
monstres sont organisés en 1877 contre 193 puis 50 populistes.

Dès lors se produit un glissement chez les révolutionnaires. Il faut provoquer la révolution par en haut, briser le
système en le frappant au sommet. Agir sans les paysans,
par une action minoritaire. Sous l'influence de Pierre Tkat-
chev, de Serge Netchaiev, les minoritaires s'engagent dans
la voie du terrorisme et du complot. Avec d'autant plus de
détermination que le régime réprime avec sauvagerie et
paraît incapable de se réformer.

En janvier 1878, les coups de feu que tire Vera Zassoulitch contre le général Théodore Trepov, gouverneur militaire de Saint-Pétersbourg, résonnent comme l'ouverture
d'une nouvelle période. Trepov est frappé parce qu'il a fait
fouetter un prisonnier politique. Et, le jury acquittant Vera
Zassoulitch, des tribunaux d'exception sont mis en place
par le pouvoir. La logique terrorisme-répression est enclenchée.

La société secrète *Zemlia e Volia* («Terre et Liberté»),
fondée une première fois en 1862 mais recréée en 1876, se
divise en deux groupes, «Le Partage noir» (*Tchernyi Per-
edel*) qui veut agir par la propagande pour le partage inté-
gral des terres, et «Volonté du Peuple» (*Narodnaia Volia*)
qui fait du terrorisme son mode d'action politique.

En frappant la tête, estiment ses adhérents (un comité
exécutif d'une trentaine de membres), on peut blesser à
mort le système et, en tout cas, ouvrir une période révolutionnaire en donnant l'exemple au peuple.

Les attentats – les arrestations – vont se succéder. Le tsar
est l'objet d'une véritable «chasse à l'empereur», cependant que des grèves importantes se produisent à Saint-
Pétersbourg, ouvrant un nouveau front contre le régime, et
donnant encore plus de raisons d'agir aux «terroristes».

Le tsar est réellement traqué malgré l'efficacité de sa police. Le 5 février 1880, une explosion dans la salle à manger du Palais d'Hiver provoque de nombreuses victimes et, par son caractère spectaculaire, montre l'audace des terroristes.

Or le public cultivé, l'intelligentsia, est en sympathie avec ces méthodes. L'agitation étudiante révèle que de larges couches sont désormais touchées et basculent dans l'opposition au régime.

Alexandre II tente alors de concilier à la fois une politique de répression, décidée à extirper le terrorisme, et des réformes (action du ministre de l'Intérieur Loris-Melikov). Il s'agit notamment de procéder à l'élection de représentants de la population qui, avec des personnalités nommées par le pouvoir, élaboreraient une série de réformes. On semble revenir au temps de l'abolition du servage (1861) et au temps des réformes.

C'est le jour où il donne son accord à cette proposition que le tsar Alexandre II est assassiné par les terroristes de *Narodnaia Volia* (13 mars 1881).

Attentat symbolique qui montre la contradiction, presque insurmontable, dans laquelle est enfermé le pouvoir des tsars.

1879

Le premier congrès des socialistes français

Il est difficile d'étouffer des idées, d'extirper d'une société un mouvement, d'empêcher des hommes de porter ces idées et d'organiser leur diffusion, quand cette idée-là, l'action de ce mouvement paraissent être confirmées par les faits, ou bien quand l'espoir qu'ils maintiennent – en plus de justice, en un meilleur système économique, politique, social – est un besoin pour de larges couches de la société qui se sentent humiliées, qui sont démunies et victimes de l'inégalité.

C'est d'autant plus difficile quand le mouvement économique – l'industrialisation – renforce en nombre et en cohésion ces couches sociales. C'est le cas du monde ouvrier, à partir de 1860, quand se constitue – avec des rythmes différents selon les pays – une grande industrie concentrée, qui provoque la croissance du prolétariat. La prise de conscience s'opère alors à la fois chez les prolétaires – ils sont nombreux, se sentent séparés, différents (par le vêtement, les modes de vie, le travail et la concentration dans les usines, etc.) – et parmi ceux – militants ouvriers mais aussi agitateurs révolutionnaires (qu'ils soient intellectuels ou non) – qui veulent changer l'organisation sociale.

Le travail souterrain des idées

Or, une idée, fût-elle nouvelle, ne surgit jamais de rien. Toute une tradition intellectuelle et politique constitue le terreau dans lequel elle se développe, avant de s'épanouir.

Une transmission d'héritage s'opère ainsi, de génération en génération. Longtemps ces idées cheminent de petits groupes en petits groupes isolés, parfois d'individu à individu, puis vient un moment – fruit des circonstances, de la maturation, de l'action plus efficace de quelques hommes – où se produit une sorte de coagulation qui révèle le travail souterrain qui a eu lieu. Un seuil vient d'être franchi, à partir duquel de nouveaux développements se produisent.

Pour le mouvement socialiste français, c'est 1879 qui est l'année clé, le nœud historique. Il se situe, alors que l'idée socialiste semble avoir disparu, après la Commune, la répression versaillaise et l'exil des militants. D'ailleurs, la république – celle de Mac-Mahon ou de Jules Grévy, avant et après 1875 – maintient une étroite surveillance des milieux socialistes et n'hésite pas à faire condamner les militants ou les journalistes.

Or, en 1879, on assiste à la diffusion d'un Manifeste des socialistes révolutionnaires qui lance le parti socialiste français ; au congrès ouvrier socialiste qui se tient à Marseille (23 octobre 1879), on décide de créer la Fédération du parti des travailleurs socialistes de France.

Ces événements convergents s'expliquent d'abord par l'apparition d'une nouvelle génération d'hommes – souvent contemporains de la Commune mais n'ayant pas subi directement la répression –, d'une renaissance politique liée à la défaite des monarchistes. Inéluctablement, dans la tradition française, la victoire républicaine entraîne une poussée des idées de réformes sociales. Si, à la Chambre des députés, l'extrême gauche est représentée par Clemenceau, la gauche avancée par Gambetta, pour les républicains révolutionnaires, ce sont les communards qui incarnent le mouvement. Et, fait significatif de l'évolution du sentiment public, Blanqui – bien qu'emprisonné – est élu député de Bordeaux le 21 avril 1879 contre un candidat de Gambetta. Deux autres communards sont élus à Paris et toujours contre des amis de Gambetta.

Le congrès de Marseille (23 octobre 1879)

Ce mouvement de renaissance socialiste se manifeste au congrès de Marseille (130 délégués représentent 45 villes). Et l'adhésion aux thèses collectivistes, à la conception du parti, telle que Marx l'a définie, est nette. Il est question de « parti prolétarien », car « l'émancipation du travail doit être l'œuvre des travailleurs eux-mêmes ». « Il est désormais incontestable, ajoute-t-on, que tous les autres partis, même les plus avancés, deviennent réactionnaires dès que les intérêts prolétariens sont en jeu. » Le congrès se prononce aussi pour la suppression du salariat, la nationalisation des capitaux, des mines, des chemins de fer, en réclamant la « collectivité du sol, du sous-sol, des instruments de travail, des matières premières donnés à tous et rendus inaliénables par la société à laquelle ils doivent retourner ».

Ce collectivisme marque une victoire complète – à ce moment de l'évolution du socialisme français – des marxistes. Et notamment de Jules Guesde (1845-1922). Cet exilé – il a été condamné à cinq ans de prison pour avoir soutenu dans ses articles la Commune –, après avoir été proche des anarchistes (de James Guillaume, en Suisse), se convertit au collectivisme marxiste vers 1877. Il exprime ses idées dans un hebdomadaire, *L'Égalité*, est emprisonné en 1878 et lance de sa prison un *Manifeste aux travailleurs français* qui recueille plus de cinq cents signatures. Il s'affirme ainsi le leader des socialistes révolutionnaires.

Son but – et le congrès de Marseille est un moment important de sa stratégie – est de regrouper les prolétaires, les socialistes autour de ces idées collectivistes en créant un parti nouveau, la Fédération du parti des travailleurs socialistes de France. C'est fait au congrès de Marseille.

Mais cette tentative d'unification guesdiste est une réussite fragile.

Dès 1880, des oppositions au collectivisme se manifestent. L'échec aux élections de 1881 du nouveau parti

(60 000 voix pour toute la France !) montre la force du vote en faveur des républicains. Les scissions dès lors se multiplient. La querelle surgit entre marxistes et ceux qui veulent utiliser toutes les possibilités (les possibilistes) pour faire avancer des revendications, obtenir des succès partiels. Guesde condamne ce « nouveau genre d'opportunisme ». Les possibilistes, au contraire, dénoncent les ultramontains du marxisme qui obéissent à un chef (Marx) qui siège à Londres. « Il n'y a qu'une solution nécessaire, disent-ils : la séparation des Capucins marxistes et de l'État socialiste ouvrier » (Paul Brousse, le 25 septembre 1882). C'est dire qu'à peine un rassemblement s'est-il opéré, des tendances contraires surgissent qui poussent à la rupture.

Le socialisme français et celui des autres pays européens sont donc écartelés entre des tendances unitaires (on rassemble tous ceux qui veulent une transformation sociale quelle que soit leur conception de but et de méthode) et ceux qui (comme Guesde) exigent un programme précis, une adhésion claire à des principes, et une discipline rigoureuse.

On reconnaît ainsi, dès l'origine, en ces années 1879-1883, les contradictions qui mineront le mouvement socialiste durant des décennies au XIXe et au XXe siècle.

1880

Anglais et Boers :
la longue guerre d'Afrique australe

Les cicatrices laissées par une histoire plusieurs fois séculaire deviennent souvent des lignes de force qui orientent le destin d'une nation, d'une région, d'un continent. Surtout si l'antagonisme qu'elles rappellent – des heurts entre deux nations, deux ethnies, etc. – est lourd de plusieurs contradictions qui se perpétuent avec le temps. Ainsi, les enjeux stratégiques – dus à la situation géopolitique de la nation, de la région, etc. – perdurent le plus souvent, même si les siècles passent ; les oppositions raciales, si les ethnies demeurent, loin de s'apaiser, s'aigrissent avec le temps, et les haines s'accusent, nourries par les souvenirs des conflits de jadis et des humiliations et des massacres subis. Enfin, les enjeux économiques, même s'ils peuvent changer de nature, ne disparaissent pas. Tout cela crée une culture, une tradition, des habitudes, des modes de penser et de réagir qui sont le produit de cette histoire.

En Afrique australe, dans les deux décennies de la fin du XIXᵉ siècle, existent déjà une accumulation de ce type, des contradictions qui opposent premiers occupants d'origine hollandaise (les Boers), colons anglais et, pesant comme une ombre sur ce conflit entre Blancs, les Africains – Bantous notamment – qui résistent à la pénétration européenne, cependant que des métis, des Indiens composent une catégorie de population intermédiaire.

Une longue confrontation, entre 1880 et 1902

Donc, on ne peut comprendre la guerre qui met face à face, à partir du 16 octobre 1880, Anglais et Boers, dans le Transvaal, si on ne la replace pas dans l'histoire de cette région, et si on ne mesure pas, aussi, qu'elle n'est qu'un moment d'une longue confrontation qui ne s'achèvera qu'en 1902, plus de vingt ans plus tard.

En effet, dès les premières étapes de la colonisation (en 1652 débarque au Cap le premier commandant de la Compagnie néerlandaise des Indes orientales), quatre questions sont posées aux pionniers.

D'abord, cette colonie occupe une position stratégique sur la route des Indes. Et c'est d'ailleurs la raison de l'implantation hollandaise. Mais, à terme, cette situation ne peut que provoquer un conflit avec l'Angleterre (ou la France), dans la mesure où ces deux nations sont elles aussi intéressées au premier chef par les «Indes». Profitant du conflit européen, de la dissolution de la Compagnie néerlandaise (1796), des impuissances françaises, l'Angleterre prend le contrôle, dès 1806, de l'Afrique australe. Mais, entre les nouveaux colons britanniques (très nombreux à partir de 1820) et les Boers hollandais, les heurts sont nombreux (par exemple, les Anglais décrètent, en 1833, l'abolition de l'esclavage, ce qui nuit aux propriétaires fonciers boers).

Dès lors (et c'est le deuxième aspect), les Boers vont être tentés de s'enfoncer vers le nord et vers l'est, abandonnant Le Cap aux Anglais, afin de conserver leur autonomie et leur civilisation. Ce «Grand Trek» (1834-1854) conduit les Boers à près de 2 000 kilomètres du Cap au-delà des fleuves Vaal et Orange, et ils créent des États – le Transvaal, l'Orange, le Natal.

Mais, dans leur progression et leur installation, les Boers – troisième question – entrent en contact avec des Africains qui, eux-mêmes en quête de terres, descendent du centre de l'Afrique vers le sud. Ainsi les affrontements entre Boers, Bantous et Zoulous commencent à devenir généraux

(16 décembre 1838, bataille de Blood River – fête nationale sud-africaine – et, plus tard, bataille entre Anglais et Zoulous : le fils de Napoléon III est tué le 1er juin 1879 dans les rangs des troupes anglaises).

Enfin, la quatrième question tient aux bouleversements qu'entraîne la découverte de 205 gisements diamantifères, en 1867, puis aurifères, en 1886, dans les territoires boers.

L'indépendance conquise par les Républiques sud-africaines (du Transvaal) et d'Orange et reconnue par les Anglais est dès lors compromise. Les Anglais (installés dans les colonies du Cap et du Natal) visent à s'emparer de ces gisements, et donc à détruire l'indépendance des États boers. Ils annexent le Transvaal, dès 1877, mais, en 1880, ils se heurtent aux Boers de Kruger et sont défaits (à Majuba Hill en 1881). Le Transvaal retrouve son autonomie.

En fait, ce ne peut être que partie remise. L'opposition entre la civilisation pastorale et rurale des Boers – leur archaïsme – et la civilisation marchande, minière, que symbolise Cecil Rhodes, le gouverneur britannique du Cap qui est en même temps à la tête de la plus grosse entreprise de prospection de diamants et de métaux précieux (le *De Beers Consolidated Mines*), est radicale. Et l'équilibre ne peut que se rompre en faveur des Britanniques.

En effet, la République du Transvaal, au fur et à mesure que ses richesses minières sont connues, voit affluer une foule de nouveaux immigrants (les *uitlanders*). Kruger essaie de maintenir la suprématie politique des Boers (Afrikaaners). Mais Cecil Rhodes s'emploie à isoler le Transvaal, conduisant Kruger à conclure une alliance avec l'État libre d'Orange et à déclarer la guerre aux Anglais (12 octobre 1899).

Cette guerre a une résonance mondiale. Elle se situe en effet dans le contexte du partage du monde, du heurt des impérialismes (français, anglais, allemand et même russe). À Paris, l'opinion antianglaise prend fait et cause pour les Boers. Mais Kruger n'obtient aucune aide des grands États dont il recherche l'alliance (Allemagne, France, Pays-Bas). Les Anglais, dès lors, après des revers militaires, imposent leur supériorité (sous le commandement de Kitchener), pratiquant, contre la guérilla boer qui se prolonge, une répression implacable (des camps de concentration, les premiers ouverts par une grande puissance européenne, sont ainsi construits). Ils l'emportent, et les Boers capitulent au traité de paix de Vereeniging (31 mai 1902). L'unification politique de l'Afrique du Sud devient possible.

La question centrale : le rapport avec les Africains

Mais cette guerre anglo-boer (qui est un long processus de 1880 à 1902) ne règle pas, en fait, la question principale : celle du rapport avec les Africains qui représentent, dès cette fin du XIXe siècle, près de 70 % de la population. Les Blancs se sont déchirés, mais le problème majeur n'est pas la domination des Boers ou des Anglais, mais la présence des Noirs.

Enfin, dans ce conflit, si, militairement, les Anglais l'ont emporté, les Boers ont préservé leur identité – ils l'ont même renforcée par leur héroïsme. Ils conservent d'ailleurs le droit de pratiquer leur langue.

Premiers occupants, enracinés dans une culture, une histoire, les Boers apparaissent vaincus à l'orée du XXe siècle, mais les vingt ans de résistance qu'ils ont opposés aux Anglais sont gage de leur capacité, à long terme, de survivre et d'imposer leurs valeurs à une minorité blanche d'Afrique australe.

1881

La conquête des colonies :
vers un Empire français

Une grande nation – c'est-à-dire une collectivité portée par une histoire, disposant de moyens importants d'action et décidée à défendre (et donc à étendre) ses sphères d'influence, ses marchés – est entraînée, par le simple jeu de la compétition avec les autres grandes nations, à ne pas se laisser prendre de vitesse dans les secteurs essentiels qui fondent la puissance : qu'il s'agisse de l'armement, du développement économique, ou de la prise de possession de territoires – ou de points d'appui.

Les mobiles complexes de l'entreprise coloniale

Certes, à l'intérieur de la nation, un débat peut s'ouvrir sur ces perspectives et ces nécessités qui sont contraignantes : elles impliquent des dépenses, des choix douloureux parfois, elles supposent des sacrifices, des pertes en hommes, et, en tout cas, le risque de la guerre. Elles peuvent conduire à des échecs. Elles créent aussi des groupes de pression car certains secteurs réalisent des profits considérables, à partir de ces choix. Et, de ce fait, des polémiques surgissent, sur les mobiles véritables de telle ou telle action. Intérêt national ou intérêts particuliers ? Plus les actions se multiplient, plus la nation est engagée et moins il est facile de séparer, dans les déterminations d'une politique, ce qui relève d'une réflexion indépendante des gouvernements ou de leur acceptation de la logique des groupes dominants.

Mais, quelles que soient les causes du choix, ceux-ci demeurent et engagent la nation.

La France, à partir des années 1880, se trouve ainsi impliquée, d'abord pas à pas, puis de plus en plus nettement et avec de plus en plus d'assurance, dans le partage du monde, c'est-à-dire dans la constitution d'un empire colonial.

Bien sûr, la France est déjà présente en Afrique (Algérie, Sénégal notamment), en Asie (actions en Chine, en Annam), mais, jusqu'en 1880, la prudence l'emporte, et l'hostilité à une action coloniale d'envergure est forte. En 1873, par exemple, quand Francis Garnier est tué à Hanoi, Paris ne réagit pas (il tient là pourtant un bon prétexte à intervention) et évacue le delta du Tonkin. En Égypte, malgré le rôle de Lesseps dans la création du canal de Suez, la France laisse les Anglais acquérir une position dominante.

Cette timidité s'explique par le recueillement diplomatique qui a suivi la défaite de 1870. Le pays est replié sur lui-même. Les gouvernements, entre 1871 et 1880, règlent les problèmes intérieurs (installation de la République contre les monarchistes) et sont soucieux de désarmer toute hostilité de la part des autres grandes nations. Et, surtout, de la part de l'Angleterre. La droite condamne d'ailleurs, dans les expéditions coloniales, les coûts financiers. La gauche patriote – Clemenceau – les dénonce comme un oubli de la nécessité de la revanche.

Mais, à partir de 1880, une autre politique s'esquisse, sous la poussée de différents facteurs. D'abord, le président du Conseil, Jules Ferry, empiriquement, pressent qu'une politique coloniale est – selon lui – nécessaire au pays. Plus tard il théorisera son action en disant que l'expansion coloniale correspond aux besoins économiques, militaires et de prestige de la nation. De même, répondant aux arguments de ceux qui ne pensent qu'à la revanche, il dira en avril 1881 :

« Au nom d'un chauvinisme exalté, devrons-nous acculer la politique française dans une impasse et, les yeux fixés sur la ligne bleue des Vosges, laisser tout faire, tout s'engager, tout se résoudre sans nous, autour de nous, contre nous ? »

Et ce sentiment est partagé par des officiers, des hommes d'affaires, des explorateurs, des marchands qui, dans les territoires africains ou asiatiques, prennent des initiatives parce qu'ils découvrent des possibilités d'action et aussi l'expansion des autres puissances.

Or, précisément, celles-ci poussent la France à s'engager outre-mer.

Les intentions anglaises et prussiennes ne sont en rien désintéressées. Londres comme Berlin veulent détourner la France d'une politique européenne dangereuse pour l'équilibre, et pensent aussi, en la mêlant aux rivalités internationales, la maintenir isolée, en la faisant entrer en conflit avec des alliés potentiels.

C'est ainsi que, dès 1878, Londres pousse Paris à intervenir en Tunisie, et le fait savoir dans des notes officielles. Elle insiste sur « l'accroissement légitime de l'influence française, influence qui procède de la domination de la France en Algérie, des forces considérables qu'elle y maintient... ». Double conséquence pour Londres : en poussant Paris vers Tunis (et il est vrai qu'il y a une logique du contrôle du Maghreb dès lors qu'on obtient l'Algérie), l'Angleterre s'assure de la bienveillance française à propos de ses interventions en Égypte. Et le canal de Suez est autrement vital pour Londres que Tunis et Sfax. Mais, en plus, en laissant la France s'installer en Tunisie, Londres en exclut l'Italie, et crée une rivalité entre Rome et Paris, ce qui lui donne un pouvoir d'équilibre, et lui assure, en fait, la domination en Méditerranée.

Bismarck agit de même, avec plus de machiavélisme encore, puisqu'il invite en même temps l'Italie à « occuper quelque chose en Afrique du Nord ».

Les conséquences de la colonisation de la Tunisie

Quand l'intervention française se produit (avril 1881, prenant prétexte d'incidents frontaliers avec l'Algérie) et que le protectorat est établi (traité du Bardo, 1881, puis convention de la Marsa, 1883), les protestations en Italie (qui comptait en Tunisie plusieurs dizaines de milliers de nationaux) sont violentes. Comme par ailleurs une insurrection éclate dans la région de Sfax contre les Français (juin 1881), et qu'il faut une expédition pour en venir à bout, Ferry se trouve mis en accusation à l'Assemblée. La droite, mais aussi Gambetta et Clemenceau dénoncent les initiatives de Ferry et leurs conséquences internationales. Le président du Conseil est condamné par l'Assemblée, mais le traité du Bardo et donc le protectorat sont avalisés.

Le 9 novembre, Ferry démissionne. L'entrée de la France dans le grand jeu de l'expansion coloniale s'est donc faite de manière confuse, sans vraie volonté du corps politique et par une série de circonstances convergentes. Il n'empêche. La France est désormais engagée dans la constitution d'un empire. Toute l'orientation de sa politique internationale va s'en trouver affectée, et ainsi le destin même du pays.

1882

Gambetta : l'élan républicain brisé

Le système parlementaire s'est révélé dans l'histoire comme « le moins mauvais » des régimes politiques. Il organise la responsabilité du pouvoir exécutif devant une chambre de députés élus – au suffrage direct et devenu universel – et, par différents moyens – qui tiennent aux histoires singulières de chaque nation –, il permet la sanction des erreurs gouvernementales et tend à un équilibre des pouvoirs où l'électeur et l'élu ont le dernier mot.

Mais ce schéma – qui s'en tient aux principes fondamentaux – doit, dans la réalité du fonctionnement parlementaire, être précisé.

Les conditions d'efficacité d'un régime parlementaire

Un régime parlementaire ne peut en fait obtenir un minimum d'efficacité que si deux conditions sont remplies. D'abord que le Parlement comporte une majorité et une minorité claires, c'est-à-dire « organisées ». Ce qui suppose l'existence de partis politiques qui permettent de discipliner les comportements individuels de chaque élu et de structurer ainsi la vie politique. Mais, à son tour, cela n'est possible que si un mode de scrutin (il n'en est certes pas de parfait) permet de dégager des majorités et n'est pas uniquement fondé sur les personnalités, les notables, agissant en fonction de considérations personnelles et locales. En retour, l'exécutif – le gouvernement – peut s'appuyer sur cette majorité et disposer ainsi de pouvoirs réels qui impliquent la durée. Il n'est pas soumis à la pression constante d'une assemblée sans majorité stable, où les passions individuelles – ressentiments, action des groupes d'intérêts – tiennent le premier rôle.

Si ces conditions – majorité et réalité du pouvoir exécutif – ne sont pas réunies, la pente naturelle du régime parlementaire est d'écarter tous les hommes politiques qui, par leur programme, leur caractère, leur volonté d'agir, de se dégager des intérêts locaux pour prendre en compte d'abord l'intérêt national (ce qui conduit inéluctablement à limiter certains privilèges, à combattre les corporatismes, etc.), apparaissent comme des gêneurs. Le régime parlementaire, dès lors, fonctionne comme une institution qui sélectionne à rebours, choisissant les plus médiocres en son sein, ceux qui n'ont que l'immobilisme pour politique, et qui fédèrent les intérêts particuliers. Bien sûr, sur certains points, des réformes sont entreprises – parce que des problèmes se posent qu'on est bien contraint de traiter –, mais la ligne générale est de ne heurter de front aucune des forces dominantes – du Parlement ou de la société – et donc de chercher plutôt des diversions, fussent-elles spectaculaires, qui ne mettent rien en cause.

Avec une telle politique, les contradictions s'accumulent dans une société, et les blocages se multiplient, risquant de donner lieu à des poussées de violence. En outre, aucun grand dessein, aucune politique à long terme n'est envisageable. L'exécutif est à la merci d'un changement de majorité, et l'instabilité ministérielle devient la règle.

C'est ce type de régime parlementaire qui s'installe en France, autour des années 1880. Avec toutes les conséquences négatives que cela implique pour l'évolution politique, économique, sociale du pays.

La preuve en est donnée par l'échec de Léon Gambetta (1838-31 décembre 1882). Cet homme politique qui n'appartient pas à l'*establishment* de la grande bourgeoisie (il est d'origine italienne, avocat, tribun débraillé) s'est imposé, dès le Second Empire, comme un républicain déterminé. Son engagement dans la « défense nationale » – il est pour la guerre à outrance –, sa démission lors de l'abandon de l'Alsace-Lorraine aux Prussiens, ses discours populistes affirmant une nette volonté de réforme, son rôle dans la chute de Mac-Mahon (« Il faudra vous soumettre ou vous démettre »), son discours anticlérical (« Le cléricalisme voilà l'ennemi »), sa volonté d'ouvrir le champ politique aux nouvelles couches (la petite bourgeoisie de talent, qu'il incarne parfaitement) en font, tant pour les conservateurs monarchistes que pour les républicains modérés liés entre eux par des solidarités de caste, un homme politique inquiétant, sinon un « fou furieux ». Animateur des campagnes républicaines, il est à la fois le leader le plus populaire, le chef apparent de la majorité républicaine, le président de la Chambre des députés (de 1879 à 1881) et celui que la majorité des hommes politiques modérés raisonnables veulent marginaliser.

Un « grand ministère » de soixante-quatorze jours

Quand, après la chute de Jules Ferry, le président de la République Jules Grévy – l'un de ses principaux adversaires – est bien contraint de lui confier la présidence du Conseil (14 novembre 1881), tous les hommes politiques d'importance refusent de faire partie de ce ministère. Les milieux bancaires (Rothschild) craignent le rachat des chemins de fer, sa politique de l'épargne, ses projets d'impôt général sur le revenu, sa volonté de convertir la dette nationale, et enfin qu'il envisage de reconnaître le droit syndical. Ils pèsent sur les hommes politiques pour qu'ils refusent tout soutien à Gambetta. L'extrême gauche, pour sa part, l'accuse d'opportunisme ; la droite combat en lui l'homme qui a choisi comme ministre de l'Instruction publique et des Cultes le matérialiste Paul Bert ; et la majorité du marais républicain craint un projet de réforme électorale (substituer un scrutin d'idées au scrutin de personnes, mettre l'accent sur les enjeux nationaux et non plus sur les intérêts locaux), prélude à une dissolution de la Chambre. Si bien que Gambetta, qui est pourtant modéré, qui tente de rallier des conservateurs (dans les nominations à de hautes fonctions, par exemple), qui conçoit de grandes ambitions en politique extérieure (accord avec l'Angleterre pour contrer l'entente entre Berlin, Vienne et Rome), qui n'évoque qu'une politique « graduellement mais résolument réformatrice », se trouve l'objet de toutes les attaques. Il n'est pas jusqu'à son audace en matière artistique (il y a un ministère des Arts, et Manet est décoré de la Légion d'honneur) qui ne soit condamnée. Le 26 janvier 1882, après seulement soixante-quatorze jours, le « grand ministère » Gambetta est renversé.

Les coalitions des intérêts (haute banque, établissements de crédit, compagnies de chemin de fer et compagnies minières), la médiocrité du personnel politique, sensible à cette coalition et soucieux de préserver ses intérêts à court terme (réélection, crainte d'avoir à se soumettre à un exécutif ferme), la crainte (et la haine même) des conservateurs (monarchistes et républicains) pour toute vraie réforme et pour cette ouverture vers d'autres couches sociales qu'incarne Gambetta ont eu raison de lui.

Mais, ce faisant, la République s'est enlisée dans l'immobilisme social et économique, la politique s'est coupée des sources de renouvellement. Et ainsi, même si le régime réalise de grandes choses, c'est de manière heurtée, par saccades, au gré des circonstances, dans l'instabilité ministérielle et sociale.

L'échec de Gambetta (il meurt en décembre 1882) est en fait celui du pays. La médiocrité l'a emporté sur l'ampleur de vues et le dynamisme.

1883

Les premiers marxistes russes

Il suffit parfois d'une poignée d'hommes – et quelquefois d'un seul ! – pour qu'une situation historique, le destin d'une nation et parfois toute l'histoire soient changés. Encore faut-il que ces prophètes aient foi dans une idée, un projet, une théorie, qu'ils soient prêts à y sacrifier leur vie, à devenir des martyrs de la cause. Alors les disciples se multiplient si l'idée, le projet, la théorie permettent d'éclairer et de comprendre la situation du moment, s'ils apparaissent comme des clés. Si la conviction des premiers convertis demeure, si les circonstances historiques les servent (il y a toujours une part de hasard dans une conjoncture), le groupe restreint des origines peut grandir, s'organiser, devenir une force déterminante.

Cette description qui vaut aussi (si on ne fait pas appel à des explications divines) pour la naissance des religions se retrouve dans les dernières décennies du XIXe siècle, quand on suit le développement du mouvement socialiste et particulièrement marxiste et qu'on mesure le rôle qu'ont joué ceux que, d'ailleurs, dans de nombreux commentaires, on appelle les apôtres, les fondateurs de ces groupes révolutionnaires. On saisit mieux, en établissant cette référence avec les phénomènes de croyance, le caractère religieux – ou de substitut d'une religion – que possèdent le marxisme et le socialisme.

C'est parfaitement net en ce qui concerne la naissance et la croissance de ce mouvement marxiste en Russie, à partir des années 80 du XIXe siècle.

Du populisme au terrorisme et au marxisme

Un homme, Georghi Valentinovitch Plekhanov (1856-1918), y joue un rôle fondamental. Étudiant, il est emporté par la vague populiste, adhère au mouvement *Zemlia e Volia* (« Terre et Liberté »), croit lui aussi que le salut de la Russie passe par le soulèvement des paysans, qu'il faut aller au peuple. Courageux, déterminé (il participera aux manifestations de 1876, à Saint-Pétersbourg, déployant un drapeau rouge sur le parvis d'une église), il est arrêté, contraint à l'exil. Cette période qui coïncide avec l'échec du mouvement populiste et le choix du terrorisme par les militants les plus activistes voit aussi se développer les premières grandes grèves ouvrières. Plekhanov, à partir de 1878, se sépare des populistes, refuse le terrorisme et, en 1880, émigre définitivement à Paris puis à Genève.

Il découvre alors l'œuvre de Marx et d'Engels. C'est ici que son rôle apparaît capital. Étudiant les ouvrages des deux théoriciens, il se convainc du rôle décisif du prolétariat, de la nécessité pour lui de créer un parti ouvrier, et pour cela de diffuser rapidement en Russie les livres de Marx. En même temps, il mesure que cet essor d'un mouvement ouvrier révolutionnaire suppose le développement du capitalisme en Russie. C'est quand celui-ci se sera déployé que le prolétariat l'emportera sur la bourgeoisie.

Plekhanov crée donc, à Genève, en 1883 (avec Vera Zassoulitch, Axelrod, etc.) un groupe, « Libération du travail », qui se donne pour but de diffuser en Russie la pensée de Marx. Ce premier groupe marxiste russe est ainsi à l'origine du développement révolutionnaire dans l'Empire des tsars.

Au point de départ, il y a les livres. Dès 1882, le *Manifeste* a été traduit en russe par Plekhanov. Dans les années suivantes, les autres textes de Marx seront aussi publiés en langue russe. Mais Plekhanov veut en outre utiliser le marxisme pour comprendre la situation concrète de la Russie. En 1883, il publie *Le Socialisme et la Lutte politique* ;

en 1884, il montre les raisons de son opposition au terrorisme dans *Nos controverses*. Ses ouvrages (et notamment *Essai sur le développement de la conception moniste de l'Histoire*, 1895) ont, selon Lénine, « éduqué toute une génération de marxistes russes ».

Ces livres auraient rencontré peu d'échos si ne s'étaient développées en Russie de nouvelles contradictions. Le capitalisme commence en effet à produire de grandes concentrations industrielles où l'agitation ouvrière prend de l'ampleur (en 1885, multiplication des grèves). Une bourgeoisie moyenne, de talent (juristes, médecins, instituteurs, vétérinaires, statisticiens), formant un « troisième élément » dans les assemblées des *Zemstvos*, acquiert de l'importance en même temps que les réformes. Pour autant, cette modernisation (1891, début de la construction du Transsibérien) ne règle aucun des problèmes anciens. D'abord, le pouvoir reste répressif (en 1884, un statut particulièrement réactionnaire est imposé aux universités, la police se « modernise » aussi et traque tous les révolutionnaires : en 1895, Vladimir Ilitch Oulianov – Lénine – est arrêté, etc.) et surtout le problème de la terre et des paysans reste une plaie ouverte. Les années 1891-1892 sont pour l'Empire un temps de famine.

Plekhanov et le groupe de « Libération du travail » sont en liaison avec les révolutionnaires restés en Russie (Plekhanov rencontre Lénine à Genève, en 1895) et ils approuvent la tenue à Minsk, en mars 1898, du premier congrès du Parti ouvrier social-démocrate de Russie. Réunion qui a surtout une valeur symbolique puisque ses quelques participants sont immédiatement arrêtés par la police.

Il s'agit néanmoins d'une étape dans l'élargissement du mouvement marxiste. Lénine, à Genève, décide avec Plekhanov de la publication en commun d'un organe de liaison, de fédération des révolutionnaires et de propagande, l'*Iskra* (premier numéro, 11 décembre 1900) qui contribuera à l'élaboration du programme du parti.

Mais c'est ici, et dès cette époque, que les divergences apparaissent entre Plekhanov et Lénine.

La stratégie graduelle de Plekhanov

Pour Plekhanov, conformément à ses analyses, la révolution prolétarienne ne peut intervenir qu'après l'essor du capitalisme en Russie. Ce qui signifie que des alliances peuvent et doivent être passées avec les libéraux pour non seulement soutenir les mesures qui favorisent ce développement, mais aussi permettre l'implantation en Russie d'une démocratie bourgeoise, à partir de laquelle la révolution prolétarienne deviendra naturelle. Cette stratégie, graduelle, implique qu'on ne cherche pas l'alliance avec les paysans, qui, loin de représenter un facteur progressiste, sont au contraire le visage archaïque de la Russie.

Lénine, à l'opposé, compte sur son programme agraire pour favoriser l'alliance des ouvriers et des paysans.

Ces divergences ne sont pas théoriques, elles conduiront Plekhanov à condamner, en 1917, la révolution léniniste d'octobre, qu'il considère comme un putsch.

Curieux destin pour celui qui fut, plus que tout autre, à partir de 1883, le porteur de « l'étincelle » (*iskra*) du marxisme en Russie.

1884

Les grandes lois républicaines en France

Une Constitution – ou des lois constitutionnelles qui en tiennent lieu –, surtout si elle est limitée à quelques principes, doit être complétée par des textes législatifs qui définissent les grandes orientations – pratiques – du régime et, en fait, le définissent.

Ces textes expriment aussi les valeurs que la majorité reconnaît comme siennes. Et celles qu'elle refuse. Et ces lois *constituent* donc une sorte de charte, qui, étape après étape, dessine le visage d'un système politique.

En France, Gambetta avait voulu (1882, dans son ministère de soixante-quatorze jours) faire passer en force cet ensemble de textes. Ces républicains qui lui succèdent sont des hommes modérés et prudents (Ferry, Waldeck-Rousseau – qui fut du ministère Gambetta). Mais la logique même de la république, c'est-à-dire, pour eux, la nécessité qu'ils ont de se différencier des conservateurs monarchistes s'ils veulent rester au pouvoir, les pousse à réaliser, peu à peu, et de manière édulcorée, le programme gambettiste. Cela a lieu dans l'un des plus longs ministères de ce temps – car certains ne durent que quelques jours –, celui de Jules Ferry (février 1883-mars 1885).

Maurice Barrès (1862-1923), un bon observateur critique du monde politique, remarque : « Un Jules Ferry, moins intéressant du point de vue artiste qu'un Gambetta, lui est supérieur dans l'art de gouverner... Son ministère vient d'entreprendre la liquidation à perte de toutes les promesses gambettistes... Il donne à ses amis, à son parti, une série d'expédients pour qu'ils demeurent en apparence fidèles à leurs engagements et paraissent s'en acquitter, cependant qu'ils se rangent du côté des forces organisées et deviennent des conservateurs. »

Les limites des lois républicaines

Le diagnostic est sévère, mais il marque les limites des lois républicaines, et aussi le sens de l'action gouvernementale. C'est Jules Ferry qui déclare : « Le gouvernement est résolu à observer une méthode politique et parlementaire qui consiste à ne pas aborder toutes les questions à la fois, à limiter le champ des réformes… à écarter les questions irritantes. »

En fait, ces républicains « opportunistes » et modérés cherchent à souder leur camp sans entrer en conflit avec les vraies puissances qui dominent la société : notamment, les intérêts économiques et bancaires. Et même en évitant de heurter de front le puissant état-major, dont on sait pourtant qu'il est un repaire de monarchistes et de réactionnaires.

Restent donc la défense du régime et la laïcité, qui sont aussi les ciments de l'union de tous les républicains. Cela n'est pas indifférent dans la vie sociale. On applique ainsi de manière stricte la loi du 28 mars 1882, instituant l'obligation de l'enseignement primaire, gratuit et laïque. On surveille les livres de morale afin que l'instruction civique soit dégagée de toute référence religieuse.

Une Caisse des écoles est créée pour aider au développement des établissements d'enseignement.

Le 27 juillet 1884, la loi Naquet rétablit le divorce, et, malgré le texte très restrictif, la pratique fera de la rupture du mariage une démarche relativement aisée.

Par ailleurs, l'épuration de la haute administration se poursuit (ainsi dans le domaine judiciaire). Mais on recule devant celle de l'armée et même on n'ose établir l'égalité devant le service militaire auquel échappent en partie les jeunes issus de la bourgeoisie (un an au lieu de cinq).

Mais les véritables limites de la politique républicaine

conduite par le ministère Ferry sont révélées par ses rapports avec les grandes compagnies privées de chemin de fer. Leurs conseils d'administration pèsent de manière très forte sur le monde économique et politique. Elles ont craint la volonté de rachat de Gambetta. Avec le ministère Ferry, elles négocient habilement, grâce aux liens qu'elles tissent avec le ministre des Travaux publics, David Raynal (ancien employé de la banque Pereire), et le ministre du Commerce, Maurice Rouvier (ancien employé de la banque Zafiri). On abandonne l'idée de rachat, on maintient et prolonge les concessions, en échange de la mise en chantier de lignes nouvelles financées par des emprunts que l'État garantit, assurant en outre un dividende minimal aux actionnaires.

La manière dont ont été établis ces accords illustre l'influence du monde des affaires et de la finance sur la classe politique, et la corruption – directe ou par ricochet, cynique ou feutrée – dont elle est atteinte. L'antiparlementarisme – de droite et de gauche, souvent à connotation antisémite – trouve là, dès les années 1880-1885, un aliment certain.

La seule mesure de tonalité différente est celle qui, par la loi du 22 mars 1884, autorise les créations de syndicats et leur reconnaît le droit d'ester en justice, de posséder des bâtiments, etc. Bref, la légalité des syndicats est reconnue. Outre le fait que les syndicats illégaux se développaient, l'intention de Waldeck-Rousseau – ministre de l'Intérieur, auteur de la loi – est de favoriser l'intégration du monde ouvrier dans la société républicaine. Certes, les créations de syndicats se heurteront à l'hostilité patronale et aussi – dans les administrations : postes, enseignement – à la vigoureuse condamnation gouvernementale ; mais la loi ouvre la voie à l'organisation légale du prolétariat.

Une gestion bourgeoise du pays

Cette loi permet aussi de comprendre que, tout en tâtonnant avec une prudence et un conservatisme de tous les instants, les républicains modérés ont une vision de la société qu'ils veulent construire. Républicains : c'est-à-dire évoluant lentement vers le progrès, par les voies démocratiques (suffrage universel), par le développement d'une instruction adossée aux principes de raison, respectant les intérêts, limitant l'exercice de la politique à des élites – bourgeois aisés ou de talent –, assurant la reconduction du pouvoir des républicains par une solidarité de caste (Jules Grévy sera réélu président de la République en 1885) et tenant à distance, autant qu'il est possible, les perturbateurs, qu'ils se nomment Gambetta ou, bientôt, Clemenceau, et Jaurès ou Caillaux.

Cette gestion bourgeoise du pays, par des groupes finalement limités et privilégiant la prudence plutôt que l'audace, la médiocrité et non l'imagination, ne va pas sans danger : l'absence de véritable initiative, l'enlisement et aussi la corruption, le souci de se partager au mieux – c'est un terme de l'époque – « l'assiette au beurre ».

Le risque alors est qu'une partie de l'opinion ne conteste bruyamment cette République qui était « si belle sous l'Empire ».

1885

Le fief personnel du roi des Belges : le Congo

« Là où sont les intérêts, là doit être la domination. »
Cette réflexion de l'Anglais Charles Dilke (auteur de
Greater Britain) vaut, à partir des années 1885-1890, pour
toutes les grandes puissances. L'impérialisme devient une
réalité quotidienne, et il est marqué par la volonté des États
de se partager le monde, puisque la conquête des marchés
(pour les produits manufacturés, mais aussi pour les capitaux, à la suite du développement du capitalisme financier),
la volonté de s'assurer des sources de matières premières
deviennent des impératifs économiques. Et ce partage du
monde implique désormais que l'on contrôle directement
des territoires – c'est la colonisation –, même si – par
exemple, en Tunisie et bientôt au Maroc – cela prend la
forme juridique d'un protectorat.

Une idéologie de la supériorité européenne

Les hommes d'État (ainsi Bismarck), les théoriciens, les
économistes réticents ou hostiles à la constitution d'empires coloniaux sont écartés ou, en tout cas, leurs voix sont
étouffées désormais par les partisans de l'impérialisme qui
marient à la fois le patriotisme (sinon le chauvinisme) et
la défense des intérêts économiques. Et les groupes de
pression (Comité colonial, rassemblant hommes d'affaires,
hommes politiques, écrivains, journalistes, etc.) leur fournissent les moyens de se faire entendre de l'opinion. Les
journaux, dans tous les pays, exaltent l'aventure coloniale.
Et une vraie mystique de la colonisation se développe, qui

donne naissance à un type d'homme – l'officier, l'adminis-
trateur colonial – fasciné par l'espace, l'action, la liberté
qu'il ne trouve plus dans le cadre fortement administré de
l'Europe. L'idée s'impose aussi qu'il y a une « inégalité
des races » (Gobineau) et que « les races supérieures ont un
droit vis-à-vis des races inférieures » (Jules Ferry) et qu'« un
peuple qui colonise, c'est un peuple qui jette les assises
de sa grandeur dans l'avenir » (Paul Leroy-Beaulieu). « La
politique coloniale étant la fille de la politique industrielle » (Ferry).

Il se crée ainsi, dans et par le partage du monde, une réalité contradictoire. D'une part, les rivalités entre grandes
puissances européennes – notamment – sont avivées par la
volonté de s'emparer de tel ou tel territoire. D'autre part,
une solidarité, une complicité lient entre elles ces mêmes
puissances qui, concurrentes, tentent pourtant de se partager le monde à l'amiable, en délimitant des zones d'influence, et en tentant par des conférences, des accords, de
ne pas laisser les conflits coloniaux dégénérer en guerres
européennes. Il y a, dans ces années de l'impérialisme, la
volonté d'établir des règles du jeu.

Le désir de créer ainsi des équilibres entre grandes puissances peut permettre à tel acteur de second rang de
« rafler » une mise importante. C'est ce qui se produit, avec
le roi des Belges Léopold II (1835-1909), lors du congrès
de Berlin, qui, en 1885, lui fait attribuer, par les grandes
puissances, l'État du Congo, dont les représentants européens fixent les frontières souverainement, ce qui est
comme le symbole du partage du monde au bénéfice de
l'Europe.

Cette conférence couronne l'action solitaire du roi des
Belges. Habile, obstiné, Léopold II veut se tailler un
royaume personnel en Afrique, dans le bassin du Congo. Il
emploie l'explorateur Stanley, crée des associations à but
apparemment scientifique (Association internationale africaine, Comité d'études du Haut-Congo, etc.) qui sont destinées à masquer sa volonté de conquête. À Berlin, en
juillet 1885, on lui reconnaît la souveraineté sur le Congo,

manière aussi de « geler » un territoire afin de ne pas faire basculer l'équilibre des dominations en Afrique au bénéfice de l'Angleterre, de l'Allemagne ou de la France.

Dès lors qu'il est maître de l'État indépendant du Congo, Léopold II s'en assure effectivement le contrôle, entreprenant de réduire toutes les oppositions des chefs ou des États locaux, étendant au maximum les frontières de l'État, créant une compagnie de chemin de fer (1889) afin de relier l'intérieur à la côte.

Car le but de Léopold II est de développer l'exportation d'ivoire et de gomme-caoutchouc.

Une exploitation féroce des Africains

Cette mise en valeur économique exige une exploitation féroce des populations locales, qu'elles soient contraintes au portage ou bien qu'on les utilise pour la construction de la voie ferrée. Un véritable travail forcé est établi. La mortalité parmi les travailleurs est très élevée, ce qui déclenchera, dès 1890, une série de protestations internationales (animées par le Noir américain G.W. William et des pasteurs anglais et américains). En Angleterre se constitue même une *Congo Reform Association* (1900), pour dénoncer les crimes et les abus du régime léopoldien.

Léopold II riposte avec hauteur, réaffirmant sa souveraineté personnelle : « Mes droits sur le Congo ne sont à partager avec personne ; ils sont le fruit de mes propres combats et de ma propre défense. »

Mais, en même temps, à la fois sous l'effet de ces campagnes internationales et parce qu'il lui devient difficile d'assumer seul la gestion du Congo, Léopold II envisage de le léguer à la Belgique. En 1890 et 1895, ayant besoin de fonds, il donne en gage le Congo à la Belgique. Longtemps réticente, la Belgique accepte finalement en 1908 d'administrer le Congo sous la pression de deux facteurs.

D'une part, celui des intérêts économiques. De grands groupes (le groupe financier de la Société générale, l'Union minière du Haut-Katanga, la Compagnie de chemin de fer du Bas-Congo, etc.) ont investi au Congo et ne veulent pas renoncer à leurs implantations et à leurs bénéfices. D'autre part, la Grande-Bretagne pèse pour que le Congo soit pris en charge par la Belgique afin d'éviter tout risque d'influence allemande après le décès de Léopold II. De l'Afrique orientale qu'ils contrôlent, les Allemands peuvent en effet avoir la tentation de se saisir du Congo, s'il y a vacance du pouvoir.

Ainsi, le Congo – tant sous Léopold II que sous la domination belge – joue-t-il en Afrique le rôle d'une sorte de vaste État tampon entre les possessions des grandes puissances. Ces rivalités internationales, comme la volonté d'un homme, expliquent que, dans le partage du monde, un petit État, telle la Belgique, ait pu devenir une grande nation coloniale, possédant des sociétés (la Société générale de Belgique) d'une puissance considérable, non seulement au Congo mais en Belgique.

Si bien que l'interpénétration entre le pouvoir politique, les forces économiques et financières, l'administration coloniale et même les missions évangéliques est très développée.

Et le Congo, tant par sa naissance que les conditions de son exploitation, est une sorte de modèle illustrant l'histoire du partage du monde et les caractéristiques de l'impérialisme.

1886

L'antisémitisme français

L'antisémitisme est l'une des traces sombres de l'histoire de l'Occident chrétien, de l'Antiquité au Moyen Âge, et le statut – juridique, social et politique – des Juifs les a souvent placés, jusqu'au début du XIXᵉ siècle, dans une situation de sujétion quel que soit par ailleurs leur rôle dans la vie culturelle ou économique. Vieux fond de haine chrétienne contre le peuple « déicide », commodité pour les pouvoirs de disposer de boucs émissaires, hostilité classique contre l'autre, rivalités économiques, etc., tout cela a joué dans la permanence d'un antisémitisme, que renforçaient le caractère divin du monarque et le fait que la religion catholique – ou orthodoxe – était religion d'État, excluant toute croyance différente.

Les Lumières, la Révolution française et ses droits de l'homme, le développement des institutions et des pratiques démocratiques refoulent peu à peu l'antisémitisme, du moins peut-on le croire, hors de l'ouest de l'Europe. Les Juifs d'ailleurs, citoyens comme les autres, y jouent souvent un rôle de premier plan et s'assimilent au fur et à mesure que le libéralisme politique se répand. À l'est de l'Europe, au contraire, et surtout dans l'Empire austro-hongrois et plus encore dans l'Empire russe (Pologne, Ukraine), l'antisémitisme est vivace. Les communautés juives forment des minorités importantes, rassemblées autour de leurs coutumes et de leurs traditions, dans leurs ghettos. Et elles sont l'objet de pogroms, cependant que toutes les calomnies concernant les meurtres rituels – infanticides ou meurtres de jeunes filles – continuent d'être répandues et acceptées. Si bien que, dans ces régions, il y a un antisémitisme populaire, paysan.

La diffusion de l'antisémitisme

L'étonnant, c'est qu'en France, autour des années 1880, on assiste à un développement d'un antisémitisme qui déborde très largement des milieux traditionnels (conservateurs catholiques, réactionnaires, etc.) pour toucher les milieux ouvriers et socialistes et acquérir ainsi une diffusion dans de larges couches, et peser sur les évolutions politiques du pays, car il devient une composante dans certains des courants d'idées – le nationalisme, le populisme qui entoure la tentative du général Boulanger, et même le socialisme.

Le succès et l'écho que rencontre le livre publié, en avril 1886, par Édouard Drumont (1844-1917), *La France juive* (deux gros volumes), sont de ce point de vue significatifs. Drumont dénonce les « oligarchies financières israélites », s'affirme favorable à ce qu'il appelle (il est l'inventeur d'une formule qui sera reprise…) le « socialisme national ». Et il répandra ses idées dans le journal qu'il lance en 1892, *La Libre Parole*, et qui sera tiré à des dizaines de milliers d'exemplaires.

Ce succès de 1886, qui fait de l'antisémitisme l'expression d'un anticapitalisme, qui dénonce les Juifs parce qu'ils sont banquiers, qu'ils oppriment le « travailleur », l'« ouvrier français », a des antécédents.

Dès 1849, un écrivain se réclamant à la fois du socialisme et de la république, Alphonse Toussenel (1803-1885), publiait *Les Juifs rois de l'époque : histoire de la féodalité financière*, dans lequel il écrivait : « J'appelle, comme le peuple, de ce nom méprisé de Juif tout trafiquant d'espèces, tout parasite improductif vivant de la substance et du travail d'autrui. Juif, usurier, trafiquant sont pour moi synonymes. » Or, cette formulation rencontre un large écho dans les milieux populaires, donnant en somme au vieil et classique antisémitisme chrétien une dimension sociale.

Il rencontre ainsi les premiers ferments des idées socialistes et du désir de révolution qui commencent à travailler le prolétariat.

Un journal provincial antisémite – la première publication de ce type –, *L'Antisémitique* (dans la Somme), change de titre en 1884 pour s'intituler *Le Péril social* et condamner avec la même virulence « la féodalité capitaliste », appelant à la « défense sociale contre le Juif ».

On sait d'ailleurs qu'il y a chez Marx (juif pourtant) un antisémitisme qui s'exprime dans son livre qui est le plus connu en France – avec le *Manifeste communiste* –, *Les Luttes de classes en France*. Il y dénonce à plusieurs reprises les « Juifs de la Bourse » qui ont volé aux ouvriers leur victoire de février 1848.

Proudhon, pour qui « Marx est le ténia du socialisme », écrit dans ses notes : « Juifs. Faire un article contre cette race, qui envenime tout, en se fourrant partout sans jamais se fondre avec aucun peuple. Demander son expulsion de France... »

Blanqui et les blanquistes expriment eux aussi ce « socialisme des imbéciles » (Bebel) qu'est l'antisémitisme et, dans la *Revue socialiste* de Benoît Malon, on fait un bon accueil aux thèses de Drumont.

Si bien que, à la fin des années 1880, le milieu ouvrier est imprégné par un antisémitisme qui se présente comme un anticapitalisme. Et, dès lors, les démagogues qui veulent rallier les couches populaires pour combattre la démocratie – et la république – peuvent se servir de l'antisémitisme comme d'un levier. Maurice Barrès, quand il se mettra au service du général Boulanger, établira toujours la liaison entre les Juifs, l'État libéral et la société bourgeoise corrompue par l'argent et le cosmopolitisme.

Les catholiques contre les Juifs

C'est que, au moment où les couches populaires sont ainsi en partie gangrenées par l'antisémitisme, les milieux conservateurs sont eux aussi parcourus par un regain vif de ce racisme qui leur est traditionnel. L'idée est en effet enracinée qu'il existe un vaste complot pour la domination de l'Occident chrétien, qu'il est ourdi par la « maçonnerie judaïque » et qu'il prend le visage de la république laïque. D'ailleurs, les protestants – nombreux parmi les bourgeois républicains – sont, dans cette perspective, les alliés des Juifs. La presse catholique – *La Croix* – est vigoureusement antisémite (et le deviendra de plus en plus – jusqu'à se proclamer « le journal le plus antijuif de France »).

Enfin, élément circonstanciel, la faillite en janvier 1882 de l'Union générale – une banque d'affaires créée en 1878 par Bontoux – avive l'antisémitisme des milieux bien-pensants. La banque – utilisant la caution de personnalités de la noblesse – a drainé les économies de nombreux épargnants : petits hobereaux provinciaux, curés, etc., toute une clientèle surtout catholique attirée par la hausse du titre de l'Union générale. Quand le krach intervient ruinant les actionnaires, on en fera porter la responsabilité à la banque « juive », à Rothschild qui a voulu briser une banque catholique et nationale. Et cette secousse financière profonde (le marasme durera une dizaine d'années) entraîne la naissance d'une première vague d'antisémitisme qui s'ajoute à celle qui parcourt les milieux populaires.

L'antisémitisme, en 1886, colore donc le climat politique et social français. Il va peser lourd dans la vie de la république. Et le livre de Drumont est un moment important de son développement. C'est Maurras, le leader monarchiste, qui dira : « Nous avons tous commencé à travailler dans sa lumière. »

1887

La tentation du sabre :
l'aventure du général Boulanger

Dans les pays de vieille tradition monarchiste, la croyance en un homme providentiel est tenace, très présente en milieu populaire. De ce point de vue, l'instauration du suffrage universel dans les pays de ce type, si elle ne va pas de pair avec la mise en place d'une série de verrous légaux (permettant d'éviter que sur un seul homme ne se rassemble une majorité de suffrages populaires), favorise plutôt dans un premier temps le risque d'une prise de pouvoir, au terme d'un plébiscite, qu'un fonctionnement de la démocratie.

Si, de plus, la tradition monarchiste est prolongée – comme c'est souvent le cas – par une forte empreinte des institutions militaires et des épisodes guerriers – si riches en images héroïques –, la possibilité lors d'une crise du système politique d'un rassemblement hétérogène autour d'un homme providentiel est grande. Et d'autant plus quand la culture démocratique est fragile et superficielle, que l'intégration sociale de larges couches (populaires) est mal réalisée, qu'elles se sentent peu concernées par le fonctionnement des institutions, que celles-ci, animées par des notables ou des professionnels de la politique, apparaissent coupées des réalités vécues par les plus humbles.

Les vertus de l'homme providentiel

Un homme providentiel peut apparaître comme celui qui est capable de faire la jonction entre ce peuple et la politique. Il est le rénovateur qui va favoriser la prise en compte des problèmes oubliés jusqu'alors. Il est aussi une figure neuve, porteuse de valeurs morales dont ne paraissent plus se soucier les politiques. Il suffit de tel ou tel scandale pour que, dans un pays obéissant à ces tendances, l'anti-parlementarisme se déchaîne. Et naturellement une propagande habile peut faire naître puis orchestrer ces courants d'opinion.

La France de la fin du XIXe siècle est presque un modèle parfait pour comprendre cet engouement en faveur d'un leader. Pays monarchiste, pays militaire, n'ayant connu, de 1789 à 1887, que de brefs épisodes démocratiques (à peine une décennie), ayant vu se succéder les monarques (de Napoléon Ier à Napoléon III), elle a, finalement, une très superficielle tradition parlementaire et démocratique. Les lois constitutionnelles et les grandes lois républicaines ont moins de dix ans en 1887. L'école laïque, cette grande matrice de l'esprit républicain et démocratique, en est encore à ses débuts. Et, surtout, la république opportuniste, conservatrice en fait, refusant de régler les problèmes « irritants », déçoit.

Le monde ouvrier a – malgré la loi de 1884 sur les syndicats – le sentiment que ce régime n'est pas le sien et qu'il faut une « république démocratique et sociale » et non cette république bourgeoise qui réprime avec vigueur les mouvements sociaux et emprisonne encore les militants socialistes (ainsi Louise Michel ou Jules Guesde).

Les paysans sont victimes de la chute prolongée des prix des produits agricoles et donc mécontents.

Mais, attaquée sur sa gauche, la république centriste l'est aussi sur sa droite. Elle est, pour les catholiques et les monarchistes, « la gueuse », laïcarde ; pour les nationalistes – comme Paul Déroulède (1846-1914), président de la Ligue des patriotes, ou Maurice Barrès –, elle est le régime qui plie le genou devant Bismarck – en 1887, un incident de frontière a causé l'arrestation d'un commissaire de police français, Schnæbelé – et ne se prépare pas à la revanche. Même pour une partie des républicains – radicaux, comme Clemenceau –, ce reproche paraît fondé et en plus les opportunistes reculent devant les mesures nécessaires comme l'impôt sur le revenu. Ainsi, des années d'habileté ministérielle, de politique prudente n'ont pas élargi la base des opportunistes, et, aux élections de 1885, les deux ailes gagnent des sièges : deux cents conservateurs sont élus et près de cent radicaux. Ce qui accroît l'instabilité ministérielle et ôte toute possibilité d'une action gouvernementale d'envergure.

La démagogie républicaine du général Boulanger

Dans ce climat – alourdi encore par le marasme financier consécutif au krach de l'Union générale et par les relents d'antisémitisme qu'il a provoqués –, il est facile au général Boulanger (1837-1891), que sa réputation d'officier républicain, sorti du peuple, a fait désigner comme ministre de la Guerre – sur la pression des radicaux – en janvier 1886, d'apparaître comme un homme neuf et efficace. «Brave général», il améliore le sort du soldat. «Général revanche», il prend la pose patriote. Sans scrupules, il joue à la fois de la fibre républicaine et anticléricale (il chasse de l'armée le fils de Louis-Philippe et laisse dire : «Les curés sac au dos») tout en prenant des contacts avec les milieux monarchistes, bonapartistes et nationalistes (de la duchesse d'Uzès qui le financera à Paul Déroulède). Non reconduit dans son ministère le 30 mai 1887, il est éloigné de Paris (nommé commandant du corps d'armée de Clermont-Ferrand) et la foule parisienne tente de l'empêcher de rejoindre son poste au terme d'une manifestation monstre (juillet 1887).

La vague en sa faveur va déferler, amplifiée par les circonstances. En octobre 1887, on apprend que le gendre du président de la République – Wilson – a organisé un trafic de décorations. Immense scandale qui contraint Grévy à démissionner (décembre 1887). Sadi Carnot le remplace. Mais le régime républicain est moralement atteint. Le général Boulanger, qui a été mis à la retraite, va, durant tout le printemps 1888, se présenter à la députation dans plusieurs départements et être chaque fois très facilement élu (sauf dans l'Ardèche). Le 27 janvier 1889, c'est l'élection triomphale de Paris, et chacun s'attend à ce que le général marche sur l'Élysée. Il hésite, veut attendre, renonce et laisse ainsi les républicains réagir. En quelques mois sa popularité s'effrite. Aux élections de septembre-octobre 1889, les candidats boulangistes sont battus.

Menacé d'arrestation, Boulanger s'enfuit à Bruxelles où il se suicidera en 1891. L'épisode, qui se termine bien pour les républicains opportunistes, semble donner au régime des possibilités. On réforme les règles parlementaires (suppression des candidatures multiples). Les radicaux qui ont suivi les boulangistes sont discrédités. Des monarchistes, inquiets des risques d'un nouveau bonapartisme, se rapprochent des républicains, cependant que le pape Léon XIII recommande aux catholiques le « ralliement » à la république. Et, dès les élections de 1893, les républicains de gouvernement bénéficient des suffrages de ces catholiques. Le scandale financier (1891-1893) provoqué par les difficultés de creusement du canal de Panama renforce même cette mutation politique puisqu'une nouvelle génération d'élus (Barthou, Poincaré, Delcassé) apparaît. Ceux-là veulent, sans référence à la « défense républicaine », une république d'abord modérée, forte de tous les ralliements monarchistes. Ils craignent surtout les socialistes. Le centre, les « modérés » ont donc de beaux jours devant eux.

Mais si, politiquement, les problèmes sont dominés, ils ne le sont pas dans les pays où couvent de nombreuses tensions, sociales mais aussi culturelles.

1888

La montée en puissance de l'Empire allemand

À l'époque du capitalisme industriel et financier, du marché mondial, avec ce que cela implique en ce qui concerne le contrôle des débouchés et des ressources, la condition nécessaire de la puissance d'une nation, de son rayonnement, de son influence dans les affaires internationales est à long terme le poids de son économie. C'est-à-dire de sa capacité à produire et, sans que cela puisse être dissocié, à vendre, à s'assurer des marchés extérieurs, et ce n'est possible que si, conjointement à la puissance industrielle du pays, s'est développée une puissance bancaire capable, par les investissements qu'elle est apte à réaliser, de favoriser, dans le pays même, la croissance de l'industrie, et dans les pays étrangers de susciter la demande de produits par les prêts qu'elle consent.

Le rôle décisif de la volonté politique

Cette condition *nécessaire* de la puissance n'est cependant pas *suffisante* pour assurer à la nation un rôle décisif dans la politique mondiale. Il faut que soient associées à la force économique la force militaire et la volonté politique.

Certes, les trois facteurs sont étroitement imbriqués. Une armée moderne ne peut exister sans le soutien d'une recherche et d'une industrie puissantes (armes, mais aussi moyens de communication). Et, pour s'assurer des marchés et une pénétration économique dans un territoire, la présence de points d'appui militaires – ce qui suppose une flotte capable d'atteindre les antipodes – est indispensable.

La force militaire permet aussi de contrer les concurrents, d'imposer des équilibres au terme de négociations internationales, de bâtir des systèmes d'alliances. Mais force économique et force militaire ne pèsent réellement, de manière complémentaire, que si l'État – c'est-à-dire ceux ou celui qui le dirigent – a une volonté et une vision globale, une ambition de puissance et de grandeur – légitime ou pas – qui font des moyens potentiels les instruments d'une *politique mondiale*.

Or, précisément, Guillaume II (1859-1941), qui devient empereur d'Allemagne en juin 1888 (et le restera jusqu'en novembre 1918), a la volonté de conduire une politique de ce type, une *Weltpolitik* (politique mondiale). Cet homme qui a bénéficié d'une formation militaire s'est donné une large culture. Il veut jouer un rôle personnel, laisser, lui qui est le petit-fils de Guillaume Ier mais aussi de la reine Victoria, sa marque, en faisant de l'empire d'Allemagne l'une des toutes premières puissances du monde (et pourquoi pas la première ?). Or, la situation économique, sociale, militaire, culturelle de l'Allemagne lui en donne les moyens.

L'Allemagne sort de la guerre de 1870 agrandie, exaltée par sa victoire, l'éclat de la naissance de l'Empire proclamé à Versailles. L'armée, déjà victorieuse de l'Autriche en 1866, devient l'une des colonnes maîtresses de l'État. Le gouvernement de Bismarck a illustré les capacités de jeu dont peut disposer Berlin dès lors qu'on combine la volonté, la puissance, le cynisme, le choix de l'instant de l'action. Cette magistrale leçon bismarckienne, Guillaume II, même s'il force le chancelier de fer à démissionner (1890), en retient l'essentiel, en oubliant la prudence et l'habileté qui caractérisaient les initiatives de Bismarck. Mais il est vrai aussi que les ambitions allemandes peuvent être maintenant d'une autre ampleur.

Le dynamisme caractérise en effet tous les aspects de la vie allemande. Et d'abord sur le plan démographique puisque la population passe de 41 millions en 1871 à 45 en 1880, 49 en 1890, 56 en 1900 et 69 en 1914. Et cet accroissement s'opère alors que l'émigration vers d'autres continents (les États-Unis) continue. La France, durant la même période, voit sa population augmenter de 36 à 39 millions !

Cette population, malgré toutes les différences qui peuvent exister entre un Bavarois, un Rhénan et un Prussien, est fortement encadrée. La noblesse, d'abord, continue de jouer un rôle de premier plan. Les *Junkers*, grands propriétaires terriens, appliquent des techniques agricoles modernes. Ils sont aussi présents dans l'industrie – et d'ailleurs les magnats industriels sont anoblis –, dans l'armée, la haute administration, la Cour. Cette armature sociale traditionnelle a donc réussi à s'adapter aux évolutions économiques. Elle ne s'est en rien marginalisée et elle maintient ainsi tout un système de valeurs qui renforcent l'État et la stabilité sociale. D'autant plus que la bourgeoisie forme, elle aussi, un groupe fortement structuré, conservateur, compétent, entreprenant, acceptant finalement les mêmes valeurs d'ordre et d'autorité que la noblesse. Et ces deux groupes sociaux, loin d'être antagonistes (comme cela a été le cas en France et le demeure au XIXe siècle), s'associent. La bourgeoisie accepte l'hégémonie politique de la noblesse. Et la noblesse participe avec la bourgeoisie à l'essor économique spectaculaire qui fait passer l'Allemagne au premier rang pour les industries chimiques, au deuxième rang pour la métallurgie, au troisième rang pour le charbon. Et ce dynamisme se traduit par le passage de l'Allemagne du quatrième rang des puissances commerciales (en 1890) au deuxième rang en 1913.

Le prolétariat, qui bénéficie de mesures sociales, même s'il vote social-démocrate, est dans sa grande masse « intégré ». Et le discours révolutionnaire ne correspond pas aux objectifs politiques du parti socialiste surtout quand, après la chute de Bismarck, les lois d'exception antisocialistes qu'il avait fait voter sont abolies. Les paysans, même s'ils souffrent de la concurrence des blés russes ou américains, restent une masse conservatrice.

Une Weltpolitik *impérialiste*

Cette situation intérieure, cette croissance économique se traduisent par une *Weltpolitik* impérialiste. Il y a un pangermanisme. Il y a la volonté de se donner les moyens d'être présent partout (construction d'une grande flotte avec Tirpitz, 1898). Il y a – contrairement aux réticences et aux prudences de Bismarck – la constitution d'un Empire colonial en Extrême-Orient et en Afrique (le troisième Empire africain). Il y a la conquête des marchés pour écouler les productions des *Konzerns*, des *cartels*, ces géants industriels intégrés, ces ententes entre firmes. Il y a le soutien que représentent les douze millions d'Allemands de l'étranger.

Tout cela débouche sur une politique de puissance (alliance renouvelée avec l'Autriche et l'Italie), des risques d'affrontements avec l'Angleterre (malgré la recherche d'un accord avec elle).

Or les institutions politiques de l'Allemagne, l'absence de freins, la rigidité des structures sociales, le poids des valeurs traditionnelles (militaires, grandeur, etc.), le caractère même de Guillaume II, seul maître du jeu politique, la concentration de l'économie peuvent faire craindre que la logique de la puissance n'aille jusqu'au bout d'elle-même : c'est-à-dire l'acceptation de la guerre.

1889

L'« ère des lumières » :
la révolution moderniste au Japon

Le passage d'une structure politique, économique, sociale et culturelle de type ancien à des formes « modernes » est difficile pour une nation. Une monarchie de droit divin, associée à un régime féodal, qui privilégie une noblesse militaire et rurale et des valeurs de soumission, paraît aux antipodes de la mobilité sociale et de l'individualisme inventif nécessaires au développement d'une économie moderne.

Cette modernisation est encore rendue plus difficile quand la nation est l'objet de convoitises d'autres États, qui sont depuis longtemps engagés dans la Révolution industrielle et sont les animateurs d'une politique impérialiste qui force les pays « en retard » à s'ouvrir, leur impose des traités inégaux, tend soit à les coloniser directement, soit à en faire des marchés dépendants et à les maintenir dans une situation de sujétion.

Des réactions nationales, xénophobes, se produisent iné-luctablement, mais il est rare qu'elles conduisent, à court et à moyen terme, à une modernisation de l'État, de la société et de l'économie. Elles provoquent plutôt une accélération de la décomposition de la nation, et les puissances impé-rialistes poussent le plus souvent dans ce sens. Le morcel-lement des pouvoirs dans une nation, l'émiettement social rendent, dans un premier temps, plus faciles la pénétration et le découpage de fiefs coloniaux ou de zones d'influence.

L'exception japonaise

La plupart des régions et des nations non européennes – d'Afrique et d'Asie – connaissent, dans la deuxième moitié du XIXe siècle, des situations et des problèmes de ce type. Si bien que le Japon qui, durant cette période, réussit sa « révolution des lumières » (la révolution Meiji) sous la conduite de son empereur Mutsu-Hito (1852-1912) apparaît comme une exception remarquable, dont le symbole peut être, en 1889, la décision impériale d'accorder une Constitution qui, au moins dans certains de ses aspects, établit un régime parlementaire. Et, en cette même année 1889, les Européens prennent conscience qu'ils ont désormais affaire, avec le Japon, non plus à un État qu'ils peuvent exploiter et dominer, mais à un rival qui réclame sa part du partage du monde. Kipling l'exprime, précisément en 1889, à sa manière, en disant des Japonais : « Ce sont de méchants petits hommes qui en savent trop. »

En fait, il a fallu une vingtaine d'années au Japon pour parvenir à renaître sous la forme d'une nation moderne, efficace économiquement et militairement.

C'est une réaction nationale qui, dans une société féodale en crise, provoque le sursaut initial. Après l'ouverture forcée par les Occidentaux (les Américains en 1854), l'empereur jusqu'alors soumis aux féodaux (les *shogouns*) prend le pouvoir en 1867, et dans la situation de guerre civile dans laquelle se trouve le Japon, il choisit, au lieu de s'opposer aux puissances occidentales, de les rassurer, en décrétant en 1868 l'« ère des lumières », qui signifie la collaboration avec elles. La volonté du Japon de se mettre à l'école de l'Occident.

L'empereur s'appuie, pour mener à bien la révolution Meiji, sur les Mitsoubischi – les grandes maisons qui ont appuyé la restauration impériale – et sur un Conseil, le *Genro*, qui dirige en fait la modernisation. Ce *brain trust* envoie en Europe des missions, afin qu'elles s'inspirent des puissances occidentales. En 1877, dans un climat de crise économique, le dernier clan féodal tente de s'opposer à la nouvelle politique. Il est défait. La route est libre pour le despotisme impérial, qui est à la fois militaire, bureaucratique et éclairé. En quelques années, à peine une décennie, le Japon, par cette politique qui s'appuie aussi sur les initiatives privées, prend un nouveau visage.

La Constitution de 1889 établit un régime censitaire (cinq cent mille électeurs), et les ministres ne sont responsables que devant l'empereur qui est toujours un personnage sacré, choisi par le Ciel. Mais, en même temps, la grande bourgeoisie d'affaires qui se développe participe au pouvoir dans le cadre de cette Constitution, même si elle en confie la direction à l'empereur. À la manière allemande – mais de façon encore plus marquée –, l'armature traditionnelle intègre la nouvelle société. Et, tout en empruntant à la France (pour le système politique centralisé), à l'Allemagne (pour les techniques et l'organisation industrielle), à l'Angleterre (pour les aspects militaires) des modes de gestion et de production, les valeurs traditionnelles continuent d'être exaltées et maintenues obligatoires. Un rescrit impérial de 1890 oblige l'enfant, dans l'enseignement primaire, à apprendre « l'orgueil national, la fidélité à la dynastie, le sacrifice à la patrie ». Ainsi l'enseignement, qui a été rendu obligatoire dès 1872, maintient-il – renforce-t-il même – les rapports archaïques qu'un Japonais entretient avec le pouvoir. On peut dès lors tolérer l'action des missionnaires occidentaux puisque leur action se heurtera à ces valeurs. Et, de fait, en 1890 on ne compte qu'à peine cent mille convertis au Japon.

De même, on peut adopter les modes de production industrielle occidentaux, mais, en même temps, des lois de 1890 et 1900 interdisent le droit de grève. Et la règle du contrat de travail de trois ans lie, comme un serf, l'ouvrier à son employeur. Le service militaire est rendu obligatoire, mais cette armée nationale, de conscrits (moderne donc), est tenue en main d'une façon despotique par les officiers. Ceux-ci sont issus le plus souvent de l'ancienne noblesse, et perpétuent les traditions des samouraïs, tout en maniant avec efficacité les armes les plus modernes.

Le Japon, dans ces conditions, connaît une modernisation rapide, un essor capitaliste qui brûle l'étape des petites manufactures, pour construire immédiatement de très grandes unités, les *zaibatsou*. Ils bénéficient d'une situation de monopole, de l'appui de l'État et de la soumission de la main-d'œuvre.

Certes, un parti du peuple se crée en 1890, qui conteste la politique gouvernementale (lourdes dépenses militaires notamment), mais il est lui aussi déterminé par l'idée qu'il faut se soumettre aux impératifs nationaux. Or, la situation économique du Japon, la concentration politique du pouvoir et l'idéologie qui le sous-tend sont favorables à une politique d'expansion. Et, dans un premier temps, à l'abrogation des traités inégaux (c'est fait en 1894 avec l'Angleterre).

Le Japon aspire ainsi à devenir une grande nation impérialiste. Il en a les moyens. La modernisation lui a donné les outils techniques de la puissance et il a conservé toutes les valeurs archaïques qui lui permettent de s'appuyer sur une société unie et disciplinée.

Cette capacité à acquérir les résultats de la révolution technique et industrielle dans le cadre d'une société culturellement féodale fait l'originalité et l'efficacité de la modernisation japonaise.

1890

L'axe Paris-Saint-Pétersbourg

Dans un monde où les rivalités entre nations sont la règle, la recherche d'alliances est pour chaque État l'une des clés fondamentales de sa politique extérieure. Il ne faut pas rester isolé, face à des puissances qui sont associées. Il faut, à tout prix, rompre l'isolement. Ainsi se constituent des blocs d'alliances, qui regroupent chacun d'eux plusieurs puissances décidées – au moins dans la lettre des traités – à s'entraider en cas de conflit, à faire face ensemble dans une guerre. Ces blocs ont à l'évidence un aspect dissuasif.

Mais, pour qu'une alliance entre deux (ou plusieurs nations) soit équilibrée, que les termes en soient clairs, et qu'aucun des partenaires ne conclue un marché de dupes, encore faut-il que les objectifs de chacune des puissances soient compatibles avec les objectifs de l'autre, et que l'alliance ne soit pas fondée sur un malentendu. Naturellement, c'est à l'usage qu'on peut éclairer les conséquences d'un traité entre deux puissances, mais, dès qu'il s'ébauche, on peut imaginer sa dynamique.

Les discordances d'une alliance

Il est évident ainsi qu'un système d'alliance est d'autant plus équilibré que les pays qui le bâtissent ont des modes de fonctionnement politique voisins, des intérêts économiques convergents et s'accordent sur les finalités de leur politique extérieure. Si l'alliance est conclue entre un État démocratique (avec toutes les contraintes que la démocratie introduit dans la politique extérieure) et un État autocra-

tique, la discordance peut créer un déséquilibre, l'État autocratique entraînant l'autre dans des décisions aventurées.
De même, si l'un des États veut, par l'alliance, déboucher
sur la guerre, et l'autre partenaire être soucieux surtout de
la paix, il y aura dans le système un perdant, ou bien on ira
vers la rupture de l'alliance.

Mais, et c'est une autre conséquence grave de l'alliance,
elle pèse sur la politique intérieure de chacun des États (et
surtout dans les États démocratiques qui ont une opinion
publique), car les équipes qui ont conclu le traité ont
engagé toute leur carrière politique sur ce choix et s'y tiennent envers et contre tout.

Une alliance – avec ses attendus militaires – est ainsi un
moment important dans le destin d'une nation, et peut peser
sur l'évolution de tout un continent, et même sur celle du
monde.

C'est à l'évidence le cas en ce qui concerne le rapprochement franco-russe qui, à la fin du XIXᵉ siècle, s'opère en
plusieurs étapes et dans plusieurs directions.

L'année 1890 est, de ce point de vue, l'année tournant.

D'abord, parce que Berlin, où l'impétueux Guillaume II
impose sa marque, ne renouvelle pas son alliance de
« réassurance » avec la Russie (25 mars 1890). C'est la
première conséquence internationale du renvoi de Bismarck et de son remplacement par le chancelier Caprivi
(18 mars 1890). Berlin souhaite une politique extérieure
plus active et compte d'abord sur son système d'alliance à
trois (la Triplice) : Italie, Autriche-Hongrie, Allemagne (le
traité sera renouvelé de manière anticipée le 6 mai 1891).

Cette situation nouvelle ouvre une voie à la diplomatie
française qui, depuis 1871, cherche à briser l'isolement dans
lequel elle se trouve. La Russie peut être, contre l'Allemagne, le partenaire qui pourra prendre à revers Berlin, en
cas de conflit, Dès le mois de mai 1890, un accord franco-
russe est signé pour combattre le terrorisme nihiliste.

L'argent français pour la Russie

En fait, ce premier pas a été précédé déjà par la mise sur pied d'une coopération financière qui est le socle de l'évolution diplomatique. La Russie a besoin de capitaux pour sa modernisation. Bismarck ferme le marché financier allemand aux emprunts russes – il ne souhaite pas le développement économique de la Russie –, et Saint-Pétersbourg, dès novembre 1888, place ses premiers emprunts sur la place de Paris. Les banques françaises (et d'abord le Crédit lyonnais) démarchent depuis longtemps les Russes et s'enthousiasment pour ces emprunts qui leur assurent de juteux agios. L'épargne française est drainée par les banques dans ses profondeurs pour qu'elle achète des « bons » russes. La grande presse – subventionnée de plus en plus – va soutenir ces opérations en dépeignant la Grande Russie sous les jours les plus favorables. Et attirée par les hauts revenus et la sécurité de la souscription (garantie par l'État russe et les experts des banques et des journaux), la bourgeoisie moyenne et petite souscrit jusque dans les provinces les plus reculées. Les sommes recueillies sont considérables : elles passent de 1,4 milliard de francs (1er janvier 1889) à 5,7 (1er janvier 1892) et 10,6 milliards (1er janvier 1895). Voilà l'assise économique de l'alliance russe établie, mais aussi sa popularité assurée par l'intermédiaire d'une presse « vendue », dans une large partie de l'opinion publique qui compte (les électeurs modérés).

Par ailleurs, les éléments les plus réactionnaires du personnel politique français ou des milieux militaires sont sensibles à l'autocratie du régime russe. Un général de Boisdeffre, chef d'état-major – monarchiste ultra-convaincu –, est tout désigné pour conclure une convention militaire. Les partisans de la revanche sont évidemment les soutiens déterminés de cette orientation de politique extérieure. Et tous les tenants de l'ordre verront, quand des troubles éclateront en Russie (à partir de 1900, et surtout au moment de la Révolution russe de 1905), une nécessité de plus à faire front commun, avec le tsarisme, contre les révolutionnaires.

Curieusement, c'est la Russie qui est la plus réticente à passer d'un accord d'entente cordiale avec la France (27 août 1891) à la ratification d'une convention militaire (signée par les chefs d'état-major, le 17 août 1892), mais seulement ratifiée par le tsar le 27 décembre 1893. Des visites des flottes française et russe à Cronstadt puis à Toulon (23 juillet 1891, puis 29 octobre 1893) ont symboliquement marqué les étapes de cette alliance.

Elle est très lourde de conséquences. Certes, la France sort de son isolement, mais l'Europe est divisée en deux blocs militaires. Surtout, la France et la Russie perdent par la convention militaire leur autonomie de décision puisque, dans certaines circonstances, chaque pays se trouve dans l'obligation réciproque de mobiliser, voire de rentrer en guerre. Or la Russie est un pays autocratique, et les décisions ne sont soumises à aucun contrôle. La France peut être entraînée dans la guerre sans avoir pu délibérer. Car, effet pervers de l'alliance, le Parlement français est dépossédé de son pouvoir de décision précisément au moment le plus crucial : en cas de crise internationale. Il n'aura qu'à choisir entre laisser le pays isolé ou accepter le mécanisme de l'alliance.

Ce traité – antiallemand. à l'évidence – intervient au moment (1893) où, en Alsace-Lorraine, l'autonomisme l'emporte (12 des 15 députés élus en 1898 au Reichstag affirment leur loyalisme). Une nouvelle génération d'hommes qui n'ont pas connu 70 arrive aux responsabilités.

La clé de voûte de la politique française

Les conditions pourraient exister d'un climat de paix entre la France et l'Allemagne, mais les systèmes d'alliance qui s'établissent en Europe – et notamment l'alliance franco-russe – rendent précaire cette possibilité et créent les conditions d'une surenchère nationaliste des opinions publiques, d'autant plus que les milieux économiques et financiers y ont intérêt. Car l'emprunt russe est un pactole pour les milieux bancaires et les « pourboires » qu'il permet de distribuer aux « faiseurs d'opinion » – la presse – sont importants. Ainsi l'alliance franco-russe devient-elle la clé de voûte de la politique extérieure française.

L'encyclique *Rerum novarum* ou l'antithèse du *Manifeste communiste*

Face à l'inégalité des conditions sociales, à l'exploitation du travail des hommes – des femmes et des enfants, ces derniers parfois de moins de dix ans –, face à l'accumulation des richesses entre les mains de quelques-uns, à la concentration de la propriété, et à la misère, au dénuement, ou à la seule possession de sa force de travail pour l'immense majorité des hommes, plusieurs attitudes sont possibles. Acceptation, révolte, croyance dans une loi naturelle qui ne peut être modifiée, une sorte de darwinisme social qui produit inéluctablement ces inégalités, ou bien appel à la lutte organisée pour modifier l'organisation sociale, ou encore à la conscience morale pour que l'harmonie s'établisse entre les groupes sociaux complémentaires.

Dans un monde rural stable, secoué seulement par des crises brèves liées le plus souvent aux mauvaises récoltes, ces questions ne se posent pas avec acuité. Ou plutôt un système de valeurs idéologiques et des structures politiques adaptées fournissent un cadre dans lequel des réponses peuvent être apportées. L'ordre divin du monde, les hiérarchies sociales naturelles, la charité, la soumission expliquent, organisent, rendent acceptable, pour le plus grand nombre, la réalité qu'ils vivent.

Les nouvelles conditions de vie

Mais, à la fin du XIXᵉ siècle, le mouvement impétueux de l'industrialisation, l'urbanisation, la croissance en masse du prolétariat, la mobilité sociale, la disparition des hiérarchies et des institutions traditionnelles, l'irruption de nouveaux modes de vie bouleversent les représentations du monde. Et cette nouvelle situation touche, surtout, l'Église catholique, qui, en Occident – en France notamment –, sert de cadre idéologique à la société. Or la laïcité s'affirme comme principe de gouvernement en même temps que la vie sociale se laïcise. On ne vit plus à l'ombre du clocher, mais de la cheminée d'usine. Ce n'est pas le curé qu'on côtoie chaque jour, mais le contremaître. Les femmes ne vont plus au lavoir ni à la messe, mais à l'atelier, et parfois à « l'assommoir ». Ce n'est plus le chemin de terre qu'elles foulent, mais le trottoir. Le décor de leur vie est celui de *Germinal* (le roman de Zola paraît en 1886).

L'Église doit faire face à cette réalité si elle veut continuer à peser, à rester présente au monde. Il lui faut apporter des réponses, d'autant plus que ce monde ouvrier est pénétré de plus en plus vite, de plus en plus profondément, par les idées socialistes. En 1886, la première Bourse du travail s'est ouverte à Paris. En 1889 a été créée la IIe Internationale. En 1888, *L'Internationale* est composée, et ce chant révolutionnaire qui se diffuse rapidement dans le mouvement ouvrier marque un moment de la prise de conscience. Le 1er mai devient une journée internationale de protestation, et, le 1er mai 1891, la troupe tire à Fourmies contre une manifestation ouvrière. Ces faits montrent avec éclat que le prolétariat s'organise autour des idées socialistes, qu'il trouve en elles une foi de substitution, un espoir de salut temporel, mais qui emprunte beaucoup à la sensibilité religieuse.

L'Église ne peut rester passive car, dans la même période, les couches bourgeoises lui échappent – notamment en France –, affichant leur rationalisme, leur volonté de séparer l'État de l'Église et menant une politique anticléricale. L'Église, si elle veut renouer le dialogue avec le monde moderne, trouver aussi un contrepoids à cette politique bourgeoise, doit affronter la question sociale, répondre aux aspirations du monde ouvrier.

C'est cette volonté que manifeste l'encyclique *Rerum novarum*, publiée le 15 mai 1891 par le pape Léon XIII (1810-1903, pontificat à partir de 1878). Le souverain pontife doit à la fois poursuivre dans la voie de Pie IX et de ses condamnations du monde moderne, et innover, pour s'adapter à la réalité. Cela donne un texte ambigu.

D'une part, l'encyclique regrette la disparition des corporations qui livrent les « travailleurs isolés et sans défense à la concurrence effrénée et à la merci de maîtres inhumains ». D'autre part, le pape condamne – il l'avait déjà fait avant la publication de l'encyclique – la lutte des classes, la revendication de l'égalité. « Le premier principe à mettre en avant, dit-il, c'est que l'homme doit prendre en patience et accepter sa condition. » Et naturellement, dans cette perspective, le socialisme est la cible du pape : « Le premier fondement à poser par tous ceux qui sincèrement veulent le bien du peuple, c'est l'inviolabilité de la propriété privée. » Léon XIII se présente ainsi en conservateur classique pour qui l'ordre des choses est naturel. L'inégalité est inscrite dans la loi divine, la complémentarité des conditions est un fait immuable : « Les deux classes sont destinées par la nature à s'unir harmonieusement et à se tenir mutuellement dans un parfait équilibre. Elles ont un impérieux besoin l'une de l'autre : il ne peut y avoir de capital sans travail ni de travail sans capital. La concorde engendre l'ordre et la beauté ; au contraire, d'un conflit perpétuel, il ne peut résulter que la confusion et les luttes sauvages. » C'est presque, mot pour mot, l'antithèse du *Manifeste communiste* de Marx et Engels.

Mais l'encyclique ne se limite pas là. Elle condamne ceux qui « traitent l'ouvrier en esclave ». « Ce qui est honteux et inhumain, poursuit le texte, c'est d'user de l'homme comme d'un vil instrument de lucre, de ne l'estimer qu'en proportion de la vigueur de ses bras. » Il faut donc un « juste salaire ». « Que le patron et le riche se souviennent qu'exploiter la pauvreté et la misère et spéculer sur l'indigence sont choses que réprouvent également les lois divines et humaines. Ce qui serait un crime à crier vengeance au ciel serait de frustrer quelqu'un du prix de ses labeurs.»

Les catholiques dans la vie politique et sociale

La vigueur de ces formules frappe l'opinion. Et, ici et là, les tenants d'une action sociale de l'Église y trouvent un encouragement. On voit naître des «cercles d'études socio-chrétiens». En Suisse se créent, à Fribourg, des cercles de l'Union. Des abbés démocrates vont plus loin, estimant que l'union de la religion, de la science, de la démocratie et d'une action sociale peut servir à édifier une société moderne juste. L'un de ces nouveaux prêtres sera élu, en France, député (l'abbé Lemire, en 1893). À moyen terme, ce sont les syndicats chrétiens qui sont en germe dans cette encyclique (Union catholique du personnel des chemins de fer, 1898; Confédération française des travailleurs chrétiens, 1919). Un Marc Sangnier veut «planter l'arbre fécond et plein de sève du christianisme démocratique et social» (en 1903, son mouvement, «Le Sillon», est présent dans toute la France).

Mais ces pousses sociales inquiètent la hiérarchie catholique et les croyants bien-pensants. De même que le texte de l'encyclique par son acceptation absolue de l'inégalité ne mord pas sur les milieux ouvriers. Et l'action catholique débouche ainsi plutôt sur des actions de bienfaisance que sur une vraie doctrine sociale capable de viser à la transformation en profondeur de la société. Mais la démarche même de Léon XIII, en 1891, est un révélateur de la vigueur de la contestation sociale, de la greffe socialiste sur le prolétariat en cette fin du XIXe siècle. On ne peut plus ignorer le monde ouvrier.

1892

La France s'enferme

La participation d'une nation au commerce mondial, son rang dans les échanges internationaux sont une condition et un signe de sa puissance économique réelle. C'est sa capacité à produire et à vendre, à conquérir des marchés qui est ainsi révélée. Des bénéfices sont engrangés proportionnellement à cette importance du commerce mondial, des redistributions peuvent s'opérer à l'avantage des citoyens du pays, la cohésion sociale s'en trouve ainsi renforcée, le développement industriel fouetté. Enfin, le rôle politique d'un pays est d'autant plus important – ou plus facile à jouer – qu'il dispose de ce rayonnement et de cette influence économique et commerciale. Les pays clients peuvent être dépendants, ou, en tout cas, des liens politiques s'établissent à partir de cette pénétration commerciale.

Mais si l'expansion du commerce mondial est évidente, si les échanges se multiplient au cours du XIXe siècle, en période de stagnation, de régression et de crise économiques, la tendance, pour chaque nation, est à s'enfermer dans ses frontières, à protéger par des tarifs douaniers protectionnistes ses productions et ses marchés.

Le protectionnisme, frère du nationalisme

Ainsi, à partir de 1873 – et de la crise de cette année-là –, la baisse des prix (notamment agricoles), le fléchissement des valeurs mobilières, la stagnation ou la baisse des taux d'intérêt entraînent un changement de tendance. Au libre-échange qui avait dominé jusque-là succède une période de repliement protectionniste. Les agrariens, qui avaient été des partisans du *free trade*, se convertissent à la fermeture. Et de toutes parts montent les appels en direction de l'État pour qu'il établisse des tarifs douaniers protecteurs. L'appel est entendu dans la plupart des pays, car les groupes de pression disposent de l'appui des électeurs et, de plus, les droits perçus par les États permettent de financer le développement des services publics et d'autre part la course aux armements. Car cette phase protectionniste va tout naturellement de pair avec une flambée nationaliste.

La France suit ainsi, en établissant, le 17 janvier 1892, un système protecteur, à la demande de l'ancien ministre de l'Agriculture Jules Méline, le mouvement général du commerce mondial. Mais son cas et les conséquences de ce vote d'une loi protectionniste sont singuliers.

D'abord, parce que la France, comparée aux autres grandes nations, joue un rôle moindre dans le commerce mondial, et sa place régresse dans les vingt dernières années du XIXe siècle. Cela tient à l'entrée en lice d'autres puissances (l'Allemagne au premier chef), mais aussi au fait que les Français – chefs d'entreprise mais également population – sont peu tournés vers l'étranger. La France, imagine-t-on, doit pouvoir se suffire à elle-même. Il n'empêche que la France occupe, pour la même période, la deuxième place dans l'exportation des capitaux. Elle est le deuxième banquier et le deuxième investisseur du monde. Si bien que ce rôle financier et rentier est peu touché par le vote d'une loi protectionniste.

Mais cette discordance entre les activités proprement productrices – qui alimentent le commerce d'une nation – et les activités financières qui assurent – à une minorité – des agios et des revenus dévoile une orientation du capitalisme français que les débats, à propos de la loi Méline, illustrent aussi.

Les partisans du libre-échange (Léon Say, Aynard, Charles-Roux, liés à la banque, représentant les soyeux de Lyon ou le grand commerce marseillais) sont en effet battus par les tenants du protectionnisme qui veulent défendre, disent-ils, le «travail national». Par ailleurs, comme la tendance est mondiale (l'Espagne, la Russie, l'Italie, l'Autriche-Hongrie, la Roumanie ont opté dès 1878 pour des tarifs protecteurs), l'argumentation des protectionnistes est d'autant plus efficace. Des groupes de pression se constituent, telle l'Association de l'industrie et de l'agriculture française qu'anime, en 1890, Jules Méline. La crise des prix agricoles, la maladie du phylloxéra, qui frappe les agriculteurs, font des viticulteurs et des céréaliers d'ardents partisans du tarif protecteur.

Comme les députés sont élus au scrutin d'arrondissement, ils sont particulièrement sensibles à la pression de leurs électeurs. Ainsi, une coalition hétérogène se constitue, où l'on retrouve aussi bien des agriculteurs que certains élus des zones ouvrières sensibles à l'argumentation de Méline suivant laquelle le protectionnisme empêchera le développement du chômage. C'est le cas, par exemple, du député socialiste (très modéré) Basly, élu du Nord.

Au contraire, un libéral conservateur comme Léon Say – proche des Rothschild – défendra l'idée qu'il faut «donner de gros salaires tout de suite aux ouvriers; ils auront dans leur poche de quoi acheter davantage; ils prendront plus de vêtements, plus de nourriture, et vous, industriels, vous gagnerez davantage».

Mais cette vision dynamique de la fonction du pouvoir d'achat n'est pas majoritaire, et le tarif protectionniste est adopté par la Chambre (11 janvier 1892) à une majorité de 385 députés contre 111.

Vote décisif car, pour de longues années, la France restera protectionniste. Et cela orientera en fait son développement économique, créera des habitudes chez les patrons ou les agriculteurs assurés d'être à l'abri du grand vent du large. Ces tendances sont renforcées par le fait que ces producteurs français seront assurés de trouver des marchés réservés et protégés dans les territoires coloniaux. Il se reconstitue ainsi un nouveau pacte colonial.

À l'abri de la concurrence et de la dure compétition, les industriels exploitent cette rente de situation. Et la conjoncture mondiale – où seuls la Grande-Bretagne et les Pays-Bas restent fidèles au libre-échange – les conforte dans cette attitude.

Si bien que, à l'exception de guerres douanières avec l'Italie (et cela double la rivalité politique avec Rome, qui est membre de la Triplice aux côtés de Vienne et de Berlin – hostile à la France donc – et Paris retire ses capitaux de la péninsule) et avec la Suisse, les relations internationales ne sont pas affectées par ce tournant protectionniste.

Les effets pervers du protectionnisme

En revanche, cette France protégée s'ankylose. Au lieu de profiter comme l'Allemagne de l'épisode protection-niste pour renforcer ses structures industrielles, renouveler ses techniques, améliorer ses produits, le capitalisme indus-triel français somnole. Comme d'ailleurs l'agriculture.

Les banques jouent leur jeu, à part, à l'échelle mondiale, au lieu d'investir leurs capitaux dans l'industrie nationale et de tenir le rôle de stimulant de l'activité productrice. La recherche de la rente, cette tradition économique française, se trouve ainsi encore soulignée.

C'est avec ces structures économiques et bancaires pro-tégées et archaïques que la France va aborder le XXe siècle.

Finance et politique : le scandale de Panama

La question du rôle de l'argent dans le fonctionnement d'un système démocratique est décisive. Un tel système, en effet, est dépendant, pour ses prises de décisions, de ce qui devrait être le libre choix de l'électeur, des élus qui le représentent, des ministres qui proposent au Parlement des lois, puis les exécutent. Or, à tous ces niveaux – et sans analyser le poids que représente sur les individus l'argent, par le jeu même d'une économie dont il est le ressort – « l'argent » peut intervenir directement pour imposer les solutions de tel ou tel groupe influent.

L'électeur peut être acheté individuellement. Cela se pratique au XIXᵉ siècle. Mais c'est un phénomène marginal et qui compte peu. Mais surtout l'électeur peut être manipulé. Les journaux – qui disposent de la liberté dans un régime démocratique – peuvent être influencés par les fonds qu'on leur verse et contribuer ainsi à former l'opinion publique. Les élus – députés notamment – peuvent être aussi directement achetés. Et même si ceux qui cèdent ne sont qu'un petit nombre, ils peuvent jouer, s'ils occupent des postes clés, un rôle capital. Il en va de même avec certains ministres.

Signification politique des scandales

Un régime démocratique apparaît donc comme vulnérable à la corruption, même si cela ne remet pas en cause la supériorité qu'il incarne par rapport à tous les autres systèmes, ni les défenses dont il peut se doter pour limiter cette corruption. L'une d'elles, la plus forte, est précisément cette opinion publique qu'on peut pourtant manipuler. Mais elle est toujours, potentiellement, un contre-pouvoir. Et, dans la lutte politique, tel ou tel groupe peut avoir intérêt à un moment donné à faire éclater un scandale, dans le but de conquérir le pouvoir, ou de l'affaiblir. Le scandale politico-financier est ainsi un élément presque consubstantiel au système démocratique. Étant entendu que le propre d'un régime dictatorial est de ne pas laisser les vérités sordides de son fonctionnement apparaître au grand jour. Il faut donc toujours relativiser un scandale en régime démocratique, même s'il pèse lourd dans l'évolution politique du pays et si, au moment où il éclate, il prend des dimensions spectaculaires.

Ainsi, en France, le scandale politico-financier lié aux difficultés de la Compagnie du canal de Panama occupe-t-il le devant de la scène durant plusieurs mois, de novembre 1892 au mois de mars 1893. La Compagnie du canal, en difficulté, avait voulu, en 1888, pour obtenir de nouveaux fonds émettre des obligations à lots. Cela n'est possible qu'après le vote d'une loi autorisant l'émission. La loi est votée. Mais, en janvier 1889, la Compagnie fait cependant faillite. Une information judiciaire est ouverte. (Ferdinand de Lesseps sera arrêté.)

Or, au mois de novembre 1892, deux journaux d'opposition – *La Libre Parole*, le journal antisémite d'Édouard Drumont, et *La Cocarde*, journal boulangiste – dénoncent « la plus grande flibusterie du siècle » (Drumont) avec des accents antisémites et fortement antiparlementaires. Ils désignent un certain nombre de députés qui ont touché des chèques (on les appellera les « chéquards ») afin de voter la loi sur l'émission des obligations à lots. Le corrupteur, l'intermédiaire, a été le baron de Reinach (agent financier de la Compagnie de Panama), beau-père de Joseph Reinach, fervent soutien de Gambetta et directeur du journal *La République française*. La campagne se déchaîne car d'une part le baron de Reinach meurt subitement (toutes les hypothèses sont avancées, crime, suicide. Il s'est en fait suicidé) ; d'autre part, les députés « chéquards », pour leur défense, précisent que l'argent touché leur a servi à lutter contre le boulangisme en 1888 et 1889. Enfin, Déroulède et Barrès dénoncent Clemenceau qui est en relation avec un financier douteux, Cornelius Hertz, maître chanteur, qui finance le journal de Clemenceau *La Justice*. Drumont, Déroulède, Barrès, Delahaye (député boulangiste) demandent l'ouverture d'une commission d'enquête. Leurs journaux mettent l'accent sur le rôle des « financiers juifs et étrangers » dans l'affaire, et l'antisémitisme trouve dans le scandale un nouvel aliment.

Même si les parlementaires – à l'exception du ministre des Travaux publics Baihaut qui a, lui, avoué – sont acquittés en mars 1892, plusieurs hommes politiques (et d'abord Clemenceau) sont écartés pour plusieurs années ou définitivement de la scène politique, cependant que les nouveaux députés accèdent aux responsabilités. En mars 1893, le nouveau ministre de l'Instruction publique dans le gouvernement Charles Dupuy (un homme nouveau), Raymond Poincaré, n'a que trente-trois ans. La ligne politique de cette nouvelle génération est à la conciliation avec les conservateurs et à la lutte contre le socialisme révolutionnaire (on ferme, avec l'aide de l'armée, les Bourses du travail, en 1893). Les élections d'août-septembre 1893 confirment cette double évolution : on relève une poussée socialiste (Jaurès est réélu), un affaiblissement de la droite monarchiste et, d'autre part, le triomphe des modérés. On compte cent quatre-vingt-dix députés, ce qui marque l'ampleur du renouvellement du personnel politique. Léon Bourgeois, Deschanel, Leygues, Barthou, Poincaré vont dominer la politique française durant plusieurs décennies (jusqu'aux années 1930).

Mais les élections ont été marquées par un record d'abstentions, ce qui souligne que le scandale de Panama, s'il n'a pas atteint en profondeur le régime, a créé chez les électeurs un sentiment de défiance à l'égard du système parlementaire. Cependant, l'opinion ignore – malgré les travaux de la commission d'enquête de 1893 – le deuxième scandale de Panama. Car, si quelques parlementaires ont été corrompus, l'institution bancaire (rassemblée dans un « syndicat des banques ») a pour l'émission des obligations à lots profité de manière anormale de la situation, prélevant comme frais 104,9 millions de francs sur une émission de… 600 millions. Les banques ont opéré sur la Compagnie de Panama aux abois un véritable chantage.

La presse corrompue

De même, les journaux et les journalistes (et parfois de célèbres comme Léon Daudet) ont été largement rétribués par la Compagnie. Sur les 22 millions de frais de publicité, la Compagnie en a distribué 13 aux journaux et aux journalistes, le reste allant aux intermédiaires : Cornelius Hertz et les hommes politiques. La presse parisienne s'est révélée vénale.

Les scandales de Panama découvrent ainsi, au sommet de la pyramide sociale, dans les cercles du pouvoir politique, financier et journalistique, une trame d'intérêts liés, qui peuvent déclencher des règlements de comptes, mais qui se recomposent vite même si les personnalités changent.

Cette perception du pouvoir (excessive) alimente les rancœurs, les colères, les haines, des idéologies extrêmes, qui récusent la démocratie et prêchent la violence.

1894

Les terroristes contre la société

Toute société, tout système politique suppose l'exercice d'une autorité, l'existence de hiérarchies, et – quels que soient les principes dont ils se réclament – des inégalités. Les principes démocratiques, quand ils sont appliqués, organisent, par le moyen des élections, le respect des droits, le renouvellement des autorités, la mobilité sociale, la circulation des élites ; ils affirment que l'égalité des droits est la clé de voûte de l'organisation sociale et que la réduction des inégalités – ou, en tout cas, la disparition des plus insupportables – est l'objectif de la vie sociale.

Dans les régimes autocratiques, aucune de ces issues n'est offerte, et on voit donc se développer, en période de crise, ou dès que les valeurs qui légitiment l'autorité sont contestées, des actes de violence qui ont pour but de briser un système qui semble ne pas pouvoir évoluer. Dans la Russie des tsars, à la fin du XIXe siècle, le terrorisme trouve ainsi, dans la rigidité des structures, la brutalité de la répression, une légitimité.

L'antiparlementarisme et la révolte

Mais les régimes démocratiques peuvent aussi apparaître bloqués. Même si cette vision est caricaturale, des individus, des groupes peuvent se représenter la démocratie parlementaire comme un syndicat de nantis, dupant le peuple, s'autoproclamant ses représentants au terme d'élections qui sont des faux-semblants. Ces analyses extrêmes ont une apparence de justification quand la majorité au

pouvoir ignore les problèmes sociaux ou tente de cantonner les plus défavorisés aux marges de la société, quand les
inégalités sont trop criantes, quand les réformes paraissent
impossibles à changer les choses et quand, de plus, des
scandales viennent sembler confirmer que les députés ne
sont dans l'hémicycle que les «bouffe-galettes de l'aqua-
rium».

C'est ainsi que les qualifie Auguste Vaillant (1861-1894)
qui lance une bombe dans l'hémicycle le 9 décembre 1893,
sans blesser d'ailleurs un seul député. Mais cet acte symbolique, qui confirme la détermination des «terroristes» et
leur efficacité, ne représente qu'un aspect de la contestation radicale de la société telle que la pratiquent et la pensent les anarchistes.

Pour ceux-ci, c'est le principe même de l'autorité qui est
en cause. Certes, disent-ils, «il n'y a, il ne peut y avoir ni
credo, ni catéchisme libertaire…, mais le point commun,
c'est la négation du principe d'Autorité dans l'organisation
sociale et la haine de toutes les contraintes qui procèdent
des institutions basées sur ce principe… Ainsi quiconque
nie l'Autorité et la combat est anarchiste… L'Autorité
revêt trois formes principales engendrant trois groupes de
contraintes : 1. la forme politique : l'État ; 2. la forme économique : le Capital ; 3. la forme morale : la Religion»
(Sébastien Faure, dans *L'Encyclopédie anarchiste*).

C'est cette théorie extrême qui se développe dans la dernière décennie du XIXe, en France notamment, enrichie par
l'apport des théoriciens russes (Bakounine, Kropotkine :
«Le vol est un devoir»), l'appui d'intellectuels (Élisée
Reclus, Sébastien Faure, Jean Grave) qui voient la société
comme mourante et qui veulent pratiquer sur elle la reprise
individuelle (le vol) puisqu'elle est une société exploiteuse,
et pour certains pratiquer l'attentat parce qu'il est une
«propagande par le fait». Et un moment du combat «dans
cette guerre sans pitié que nous avons déclarée à la société
bourgeoise» (le terroriste Émile Henry).

Mais, derrière les formulations théoriques qu'expriment
les intellectuels anarchistes, il y a des hommes marginaux,

exaltés – ou manipulés –, révoltés qui trouvent dans le refus de l'Autorité et dans la violence un moyen de s'affirmer ou une justification de leur dérive vers la criminalité. Car le choix de l'illégalité, s'il peut être à l'origine la conséquence d'une analyse politique, devient vite la voie qui conduit au banditisme. Et la théorie de «la reprise individuelle» le prétexte à des cambriolages ou à des meurtres. Ainsi évolueront Ravachol (1859-1892) puis, à la fin du siècle, les membres de la bande à Bonnot malgré les tentatives d'un véritable révolutionnaire – Kibaltchiche, dit Victor Serge – pour les retenir sur le chemin du crime crapuleux.

Reste que, avant cette criminalisation de l'anarchie, la France connaît, entre 1892 et 1894, une épidémie d'actes terroristes meurtriers. L'exécution d'un anarchiste entraînant des représailles. La décapitation de Ravachol (1892), celle de Vaillant (1894) provoquent des attentats sanglants contre les restaurants Very et Terminus à Paris. Le président de la République Sadi Carnot, n'ayant pas gracié Vaillant, est assassiné à Lyon par l'anarchiste italien Caserio (24 juin 1894).

C'est le sommet de la vague anarchiste. Elle a des conséquences politiques et sociales. Une série d'actes xénophobes (anti-italiens) qui alimentent à leur tour le racisme latent d'une partie de la société française. Mais surtout le vote de lois contre les théories anarchistes qui limitent en fait le droit d'expression. Déjà, en décembre 1893, après l'attentat d'Auguste Vaillant contre la Chambre des députés, le président du Conseil, Casimir-Perier, avait fait voter une loi contre les «associations de malfaiteurs» qui pouvait s'appliquer aux organisations ouvrières et socialistes. En juillet 1894, les «lois scélérates» – proposées par Charles Dupuy – transfèrent aux tribunaux correctionnels les délits relatifs à la «propagande anarchiste par voie de presse» au lieu de les faire juger devant un jury. C'est la porte ouverte à une censure contre les journaux de gauche, le terme de «propagande anarchiste» pouvant recouvrir, selon les juges, les théories socialistes concernant la propriété.

L'anarchisme et le terrorisme servent ainsi de tremplin à une offensive antisocialiste. Et il ne s'agit pas que d'une conséquence naturelle. Le préfet de police de Paris (Andreu) est habile à utiliser l'anarchisme comme épouvantail. L'attentat d'Auguste Vaillant aurait ainsi pu être empêché puisque l'intention du terroriste était connue, mais la police le laissa préparer son explosif et même lui facilita la tâche. Le journal de Louise Michel, *La Révolution sociale*, était, à l'insu de la révolutionnaire, soutenu financièrement par la police.

Le glissement à droite

Durant cette période d'attentats anarchistes, l'évolution politique est donc marquée par un glissement à droite. Le centre se rapproche des ralliés et mène une violente campagne contre les révolutionnaires socialistes. Casimir-Perier (l'une des grosses fortunes de France) est élu président de la République. Certes, jugeant qu'il manque de pouvoir, il démissionne (décembre 1894, remplacé par Félix Faure), mais la politique modérée est poursuivie : procès contre les socialistes (Millerand), soutien de la droite, rupture avec la gauche, abandon de l'anticléricalisme. Les congrégations rentrent « et la propriété ecclésiastique prend même des proportions jusque-là inconnues », selon un député rallié.

Aucune réforme de la fiscalité n'est entreprise. Sous couvert de défense sociale, c'est une politique de conservation qui se développe. La République n'en sort pas renforcée.

1895

Le siècle change de visage

Dans l'évolution des modes de vie et des mœurs, dans la transformation du paysage social et des habitudes de pensée, dans la mise en place de nouveaux moyens de produire et de nouvelles techniques, vient un moment – il s'étend en fait sur plusieurs années – où, tout à coup, les modifications apparaissent en pleine clarté. Les inventions, les changements ont longtemps paru ponctuels, sans conséquences immédiates sur la vie quotidienne, puis, par un phénomène de coagulation, ils apparaissent comme provoquant une rupture entre une société et une autre. Certes, cette rupture n'a pas la netteté brutale d'un événement politique ou militaire. Mais les contemporains sentent qu'ils sont passés d'une époque à une autre. Et que, dans tous les domaines de la vie – du moyen de transport à la connaissance que l'on a du monde –, une révolution scientifique et technique s'est produite, dont brusquement on mesure les effets.

Cette prise de conscience intervient d'autant plus vite que des faits – ou des dates – symboliques la facilitent. La construction et l'inauguration de la tour Eiffel, par exemple (1889), font mesurer la maîtrise de la métallurgie du fer et de l'architecture métallique. La mise en service de l'éclairage électrique révèle aussi l'ampleur des découvertes scientifiques et de leurs conséquences dans la vie de tous les jours. Enfin, l'approche d'un nouveau siècle et la charge historique qu'on accorde toujours, presque malgré soi, à ces tournants chronologiques conduisent à établir un bilan des transformations. On pressent aussi que c'est, en cette fin de siècle, le siècle nouveau qui sourd.

Un siècle nouveau qui s'annonce

Et, de fait, les dernières années du XIXe siècle voient se produire les découvertes et la mise en œuvre des techniques qui dessineront le visage du XXe siècle. L'une des percées scientifiques les plus importantes est ainsi, en 1895, la découverte par Roentgen (1845-1923) des rayons X. Ce qui ouvre la porte à la notion de radioactivité. Henri Becquerel (1852-1908), en 1896, constate que les sels d'uranium impressionnent une plaque photographique. Marie Curie (1867-1934) et Pierre Curie (1859-1906) précisent les caractères de ce rayonnement en le mesurant, et découvrent le radium (1898).

Ces avancées vont de pair avec l'isolement de l'électron et, en 1900, la formulation de la théorie des quantas par Max Planck (1858-1947), et donc une connaissance approfondie de la matière.

Ainsi, en quelques années (1895-1900), les éléments permettant le développement des études sur la radioactivité ont-ils été formulés. Et le socle de ce qui sera l'une des lignes de forces majeures – sur le plan théorique puis technique – du XXe siècle est-il établi.

L'année 1895, si riche sur le plan de ces découvertes scientifiques majeures, voit surgir aussi la personnalité de Freud (1856-1939), qui publie, précisément en 1895, son premier livre (*Études sur l'hystérie*) dans lequel il affirme qu'il est possible de guérir les névroses et notamment l'hystérie par l'hypnose. Et ces premiers travaux le conduisent empiriquement à définir une nouvelle méthode, la psychanalyse, qui fait apparaître l'inconscient comme une réalité agissante et créatrice de la personnalité. Sur ce point aussi, l'une des grandes orientations du XXe siècle se trouve amorcée dès les dernières années du XIXe siècle.

Et, naturellement, cette exploration de la matière et cette exploration de l'inconscient ne sont pas sans conséquence philosophique. Les grandes questions que se posera le XXe siècle (déterminisme, indéterminisme, etc.) sont en germe dans ces découvertes ou ces pratiques.

C'est l'image du monde et celle de l'homme qui commencent à vaciller, au moment même où les images du monde et de l'homme font irruption dans la vie quotidienne.

C'est, en effet, le 28 décembre 1895 que Louis Lumière (1864-1948) organise un spectacle avec son *cinématographe*. Certes, durant toute l'année 1895, de nombreuses représentations de cinéma ont déjà eu lieu, à partir des «kinétiscopes», inventés par Edison, et répandus dans le commerce à partir de 1894. Ces appareils à lunettes contenaient des films perforés de 50 pieds. Mais c'est Louis Lumière qui réalise un appareil supérieur, le cinématographe, qui est à la fois caméra, projecteur et tireuse. Ces appareils sont d'une grande perfection technique et ils se répandent rapidement. De même, les sujets des films Lumière (*La Sortie des usines*, etc.) attirent un large public. Dès la fin de l'année 1896, le cinéma a quitté le laboratoire pour entrer dans le public et modifier, radicalement, le rapport que l'homme peut avoir au monde. En 1896, on assiste aux premières *actualités* (Méliès), aux premiers reportages. Des sociétés – telle Gaumont (1898) – se créent, qui assurent au cinéma une diffusion mondiale. Et des millions d'hommes deviennent les témoins des événements les plus lointains.

C'est bien l'ère des masses qui s'affirme, cependant que les distances se trouvent comme abolies.

La percée de l'automobile

Précisément, l'automobile entre réellement dans la vie sociale comme un moyen de déplacement révolutionnaire. La mise au point des pneumatiques Michelin (1895) permet d'augmenter les moyennes. En 1895, la première course automobile Paris-Bordeaux se déroule à 23 kilomètres-heure de moyenne. Mais déjà, en 1899, le premier tour de France automobile permet d'atteindre 51 kilomètres-heure de moyenne. En 1898 s'est tenu, à Paris, le premier salon de l'automobile.

L'un des éléments clés du XXᵉ siècle est entré en scène, avec toutes les conséquences qu'il va entraîner.

Autre symbole des nouveaux temps : en 1900, le métro de Paris est inauguré.

Déplacement rapide, vision renouvelée du monde : en 1897, Ader (1841-1925) accomplit son premier vol sur l'*Avion*. Et, autre abolition des distances, les premières liaisons radio hertziennes ont lieu en 1899, réalisées par Branly (1844-1940) et Marconi (1874-1937).

Bicyclette, automobile, avion, locomotives de plus en plus puissantes (1900 : locomotive Atlantique, 70 tonnes, 1 500 chevaux), métro, T.S.F., cinéma et, dans la discrétion des laboratoires, découverte de la radioactivité : les dernières années du XIXᵉ siècle sont grosses de tout le XXᵉ siècle. Comme si tout ce qui allait ensuite se développer se trouvait déjà engagé, réalisé, découvert.

C'est bien un autre visage de la civilisation que découvrent les hommes et les femmes de 1895. D'ailleurs, ceux qui réalisent ces avancées mourront parfois fort avant dans le XXᵉ siècle (Louis Lumière en 1948), comme si symboliquement la longueur de leur vie illustrait combien leurs inventions allaient orienter pour des décennies le siècle nouveau.

1896

La renaissance des Jeux olympiques

Le rapport de l'homme à son corps et l'idée qu'une société se fait de ce que doit être le comportement physique de l'homme ont une histoire. Elle tient à la plus ou moins grande influence des préjugés – religieux ou autres – qui peuvent censurer, diaboliser tout intérêt de l'homme pour son corps, mais aussi (et cela va de pair) à la connaissance que l'homme a de ses mécanismes physiologiques.

Dans cette histoire qui relève donc de l'idéologie, de la médecine et des mœurs, l'utilité sociale du corps des hommes n'est pas indifférente, comme aussi le respect que l'on a pour un individu, quel qu'il soit. Si bien que l'intérêt pour le corps passe à la fois par une laïcisation de l'homme et de la société, le développement de la connaissance de la valeur sociale d'un individu.

Ces éléments sont peu à peu réunis dans la seconde moitié du XIXᵉ siècle dans les pays touchés par la Révolution industrielle, et au fur et à mesure que les droits des individus sont reconnus ; que l'homme, à quelque groupe social qu'il appartienne, a – au moins juridiquement – une dignité et un rôle. D'une certaine manière, le corps de l'homme devient une valeur au moment où le suffrage universel et l'instruction obligatoire donnent à l'individu une importance et un rôle sociaux.

Un impératif militaire : la bonne santé des conscrits

En même temps, la nation a besoin d'hommes en bonne santé. Les armées deviennent des armées de masse. Le service militaire obligatoire fait appel à tous les citoyens et les états-majors – spécialement en France – découvrent les tares physiques de générations grandies dans la misère, au voisinage des cafés, dans les mines ou les ateliers insalubres des manufactures. On ne fait pas un soldat résistant d'un jeune homme souffreteux. Il faut, dans la vie civile, une préparation physique à l'activité militaire si l'on veut des fantassins de valeur. La ville, qui coupe le rapport physique à la nature, rend nécessaire la reconstruction volontaire de ce rapport. Et cela détermine aussi l'attitude morale. Pour éviter la dégradation des mœurs, produite par l'urbanisation, l'alcoolisme, etc., l'activité physique peut apparaître comme une solution individuelle et collective : « Pour durcir l'âme ne vaut comme roidir les muscles » (Montaigne).

Enfin, dans la compétition entre les nations, la qualité physique d'un peuple est un élément important. La notion même de race, qu'on voit apparaître ici et là, l'idée diffuse qu'il y a une sélection naturelle incitent à entreprendre la « régénération » physique (et donc morale) d'un peuple. Et, collectivement, des Européens, qui sont, dans cette époque impérialiste, les conquérants du monde.

Dans ce contexte, le sport apparaît comme le levier social qui peut permettre cette régénération. À condition qu'il cesse d'être l'activité ludique de quelques-uns, pour devenir réellement partie prenante de l'éducation de tous.

Ce mouvement touche, dans les deux dernières décennies du XIXe siècle, tous les pays industrialisés. D'abord présent dans les nations du nord de l'Europe, puis dans le monde anglo-saxon (G.-B., États-Unis), il gagne la France, grâce notamment à l'action de Pierre de Coubertin (1863-1937). Cet ancien élève des Jésuites, qui a envisagé une carrière militaire, ce conservateur éclairé qui adhère aux Unions de la paix sociale de F. Le Play (dont le but est de diffuser « les idées de décentralisation et de culte de l'initiative privée opposée à l'action de l'État »), a le souci de rénover l'éducation en y introduisant le sport. Il voyage en Angleterre, aux États-Unis et, en 1886, il formule son programme : « Je me décidai, dit-il, à entreprendre de "rebronzer la France" par la réforme de l'éducation scolaire. »

Il veut, par la pédagogie, lutter contre l'atavisme. Et, en 1888, il crée un Comité de propagation des exercices physiques dans l'éducation. Il n'existe alors en France que quelques clubs sportifs (Racing Club, Stade français) qui comptent peu de membres. Coubertin, par une action de propagande (il multiplie les publications, cherche des appuis officiels, organise des rencontres internationales : en 1891, le Racing accueille le New York Athletic Club), développe une campagne en faveur du sport. Son but est clairement national et social. Les exercices physiques doivent permettre une réforme sociale, renforcer la race nationale (et la guerre de revanche contre l'Allemagne est à l'horizon). Il veut aussi favoriser la capacité d'expansion coloniale. Il faut apprendre à agir par le sport. « Rayonner sans agir, pour une grande nation, c'est abdiquer. »

Dans cette perspective il reprend avec éclat, le 25 novembre 1892, l'idée de renaissance des Jeux olympiques. Le projet a déjà été formulé dans plusieurs pays depuis le milieu du siècle. Mais Coubertin va, en quatre ans, réussir à le mettre sur pied : les premières olympiades se tiennent à Athènes devant 60 000 spectateurs, le 6 avril 1896. Dans cette confrontation, il y a, chez Coubertin, la volonté de faire pièce à la nation rivale, l'Allemagne. Or c'est sous la direction d'un professeur berlinois, E. Curtius, que les travaux de fouilles permettent de faire ressurgir le site d'Olympie. Coubertin dira : « L'Allemagne avait exhumé ce qui restait d'Olympie ; pourquoi la France ne réussirait-elle pas à en reconstituer les splendeurs ? De là au projet moins brillant, mais plus pratique et plus fécond, de rétablir les Jeux, il n'y avait pas loin dès lors surtout que l'heure avait sonné où l'internationalisme sportif paraissait appelé à jouer de nouveau son rôle dans le monde. »

Les Jeux, même si Coubertin affirme qu'ils doivent « créer de la force nationale et de l'harmonie internationale par la concurrence sportive », sont aussi un aspect de la compétition entre nations. Et le problème se pose, par

exemple (à Paris en 1900), de la présence allemande...
puisque c'est en partie contre elle que l'institution a été
créée par Coubertin.

Le sport contre la modernité

Dès la première olympiade de 1896, les principales
épreuves sont présentes (la course, les concours, le mara-
thon, la gymnastique, l'escrime, la lutte, la natation, l'avi-
ron, le tir, l'équitation, la vélocipédie, le yachting et même
les jeux athlétiques : le lawntennis), de même que l'affirmation de la nécessité de l'amateurisme. Le sport doit être
la seule gratification du sportif. Coubertin se montre aussi
résolument opposé à la présence des femmes. Elles doivent
se contenter, dit-il, « de couronner les vainqueurs ». On
mesure à cet aspect la volonté d'affirmer une vision traditionaliste du monde et de la société. Le sport n'est pas considéré comme une ouverture vers d'autres valeurs, mais bien
comme un moyen de s'opposer à la modernité et de
conserver les valeurs traditionnelles.

Dès l'origine, ainsi, le sport et les Jeux olympiques
manifestent leur ambiguïté, qu'on retrouvera tout au long
du XXe siècle. Les régimes dictatoriaux exalteront le sport
et l'utiliseront comme un emblème de leur régime. Et,
en 1936, à l'occasion des Jeux olympiques de Berlin, les
nazis célébreront l'œuvre de Pierre de Coubertin.

1897

Vers la Terre promise :
la naissance du sionisme

Le refus de disparaître habite toutes les collectivités humaines qui ont disposé, à un moment donné de leur histoire, d'un enracinement territorial – parfois d'un État, avec des structures plus ou moins complexes –, d'une langue commune et d'une religion. Dont les membres ont ainsi entre eux le souvenir partagé, devenu légendaire, mythique, d'avoir constitué une nation, un seul peuple unifié. Et cette mémoire collective est un facteur d'identité qui peut, selon les circonstances, traverser les siècles, et devenir, en fonction de la conjoncture, un élan pour que se reconstitue cette nation ancienne, si longtemps émiettée, dispersée.

Cette nostalgie d'une nation perdue, d'un territoire abandonné ou dont on a été chassé, vaut pour tous les peuples, y compris les plus primitifs – victimes de la colonisation –, et même quand des génocides les ont presque totalement fait disparaître. Les individus survivants racontent l'histoire passée et tentent de retrouver les racines de leur peuple, là où il a vécu, revendiquant la possession de ce territoire contre les colonisateurs.

Sion, la nation juive

Les Juifs, dispersés de la Diaspora, exilés, rêvent ainsi de se retrouver autour et dans Sion (la citadelle, forteresse et rocher à la fois qui défendait la ville de Jérusalem). Et dans la signification même de ce mot se superposent les notions de peuple et de territoire, puisque Sion signifie aussi « la nation juive » et la région où se trouve Sion, c'est-à-dire la Palestine. Étant donné le caractère sacré que prend, dans les textes religieux originels, cette terre d'Israël, Jérusalem et son Temple et, dans cette vision prophétique de l'histoire, les droits éternels du peuple d'Israël sur la Palestine, le désir, le rêve, la volonté de retour sur cette terre sacrée, salvatrice, ont toujours été présents dans l'histoire des différentes communautés de la Diaspora.

Certes, dès lors qu'une communauté dispose de droits, qu'elle jouit de la liberté et prospère économiquement, les aspirations – fussent-elles simplement des références religieuses – tendent à s'estomper. Mais, quand la persécution frappe une communauté de la Diaspora, que la misère écrase ses membres, le rêve du retour reprend force. Cependant, il reste à l'état « métaphysique ». La faiblesse matérielle, politique, des communautés juives de la Diaspora, et pendant des siècles, la situation réelle de la Palestine, partie de l'Empire ottoman dont la puissance se manifeste jusqu'au cœur de l'Europe (Vienne est assiégée en 1683), rendent impossible tout passage à la réalité de cette rêverie religieuse.

Mais, au XIXᵉ siècle, plusieurs facteurs vont permettre la mise en œuvre, concrète, de cette millénaire – et diffuse, et incertaine, quoique toujours présente – espérance.

La Diaspora juive européenne est en effet emportée – comme toutes les communautés européennes – par la poussée de l'idéologie nationaliste. Un nationalisme juif naît ainsi au milieu du XIXᵉ siècle, qui réinterprète, dans le sens d'un mouvement des nationalités, la volonté de retour en Palestine. Ce mouvement peut même s'affirmer irréligieux.

Un droit à la « colonisation »

En même temps, la Diaspora européenne assiste à l'affaiblissement puis à l'émiettement de l'Empire ottoman, et elle participe à l'idéologie coloniale qui se diffuse peu à peu dans les masses européennes, et affirme le droit des Européens à occuper le reste du monde. Ce partage étant autorisé par leur « supériorité » raciale sur les populations primitives. Pour les Juifs, cette supériorité se double de la conviction religieuse que ce droit à la « colonisation » est inscrit dans leurs origines mêmes. Et c'est ainsi que, au XIXᵉ siècle, la volonté du retour est portée à la fois par le mouvement national et le mouvement colonial européens et que ces deux idéologies sont, pour les Juifs, intimement mêlées et soutenues par la foi religieuse.

Dès les années 1860, les intentions se précisent (le rabbin Kalischer de Thorn souhaite la création d'un Foyer juif, on crée des associations, « Les amis de Sion », l'Alliance israélite universelle ouvre à Jaffa une école d'agriculture ; en 1882, avec le soutien d'Edmond de Rothschild, une première colonie agricole est implantée près de Jaffa).

Mais il n'y aurait sans doute pas eu un soutien de la masse des communautés juives si l'antisémitisme n'avait connu, à partir des années 1870, un vif essor. En Allemagne : Ligue antisémitique allemande en 1870 ; livre de Marr de 1873 : *La Victoire du judaïsme sur le germanisme* ; idéologie antisémite du parti social-chrétien qui fait élire à Vienne comme maire l'antisémite Lueguer (1897-1910). En Russie, les pogroms sont encouragés par le pouvoir tsariste dès 1880. En France, *La Libre Parole*, le journal antisémite de Drumont, est fondée en 1892, et l'antisémitisme se déchaîne à partir de la condamnation d'Alfred Dreyfus en 1894.

Un écrivain juif, journaliste à Paris pour la *Neue Freie Presse* (1891-1896), Theodor Herzl (1860-1904), choqué par l'antisémitisme et persuadé qu'il est une réalité inéluctable, systématisera les aspirations nouvelles au retour en publiant, en 1896, un livre : *L'État juif, essai d'une solution moderne de la question juive*. Il rencontre le soutien de personnalités juives – Max Nordau, Israël Zangwill, deux écrivains – et il lance le mouvement sioniste, au congrès de Bâle, en août 1897. En 1898 sera créée une Banque nationale juive et, en 1901, un Fonds national juif pour l'achat de terres.

Le mouvement, animé par des intellectuels de la classe moyenne, s'appuie à la fois sur les Juifs pauvres et persécutés de l'Europe orientale et sur la très haute bourgeoisie juive d'Occident, désireuse de détourner de l'Europe occidentale et de l'Amérique une population qui peut par ses modes de vie et ses tendances révolutionnaires (le parti socialiste juif *Bund* est créé en 1897 en Pologne) rendre plus difficile sa volonté d'assimilation. Herzl et les chefs du mouvement sioniste s'adressent par ailleurs aux chefs d'État européens – y compris aux hommes politiques les plus antisémites – pour obtenir leur appui. «Tout ce qui serait perdu pour le sionisme, écrira Herzl au ministre russe Plehve, instigateur de pogroms, serait un bénéfice net pour les révolutionnaires.» Il joue non seulement de l'esprit réactionnaire de ses interlocuteurs mais aussi de leur volonté expansionniste : «Nous devrions former là-bas – en Palestine –, dit-il, une partie du rempart de l'Europe contre l'Asie, un poste avancé de la civilisation s'opposant à la barbarie.» Et il ajoute qu'il s'agit de «donner à un peuple sans terre une terre sans peuple».

Or la Palestine est peuplée de Palestiniens qui ne peuvent pas ne pas ressentir l'implantation juive comme une manifestation de l'impérialisme européen, comme une spoliation – quelles qu'en soient les formes – de leurs terres. Alors que, pour les Juifs, le sionisme est vécu comme l'expression d'un mouvement national légitime, et d'autant plus fort qu'il s'appuie sur une foi millénaire.

Dès l'origine, on peut ainsi mesurer les contradictions et les conflits que porte en lui ce mouvement, qui annonce le XXe siècle.

1898

Les passions de l'affaire Dreyfus

L'opinion publique peut, dans une nation qui bénéficie de la liberté d'expression, se déchirer sur une question – une affaire – quand elle a le sentiment que sont en cause les valeurs fondamentales – et presque fondatrices – autour desquelles le pays s'est constitué. Certes, la notion d'opinion publique n'est jamais parfaitement claire. Qui s'enflamme ? Les élites qui ont toujours la parole – sur les tribunes, dans les journaux, du haut de leurs chaires, etc. – ou bien la profondeur même de la population, dont il est plus difficile de mesurer les réactions, sinon au moment d'élections ?

Il reste que ces grandes fractures de l'opinion, quand elles se produisent, font rejouer toutes les divisions historiques qui ont opposé tel ou tel groupe social. Et qu'elles servent de référence, de ligne de partage entre des familles politiques, des sensibilités. Qu'elles peuvent donner naissance aussi à des regroupements, des institutions qui perdurent au-delà de l'affaire même. Qu'ainsi elles sont un élément constructif de l'idée que le pays se fait de lui-même.

Il est clair aussi qu'elles ne peuvent avoir cette importance qu'autant que le pays a une tradition de débat, qu'il s'est déjà, à plusieurs reprises au cours de son histoire, divisé. Qu'en un sens elles participent d'une tradition historique et la prolongent.

La tempête qui frappe la France entre 1894 et 1900, après la condamnation pour espionnage, le 22 décembre 1894, du capitaine Alfred Dreyfus (1859-1935), déporté à vie à l'île du Diable, relève de cette analyse.

Une tempête lente à se lever

Certes, la tempête est lente à se lever. Il y a bien un « dreyfusisme familial » persuadé dès le début de l'innocence de Dreyfus et l'action de quelques hommes qui partagent cette conviction : Bernard Lazare, qui publie en novembre 1896 un essai : *Une erreur judiciaire. La vérité sur l'affaire Dreyfus*, ou bien le vice-président du Sénat, Scheurer-Kestner, mais il est protestant et alsacien comme Dreyfus. Pour le reste, toutes les institutions – y compris le Consistoire israélite – et naturellement les grands corps de l'État mais aussi la presque totalité du personnel politique sont convaincus de la culpabilité de Dreyfus et, en tout cas, de la nécessité d'écarter toute contestation de sa condamnation. L'armée qui a jugé est intouchable.

La presse va lancer l'affaire. En présentant les pièces qui ont servi de base à l'accusation : un bordereau qui aurait été écrit de la main de Dreyfus et transmis à l'attaché militaire allemand (Schwartzkoppen). Les « dreyfusards » répondent en accusant le commandant Esterhazy, sieur d'origine hongroise jouissant de hautes protections. Il est acquitté. Mais la publication des documents a convaincu de l'innocence de Dreyfus Émile Zola, et l'écrivain, au faîte de sa gloire, publie dans *L'Aurore*, le journal de Clemenceau, un « J'accuse » retentissant (14 janvier 1898), dans lequel il met en cause les principales autorités de l'État et de l'armée. L'écho est considérable. L'affaire Dreyfus passe des prétoires à la place publique. Zola est condamné (il fuit en Angleterre). Mais la machine de la révision, parce qu'il y a scandale, contestation du jugement initial, est en marche (« La vérité est en marche, rien ne l'arrêtera », écrivait Zola). Cependant, de cassation du premier jugement en grâce, il faudra attendre de nombreuses années (cassation le 3 juin 1899), mais la condamnation est renouvelée par le tribunal militaire de Rennes (septembre 1899) ; grâce accordée en 1899 ; amnistie en 1900 ; cassation du jugement de Rennes en 1906, pour que Dreyfus soit lavé de toute accusation : il est décoré de la Légion d'honneur le 21 juillet 1906.

Au-delà des péripéties judiciaires et de la longue bataille pour obtenir les révisions puis la réhabilitation, l'affaire fait ressortir d'abord la force de l'antisémitisme. La culpabilité de Dreyfus était inscrite dans ses origines, pour ses accusateurs. S'ils ont forgé des « faux patriotiques » afin de démontrer la culpabilité, c'était pour protéger l'armée, incarnation de la nation, colonne maîtresse de l'État, qui ne pouvait avoir perpétré un déni de justice. C'est aussi pour défendre une conception de la France traditionnelle. Car, derrière l'armée, ce que l'on veut défendre aussi c'est l'Église catholique. Et, aux côtés des journaux antisémites (*La Libre Parole*), *La Croix* et *Le Pèlerin* tiennent une place majeure dans l'orchestration de la campagne anti-dreyfusarde. Le traître est juif, ses défenseurs le sont aussi ou bien sont protestants ou étrangers : Zola n'a-t-il pas des origines italiennes ? « Entre M. Zola et moi, dira Barrès, il y a les Alpes. »

Si bien que l'affaire Dreyfus révèle que les grands corps de l'État (armée, magistrature, mais aussi les élites sociales : les académiciens, par exemple) sont, sous la république, en situation d'opposition totale au régime. Car, s'ils ne sont pas factieux, ils n'en refusent pas moins la république. Dans l'armée, par exemple, on est hostile à la « gueuse », laïcarde. Les descendants des familles nobles sont entrés dans l'armée où l'on peut servir la France sans servir la république. Le quart des élèves de Saint-Cyr, le tiers des élèves de l'École navale et de Polytechnique ont été formés dans des écoles religieuses, tenues par les Jésuites.

La magistrature est, elle aussi, fortement conservatrice. Et la vague de grèves, la montée socialiste incitent l'armée (qui intervient contre les grévistes), les juges et le gouvernement modéré à cette politique de défense sociale qui rend complice d'une injustice par souci de la raison d'État.

Face à cette situation, la gauche républicaine se constitue. Contre la Ligue des patriotes et la Ligue de la patrie française se crée la Ligue des droits de l'homme (février 1898). Face aux écrivains réactionnaires (de Barrès à Maurras) s'affirment les intellectuels (le mot naît à ce moment-là) qui signent en janvier 1898 un *Manifeste* pour Dreyfus (Zola, bien sûr, mais surtout les professeurs de l'École normale supérieure, Péguy, Blum, Herr, Daniel Halévy, Seignobos). Une tradition commence, qui sera essentielle dans le paysage politique français.

La réserve des milieux politiques

Mais les milieux proprement politiques ont été réservés. Pour un Jaurès qui s'engage, combien sont prudents, même à gauche. Et les élections d'avril 1898 modifient peu le visage de la Chambre des députés. Sinon que Jaurès – qui a soutenu Zola et les dreyfusards – est battu. Ce qui signale que, peut-être, la France profonde a été moins touchée que les villes par les remous de l'affaire Dreyfus.

Cependant, face au nationalisme, à l'antisémitisme, au cléricalisme, à l'antirépublicanisme que l'affaire a révélés, l'esprit républicain l'emporte, et le souci de protéger la république, d'aller plus loin, dans sa conception même, qu'une référence constitutionnelle. Ainsi l'idée qu'il y a des droits de l'homme supérieurs à la raison d'État fait son chemin.

Une gauche nouvelle, républicaine fermement, et des socialistes plus déterminés, mais comprenant qu'entre le socialisme et la république, des partis doivent exister, s'affirment ainsi dans cette période et vont marquer durablement la décennie qui vient.

1899

Le choc : un socialiste
dans le gouvernement de la France

L'acceptation de la logique démocratique – suffrage universel, pluralisme politique, expression libre des opinions, régime parlementaire, etc. – implique, quelle que soit la volonté affirmée – sincèrement – par les acteurs du jeu politique, une intégration de plus en plus poussée dans le système. Les élections, compétition ouverte et apparemment égalitaire entre les groupes politiques, les débats parlementaires, l'accession à des responsabilités locales – conseils municipaux ou généraux, mairies, etc. – obligent peu à peu les élus, se déclareraient-ils révolutionnaires, à respecter les règles, et certes à tenter de les modifier, mais par là même à les légitimer.

Réforme et révolution

La participation à un système d'assemblées pluralistes conduit aussi à réaliser des compromis, pour constituer des majorités – de rejet ou de soutien – et donc, plus ou moins explicitement, à passer des accords avec d'autres formations politiques. Ce mouvement d'ailleurs est le reflet d'une intégration graduelle des groupes sociaux à la collectivité nationale. Les différences continuent d'exister mais la pratique impose l'idée qu'on peut – qu'on doit – vivre ensemble, sans « rupture ». Celle-ci est renvoyée à l'avenir ou considérée comme impossible. Pour les groupes d'extrême gauche, la révolution se mue en réforme. Pour les opposants de droite, l'opposition se transforme en ralliement.

Certes, il existe toujours des petites minorités – aux deux extrémités de l'éventail politique – mais, même si elles peuvent gêner un temps le fonctionnement du système, elles sont marginales et sont vouées soit à ne pas peser – et à disparaître –, soit à s'intégrer à leur tour.

La clé de cette évolution – et sa possibilité – est évidemment conditionnée par la cohésion sociale, la réelle intégration de l'ensemble de la population, ou de sa très large majorité.

Pèse aussi dans le même sens et avec une très grande force l'ambition individuelle des acteurs politiques. Leur carrière passe par le respect des règles. Ils accèdent par l'élection à un nouveau mode de vie. Des possibilités s'ouvrent – en termes de pouvoir et de revenus. Leur évolution idéologique est à la fois sincère et intéressée. Un conseiller général rêve de devenir député, et celui-ci ministre. Cette dimension personnelle, même si elle ne joue pas le rôle majeur, ne peut être négligée. Elle fait aussi partie de la mobilité sociale, de l'accession d'hommes issus de couches nouvelles aux responsabilités. Ce qui est un des aspects de la démocratie.

Mais cette évolution – lente – se traduit, à un moment donné, par un événement politique qui la symbolise et qui a un effet de choc. Le révolutionnaire d'hier devient un homme de gouvernement.

C'est ce qui se produit en France en juin 1899 quand Alexandre Millerand (1859-1943) – leader du groupe parlementaire socialiste à la Chambre des députés – devient ministre du Commerce dans le gouvernement que constitue Waldeck-Rousseau. Cette désignation intervient dans le climat de l'affaire Dreyfus, alors que la république semble menacée. Elle heurte à la fois l'opinion de la partie la plus conservatrice de l'opinion et surtout les socialistes. En effet, dans le gouvernement siège, comme ministre de la Guerre, le général de Galliffet, qui a réprimé la Commune avec la dernière sévérité (faisant exécuter sans jugement de nombreux prisonniers), si bien qu'il est devenu, pour toute la gauche, « le fusilleur ». Et les principaux dirigeants socialistes – Vaillant, Guesde, Allemane – ont soit vécu, soit soutenu la Commune. Jaurès, qui a été consulté par Millerand, déclare : « J'approuve Millerand d'avoir accepté un poste dans ce ministère de combat. Que la République bourgeoise, à l'heure où elle se débat contre la conspiration militaire qui l'enveloppe, proclame elle-même qu'elle a besoin de l'énergie socialiste, c'est un grand fait. »

Et une magistrale habileté. Waldeck-Rousseau, « républicain modéré mais non modérément républicain », a choisi Galliffet que l'armée ne peut contester mais qui est décidé à faire plier les chefs militaires antidreyfusards. Il a placé le propriétaire du journal à grand tirage *Le Petit Parisien*, Dupuy, à l'Agriculture pour avoir ainsi le soutien de la presse. Et Millerand le couvre à gauche.

Millerand, ministre du Commerce, gère un immense secteur (l'Industrie, les P.T.T., le Travail) et il entreprend immédiatement des réformes qui favorisent la protection des ouvriers. Il crée une direction du Travail, efficace. En 1900, il fera voter une loi qui réduit la durée de la journée de travail de onze à dix heures.

Au-delà des circonstances (l'affaire Dreyfus) et des tactiques parlementaires (s'assurer une majorité), l'entrée d'un socialiste pour la première fois (depuis février 1848) dans le gouvernement de la France marque une évolution en profondeur du pays d'abord, puis des socialistes eux-mêmes.

La France, pendant l'affaire Dreyfus, se pénètre d'esprit républicain. La Ligue des droits de l'homme essaime, atteignant, en 1901, 25 000 membres (40 000 en 1906). La franc-maçonnerie recrute et influence, expulse de ses rangs les antisémites et soutient les candidats républicains aux élections. La Libre Pensée est active, présente dans toute la France, animant des cérémonies laïques, et elle est un vecteur d'une idéologie socialiste et rationaliste et même du « matérialisme scientifique ». Les « hussards noirs » de la république (les instituteurs) diffusent, eux aussi, dans les plus petits villages cette idéologie républicaine, teintée plus ou moins de socialisme. Et cela favorise l'émergence des radicaux-socialistes contre les notables traditionnels.

Victoires municipales des socialistes

Quant aux socialistes, ils ont remporté, aux élections municipales de 1896, un net succès. De grandes villes (Lille – avec Delory –, Roubaix, Calais, Denain, Limoges, Marseille – avec Flaissières) sont gérées par des socialistes. Des minorités socialistes siègent dans de nombreux conseils municipaux. Les socialistes deviennent donc des parties prenantes des institutions locales. Le 30 mai 1896, un banquet des municipalités socialistes se tient à Saint-Mandé, et Millerand – point encore ministre – s'y affirme à la fois « républicain avant tout », partisan de la « substitution nécessaire et progressive de la propriété sociale à la propriété capitaliste ». Mais il ajoute : « Nous ne nous adressons qu'au suffrage universel. C'est lui que nous avons l'ambition d'affranchir économiquement et politiquement. Nous ne réclamons que le droit de persuader. »

Dans ces conditions – et puisqu'il y a menace contre la république –, l'entrée d'un socialiste au gouvernement apparaît comme une conséquence logique de ces évolutions. Elle marque l'alliance du socialisme et de la république. « Quelle que soit l'issue immédiate, c'est une grande date historique », selon Jaurès. Et il poursuit : « Un parti audacieux, conquérant, ne doit pas négliger ces appels du destin, ces ouvertures de l'Histoire. »

Mais l'intégration comporte deux risques : la compromission des hommes, l'oubli de leurs convictions d'origine. Et la disparition, de ce fait, de toute contestation critique.

En 1904, Millerand sera exclu des rangs socialistes.

L'un des problèmes majeurs des socialistes est ainsi posé au commencement du siècle.

1900

Le réveil de la Chine

L'adaptation d'une nation à de nouvelles conditions historiques, c'est-à-dire à la fois à de nouveaux rapports de puissance, mais aussi à un nouvel état de la situation économique du monde, du développement technique et scientifique, est d'autant plus difficile que le retard s'est accumulé. Il y a une inertie des conditions sociales, économiques, politiques, des institutions qui peut bloquer une modernisation nécessaire. Si bien que le plus souvent le processus d'adaptation est lent et chaotique. Il comporte des moments de troubles violents : quand, par exemple, sous le choc d'un événement (la pénétration étrangère, l'humiliation subie), des groupes se révoltent. Il s'ensuit souvent une phase de réformes, le pouvoir essayant de réaliser par en haut les transformations nécessaires. Mais cela heurte des intérêts, provoque de nouvelles violences, fait naître des rivalités ou les exacerbe, si bien que la phase de réformes se termine à son tour, cédant la place à la stagnation ou à la violence.

Pouvoir et groupes sociaux

Un pouvoir central uni et fort, imposant de manière autoritaire des réformes et brisant par la répression les résistances, semble être le moyen le plus court pour faire passer une société du retard à la modernité. Mais la réussite n'est pas assurée. Encore faut-il que le pouvoir s'appuie sur des groupes sociaux assez larges pour ne pas se retrouver isolé, car sinon ne reste de la tentative que la répression, cependant que la société émiettée, écrasée, ne participe que contrainte à la modernisation qui de ce fait est partielle ou échoue. Alors que le coût humain a été lourd.

Le Japon, par exemple, a réussi sa révolution des « lumières », et son entrée dans le groupe des grandes puissances impérialistes est marquée par la guerre qu'il livre à la Chine, en 1894-1895, et les succès rapides qu'il remporte sur l'Empire du Milieu.

La rivalité entre le Japon et la Chine a surgi à propos de la Corée. Mais la Chine, écrasée, doit payer le prix de sa défaite : Taiwan, les îles Pescadores, la péninsule de Liaotung sont annexées ; la Chine doit verser, en outre, une lourde indemnité de guerre, et les richesses minières de la Mandchourie passent sous contrôle japonais. Certes, ce traité de Shimonoseki (1895) va être en partie revu au détriment du Japon, sous la pression des grandes puissances européennes (et d'abord la Russie) qui s'inquiètent du succès japonais. Mais, pour les Chinois, le choc est amer : la victoire du Japon leur fait mesurer le retard pris par la Chine dans la voie de la modernisation. Humiliation d'autant plus sévère que ce sont les voisins, les proches, à l'égard desquels les Chinois ont souvent manifesté un sentiment de supériorité, qui ont réussi cette adaptation aux techniques modernes.

Dès lors, un groupe d'intellectuels chinois va, avec l'appui du jeune empereur mandchou (Kouang Siu), tenter de réformer, par en haut, la Chine.

Cette période des « Cent-Jours », animée par Kang Yeouwei (1885-1927), est marquée par la publication de plus de quarante édits de réformes qui concernent tant la justice que l'enseignement, l'armée ou l'économie. Mais la volonté de ce groupe réformateur est d'occidentaliser radicalement la Chine. Si bien qu'il se heurte à la fois à des réformateurs modérés et aux archaïques, cependant que l'impératrice douairière Tseu-hi (1835-1908) s'inquiète pour son pouvoir. Les réformateurs, qui représentent essentiellement les jeunes intellectuels, sont écartés. Les uns s'enfuient, les autres sont exécutés.

Mais la situation de la Chine reste celle d'une puissance livrée aux convoitises.

Après sa défaite face au Japon, les nations impérialistes se jettent sur elle comme sur une proie. C'est le *Break-Up of China*. Il s'agit, à l'égal du Japon, d'obtenir de la Chine des concessions, soit territoriales (territoires à bail : ainsi Port-Arthur concédé à la Russie ; mais aussi dans les villes – ainsi à Pékin – de vastes concessions accordées aux différentes puissances), soit économiques, soit financières. On oblige la Chine à souscrire des emprunts à des taux d'intérêt usuraires. On se partage les richesses minières. On découpe des zones d'influence, véritables protectorats d'où sont exclus les concurrents. Des bases militaires assurent la sécurité de ces implantations.

Un tel dépeçage ne peut que susciter des réactions. Une société secrète, celle des Boxeurs («Milices de justice et de concorde»), se lance, avec l'appui de la cour impériale et des sociétés secrètes traditionnelles (ainsi celle du Lotus blanc), dans la «chasse» aux étrangers. Ce mouvement xénophobe est d'abord antichrétien, frappe les missionnaires et ne porte en lui que de très superficielles intentions réformatrices. Il exprime la protestation archaïque, brutale, des populations humiliées, violées dans leurs croyances, ruinées parfois par la pénétration étrangère (ainsi les bateliers concurrencés par la navigation à vapeur sur les grands fleuves).

Le paroxysme de cette révolte se situe au mois de juin 1900, quand les Boxeurs assiègent les concessions étrangères à Pékin et massacrent des Européens, faisant le siège des légations, Une expédition internationale des puissances est mise sur pied. Sa composition illustre la communauté d'intérêts qui lie entre elles ces nations impérialistes : des Italiens, des Américains, des Anglais, des Français, des Autrichiens, des Japonais, des Russes combattent sous commandement allemand et font la reconquête de Pékin (14 août 1900), se livrant à de nombreuses exactions et destructions.

Une double volonté de réforme

La Chine est à nouveau humiliée, vaincue. Plus grave encore, le traité qu'elle est contrainte d'accepter (protocole des Boxers, septembre 1901) lui impose le versement d'une indemnité de 1 600 millions de francs-or, et, pour en garantir le versement, les grandes puissances qui contrôlent déjà l'administration douanière (depuis 1859) vireront directement les droits de douane à un groupement de banques occidentales qui prélèvera à la fois les sommes nécessaires au paiement de l'indemnité mais aussi les intérêts des emprunts que la Chine a été obligée de souscrire, dans la période du *Break-Up*. Ce pillage de la Chine suscite un double mouvement. Une tentative de réforme par le haut. Le pouvoir impérial reprend une partie des mesures que les intellectuels des « Cent-Jours » avaient lancées, en y ajoutant une réforme constitutionnelle.

Mais surtout, autour d'un homme qui a côtoyé l'Occident (il a vécu à Honolulu, il est médecin), Sun Yat-sen (1866-1925), un parti, le Tong Men Houli (1905) (Ligue pour l'alliance commune), formule trois principes : le renversement des Mandchous, la République, et la réforme agraire.

Ce programme en trois points, pour imprécis qu'il soit encore, est mobilisateur, parmi les intellectuels chinois, les Chinois émigrés. Il annonce le futur Kuo-min-tang. Il prouve qu'une nouvelle étape vient d'être franchie par la Chine sur le chemin de sa transformation.

1901

Le tournant de la politique américaine

Le développement d'une nation rencontre toujours, à un moment donné, le problème des rapports entre l'État – le pouvoir central – et les puissances économiques et financières qui tendent, dans la logique même de leur expansion, à imposer leurs objectifs – c'est-à-dire la recherche du profit maximal dans le temps le plus court. Leur influence est d'autant plus grande que leur croissance a été rapide, qu'elles se déploient dans une nation jeune où les contraintes légales – et historiques – sont faibles ; où l'État central n'a pas eu une tradition institutionnelle forte qui lui permette d'équilibrer cette poussée frénétique vers le contrôle, par les industriels et les banquiers, de toute la vie du pays.

La place de la politique extérieure

De même, dans l'essor d'une nation, se pose, à une étape de son développement, le problème de l'adaptation entre les moyens dont elle dispose – en termes de puissance économique et financière notamment – et sa politique extérieure. Sur ce plan aussi, un État de création récente a des difficultés à concevoir des modes d'intervention. Alors qu'une longue tradition étatique, une pratique de l'intervention dans le domaine international caractérisent les vieilles nations.

Mais ces problèmes ne peuvent être éludés. Il y a une logique de l'État central – interprète des besoins de la collectivité et des intérêts supérieurs de la nation – qui, surtout s'il existe un fonctionnement et des principes démocratiques (c'est-à-dire pression des électeurs), pousse l'État à contrer la logique exclusivement industrielle et bancaire. De même, la puissance économique trouve-t-elle inéluctablement sa traduction dans une politique extérieure active.

Les États-Unis abordent ces problèmes – et les résolvent – au tournant du xixᵉ et du xxᵉ siècle.

D'abord, ils prennent conscience de leur puissance. En 1884, ils sont la première des nations industrielles, et cette prépondérance mondiale suscite une réflexion sur la nécessité d'un « impérialisme » américain. L'amiral Alfred Mahan formule, dans *Our Country*, puis dans *The Influence of Sea Power upon History*, l'idée d'une « destinée manifeste » des États-Unis. Et d'autres auteurs (J. Strong) parlent du devoir moral de domination et de diffusion du modèle américain.

La crise économique qui frappe le pays à partir de 1893, la fin de la « frontière » (1890), la misère de nombreux Américains, l'agitation sociale, puis la politique d'égoïsme étroit des milieux d'affaires les incitent à se tourner vers le monde extérieur.

Quand, en 1896, McKinley est élu président des États-Unis (avec Theodore Roosevelt – 1858-1919 – comme secrétaire d'État à la Marine), ces milieux entraînent les États-Unis dans une guerre contre l'Espagne, au nom de l'indépendance de Cuba (guerre anticolonialiste, donc, marquée par l'explosion du cuirassé *Maine*, dans la rade de La Havane, prétexte à l'intervention) et profitent de cette « splendide petite guerre » pour annexer les Philippines !

La grande presse a, sur un ton de croisade, chanté les faits héroïques de cette guerre, créant ainsi dans l'opinion publique un climat propice au développement d'un impérialisme, à coloration morale et anticolonialiste.

L'accession de Roosevelt à la présidence, en septembre 1901, après l'assassinat de McKinley dont il était le vice-président, va accentuer ce tournant dans la politique américaine.

L'homme – qui a été gouverneur de New York, puis a

participé à la guerre de Cuba en démissionnant de son poste gouvernemental à la Marine –, qui sera réélu à la présidence en 1904, marque en effet l'histoire américaine de deux manières. D'abord, il limite la « loi de la jungle » à la règle du « talon de fer » qui caractérisait la vie publique des États-Unis. Il impose aux grands intérêts une série de réformes, en renforçant le pouvoir central. Il exalte les droits du « petit homme » contre « le grand capital ». Dans les conflits sociaux, il tient davantage la balance égale. Il contrôle les ententes industrielles par la création d'un *Bureau of Corporations*. Il intervient dans la gestion des compagnies de chemins de fer. Il fait voter une loi sur le *Pure Food and Drog Act* (1901) pour le contrôle des produits alimentaires.

Pour ce faire, il s'appuie sur l'opinion publique, la presse, incitant les journalistes à déterrer les scandales, à être des *muckrakers*, qui n'hésitent donc pas à patauger dans la boue.

L'intérêt de la collectivité

Il établit ainsi, contre le succès de la libre entreprise dont il est un fervent partisan, des règles, et affirme le pouvoir de l'État pour les faire appliquer. C'est l'intérêt de la collectivité qu'il met en avant, par exemple en opposant à la politique du *great barbecue* « l'exploitation sans frein de toutes les richesses naturelles » un inventaire des ressources et la création de réserves. Dans cette politique, il obtient non seulement le soutien de l'opinion publique, mais aussi celui des magnats les plus lucides. Le mécontentement populaire est en effet canalisé. Le mouvement socialiste et anarchiste contré, et l'intérêt des firmes privées préservé. C'est sur cette politique que se développe un consensus qui fait du capitalisme l'intégrateur de toutes les forces sociales et associe le travail au capital. La *National Civic Federation* est le cadre de cette collaboration qui va fonder la civilisation américaine du XXᵉ siècle.

À l'extérieur, Theodore Roosevelt mène une politique

active. C'est la politique du *big stick*, qui se donne le droit d'intervention dans les affaires de l'Amérique latine, ce qui représente une extension considérable de la doctrine de Monroe qui visait seulement à préserver le continent de toute ingérence extérieure. Roosevelt, pour obtenir l'autorisation de la percée du canal de Panama, va ainsi jusqu'à provoquer une révolution en Colombie.

Mais, au-delà du continent latino-américain, Roosevelt affirme la présence des États-Unis sur l'échiquier mondial. Il propose sa médiation dans le conflit russo-japonais (1905). Il veut être, en 1906, partie prenante de la conférence d'Algésiras entre puissances européennes, destinée à régler les problèmes marocains. Cette politique active est un impérialisme qui se donne l'apparence du moralisme. Roosevelt obtiendra d'ailleurs, en 1906, le prix Nobel de la paix.

Le progressisme de Roosevelt à l'intérieur ne doit pas non plus faire illusion : c'est à partir de 1900 que se développent, par exemple, dans le Sud, les lois *Jim Crow* qui excluent les Noirs de la vie publique et sociale.

Ainsi se dessine cette nouvelle période de l'histoire américaine qui annonce les grandes orientations du destin de cette nation au XXe siècle et son rôle mondial.

1902

La France à gauche :
le « bloc » du « petit père Combes »

Dans un pays où les divisions politiques ont été brutales, où les idéologies sont tranchées, il est difficile de construire rapidement un centre, qui pourrait conduire une politique moyenne, empruntant aux camps opposés certains de leurs principes. Même si la lutte entre les partis rivaux a perdu de sa violence, si elle a renoncé aux perspectives révolutionnaires (et contre-révolutionnaires), il reste une rivalité vigoureuse qui pousse chaque camp à aller jusqu'au bout de ses possibilités et à ne rien concéder.

Ce n'est qu'après, une fois la victoire acquise, le terrain occupé, que pourront venir ou revenir les modérés.

Mais il leur est d'autant plus difficile de gouverner quand des crises récentes ont paru montrer que l'un des camps ne renonce pas, qu'il est toujours décidé à s'emparer de tout le pouvoir, à renverser les institutions.

Et le radicalisme des opinions est encore accentué quand les questions religieuses interviennent dans les choix politiques. Il s'agit ici de passions, de ce qui touche à l'intime de la personne, et même si, pour certains hommes politiques, cléricalisme ou anticléricalisme peuvent être des masques, ou des prétextes, la plupart sont concernés directement et profondément. Ce qui donne aux luttes politiques un caractère extrême. Enfin, dans chaque camp, il y a la poussée des ambitions : on veut les places, toutes les places, le plus rapidement possible. Et cela conduit aussi au radicalisme.

C'est la situation que connaît la France au tournant du XIXᵉ et du XXᵉ siècle.

Les oppositions à la république

L'affaire Dreyfus a exacerbé les passions. Les républicains se sont sentis menacés par une «conjuration militaire» appuyée par l'opinion conservatrice et animée par les catholiques et leur presse. Même si, au fond, le régime résiste bien, le sentiment de la menace est réel, et une série d'actes, même ridicules, semble en attester la gravité. Ainsi, en février 1899, Paul Déroulède tente, après les obsèques du président de la République Félix Faure, d'entraîner un régiment vers l'Élysée. En juin 1899, un aristocrate frappe d'un coup de canne le président de la République Émile Loubet.

Le climat est donc à la défense républicaine ; immense manifestation à Longchamp en juin 1899, entrée du socialiste Millerand dans le gouvernement Waldeck-Rousseau, et renforcement de toutes les associations républicaines, qui pèsent pour que se constitue, en vue des élections d'avril-mai 1902, un «bloc des gauches».

Dans ces conditions, la campagne électorale oppose camp contre camp, candidats du «bloc» aux conservateurs et aux cléricaux. Waldeck-Rousseau avait déjà dénoncé «les moines ligueurs et les moines d'affaires», et c'est le ton de la campagne. Elle mobilise une immense majorité du corps électoral (moins de 21 % d'abstentions) et 415 députés (sur 589) sont élus dès le premier tour. Mais, dans cet affrontement, les problèmes sociaux sont écartés : les socialistes font figure de force d'appoint – alliée certes – mais ne pesant guère sur les orientations des candidats. Dès ce moment, le bloc des gauches – qui l'emporte aux élections même si au premier tour l'écart n'est que de 200 000 voix : la France électorale reste stable – montre ses limites et l'anticléricalisme, sa fonction de ciment des républicains au détriment des perspectives sociales.

Ce sera d'ailleurs la marque essentielle du ministère d'Émile Combes (1835-1921). Le président du Conseil, né dans le Tarn comme Jaurès (1859-1914), est un médecin, jadis séminariste, décidé à appliquer le programme anticlérical du bloc des gauches et à gouverner, à la Chambre, avec une majorité dans laquelle sont inclus les socialistes. Jaurès sera d'ailleurs élu, signe du glissement à gauche de l'Assemblée, vice-président de la Chambre et veillera à maintenir l'unité de la majorité. Il est pour ses adversaires « le terre-neuve du petit père Combes ». En fait, il incarne bien la partie la plus à gauche du bloc, soucieuse de protéger la république contre « les généraux des jésuitières », et d'arracher la jeunesse à l'enseignement religieux. En effet, les futures élites du pays échappent à l'enseignement laïque, puisque plus de 40 % des élèves du second degré sont inscrits dans des établissements religieux qui dispensent – dans le contexte de l'époque – un enseignement antirépublicain. Il s'agit, pour Jaurès et pour Combes, de « républicaniser la république ». « Le parti républicain a le sentiment du danger, dit Combes. Il a perçu, au cours de l'affaire Dreyfus, que la congrégation s'était accordée avec le militarisme. Il exige qu'il soit agi contre elle. »

La séparation de l'Église et de l'État (1905)

Durant la présidence de Combes (mai 1902-janvier 1905), près de 2 500 écoles religieuses seront fermées, interdiction d'enseigner sera faite aux membres des congrégations, en application – stricte – de la loi sur les associations (votée en juillet 1901 sous le gouvernement Waldeck-Rousseau). Surtout sera préparée la loi de séparation de l'Église et de l'État qui marquera le terme de la laïcisation de la république. La rupture des relations diplomatiques avec le Vatican (30 juillet 1904) annonce cette séparation qui interviendra après la chute de Combes, par le vote de la loi – sur un projet d'Aristide Briand – le 9 décembre 1905.

C'est la fin d'une longue tradition concordataire qui libère les prêtres de la sujétion à l'État, mais la prive – comme l'Église – de revenus. L'Église de France est ainsi contrainte de vivre sur elle-même, avec l'appui de ses fidèles, ce qui réduit son influence (elle est pour l'État, au plan légal, une

« Église » – une association – parmi d'autres), mais, à long terme, accroît son prestige moral.

La républicanisation de la république passe aussi par la conquête de l'administration par les républicains. « Quand un fonctionnaire ne se sent pas d'accord avec le gouvernement dont il dépend, son honneur et sa dignité lui devraient commander de se retirer » (*Bulletin radical*, mars 1905). L'application de cette doctrine conduira à « surveiller » les fonctionnaires, notamment les militaires de haut rang : c'est « l'affaire des fiches » – rapport sur les convictions religieuses des officiers – qui fait tomber à la fois le général André, ministre de la Guerre, et Émile Combes (janvier 1905).

En fait, le ministère est déjà miné par son impuissance à régler les questions sociales : les grèves se multiplient. Un Parti socialiste de France (avec Guesde et Vaillant) s'est créé (1902), qui dénonce les limites de l'anticléricalisme et s'affirme révolutionnaire. La fondation du journal *L'Humanité* (avril 1904) par Jaurès illustre cette poussée socialiste, même si Jaurès continue de soutenir Combes.

En fait, le bloc des gauches a épuisé sa tâche en laïcisant la république. La conquête républicaine est achevée. La république solide sur ses bases institutionnelles et administratives. Reste la question clé : quelle république ? Quelle dimension sociale lui donner ? Pour Jaurès, une application intégrale des principes républicains réalise le socialisme. Il est clair que ce n'est pas le point de vue de tous les républicains. Même radicaux. La république va devoir affronter, au lendemain du bloc des gauches, la question sociale.

1903

Les bolcheviks

Il est rare que les contemporains saisissent les conséquences d'un événement qui peut paraître, quand il se produit, mineur. L'opinion – et ceux qui, dans les journaux ou
les institutions, l'informent et parfois la manipulent –
retient d'abord, dans ce qui arrive jour après jour, le « fait »
officiel : les États, et ceux qui les dirigent, paraissent – et
se pensent – éternels. Qui pourrait, en bonne logique, accorder de l'importance à la réunion d'un groupe d'agitateurs
ou d'exilés, de révolutionnaires plus ou moins représenta-
tifs, qui discutent interminablement et se disputent à propos d'un parti à naître, de ses statuts et de la stratégie qu'il
faut adopter ? En face de ceux qui apparaissent comme des
« marginaux », ou des rêveurs, il y a les forces considérables du pouvoir, le poids des armées et des traditions, le
jeu des intérêts.

De même, à l'intérieur du groupe de ces révolutionnaires, peu nombreux sont ceux qui prévoient les conséquences d'une polémique, du vote d'un texte et l'enjeu que
cache, pour l'avenir, telle ou telle prise de position.

Le regard visionnaire et le sens du détail
du grand politique

Le propre, précisément, d'un grand politique, c'est de
posséder cette capacité visionnaire d'anticiper, d'être
capable de prévoir, non seulement ce qui peut survenir,
mais aussi tout le parti qu'il pourra tirer de la rédaction
d'un statut, de sa présence à l'intérieur d'un rouage. Mais,

au-delà de cette capacité (presque un don), il faut aussi la ténacité, la volonté, la méticulosité qui font que tel leader sait à la fois voir loin et, avec une détermination tatillonne, s'attacher au détail, veiller à ce qui, pour d'autres, peut paraître secondaire, ou indigne de leur rôle.

Lénine (1870-1924), fils d'un inspecteur des écoles, frère d'un «terroriste» (Alexandre) pendu en 1887, étudiant en droit, lecteur de Plekhanov (1856-1918) et de Marx, révolutionnaire, emprisonné (1895-1896), déporté (1897-1900) puis exilé volontaire, appartient aux leaders de cette trempe. Allié de Plekhanov, l'introducteur du marxisme en Russie, il s'oppose à lui, sur la question du rôle des paysans dans la révolution à faire, et aussi par son tempérament : «Plekhanov est un lévrier, disait Vera Zassoulitch, il saisit le gibier, le secoue, joue avec lui, puis le lâche. Lénine, lui, est un bouledogue : une fois qu'il tient sa proie, impossible de lui faire desserrer les mâchoires.»

Auteur d'une étude sur *Le Développement du capitalisme en Russie* (1899), il n'a qu'un seul projet : faire la révolution en Russie. Et dans cette période où le tsarisme est confronté à l'agitation ouvrière, au regain du terrorisme et se trouve empêtré dans la nécessité de se réformer et l'impossibilité de le faire, Lénine sent la situation favorable.

Mais déjà des divisions existent entre révolutionnaires. Au parti social-démocrate (créé en 1898 avec Plekhanov), d'inspiration marxiste, s'oppose le parti des socialistes-révolutionnaires (1901) dont le leader est Victor Tchernov. Influencés par le marxisme, les S.-R. sont les héritiers du populisme – de ce désir d'aller au peuple et de puiser en lui des enseignements – et du terrorisme. Leur «Organisation de combat» exécute deux ministres de l'Intérieur réactionnaires (Sipiaguine en 1902 et Plehve en 1904, puis un membre de la famille du tsar en 1905, le grand-duc Serge, commandant la région militaire de Moscou).

Pour Lénine, il importe dans cette situation mouvante et complexe de poser une seule question : *Que faire ?* C'est le titre du livre qu'il publie en mars 1902. Pour lui, la première tâche des révolutionnaires russes est d'organiser l'agitation

politique sous toutes ses formes. Et il est nécessaire à cette
fin de constituer un parti révolutionnaire, un parti qui
guide les luttes et qui est constitué de révolutionnaires professionnels, se comportant dans l'action comme une armée
disciplinée.

C'est cette conception du parti qui va être au centre des
débats du congrès des sociaux-démocrates qui se tient à
Bruxelles à partir du 10 juillet 1903. Lénine a préparé avec
soin cette réunion, il a vu les quarante-trois délégués. Il
veut rallier la majorité à ses thèses sur le parti. Car des dirigeants comme Martov (1873-1923) et Trotski (1879-1940)
veulent non pas un parti de révolutionnaires professionnels, mais un parti de masse, ouvert au plus grand nombre,
sans qu'il soit nécessaire même d'adhérer à une «organisation» du parti. Les partisans de Lénine ont la *majorité*,
lors du vote (après trois semaines de discussions violentes), d'où leur surnom de *bolcheviks (majoritaires)*,
leurs opposants étant des *mencheviks (minoritaires)*. Plekhanov est resté solidaire de Lénine : «C'est de cette pâte-
là qu'on fait les Robespierre», dit-il.

Très vite, cependant, ces appellations recouvrent d'autres
idées : les bolcheviks deviennent les «durs» et les mencheviks les «mous». Et c'est Lénine d'ailleurs qui opère
ce glissement : «La séparation en majorité et minorité, dit-il,
est la conséquence inévitable de la division de la social-
démocratie en révolutionnaires et opportunistes, en Montagnards et en Girondins.»

Cette division est donc fondamentale. Au début, on n'en
aperçoit pas toute l'ampleur. Le parti reste apparemment
uni et même, avec l'appui de Plekhanov, les «mencheviks»
augmentent leur influence. Le philosophe ne veut pas de
rupture entre les deux «fractions» du parti. Lénine est
très affecté de la résistance inattendue qu'il rencontre. Il
est même exclu de l'*Iskra* (novembre 1903), le journal du
parti, et il a un moment d'abattement. Mais, très vite – avec
l'aide de sa femme Krouspkaïa –, il organise en Russie
même – il écrit jusqu'à trois cents lettres par mois – des
groupes bolcheviques – majoritaires –, un «bureau des

comités de la majorité » qui, à partir de janvier 1905, publie son propre journal : *Vperiod, En avant*.

Les deux fractions et « l'absolutisme russe »

La scission de fait a donc lieu. Les deux fractions organisent séparément des réunions (à Londres pour les bolcheviks, avril 1905, et à Genève pour les mencheviks). La polémique se développe. Une révolutionnaire allemande perspicace, Rosa Luxemburg (1870-1919), perçoit dans la tendance bolchevique une manifestation de « l'absolutisme russe », et les germes d'« un danger bureaucratique de l'ultracentralisme ».

Mais, en Russie, Lénine marque des points. Face à la répression, l'organisation centralisée des professionnels est plus efficace. Les « militants » peuvent vivre dans la clandestinité, passer d'une ville à l'autre, organiser les jeunes ouvriers, être disponibles à tout instant pour le combat révolutionnaire. Dès lors, c'est vers les bolcheviks que se tournent les jeunes ouvriers les plus déterminés. Et dans les centres industriels, les groupes bolcheviques se multiplient, essaiment dans toute la Russie.

En 1905, on dénombre près de 8 000 bolcheviks dans des organisations clandestines.

Ils attendent le moment propice, ce coup de vent de l'Histoire, qui leur permettra de propager l'incendie. Ils sont aux aguets. Le tsarisme n'a plus une faute à commettre.

1904

Jaunes contre Blancs :
le Japon terrasse l'Empire russe

Il peut exister de longues périodes de paix entre les grandes puissances. Parfois plusieurs décennies (ainsi, à la fin du XIXᵉ siècle, les décennies 1870-1900). Elles correspondent à des moments d'équilibre, quand le partage des zones d'influence n'est pas terminé, que les situations sont encore mouvantes et que, de ce fait, l'espace peut être redistribué au terme de négociations dures, mais qui tentent d'éviter soigneusement l'affrontement direct.

Le heurt des impérialismes

C'est ainsi que, durant toute la période de l'expansion coloniale, les nations européennes, pourtant rivales, réussissent à découper l'Asie et l'Afrique sans se heurter en Europe, et même à coopérer (ainsi en Chine au moment de la révolte des Taipings [1853], et de la révolte des Boxeurs [1900]) pour briser les résistances à leur pénétration. Mais cette coexistence conflictuelle et cette collaboration peuvent se terminer sous la contrainte de nouvelles données. L'espace à partager n'est pas infini. Et, autour des années 1900, les grandes zones d'influence sont dessinées, toute modification suppose le recul d'une grande puissance par rapport à l'autre, sans qu'il soit facile de trouver à celle qui s'incline des compensations ailleurs. De plus, de nouveaux appétits nationaux se sont aiguisés. Les États-Unis ont épuisé leurs étendues continentales : il n'y a plus de « frontière » depuis 1890. Et l'impérialisme américain, déjà présent en Extrême-

Orient, revendique sa place, au détriment de puissances européennes de second rang : annexion des Philippines en 1902, conquises sur l'Espagne, chassée de Cuba. Le Japon, lui aussi autour des années 1890, a achevé sa modernisation et montre par sa guerre contre la Chine (1894-1895) qu'il veut participer de plein droit au banquet des puissances.

Ainsi, au moment où le « monde » est fini, deux nouveaux convives entrent dans le jeu. Or, dans cette période plus difficile, des modifications interviennent à l'intérieur des grandes puissances. L'Allemagne est gouvernée par Guillaume II (à partir de 1888) partisan d'une *Weltpolitik* autrement plus dangereuse que celle de Bismarck (démissionnaire en 1890). En Russie, l'accession au trône en 1894 de Nicolas II (1868-1918), souverain borné et réactionnaire, et en même temps hésitant et désireux de mener une politique extérieure active, crée de nouvelles possibilités d'affrontement, d'autant plus que le rapprochement avec la France (en fait, dès 1888-1890, toujours dans ces mêmes années tournants) peut lui donner une assurance supplémentaire.

Enfin, et c'est décisif, chacune de ces grandes puissances (au premier chef l'Allemagne, mais aussi à un moindre degré toutes les autres) voit sa production industrielle augmenter, et la recherche de nouveaux marchés commerciaux et financiers devient une nécessité.

Tous ces facteurs jouent, en Chine, où sont au contact la Russie de Nicolas II et le Japon. Ce dernier a été privé – sous la pression de la France, de la Russie et de l'Allemagne – des bénéfices territoriaux qu'il avait tirés de la guerre contre la Chine, conclue par le traité de Shimonoseki (1895). Il voit de plus la Russie s'avancer toujours plus loin en Chine. La construction du Transsibérien (1891-1903), justifiée par la mise en valeur de la Sibérie, est prolongée par un chemin de fer qui traverse la Mandchourie jusqu'à la mer. Ce qui signifie que cette riche région entre dans la zone d'influence russe, qui se fait de plus accorder un bail de vingt-cinq ans sur la presqu'île de Liao-tung (arrachée au contrôle du Japon), y compris la base de Port-Arthur. Dans cette zone d'influence (et en Chine), les Russes écoulent une partie de leur production industrielle qui n'aurait pu affronter la concurrence occidentale. De plus, des « aventuriers » russes – qui ont le soutien direct de Nicolas II (malgré les conseils de prudence de son ministre Witte) – commencent à franchir la rivière Yalu et à pénétrer en Corée. Les brèves tentatives de négociation entreprises par le Japon pour un partage des zones échouent. Soutenu par l'Angleterre, le Japon décide donc de déclencher la guerre contre les Russes.

Cette guerre sans déclaration (le 8 février 1904, la flotte russe est détruite à Port-Arthur) est la manifestation claire de la volonté de puissance du nouveau Japon. Il va aller de victoire en victoire, détruisant la flotte de Vladivostock (10 août 1904), remportant des batailles terrestres. Les Russes décident alors d'envoyer leur flotte de la Baltique en Extrême-Orient. Immense périple, plein d'embûches. Le passage du canal de Suez leur est interdit par l'Angleterre. Ils bombardent par erreur sur le Dogger Bank des chalutiers anglais (21 octobre 1904) et quand, épuisés, ils affrontent à Tsushima la flotte japonaise (28 mai 1905), ils sont détruits. Moukden était déjà tombée, après un siège d'un mois (mars 1905). Cette série de défaites n'a rien d'étonnant. Le Japon s'est préparé à la guerre, bénéficiant d'instructeurs anglais. Le terrain des batailles est proche de ses bases. Il a pris l'initiative. Les Russes sont désorganisés, à des milliers de kilomètres de leurs centres vitaux. La guerre, de plus, n'est pas populaire en Russie. Le régime est secoué par des troubles révolutionnaires qui vont en s'amplifiant au fur et à mesure que se succèdent les défaites. Enfin ils sont isolés diplomatiquement. Et l'opinion mondiale leur est hostile.

Le traité de Portsmouth (5 septembre 1905)

Un armistice dès lors est conclu. Les finances japonaises ne peuvent faire face à une guerre longue, et les Russes sont minés par la révolution. C'est le président des États-

Unis, Theodore Roosevelt, qui organise une conférence de la paix, dans le New Hampshire, à Portsmouth. Ce traité (5 septembre 1905) reconnaît les intérêts du Japon en Corée, lui cède à bail la péninsule de Liao-tung, le sud de la voie ferrée qui traverse la Mandchourie (mais restitue cette province à la Chine), enfin la moitié de l'île de Sakhaline. Le Japon n'obtient aucune indemnité financière.

Mais, même si la Russie a finalement conclu une paix honorable, la guerre est un tournant pour l'Empire des tsars et aussi pour l'histoire du monde.

Nicolas II est affaibli. L'armée et la marine impériales ont été vaincues. La tentation sera grande pour le régime d'effacer, par de nouvelles « aventures », ce camouflet.

Mais c'est la victoire du Japon qui est la donnée nouvelle et spectaculaire. Les Européens ont « assisté » (le cinéma a multiplié les « actualités » de la guerre, abondamment photographiée) à la déroute d'un grand Empire européen par une puissance d'Asie. Les Jaunes ont vaincu les Blancs. Cela sonne comme la fin de l'expansion européenne. Et, de plus, la paix a été conclue aux États-Unis. C'est un double signe qui marque l'entrée bruyante et triomphante de deux nouveaux acteurs de premier plan sur la scène du monde. Au détriment de la vieille Europe.

1905

Une répétition générale : la Révolution russe

La guerre est un formidable accélérateur d'histoire. La poussée qu'elle donne aux événements peut être soit une régression, soit une avancée, et ces tendances contraires sont en général associées dans les changements que le conflit provoque. Il peut y avoir régression dans le fonctionnement démocratique des institutions, dans la liberté d'expression, le droit d'association, etc., puisque la guerre, au nom des nécessités de la défense nationale, introduit toujours des éléments de dictature ou, tout au moins, de contrôle renforcé des débats, des opinions et des comportements. En revanche, sur le plan de l'organisation de la production par exemple, ou sur celui de la recherche scientifique, les avancées peuvent être rapides.

Par ailleurs, la guerre provoque souvent de brutales mutations dans les équilibres sociaux et des modifications sensibles dans la conscience collective et même dans les mœurs (par exemple : la place des femmes dans la société).

En ce sens, la guerre est dans de nombreux secteurs un processus «révolutionnaire» qui provoque des ruptures, mais cela ne signifie pas qu'elle conduise automatiquement à la révolution ou à son contraire, la contre-révolution, même si elle en crée souvent les conditions.

Des ferments de désagrégation

En effet, dans certaines circonstances, elle peut affaiblir l'État et ses institutions de telle manière que le pouvoir n'est plus en mesure de résister à ses oppositions, surtout si elles sont radicales. La situation du pouvoir est d'autant plus délicate que la guerre se solde par des défaites qui remettent en cause son image, sa compétence, son charisme. C'est particulièrement sensible quand le pouvoir est monarchique, que l'institution militaire est représentée par le monarque. Les défaites peuvent alors introduire dans l'armée des ferments de désagrégation. Et l'État se trouve ainsi désarmé.

En Russie, au début du XXᵉ siècle, toutes les conditions se trouvent rassemblées pour que la guerre agisse comme un facteur d'affaiblissement du pouvoir.

La crise que traverse la société russe est en effet profonde. Le développement capitaliste, rapide, a créé des classes moyennes et une intelligentsia de masse qui aspirent à participer à la vie politique. Le prolétariat, dont les conditions de vie sont précaires, est concentré dans de très vastes établissements industriels (usines Poutilov à Moscou, etc.), et commence à être pénétré par les idées révolutionnaires que répandent les groupes bolcheviques du parti social-démocrate et les socialistes-révolutionnaires (S.-R.).

La bourgeoisie de talent (professeurs, médecins, juristes, etc.) a, elle-même, dès 1903, constitué une « Union de la libération » qui réclame des réformes profondes. En 1905, elle fonde un parti constitutionnel-démocrate (parti K.-D. : *Cadet*) dirigé par l'historien Paul Milioukov et qui compte dans ses rangs ceux qui aspirent à une « occidentalisation » politique de la Russie (ainsi l'économiste Pierre Struve).

La politique du tsar est d'autant plus sévèrement contestée qu'elle a conduit le pays dans la guerre avec le Japon. Or, toute l'année 1904 est scandée par des défaites humiliantes qui révèlent l'impéritie du régime et aggravent les conditions de vie des plus humbles. Sentiment national et volonté révolutionnaire s'ajoutent ainsi pour renforcer l'opposition au tsar et à sa politique.

Cependant la rupture affective n'est pas consommée entre le souverain sacré, le « petit père » vénéré, et les masses populaires.

Ce sont les événements qui se produisent le 22 janvier

1905, à Saint-Pétersbourg, devant le Palais d'Hiver, qui provoquent la cassure entre le peuple et le tsar.

Une manifestation qui a pour but de présenter au tsar une pétition et qui de plus est dirigée par un pope (Gapone) est dispersée par l'armée. On comptera plus de mille morts. Massacre d'autant plus stupide et barbare – à moins qu'il ne s'agisse d'une provocation et d'une tuerie délibérée – que les syndicats qui organisent la manifestation sont officiels et liés au ministre de l'Intérieur (Zoubatov), et chargés de « canaliser » les protestations.

L'événement sanglant de ce « dimanche rouge » éclaire tous les vices du pouvoir autocratique. Il marque la rupture décisive entre le prolétariat et le tsar.

Et la combinaison des défaites militaires (défaite navale de Tsushima en mai 1905), des fausses réformes de Nicolas II (une Assemblée consultative – Douma), et surtout de l'exaspération ouvrière et paysanne attisée, organisée par les bolcheviks et les socialistes-révolutionnaires, entraîne une montée du flux révolutionnaire que le pouvoir est incapable d'endiguer.

Des mutineries éclatent dans la flotte de la mer Noire (notamment à bord du cuirassé *Potemkine*). Une grève générale géante (la plus considérable et la plus suivie de toute l'histoire) paralyse la Russie durant dix jours (20-30 octobre 1905). Lénine et les bolcheviks appellent à l'insurrection armée et organisent des groupes de combat.

Devant cette situation, le tsar dans un *Manifeste* (d'« octobre » – 30 octobre 1905) propose une série de réformes qui établissent en fait une monarchie constitutionnelle. Concessions habiles : les libéraux du parti Cadet veulent jouer le jeu de l'Assemblée (Douma). De plus, le tsar s'est retiré du guêpier de la guerre (traité de Portsmouth avec le Japon en septembre 1905), ce qui lui donne les mains libres pour la répression, face à une opposition qu'il vient de diviser.

On assiste donc, en même temps, à une radicalisation du mouvement révolutionnaire (un Soviet est créé à Pétersbourg ; forme nouvelle d'organisation, où Trotski [1879-1940], joue un rôle capital), et à un reflux de ce mouvement.

Le temps de la répression

Quand le Soviet de Saint-Pétersbourg appelle à l'insurrection armée, il n'a d'écho qu'à Moscou. Les ouvriers se battent durant près de dix jours (22 décembre-1er janvier 1906), mais ils sont écrasés. La police, l'armée aidées par des « centuries noires » (les Cent-Noirs) qui sont des groupes d'extrême droite (préfiguration des *squadres* et des sections d'assaut fascistes et nazies) organisent une vigoureuse répression contre tous les opposants, doublée souvent de pogroms. Le reflux révolutionnaire s'accélère. Les révolutionnaires sont isolés, la population lasse et la proclamation des Lois fondamentales (mai 1906), les élections pour la Douma mobilisent ce qui reste d'opposition. En même temps, le gouvernement français accorde un prêt considérable à la Russie qui consolide le pouvoir. La situation, peu à peu, redevient « normale ».

Mais le régime ne s'est pas en fait transformé en monarchie constitutionnelle. Le tsar conserve la réalité du pouvoir. Les ministres ne sont responsables que devant lui. Il reste le chef de l'Église orthodoxe et garde le titre d'autocrate. Et, les élections à la Douma donnant des résultats défavorables, il la dissout.

Le régime demeure donc rigide. Et il est incapable de mettre à profit le répit que lui laisse le reflux révolutionnaire.

La révolution de 1905 apparaît dès lors comme une « répétition générale ».

1906

La question sociale :
la république et Clemenceau face aux grèves

Les problèmes sociaux, les revendications de ceux qui estiment ne pas obtenir assez de leur travail ne peuvent, dans le cadre d'un régime démocratique, être longtemps contenus. Droit d'association, droit d'expression, suffrage universel, partis, syndicats sont des moyens qui permettent à la protestation sociale de se faire entendre. Mais il est d'autres moyens qui font question même dans un régime démocratique : ainsi le droit de grève. Avec tout ce qu'il soulève comme problèmes : les grévistes peuvent-il occuper les lieux de travail afin d'en interdire l'entrée à ceux qu'on commence à appeler les «jaunes» (les non-grévistes)? Quels sont les droits du patron, propriétaire des lieux et des instruments de travail? Peut-il licencier? Embaucher des jaunes? Doit-il s'incliner, payer les journées chômées? Les forces de l'ordre (au XIXe siècle et dans les premières décennies du XXe siècle, il s'agit, dans la plupart des pays, de l'armée), quand elles interviennent, doivent-elles aller jusqu'à faire usage de leurs armes? Et quels sont les droits de ceux des salariés qui sont au service de l'État, fonction-naires donc : instituteurs, postiers, de plus en plus nombreux puisque les fonctions de l'État s'étendent? Disposent-ils du droit de grève, du droit de se syndiquer et, s'ils en usent, doivent-ils être révoqués? Ne sont-ils pas des salariés par-ticuliers, ayant des devoirs spécifiques, sorte d'armée au service de la collectivité et ne pouvant «déserter»?

La république renforcée

Ces questions surgissent en France dans la première décennie du xxᵉ siècle avec beaucoup de force parce que la condition ouvrière demeure très pénible et que les salaires sont bas. Et elles posent le problème des rapports entre le mouvement social, les revendications ouvrières et les institutions politiques. Car la république est maintenant installée. Elle sort renforcée de la crise de l'affaire Dreyfus. Dreyfus a été réhabilité (12 juillet 1906, décoré). Le président de la République est l'aimable Armand Fallières (1906-1913). La séparation de l'Église et de l'État (1905) a entraîné quelques troubles au moment des « inventaires » (des biens d'Église), mais ils s'apaisent. Une période marquée par les crises politiques, l'incertitude sur l'avenir de la république, se termine et le bloc qui s'était constitué pour la défense républicaine – contre les antidreyfusards – de Jaurès à Waldeck-Rousseau, des socialistes aux républicains modérés, se brise sur la question : que doit être la république ? Seulement une forme politique, démocratique certes, ou bien un régime qui ouvre la voie, parce que l'un de ses principes fondateurs est l'égalité, à une réforme sociale et économique profonde ? Et, dans les milieux ouvriers, socialistes, syndicalistes, certains commencent à penser – ou pensent encore avec plus de force – que tout régime « bourgeois » (république ou pas) est une « dictature de classe ». Et que les institutions politiques ne sont jamais démocratiques, qu'elles expriment une domination. Bref, qu'à la dictature de la bourgeoisie doit succéder la dictature du prolétariat. Ceux qui, comme Jaurès, continuent d'affirmer que le socialisme et la république doivent converger sont débordés par des éléments plus radicaux – anarchistes, révolutionnaires – qui critiquent la république, régime d'oppression de la bourgeoisie.

Cette défiance à l'égard de la république s'étend en fait à tous les acteurs « politiques » – y compris les socialistes. N'a-t-on pas vu d'ex-socialistes (Millerand, Briand), adeptes jadis des formes les plus violentes de l'action (grève générale, antimilitarisme, etc.), se muer en ministres respectables et répressifs ? Dès lors, dans le mouvement ouvrier se développe l'idée qu'il faut à tout prix conserver l'autonomie ouvrière par rapport à tous les partis. On voit ainsi les tendances libertaires, anarcho-syndicalistes l'emporter au congrès de la C.G.T., à Amiens (octobre 1906). La Charte (d'Amiens) adoptée préconise la grève générale, affirme la volonté d'en finir, un jour, avec le salariat et le patronat, mais le syndicat – une confédération – veut rester indépendant « des partis et des sectes qui, en dehors et à côté, peuvent poursuivre, en toute liberté, la transformation sociale ».

La Charte d'Amiens exprime ainsi une forme du rejet du politique. Au moment même où les différents partis socialistes se sont regroupés, en une Section française de l'Internationale ouvrière (S.F.I.O. : avril 1906). Et cette séparation, cette méfiance donnent au syndicalisme français du début du siècle ses caractéristiques : faible en nombre d'adhérents, violent (un « syndicalisme révolutionnaire, d'action directe »). Ce qui s'explique aussi par la dureté de la répression.

Elle est conduite par Clemenceau (ministre de l'Intérieur, puis président du Conseil [25 octobre 1906 – 20 juillet 1909]), qui n'hésite pas à faire tirer l'armée sur les grévistes, à emprisonner les dirigeants de la C.G.T., ou à révoquer les postiers fonctionnaires (1907) qui cessent le travail. La catastrophe minière de Courrières (1 000 morts, mars 1906) souligne pourtant combien sont précaires et barbares les conditions de travail. Mais, contre les mineurs en grève, la troupe ouvre le feu. À Draveil, en 1908, ce sont les cheminots qui subissent les tirs de la troupe. Les manifestations (celle du 1er mai 1906) sont interdites, Paris est mis en état de siège. Les syndicalistes sont arrêtés. Il est clair qu'un bloc politique s'est constitué. Il est républicain. Il s'étend de Clemenceau à Poincaré, à Briand ou à Barthou. Il regroupe les radicaux-socialistes, les hommes politiques venus du socialisme et les républicains modérés, et sa préoccupation première est de faire front au socialisme et au mouvement ouvrier dans le cadre républicain. De briser par la force, si nécessaire, les grèves. Et l'opposition entre les deux conceptions de la république est incarnée par le débat qui oppose (en avril 1906) Jaurès et Clemenceau à la Chambre des députés. Jaurès dénonçant l'inégalité, déposant une proposition de loi sur la transformation de la propriété individuelle en propriété collective ; Clemenceau jugeant le socialisme une rêverie prophétique et choisissant « contre vous [Jaurès], et pour le juste et libre développement de l'individu. Voilà le programme que j'oppose à votre collectivisme ».

Les conflits sociaux

En plus des agitations du monde ouvrier, Clemenceau doit faire face au mouvement des viticulteurs du Midi (mars 1907) provoqué par la revente du vin, la chute des cours, la misère d'un prolétariat rural. Clemenceau fait donner la troupe qui se rebelle (le 17e régiment d'infanterie), et même si le mouvement des viticulteurs est brisé par l'habileté de Clemenceau (qui déconsidère le leader paysan Marcellin Albert), la secousse a été forte. Il reste un « Midi rouge ». Et les méthodes répressives de Clemenceau ne règlent rien au fond. Il utilise des provocateurs. Il réprime. Mais le mouvement social, provoqué par les bas salaires, les mauvaises conditions de travail, s'affirme. En 1909, Paris est plongé dans l'obscurité par la grève des électriciens. Les ports sont paralysés par la grève des inscrits maritimes. Et la révocation de six cents postiers en 1909 n'empêche pas la montée des revendications chez les fonctionnaires. Pis, quand Clemenceau démissionne en juillet 1909, l'extrême gauche s'est renforcée. Elle prêche la violence. Et à l'extrême droite ressurgissent des discours antisémites, monarchistes (avec l'Action française) et l'appel à la guerre comme vocation nationale.

La république, consolidée en 1906, paraît, trois ans plus tard, à nouveau menacée.

Un régime politique n'est stable que s'il règle les questions sociales.

1907

Les blocs en Europe : le risque de guerre

Dans les relations entre les puissances qui sont toujours dominées par les rapports de forces, donc par la recherche d'alliés qui peuvent faire pencher la balance, l'agglomération autour d'un axe (constitué par au moins deux puissances) d'autres pays, en fonction de leurs intérêts propres, est presque un développement inéluctable. Dès lors qu'une nation veut participer à la politique mondiale (au partage du monde), fût-ce à un rang secondaire, elle doit se choisir des partenaires pour appuyer sa démarche. Certes, ces alliés peuvent changer et il est possible de tenter de jouer sur les deux tableaux. Mais c'est un exercice qui ne peut durer qu'un temps. Un moment vient, en fonction de l'évolution de ses intérêts, où il est nécessaire de choisir, fût-ce secrètement.

La logique des blocs

Ainsi se constituent peu à peu des blocs. Et ces regroupements obéissent, si l'on sonde cette notion d'intérêt qui fait agir les puissances, à des facteurs multiples. Rivalités économiques pour le contrôle des marchés et des sources de matières premières, mais aussi facteurs psychologiques qui créent entre deux nations des tensions passionnelles interdisant même d'envisager un rapprochement ou des relations cordiales ; données géopolitiques : recherche de points d'appui militaires, souci de faire pièce à l'implantation d'une autre puissance. Et cette volonté de « marquer » l'autre a sa propre dynamique. Enfin, les données de politique intérieure pèsent lourdement sur les choix de politique extérieure. La volonté de mener une politique internationale active (qui implique des alliances) peut apparaître à des gouvernants comme l'un des moyens d'asseoir ou de consolider leur pouvoir et de rassembler autour des questions de prestige et d'orgueil nationaux la grande majorité de la population. Mais dans la logique des blocs, les risques d'affrontement des groupes de puissances – par la guerre – sont grands. Chaque nation participante perd de son autonomie de décision et se trouve en partie enchaînée par les contraintes de l'alliance aux initiatives parfois aventurées de l'un ou l'autre de ses partenaires.

L'année 1907 est, de ces différents points de vue, une année clé. Ces impérialismes se heurtaient en effet avec une âpreté croissante déjà depuis plusieurs années. En Afrique, ce sont par exemple les rivalités qui opposent France, Angleterre et Italie à propos de l'Éthiopie (et de la zone de Djibouti). L'Italie ayant été défaite par les troupes éthiopiennes au désastre d'Adoua en 1896, un accord s'ébauche, complexe. Les Italiens ne peuvent plus envisager comme conquête coloniale que la Tripolitaine. Or, ils ont besoin pour cela du consentement français (Paris contrôle la Tunisie) et anglais (ceux-ci dominent l'Égypte). De plus, l'Italie a besoin des capitaux français. Aussi, en 1902, un traité secret assure à la France qu'en cas de guerre entre Paris et Berlin, l'Italie (bien que membre à part entière de la Triplice : Vienne, Berlin, Rome) resterait neutre. La rivalité entre la France et l'Angleterre s'apaise aussi. Londres ressent la dure concurrence allemande. Se heurte à elle en Asie Mineure. Craint la puissance navale que construit l'amiral Tirpitz. La France, de son côté, est animée par la volonté de revanche. Et, de plus, elle se heurte à l'Allemagne au Maroc. Si bien qu'en avril 1904, un accord (Entente cordiale) est signé entre Paris et Londres.

Cela tend encore plus les relations entre la France et l'Allemagne. En mars 1905, l'empereur Guillaume II fait une visite à Tanger pour manifester l'intérêt de Berlin pour le Maroc. Mais, à la conférence internationale réunie à

Algésiras pour discuter du problème marocain, les grandes puissances (qui comptent désormais les États-Unis) donnent raison à la France (avril 1906).

De plus, l'Entente cordiale a résisté aux problèmes posés par la guerre russo-japonaise (1904-1905) alors que Londres soutenait le Japon et Paris la Russie. L'affaiblissement de la Russie, blessée par cette guerre et la révolution de 1905, place au premier plan, pour Londres, le danger allemand. Si bien que, le 30 août 1907 – date clé –, un accord est conclu entre l'Angleterre et la Russie. La France étant l'alliée des deux, un bloc vient de se constituer dont Paris est la clé de voûte. Et cette Triple Entente s'oppose à la Triple Alliance, dont l'Italie n'est qu'un membre apparent.

L'opinion allemande réagit durement à la constitution de ce bloc. La presse estime que la Triple Entente cherche à encercler l'Allemagne. Ainsi l'année 1907, loin de stabiliser dans une situation d'équilibre les deux systèmes d'alliance, provoque au contraire une surenchère dans la rivalité des impérialismes. Berlin doit contrer le système rival qui s'est mis en place et, pour ce faire, ne peut que se rapprocher de l'Autriche-Hongrie, son partenaire le plus sûr. Mais, ce faisant, l'Europe tout entière va se trouver dépendante des événements qui se produisent dans les Balkans, où l'Autriche-Hongrie se trouve directement impliquée. La mèche est ainsi déroulée entre la poudrière des Balkans et les grandes puissances européennes, les deux relais explosifs étant l'Autriche-Hongrie et la Russie.

La poudrière des Balkans

En effet, dans les Balkans, le petit royaume de Serbie, de religion orthodoxe donc protégé par la Russie, peut jouer le rôle d'un catalyseur pour toutes les populations « serbes » qui vivent dans l'Empire austro-hongrois. Il peut vouloir créer autour de lui une « grande Serbie ». Les associations nationalistes serbes (ainsi « la Main noire », société secrète d'officiers) sont très actives, notamment en Bosnie-Herzégovine (région administrée par l'Empire austro-hongrois, mais n'en faisant pas partie) peuplée de Serbes.

Vienne mène dès lors une politique hostile au royaume serbe : mais ces mesures économiques aggravent l'hostilité des Serbes. Vienne, soutenue par Berlin, décide alors – octobre 1908 – d'annexer la Bosnie-Herzégovine.

Cette action est en même temps un test pour le système d'alliance Londres-Paris-Saint-Pétersbourg. Car la Russie veut empêcher l'annexion. Elle mobilise des troupes en décembre 1908. Mais Paris (et *a fortiori* Londres) lui annonce que, dans l'hypothèse d'une guerre, la France ne pourrait intervenir, les intérêts vitaux de la Russie n'étant pas concernés.

En mars 1909, la Russie est contrainte à une capitulation diplomatique, et la Serbie annonce qu'elle changera sa politique à l'égard de l'Autriche-Hongrie. Camouflet sévère pour le tsar.

Dans un autre secteur – le Maroc –, l'Allemagne, qui a accepté la domination française, a obtenu le principe des compensations économiques dans le pays. Or, cette pénétration économique, cette collaboration de l'Allemagne à l'exploitation du pays ne les réalisent pas.

Ainsi, entre les puissances participantes des deux blocs, entre 1907 et 1910, les raisons de conflits sont nombreuses. Dans chaque bloc, une puissance au moins estime devoir rétablir l'équilibre rompu à son détriment.

Il y a là des risques graves d'affrontement.

1908

L'aviation : des pionniers à l'« aérobus »

Le développement d'une technique, la conquête par l'homme, à travers elle, d'un nouveau pouvoir, puis la maîtrise complète de ce nouvel outil et son utilisation généralisée passent par plusieurs étapes. Le rêve d'abord. L'homme imagine à travers légendes, contes, qu'il possède cet instrument, qu'il a découvert les moyens de dominer tel ou tel élément naturel.

Icare vole. Ce rêve qui exprime la force d'un désir peut se concrétiser rapidement si les circonstances s'y prêtent, c'est-à-dire si les données scientifiques et techniques permettent de passer de l'imaginaire à l'invention puis à la réalisation.

Le rêve d'Icare

Les premiers dessins, avec un arrière-plan scientifique et technique, comme les premières tentatives de construire une machine volante remontent à Léonard de Vinci. Cette première ébauche ne permet pas la réalisation d'un véritable appareil, car cela supposerait la capacité de construire un moteur. Et dans ces conditions le deuxième stade – la construction – va s'étendre sur plusieurs siècles. Et les chemins choisis (la « montgolfière », 1783) ne permettent pas l'autonomie dans la direction du vol. L'homme vole, certes, mais sa mobilité, son déplacement restent dépendants des vents. Le rêve cependant demeure toujours aussi puissant, et le désir est exacerbé par la construction des « automobiles », qui prouve la capacité humaine à se libérer, par la vitesse, d'un certain nombre de contraintes.

Dès lors commence le temps des *pionniers*. Les tentatives se multiplient, à partir de l'idée que la vitesse (donc la question du moteur, de son poids et de sa puissance est décisive) peut, si elle est suffisante, compenser le handicap du poids. On peut ainsi, dans ces essais, lancer un « avion » sur un plan incliné, le catapulter. Ou bien – c'est le cas des planeurs – utiliser la vitesse que provoque sa chute, pour naviguer sans moteur.

Mais les premiers vols – avec moteur – ont lieu seulement à la fin du siècle.

Ils se produisent dans plusieurs pays, si bien que l'antériorité de tel ou tel est contestée. Les premiers vols ont-ils été accomplis par Clément Ader, en France (en 1890 ou 1897), ou bien par les frères Wright aux États-Unis (1903) ? Ce qui est significatif, c'est qu'ils se situent dans le même « créneau » chronologique, 1890-1904, qui correspond à l'âge des pionniers que toute mise au point d'une invention doit connaître.

En 1904, les frères Wright réalisent le premier « virage » en avion. Dans chaque pays, des noms de pionniers s'imposent. En Allemagne, Jatho et, sur planeur, Lilienthal ; en France, les frères Voisin et Ferber (sur planeur). En Angleterre, Maxim ; en Russie, Mojaïski ; en Autriche, Kress ; aux États-Unis, Langley, le concurrent malheureux des frères Wright, etc.

En 1905, comme pour clôturer cette époque des pionniers et ouvrir une autre période, est créée la Fédération aéronautique internationale.

Mais le saut suivant n'est possible que par la mise au point d'un moteur léger. Ce sera le cas avec les moteurs Levasseur et « Antoinette ». Le Brésilien Santos-Dumont (en France) veut ainsi faire homologuer un record, celui de l'homme le plus vite du monde en l'air. En 1906, il parcourt 220 mètres à 6 mètres du sol et à la vitesse de 41,292 kilomètres-heure.

Mais c'est l'année 1908 qui marque le tournant majeur, et manifeste qu'on est réellement passé de l'expérimentation à l'utilisation maîtrisée d'une technique, que l'homme a réalisé la conquête de l'air.

Le 13 janvier 1908, en effet, pour la première fois en Europe, Henri Farman couvre, à 20 mètres au-dessus du sol, un circuit fermé d'un kilomètre. Ce record est homologué. Et dans cette année 1908 est créé l'Aéro-Club de France. Dès lors, il ne se passe plus de mois, dans cette année 1908, qui ne voie franchir une nouvelle étape.

La première liaison de ville à ville est réalisée en octobre 1908 par Henri Farman sur un avion Voisin. Il joint Reims à Bouy, soit un parcours de 27 kilomètres. Le même mois, le record de distance est battu par Wilbur Wright, avec une distance de 66,6 kilomètres, et ce record sera porté, par le même pilote, à la fin de l'année 1908, à 124,7 kilomètres. Dans cette année 1908, vrai départ de l'aviation, des noms qui deviendront célèbres apparaissent : Bréguet, Curtiss, Rolls, Blériot.

C'est Louis Blériot qui réalisera l'exploit symbolique de traverser la Manche en 37 minutes, le 25 juillet 1909. Mais ce parcours (qui a été tenté deux fois par Latham) n'est que la prolongation, « naturelle », de ce qui a été fait durant l'année 1908. Il en est une sorte de consécration.

Dans les années qui suivent, les performances s'accumulent. Rolls, en 1910, fait l'aller et retour au-dessus de la Manche. La même année, l'altitude de 3 000 mètres est atteinte et la vitesse dépasse les 100 kilomètres-heure. Les perfectionnements dans le domaine des instruments de bord, des hélices, des ailes (construites sans haubans, en porte-à-faux), des carlingues (en métal) se multiplient, en même temps que les pilotes font preuve de plus en plus d'audace. En 1910 toujours, Géo Chaves (un Péruvien) traverse les Alpes et se tue à l'atterrissage. D'autres pilotes décollent du pont d'un navire ; on met au point un hydravion et le principe d'un avion à réaction.

En 1910, on dénombrera 29 victimes d'accidents d'avion, mais l'année suivante, il y a déjà 12 000 pilotes dans le monde et l'on construit près de 1 350 avions.

Le temps des exploits continue en 1911 (survol de Paris

la nuit, course Paris-Madrid) et, en 1912, Roland Garros traverse la Méditerranée de Saint-Raphaël à Bizerte.

Surtout, on commence à entrer dans l'ère de l'exploitation de l'aviation dans la vie sociale. D'abord, des usines s'ouvrent : Morane-Saulnier, Nieuport-Caudron en France ; Fokker aux Pays-Bas ; Curtiss et Cessna aux États-Unis ; Bristol en Angleterre, etc. En Russie, Sikorski réussit la construction du premier quadrimoteur en 1913.

L'utilisation de l'avion : guerre et transport

Puis on songe à tirer parti de l'avion. Dans le transport du courrier (1911, premier service de poste aérienne aux Indes) et des voyageurs : une idée d'« aérobus » est lancée dès 1911. Et, naturellement, l'utilisation de l'avion dans la guerre s'impose. Le 22 octobre 1911, un pilote italien fait une reconnaissance au-dessus des lignes turques, en Tripolitaine, lors de la guerre italo-turque. La même année, les Turcs emploient l'artillerie contre les avions ; et un hydravion grec attaque une canonnière turque. Le 29 mars 1912, une loi décide, en France, la création de l'Aéronautique militaire, et les principaux pays (Angleterre, Allemagne, etc.) s'engagent dans cette voie.

À la veille de la Première Guerre mondiale, l'avion est prêt à devenir une arme nouvelle. Les impératifs du conflit vont lui permettre de connaître un développement spectaculaire et de s'imposer comme l'un des outils les plus décisifs du XXᵉ siècle.

1909

Les Jeunes-Turcs

Les structures étatiques, les systèmes politiques, surtout quand ils associent pouvoir politique et religieux et quand ils encadrent des populations rurales, enfermées dans la religion, le respect et l'ignorance, sont très lents à s'effondrer. Ils peuvent se prolonger durant des décennies, sinon des siècles. Mais, vieillis, ils surmontent de plus en plus difficilement les crises auxquelles ils sont confrontés, et chaque coup reçu les affaiblit davantage, si bien qu'ils apparaissent comme un « homme malade » (la formule a été appliquée à l'Empire ottoman au XIXe siècle) dont les voisins guettent l'héritage.

La volonté de réforme des jeunes officiers

À l'intérieur, les volontés de rénovation existent souvent. Mais, si le système est autocratique, despotique, ses pouvoirs de répression peuvent demeurer jusqu'au bout efficaces et barbares. Un pouvoir de ce type ne laisse pas se constituer une opposition. Les « libéraux » sont contraints à l'exil ou exécutés. Souvent même la fermeté du pouvoir s'accroît au fur et à mesure qu'il sent ses forces le quitter. Reste l'armée, dont il a besoin à la fois pour assurer l'ordre, mais aussi pour maintenir la cohérence de l'Empire, surtout si des minorités ethniques ou religieuses essaient de profiter – avec l'aide des puissances voisines – de l'affaiblissement du pouvoir pour affirmer leur volonté d'indépendance. Mais l'armée, qui est ainsi le principe d'unité de l'État vieillissant, voit naître en son sein des aspirations réformatrices. De jeunes officiers, qui ont le sentiment de leur puissance, de leur rôle, de leur pureté par rapport au pouvoir régnant, peuvent ainsi être à la source d'une révolution, qui est en fait un coup d'État, laissant hors jeu la population. Elle se réalise pourtant au nom de la rénovation de l'État et en affirmant une volonté de progrès.

Seulement, ces groupes minoritaires sont souvent, dès que le pouvoir est conquis, déchirés par des rivalités, et, coupé du mouvement social, leur pouvoir se transforme vite en une rénovation et une modernisation du despotisme.

L'Empire ottoman, à la fin du XIX\e siècle et au début du XX\e siècle, offre un exemple type de ce processus, marqué, en avril 1909, par la prise de pouvoir d'un groupe d'officiers, les Jeunes-Turcs, qui déposent le sultan Abdül-Hamid II (1876-1909).

Il s'agit là d'une étape décisive dans une évolution commandée en fait par la crise profonde que traverse «l'homme malade» depuis les premières décennies du XIX\e siècle. L'Empire ottoman (immense : il s'étend de l'Afrique du Nord aux Balkans, contrôle des populations chrétiennes – grecque ou arménienne) n'est plus qu'une lourde structure qui peut réprimer, opprimer, mais n'a plus de dynamique ni politique ni sociale. La Grèce a conquis son indépendance. La Tunisie, l'Égypte échappent à sa domination pour tomber sous celle des puissances européennes. La Russie lui fait plusieurs fois la guerre et cherche à le dominer pour lui arracher le contrôle des détroits. L'Empire ottoman survit parce qu'il bénéficie des rivalités entre puissances : l'Angleterre et la France veulent bloquer les ambitions russes. Ces deux puissances s'assurent d'ailleurs le contrôle de l'économie turque. Dès 1863, une banque ottomane (franco-anglaise) domine financièrement l'Empire. Et bientôt l'endettement du régime est tel qu'est créée une Dette publique ottomane, dont les délégués sont anglais et français et qui perçoit les taxes prélevées sur plusieurs denrées essentielles (tabac, soies, timbres, etc.) ainsi que les droits de douane. Cette mise sous tutelle des finances (et de l'économie) turques est humiliante. Et clas-

sique. Elle est caractéristique des méthodes de l'impérialisme à la fin du XIXᵉ siècle. Et les hésitations du sultan
Abdül-Hamid II sont, elles aussi, habituelles. Après avoir,
au moment de son accession (1876), promulgué une
Constitution (deux Chambres, une ébauche de monarchie
constitutionnelle), il revient au despotisme quelques mois
plus tard. La répression est l'axe de sa politique. Elle est
dirigée contre les réformateurs. Elle tente d'empêcher toutes
les manifestations d'autonomie (répression barbare en Crète,
1890, ce qui n'empêchera pas l'île de passer à la Grèce),
puis recherche de boucs émissaires : massacre des Arméniens en 1895-1896.

Union et Progrès

Cette politique suscite une opposition clandestine. Dès
1868 s'est constitué un « Comité de la Jeune-Turquie », dont
les ambitions sont de libéraliser le régime. En 1895, une
société secrète animée par de jeunes officiers est fondée.
Cette « Union et Progrès » est nationaliste. Et les Jeunes-
Turcs qui la composent se recrutent dans les armées de
Salonique et des Balkans. Ils assistent aux défaites turques
(guerre gréco-turque de 1897). Ils subissent les pressions
russes qui aboutiront à l'indépendance de la Bulgarie. Ils
se soulèvent en 1908, et contraignent le sultan, le 24 juillet
1908, à rétablir la Constitution de 1876.

Mais, en fait, ces Jeunes-Turcs sont déjà divisés entre
nationalistes et libéraux. Quand, en avril 1909, le sultan
revient une nouvelle fois au despotisme, les Jeunes-Turcs
(nationalistes) marchent vers Constantinople et déposent le
sultan, le remplaçant par un fantoche, Mahmoud V (1909-
1918), alors que le pouvoir réel est entre leurs mains. Ils
liquideront en 1913 le « grand vizir » et le pouvoir sera
assuré par trois d'entre eux (Taleat, Djeal et Enver).

La Turquie connaît alors l'une des périodes les plus
sombres de son histoire. Elle est sous la coupe réglée des
puissances européennes, dépecée… En 1911, l'Italie s'attaque à la Tripolitaine, dernier territoire disponible. Cette

guerre italo-turque met en mouvement tous les Balkans. Et la Turquie est battue – Constantinople même assiégé.

Dans cette situation très difficile, les Jeunes-Turcs jouent une puissance européenne contre les autres. Et ils se tournent ainsi vers l'Allemagne, déjà présente économiquement en Turquie, mais dont ils facilitent la pénétration.

Le 31 octobre 1914, la Turquie entrera même dans le conflit mondial aux côtés de Berlin. C'est bien la fin de l'Empire ottoman et le début d'une autre période de l'histoire turque.

1910

La grève générale pour sauver la paix

L'impuissance du citoyen

La politique extérieure d'une nation – même quand les institutions sont démocratiques – est ce qui échappe le plus au contrôle et à la pression des citoyens. D'abord parce que ceux-ci sont souvent peu informés, peu sensibles aux données internationales, encore enfermés, malgré les progrès de l'information (journaux, bandes d'actualités cinématographiques), dans le cadre étroit de leur vie locale ou nationale. Mais l'impuissance des peuples à agir sur la politique internationale de leur gouvernement, et donc sur l'ensemble des relations internationales, a bien d'autres causes. Les moyens manquent en effet pour intervenir. Sur qui peser? Sur le ministre des Affaires étrangères qui est, en régime parlementaire, soumis au contrôle des députés? Sans doute. Mais il y a dans la diplomatie toute une part – nécessaire – de négociations secrètes, et aussi l'obligation pour un gouvernement – même quand il change d'orientation – d'honorer les traités qui ont été signés par son prédécesseur. Il y a donc une inertie de la politique extérieure qui, une fois lancée dans une direction, est difficile à freiner ou à incurver. De plus, les administrations qui conduisent les relations internationales – les ministères des Affaires étrangères – ont une réelle autonomie. Les ministres passent, les directions des bureaux, les ambassadeurs restent. Et l'armée, qui est un élément déterminant de la politique extérieure, se dérobe elle aussi, en grande partie, aux pressions de l'opinion, et même au contrôle parlementaire. Enfin, le jeu des grands intérêts économiques et financiers

– présence sur des marchés lointains, investissements de capitaux à l'étranger –, même quand il est partiellement connu, échappe là encore, alors qu'il est décisif, à une transparence complète et surtout au contrôle. Et le phénomène s'aggrave quand un marché mondial s'est constitué, que les capitaux s'investissent aux antipodes.

La somme de toutes ces données, leur complexité font que le citoyen a un sentiment d'impuissance et que les hommes politiques eux-mêmes ne sont pas maîtres de ces rouages que parfois ils ont montés et lancés.

Cela est aggravé par le fait que les opinions publiques sont sensibles aux différents nationalismes. Que les sensibilités de chaque peuple sont constituées par des souvenirs d'antagonismes, que le nationalisme est naturel, qu'il est renforcé par les propagandes chauvines, et que l'internationalisme est au contraire une aspiration souvent vague qui se heurte à l'obstacle des langues et des mœurs.

Et cependant, dans l'opinion publique des grands pays européens, la prise de conscience, au début du XXᵉ siècle, s'affirme des risques proches d'une guerre générale.

Alors que toute une partie de l'opinion, à droite, exalte sa venue, maintient le droit supérieur de chaque nation à imposer à l'autre son point de vue et réanime les vertus guerrières, puisant dans chaque incident (et ils se multiplient parce que le partage du monde est achevé, que les impérialismes se heurtent) une raison de plus de se préparer à l'affrontement, un autre secteur de l'opinion, à gauche essentiellement, veut faire la « guerre à la guerre » et défendre la paix à tout prix.

C'est dans la IIᵉ Internationale socialiste – fondée en 1890 – que s'exprime avec force ce courant.

Depuis sa fondation, la IIᵉ Internationale est devenue une organisation puissante. Elle a, dans ses différents congrès, précisé ses structures. Il existe un Bureau socialiste international, un comité exécutif (assuré par la délégation belge) et entre chaque congrès, le Bureau socialiste international se réunit annuellement, rassemblant en son sein les plus grands leaders socialistes – Jaurès, Lénine,

Kautsky, Rosa Luxemburg, Plekhanov, Katayama, Turati, Adler, etc. Les femmes, les jeunes, les parlementaires, les journalistes socialistes des différents pays se rencontrent, organisent des commissions internationales. Les liens sont donc nombreux et réguliers. L'expulsion des anarchistes, la représentation dans l'Internationale de partis socialistes qui, dans chacun des pays, pèsent d'un poids de plus en plus lourd donnent le sentiment que l'Internationale socialiste peut réellement peser sur la politique du monde et faire pièce à l'Internationale du capital et des bourgeoisies.

Mais, en même temps, l'Internationale est parcourue de divisions. En 1899, le socialiste allemand Édouard Bernstein a fait paraître un essai : *Les Prémisses du socialisme et les tâches de la social-démocratie*, qui est une « révision » du marxisme. Le socialisme est un but lointain auquel les sociétés parviendront par étapes. Et le prolétariat doit s'allier avec d'autres classes. À ce révisionnisme s'opposent un autre Allemand, Kautsky, qui défend le marxisme traditionnel, et une aile révolutionnaire, avec Rosa Luxemburg (polonaise) et Lénine, pour qui il faut préparer la révolution.

Ces orientations se dessinent avec force à propos de la lutte pour la paix. Car les affrontements entre impérialismes – la guerre russo-japonaise (1904-1905) puis la Révolution russe (1905) – montrent que le monde est entré dans une phase d'instabilité dangereuse. En 1904, au congrès d'Amsterdam, le Russe Plekhanov et le Japonais Katayama se sont, en pleine guerre de leurs pays, donné l'accolade, montrant que les peuples, les socialistes ne cèdent pas au chauvinisme. D'autant plus que, pour l'Internationale, « le capitalisme porte en lui la guerre comme la nuée porte l'orage ». Et que la lutte contre le capitalisme est donc une lutte contre la guerre et vice versa.

Faiblesses du pacifisme

Mais comment empêcher cette guerre ? Les socialistes allemands sont sceptiques, veulent distinguer guerre offensive et défensive. Jaurès souhaite que l'Internationale ouvrière agisse pour « prévenir et empêcher toute guerre », dès que, « secrets ou publics, les événements pourront faire craindre un conflit entre gouvernements ». Mais par quels moyens ? L'Autrichien Adler affirme qu'il suffit que les socialistes donnent au peuple une « conscience telle que la guerre devienne impossible ». Jaurès parle des « moyens d'action que le génie ouvrier a créés ». Tout cela débouche sur l'affirmation d'un pacifisme, certes déterminé, mais vague quant aux moyens d'action. Les révolutionnaires (Rosa Luxemburg, Lénine, Martov) insistent au contraire pour que, si la guerre éclatait, la crise soit utilisée pour « précipiter la chute de la domination capitaliste ». De la guerre doit donc surgir la révolution.

En août-septembre 1910, au congrès de Copenhague, alors que la l'Internationale semble plus puissante que jamais, l'Anglais Keir-Hardie et le Français Vaillant proposent comme moyen d'action contre la guerre « la grève générale ouvrière », surtout dans les industries qui fournissent à la guerre ses instruments (armes, munitions, transports, etc.). Le « Prolétaires de tous les pays, unissez-vous » débouche donc, en cas de guerre, sur cette idée de « grève générale » qui paralyserait les gouvernements ou (c'est la pensée de Jaurès) agirait, avant qu'ils déclenchent le conflit, comme une « force de dissuasion ». La peur de la grève générale internationale incitant les gouvernements à des compromis diplomatiques. « Pour empêcher la guerre, il faudra toute l'action concordante du prolétariat mondial », dit Jaurès (1912 à Bâle). Comment y parvenir ? Derrière les mots se profile l'utopie généreuse mais impuissante.

1911

La Chine devient une république

Les grandes puissances, dans les rapports qu'elles entretiennent avec les pays qu'elles contrôlent par le biais d'un protectorat politique ou bien en dominant totalement leur économie et leurs finances, favorisent rarement leur modernisation politique et leur évolution démocratique. Un pouvoir traditionnel corrompu, faible, serré à la gorge par les dettes qu'il a contractées, les concessions qu'il a acceptées sur le plan économique et financier est nettement plus compréhensif à l'égard des puissances impérialistes qu'un jeune pouvoir réformateur, qui veut venger les humiliations subies, et est porté par un courant national. Les puissances peuvent craindre qu'il ne veuille réexaminer les traités inégaux, annuler des avantages accordés, bref, affirmer l'indépendance nationale et ne plus se soumettre à la loi de l'étranger.

Cette attitude des puissances qui interviennent dans la vie politique intérieure rend encore plus difficile toute tentative de réforme ou de révolution. Les révolutionnaires doivent faire face à des conservateurs qui reçoivent l'appui financier et militaire des grandes puissances impérialistes.

Cette attitude exacerbe les passions, provoque des poussées xénophobes et identifie la lutte contre l'étranger, la lutte pour la reconquête de la dignité (et de l'indépendance) nationale, à la lutte pour le changement politique.

Révolutionnaires et modérés

Mais les réalités sont plus complexes encore. Dans le mouvement rénovateur, deux tendances finissent toujours par s'identifier et s'opposer : celle qui, radicale et révolutionnaire, veut aller jusqu'au bout de la lutte et celle qui, modérée, n'envisage que des transformations limitées. Entre ces deux groupes, les grandes puissances font encore le choix de la modération, des intérêts établis contre les poussées révolutionnaires. Si bien que, à long terme, celles-ci sont presque naturellement conduites à se radicaliser davantage.

En Chine, l'attitude des nations impérialistes est conforme à ce schéma. Depuis la défaite de la Chine face au Japon (1894-1895) et leur politique du *Breakup of China*, elles ont, malgré la révolte des Boxeurs (qu'elles ont écrasée en 1900), développé encore leur pénétration en Chine. Un véritable protectorat financier est établi, les investissements se multiplient (1 600 millions de dollars en 1914). Les voies ferrées étrangères se sont découpé des bandes de terrain qui bénéficient d'une véritable extra-territorialité. Une pénétration culturelle est allée de pair avec cette domination économique et financière : universités, écoles, hôpitaux, journaux (en langue anglaise) ont été créés souvent par les missionnaires qui tentent, difficilement, d'étendre leur influence religieuse.

Pour défendre ces positions, les grandes puissances interviennent dans la vie politique chinoise. Or, elle est caractérisée par une volonté de plus en plus large de réforme. Autour de Sun Yat-sen (1866-1925) se sont regroupés tous ceux qui aspirent à renverser la dynastie mandchoue et veulent instituer la république. Les liens du mouvement de Sun Yat-sen (le Tong Meng Houei, ancêtre du Kuo-mintang, Parti national du peuple) se sont multipliés avec les sociétés secrètes traditionnelles. Et ce courant républicain est fort parmi les étudiants, les exilés (au Japon), les intellectuels, et la bourgeoisie, couches sociales qui commencent à se développer avec l'essor, dans les villes, d'une industrie, de moyens de transport modernes, etc. Dans la nouvelle armée, chez les jeunes officiers, ces idées républicaines se répandent aussi rapidement.

Aussi, de 1905 à 1911, de très nombreux soulèvements républicains ont lieu dans les différentes provinces de la Chine, qui entraînent les paysans et les ouvriers. Ils sont écrasés. Mais, quand le gouvernement mandchou, dans l'été 1911, décide, pour des raisons financières, de s'approprier les chemins de fer construits avec des capitaux privés, la bourgeoisie modérée rejoint les rangs républicains, et le soulèvement républicain d'octobre 1911 entraîne la majorité des provinces. C'est une « révolution » qui institue la république, désigne un gouvernement républicain provisoire, lequel s'installe à Nankin et élit Sun Yat-sen président de la République. La dynastie mandchoue est éliminée.

Mais, au sein du camp républicain – et dans chaque province –, révolutionnaires et modérés s'opposent. Ces derniers reçoivent l'appui du général Yuan Shikai (1859-1916) qui a convaincu les Mandchous d'abdiquer et qui, en février 1912, remplace Sun Yat-sen à la présidence de la République. Le mouvement dans le pays (et surtout dans les villes) est tel que Yuan Shikai est contraint de laisser se multiplier les journaux, les clubs, les partis politiques et d'accepter une Constitution, proche du modèle américain. Des élections ont lieu en 1913. Mais elles donnent une majorité au Parti national du peuple (Kuo-min-tang) de Sun Yat-sen, et Yuan Shikai réalise un coup d'État dissolvant le Parlement et faisant assassiner le leader parlementaire du Kuo-min-tang. Sun Yat-sen et les chefs républicains sont contraints à l'exil.

La victoire des modérés et de Yuan Shikai a été rendue possible par l'appui des puissances impérialistes. Elles ont refusé toute aide financière à Sun Yat-sen. Elles ont, en sous-main, aidé militairement et financièrement ses adversaires. Et, dès le lendemain du coup d'État de Yuan Shikai, en avril 1913, elles lui accordent un « prêt de réorganisation » réuni par les six plus grosses banques étrangères pré-

sentes en Chine et qui se monte à 25 millions de livres sterling. Elles le font d'autant plus facilement qu'elles le garantissent par le contrôle qu'elles opèrent sur les rentrées du
Trésor chinois (douanes, postes, gabelle, etc.).

Les Japonais en Chine

Yuan Shikai apparaît clairement comme le « valet des
puissances ». En 1915, il s'incline devant les exigences
japonaises car le Japon, profitant de la guerre mondiale,
occupe le champ laissé libre par les puissances européennes
engagées dans le conflit. Yuan accepte les vingt et une
demandes japonaises qui établissent de fait un protectorat
japonais sur la Chine. Après avoir essayé en vain de s'attribuer la dignité impériale (1915), Yuan Shikai meurt en
1916, sa politique suscitant une opposition grandissante.
Mais ses successeurs continuent dans la voie de la soumission. La Chine entre ainsi en guerre aux côtés des alliés en
1917, ce qui permet au Japon de s'attribuer la zone d'influence allemande. En 1918, profitant toujours de la guerre,
les Japonais remplacent peu à peu les Européens dans le
rôle de conseillers militaires et de « banquiers » (1918 :
accords financiers).

Mais le pouvoir central n'a plus l'apparence de la cohésion même relative qu'il avait sous la dynastie mandchoue.
Il est divisé, partagé entre cliques militaires rivales. Dès
1917, les provinces du Sud font sécession, et un gouvernement est créé à Canton, autour de Sun Yat-sen rentré d'exil.

La fondation de la république en 1911 est donc, quels
que soient sa précarité et son contenu, une étape majeure
dans le processus de la Révolution chinoise. En 1915, à
Pékin, un groupe de professeurs lance une revue intitulée
Nouvelle Jeunesse, qui exalte la science, la démocratie,
l'indépendance. Un nouveau courant vient de naître en
Chine. Il va marquer le XXᵉ siècle.

1912

La poudrière des Balkans :
la guerre en Europe

Dans une zone géographique donnée – l'Europe par exemple, mais cela vaut pour d'autres secteurs –, il est rare que toutes les nations soient au même niveau de développement. Les unes peuvent être à la fois de grandes puissances économiques et financières et des nations démocratiques. Les autres peuvent encore être dominées par des structures politiques plus rigides, même si elles jouent un grand rôle sur le plan économique ; d'autres enfin peuvent comporter en leur sein des tensions ethniques qui caractérisent des États multinationaux, menacés par des mouvements violents de revendications nationalistes. Il y a, entre ces différents États, des niveaux différents de risque de déséquilibre. Et il existe de ce fait des zones d'instabilité. Or, dans cette région géographique donnée, les États, quel que soit leur niveau de développement, peuvent être liés entre eux par des systèmes d'alliance. Et les nations les plus modernes peuvent être entraînées dans la logique des blocs par les plus archaïques à un affrontement dont elles ont accepté le risque, mais qu'elles auraient pu, entre elles, maîtriser.

Ainsi, dans un système d'alliances, c'est le secteur le plus rétrograde qui risque de jouer le rôle moteur.

Le tournant des années 1910

L'Europe, dans la première décennie du XXe siècle, se trouve dans cette situation, et l'année 1912 voit s'enclencher tous les mécanismes qui conduisent à la guerre. En effet, si la France, l'Allemagne, l'Angleterre sont des puissances rivales, leurs systèmes politiques et économiques (à des degrés divers pour chaque État) sont maîtrisés et donc peuvent jouer un rôle de frein quand le risque de guerre s'approche. Quand, en 1911, les troupes françaises entrent à Fès et à Meknès, violant ainsi l'accord d'Algésiras sur le Maroc (1906), et que le gouvernement allemand envoie un navire (le *Panther*) à Agadir (1er juillet 1911), la crise est sévère entre Berlin et Paris, mais, si les opinions publiques s'enflamment, un accord est néanmoins trouvé. Joseph Caillaux (1863-1944), l'un des plus remarquables hommes d'État français, réussit à « échanger » le droit au protectorat sur le Maroc pour la France avec une portion du Congo – accord de novembre 1911 ; protectorat français sur le Maroc en mai 1912.

Mais, au flanc sud de l'Europe, il existe une zone instable, « inachevée », au contact avec l'Empire ottoman et c'est dans cette région que s'affrontent deux puissances aux structures archaïques : la Russie, qui demeure gouvernée par un autocrate, et l'Empire austro-hongrois, ensemble affaibli par les mouvements nationalistes. Or, en 1909, la Russie a été dans l'obligation d'accepter une capitulation diplomatique. L'Autriche a annexé la Bosnie-Herzégovine et réduit les ambitions du royaume serbe, allié privilégié de la Russie. Ce qui est dangereux pour la paix générale en Europe tient au fait que l'Autriche-Hongrie a pour alliée l'Allemagne, et la Russie la France.

Après la crise de 1908-1909, la déstabilisation de la région est provoquée par l'action d'une puissance secondaire – « inachevée » elle aussi –, l'Italie, qui, en septembre 1911, déclenche une guerre contre la Turquie pour s'emparer de la Tripolitaine (c'est fait en novembre 1911). L'affaiblissement de l'armée turque, mobilisée par cette guerre, incite les puissances balkaniques à intervenir. La Russie les pousse à s'entendre et à ouvrir la guerre en octobre 1912. Serbes, Bulgares, Grecs (tous orthodoxes) sont victorieux de la Turquie (mai 1913), puis se battent entre eux (Serbes, Grecs, Roumains contre Bulgares).

Ces guerres ont trois résultats. D'abord, la défaite a rejeté presque complètement les Turcs d'Europe. Or, la Turquie est économiquement, depuis 1910, un pays où les Allemands et les Autrichiens développent leur influence (construction du chemin de fer *Bagdadbahn*). Puis, autre conséquence, l'agrandissement et l'influence accrue de la Serbie, royaume dont l'ambition est de rassembler tous les Serbes, y compris ceux de l'Empire austro-hongrois. Enfin, une victoire diplomatique de la Russie, alliée des Serbes, qui a effacé sa défaite de 1909. Rien n'est donc stabilisé, et tout est aggravé dans ce « ventre mou » de l'Europe. Dès octobre 1913, un ultimatum de Vienne oblige les Serbes à reculer. Surtout, la guerre a touché le sol européen et, entre puissances européennes, ce ne sont point les diplomates qui ont tenté de rétablir les équilibres, mais les armées sur le champ de bataille qui ont tranché les différends.

Ce qui signifie que les rivalités entre nations européennes impérialistes ne peuvent plus se régler par des partages de territoires hors d'Europe. Le dernier a été, en 1911, le troc du Maroc contre le Congo, entre la France et l'Allemagne. Désormais, c'est le centre (l'Europe) et non plus la périphérie (le reste du monde) qui est concerné. Et cela entraîne, pour les nations européennes, la recherche du renforcement de leurs blocs respectifs.

Les dernières tentatives de négociation ont lieu en 1912. Anglais et Allemands tentent par exemple d'arriver à un accord sur le développement de leurs flottes. Échec de la mission Haldane à Berlin en mars 1912. Aucun résultat notable non plus dans des négociations entre Saint-Pétersbourg et Berlin. Si bien que, dès l'été 1912, chaque nation s'assure de la solidarité de ses alliés. C'est le cas entre Berlin et Vienne. Berlin soutient Vienne dans les Balkans. En décembre 1912, l'Italie se rapproche à nouveau de Berlin et de Vienne et signe en août 1913 une convention navale de collaboration en cas de guerre européenne.

En juillet 1912, la France obtient la promesse qu'en cas de guerre franco-allemande, les Russes prendront l'offensive, dès le douzième jour de la mobilisation. Et, en novembre

1912, les Français (Poincaré, président du Conseil) s'engagent à intervenir militairement en cas de guerre austro-russe
dans les Balkans. Risque énorme pris par Paris et qui lie la
France à la Russie dont la politique dans cette région est
aventurée, guerrière. Enfin, en mars 1913, une convention
navale franco-anglaise assure la collaboration de Londres
et de Paris en cas de guerre.

Le durcissement de la situation en Europe

Ainsi, en quelques mois, l'année 1912 étant l'épicentre,
la situation s'est durcie en Europe. Les diplomates partout
signent des conventions militaires. Les gouvernements
envisagent désormais l'éventualité de la guerre en Europe
comme une donnée de fait. Et la grande presse, les hommes
politiques commencent à préparer l'opinion à cette éventualité.

Face à cette situation, la réunion que tient l'Internationale socialiste à Bâle (novembre 1912), qui dénonce ce climat belliciste, retentit comme un cri d'angoisse mais aussi
d'impuissance. Comme le dit Jaurès : « L'heure est sérieuse
et tragique… Si la chose monstrueuse est vraiment là, il sera
effectivement nécessaire de marcher pour assassiner ses
frères, que ferons-nous pour échapper à cette épouvante ? »

1913

Pour le « salut de la race » :
le nationalisme français

Dans un système de démocratie représentative, les élections sont le moment clé de la vie politique. Elles permettent de mesurer l'importance des courants d'opinion, les orientations souhaitées. Elles fixent, comme le ferait une photographie, les forces en présence. Et, alors que, quand on évoque l'opinion publique, il est difficile de savoir s'il s'agit des positions de ceux qui parlent en son nom – journaux, détenteurs de « chaires », etc. –, les élections, parce que les candidats s'engagent sur un programme – surtout si la bataille politique est vive –, sont un révélateur beaucoup plus digne de confiance.

Mais c'est aussi l'un des caractères de la démocratie parlementaire que, les élections s'étant déroulées, les députés élus sont pour le temps d'une législature maîtres de leurs votes à la Chambre des députés. Et ceux-ci peuvent, sous des pressions diverses – celle du milieu parlementaire, celle de l'opinion publique, c'est-à-dire des journaux, celle des institutions et celle aussi des groupes influents –, s'écarter des espérances des électeurs.

C'est d'autant plus vrai quand il s'agit de politique extérieure, où les données des problèmes ne sont pas bien connues des députés et encore moins de leurs électeurs, et où les événements se succèdent rapidement, exigeant – ou paraissant exiger – des décisions rapides de l'exécutif qui, dans ce domaine, garde, même en régime parlementaire, les mains plus libres que dans d'autres secteurs.

Ces différences qu'il peut y avoir entre opinion publique

(journaux, etc.), choix des électeurs (exprimé par leur vote) et enfin comportement des élus et décisions gouvernementales sont, en France, éclatantes dans cette année 1913, alors que s'accumulent les risques de guerre.

La violence des passions politiques dans l'opinion publique se déchaîne, et elle exprime la montée en force du nationalisme. Les événements extérieurs (la crise d'Agadir avec l'Allemagne, etc.), les déceptions quant à l'évolution politique intérieure – le régime républicain piétine sans grand dessein –, la poussée qui semble un flot continu des socialistes, « l'ennui » des jeunes gens issus des couches dirigeantes, l'action des groupes de pression (le Comité colonial) et de la grande presse (le journal *Le Matin* lance une campagne contre les produits *made in Germany*), la dynamique des intellectuels nationalistes (de Barrès à Maurras et à Péguy), tout cela crée un climat à la fois chauvin et belliciste.

« C'est dans la guerre que tout se refait », écrivent les auteurs nationalistes (Bonnard, Bourget). « Il faut l'embrasser dans sa sauvage poésie. » La haine contre les pacifistes et les socialistes est extrême. « Herr Jaurès ne vaut pas les douze balles du peloton, une corde à fourrage suffira », lit-on. Un mélange de racisme (du « salut de la race »), de retour aux valeurs catholiques (« Ces jeunes gens sont catholiques comme ils sont français »), un goût pour l'action virile (« La guerre n'était pas une bête cruelle et haïssable, c'était du sport vrai tout simplement ») dominent les milieux intellectuels qui font le goût, la mode, les salons. En fait, c'est un retour en force de la droite et de l'extrême droite, vaincues au moment de l'affaire Dreyfus puis du gouvernement du bloc des gauches. Et les gains socialistes aux élections (en 1910), l'organisation de syndicats de plus en plus vigoureux poussent encore un peu plus à droite les républicains modérés. Le colonel du Paty de Clam – impliqué dans les faux antidreyfusards – est réintégré dans l'armée : un symbole.

Engagements militaires et liens financiers

L'élection à la présidence de la République de Raymond Poincaré (1 860-1934), le 17 janvier 1913, est une victoire de ce courant. Et un pas net en direction de la guerre. Car Poincaré (et avec lui d'autres hommes politiques : Barthou, Millerand, Delcassé) a lié toute sa carrière politique sur un choix de politique extérieure : l'alliance russe, avec – depuis 1912 – des engagements militaires précis, qui font dépendre la paix des initiatives de Pétersbourg. De plus, cette politique a un arrière-plan financier – puisque les principales banques françaises ont fait souscrire des sommes considérables en emprunts russes (10 milliards de francs-or), prélevant des agios impressionnants. Et, naturellement, « la » banque est favorable à l'alliance russe. De même que la grande presse « intéressée », puisque l'ambassade russe à Paris la couvre d'or. Sans compter les gratifications des banques.

Au plan intérieur, cette politique est résolument conservatrice : Poincaré est l'adversaire résolu de toute réforme sociale, l'ennemi des socialistes et de toute idée d'impôt sur le revenu, que propose le radical Joseph Caillaux.

Le premier acte de Poincaré – car, président de la République, il oriente en fait la politique, ne se limitant pas à un rôle d'apparat – est de soutenir l'initiative gouvernementale (Barthou est président du Conseil) qui porte le service militaire à trois ans (un an de plus). Sur ce projet, ouverture vers la guerre, volonté aussi d'encadrer la population, une partie du pays, animée par les socialistes et d'abord Jaurès, se rebelle. Les radicaux de Joseph Caillaux se joignent à ce mouvement. Ce qui déclenche contre Jaurès et Caillaux un surcroît de haine, de véritables appels au meurtre. D'autant plus que, si la loi de trois ans est votée (août 1913), Caillaux réussit à obtenir contre le président du Conseil Barthou un vote de défiance à propos du financement des dépenses militaires (l'emprunt levé ne bénéficierait pas de l'immunité fiscale). Barthou démissionne le 2 décembre 1913 : défaite des partisans de Poincaré. Mauvais signe car le printemps de 1914 – avril-mai – est un printemps électoral.

Les socialistes, c'est la paix

Il est dominé tout entier par la question de la loi des trois ans, de la guerre et de la paix. Une fois encore, la haine contre ceux qu'on accuse d'être des traîtres, des vendus au *Kaiser* se donne libre cours. Et pourtant, c'est le courant antinationaliste qui l'emporte. Jaurès n'a jamais été aussi largement réélu. Caillaux est de même réélu (bien que sa femme soit impliquée dans un scandale : elle a assassiné le directeur du *Figaro*). Les socialistes totalisent 1 398 000 voix, et comptent 103 députés. Victoire sans équivoque puisque la campagne des socialistes s'est faite sur le thème : « Les socialistes, c'est la paix. » Les élections mesurent donc, de manière claire, que le pays a rejeté la politique belliciste et qu'il s'est exprimé contre la loi des trois ans. Qu'entre la montée du nationalisme incontestable chez les élites et le pays profond l'écart est grand. Devant le chantage des proches de Poincaré qui répètent que si l'on touche à la loi des trois ans, c'est la fin de l'alliance russe, Jaurès répond : « Qui gouverne à Paris, les citoyens ou le tsar de Russie ? »

Mais, entre la volonté des électeurs et sa traduction politique, il y a les habiletés de Poincaré, sa capacité à jouer avec le Parlement ; les députés radicaux hésitent à ouvrir une crise longue qui mettrait en cause le président de la République, l'homme de cette politique étrangère. Ainsi, à la mi-juin 1914, les députés accordent leur confiance à Viviani (un ancien socialiste) qui déclare vouloir maintenir la loi de trois ans. Poincaré l'a emporté, malgré les vœux des électeurs. Vainqueur, Jaurès est floué. Ainsi que les citoyens et les soldats qui se sont dressés contre la loi de trois ans.

Fin juin 1914 : la guerre frappe à la porte. Le 28, deux terroristes serbes de la Main noire ont assassiné l'archiduc autrichien François-Ferdinand. La France ne s'est pas donné les moyens de peser en faveur de la paix.

1914

Le grand massacre commence

Toute guerre est un « synthétiseur » dans lequel peuvent se lire les conditions (économiques, sociales, politiques, culturelles, etc.) des États engagés dans le conflit. La guerre implique aussi que les États mettent en jeu toutes leurs ressources puisqu'elle est un affrontement extrême qui vise à rompre par la force l'adversaire et à donner la victoire. Certes, il peut exister des guerres conduites aux « marges » des États – celles par exemple qui visent à partager un territoire lointain et qui ne mettent pas en jeu l'existence même de l'État. Mais, dès lors que le cœur de l'État est menacé, la « mobilisation » doit être totale.

Si les grands États européens – qui se sont partagé le monde – entrent en lutte les uns contre les autres – dans ce qui est ainsi une guerre civile européenne –, le monde entier ne peut qu'être entraîné, continent après continent, dans le conflit. Il y a, en 1914, un marché mondial, des possessions européennes situées aux antipodes, la guerre sera donc mondiale et le théâtre d'opérations, s'il se situe d'abord au centre, c'est-à-dire en Europe, touchera aussi bien l'Afrique centrale (où existent des possessions françaises, anglaises, allemandes) que l'Extrême-Orient.

Une guerre des masses

De même, parce que la civilisation est industrielle, la guerre mettra en action toutes les ressources de l'industrie par le jeu des armes modernes – du sous-marin au tank, de la mitrailleuse à l'avion, du gaz toxique au canon lourd.

Elle impliquera aussi, précisément parce qu'il faut produire ces armes, toute l'économie par la multiplication des usines d'armement, la nécessité de planifier la production, de fournir rapidement les armées en munitions et en armes, ce qui suppose une production en série, la mobilisation de masses de travailleurs – et d'ouvrières puisque les hommes sont au front. Mais, en même temps, cette civilisation de « masse » est caractérisée par une guerre de « masses » : toutes les classes d'âge sont concernées, envoyées au front. Et la distinction entre population civile et armée tend à s'effacer. Il faut détruire les installations industrielles, briser le moral des populations, paralyser les transports, car les moyens de communication sont un élément indispensable de cette guerre industrielle.

Ces aspects de la guerre n'apparaissent que peu à peu, au fur et à mesure que le conflit se prolonge et qu'il prend ainsi les caractéristiques modernes, se dégageant des formes anciennes. Mais pour autant, parce qu'une guerre totalise tous les aspects de la violence, qu'elle reste aussi un affrontement d'homme à homme, on y retrouve les barbaries anciennes : au bombardement de gaz toxiques succèdent les attaques à la baïonnette où l'on éventre le soldat ennemi ; le pilonnage de l'artillerie est suivi par les vagues de fantassins qui « nettoient » les tranchées bouleversées par les obus avec des couteaux de boucher. Les horreurs de la guerre moderne ne font pas disparaître les façons de tuer antérieures.

De même, dans les causes du déclenchement du conflit, doit-on aller au-delà de l'idée que la guerre serait le produit « mécanique » des rivalités économiques, les États étant impérialistes et le partage du monde achevé. La formule de Jaurès selon laquelle « le capitalisme porte en lui la guerre comme la nuée porte l'orage » doit être nuancée et éclairée.

La guerre s'inscrit certes dans le contexte d'une concurrence impitoyable. L'Allemagne, dans de nombreux pays, rivalise victorieusement avec l'Angleterre. Industries, commerce, capitaux germaniques sont conquérants. En Russie, par exemple, Krupp essaie de supplanter Le Creusot dans le contrôle des usines Poutilov. Et c'est une décision politique – liée à l'alliance franco-russe – qui bloque l'ambition allemande. La course aux armements, qui, à partir de 1911-1912, entraîne tous les États européens (pour les plus grands profits des magnats de l'industrie lourde), est, elle aussi, un facteur déterminant du conflit. Mais bien d'autres causes interviennent, qui sont de l'ordre du politique, du militaire, du national.

L'engrenage des mobilisations

L'assassinat de l'archiduc François-Ferdinand par les Serbes de la Main noire, le 28 juin 1914, exprime le nationalisme serbe. Et l'Autriche, défaite diplomatiquement en 1912, veut cette fois-ci mettre un terme aux ambitions serbes. Elle obtient, dès le 5 juillet 1914, l'appui allemand. L'état-major allemand pense en effet que le moment est bien choisi, qu'il peut accepter le risque d'une guerre, et prendre ainsi de vitesse les mesures de réarmement français et russe. Vienne adresse donc un ultimatum à la Serbie (23 juillet). Mais celle-ci est forte de l'appui russe. Or, à Saint-Pétersbourg, le gouvernement du tsar est décidé non seulement à ne pas subir une défaite de la Serbie, mais à pousser à l'affrontement. Les Russes craignent en effet que leurs alliés français ne relâchent peu à peu leurs liens avec eux. Les élections de 1914 ont montré la force du sentiment pacifiste et socialiste en France. Il faut, selon Saint-Pétersbourg, profiter de l'opportunité que représente la présidence de Poincaré, soutien sans faille des conventions militaires franco-russes. La Serbie, dans ces conditions, repousse l'ultimatum autrichien, et Vienne lui déclare la guerre (28 juillet). La médiation anglaise (30 juillet) est inopérante car la Russie mobilise le 31 juillet, responsabilité majeure ouvrant la voie à une généralisation du conflit, ce qu'elle recherche. L'Allemagne adresse alors un ultimatum à la Russie et à la France (1er août). L'engrenage tourne de plus en plus vite : Paris, s'il ne veut pas rompre son alliance avec la Russie et capituler (Berlin exigera le recul des troupes placées sur la frontière est), ne peut, compte tenu de l'orientation de Poincaré, du gouvernement et de l'opinion qui compte (celle des journaux, des milieux conservateurs et nationalistes), que répondre par la mobilisation générale le 1er août.

L'Allemagne, le 1er août, déclare la guerre à la Russie et, le 2 août, adresse un ultimatum à Bruxelles. Le lendemain, elle envahit la Belgique après avoir déclaré la guerre à la France. Le 4 août, l'Angleterre déclare la guerre à l'Allemagne.

Dans cette phase ultime (28 juin-1er août), ce sont donc les automatismes militaires et diplomatiques qui ont joué. Les adversaires de la guerre (les socialistes, les « masses ») ne peuvent en rien intervenir sur ce déroulement qui les place devant le fait accompli. En France, l'assassinat de Jaurès (31 juillet) prive l'opposition de son leader, cependant que les peuples sont encadrés par le climat et la législation de guerre.

Les manifestations patriotiques d'enthousiasme en faveur de la guerre, pour réelles qu'elles soient, ne sont pas significatives. On pleure au départ des mobilisés dans les provinces. Mais on cède à ce qui paraît inéluctable. Les opposants se rallient, c'est l'« Union sacrée ». L'Internationale socialiste est impuissante et se désagrège. La démocratie cède la place en fait à la logique de guerre (discipline, censure, lois d'exception, tribunaux militaires).

Le grand massacre, le premier du XXe siècle, peut commencer.

1915

Tuer tout un peuple :
le génocide des Arméniens

Un peuple puise sa volonté de résistance à l'extermination dans la mémoire de son histoire comme « nation », dans la permanence de sa langue qui fonde son identité culturelle, dans sa religion qui maintient, contre l'environnement hostile de peuples différents, sa cohésion et crée des « frontières morales » plus fortes que des limites géographiques.

Contre cette volonté, les ennemis de ce peuple qui prennent conscience de l'irréductibilité de sa résistance sont poussés à la barbarie, au génocide : solution finale qui fera disparaître le peuple, seul moyen de le « réduire ». Mais, à l'époque contemporaine, il est difficile de tuer tout un peuple. Si bien que le massacre « partiel » (et ce mot peut recouvrir des millions de victimes massacrées de façon barbare) se retourne contre ceux qui l'ont perpétré pour devenir un élément constitutif de la « geste » héroïque de ce peuple, un facteur supplémentaire de sa cohésion, et une douleur toujours vive où il puise des raisons nouvelles d'affirmer son identité. Le peuple arménien – dont l'histoire commence au VIIᵉ siècle avant notre ère – est de ce point de vue exemplaire.

Arméniens, Russes et Turcs

Indépendant au IIᵉ siècle avant notre ère, conquis par les Arabes, à nouveau indépendant (Xᵉ et XIᵉ siècles), il bâtit une civilisation brillante, chrétienne. Mais ce royaume de

Grande Arménie est détruit par les Turcs, une partie de son peuple massacrée. Une autre partie entreprend alors un exode qui lui permet de constituer au sud une Petite Arménie, qui résiste aux Turcs jusqu'à la fin du XIVe siècle. L'espoir pour le peuple arménien, resté en Grande Arménie, est la rencontre avec les Russes qui, au XVIIIe siècle, dans leur marche colonisatrice vers le sud, apparaissent dans le Caucase, et apportent donc un contact avec un grand Empire chrétien. Les Arméniens soutiennent l'avancée des Russes, mais ils n'y gagnent ni indépendance ni libertés. De plus, une grande partie de la population arménienne reste sous la domination des Turcs.

Au congrès de Berlin, en 1878, le sultan Abdül-Hamid II, d'abord réformateur (1876), s'est engagé à doter les provinces arméniennes d'un statut respectueux de la personnalité arménienne. Mais, renonçant à toute politique réformatrice et à la Constitution de 1876, il décide de briser les Arméniens en les exterminant. Les massacres qui ont lieu en 1894-1896 provoquent plus de 200 000 morts, tués dans des conditions de cruauté inimaginables. La survie du peuple arménien n'est assurée que par la défense armée qu'il réussit à opposer aux tueurs turcs.

L'accession au pouvoir des Jeunes-Turcs, si elle fait cesser les massacres, ne donne aucun droit aux Arméniens. Au contraire. Dans leur politique nationaliste, ces officiers visent à reconstituer une Turquie efficace où le peuple serait unifié. Ils pratiquent donc une politique autoritaire d'assimilation qui se heurte à la résistance arménienne. Et l'entrée en guerre de la Turquie aux côtés de l'Allemagne et de l'Autriche-Hongrie, en 1914, rend la situation des Arméniens intenable. Tout les rapproche en effet des adversaires de la Turquie : la religion (pour les Russes), la sympathie et des liens culturels pour les Français (un prince français avait, au XIVe siècle, dirigé la Petite Arménie), l'espoir de voir la Turquie battue et contrainte d'accepter l'autonomie arménienne.

Si bien que les Arméniens refusent de lutter contre les Russes, dans le Caucase, et qu'une Légion de volontaires combat aux côtés des Alliés. Or ceux-ci, en 1915, tentent une opération navale dans les Dardanelles et débarquent dans la presqu'île de Gallipoli. Les Turcs jugent que la population arménienne représente un danger pour leur défense et, en 1915, prennent la décision, une nouvelle fois, d'exterminer les Arméniens.

La barbarie du génocide

Ce véritable génocide, systématique, est conduit avec à la fois une volonté étatique, généralisatrice donc, d'en finir partout avec les Arméniens et des méthodes issues de la plus sauvage barbarie. Dans les villages, dans les campagnes, personne n'est épargné : les femmes, les enfants, les vieillards subissent plus cruellement encore le sort des hommes. Viols, mutilations, tortures, massacres à l'arme blanche, sadisme se donnent libre cours. Et dans le grand massacre de la Première Guerre mondiale, le génocide arménien reste comme une tache ineffaçable.

Ce génocide, ordonné par l'État central, prémédité bureaucratiquement donc, annonce d'autres holocaustes qui, s'ils dépassent en ampleur celui des Arméniens et empruntent d'autres «techniques», plus modernes, d'extermination, ne sont pas, quant au fond, d'un ordre très différent. N'était la résistance héroïque des Arméniens face aux tueurs, le peuple arménien aurait été entièrement exterminé. On dénombrera au moins un million de victimes et sans doute y en eut-il bien davantage.

Quand la Révolution russe de 1917 entraîne le retrait de la Russie de la guerre, un État indépendant arménien est créé, à la paix de Brest-Litovsk, à partir de l'Arménie russe. Mais les Arméniens continuent à combattre les Turcs à la frontière du Caucase et, en 1920, au traité de Sèvres, avec la garantie du président des États-Unis, Wilson, il est décidé de créer avec tous les territoires arméniens (russes et turcs) une Grande Arménie indépendante. Mais la nouvelle Turquie de Mustapha Kémal n'accepte pas le traité de Sèvres, reprend le combat, et refoule les Arméniens dans le Caucase. Finalement, un traité soviéto-turc, en 1921, établit la République soviétique d'Arménie.

Solution imparfaite, mais prenant en compte la personnalité arménienne, qui, après le temps des massacres, s'est affirmée avec force non seulement dans le cadre de la République soviétique, mais aussi dans la Diaspora arménienne. Car, pour échapper aux tueries, de nombreux Arméniens ont fui à l'étranger, en France ou aux États-Unis notamment, s'intégrant à la population, tout en préservant leur mémoire et donc leur personnalité. C'est d'ailleurs autour du souvenir du génocide de 1915-1916 que le plus souvent s'organise cette mémoire. Et c'est l'échec historique des tueurs que d'avoir ainsi donné aux Arméniens des nouvelles générations la volonté d'affirmer leur identité, en transformant la blessure de 1915 en force.

Durant tout le XXe siècle, ce souvenir reste vif. Les Arméniens luttent pour que les massacres de 1915 soient reconnus comme un génocide, ce que la communauté internationale, malgré l'opposition turque, fera en 1988.

En entrant dans l'Histoire et la mémoire officielle des nations, le génocide de 1915 donne aussi à l'existence du peuple arménien une forme de pérennité.

L'impossible victoire
de l'un des belligérants

Il est toujours difficile de terminer une guerre dès lors que, sur le plan militaire, aucun effondrement irrémédiable ne s'est produit chez l'un des belligérants et que les gouvernements s'obstinent dans leur résolution de conduire le conflit jusqu'au bout – c'est-à-dire la capitulation de l'ennemi – et quand les populations civiles, comme les troupes, ne se rebellent pas, de façon significative, contre cette politique. La seule manière, dans ces conditions, pour en finir avec la guerre, c'est d'écraser militairement l'adversaire : de là, la recherche des batailles de « rupture », d'offensives à outrance, qui permettraient – comme cela s'était produit en 1870 – de liquider en quelques jours la résistance et la puissance de l'ennemi.

Ce rêve d'un *Blitzkrieg* hante tous les états-majors. Mais la guerre éclair se brise, dès les premières semaines du conflit, en août-septembre 1914, sur les réalités. Les offensives françaises en Alsace se terminent en reculades, après que la presse, prise par son délire belliciste, les a présentées comme définitives. Et, du côté allemand, le plan Schlieffen (percée par la Belgique, action sur Paris), magistralement conduit dans sa première phase, échoue au cours de la bataille de la Marne (septembre 1914). Paris est sauvé. La course à la mer des deux armées conduit à la construction d'un front continu qui, ce qui marque la supériorité stratégique allemande, se situera, jusqu'en 1918, sur le sol français. Les troupes s'enterrent face à face dans des tranchées. La puissance de feu des armes modernes (mitrailleuses, artillerie concentrée) rend difficile toute percée.

L'offensive pour l'offensive

Cependant, l'offensive reste l'obsession majeure des milieux militaires et politiques. Ces derniers ont du mal à échapper à la « dictature du quartier général », intouchable. En France, ce n'est que peu à peu, à la fin de l'année 1915, que les parlementaires, dans le cadre de commissions siégeant à huis clos, tenteront de peser sur l'organisation du conflit, écartant par exemple Millerand, ministre de la Guerre qui couvre les bureaux incompétents de son ministère. Mais ce contrôle est tout relatif. Il introduit même des difficultés supplémentaires : les chefs militaires – rivaux entre eux – vont constituer des clans, des coteries, ayant leurs appuis politiques, cherchant à obtenir un avancement par des plans qui séduisent les politiques. Or, ceux-ci, parce qu'ils sont sensibles à la fatigue croissante des soldats-électeurs (dès la fin de 1915), poussent ceux des militaires qui prétendent être capables de briser le front adverse.

Il est vrai que, tout au long de l'année 1915, le « grignotage » de l'adversaire à partir des tranchées par des attaques qui s'épuisent contre les barbelés et les nids de mitrailleuses a été démoralisant et coûteux : 400 000 morts ou prisonniers et un million d'hommes hors de combat pour les Français ! La crédibilité de Joffre comme commandant en chef est remise en cause. D'autant plus que, malgré les signes évidents, l'état-major français, une fois encore inférieur à l'allemand, ne prévient pas l'attaque allemande sur Verdun (21 février 1916). Il a même dégarni le front dans ce secteur clé.

Le verrou de Verdun

Mais la rupture d'abord réalisée par les Allemands ne se poursuit pas. Verdun tient. Des centaines de milliers d'hommes tombent de part et d'autre. Il en ira de même avec l'offensive – de rupture… – alliée sur la Somme. Les pertes sont à nouveau considérables. Malgré l'héroïsme des hommes – et, du côté allemand, la compétence des états-majors –, malgré la supériorité stratégique allemande qui a installé la guerre sur le sol français, on ne perçoit pas de décision militaire à brève échéance. À la fin de 1916 (année décisive avec Verdun et la Somme), malgré l'apparition des armes nouvelles (gaz toxique, avril 1915, chars d'assaut, septembre 1916), l'effort de guerre s'essouffle. Pourtant, la doctrine militaire ne change pas : lors d'une conférence alliée à Chantilly (novembre 1916), on arrête le principe de nouvelles grandes offensives pour février-mars 1917. Mais le général Joffre est remplacé par le général Nivelle.

Cette impuissance sur le front principal se retrouve sur les fronts secondaires que les Alliés tentent d'ouvrir dans les Balkans (opération navale dans les Dardanelles, en février 1915, débarquement à Gallipoli). La guerre sous-marine, lancée avec succès par les Allemands, est pourtant interrompue en mai 1916, de crainte d'entraîner l'entrée en guerre des États-Unis aux côtés de l'Entente. Sur le front russe, les victoires alternées des deux belligérants ne produisent rien de définitif. Et l'entrée dans la guerre des Italiens aux côtés des Franco-Anglais (le 24 mai 1915) n'a pas non plus modifié l'équilibre des forces. Le blocus décrété contre l'Allemagne n'est pas efficace. Et, si le ravitaillement des populations commence dans toute l'Europe à se détériorer, l'arrière comme le front tiennent.

L'importance même des sacrifices déjà accomplis (des millions de morts et de blessés) pousse au contraire les dirigeants à la guerre à outrance, jusqu'à la victoire totale, plutôt qu'à la négociation d'une paix de compromis qui serait l'aveu de leur aveuglement politique. D'ailleurs, les «propagandistes» tiennent le haut du pavé, réclament en France l'annexion de la rive gauche du Rhin, ou bien la mainmise sur les mines allemandes (revendication du Comité des forges).

La lassitude est pourtant réelle : devant la folie des

attaques inutiles, l'enrichissement cynique des «profiteurs de guerre», la morgue des «planqués», la lourdeur cruelle des pertes. Dans les congrès socialistes français (1915-1916), on voit se former une forte minorité qui voudrait rechercher les moyens de sortir de la guerre par une paix négociée. Une conférence internationale des femmes socialistes a lieu à Berne en mars 1915, premier signe d'un renouveau «internationaliste». Des syndicalistes français (Merrheim et Bourderon) se rendent en Suisse dès le mois de septembre 1915 à une première conférence socialiste internationale (Zimmerwald) et créent à leur retour un Comité pour la reprise des relations internationales. En Allemagne une aile gauche socialiste s'affirme (le *Spartakusbund*) et son leader Liebknecht est arrêté (avril-mai 1916), Une deuxième conférence socialiste se tient en Suisse à Kienthal (mai 1916). Mais le «défaitisme révolutionnaire» qu'y défendent les bolcheviks n'est pas partagé. Seuls les Russes veulent organiser, à partir de la guerre, la victoire de la révolution, même au prix, dans le conflit, d'une défaite pour leur pays.

À l'ouest, les partisans de la guerre l'emportent donc. Mais l'état d'esprit change peu à peu. En décembre 1916, la parution du *Feu*, un livre témoignage d'Henri Barbusse, montre la guerre dans toute son horreur. Le 12 décembre 1916, l'Autriche et l'Allemagne proposent une négociation sur les buts de guerre. Et cette idée est reprise par le président des États-Unis, W. Wilson.

Chacun sent que la guerre ne peut se prolonger ainsi. Des événements doivent briser ce massacre inutile que masquent les communiqués qui répètent «*À l'ouest rien de nouveau*» (livre d'E. M. Remarque). Quand? Comment? Ce sont les questions au début de l'année 1917.

1917

Dix jours qui ébranlèrent le monde :
les révolutions russes

Une révolution qui jette bas un État autocratique ne peut l'emporter que si la détermination des révolutionnaires, leur capacité à saisir l'instant propice sont conjuguées avec la décomposition de l'État, l'impuissance, les peurs, les hésitations, les aveuglements de tous les autres groupes politiques. Pour vaincre, la révolution doit donc bénéficier d'un ensemble de circonstances qui, pendant une période donnée, forment une conjoncture favorable. Que les révolutionnaires laissent passer cette chance et la situation peut se retourner. De là l'importance de « l'œil d'aigle » du leader révolutionnaire. Il doit être capable de lancer l'assaut au bon moment. Et c'est toujours un coup de dés.

Mais il n'y a de possibilité de l'emporter que si le bras armé du pouvoir (police, armée, etc.) est paralysé. Car si le « mouvement des masses » est nécessaire, si sans lui rien ne peut survenir, il n'est pas suffisant s'il se heurte à une force militaire supérieure, commandée avec rigueur, encadrée et disciplinée, et capable de le briser. On l'a vu en Russie en 1905-1906 lorsque l'armée a écrasé la révolution, malgré les mutineries de la flotte de la mer Noire (le *Potemkine*).

En 1917, toujours en Russie, la situation est radicalement différente parce que la guerre a, par ses coups de boutoir, conduit l'armée tsariste au bord de l'effondrement. En effet, la guerre – comme déjà le conflit avec le Japon en 1904-1905 – révèle toutes les tares du régime tsariste. Le pouvoir derrière son « constitutionnalisme de façade » est resté autocratique, incapable d'une gestion « rationnelle » de la guerre. Cadres supérieurs incompétents alors que les soldats sont courageux. Offensives conduites sans souci de préserver les vies humaines ; armements insuffisants, munitions rares ; transports incapables d'acheminer matériels et régiments : la Russie tsariste n'est pas apte à affronter une guerre moderne. Les pertes en hommes sont considérables (1 650 000 tués, 3 850 000 blessés, 2 410 000 prisonniers). Les souvenirs des défaites et de la révolution de 1905 sont présents dans toutes les mémoires, d'autant plus qu'on soupçonne, à la tête de l'État, l'Impératrice (qui a la réalité du pouvoir puisque Nicolas II est au quartier général) de germanophilie. La présence à ses côtés d'un Raspoutine – personnage corrompu – achève de déconsidérer le régime.

La bourgeoisie s'inquiète et, sentant l'effondrement, voudrait trouver une solution de rechange à « l'occidentale », cependant que l'inflation, le manque de pain et de charbon rendent la vie des plus pauvres, des ouvriers, insupportable.

Des émeutes de la faim, des manifestations spontanées – mais auxquelles participent naturellement les éléments révolutionnaires – éclatent à Petrograd entre le 8 et le 11 mars 1917 (du 23 au 26 février selon l'ancien calendrier), et les troupes de la garnison passent à l'insurrection. Cette *révolution de Février* – inattendue dans sa soudaineté même si chacun prévoyait une chute du régime – conduit à la constitution d'un gouvernement provisoire et à l'abdication du tsar (15 mars 1917). La Russie devient ainsi une république. Mais, face au gouvernement (Milioukov, Kerenski) et à la Douma, se dresse un deuxième pouvoir, celui du *Soviet de Petrograd des délégués ouvriers et des soldats*, constitué à l'image de celui qui avait surgi en 1905.

Qui, dans ce double pouvoir, va l'emporter ? Lénine, rentré de Suisse (par l'Allemagne) en Russie, formule, dans ses *Thèses d'avril*, l'idée que la « révolution bourgeoise » est achevée, que l'on est passé en Russie à la phase suivante, celle de la révolution du prolétariat. Mais les bolcheviks sont minoritaires. Pourtant, leur influence va rapidement s'accroître car le gouvernement provisoire ne répond à aucune des attentes de la population. Il veut continuer la guerre «jusqu'à la victoire totale», alors que le peuple et les soldats veulent la paix. Il ne veut pas distribuer la terre aux paysans, alors qu'ils veulent la terre. Et, enfin, il n'a pas les moyens de sa politique. En effet le pays est en révolution. L'ordre du jour n° 1 (*Prikaz n° 1*) pris par le Soviet de Petrograd, adressé aux troupes, précise que les unités seront désormais placées sous l'autorité de comités élus. Autant dire que la désagrégation de l'armée va s'accélérer. L'inflation par ailleurs continue et la misère s'aggrave. Dans ce climat, les thèses de Lénine (tout le pouvoir aux Soviets – la paix tout de suite – guerre aux châteaux, paix aux chaumières – la terre à ceux qui la travaillent) rencontrent un écho croissant.

Tout va dépendre en fait de la capacité du pouvoir (passé aux mains de Kerenski) de «briser» les bolcheviks. Lénine craint un mouvement de masse spontané et prématuré. En juillet (du 16 au 18), des journées de manifestations et d'émeutes se produisent «spontanément», et le pouvoir peut réagir. Les bolcheviks et Lénine passent dans la clandestinité. Trotski (1879-1940) rentré lui aussi d'émigration est arrêté. Mais pour autant la situation n'est ni stabilisée ni maîtrisée par le pouvoir. Si bien que Kerenski se trouve isolé entre d'une part le mouvement des masses et les bolcheviks et d'autre part la «droite» qui veut rétablir l'ordre en s'appuyant sur l'armée.

Du 9 au 14 septembre, le général Kornilov tente de marcher sur Petrograd afin de détruire le Soviet. Il échouera, à la fois parce que le pouvoir de Kerenski hésite, condamne la tentative tout en l'ayant soutenue au départ, et parce que la population de la ville s'est dressée et que les troupes de Kornilov passent à la «révolution».

Dès lors, dans un pays qui se défait, il ne reste plus face à face que le gouvernement et quelques troupes fidèles (rassemblées dans le Palais d'Hiver) et les bolcheviks, que Lénine avec difficulté s'efforce de convaincre, avec l'aide de Trotski, de passer à l'insurrection armée. « Attendre est un crime », dit-il, le 1ᵉʳ octobre 1917.

Au terme de débats vifs entre bolcheviks (Kamenev et Zinoviev étant contre, Staline réservé), l'insurrection est minutieusement préparée, au grand jour. Trotski, dans cette dernière phase, joue un rôle décisif.

L'initiative pourtant de l'affrontement revient au gouvernement de Kerenski qui fait occuper les ponts qui relient les quartiers ouvriers au centre de la capitale, fait saisir l'organe du parti bolchevique (*La Voie ouvrière*) et concentre des troupes (notamment des élèves officiers).

La prise du Palais d'Hiver

Le 6 novembre, c'est l'appel à l'insurrection bolchevique. Le 7 au matin, elle semble victorieuse, dans une ville calme. Le seul point de résistance est le Palais d'Hiver défendu par les élèves officiers et un bataillon de femmes soldats… Kerenski a déjà fui. Le bâtiment sera pris dans la nuit du 7 au 8 novembre (25-26 octobre). Le cuirassé *Aurora* a, depuis la Neva, bombardé le Palais.

Le IIᵉ congrès des Soviets se réunit le 8. « L'édification de l'ordre socialiste commence », dira Lénine.

Les bolcheviks ont su, portés par l'immense vague d'une révolution qu'ils suivaient plus qu'ils ne la suscitaient, prendre d'assaut un pouvoir qui, dans la décomposition du pays, n'était plus réduit qu'à lui-même. Un coup de force « militaire » et politique parfaitement dirigé couronne ainsi un immense mouvement de masse spontané, désordonné, tiraillé en des tendances diverses.

Et, en quelques mois, en deux révolutions, les événements de Russie changent le visage du XXᵉ siècle.

1918

L'Armistice

De même que le déclenchement d'une guerre est le résultat de causes multiples qui s'entrecroisent, la conclusion d'un conflit est le produit d'un ensemble de déterminations qui pèsent sur les gouvernements. Mais la guerre est d'abord un affrontement entre des armées, et c'est l'impossibilité pour l'un des camps de vaincre militairement – et cela relève de plusieurs causes –, ou le désastre stratégique, ou sa menace qui doivent être pris en compte quand on recherche les raisons du «moment» d'un «armistice» ou d'une capitulation.

Grèves et mutineries

Cependant, si ce moment est ainsi fixé par des causes militaires, le contexte social, politique, la situation générale – diplomatique, économique, etc. – pèse lourdement sur ces aspects militaires. Une guerre moderne n'est pas que le heurt des armées, ce sont des sociétés entières qui sont en jeu, des structures étatiques, des systèmes politiques qui sont en cause, et tels sont les facteurs essentiels. L'armistice qui clôt, le 11 novembre 1918, la guerre entre les belligérants principaux (Angleterre, France, Allemagne) et qui est signé dans la clairière de Rethondes est ainsi précédé par une longue période de crise, qui commence dès le début de l'année 1915, quand il est clair que cette guerre sanglante ne peut être conclue rapidement. Les offensives françaises, préparées par le général Nivelle, et qui provoquent inutilement – et scandaleusement – des hécatombes, marquent du côté français le moment où l'état d'esprit bascule (printemps 1917). Des mutineries touchent au moins une quarantaine de milliers de soldats (mai-juin 1917) qui manifestent ainsi le refus de la « boucherie ». À Paris, de grandes grèves se produisent, marquant le retour en force du mouvement revendicatif et socialiste.

Il n'est pas un pays en guerre (Italie, Allemagne, Autriche-Hongrie) qui ne connaisse dans ce printemps 1917 des secousses du même type. C'est que la Révolution de février 1917 en Russie a eu des échos, et surtout dans les partis socialistes. L'idée se fait jour que chaque parti socialiste devrait imposer à son gouvernement une « paix sans annexion » et que, dès lors, la paix générale deviendrait possible. Quand, à l'initiative des Hollandais, une conférence de l'Internationale socialiste est convoquée pour le 15 mai 1917 à Stockholm, les socialistes français décident d'y participer. Ce courant pacifiste touche avant tout les milieux politiques, et l'été 1917 est marqué par de nombreuses rumeurs de négociations et de paix. Car la situation générale a changé. La déclaration de guerre des États-Unis (2 avril 1917) a introduit en quelques semaines un élément nouveau. Pour les Empires centraux (Allemagne, Autriche-Hongrie), les États-Unis peuvent rompre en faveur de la France l'équilibre des forces. Et c'est ce qui explique les hésitations de Vienne surtout, mais aussi de Berlin.

Cependant, la révolution d'Octobre, sa volonté de se retirer du conflit (traité de Brest-Litovsk du 3 mars 1918) donnent une nouvelle chance à l'Allemagne, en lui permettant de déployer sur le front de l'Ouest les troupes jusqu'alors engagées sur le front russe. Mais l'offensive allemande (avril-juillet 1918), après d'importants succès (le front français est rompu), est brisée, et la contre-offensive franco-anglaise puis américaine contraint les troupes allemandes au recul. Dès le 8 août, le général Ludendorff tient la guerre pour perdue et Guillaume II précise, le 10 août : « Il faut déposer notre bilan. Nous sommes à la limite de nos forces. La guerre doit prendre fin. »

Mais si l'aspect strictement militaire est décisif à cet

instant, c'est que tout le contexte politico-social (par rapport à 1914 par exemple) a changé.

La révolution allemande

Au début de l'année 1918 une grève de huit jours a paralysé la métallurgie allemande sur un mot d'ordre politique : paix sans annexion et réforme électorale. Ce mouvement en pleine guerre révèle l'importance de la poussée des idées socialistes et révolutionnaires. Quant à l'opinion publique, si elle subit plus qu'elle ne proteste, tant que la perspective d'une victoire militaire semble ouverte, elle se rebelle dès que cette éventualité est exclue. En septembre 1918, les chefs des partis politiques demandent à ce que le Reichstag gouverne avec des hommes nouveaux, ce qui est une manière de faire cesser la « dictature » du quartier général de l'armée. Ce dernier est d'ailleurs soucieux de se dégager de la « défaite » et de la laisser assumer par les « politiques », tout en conservant l'instrument militaire à l'abri d'une contagion révolutionnaire et en évitant sa désagrégation. La leçon de la Révolution russe a été retenue par tous les gouvernements et les états-majors. De même que la nécessité d'opérer les changements avant qu'il ne soit trop tard. C'est ainsi que, dès le 31 octobre 1918, les représentants de tous les milieux (y compris les membres du ministère) demandent à Guillaume II d'abdiquer. Le refus de l'empereur déclenche la révolution. Des conseils d'ouvriers, de marins et de soldats se créent à Kiel, dès le 3 novembre, et les équipages de la flotte de la Baltique arborent le drapeau rouge. À l'autre extrémité de l'Allemagne, en Rhénanie, à Munich, des conseils d'ouvriers et de soldats surgissent aussi, et ces conseils évoquent les Soviets. La république est proclamée à Berlin sous la poussée des manifestations ouvrières et des spartakistes, l'aile révolutionnaire du parti social-démocrate. La société allemande se trouve ainsi plongée dans une atmosphère révolutionnaire où les foyers de révolution sont nombreux, même si

– et c'est la différence capitale d'avec la Russie – l'armée, tenue à l'écart de la « guerre civile », ne se décompose pas.

En Autriche-Hongrie, les mois de septembre-octobre voient se désagréger l'Empire, les « conseils nationaux » (tchèques, yougoslaves, hongrois, allemands) se déclarant États indépendants. Cet éclatement entraîne le délitement de l'armée, où se multiplient les désertions, et dans ces conditions l'offensive italienne est un succès, qui conduit à l'armistice du 3 novembre 1918. L'Allemagne suivra le 11 novembre 1918.

C'est bien le changement de conjoncture politique et sociale, intervenu dans l'année 1917, les modifications dans l'équilibre des belligérants (entrée en guerre des États-Unis – avril 1917 – révolution en Russie et retrait du conflit de ce pays – mars 1918) qui ont été les facteurs expliquant l'armistice, parce qu'ils déterminent, à leur tour, la situation militaire.

Les révolutions russes de 1917, les mouvements sociaux qui les accompagnent et qu'elles influencent, l'inquiétude des gouvernements qui craignent la désagrégation de l'appareil militaire et la contagion révolutionnaire ont ouvert la voie aux armistices de 1918.

De la guerre a surgi la révolution. Et la révolution conduit à terminer la guerre pour tenter d'arrêter la vague révolutionnaire.

1919

Versailles : un traité pour rien

Une guerre longue qui entraîne la dislocation d'un Empire, la défaite d'autres États, laisse un champ de décombres. Tous les secteurs de la vie sont touchés. Les destructions ont ravagé des régions entières ; l'économie est affaiblie ou tournée vers les productions de guerre ; les institutions politiques sont contestées ou bouleversées. Les finances des États vainqueurs et vaincus sont obérées par les dettes. Les troubles sociaux secouent certains pays. Reconstruire, dans ces conditions, un équilibre mondial – si la guerre a été mondiale – est une tâche immense. La guerre est un tremblement de terre dont les secousses continuent, une fois l'armistice signé, d'ébranler les sociétés, même celles des antipodes, puisque tous les continents ont été affectés par un conflit mondial.

Le rétablissement de l'équilibre est d'autant plus difficile qu'il y a, au terme d'une guerre, des vainqueurs et des vaincus et que ces derniers, selon une logique implacable, doivent « payer » leur défaite. Ce qui introduit de nouvelles pressions. Une « paix juste », quand la guerre est l'épreuve de force par excellence, est à l'évidence un idéal inaccessible. Autour de la table des négociations, il y a des pays qui veulent dépecer – et estiment avoir le droit de le faire – le corps des vaincus. Mais, entre les vainqueurs, les rivalités, un temps masquées par les nécessités de la guerre menée en commun contre un adversaire principal, ressurgissent avec force. Et cette division rend encore plus malaisée la négociation et plus précaire le traité qui la conclut.

Les divergences d'intérêts

La conférence de la paix qui se réunit à Paris, à partir du 18 janvier 1919, et dont le but est d'aboutir à un traité, illustre parfaitement ces difficultés. Les grands négociateurs (Clemenceau, Lloyd George, Orlando, Wilson) sont en effet porteurs d'objectifs différents. D'abord, les intérêts des États-Unis exprimés par Wilson sont en contradiction avec les intérêts généraux des trois Européens (Français, Anglais, Italiens). L'Europe, en effet, est globalement la grande victime du conflit. Elle a (vainqueurs et vaincus de sa guerre civile) perdu près de 9 millions d'hommes. Ses positions dans le monde – en Asie notamment par l'action du Japon, mais aussi des États-Unis – ont été remises en cause. L'appel qu'elle a fait aux peuples coloniaux pour se battre sur son sol – cet impôt du sang exigé sans ménagement (les colonies et protectorats français ont fourni 928 000 hommes dont 690 000 combattants ! L'Inde 943 000 hommes dont 683 000 combattants !) – va bouleverser à terme les rapports entre métropoles et colonies. De plus, Wilson a formulé, en janvier 1918, un « Programme de paix en quatorze points » et des principes de paix, qui bien que généraux et vagues ont exprimé la volonté des États-Unis de voir s'établir une Société des Nations (S.D.N.) qui donnera à tous les États, grands et petits, « des garanties mutuelles d'indépendance politique et d'intégrité territoriale » ; puis de voir régner la liberté de navigation sur mer ; et enfin le désir d'établir le règlement des litiges territoriaux sur la base du principe des nationalités.

Ce dernier point est crucial. Les « nationalistes » opprimés ont été exaltés par les propagandes de guerre. Mais ils sont souvent rivaux entre eux. Et, dans les Balkans, en Europe centrale (en Bohême, en Transylvanie, en Macédoine, dans la région de Trieste et de Fiume) comment établir des frontières « justes » entre les peuples et les faire respecter ? La guerre est à peine terminée que ces nationalités entrent en conflit.

Cela déborde le cadre européen. La Chine quitte la conférence devant les exigences du Japon, un « allié ». L'Italie interromprt elle aussi sa participation, car – au nom du principe wilsonien – on lui refuse l'annexion de Fiume et de la Dalmatie. L'orgueil national italien en est blessé. Pourquoi avoir participé à la guerre si c'est sans profit, alors que les Alliés avaient promis ces territoires en 1915 (traité de Londres) ?

Autre difficulté. Cette guerre, du point de vue des puissances de l'Entente, était celle du droit. Or l'Allemagne se trouve exclue des débats où son sort est réglé. Comment l'opinion allemande pourrait-elle accepter ce qui va lui apparaître comme un « Diktat » surtout si elle est convaincue que, dans le déclenchement du conflit, les responsabilités sont partagées ? Ce n'est donc pas le droit qui s'exprime, mais tout simplement la loi du plus fort.

Or cette loi est dure. L'Allemagne est amputée du huitième de ses territoires et du dixième de sa population de 1914. L'Alsace-Lorraine, notamment, est restituée à la France. La Sarre est placée pour quinze ans sous le contrôle de la S.D.N. Mais l'annexion de la rive gauche du Rhin, le contrôle de la Ruhr, demandés par la France, sont refusés par la Grande-Bretagne et les États-Unis.

À l'est, le territoire allemand est séparé de la Prusse orientale par le « corridor » de Dantzig, décrétée ville libre. Un référendum doit avoir lieu en Haute-Silésie pour décider si ce territoire sera allemand ou polonais. La Pologne reconstituée a un accès à la mer.

Un lourd diktat

L'Allemagne perd en outre toutes ses colonies redistribuées aux vainqueurs (mais l'Italie est exclue du partage).

Les clauses militaires (armée limitée, démilitarisation de la rive droite du Rhin), les clauses financières et économiques sont aussi sévères. L'Allemagne doit payer des « réparations », 20 milliards de marks-or, son potentiel économique est entamé (75 % de son minerai de fer, 25 % de son acier et de son charbon, 15 % de sa production agricole). Elle doit livrer du matériel.

La dureté de ce traité (condamné par l'économiste Keynes) est justifiée par l'affirmation que l'Allemagne est rendue moralement responsable de la guerre. Mais il est si lourd qu'il révolte une partie de l'opinion allemande (d'abord les milieux nationalistes) et n'est accepté par l'Assemblée de Weimar que le 22 juin 1919, et signé dans la galerie des Glaces à Versailles le 28 juin. C'est la revanche de 1871.

Il comporte en outre le texte constitutif de la Société des Nations.

Mais il est évident, dès sa signature, qu'il ne satisfait personne. Ni l'Italie, ni l'Allemagne qui déclare ne « pouvoir payer », ni la France qui considère qu'elle a dû abandonner des exigences essentielles (l'annexion de la rive gauche du Rhin). Ni la Grande-Bretagne qui craint le retour d'une hégémonie française sur le continent. Ni même les États-Unis puisque le Sénat américain désavoue le président Wilson et, soucieux de se désengager, refuse de ratifier le traité.

Ce traité inapte à rétablir un équilibre est de plus conclu alors que l'Europe est secouée par une vague révolutionnaire. Grèves et violences se multiplient en Italie. La révolution et la contre-révolution s'affrontent en Allemagne. Des marins de la flotte française de la mer Noire se mutinent. Des corps francs (volontaires allemands qui veulent défendre ou reconquérir les territoires cédés aux Polonais) se battent en Silésie et sur les bords de la Baltique.

Le traité n'a que peu de prise sur cette réalité. Loin de « stabiliser » une situation, il crée de nouvelles tensions et de vives rancœurs nationales. En 1919 (janvier et mars) sont fondés en Allemagne le *Parti des travailleurs allemands* (futur parti nazi) et en Italie les *Faisceaux de combat* (futur parti fasciste).

1920

Naissance
du Parti communiste français

Dans l'histoire d'une mouvance politique, la succession d'étapes marquées par la constitution de partis – ou de groupes plus ou moins structurés – puis leur fractionnement en factions concurrentes ou ennemies, puis leurs retrouvailles – alliances conjoncturelles ou réunifications – est une caractéristique générale. De même que, comme tout organisme social, un parti politique naît, croît, se stabilise puis régresse plus ou moins rapidement.

Ces phénomènes tiennent à la bonne ou mauvaise adéquation de ces partis – ou de ces groupes – aux besoins, aux attentes, aux aspirations des couches sociales qu'ils cherchent à encadrer, à représenter, à défendre. Ils dépendent aussi des circonstances, et de la capacité des dirigeants à saisir les mouvements de l'opinion, à les anticiper. Ils sont marqués par les rivalités de pouvoir qui opposent les leaders.

Révolutionnaires et « réalistes »

Quand ces mouvements politiques s'inspirent d'une conception du monde – d'une lecture de l'Histoire et de son devenir –, d'une idéologie, les fractures proviennent aussi de l'opposition des interprétations de la « théorie », même si ces débats d'idées masquent souvent des luttes pour le pouvoir. Mais une division classique s'opère souvent entre ceux qui, se déclarant réalistes, veulent d'abord tenir compte de la réalité telle qu'elle est (ou qu'elle leur apparaît) et ceux qui, radicaux, révolutionnaires, ne veulent pas composer avec elle mais désirent la transformer.

Le mouvement socialiste, plus que d'autres, parce qu'il se rattache explicitement à une vision de l'Histoire, a connu ses épisodes de scissions et de réunifications. Et en France, où le passé politique est toujours présent dans les polémiques et pèse avec sa masse d'événements (révolutions et d'abord celle de 1789, insurrections, etc.), les situations de crise ont toujours des répercussions importantes à l'intérieur du ou des partis socialistes. Il en est ainsi dans les années 1919-1920, quand, la guerre terminée, il faut tirer les leçons du conflit et préparer l'avenir. Dès juillet 1919, l'un des leaders socialistes, L.-O. Frossard, écrit dans le journal *L'Humanité* : « La seule vraie question qui se pose est de savoir si la guerre, oui ou non, a créé une situation révolutionnaire et si, par conséquent, le prolétariat doit mettre à profit, rechercher toutes les possibilités de s'emparer révolutionnairement du pouvoir… selon qu'on résout ou non par l'affirmative on choisit entre les deux méthodes ; on s'installe dans le régime en s'efforçant de le rendre supportable, ou bien on y entretient l'état de guerre en utilisant un antagonisme de classes sans cesse croissant. »

Mais, au-delà de cette analyse historique, il y a la manière dont les ouvriers, les électeurs, les militants socialistes vivent et ressentent la période. Or, ceux qui ont été mobilisés durant des années et ont mesuré l'horreur et les massacres de la guerre sont en état de révolte. Ils prennent conscience de leurs sacrifices et du nombre de camarades tombés au feu. Ils découvrent l'enrichissement rapide des « profiteurs » de guerre. Les ouvriers, au contraire, ont des salaires réels qui sont inférieurs de près de 15 % à ceux de 1914. S'ils veulent manifester – ainsi le 1er mai 1919 – on le leur interdit et la répression est brutale. C'est la propagande chauvine qui triomphe partout dans la grande presse. Et, en 1919, l'assassin de Jaurès est acquitté, la veuve du leader socialiste condamnée à payer les frais du procès ! Au même moment, le gouvernement de Clemenceau organise une intervention militaire en Ukraine contre le jeune

État soviétique, qui, aux yeux des socialistes, incarne la révolution du prolétariat. Si bien que les marins de la flotte de la mer Noire et des fantassins se mutinent. Même ceux des socialistes qui sont réservés à l'égard de Lénine et des bolcheviks sont hostiles à toute intervention armée en Russie, alors que les puissances de l'Entente soutiennent les armées « blanches » qui tentent d'écraser les bolcheviks. Et la colère est grande contre cette politique, contre ceux qui, au nom de l'Union sacrée, ont participé à la direction de la guerre, contre aussi les dirigeants de la IIIe Internationale socialiste qui a été incapable d'empêcher le conflit. Nombreux sont ceux qui sont sensibles à l'idée d'adhérer à la IIIe Internationale, celle qu'ont fondée les bolcheviks, et dont le but est implicitement la Révolution mondiale.

Or, en 1919 comme en 1920, on imagine, dans la gauche socialiste, que l'Europe est à la veille d'une révolution, embrasant le vieux continent et touchant la France. On dénonce le rôle des sociaux-démocrates allemands – Noske – qui se sont alliés à l'armée (la Reichswehr) pour écraser la révolution spartakiste (Rosa Luxemburg et Karl Liebknecht ont été assassinés). Mais elle renaît en 1919 durant la « Semaine rouge » de Berlin (janvier), lors de l'institution d'une République soviétique à Munich (avril 1919), ou en Hongrie avec Bela Kun (mars 1919). En 1920, l'armée soviétique entre en Pologne et, même si elle est défaite à Varsovie, la situation paraît mouvante, ouverte. Les armées « blanches », en Russie, sont battues. Bref, la révolution, dans beaucoup d'esprits, est à l'ordre du jour.

En France, la situation se tend. Une loi électorale habile jointe à une propagande fondée sur la peur du bolchevik (l'homme au couteau entre les dents) a permis au Bloc national de remporter les élections de novembre 1919. La Chambre des députés est la plus à droite depuis 1875. Clemenceau est écarté (il ne sera pas candidat à la présidence de la République contre Deschanel, élu) et c'est Millerand qui forme un gouvernement qui est ouvertement réactionnaire et proche des milieux financiers. L'affrontement avec l'« extrême gauche » est inévitable. Les syndicalistes les plus révolutionnaires poussent à la grève. Et elles se succèdent dans les chemins de fer, brisées par un patronat déterminé, organisé, appuyé par le gouvernement. En juin 1920, quand le travail reprend, près de 18 000 cheminots seront révoqués (5 % du personnel). Des magistrats décident même de décréter la dissolution de la C.G.T.

L'adhésion à la IIIe Internationale

C'est dans ce climat que se réunit, à Tours, le congrès socialiste, du 25 au 31 décembre 1920. Une majorité, conduite par Marcel Cachin (1869-1958) et L.-O. Frossard, souhaite l'adhésion à la IIIe Internationale (communiste, de Lénine), non qu'elle se reconnaisse dans les principes bolcheviques, mais pour marquer à la fois sa solidarité avec la Révolution russe et par sensibilité au « climat » révolutionnaire – estiment-ils – du moment. C'est ainsi, par 3 252 voix contre 1 082 (et 397 abstentions), qu'est votée l'adhésion à la IIIe Internationale. La minorité conduite par Blum (1872-1950) a opposé les principes du socialisme français aux discours « révolutionnaires ». Elle veut garder la « vieille maison » – le parti – dans l'espoir d'une réunification. Mais les majoritaires, appliquant les 21 conditions posées par Lénine pour l'adhésion à l'Internationale, excluent la minorité. Une Section française de l'Internationale communiste (avec le journal *L'Humanité*) va ainsi s'opposer à la S.F.I.O.

Cette scission qu'on peut croire passagère, circonstancielle, va au contraire produire un parti communiste qui réussira à s'implanter dans le paysage politique français, donnant un certain type de militant, provoquant la scission syndicale. Et marquant de son action non seulement le mouvement ouvrier français, mais aussi l'histoire du pays.

1921

Un pas en arrière :
la Nouvelle Politique économique de Lénine

Conquérir le pouvoir n'est qu'une étape, pas nécessairement la plus difficile. L'épreuve vient après, quand il faut le garder. Tous les mouvements, tous les chefs de parti ou de conjuration ont été confrontés à cette réalité. Elle est difficile à maîtriser car l'élan qui permet de prendre l'État est porteur d'espoir et d'illusions, qui dans les semaines et les mois qui suivent se dissipent. La vie reprend son cours et, surtout si la prise du pouvoir s'est opérée dans une période de crise, souvent elle est encore plus difficile. Enfin, les adversaires, s'ils n'ont pas été totalement vaincus (politiquement ou militairement selon les circonstances), relèvent la tête et repartent à l'assaut.

La guerre civile

C'est cette situation qu'affrontent Lénine et les bolcheviks dans les années qui suivent la révolution d'Octobre. Ils ont conquis le pouvoir sans difficulté, le gouvernement Kerenski s'étant affaibli par lui-même, si bien qu'il a suffi du coup d'épaule de l'insurrection armée pour le renverser le 7 novembre. Mais, le Palais d'Hiver occupé, le pays reste en proie au désordre, aucune des forces sociales et politiques hostiles aux bolcheviks n'a été brisée. Ni les monarchistes ni, à l'autre extrémité, les socialistes-révolutionnaires. En quelques mois, Lénine prend une série de mesures contre les classes moyennes et supérieures (elles sont « suspectes »), établit des tribunaux du peuple (révolutionnaires) et décrète tous les autres mouvements politiques « contre-révolutionnaires ». Dès le 20 décembre 1917, une police politique est créée (la Tchéka) dirigée par Félix Dzerjinski. La paix de Brest-Litovsk (3 mars 1918) permet à Lénine, au prix d'abandons désastreux, de sortir la Russie de la guerre. Mais il doit affronter alors la guerre civile. Outre les « Blancs » – armées composées de monarchistes, de tous les opposants conservateurs ou libéraux aux bolcheviks –, les « socialistes-révolutionnaires » de gauche (par l'attentat, le soulèvement armé à Moscou, en juillet 1918), les anarchistes entrent en lutte contre le pouvoir bolchevique. Lénine est gravement blessé par un attentat en août 1918. Et la guerre civile, en se déchaînant, avec son cortège habituel de massacres, d'exécutions sommaires, etc., ravage le pays. Elle est d'autant plus profonde que près d'une vingtaine d'États étrangers envoient des troupes (ou des armes) pour écraser le nouveau pouvoir. D'octobre 1919 à janvier 1920, la Russie est soumise à un blocage complet. Les États voisins (ainsi la Pologne) tentent de lui arracher des territoires.

Pour faire face à cette situation, Lénine décrète le « communisme de guerre » : nationalisations (y compris celles du commerce et de la terre), réquisitions du ravitaillement par l'État et distribution dans les villes. Ces mesures extrêmes qui concentrent tout le pouvoir économique entre les mains de l'État (le Gosplan est créé en février 1921) n'empêchent pas la famine de sévir en 1921 (on repère des actes de cannibalisme dans certaines régions !), aggravée par une sécheresse qui frappe le pays en 1920-1921.

Certes, le pouvoir bolchevique a vaincu les armées blanches (et l'organisateur de l'armée rouge, Trotski, a joué un rôle décisif dans cette guerre), mais le pays est exsangue, ravagé par des épidémies, des bandes d'errants. L'économie, en 1921, n'est plus que l'ombre de ce qu'elle était en 1914 : 5 % pour la production de coton ; 2 % pour celle du fer. La superficie cultivée ne représente plus que 62 % de celle exploitée avant-guerre. Et les paysans refusent de cultiver la terre pour ne pas voir leurs récoltes réquisitionnées. L'année 1921, victoire sur les ennemis armés du pouvoir bolchevique, est aussi une année terrible pour ce pouvoir. D'autant plus qu'il ne peut espérer un secours de la « révolution mondiale » qu'il a longtemps attendue. Dans toute l'Europe, après l'élan de 1919-1920, c'est le reflux, l'écrasement (de Berlin à Budapest, de Turin à Varsovie). Certes, ces mouvements (et les mutineries dans les armées d'intervention) ont interdit aux puissances une politique plus active contre le pouvoir soviétique, mais il est clair, en mars 1921, que la vague révolutionnaire d'après-guerre est épuisée. Les bolcheviks sont seuls avec un pays en ruine et qui a perdu, pendant la guerre civile, près de vingt millions de personnes, des centaines de milliers (plus d'un million sûrement) de cadres ayant émigré.

La révolte de Cronstadt

Ces conditions extrêmement dures sont périlleuses pour le pouvoir. Une crise couve. Des soulèvements paysans se produisent. L'anarchiste Makhno tient l'Ukraine. En février 1921, les usines de Petrograd se mettent en grève pour réclamer l'amélioration du ravitaillement, la réduction des pouvoirs de la Tchéka. Les marins de la flotte de la base de Cronstadt sont touchés par cette agitation ouvrière. Ils s'élèvent contre les « usurpateurs communistes », les commissaires bolcheviques, « la commissarocratie ». Situation critique pour le pouvoir bolchevique : les ouvriers de Petrograd, les marins ont été leurs soutiens fidèles et, même si en quatre années de guerre civile, la composition de ce prolétariat et de ces équipages a changé (les bolcheviks sont partis pour occuper des postes de pouvoir), symboliquement, c'est un coup sévère pour les bolcheviks au moment où on compte plus de cinquante foyers d'insurrections paysannes très vigoureux. Cronstadt est, en outre, une position stratégique qui pourrait permettre aux Blancs ou aux Alliés d'intervenir. La décision de donner l'assaut à la forteresse est prise. La bataille sera dure et la répression impitoyable : on fusillera par centaines les

« cronstadtiens ». Les bolcheviks ont vaincu, mais la rupture est totale entre communistes et libertaires. Cronstadt devient le symbole de l'opposition entre marxistes et anarchistes.

Lénine tire la leçon de l'événement : « Nous avons été trop loin », dit-il. Et il fait adopter la *Novaia Ekonomitcheskaia Politica* (la N.E.P.) qui, tout en laissant à l'État le contrôle des positions dominantes en économie, autorise l'entreprise privée à se déployer. Même chose pour les paysans : ils peuvent garder, une fois payé l'impôt (en nature), le surplus de leurs productions et le vendre sur le marché libre. On peut même louer la terre et salarier des travailleurs agricoles. Les entreprises d'État doivent se suffire à elles-mêmes. Et 75 % du commerce de détail passe à l'initiative privée. Cette N.E.P. connaît un immense succès. L'économie russe retrouve en quelques années (1928) le niveau d'avant-guerre. La famine disparaît. Mais des différenciations sociales nouvelles se font jour. Les « Nepmen » – liés au développement de l'entreprise privée – se multiplient dans les villes, et les koulaks (paysans aisés, au « poing » serré sur leurs biens) dans les villages. Face à ces catégories sociales, que faire ? Dès le XIe congrès du Parti (1922), les communistes déclarent qu'il ne faut plus « battre en retraite ». Le communisme de guerre, puis la N.E.P., la dureté de la répression et le réalisme ont permis aux bolcheviks de garder le pouvoir. Il leur reste à choisir le chemin qu'ils vont prendre. Les enjeux sont immenses. Ils opposent déjà des hommes en lutte pour le pouvoir. En mai 1922, une attaque a frappé Lénine, laissant ainsi le champ des ambitions ouvert.

1922

La marche sur Rome :
le fascisme au pouvoir

L'homme qui durant plusieurs années a affronté la mort et a vu tomber près de lui des dizaines de camarades n'est plus le même. C'est en ce sens que la guerre modifie les mentalités collectives. Elle crée dans toute l'Europe des millions d'anciens « combattants », qui n'ont pas tous la même expérience du « feu », mais qui tous ont subi, au moins, l'expérience de la vie en groupe, en « masse », d'une discipline rigoureuse. De ce fait, ils sont durablement marqués par ces années de front.

Anciens combattants et révolutionnaires

Les sacrifices consentis durant cette longue période peuvent conduire à des attitudes contradictoires. Chez les uns, soldats du rang, fantassins, « chair à canon », un sentiment de révolte contre ceux qui, gouvernants, officiers, ont provoqué la guerre et l'ont conduite avec brutalité et souvent sans se soucier des pertes infligées aux troupes. Mais, pour d'autres – soldats d'élite, officiers, gradés subalternes –, la guerre peut avoir été une aventure exaltante, la découverte de l'exercice du pouvoir sans partage, sur d'autres hommes, une école d'héroïsme et d'absolu, aux antipodes des normes étroites de la vie civile, où d'autres hiérarchies fonctionnent qui ne font plus appel aux mêmes valeurs. Ce ne sont plus la force virile, le goût du risque, la capacité à déployer la violence, l'héroïsme et, pour ce qui est des convictions, le patriotisme qui sont reconnus, mais la compétence professionnelle, le respect des usages et des codes « formels » (hypocrites) de la vie « bourgeoise ». Quant au patriotisme, il est humilié si l'on appartient aux nations vaincues et il est souvent bafoué ou déçu même si l'on appartient au camp des vainqueurs, car la victoire ne peut apporter ce que l'on espérait. De plus, maintenant que la guerre est finie, ces « défaitistes » peuvent s'exprimer à visage découvert, entraînant des foules derrière eux. Ceux qui ont combattu la guerre en dénoncent le coût, l'inutilité, et désignent ceux qui l'ont conduite comme des coupables. Les « patriotes » anciens combattants doivent affronter la vague révolutionnaire.

Il y a donc, dans chaque pays d'Europe, des dizaines de milliers d'hommes qui ressentent avec colère la situation qui leur est faite. Ils ont le sentiment d'être « trahis ». Le pays, le peuple, les Constitutions ne reconnaissent pas leurs sacrifices.

C'est parmi eux que, en Italie, Mussolini (1883-1945), lui-même ancien combattant, ancien socialiste ayant choisi en 1914 le camp des partisans de l'entrée en guerre de l'Italie, regroupe, le 23 mars 1919, 119 personnes qui vont constituer les *Fasci Italiani di combattimento* (« les Faisceaux italiens de combat »).

La réunion se tient dans un salon du Cercle des intérêts industriels et commerciaux, lieu significatif. Dès l'origine, en effet, ces « demi-solde », ces « patriotes » formés par la guerre et déçus par les conditions du retour de la paix (à la fois dans leur vie personnelle et pour leur pays) sont perçus par les milieux dirigeants de certains secteurs de l'économie (l'industrie, le monde des agrariens) comme pouvant constituer une force à opposer au mouvement ouvrier. Celui-ci se développe en Italie avec une vigueur telle qu'il semble que la situation soit révolutionnaire. « L'Italie de 1920, entend-on dire, c'est la Russie de 1917. » Les usines – notamment dans la région de Turin et de Milan – sont occupées. Le prolétariat agricole entre lui aussi en lutte – en Émilie, autour de Bologne. Le parti socialiste, qui a remporté les élections de novembre 1919 (à Milan, Mussolini a recueilli 4 795 voix et les socialistes 176 000, le parti populaire catholique 74 000), manie la phrase révolutionnaire et paraît prêt à prendre la tête du mouvement révolutionnaire.

En fait, s'il y a bien en Italie une vague révolutionnaire, elle ne possède ni dirigeants capables de la canaliser et de lui fixer des buts (ceux qui pourraient le faire – Antonio Gramsci [1891-1937] – sont trop jeunes pour être à la tête du parti) ni assez de force pour briser un État, même s'il sort affaibli de la guerre. Le roi Victor-Emmanuel III est respecté. Le système parlementaire fonctionne, et les socialistes y jouent leur rôle, car, sous la phrase révolutionnaire, ils sont intégrés au système politique et sans volonté de rupture.

Il existerait une issue politique à la crise qui serait l'alliance socialistes-catholiques du parti populaire, mais le Vatican la refuse. Et l'Italie se trouve ainsi prise entre un système parlementaire qui s'enlise, un monarque qui demeure le chef d'une armée qui ne s'est pas décomposée, et des troubles sociaux, à coloration révolutionnaire, qui tournent en rond, sans perspective.

Cette situation est, en 1921 (après la vague des occupations d'usines, et leur échec), favorable à Mussolini et à son mouvement. Avec habileté, avec un flair politique réel, il perçoit que, dans cette « dépression » du mouvement social et révolutionnaire, il y a une issue pour le fascisme. Les milieux industriels le financent. Les anciens combattants « patriotes » le rejoignent en masse. Des *Squadre* (« sections ») paramilitaires (uniformes, hiérarchie, armes) se constituent, qui mènent, au service des grands propriétaires fonciers, des expéditions « punitives » contre les syndicalistes, les coopératives, les militants socialistes (*manganello* – matraques –, huile de ricin, etc.). Dans cette guerre civile larvée qui se développe, l'État et ses représentants (l'armée, les préfets, les carabiniers) ne sont pas neutres. Au contraire, ils laissent faire ces « fascistes » qui partagent les mêmes valeurs patriotiques, la même conception de l'ordre.

L'action politique de Mussolini

En même temps, Mussolini (qui, aux élections de 1921, a été élu député et dispose d'un groupe parlementaire de 35 députés) fait pression sur le pouvoir monarchique, lui faisant craindre que le mouvement fasciste ne se retourne contre la royauté et qu'il ne s'affirme républicain. Les liens se multiplient par ailleurs entre fascistes et milieux politiques. Un Parti national fasciste est créé en 1921 pour faciliter ces contacts, donner au mouvement une apparence traditionnelle qui permette à Mussolini de jouer sur les deux tableaux : force politique parlementaire, normale, respectant les institutions, et force « révolutionnaire » agissant par la violence et brisant toutes les oppositions. La stratégie de Mussolini est ainsi à deux volets. La prise du pouvoir se fera dans les formes légales, mais elle aura été préparée par une « Marche sur Rome » des *Squadre* fascistes (octobre 1922). Cette marche pourrait être facilement brisée par l'armée royale qui, au contraire, la favorise. Il y a à la fois simulacre de légalité et simulacre de coup de force contre le pouvoir, puisque l'État est en fait complice. La violence ne s'exerce que contre les démocrates et les socialistes. Et le fascisme apparaît ainsi comme une « contre-révolution » *posthume* (après une vague révolutionnaire, celle des années 1919-1920) et *préventive* (pour empêcher une nouvelle vague de surgir).

Le 30 octobre 1922, Mussolini est chargé par Victor-Emmanuel III de former le gouvernement. Il obtiendra une large majorité à la Chambre (306 voix contre 116, et il n'y a que 35 députés fascistes). Les socialistes ont seuls voté contre. Les grandes figures du parlementarisme italien lui ont accordé leurs voix ainsi que les catholiques. L'épilogue légal et parlementaire efface les violences. « L'ère fasciste » commence. Elle sera longue. Mussolini a inventé un mot et des principes. Le fascisme italien servira d'exemple...

1923

Le putsch de la brasserie :
Hitler entre en scène

La rencontre entre un peuple, une nation et un homme au destin singulier que rien à l'origine de sa vie ne paraît désigner pour incarner, diriger les destinées d'une collectivité de plusieurs millions d'hommes ayant leurs représentants réguliers, leurs institutions, relève toujours pour une part de ce qu'on peut appeler le « hasard », c'est-à-dire d'une somme de déterminations si nombreuses qu'elles sont difficiles à isoler et à analyser. Il y a dans toute explication un résidu obscur qui résiste d'abord à la raison, semble relever du mystère, alors qu'il suffit de totaliser des causes d'origines différentes pour éclairer la réussite de cet homme, qui demeure exceptionnelle – qu'il était difficile de prévoir – mais dont on peut cerner les circonstances.

Dans le destin de cet homme et du peuple qu'il vise à diriger, un événement peut se produire – comme une première rencontre – qui, avec le recul historique et à la lumière des événements postérieurs, apparaît comme une répétition, permettant une radiographie des données qui expliquent le succès de ce leader et le ralliement de ce peuple (ou d'une de ses parties) aux objectifs qu'il définit.

Le putsch de la brasserie

C'est ce qui se produit en Allemagne, à Munich, lorsque, le 9 novembre 1923, Adolf Hitler (1889-1945) tente de s'emparer de la capitale de la Bavière, afin, à partir de cette ville, de conquérir toute l'Allemagne. Dix ans avant sa

prise de pouvoir (31 janvier 1933), ce « putsch de la brasserie » est un événement décisif dans le destin – et dans la
formation des idées – de Hitler, un instant important de
l'histoire de l'Allemagne par ce qu'il révèle.

Pourtant, les faits en eux-mêmes ne paraissent pas déterminants. Un agitateur politique d'extrême droite, nationaliste (A. Hitler), interrompt le 8 novembre une réunion des
membres du gouvernement bavarois (à la brasserie Bür-
gerbraukeller) von Kahr, von Lossow, et avec l'appui du
général Ludendorff le 9 novembre marche vers le centre de
Munich. La police ouvre le feu. Goering, l'un des compagnons de Hitler, sera blessé, Hitler arrêté, condamné à cinq
ans de forteresse. Il sera libéré dès le 25 décembre 1924.
En prison, il a rédigé *Mein Kampf*. « Nous avions compris,
écrit-il, qu'il ne suffisait pas de renverser le vieil État, mais
que le nouvel État devait être organisé au préalable et se
trouver pratiquement entre nos mains... Désormais il faudrait créer, sans aucune hâte, la situation qui exclurait
toute possibilité d'un second échec. »

Mais, échec pour Hitler, le putsch de Munich est un
révélateur. De la personnalité de Hitler d'abord. Cet Autrichien aux origines incertaines (enfant illégitime, il a peut-
être une ascendance juive), ce peintre de carte postale, ce
marginal, déclassé, qui veut se forger une identité, ne trouve
son salut que dans la guerre. « Ainsi commença pour moi,
écrira-t-il, le temps le plus inoubliable et le plus sublime de
toute mon existence terrestre. » Blessé, cet ancien combattant vit la défaite de l'Allemagne comme un malheur personnel. Les responsables de l'humiliation de l'Allemagne
sont les « Marxistes » et les « Juifs » : « misérables, dépra-
vés, criminels ». « Agent » des milieux militaires, il devient
un agitateur politique pénétrant les partis de l'extrême droite
nationaliste et révolutionnaire. Il adhère « sur ordre », le
16 septembre 1919, au *Deutsche Arbeiterpartei* (fondé en
janvier 1914 par Anton Drexler, un ouvrier de Munich). Il
est en relation avec un parti autrichien, le *Deutsche National Sozialistische Arbeiterpartei*, qui a déjà pour emblème
la croix gammée. En décembre 1920, la collaboration des

deux partis aboutit à la création du N.S.D.A.P. (*National Sozialistische Deutsche Arbeiterpartei*). Dans ces groupuscules, Hitler s'impose par sa volonté d'agir, ses capacités exceptionnelles d'orateur populaire, l'opportunisme avec lequel il jongle, à partir de principes sommaires (nationalisme, racisme qui affirme la supériorité de la race aryenne, anticapitalisme, etc.), son goût pour le pouvoir personnel, et son analyse du rôle et du caractère des masses qu'il faut empoigner par des sentiments plutôt que par des « idées abstraites ».

Pour Hitler, Munich est un terrain d'action idéal. À Munich, tour à tour, a été écrasée en 1918 une tentative de révolution communiste, balayée en 1919 une république des « soviets », renversé enfin un gouvernement social-démocrate. C'est à Munich que se regroupent les *Freikorps* (corps francs), que se multiplient les associations paramilitaires de tous ceux qui veulent balayer « les criminels de novembre » (1918). C'est de Munich qu'on regarde vers l'Italie toute proche, où se développent les *Squadre* fascistes (les « sections » : Hitler créera sur leur modèle les *Sections d'assaut* [S.A.]. Les fascistes portent la chemise noire, les S.A. la chemise brune, mais « l'inventeur » est bien Mussolini).

La situation de l'Allemagne semble, elle aussi, favorable à une action nationaliste. Le social-démocrate Ebert (qui avec l'autre socialiste Noske a fait appel à la Reichswehr pour écraser la révolution spartakiste en 1918-1919), président de la République, n'a-t-il pas accrédité lui-même l'idée que l'armée allemande n'a pas été battue mais trahie : « Aucun ennemi ne vous a vaincus », a-t-il déclaré aux troupes qui rentrent dans Berlin. Le nationalisme, l'esprit de revanche, l'idée du « coup de poignard dans le dos » de l'armée allemande sont donc entretenus. La réussite de la « Marche sur Rome » en octobre 1922 exalte les imaginations des milieux nationalistes. D'autant plus révoltés quand, le 11 janvier 1923, véritable provocation et coup de fouet au patriotisme allemand, les troupes françaises occupent la Ruhr, pour forcer l'Allemagne à payer les réparations fixées par le traité de Versailles. Un sursaut national (une grève paralyse les charbonnages) secoue toute l'Allemagne, que les extrémistes de droite cherchent à utiliser. «Nous voulons déchaîner la tempête», dit Hitler le 23 avril 1923. Appel qui lui vaut d'être entendu car l'Allemagne traverse une crise économique grave. Le mark s'effondre.

Le 1er mai, Hitler réunit près de 20 000 membres des Sections d'assaut qui ne se dispersent que sous la menace d'une intervention armée. Les 8 et 9 novembre, il ira plus loin avec sa tentative de putsch.

Le poids de la Reichswehr

Mais son échec signale que le parti nazi est encore trop faible pour servir de pôle d'attraction. La seule force véritable est la Reichswehr, dirigée par le général von Seeckt qui veut éviter une guerre civile et reconstituer l'appareil militaire dans le cadre d'une politique prudente afin d'éviter pour l'Allemagne un désastre égal à celui – dit-il – de la «guerre de Trente Ans». Hitler, après le putsch de Munich qui a fait de lui une personnalité nationale (il était aux côtés du général Ludendorff, le chef de l'armée en 1918), comprend qu'il faut – à la manière de Mussolini, une nouvelle fois – prendre le pouvoir dans le cadre de la légalité. «Le résultat, écrit-il, sera garanti par leur propre Constitution. La légitimité est synonyme de lenteur. Mais, tôt ou tard, nous aurons la majorité, et après la majorité nous aurons l'Allemagne. »

Un processus est en marche. Dont personne ne peut dire s'il réussira (les nazis n'ont que 3 % des voix en décembre 1924 et 2,6 % en mai 1928). Mais il est sûr que Hitler, instruit par l'échec du putsch de Munich, ne commettra plus d'erreur.

1924

Staline, le vainqueur

Tout groupe, s'il veut durer au-delà des circonstances qui l'ont vu se constituer, s'il veut affronter les événements et les influencer, et plus encore s'il prétend diriger l'État et la société, doit se doter d'une organisation. Celle-ci suppose des règles (des statuts) qui s'appliquent au recrutement des nouveaux membres du groupe (du parti politique), définissant des mécanismes de délibération et de décision, de sélection des cadres qui accèdent aux responsabilités. Il est évident que, si ce groupe est un parti politique (mais cela vaut pour d'autres groupes), des divergences quant aux objectifs, aux moyens, à la hiérarchie des urgences, apparaissent nécessairement et que des clivages idéologiques se créent entre telle ou telle faction du groupe (du parti). Ces divergences idéologiques peuvent d'ailleurs masquer des luttes pour le pouvoir dans le parti (le groupe). Et les affrontements d'idées ne sont alors qu'un moyen de rassembler des « clans » autour d'un « leader » qui défend une « ligne », et en fait cherche à assurer ses positions de pouvoir pour lui et ses partisans.

Or, dans ces affrontements qui, même s'ils se situent à l'intérieur d'un parti, peuvent atteindre une haine et une violence homicides, le contrôle de « l'organisation » du groupe (du parti) est décisif. Cet « appareil », en effet, quand on en dispose, permet à un leader d'accroître son influence, de placer aux postes clés ses hommes, de se créer à son profit une clientèle et de résister à toutes les offensives de ses opposants. Celui qui tient « l'appareil » tient en fin de compte « le parti ».

Tout se joue dans « l'appareil »

C'est d'autant plus vrai quand le parti est composé d'hommes qui placent précisément l'unité du parti au-dessus de tout, ou bien de jeunes « militants » sans autorité ni expérience que « l'appareil » peut manipuler. Et le phénomène est renforcé quand le parti tient l'État et la société, c'est-à-dire qu'il n'y a pas, en dehors de lui, de débat possible. Tout se joue (la politique de la nation, les orientations économiques ou de politique extérieure) à l'intérieur du parti, ce qui signifie que tout se joue dans l'appareil.

C'est ce qui se passe au sein du parti communiste bolchevique, dans ces années cruciales que sont pour le parti (et la Russie) les années 1922-1924. Car, même si la partie semble encore ouverte (jusqu'en 1927), tout est tranché en fait au XIIIe congrès du parti qui se tient en mai 1924.

En effet, c'est en avril 1922 que Staline devient secrétaire général du parti, c'est-à-dire maître de son « organisation » (un « appareil » qu'il va rapidement modeler et plier à ses desseins), et c'est au XIIIe congrès (mai 1924) qu'il est confirmé à ce poste. Or, durant ces deux années, Lénine, qui a été atteint de plusieurs attaques (la première en mai 1922), a rédigé un testament dans lequel il demande d'écarter Staline. « Le camarade Staline, devenu secrétaire général, écrit-il [23, 24 décembre 1922 et 4 janvier 1923], a concentré entre ses mains un pouvoir illimité et je ne suis pas sûr qu'il puisse toujours s'en servir avec assez de circonspection... Staline est trop brutal, et ce défaut parfaitement tolérable dans notre milieu et dans les relations entre nous communistes ne l'est plus dans les fonctions de secrétaire général. Je propose donc aux camarades d'étudier un moyen pour démettre Staline de ce poste et pour nommer à sa place une autre personne qui n'aurait en toutes choses sur le camarade Staline qu'un seul avantage, celui d'être plus tolérant, plus loyal, plus poli et plus attentif envers les camarades, d'humeur moins capricieuse... »

Ce testament décisif (dont l'existence sera niée par les

Soviétiques jusqu'en 1956) est, après la mort de Lénine le 21 janvier 1924, lu au comité central du parti, élargi aux plus anciens militants (le 22 mai 1924). Il fait sensation par la précision de l'attaque contre Staline. Mais le comité central se rallie à Kamenev, un « vieux bolchevik » (1883-1936) qui déclare que « les craintes d'Ilitch se sont révélées sans fondement ». Et on ne suit pas la veuve de Lénine (Kroupskaïa) qui souhaite que le testament soit lu au congrès du parti. Staline est reconfirmé dans son poste de secrétaire général. Et Zinoviev ([1883-1936] qui comme Kamenev est un autre « vieux bolchevik ») ajoute qu'il est « maintenant mille fois plus nécessaire que jamais que le parti soit monolithique », précisant que le propre d'un bolchevik c'est de savoir dire : « J'ai commis une erreur et le parti avait raison. »

Les soutiens de Staline

Cette « déification » du parti explique la victoire de Staline et sur l''ombre de Lénine et sur ceux qui, comme Trotski, s'opposaient à lui. Staline pourtant n'est ni le plus intelligent, ni le plus brillant, ni le plus valeureux des dirigeants bolcheviques. Né en 1879, à Gori, près de la capitale de la Géorgie, Tbilissi, il est l'un des rares dirigeants à être d'origine modeste (fils d'un cordonnier). Exclu du séminaire, il s'est engagé dans l'action politique bolchevique dès 1903, et arrêté, déporté, il s'est évadé plusieurs fois (était-il en liaison avec la police ?). Il n'a jamais vécu à l'étranger. Ce n'est pas un intellectuel « cosmopolite ». Et son enracinement géorgien lui vaut dès 1918 d'être le commissaire aux Minorités nationales. La violence de ses méthodes soulève les critiques de Lénine, qui discerne, au-delà de la brutalité de Staline, l'apparition d'un « appareil… salmigondis de survivances bourgeoises et tsaristes », d'une « bureaucratie » qu'il faut « détruire non seulement dans les institutions soviétiques mais dans les institutions du parti ». Lénine veut faire bloc avec Trotski contre Staline dès 1922, mais la maladie va plus vite. Et Staline, habilement, s'allie

contre Trotski avec les « vieux bolcheviks », Kamenev et
Zinoviev. Cette « troïka » mène l'assaut contre la politique
de « gauche » de Trotski, s'appuie sur le parti, défend l'idée
qu'il faut construire « le socialisme dans un seul pays », ce
qui satisfait les nouveaux adhérents. Or, ce sont eux qui
comptent. Eux sur lesquels s'appuie Staline. Ce sont des
ouvriers sans formation politique et même sans instruction.
Le parti compte 57 % d'illettrés (mai 1924). Ils obéissent
aux directives du secrétaire général. Ils ne connaîtront
jamais la teneur du testament de Lénine et, pour eux, la
solidarité internationale, la révolution mondiale, les débats
idéologiques ne sont que des mots. Le culte que le parti
(contre la volonté de la veuve de Lénine : « Si vous voulez
honorer sa mémoire, construisez des crèches… ») inaugure
autour du souvenir de Lénine (Petrograd devient Leningrad – mausolée pour son corps embaumé, etc.), la réduction de la pensée de Lénine au léninisme (c'est-à-dire à un
ensemble de citations) correspondent à leur état d'esprit,
à leur culture. Et les opposants à Staline – et d'abord
Trotski – sont vaincus, parce qu'ils ne mesurent pas ces
changements dans le parti et qu'ils font de ce parti (dont
Staline est le maître) le levier de leur action. Trotski
déclare ainsi au congrès de mai 1924 : « On ne peut avoir
raison qu'avec son parti et à travers lui parce que l'Histoire
n'a pas encore créé un autre moyen pour avoir raison. »

　　Les opposants à Staline sont ainsi enfermés dans
une contradiction insurmontable et qui ne peut que les
conduire à leur perte. Staline va les broyer, au nom du parti.
Ils peuvent encore se battre et s'illusionner. En mai 1924,
les jeux sont faits.

1925

L'État totalitaire : l'invention italienne

À l'issue de la Première Guerre mondiale, la civilisation européenne, modelée par les conditions du conflit – au plan humain, économique, politique, culturel, etc. –, est une civilisation de « masse ». C'est-à-dire que les cadres traditionnels (institutions politiques parlementaires, notables élus, partis politiques issus du XIXe siècle, liens classiques entre les individus et les « autorités » – religieuses, politiques, etc.) sont ébranlés ou même rejetés. La crise économique et politique de l'après-guerre, la vague révolutionnaire (révolution en Allemagne, mouvements sociaux en France, troubles et révolutions en Europe centrale, guerre civile larvée en Italie) ont fait surgir, autour des années 1920, des partis différents, qui se veulent en rupture avec la société et la vie politique : partis communistes rattachés à la IIIe Internationale dirigée par Moscou, parti fasciste au pouvoir en Italie depuis 1922 ; parti nazi qui, en 1923, a tenté par le putsch de la brasserie à Munich de s'emparer du pouvoir. Les démocraties parlementaires qui subsistent (France sur le continent) ou tentent de s'implanter (la république de Weimar) affrontent de graves difficultés. Partout, devant cette situation instable, nouvelle, l'idée d'un renforcement de l'exécutif, de l'État se fait jour, surtout que, précisément dans les années 1925, le pouvoir soviétique donne le modèle d'une « dictature » qui s'affiche avec orgueil comme telle (dictature du prolétaire) et exclut tous les opposants, qu'ils viennent même de ses rangs (ainsi Trotski).

La théorie fasciste

C'est en Italie, où Mussolini et le fascisme apparaissent comme la réponse antithétique au léninisme et au bolchevisme, que va être implicitement formulée la notion d'*État totalitaire*, le mot lui-même étant inventé par les « théoriciens » du fascisme, en 1925.

Cette année est en effet cruciale pour le fascisme et Mussolini. La prise du pouvoir en octobre 1922 a permis au fascisme d'« entrer » dans l'État, et de s'y renforcer en devenant la « légalité », mais le pouvoir traditionnel – la monarchie, l'armée, l'administration monarchiste – n'a pas été brisé ni dominé totalement, même s'il a été pénétré par les hommes issus des *Squadre*. Des oppositions surgissent entre fascistes et « personnel politique ». Les leaders de celui-ci ont espéré que, pris par le jeu parlementaire et gouvernemental, le fascisme se « normaliserait ». Ils sous-estimaient le caractère « révolutionnaire » du mouvement, les ambitions de son chef. En 1924, pourtant, dans le cadre d'une nouvelle loi électorale, ils ont pour la plupart accepté la fiction de nouvelles élections qui se déroulent dans un climat de pressions et de violences sur les opposants socialistes. Mais le « bloc national » – le *listone* – l'emporte. Il a développé une propagande « nationaliste », a bénéficié des fonds du patronat (*Confindustria*), de l'appui de l'État et de la force que donne la légalité quand en outre elle est doublée par l'action des « milices » fascistes. Le fascisme utilise déjà la force du crime et l'autorité de la loi. Mais, malgré la majorité parlementaire ainsi conquise, le régime va traverser une crise grave. Le 1er juin 1924, le député socialiste Matteotti est assassiné par des proches de Mussolini, et le visage du fascisme est brusquement révélé, provoquant dans les milieux les plus divers une réaction d'hostilité. Mussolini se retrouve isolé durant plusieurs semaines cependant que l'opinion se détourne du fascisme.

Les divisions de l'opposition

L'opposition est incapable d'exploiter la situation. L'opposition parlementaire s'est retirée de la Chambre des députés sur « l'Aventin ». Elle est divisée entre partisans de la monarchie, qui attendent de Victor-Emmanuel III un geste de défiance à l'égard du fascisme, et socialistes ou « révolutionnaires » qui se défient d'un monarque qui a lié son destin dynastique au fascisme. Paralysée politiquement, parce qu'il faudrait, pour abattre Mussolini, s'attaquer aussi au roi, l'opposition est incapable de créer dans le pays un mouvement populaire. Il faudrait pour cela qu'elle soit unie. Or, même au sein de la gauche, les communistes (dont le parti a été fondé en 1921) s'opposent aux socialistes, et l'ensemble de cette gauche ne fait pas confiance aux partis bourgeois. Dans ces conditions, le 3 janvier 1925, Mussolini, sûr de l'appui du roi, peut lancer, face à une opposition minée par ses contradictions : « Tout le pouvoir à tout le fascisme. »

Dès lors se met en place l'*État totalitaire*, qu'un juriste nationaliste rallié au fascisme (le professeur de droit Alfredo Rocco) définit ainsi : « Tout dans l'État, rien hors de l'État, rien contre l'État. » Quelques années plus tard, Mussolini précisera : « Tout est dans l'État, rien d'humain ni de spirituel n'existe en dehors de l'État » (1936).

Une série de lois *fascistissime* vont « légalement » mettre fin à toutes les libertés et aux principes mêmes de l'État parlementaire qu'était l'Italie depuis le milieu du XIXe siècle (le *Statuto* accordé par la monarchie piémontaise). Liberté de la presse, liberté d'association sont supprimées. Un ordre des journalistes est créé. Les maires ne sont plus élus mais nommés. L'initiative parlementaire et le vote de confiance au gouvernement sont abolis. Les fonctionnaires qui ne donnent pas des garanties politiques sont éliminés et la citoyenneté italienne peut être retirée aux adversaires du fascisme.

Quand cet ensemble législatif sera achevé, l'Italie sera

un État explicitement (et orgueilleusement) totalitaire. «L'État est absolu… Le fascisme est totalitaire. L'État fasciste est une volonté de puissance et de domination», dit Mussolini. Au sommet des institutions, un *Duce*, objet de culte, qui est en tout domaine exemplaire et génial : «Mussolini a toujours raison.» Ses images inondent le pays. Un Parti national fasciste, parti officiel, encadre la population. Chacun, s'il veut jouer un rôle dans la société ou trouver un emploi, doit y adhérer «Par Nécessité Familiale». La jeunesse est «militarisée» (organisation des *balillas*). Le nationalisme sert de clé de voûte à une idéologie qui répète qu'il faut «*croire, obéir, combattre*». Les vertus guerrières sont exaltées, et c'est toute la société qui est en fait «militarisée» (usage des uniformes, des armes [distribuées aux enfants], etc.). Il y a un «style fasciste» qui veut s'opposer au style de vie «bourgeois» : «Les fascistes croient à l'héroïsme, les bourgeois à l'égoïsme», dit Mussolini. Car le fascisme et l'État totalitaire se définissent comme au-delà du «capitalisme». S'il n'y a plus de syndicats, on met en place des «corporations» qui regroupent dans l'intérêt national tous les producteurs (patrons et ouvriers). L'État fasciste représente une «troisième voie» nationale entre capitalisme et socialisme.

En fait, même si l'État développe un secteur «économique» (I.R.I., Institut de reconstruction industrielle), les puissances économiques traditionnelles bénéficient de la disparition de tout mouvement ouvrier autonome. Et l'État totalitaire apparaît comme une forme moderne, originale, d'une dictature réactionnaire, qui profite d'ailleurs du soutien des forces traditionnelles (le roi, l'Église, le patronat) qui ne se confondent pas avec lui, mais l'acceptent. Dans cet État, l'opposition est écrasée, contrainte à l'exil, d'autant plus affaiblie que le régime jouit de la bienveillance des grandes puissances démocratiques (France, Angleterre). Il est l'antidote au bolchevisme. Un «modèle».

1926

L'entente Berlin-Moscou

Ce qui existe, ce qui dure, doit finalement, après un temps plus ou moins long, être pris en compte. Cette définition élémentaire de la *Realpolitik* trouve toujours son application dans les relations entre les États. Quels que soient le régime politique d'une nation et les excès qu'il commet, dès lors qu'il se stabilise et tient fermement les rênes du pouvoir, les autres nations sont conduites à le reconnaître et à traiter avec lui. C'est la règle non écrite des rapports entre les puissances. Elle a joué à toutes les époques de l'histoire, même quand les oppositions religieuses paraissaient interdire à tout jamais l'établissement de relations. Et cependant la république de Venise a commercé, négocié, traité avec le sultan de Constantinople. C'est qu'il est difficile de maintenir longtemps un esprit de croisade. Si le régime honni résiste et s'enracine, les puissances coalisées contre lui commencent à se diviser car leurs intérêts sont contradictoires parce que leurs situations ne sont pas identiques. Et cela ouvre le jeu diplomatique à la nation que l'on voulait isoler. Elle enfonce un coin dans le front que l'on dressait contre elle. Les puissances, les unes après les autres, s'inclinent devant le « principe de réalité ». L'encerclement est rompu. La croisade cède la place à des relations diplomatiques conflictuelles, empreintes de méfiance, susceptibles à tout instant (au moins au début) d'être rompues. La situation, quoi qu'il en soit, est radicalement différente.

L'U.R.S.S. acceptée

C'est cette évolution que connaissent les relations de la Russie soviétique avec les grandes puissances capitalistes. En 1921, au prix de sacrifices extrêmes, les bolcheviks ont brisé les assauts des armées blanches et leur pouvoir est solidement installé. L'armée rouge de Trotski a montré son efficacité brutale. Les grandes puissances qui ont aidé les « armées blanches » ont tenté d'établir autour de la Russie un « cordon sanitaire », mais il s'est brisé sur les nationalismes des États limitrophes (États baltes, Pologne, Tchécoslovaquie) qui rendent impossible la constitution d'un bloc soudé antisoviétique.

En Russie, le reflux révolutionnaire en Europe conduit à une révision des objectifs : la révolution mondiale – et l'européenne à coup sûr – n'est pas – ou plus – à l'ordre du jour. Certes, « il faut tendre la main aux huit cents millions d'Asiatiques » et pousser là-bas les feux de la révolution, mais le réalisme politique impose (et les besoins économiques aussi) de prendre en compte l'Europe telle qu'elle est. L'idée commence à naître (elle s'imposera après la mort de Lénine en 1924 et la défaite de Trotski face à Staline – 1925-1928) qu'il faut « construire le socialisme dans un seul pays ». Et ce pays doit donc négocier avec les États bourgeois, tels qu'ils sont. Survivre et se développer sont les deux impératifs. Or, dans les pays capitalistes d'Europe, la crise économique de l'après-guerre et l'immense marché potentiel que représente la Russie en ruine conduisent aussi à revoir, puisque le cordon sanitaire est un échec, la politique à l'égard des bolcheviks. Dès mars 1921, les navires anglais peuvent pénétrer dans les ports russes. Mais il est une puissance qui a tout intérêt à jouer avec la Russie : c'est l'Allemagne. Elle peut retrouver par ce biais une initiative diplomatique dont Versailles l'a privée. Elle peut obtenir de la Russie des contrats commerciaux, mais aussi des possibilités pour expérimenter les armements que Versailles lui interdit de posséder. Elle peut, enfin, se servir de la Russie pour « faire chanter » Paris et Londres et desserrer leur étreinte.

Certes, des divergences existent en Allemagne sur l'ampleur à donner à cette politique. Le général von Seeckt souhaite une alliance germano-russe pour peut-être conduire à un nouveau partage de la Pologne. D'autres estiment qu'il faut limiter l'accord au minimum puisque les bolcheviks constituent un « gang de criminels ». Quoi qu'il en soit, l'accord est conclu à Rapallo, le 16 avril 1922, et il décide la reprise des relations diplomatiques et commerciales. C'est un grand succès pour Moscou, qui rompt le front des puissances, et pour l'Allemagne, qui sort aussi de son isolement.

Dans son désir de « reconnaissance diplomatique », Moscou va loin : en avril 1922, toujours à Gênes, les diplomates russes proposent de reconnaître les dettes contractées avant 1914 et de procéder à leur remboursement sans intérêt et sur un long terme. Les puissances occidentales (sur pression américaine, et notamment celles de la *Standard Oil* qui craint qu'on n'accepte le principe des nationalisations d'entreprises étrangères) refusent. Mais la dynamique ne peut être freinée. Le 8 février 1924, le gouvernement fasciste de Mussolini conclut un traité de commerce avec les Soviets. Les travaillistes anglais avec MacDonald, qui arrivent au pouvoir, reconnaissant la Russie, dès le 1er février 1924, et à Paris, le bloc des gauches (Herriot) s'y décide en mai 1924.

Rapallo a bien ouvert une brèche, et des majorités de gauche ont à Londres et à Paris accéléré le mouvement.

Mais la suspicion demeure. Les implications de politique intérieure (le rôle des communistes) et de politique extérieure sont aussi des réalités. Les gouvernements conservateurs de retour au pouvoir (Baldwin à Londres, Poincaré à Paris) tentent de reprendre une politique d'isolement dans laquelle ils veulent entraîner l'Allemagne. En octobre 1925, ils signent avec Berlin les accords de Locarno, puis, en 1926, Baldwin rompt (à l'occasion de la grève des mineurs et du rôle de l'Internationale) les relations diplomatiques.

Poincaré signe un traité avec la Roumanie qui ignore les revendications soviétiques sur la Bessarabie.

Un axe Berlin-Moscou

Cette politique va se briser à nouveau sur la réalité. L'Allemagne a trop intérêt à garder une relation particulière avec la Russie pour éviter un tête-à-tête avec ses vainqueurs de 1918. Elle conclut donc à Berlin un nouveau traité germano-russe, le 24 avril 1926. L'Allemagne s'engage à rester neutre si l'U.R.S.S. est l'objet d'une agression, elle s'interdit d'adhérer à une coalition qui aurait pour but le boycott de l'U.R.S.S, Et dans sa déclaration à la S.D.N. (où l'Allemagne vient d'être admise), Stresemann précise que l'Allemagne n'appliquera de sanctions à l'U.R.S.S. – si la S.D.N. reconnaissait Moscou agresseur – que si elle le décide souverainement. Autrement dit, l'Allemagne n'est pas liée, en ce qui concerne l'U.R.S.S., par la S.D.N.

C'est dire l'importance pour l'U.R.S.S. de ce traité de 1926 qui redouble celui de Rapallo.

Il confirme que, dans la configuration diplomatique européenne, il y a bien un axe Berlin-Moscou qui ne doit rien à une quelconque complicité idéologique, mais tout à la rencontre d'intérêts nationaux.

Pour l'U.R.S.S., l'accord est précieux : l'Allemagne fait avec Moscou 29 % de son commerce extérieur. Et il n'y a plus de front commun possible contre les bolcheviks.

Pour Berlin, les avantages sont complémentaires. Et il existe de plus une collaboration germano-soviétique en matière d'armements.

Il est sûr, dès 1926, qu'entre Moscou et Berlin, la géo-politique l'emporte sur l'idéologie.

1927

La « condition humaine » :
l'échec des communistes chinois

Il n'y a pas de modèle révolutionnaire « exportable ». Chaque pays a ses caractéristiques spécifiques (poids de telle ou telle catégorie sociale, importance du prolétariat urbain, des paysans, etc.), et vouloir répéter ce qui a réussi ailleurs conduit à l'échec. Celui-ci est d'autant plus inéluctable que les pouvoirs établis, les forces sociales conservatrices ont tiré la leçon du processus révolutionnaire qui s'est produit ailleurs et a réussi. S'il sert d'exemple aux révolutionnaires, s'il est un « modèle » exaltant et sa réussite une incitation à agir, s'il peut même apporter une aide matérielle dans le cadre d'une « Internationale » aux révolutionnaires « frères », les conservateurs – les « réactionnaires » –, les contre-révolutionnaires sont sur leurs gardes. Ils savent quelles fautes sont à éviter. Et, parce qu'ils connaissent désormais le danger de ce mouvement révolutionnaire, ils l'écrasent quand il est encore temps. Il n'y a plus, pour les révolutionnaires – dès lors qu'une révolution modèle a réussi ailleurs –, d'effet de surprise possible. Or la surprise est un facteur clé de la réussite d'un parti révolutionnaire. Il faut donc que chaque révolution trouve son chemin propre, adapté aux circonstances nationales, dégagée du modèle (même si elle s'en réclame). Elle doit recréer à son profit les conditions de la « surprise », s'inventer sa propre stratégie.

Vague révolutionnaire et réaction

Tâche difficile. Entre une vague révolutionnaire qui a réussi et la suivante, il y a une période de réaction, qui s'explique précisément par l'efficacité plus grande des forces contre-révolutionnaires, désormais averties. Mais, pour les révolutionnaires, les handicaps sont aggravés par le rôle que la « révolution modèle » veut jouer, imposant sa stratégie, parce qu'elle est devenue un État qui a des intérêts d'État qu'elle cherche à défendre même au détriment d'autres révolutionnaires.

Les communistes chinois vont faire la cruelle expérience en quelques années (1921-1927) de ces difficultés.

La situation chinoise est pourtant « révolutionnaire ». À Pékin, le pouvoir central est l'objet de luttes armées entre des factions politico-militaires. La république est une forme vide qu'on se dispute. On cherche l'appui des grandes puissances, elles-mêmes rivales : le Japon, qui a tiré parti de la guerre mondiale pour arracher les « concessions » allemandes, se voit bloqué dans ses prétentions impérialistes par la conférence de Washington (1921-1922). En province, les « seigneurs de la guerre » mettent en coupe réglée le pays, et leurs armées qui se combattent de province à province vivent sur les paysans, pressurent la bourgeoisie. La Chine semble ainsi se défaire.

La découverte du marxisme

Devant cette situation, les intellectuels qui ont fondé en 1915 le mouvement de la « Nouvelle Jeunesse » lancent un « Mouvement du 4 mai » (1919) à la fois culturel, moral et politique et dont l'objectif est le « salut national ». Comment « sauver la Chine » ? En la modernisant sur tous les plans, en rompant avec la « vieille Chine », en s'appuyant sur la jeune génération et les forces « modernes », et notamment le prolétariat urbain. La Révolution russe de 1917 a un immense écho. Et ces jeunes intellectuels (Mao

Tsé-toung, 1893-1976) découvrent le marxisme, fondent des cellules communistes, entrent dès 1920 en contact avec un envoyé de Moscou (Volinski) et, en juillet 1921, fondent le Parti communiste chinois. Ils ne sont qu'une poignée d'hommes jeunes (douze, a-t-on dit, pour diriger ce mouvement) et la Chine est un océan de centaines de millions d'hommes. Ils sont radicaux : léninistes d'emblée, puisque leur «modèle», c'est la révolution d'Octobre.

Les luttes ouvrières qui se développent en Chine semblent rendre possible cette stratégie léniniste qui fait de la classe ouvrière le fer de lance de la révolution, brisant par son action le pouvoir, s'emparant de l'État, et cherchant l'appui des masses paysannes.

Les jeunes communistes s'en vont donc organiser les ouvriers. Les mouvements de grève se multiplient car les conditions de travail sont inhumaines, les salaires dérisoires. Les grèves sont dures. Des syndicats, des clubs ouvriers se constituent surtout dans le sud de la Chine, à Canton. Mais, si ces actions réussissent après des arrêts de travail de plusieurs semaines, la Chine reste aux mains des seigneurs de la guerre, qui peuvent briser les mouvements revendicatifs : par exemple, en 1923, la grève des cheminots du réseau ferré Pékin-Hankéou. On fusille les ouvriers et la répression antisyndicale s'étend à toute la Chine.

Les communistes sont donc dans l'impasse et ils recherchent l'alliance des «nationalistes» regroupés à Canton autour de Sun Yat-sen et de son mouvement, le Kuo-min-tang. Cette alliance correspond aussi aux intérêts soviétiques (sortir de l'isolement) et à la ligne politique de l'Internationale communiste (le Komintern) qui, dans la question chinoise, privilégie le rôle des forces nationales, demeurant sceptique (c'est l'opinion de Staline) quant aux possibilités de victoire des révolutionnaires. Des envoyés du Komintern, Borodine (1884-1953), le général Galen-Blucher, participent donc à l'organisation et à la formation de l'armée du Kuo-min-tang, maintenant dirigé par Tchang Kaï-chek après le décès de Sun Yat-sen (1925) dont il est le beau-frère.

Les communistes sont entrés au comité central du Kuo-min-tang et leurs milices ouvrières et paysannes se mettent au service de Tchang Kaï-chek. L'action de celui-ci est favorisée par le mouvement xénophobe et anti-impérialiste qui, à partir de 1925, s'en prend aux intérêts des puissances occidentales en Chine. Ce vaste mouvement populaire (le Mouvement du 30 mai) paralyse Shanghai, les concessions étrangères de Canton, etc. Dans ce contexte favorable, Tchang Kaï-chek, s'appuyant sur l'action des milices communistes, part à la reconquête du Nord, et, en quelques mois, en 1926, toute la région de Shanghai tombe entre ses mains. Cette guerre a pris l'aspect d'une guerre révolutionnaire, libérant les paysans, engageant partout un bouleversement des structures sociales. Les courants nationalistes conservateurs qui forment l'aile droite du Kuo-min-tang s'inquiètent de l'influence croissante des communistes.

En avril 1927, Tchang Kaï-chek prend la tête de cette aile droite, et massacre à Shanghai les communistes chinois, détruisant leurs milices, assassinant, fusillant par milliers les militants qui lui avaient permis de vaincre. Impitoyable « *Condition humaine* ».

L'alliance entre nationalistes et communistes, cette stratégie prônée par le Komintern et la Russie soviétique – qui diplomatiquement était renforcée par l'alliance avec une Chine nationaliste –, cette tentative aussi d'appliquer en Chine le modèle léniniste en privilégiant l'action du prolétariat urbain se soldent par un désastre.

Le secrétaire général du parti depuis 1921, Chen Duxiu, est rendu responsable de cette faillite, de cette ligne politique jugée « opportuniste ». Il est éliminé pendant l'été 1927.

Il faut, pour les communistes chinois, ouvrir un autre chemin pour leur révolution. Leur « longue marche » commence.

Les plans quinquennaux russes
ou l'« antimarché »

Le coût de la révolution industrielle

Il ne peut y avoir de miracle en matière d'industrialisation d'un pays. Il faut investir pour construire et pour produire des biens industriels. Ce qui suppose que l'on dégage dans l'économie du pays les sommes nécessaires à cette injection de capitaux. Ils doivent être prélevés, inéluctablement, si l'on veut que l'industrialisation se réalise. Au XIXe siècle, tous les pays capitalistes se sont soumis à cette « loi d'airain de l'accumulation primitive ». Et l'exploitation de la main-d'œuvre ouvrière (et son cortège d'inhumanités : travail des enfants de moins de six ans, mortalité, déchéance physique et morale) a permis cette « révolution industrielle » au terme de décennies de sacrifices. Les luttes sociales, dans le cadre de cette économie de marché qui, à partir des années 1880, accepte la démocratie politique, permettent de desserrer l'étau de l'exploitation et d'exiger une meilleure répartition des profits au bénéfice du travail. Le partage du monde, la conquête coloniale donnent aussi aux prolétariats des pays européens l'occasion de bénéficier de meilleures conditions de vie et de devenir, d'une certaine manière, des « petites bourgeoisies » d'un monde où l'exploitation maximale est reportée sur d'autres continents : en Asie, en Afrique, etc. En U.R.S.S., où toute l'industrie a été nationalisée dès 1919, où la Nouvelle Politique économique (N.E.P.) ne réintroduit les mécanismes du marché que pour les secteurs artisanaux, ceux du commerce ou des petites industries, le problème se pose des moyens de l'industrialisation. En 1921, le Gosplan – sorte de ministère gérant l'ensemble de la production et établissant des prévisions – a été créé et il étend ses ramifications à l'ensemble du pays, avec des sections du plan dans les provinces, les entreprises. Lourde machine administrative, centralisée, mais qui doit suppléer à la disparition des mécanismes du marché.

Nepmen et koulaks

À partir de 1925-1927, la question de l'industrialisation, d'une autre politique économique, se trouve posée. La N.E.P., en effet, conduit à une impasse politique et sociale : les « nouveaux riches », les Nepmen, tiennent en fait entre leurs mains le ravitaillement du pays. Et, en 1928, des problèmes commencent à se poser pour l'alimentation des villes. De plus, dès lors qu'on veut « construire le socialisme dans un seul pays », c'est-à-dire être capable d'affronter à armes égales les autres puissances, l'industrialisation apparaît comme une nécessité ; d'autant plus que, dans l'esprit des bolcheviks, la construction du socialisme va de pair avec la présence d'une industrie et d'un prolétariat jouant le rôle principal dans la société. Lénine disait déjà : « Le socialisme, ce sont les Soviets plus l'électrification. » Il y a donc, au-delà des nécessités, une mystique de l'industrialisation. Mais se pose le problème de trouver les capitaux nécessaires à ce processus. Or, à quelques rares exceptions près (allemandes), les banques étrangères ne consentent aucun prêt. Il faut donc tirer de la réalité russe les sommes nécessaires aux investissements. Et la N.E.P. est aussi une impasse économique. Car dans un système de prix en « ciseaux » (bas prix agricoles, prix industriels élevés) le monde agricole ne veut pas « investir » dans l'industrie. Ce qui suppose une lutte contre les Nepmen, et surtout la ponction de ces sommes dans le monde paysan, qui s'est enrichi pendant la Nouvelle Politique économique. Et donc l'attaque contre les koulaks, les paysans riches. Mais cela suppose aussi l'exploitation du monde ouvrier.

C'est dans ce jeu de nécessités que se situe la décision de lancer le premier plan quinquennal qui vise à doter le pays d'une industrie lourde. Il s'étend sur la période octobre 1928-décembre 1932. Et il va transformer – même si les résultats doivent être passés au crible de la critique – le paysage de l'Union soviétique. C'est une véritable révolution que connaît en fait le pays dans les années 1928-1929 (certains disent : la «vraie» révolution). En quatre ans et trois mois, on crée des branches entières de l'industrie qui n'existaient pas (industrie chimique, construction automobile, machines-outils, aéronautique, industrie électrique, etc.). Des complexes industriels gigantesques commencent à sortir de terre dans l'Oural, en Sibérie occidentale. Des villes sont créées et d'énormes transferts de population, de la terre à la ville, ont lieu. 86 % des investissements vont à l'industrie lourde, c'est dire que l'industrie légère qui produit les biens de consommation est négligée, et dans ce secteur les objectifs du plan ne sont même pas atteints.

Un tel effort, extraordinaire par la rapidité des résultats obtenus (l'U.R.S.S. devient une grande puissance industrielle et se dote aussi d'une industrie autonome d'armements), va de pair avec une surexploitation des hommes. D'autant plus lourde que les populations soviétiques ne bénéficient d'aucune liberté d'expression, d'aucune possibilité de défense de leurs droits. Il n'existe plus aucune opposition dans le pays et dans le parti. À la fin de l'année 1927, après des tentatives de manifestations (octobre et novembre), les opposants à l'intérieur du parti (Trotski qu'a rejoint Zinoviev) ont été exclus. Ceux qui les suivent – des milliers de communistes – ont été rejetés hors du parti. Il n'y a donc pour les masses soviétiques aucun canal pour exprimer leurs revendications, alors que les salaires réels des ouvriers baissent de plus de 40 %, que les conditions de vie sont inhumaines, la pénurie générale. Et que, dans ce processus forcé d'industrialisation, la discipline du travail devient rigoureuse. On peut licencier un ouvrier pour un jour d'absence non justifiée. On établit même (1932) un livret de travail. L'ouvrier n'a le droit de résider que dans la localité où le livret lui a été accordé.

Le complément indispensable d'une telle exploitation – et d'un tel effort demandé aux hommes sans contrepartie : car la rareté demeure – est la mise en place d'un système policier étendu. Il se développe précisément dans ces années 1928-1930 où est lancée l'industrialisation et durant lesquelles il faut pressurer – et détruire – les nouveaux riches et les koulaks, issus de la N.E.P. C'est à ce moment-là que, née de l'extension à l'ensemble du pays de la Tchéka (police spécialisée dans la répression des menées contre-révolutionnaires), se met en place la Guépéou. La police acquiert alors une puissance terrifiante. Et elle administre un système concentrationnaire de plus en plus vaste.

Quoi qu'il en soit, l'industrialisation dans le cadre du premier plan quinquennal est un fait d'autant plus frappant qu'il se produit au moment où la crise économique de 1929 frappe durement les pays capitalistes. Les ombres effrayantes du développement russe sont ainsi oubliées. La propagande insiste sur l'enthousiasme des Soviétiques (et il est sûr qu'il existe dans une partie de la jeunesse et du prolétariat) et sur le « volontarisme » des bolcheviks. « Nous ne sommes liés par aucune loi, dit l'économiste Stroumiline. Il n'est pas de forteresse que les bolcheviks ne puissent enlever. La question des rythmes est sujette à la décision des êtres humains. »

Derrière ces mots, il y a les implacables et dures réalités qui pèsent sur le peuple russe et que l'histoire ne révélera que plusieurs décennies plus tard.

1929

Le grand séisme : le krach de Wall Street

Depuis le début du capitalisme – et de ce début les historiens disputent : XVIᵉ siècle ? –, la croissance économique est un phénomène durable. Les productions changent de nature mais elles se développent, les *trends* (tendances) de production sont à la hausse. Mais dans ces *trends*, les économistes ont, depuis le XIXᵉ siècle, distingué des cycles, des fluctuations et ce, à partir de l'étude des *crises économiques* dont le caractère spectaculaire – effondrement des prix, de la production, faillites, chômage, etc. – marque un retournement de tendance, même si le *trend* de la production est, sur la très longue période, à la hausse.

Cette science économique qui s'élabore est empirique. Ses prévisions sont souvent erronées, mais si les économistes divergent sur les causes des phénomènes qu'ils constatent, ils s'accordent pour repérer des cycles de durées différentes qui rythment l'activité.

Ils constatent d'abord l'existence d'un *cycle majeur*, de six à dix ans (dit cycle Juglar, du nom de l'économiste français qui le mit au jour en 1860), qui affecte toutes les activités économiques et se décompose en quatre phases : expansion, crise, dépression, reprise. Puis ils isolent un *cycle long* (dit Kondratiev, du nom de l'économiste soviétique qui le découvrit) qui dure environ cinquante ans et se sépare en une phase A (augmentation des prix, investissements et production en hausse, relèvement des salaires et de la consommation, hausse des taux d'intérêt puis renversement de tendance) et phase B (baisse des prix, baisse des profits et des investissements, faillites, chômage en hausse, baisse des salaires et de la consommation).

Causalités complexes

Ces données, dont les causalités sont complexes (rôle des métaux précieux, des innovations – c'est la thèse de l'économiste Schumpeter –, des taux d'intérêt et de la monnaie, de la sous-consommation, etc.), ne peuvent négliger le poids des comportements sur les retards dans l'adaptation, les archaïsmes des mentalités, etc. Les politiques économiques, les concertations entre nations, la connaissance des mécanismes, la mise en œuvre de mesures préventives jouent un rôle décisif dans l'amplification ou le contrôle de la crise.

Mais cette intelligence des mécanismes économiques s'acquiert précisément par la crise. Et, de ce point de vue, la grande crise économique mondiale qui se déploie, pour plusieurs années, à partir de l'automne 1929, est un cataclysme aux conséquences énormes (chute de la production, faillites, chômage, création de déséquilibres sociaux qui bouleversent les données politiques et provoquent la crise des institutions démocratiques, montée des « extrémismes » – nazisme, etc. –, puis course aux armements comme facteur de reprise et donc, par conjugaison de ces faits, risque accru de guerres), mais elle est aussi un « laboratoire » et un champ d'expériences à partir desquels s'affine la connaissance économique et s'élaborent de nouvelles conclusions et donc se définissent de nouveaux modes d'intervention pour prévenir les crises.

Il est vrai que cette crise, par son ampleur, frappe tous les esprits, à l'égal d'une grande guerre. Les premiers signes en sont donnés par les difficultés de la banque Hatry, à Londres en septembre 1929, puis par le krach de Wall Street, le *Black Thursday*, « le jeudi noir », le 24 octobre 1929. La panique qui en résulte est un facteur d'accélération et de propagation de la crise. Cette panique, cette course (*run*) à la vente, provoque la baisse, de même que la confiance en la hausse entraînait la spéculation boursière. Comme le dit l'économiste Galbraith : «L'effondrement de la Bourse était implicite dans la spéculation qui l'avait précédé. La seule question concernant la spéculation était de savoir combien de temps elle durerait. À un moment, tôt ou tard, la confiance dans la réalité à court terme de la valeur croissante des actions ordinaires faiblirait. Quand cela se produirait, certains vendraient et cela détruirait la réalité des valeurs croissantes. »

Turning point

La crise, dont l'épicentre est les États-Unis (première puissance économique), est mondiale (puisque l'économie est mondialisée). Elle est très longue. Elle frappe, le 11 mai 1931, le *Kreditanstalt* de Vienne, en juin 1931, la *Darmstadter und National Bank* et, en juillet 1931, la *Dresdnerbank* (Allemagne). La crise atteint son paroxysme lorsque la production s'effondre (baisse des prix à la suite de la « surproduction» qui est une «sous-consommation ») , cause et conséquence de la chute des salaires, du chômage, ce qui provoque des faillites en chaîne, etc. Les creux sont atteints dans chaque pays à des moments différents : 1931 en Grande-Bretagne, 1932 en Allemagne, 1933 aux États-Unis, 1935 en France. Tous les aspects de la vie économique sont touchés : krach de Wall Street, crise bancaire (en mai 1931) et, en septembre 1931, crise monétaire. La violence de la crise s'explique par la superposition des « retournements » de tendance (*turning point*) à la fois d'un cycle majeur (Juglar) et d'un cycle long (Kondratiev). Mais aussi par l'inefficacité des politiques anti-crise qui parfois, du fait de l'ignorance, aggravent encore la crise, qui dès lors se prolonge. De plus, les conséquences politiques de la crise entraînent des changements de politique commerciale, les mesures protectionnistes se multiplient, le commerce mondial s'effondre, les États s'enferment dans l'autarcie. Tout cela provoque une nouvelle chute des prix (dont l'épicentre est encore les États-Unis) qui se produit dans le second semestre de 1937. La production mondiale ne se redresse réellement que lorsque est lancée la course aux armements en 1938. La guerre va « effacer » la crise.

Les conséquences politiques, humaines de ce cataclysme – dont on ne peut donc dissocier la Seconde Guerre mondiale – ont marqué durablement l'histoire. L'intervention des États dans la vie économique et sociale a été un phénomène général, quels que soient les régimes politiques, de l'Italie fasciste à l'Allemagne nazie, des États-Unis de Roosevelt à la France de Blum, partout c'est un *New Deal* (grands travaux, tentative de régulation de la production, investissements de l'État dans les politiques d'armements, aide aux « chômeurs », etc.). C'est aussi dans tous les pays un « laminage » des classes moyennes et la crise morale, qui, de ce fait, les affecte, les pousse – en Allemagne – dans les rangs du parti nazi.

La « grande dépression » avec son cortège de misères et d'injustices, son effondrement des valeurs les plus sûres (les banques séculaires et les valeurs boursières), entraîne la « dépression » des individus, leur colère, et une crise des valeurs (la croyance dans la démocratie, dans les vertus de l'épargne, etc.).

Économiquement, politiquement, socialement, psychologiquement, la crise produit les conditions nécessaires à la guerre. Mais, en même temps, le capitalisme, atteint par sa crise la plus grave, trouve, certes à un prix élevé, les moyens de surmonter le cataclysme. Et le *trend* de la production après cette phase de dépression (1929-1938/1940) repart à la hausse.

La guerre et les destructions qu'elle provoque, les mutations qu'elle opère sont un immense appel d'air pour l'économie mondiale.

La collectivisation forcée des terres russes

Le passage d'un monde où les paysans dominent en nombre (dans l'ensemble de la population et dans la population active) à celui où ils ne représentent plus qu'une minorité (face au monde urbain et aux autres activités) est toujours difficile. La ville, le prolétariat ont besoin des produits agricoles. Les paysans sont attachés à la terre, surtout ceux qui sont propriétaires du sol qu'ils cultivent. Au fur et à mesure que la population urbaine augmente, le besoin en produits agricoles croît, et donc les prix de ces denrées indispensables s'envolent. À moins que l'État ne décide (ce fut souvent le cas) de briser ces prix – dictés par le marché – soit par des mesures de baisse autoritaires, soit par des importations de produits agricoles à bas prix. La «révolution agricole» – diminution du nombre des paysans, concentration des propriétés, rationalisation de l'agriculture par sa spécialisation et sa mécanisation – est donc un processus lent, difficile, qui a entraîné souvent des troubles sociaux. Ainsi, la Révolution française a été aussi une révolution paysanne pour la possession de la terre et, durant toute la période 1850-1950, le régime politique a veillé à ne plus troubler le monde rural, relativement stabilisé et électeur.

Une situation dramatique

L'U.R.S.S. se trouve, au tournant des années 1930, face au monde paysan, dans une situation dramatique. La Nouvelle Politique économique (N.E.P.) a renforcé dans les villages l'autorité des koulaks, les paysans riches, à la fois les plus gros producteurs de blé et les employeurs et usuriers de la communauté villageoise. Les paysans moyens et pauvres sont dépendants de ces koulaks. Et ce sont ces koulaks qui fournissent l'essentiel des produits agricoles nécessaires aux villes. Or les bolcheviks n'ont jamais renoncé – même en pleine N.E.P. –, au plan des principes, à l'idée d'abolir la propriété privée de la terre et à la remplacer par des coopératives (fermes collectives : kolkhozes). En même temps, leur politique d'industrialisation à outrance (le premier plan quinquennal est lancé en octobre 1928) exige à la fois, pour la population ouvrière en augmentation, des denrées agricoles et aussi une « ponction » sur les revenus des paysans pour les investissements. Mais les bolcheviks sont conscients des difficultés. Ils envisagent donc une « collectivisation » lente, dans laquelle ils s'appuieraient pour briser les koulaks sur les paysans pauvres et moyens. L'attrait pour ces derniers étant d'entrer dans une ferme collective qui disposerait de tracteurs, de mécaniciens, etc. Or l'économie soviétique est incapable en 1929-1930 de fournir ces machines et, en octobre 1929, seulement 4,1 % des ménages paysans sont intégrés dans les kolkhozes.

Cependant, l'industrialisation d'une part – et ses besoins en denrées et en capitaux –, la rétention par les koulaks de leurs produits (pour faire monter les cours) d'autre part, conduisent les dirigeants soviétiques à une fuite en avant, dans la collectivisation forcée. Politique qui n'a aucun sens dès lors qu'on ne peut fournir aux paysans pauvres et moyens les machines du travail collectif. Politique d'autant plus absurde qu'elle regroupe, dans une solidarité paysanne, autour des koulaks, l'ensemble du village, et qu'au lieu de jouer les uns contre les autres, paysans pauvres contre paysans riches, les bolcheviks se trouvent face à une communauté rurale soudée pour refuser d'entrer dans les fermes collectives.

Dès lors se déchaîne, de l'automne de 1929 au printemps de 1938, la violence contre les paysans. Des milliers de jeunes communistes (27 000) se répandent dans les campagnes pour « briser » le « sabotage » du socialisme par les koulaks.

Chaque organisation du parti doit faire entrer, de gré ou de force, les paysans dans les fermes collectives. On se bat dans les campagnes. Les paysans contraints d'adhérer aux kolkhozes égorgent leur bétail plutôt que de le livrer à la ferme collective. Entre 1929 et 1933, le nombre des chevaux en U.R.S.S. passe de 34 à 16,6 millions, les bovins de 68 à 38,6 millions de têtes, les ovins et les caprins de 147,2 à 50,6 millions, le nombre des porcs de 20,9 à 12,2 millions.

Dix millions de personnes au moins sont arrachées à leurs maisons et à leur terre, désignées comme « koulaks » et « contre-révolutionnaires » et déportées en Sibérie où elles constitueront les premiers détachements du travail forcé. Mais, en mars 1930, on peut décréter que 58,1 % des familles travaillent dans les kolkhozes. En fait, sans aucun moyen technique. La politique de collectivisation forcée a détruit ce qui existait sans apporter autre chose que des souffrances, non seulement au monde rural mais à l'ensemble de l'U.R.S.S., puisque, dans les années 1931-1932, une terrible famine frappe des régions entières. On estime à plusieurs millions de paysans les victimes de cette famine. Dans les villes, le rationnement est introduit, avec toutes les conséquences inégalitaires qu'il provoque puisque le parti décide de ceux qui, en priorité, doivent disposer de produits alimentaires dans des magasins spéciaux. Les fonctionnaires du parti, les ingénieurs, les cadres en général sont les bénéficiaires de cette répartition sélective.

Enfin, la collectivisation forcée conduit à la multiplication des policiers (Guépéou) et des fonctionnaires chargés d'encadrer les paysans. Les membres des « organes » de sécurité répriment, sélectionnent, déportent avec la brutalité que l'on imagine. Les fonctionnaires gèrent les kolkhozes, surveillent leur fonctionnement, assurent la répartition des produits. Toute une bureaucratie vit ainsi, en parasite, sur les producteurs, tentant de respecter les objectifs du plan, truquant les résultats, masquant les pertes ou bien accusant les contre-révolutionnaires d'être responsables des échecs. Le résultat de la récolte de 1931 est éclairant : 700 millions de quintaux de blé. En 1930, il avait été, malgré les conditions de la collectivisation, de 835 millions.

Cet échec tragique de la collectivisation forcée est si patent que Staline lui-même dans un article du 2 mars 1930 – *Le Vertige du succès* – s'élève contre les excès de la collectivisation, dont il rejette la responsabilité sur des exécutants trop zélés. Il rappelle que les fermes collectives doivent être formées librement et non sous la contrainte. Il annonce des concessions en faveur des kolkhoziens qui obtiennent le droit de cultiver un petit lopin pour leur usage personnel et d'élever des animaux domestiques et de la volaille en quantité limitée. En quelques mois (de mars à mai 1930), le nombre des ménages engagés dans les fermes collectives passe de 14 millions à 5 millions. Mais ce n'est qu'un court répit. Le mouvement reprend, les autorités usant de tous les moyens de pression et, à la fin du premier plan quinquennal, 68 % des terres appartiennent aux kolkhozes, 22 % seulement aux agriculteurs individuels, les 10 % restants aux sovkhozes (usines agricoles, propriétés de l'État).

La plaie de la collectivisation forcée gangrène l'agriculture de l'U.R.S.S. (et donc son économie) et pèse sur les conditions de vie de tous les Soviétiques. Cette agriculture, détruite dans ses structures séculaires, n'a pas encore trouvé aujourd'hui les voies de son développement.

1931

L'agression et le défi des Japonais

La politique mondiale est une. La guerre de 1914-1918 a à la fois confirmé la mondialisation des enjeux et des conflits et en même temps accentué cette interdépendance entre les différents secteurs géographiques de la planète. Les grandes puissances sont impliquées sur tous les continents, même si le nœud principal des contradictions est encore en Europe puisqu'elles y sont au contact (à l'exception des États-Unis, de la Chine et du Japon, mais l'Europe, elle, est présente en Asie par ses intérêts territoriaux et économiques) et que les nationalismes y sont, depuis 1918 et l'éclatement de l'Empire austro-hongrois, exacerbés.

La crise économique qui éclate en 1929 est une autre confirmation de la mondialisation puisque, dès les années 1930, la plupart des grands pays sont touchés. De même le rôle de l'Internationale communiste – le Komintern –, même s'il n'est plus, au fur et à mesure que la direction stalinienne s'assure du pouvoir en U.R.S.S., qu'une forme de l'influence soviétique, s'étend à tous les continents.

Le rôle de la S.D.N.

Dès lors, la politique expansionniste d'une puissance peut, par contagion, déséquilibrer l'ensemble des relations internationales et d'autant plus qu'un système de « Sécurité collective » (la Société des Nations) a été mis en place. L'Assemblée des nations, à Genève, peut jouer le rôle amplificateur d'une chambre d'écho : d'une agression et d'une impuissance à condamner cette violation des règles internationales. Il devient ainsi difficile dans ces années 1930, rendues fragiles par la crise économique et ses conséquences sociales et politiques, de limiter un conflit local. La notion même de conflit localisé tend à disparaître.

La démonstration en est faite quand, à l'automne 1931, le Japon reprend sa politique impérialiste à l'égard de la Chine. Il avait été l'agresseur dès les années 1894-1895, puis en 1904 contre la Russie, enfin il avait profité de la Première Guerre mondiale pour conquérir des positions en Chine. À chaque fois, l'action des grandes puissances européennes, mais aussi des États-Unis, avait bloqué son expansion, le forçant même à reculer. Ç'avait été le cas en 1922, avec le traité de Washington. De 1922 à 1929, le Japon a pratiqué une politique prudente, conduite par le Premier ministre Shidehara, se limitant à une vigoureuse expansion commerciale. La crise de 1929 vient bouleverser les données de cette politique.

Le Japon est en effet l'une des premières puissances frappées par l'onde de choc du krach de Wall Street. Les exportations de soie brute (le principal poste du commerce avec les U.S.A.) s'effondrent en quelques mois, passant de 2 100 millions de yens en 1929 à 1 200 en 1931. Cette chute prive le Japon de rentrées de devises et l'empêche d'acheter les matières premières nécessaires à son industrie. Le chômage se répand. Et la crise affecte aussi le monde agricole, celui des producteurs de cocons de ver à soie et de riz, puisque la consommation de riz baisse par suite de l'extension du chômage.

En même temps, le Japon doit faire face à une forte pression démographique qui surcharge le monde rural, crée de nouveaux chômeurs, dès lors qu'il n'y a pas de débouchés dans l'industrie.

Face à cette situation, la solution paraît être de conquérir des territoires qui assureraient à la fois des débouchés et des ressources, qui permettraient aussi de s'emparer (par cette pression militaire) de parts de marché. La Chine paraît toute désignée pour être cette proie, et particulièrement la Mandchourie.

Sur ce thème, milieux de la grande bourgeoisie d'affaires capitaliste et représentants du monde rural se rejoignent. Reste à définir le style de cette expansion. Et les structures politiques japonaises, le poids de l'empereur et de l'armée, les traditions militaires, la naissance aussi d'un parti « fascisant » (dirigé par le général Araki) poussent à une expansion brutale.

L'agression japonaise

C'est ainsi que, dans la nuit du 18 septembre 1931, prétextant un attentat contre la ligne de chemin de fer du Sud-Mandchoukouo, placée sous administration japonaise, les autorités militaires nippones locales décident l'occupation de Moukden, puis de toute la Mandchourie. La Chine ayant refusé toute négociation, et décidé de faire appel à la S.D.N., puis pratiqué une politique de boycott des produits japonais, les Japonais débarquent, en janvier 1932, à Shanghai. Et, même s'ils retirent au bout de quelques mois leur corps expéditionnaire, leur politique expansionniste est confirmée. Le 15 septembre 1932, un État « (fantoche) » du Mandchoukouo est proclamé, sorte de protectorat japonais, base de départ aussi vers une pénétration – qui commence – dans la Chine du Nord.

Devant cette agression, cette annexion de fait, la réaction de la Société des Nations est un test, puisque les Chinois ont porté l'affaire devant cette Assemblée. Or, le Conseil et l'Assemblée de la S.D.N. tergiversent, enquêtent, hésitent, proposent des solutions qui, tout en condamnant la présence japonaise en Mandchourie puis la création de l'État du Mandchoukouo, semblent reconnaître qu'il y a des intérêts particuliers du Japon dans cette région qui ont été lésés. Quand, en 1933, finalement, l'Assemblée recommandera le retrait des troupes japonaises du Mandchoukouo, le Japon, par un rescrit impérial du 27 mars 1933, quittera la Société des Nations. Acte grave, qui marque la faillite de l'ordre international que la S.D.N. devait établir après le traité de Versailles. Étape importante dans « la faillite de la paix ». Un agresseur n'est pas sanctionné, pis, il se place hors de l'Assemblée des nations.

L'affaire japonaise de 1931 est donc un révélateur de l'impuissance de la S.D.N. Celle-ci – et notamment dans ce secteur du monde – est le reflet de la pusillanimité de la Grande-Bretagne qui (avec la France, mais plus que la France, compte tenu de sa puissance navale) est la colonne maîtresse de la S.D.N. Or, Londres ne veut pas intervenir. Les intérêts économiques anglais en Chine et en Extrême-Orient ne sont pas menacés par l'agression japonaise. Si, par contre, une politique de sanctions contre le Japon était décidée, les intérêts (à Hong Kong, à Shanghai) pourraient souffrir de mesures de représailles. Donc Londres non seulement n'agit pas, mais empêche toute velléité d'action de la part de la S.D.N.

Les États-Unis, qui ne sont pas membres de la S.D.N., ont des intérêts dans ce secteur du monde et ont plusieurs fois contré l'expansionnisme japonais. Mais, en 1931, ils sont affaiblis par la crise économique, paralysés par une élection présidentielle (1932 : Roosevelt) et, de plus, les industriels américains continuent d'exporter au Japon. Enfin, ce dernier ne se laisse pas intimider par des condamnations morales. Faudrait-il aller plus loin, risquer un affrontement ? Personne ne le veut aux États-Unis.

L'agresseur a donc triomphé de la communauté internationale. Et celle-ci, notamment la Grande-Bretagne, a montré son incapacité à réagir et même sa complaisance à accepter le fait accompli. La leçon ne sera pas perdue. Par le Japon d'abord qui occupe les principales villes de Chine en 1937-1938. Puis par les puissances européennes (Italie, Allemagne) qui veulent remettre en cause l'ordre mondial issu du traité de Versailles.

1932

Une « révolution en Amérique » :
le *New Deal* de Roosevelt

L'économie de marché – fondement du système capitaliste – a sa logique extrême. Elle implique la liberté des acteurs, l'équilibre et la croissance étant trouvés par cette « main invisible » qu'est le marché. Il ajuste, de façon « naturelle », les besoins à l'offre, la somme des comportements individuels aboutissant à une dynamique bien plus efficace que celle que l'on pourrait trouver dans une économie « socialisée », « dirigée ». Entre cette conception « absolutiste » du libéralisme et la « planification » de l'économie (telle que l'on commence, précisément dans les années 1930, à la concevoir : le premier plan quinquennal soviétique est lancé en octobre 1928), des graduations sont possibles, et tous les États, quel que soit leur attachement à l'économie de marché, ont mis en place une législation qui établit des règles du jeu. Il s'agit soit de « protéger » certaines catégories sociales – pour des raisons à la fois morales et politiques (les paysans par exemple qu'une législation protectionniste mettra à l'abri de la concurrence étrangère) –, soit d'empêcher la constitution de situations de monopole qui faussent le fonctionnement du marché (lois antitrusts), soit de faire jouer par l'État un rôle d'incitateur, pour « relancer » la machine économique par le biais de mesures financières ou en prenant lui-même l'initiative dans certains secteurs (par exemple, dans les travaux publics). Réciproquement, en économie socialisée, Lénine a, dans le cadre de la Nouvelle Politique économique

(N.E.P. : 1921), utilisé les incitations du profit (et du marché) pour lutter contre la pénurie.

Le cauchemar de l'Amérique

Aux États-Unis, dans les années 1930, ce débat (dans le libéralisme, quelle marge d'intervention de l'État et au profit de qui ?) est crucial, car l'Amérique vit un cauchemar. Celui de la crise économique.

La prospérité s'est effondrée et avec elle l'optimisme des Américains. La production n'est plus que de 48,7 % de ce qu'elle était en 1929. Les chômeurs, qui étaient 6 millions en 1930, sont 13 millions en 1932 et ils représentent par exemple 40 % de la population à Chicago. Un salarié sur quatre se trouve sans emploi et, parmi ceux qui travaillent, les salaires ont baissé en moyenne de 40 % et de 60 % dans l'industrie. La misère est à chaque coin de rue : pénurie pour des millions d'Américains ; crise dans les campagnes. C'est le temps des « raisins de la colère ». Mais le président des États-Unis, Hoover, croit, lui, que c'est « la prospérité qui est au coin de la rue ». Il estime que l'aide de l'État doit aller en priorité à ceux qui sont susceptibles de relancer la machine économique – c'est-à-dire les puissances économiques et bancaires. Or, c'est précisément le moment où, dans l'opinion américaine, on met en doute, à la lumière crue de la crise, la valeur de ces puissances dont beaucoup viennent de sombrer. Un vent de « radicalisme » secoue les États-Unis, même si les discours révolutionnaires (communistes et socialistes) n'ont qu'une faible audience.

C'est dans ces conditions que s'ouvre, en 1932, la campagne pour l'élection à la présidence. En face de Hoover, le démocrate Franklin Delano Roosevelt (1882-1945), gouverneur de l'État de New York (1929-1933), représente une autre politique, un *New Deal*, une « nouvelle donne ». Cet ancien sous-secrétaire d'État de Wilson, touché par une attaque de poliomyélite (en 1921), est un volontaire et un pragmatique, qui proclame que « l'essentiel est d'essayer ». Il est élu triomphalement le 8 novembre 1932, par 42 États sur 48 et par 57,41 % des voix contre 39,65 % au républicain. La crise a mis fin au règne du parti républicain, et ce, pour vingt années (1933-1953).

La prise de fonction de Roosevelt n'intervenant que le 4 mars 1933, la crise s'aggrave durant la période de transition, mais, dès son arrivée, le président convoque le Congrès en session spéciale et durant cent jours (9 mars-6 juin 1933) il obtient le vote de quinze projets de loi qui marquent l'intervention de l'État dans la sphère économique, avec la volonté de réaliser une véritable « reconstruction nationale ».

En même temps qu'il agit au Congrès, le président, utilisant de manière systématique la radio (les « causeries au coin du feu ») et des conférences de presse bihebdomadaires, agit sur l'opinion. Cette manière moderne de gouverner, avec l'aide des médias (et par leur intermédiaire), a pour but de redonner confiance à l'Amérique. « La seule chose que nous ayons à craindre, dit Roosevelt, c'est la crainte elle-même. »

Mais Roosevelt n'a pas, dans cette première période, le désir de se dresser contre les puissances économiques. Au contraire, il ne conçoit son action qu'en collaboration avec l'*establishment* économique et financier. Ainsi, l'un des premiers actes de Roosevelt (continuant sur ce point la politique de Hoover) est de restaurer la confiance dans les banques, en les consolidant. Il ordonne leur fermeture le 6 mars et interdit l'exportation d'or et d'argent. Les éléments les plus fragiles du système sont éliminés. Toute une série de mesures complémentaires (mise à disposition du public d'informations sur les émissions d'actions, garanties pour les 5 000 premiers dollars déposés sur un compte en banque, etc.) viennent redonner une stabilité au système bancaire. En même temps, Roosevelt s'efforce de lutter contre le chômage, de multiplier les programmes d'assistance (*Civilian Conservation Corps, Federal Emergency Relief Administration*). Il décide même la création d'une autorité publique pour produire de l'électricité (la *Tennes-*

see Valley Authority, T.V.A.) qui construira en vingt ans une vingtaine de barrages et produira de l'électricité à des tarifs inférieurs à ceux des compagnies privées. L'*Agricultural Adjustment Act*, le *National Industrial Recovery Act*, la *National Recovery Administration* sont autant de créations destinées à lutter contre la pénurie et le chômage, en relançant l'activité.

Pourtant au terme des deux premières années, en 1935, les résultats de ce premier *New Deal* paraissent limités. L'Amérique compte encore près de 9 millions de chômeurs. Dans les campagnes, la misère des ouvriers agricoles, des fermiers et des métayers est accablante. Les expulsions se multiplient et l'émigration vers la Californie, un mirage, n'offre d'emplois que dans la main-d'œuvre saisonnière. Cette situation crée une menace politique pour Roosevelt qui se voit doublé sur sa gauche par un mouvement populiste (le sénateur Huey Long), en même temps que, sur sa droite, les forces économiques (Dupont de Nemours, la General Motors) attaquent le programme du *New Deal*.

La fin du laisser-faire

Roosevelt est ainsi conduit à rechercher l'appui des victimes de la crise, en mettant l'accent sur l'aide que l'État doit apporter au citoyen : c'est la fin du « laisser-faire » et l'apparition de l'État-Providence (vote en 1935 d'une loi [Wagner] sur la Sécurité sociale : assurance chômage et assurance vieillesse). En même temps, il tente (en vain) de favoriser les petites entreprises.

Ces mesures – un véritable deuxième *New Deal* – lui assurent une réélection triomphale le 8 novembre 1936, avec 60,8 % des voix.

L'Amérique commence à prendre un autre visage. Elle s'identifie avec le *Welfare State* rooseveltien et la croissance rapide de grands syndicats. Elle ajoute à ses valeurs traditionnelles d'initiative une série de thèmes « progressistes ». Ils trouveront un écho amplifié dans la lutte contre le nazisme à laquelle s'identifiera Roosevelt.

1933

La fin d'une Allemagne :
Hitler, chancelier du Reich

Quand un système politique, une société, une nation basculent dans la dictature, perdent leurs institutions parlementaires, voient supprimer toutes les libertés au bénéfice d'un ordre qui fait de la violence, de la peur et du racisme les ressorts fondamentaux de son pouvoir, on accuse souvent le peuple de ce pays d'être responsable par sa passivité ou sa complaisance de cette évolution. On recherche dans les traditions nationales ce qui peut provoquer cette régression. Or, même s'il est légitime de découvrir les racines historiques d'un comportement, la responsabilité première incombe toujours aux élites, c'est-à-dire à ces groupes d'hommes qui disposent des pouvoirs dans un secteur ou qui se sont autoproclamés représentants de telle ou telle classe sociale. Ce sont ces élites qui sont en charge, par leurs fonctions (politiques, économiques, culturelles, etc.), de prévoir, de faire preuve de courage politique, de détermination. Le peuple subit des événements qu'il n'a ni préparés ni pressentis, si les élites en position de l'éclairer, de l'éveiller, l'ont fourvoyé dans des impasses.

Les forces conservatrices

Il en est ainsi dans l'Allemagne des années 1930. Certes, ce pays a une tradition démocratique superficielle. Aucune révolution populaire (du type de la Révolution française) n'est venue bousculer les hiérarchies. L'unité nationale s'est réalisée tardivement à partir d'un compromis conser-

vateur entre une bourgeoisie disciplinée et un pouvoir
impérial (celui de l'empereur, des milieux militaires souvent confondus avec la caste agrarienne des Junkers prussiens). La défaite de 1918, l'écrasement dans le sang des
spartakistes par l'alliance entre la social-démocratie et la
Reichswehr (dont les cadres sont restés ce qu'ils étaient
avant 1914-1918) ont maintenu en place ces structures
sociales et culturelles et ce, malgré la proclamation de la
République de Weimar. Celle-ci est à la fois objet de mépris
(elle accepte le traité de Versailles) et impuissante politiquement. Quand la crise économique vient frapper l'Allemagne de plein fouet (inflation galopante, chômage qui
touche des millions d'Allemands), les extrêmes, communistes et nazis, rendent l'équilibre politique encore plus
précaire. D'autant plus que les coalitions du centre (Brüning), soutenues par les socialistes, font une politique de
déflation dure aux salariés. La radicalisation du climat
politique est marquée par les violences perpétrées par les
Sections d'assaut nazies, les contre-attaques des « rouges »,
la misère des chômeurs, les impasses politiques du gouvernement. Le président de la République, le maréchal Hindenburg, incarne l'Allemagne des Junkers dont toutes les
sympathies vont aux valeurs d'ordre et d'autorité. Aux
élections du 14 septembre 1930, le parti nazi rassemble
6,4 millions de voix et 18,3 % des suffrages, ce qui fait de
lui, avec cent sept députés, le deuxième parti allemand après
le parti social-démocrate. La stratégie politique de Hitler,
fondée sur le respect formel de la légalité (et la pratique
des violences dans la rue par les S.A.), donne ses premiers
fruits. Les nazis ne disposaient que de douze députés en
1928. La crise est venue leur donner l'élan qu'ils atten-
daient. Leurs électeurs proviennent non des milieux
ouvriers, mais des classes moyennes, de la toute petite
bourgeoisie que la crise inquiète et qui craint d'être prolé-
tarisée, et aussi du monde rural.

Hitler contre Hindenburg

Mais ce premier palier, qui fait du parti nazi un élément important du jeu politique, ne lui permet pas pour autant d'accéder au pouvoir. Il lui faut donc nécessairement trouver des alliés. Ils existent dès les années 1930, avec l'extrême droite nationaliste (rencontre de Harzburg en octobre 1931), qui dispose, grâce à l'un de ses leaders, magnat de la presse (Hugensberg), de moyens considérables pour influencer l'opinion. Et, aux élections présidentielles du 10 avril 1932 – la crise économique touchant près de 7 millions de chômeurs –, les résultats montrent la nouvelle force du nazisme : Hitler obtient (au premier et au deuxième tour des élections) contre Hindenburg 11 340 000 voix puis 13 420 000 voix. Bond considérable mais à nouveau insuffisant pour accéder à la présidence de la République. Les risques existent même, malgré ce succès, et s'il n'y a pas d'accès rapide au pouvoir, que les électeurs attirés par les nazis ne se dispersent à nouveau. D'autant plus que le chancelier Brüning, appuyé par les sociaux-démocrates, tente pour la première fois de s'opposer au mouvement nazi : il ordonne la dissolution des S.A. Mais, ce faisant, il heurte toute la stratégie de l'extrême droite allemande (qui est écoutée par Hindenburg), celle du grand patronat (Krupp, Thyssen) qui voit dans le mouvement nazi un garant de l'ordre social et la possibilité d'une nouvelle politique économique, permettant la sortie de la crise, brisant le « carcan » international qui depuis 1919 contraint l'Allemagne. C'est dans ces conditions que Hindenburg renvoie Brüning (qui voulait entreprendre une politique de réforme agraire) et le remplace par Franz von Papen qui s'est engagé à abroger le décret de dissolution des S.A. et à provoquer de nouvelles élections générales. Ce qui est le moyen de permettre aux nazis de capitaliser leur influence telle qu'elle s'est manifestée à l'élection présidentielle. Le scrutin de juillet 1932 se déroule dans un climat de violence, les nazis rassemblent 37,2 % de suffrages et devien-

nent le premier parti du Reichstag avec deux cent trente
députés (Goering est élu président de cette Assemblée).
Mais ce résultat considérable est encore insuffisant. Von
Papen se trouve dans une situation bloquée et, le 6 novembre
1932, il organise de nouvelles élections qui sont le premier
échec des nazis ; ils perdent près de 2 millions de voix. Est-
ce le début d'un reflux rapide ? Hindenburg choisit comme
chancelier le général Schleicher qui semble vouloir ouvrir
le jeu politique aux syndicats, au centre et au centre-gauche
en annonçant la mise en place d'une politique sociale nouvelle. Ce qui inquiète la Confédération nationale de l'industrie allemande qui apporte tout son soutien à Hitler (au
plan financier) et à une coalition Hitler-von Papen, qui peut
avoir la majorité au Reichstag. Hitler n'accepte que dès lors
qu'il est assuré d'obtenir le poste de chancelier. C'est fait le
30 janvier 1933. Il n'a pas eu besoin pour cela de la majorité des électeurs (aux élections de mars 1933, dans un climat de terreur contre la gauche, les nazis n'obtiendront
encore que 43,9 % des voix). Il lui a suffi de trouver des
alliés dans la droite extrême et apparemment constitutionnelle et d'obtenir ainsi la respectabilité d'un partenaire
politique ; de bénéficier de l'appui du grand patronat ; de la
bienveillance – ou de la tolérance – des hiérarchies au
sommet de l'État et dans l'armée ; d'afficher son souci de
respecter la légalité. En face, ses adversaires, divisés, n'ont
pu constituer un front commun, car, outre leurs divergences, il leur fallait compter avec l'État (le maréchal Hindenburg) qui, loin d'être neutre, se ralliait aux nazis.

À ce jeu (truqué) de la légalité, Hitler a les meilleurs
atouts. Et le peuple allemand, qui ne lui a jamais accordé la
majorité de ses voix, se trouve prisonnier du nazisme, sans
avoir pris conscience de ce que cela signifie.

1934

La crise française :
les premiers signes de l'agonie d'un régime

La crise qui frappe une nation est un processus progressif, dont on peut repérer les signes sur, parfois, plusieurs décennies. Les causes en sont multiples. Doutes sur le destin national. Déceptions par rapport aux espérances entretenues par les milieux politiques. Dysfonctionnement des institutions qui ne sont plus aptes à permettre des décisions ; crise des élites ; fascination pour des idéologies « extérieures » et naissance d'un climat de guerre « religieuse » ; crise économique et sociale ; perte de la vitalité démographique. Tous ces éléments jouent. De plus, parce que les nations sont interdépendantes, qu'elles appartiennent à des systèmes géopolitiques, toute secousse extérieure, toute rupture d'équilibre, pèse sur la vie de la nation. La France, dans les années 1930, entre ainsi dans une période difficile qui a tous les signes d'une crise nationale.

L'inadaptation des institutions

D'abord, elle est exsangue. Victorieuse en 1918, ses générations ont été élaguées par la guerre. La population vieillit. Les vides causés par les pertes énormes se font sentir dans de nombreuses classes d'âge, et les répercussions provoquent un « manque à naître ». L'économie ne se renouvelle pas. L'agriculture stagne. Les élites conservatrices, engoncées dans leur certitude, continuent comme si la guerre n'avait pas eu lieu. Et parmi les présidents du Conseil on retrouve un Raymond Poincaré, l'ancien président – qui rétablit la valeur du franc, ce qui lui donne une incontestable autorité –, ou bien un Gaston Doumergue, septuagénaire rappelé de sa retraite de président de la République pour faire face aux problèmes de l'année 1934. Les institutions – impuissance du président de la République, majorité parlementaire incertaine, etc. – ne sont pas adaptées à la période tourmentée dans laquelle le pays et le monde sont entrés.

En effet, la crise économique frappe durement le pays, à partir de 1932 : le chômage est en quelques mois multiplié par sept, la production s'effondre dans les secteurs de pointe de 50 % ; les faillites se multiplient ; les couches moyennes et le prolétariat sont durement touchés.

Dans ce contexte, les positions se durcissent. L'exemple fasciste et nazi, des régimes jeunes, forts, qui semblent efficaces, séduit une partie des élites bourgeoises. Elles y retrouvent un vieux fonds idéologique français fait d'apologie de l'autorité, de la force et de relents antisémites. La corruption de certains secteurs politiques (telle qu'elle apparaît à propos du scandale Stavisky, un escroc auquel sont associés des hommes politiques) favorise la renaissance de l'antiparlementarisme. Des « ligues » (Ligue des patriotes), des mouvements comme celui des Croix-de-Feu, qui regroupent des dizaines de milliers d'anciens combattants (sous l'autorité du colonel de La Rocque), expriment ces sentiments politiques, ambigus souvent, car s'ils indiquent aussi un désir de lutter contre la « décadence nationale », en même temps que, par la xénophobie qu'ils manifestent, la haine de la « république » et de la « démocratie », ils en sont aussi une expression.

Lorsque le gouvernement du radical Daladier décide de déplacer le préfet de police de Paris Jean Chiappe, soupçonné de complicité avec les ligues, celles-ci appellent à manifester le 6 février 1934. Ce sera une journée d'émeutes. Le palais Bourbon est assiégé. Les forces de l'ordre tirent. Le régime est ébranlé même s'il n'est pas renversé comme l'espéraient les plus extrémistes des manifestants (« 6 février, révolution manquée », dira Robert Brasillach).

Gaston Doumergue devient président du Conseil dans un gouvernement qui compte le maréchal Pétain et qui, sous le couvert d'union nationale, exclut les socialistes. Les émeutes du 6 février sont le révélateur de la crise du régime et de la crise nationale. Il est clair que, face à elles, une partie de l'opinion, de la classe politique et des élites intellectuelles aspire à une solution « dure », sur le modèle (appliqué à la France) fasciste et nazi. Devant le danger, les communistes et les socialistes, tirant l'expérience de l'échec de la gauche allemande, appellent à manifester le 12 février 1934. (Le 9, une manifestation communiste a été sévèrement réprimée : huit morts et trois cents blessés.) Le Front populaire qui se constitue ainsi dans la rue avant d'être un accord politique est la réponse de gauche à la crise nationale. Si bien que la France se divise en deux groupes – de forces à peu près équivalentes – qui chacun offre son issue à la crise. La droite, à l'évidence (avec Pierre Laval comme ministre des Affaires étrangères), vise, sur le plan extérieur, à une politique d'alliance avec l'Italie fasciste et de passivité à l'égard de l'Allemagne nazie : la France laissera ainsi se déployer l'agression italienne en Éthiopie (octobre 1935). Et la sécurité collective en sera gravement atteinte. En mars 1936, Paris ne réagira pas quand Hitler remilitarisera la rive gauche du Rhin, nouvelle violation du traité de Versailles. C'est dire que la crise politique intérieure ne peut être séparée de la crise de la politique étrangère française. Avec Pierre Laval devenu président du Conseil, la France – liée par ailleurs à une Angleterre soucieuse d'apaisement à tout prix à l'égard des puissances fasciste et nazie – s'enfonce dans une politique de « collaboration » avec Rome et Berlin.

Dans ce climat, les élections de mai-juin 1936 qui opposent la gauche (socialistes, communistes, radicaux) à la droite sont aussi un moment de la lutte entre ceux pour qui l'antifascisme (« Le fascisme ne passera pas ») est une priorité et ceux pour qui la défense du statu quo social est un impératif qui ne peut se faire que dans un régime d'ordre, anticommuniste, antisocialiste et, donc, compréhensif à l'égard de ces modèles d'anticommunisme et d'antisocialisme que sont le fascisme et le nazisme.

La victoire du Front populaire

Or les élections donnent une large victoire (en nombre de sièges) au Front populaire (259 sièges contre 222 à la droite et aux modérés, les socialistes disposent à eux seuls de 149 élus et de 27 apparentés), marquant que le pays choisit d'apporter à la crise des solutions de gauche. Ce sont à l'évidence les radicaux (notables des petites villes) et leurs électeurs qui, en se ralliant au Front populaire, ont fait pencher la balance. Et en ce sens la victoire du Front populaire est une victoire de l'idéologie républicaine. Elle est dans le prolongement des succès républicains des années 1889 puis 1902 et aussi de la victoire aux élections de juin 1914.

Mais ce Front populaire a les faiblesses d'une coalition. Les communistes refusent de participer au gouvernement. Les radicaux représentent l'aile droite qui se refuse à une politique audacieuse. Les mouvements sociaux généralisés contraignent à des concessions importantes (congés payés, semaine de quarante heures, etc.) et cette «embellie» fait oublier la gravité des problèmes internationaux, le nécessaire effort national pour y faire face. Au lendemain même de la victoire électorale du Front populaire (juin 1936), le *Frente popular* espagnol doit affronter un soulèvement militaire (17 juillet 1936) soutenu par l'Italie fasciste. La guerre frappe aux portes d'une France profondément divisée et affaiblie.

1935

L'Italie dans la guerre :
le fascisme contre la Société des Nations

Un régime politique qui fait de la guerre, du nationalisme et de la grandeur de l'État les fondements de son idéologie se trouve, à un moment donné, confronté à la nécessité soit de se renier – avec les risques politiques que cela comporte quant à la crédibilité même de ce régime –, soit de passer aux actes. Dans un régime de parti unique, de chef « vénéré », on ne peut encadrer militairement la population, et en particulier la jeunesse, lui donner les valeurs viriles et guerrières en modèle, sans lui offrir un objectif. Quel serait sinon le sens de cette mobilisation durant une décennie ?

Pour un régime de ce type qui exclut toute explication de ses difficultés par des « erreurs » politiques intérieures (elles sont impensables), qui doit trouver ainsi des boucs émissaires, la guerre est une fin naturelle. Elle offre, en outre, en période de crise économique, le moyen de « mobiliser » des chômeurs, de « relancer » les industries d'armement ; sans compter qu'elle permet de mieux contrôler encore la population, de sévir contre l'opposition « antinationale » et, par le jeu de la propagande « patriotique », de tenter de diviser cette opposition. Il faut bien sûr que la guerre soit victorieuse. Et pour cela prendre le moins de risques possible, agir à coup sûr. Ou tout au moins mettre tous les atouts de son côté.

Le fascisme, idéologie guerrière

C'est une situation de ce type que crée le régime fasciste, une décennie après sa prise de contrôle totale du pays (1925-1935). Pour Mussolini, « la guerre est à l'homme ce que la maternité est à la femme ». Et le « nationalisme », le rappel de l'Empire romain dont l'Italie serait l'héritière sont les thèmes essentiels de la propagande fasciste, en même temps que l'exaltation de la « virilité », qui ne peut s'éprouver que par la guerre. Un autre thème, efficace, est mis en avant ; celui de l'Italie, « nation prolétaire » qui a le droit, face « aux richards de Londres et de Paris », de conquérir un espace colonial.

En Afrique, l'Éthiopie, pays indépendant, est la seule proie possible. Objectif d'autant plus intéressant pour le fascisme que l'Italie, en 1896, à la bataille d'Adoua, a été vaincue par les Éthiopiens et qu'elle a dû renoncer, se contentant de la Somalie et de l'Érythrée. Les incidents de frontière avec l'Éthiopie se multiplient, à partir des années 1930, à la limite de ces deux territoires et de nombreux signes indiquent que l'Éthiopie est bien le pays visé par l'Italie fasciste.

Les circonstances imposent d'ailleurs à Mussolini une action. Le régime après dix ans n'a rien « produit » de décisif, sur le plan intérieur. La crise économique des années 1930 le frappe. L'opposition est certes jugulée, mais le régime a besoin d'un nouvel élan s'il veut continuer à dominer le pays sans partage. Or le climat international peut sembler favorable à une action. Hitler a pris le pouvoir en janvier 1933 et, même s'il y a divergence à propos de l'Autriche (Mussolini a bloqué en 1934 une tentative allemande de s'emparer de l'Autriche), Berlin ne manque jamais de signaler la communauté de vues des deux régimes. Hitler ne cesse de flatter Mussolini en le reconnaissant comme son prédécesseur. Mais, en même temps, l'Angleterre et la France multiplient les gestes amicaux à l'égard de Rome. Pour Churchill, « Mussolini a établi, avec le régime fasciste, une orientation centrale que les pays engagés dans la lutte corps à corps contre le socialisme ne doivent pas hésiter à prendre pour guide». Il s'agit aussi de faire de Rome un allié éventuel contre l'Allemagne.

Le 4 janvier 1935, le ministre des Affaires étrangères français, Pierre Laval, est à Rome, et le 7 janvier 1935, des accords franco-italiens sont signés. Mussolini a-t-il cru, au terme de ses conversations avec Laval, qu'en échange d'un appui en Europe, il avait «les mains libres» en Éthiopie? Ou Laval le lui a-t-il laissé croire? Le 3 octobre 1935, en tout cas, l'armée italienne attaque l'Éthiopie avec les moyens les plus modernes (chars, aviation, gaz toxiques). Cette agression est accompagnée, en Italie, d'un déferlement de la propagande, d'une mise en condition du pays. De nombreux opposants rallient le régime qui «venge» la défaite d'Adoua et donne un empire – des terres – aux paysans pauvres d'Italie.

La S.D.N. et le conflit

Or l'Éthiopie est membre à part entière de la Société des Nations. Le 10 octobre, la S.D.N. vote des sanctions contre l'Italie. Ce qui a pour effet de faciliter la propagande fasciste : on empêche l'Italie d'obtenir ce que d'autres possèdent. C'est l'égoïsme international qui s'exprime par la S.D.N., manipulée, dit-on à Rome, par Londres et Paris. Mais en même temps les sanctions ne sont pas appliquées. Londres ne ferme pas le canal de Suez aux convois italiens. Autant dire qu'on laisse l'Italie gagner la guerre. Ce sera fait quand, le 5 mai 1936, Addis-Abeba est occupé par les troupes italiennes. Le Négus, Hailé Sélassié, s'enfuit. À Rome, c'est le triomphe du Duce et du fascisme.

Mais la plus grave des crises internationales depuis la fin de la Première Guerre mondiale vient de s'ouvrir, et c'est en fait la préface de la Seconde Guerre mondiale que le fascisme italien a écrite en Éthiopie.

En effet, la Société des Nations vient de montrer qu'elle est une organisation sans efficacité. Elle a été bafouée. Ses principes sont ridiculisés. La force a fait à nouveau son entrée dans les relations internationales, et ce dans la sphère « européenne ». C'est pourquoi cette crise est plus forte que celle que la S.D.N. avait dû affronter après l'agression japonaise contre la Chine. La crise est en Europe. Elle a en effet révélé la cassure de l'opinion publique des pays démocratiques. Elle est le premier test de résistance aux violations de l'ordre international par un pays fasciste. En France, on a vu ainsi les intellectuels les plus prestigieux (la majorité des académiciens) signer un *Manifeste* pro-italien *pour la défense de l'Occident et la paix en Europe*. Ce sont les prémices de la collaboration qui s'ébauchent, avec leurs arrière-plans sordides : les agents italiens ont versé 135 millions de francs pour influencer la presse française.

Mais cette passivité ou cette complicité n'ont au plan diplomatique servi à rien. Rome s'est rapprochée de Berlin. L'Italie ne fera plus obstacle à une action allemande contre Vienne. Hitler a d'ailleurs profité de l'affaiblissement de la S.D.N., de la remise en cause de l'ordre international que cela représente et de la tolérance que les démocraties manifestent à l'égard de l'agresseur italien, pour, le 7 mars 1936, faire entrer ses troupes en Rhénanie, en violation du traité de Versailles. Sans qu'il y ait de réaction vigoureuse. Cela confirme Mussolini, comme sa victoire en Éthiopie malgré les sanctions, dans l'idée que Paris et Londres (et surtout Paris) ne sont plus des puissances à respecter ni des partenaires possibles. La force est du côté du fascisme. Devant « huit millions de baïonnettes italiennes », les démocraties s'inclineront sans combattre.

L'agression victorieuse de l'Italie fasciste contre l'Éthiopie ouvre ainsi une nouvelle période des relations internationales dominée par la guerre.

1936
Pour qui sonne le glas :
la guerre civile en Espagne

L'armée, substitut de parti politique

La démocratie, la république ne peuvent exister et survivre que s'il existe des bases sociales et une culture politique telles que les règles du jeu qu'elles impliquent sont
acceptées et respectées par une majorité de la population.
Si c'est le cas, et même si elles doivent affronter des difficultés (tous les régimes, toutes les sociétés en connaissent ;
le conflit est l'essence même du social), elles les surmontent. Les changements de gouvernement, les alternances de
majorité sont, dans le cadre de la Constitution, les procédures normales qui, au terme d'élections, maintiennent,
même dans une situation de crise, la paix civile. Mais, si la
structure sociale est par trop inégalitaire, si les tensions
que ces différences sociales provoquent sont trop fortes,
alors la démocratie et la république sont fragiles. D'autant
plus qu'une situation de ce type va de pair, le plus souvent,
avec des idéologies qui récusent les valeurs démocratiques.
Le régime politique est alors menacé, à la fois par des tendances radicales, révolutionnaires, qui visent à mettre en
cause la structure sociale, et par des groupes conservateurs
et réactionnaires qui cherchent à empêcher l'évolution et la
révolution et veulent mettre – ou remettre – sur pied un
régime « fort » pour maintenir la structure sociale et les
inégalités. Dans une situation de ce type, le rôle de ceux
qui possèdent les armes (l'armée ou les forces du maintien
de l'ordre, police, etc.) est décisif. Ils constituent un vrai
« parti politique », discipliné, ayant son idéologie (ordre,
autorité, valeurs traditionnelles) et ils sont en situation de

briser la démocratie, par le coup d'État. Si celui-ci se heurte à une résistance populaire, on débouche sur une guerre civile avec toutes les horreurs qui l'accompagnent.

L'Espagne des années 1930, en république depuis le 14 avril 1931 (par l'abdication du roi Alphonse XIII), affronte des problèmes de ce type. Ce pays est une « terre sans pain », hétérogène, qui n'a pas connu de modernisation sociale au XIXᵉ siècle et où se posent non seulement des problèmes d'unité nationale, mais surtout une question agraire. De grands propriétaires, dans le Sud notamment, exploitent, de manière médiévale, un monde de paysans sans terre, travaillant sur des latifundia gigantesques (79 146 hectares pour le duc de Medinaceli, etc.). La proclamation de la république a donné de l'audace au prolétariat agricole : les occupations de terres se multiplient, et les lois agraires que promulgue la république (en 1932, en 1933) sont de dérisoires calmants. Parmi les grands propriétaires, il faut compter l'Église d'Espagne, solidaire de cette structure sociale. Les évêques condamnent d'ailleurs officiellement la république.

Cette république est faible parce que sans large soutien social. La bourgeoisie est divisée. Le prolétariat, surexploité, se lance dans des actions de vaste ampleur. En octobre 1934, une grève générale est décrétée dans les Asturies, et c'est en fait une véritable insurrection armée qui éclate. La répression, conduite par le général Franco (1892-1975) à la tête du *Tercio* (Légion étrangère) et des troupes maures, est impitoyable. Mais elle ne suffit pas à briser le mouvement populaire qui pousse la république à gauche. Aux élections du 16 février 1936, le *Frente popular* l'emporte (268 députés contre 205 du centre et de la droite). Et la question se pose de savoir si la république peut survivre dans un cadre « bourgeois ». Le président Azana déclare pour sa part : « Nous ne voulons pas d'innovations dangereuses. Nous voulons l'ordre et la paix, nous sommes des modérés. »

En fait, la république est déjà trop progressiste pour les forces sociales conservatrices. Le climat international est à la réaction (victoire de Hitler en 1933, agression de Mussolini contre l'Éthiopie en 1935-mai 1936). Et il existe en Espagne des groupes et des hommes qui regardent d'abord vers la Rome fasciste puis vers Berlin. C'est ainsi que s'est créée la *Falange Española Tradicionalista*, qui formule un programme « fascisant » et dont le chef, José Antonio Primo de Rivera, est subventionné par le gouvernement fasciste italien. L'armée, par ailleurs, dans son immense majorité, est favorable à un coup de force antirépublicain. Le général Sanjurjo a déjà tenté un soulèvement à Séville, dès le mois d'août 1932. Le général Franco, qui s'est illustré dans la répression contre les mineurs des Asturies, a été nommé *Patron* de l'armée espagnole (chef d'état-major) par le ministre de la Guerre Gil Robles qui imite Mussolini, se fait nommer *Jefe* (l'équivalent de Duce ou de Führer) et, à la tête de ce parti (C.E.D.A.), aspire à un coup d'État. Mais la victoire du Frente Popular dresse un obstacle à ses projets, et, en mars, Franco est nommé (une rétrogradation évidente) chef du Commandement général des Canaries. De ce lieu d'observation, il assiste avec prudence à la préparation du complot que monte le général Sanjurjo – avec l'aide des fascistes italiens. Le soulèvement éclate au Maroc espagnol le 17 juillet 1936, et, dès ce premier jour, des avions militaires italiens apportent un soutien aux rebelles pour la traversée du détroit de Gibraltar. La mort accidentelle (?) de Sanjurjo va faire de Franco le chef des insurgés.

La guerre civile est tout de suite un « charnier ». On y « fusille comme on déboise ». Cela tient à l'archaïsme de la structure sociale, aux violences accumulées, à l'aspect de guerre religieuse que prend immédiatement l'affrontement entre les « deux Espagnes », puisque, dès le 1er juillet 1937, dans une *lettre collective*, les évêques espagnols donnent à la guerre conduite par les nationalistes le sens d'une « croisade ». Les républicains, qui ont la légitimité de la légalité, résistent avec une détermination qui surprend, et c'est ce qui explique la longueur de la guerre (Madrid ne tombera que le 28 mars 1939). Mais ils sont déchirés par des luttes internes entre anarchistes, socialistes, marxistes révolutionnaires (mais antisoviétiques du *Partito obrero de unifica-*

cion marxista : P.O.U.M.), communistes. Ces derniers, qui bénéficient du soutien de l'U.R.S.S. (la nation qui aide le plus le camp républicain), prennent peu à peu en main tous les rouages de la république, n'hésitent pas à faire régner une terreur stalinienne là où ils le peuvent (assassinat de A. Nin, le leader du P.O.U.M.).

Les interventions étrangères

C'est que très vite la guerre civile devient une lutte entre « fascistes » et « antifascistes ». Alors que France et Angleterre respectent la non-intervention (le gouvernement de Léon Blum aidant cependant clandestinement l'Espagne), l'Italie et l'Allemagne interviennent directement : troupes italiennes, légion *Condor* nazie. L'aviation allemande rase ainsi en 1937 Guernica. Les sous-marins italiens torpillent les navires neutres qui ravitaillent la république.

Un véritable front s'est ouvert en Espagne où les Brigades internationales s'opposent aux troupes nationalistes et fascistes italiennes (ainsi dans la bataille de Madrid et de Guadalajara). Mais cette résistance farouche et cet héroïsme ne peuvent renverser le rapport des forces. Le contexte international (l'accord de Munich intervient le 30 septembre 1938) montre que les démocraties sont prêtes à céder devant Hitler et Mussolini. Et, dès lors, les républicains espagnols sont condamnés. La guerre civile est l'immédiate préface à la guerre. L'entrée de Franco à Madrid précède de quelques mois seulement le début du conflit. Le glas, en Espagne, sonne pour les démocraties.

1937

La Grande Terreur
et les grands procès en U.R.S.S.

Quand un régime politique n'admet pas le pluralisme des opinions, qu'il interdit toute forme d'organisation en dehors du parti officiel, que la société doit tout entière se plier – de gré ou de force – à une idéologie d'État, toute forme d'opposition devient un crime contre l'État, une trahison qui relève non du débat d'idées, mais de la police et des tribunaux. Cela a existé avant le XXᵉ siècle, quand une « croyance », une « Église » représentait l'idéologie officielle. Toute atteinte contre l'un de ses représentants (ou une image, sainte, aux yeux de cette religion) devenait crime d'État, et le « déicide » devait être puni de mort. Cela s'est produit en France à la fin du XVIIIᵉ siècle (1766, exécution du chevalier de La Barre, accusé d'avoir mutilé une statue du Christ). De même, le « traître », l'« opposant », n'est plus tout à fait un homme. En tout cas, il ne jouit plus des mêmes droits et, dès lors, à son encontre, la torture, la mort deviennent des actes « licites ». S'il est admis dans une société – et dans un régime politique – qu'il existe une « pensée supérieure » aux autres et des citoyens qui, parce qu'ils sont membres d'un parti, sont eux aussi supérieurs aux autres, alors le reste de la population peut être privé de ses droits.

La recherche de boucs émissaires

En U.R.S.S., autour des années 1930, toutes les conditions sont remplies pour que des processus de ce type se mettent en place. Un parti unique, détenteur de la vérité ; les opposants de l'intérieur de ce parti chassés de ce rang et pour le plus illustre d'entre eux, Trotski, expulsé d'U.R.S.S. (janvier 1929), des difficultés intérieures (à propos de la collectivisation forcée : famine, rationnement), une police déjà omniprésente créent des circonstances propices à la recherche de boucs émissaires.

La situation extérieure est elle aussi tendue avec le succès de Hitler en Allemagne, la disparition de toute opposition dans le IIIᵉ Reich et la destruction de ce qui était le fleuron de l'Internationale communiste, le parti communiste allemand. En 1935, l'Italie attaque l'Éthiopie, et la Société des Nations est bafouée. L'Allemagne rétablit le service militaire obligatoire.

Ces difficultés, ces inquiétudes sont certes masquées par la réunion en 1934 du XVIIᵉ congrès du parti, dit « congrès des vainqueurs », au cours duquel apparemment tout ce qui reste d'opposants (Boukharine, Zinoviev, Kamenev, Radek, Piatakov, etc.) peut s'exprimer. En même temps, dans cette année 1934, on assiste à un début de détente en matière de politique rurale : les koulaks bénéficient d'une amnistie partielle, et le rationnement est aboli en ce qui concerne le pain. Mais, le 10 juillet 1934, la Guépéou est réorganisée à l'intérieur d'un grand commissariat aux Affaires intérieures : le N.K.V.D. Et, le 1ᵉʳ décembre 1934, le secrétaire du parti de Leningrad, Kirov, est assassiné, sans doute sur l'ordre de Staline. Staline tient en effet avec cet attentat le prétexte pour liquider tous ceux dont il peut penser qu'ils représentent – pour le futur – une autre ligne politique ou constituent à l'intérieur du parti, en fonction de leur notoriété, un personnel politique de rechange. Il va donc frapper de manière terroriste en une vague de « grands procès » qui liquident toute la vieille garde bolchevique. Le premier procès de Moscou débute en août 1936 et concerne Kamenev et Zinoviev. Le deuxième procès de Moscou commence en janvier 1937 et frappe Piatakov et Radek. En mai-juin de la même année (l'année cruciale de cette « Grande Terreur ») sont frappés les grands chefs militaires dont le maréchal Toukhatchevski. Le troisième procès aura lieu en mars 1938 et liquidera les dernières grandes personnalités du parti liées à son histoire : ainsi Boukharine. Les chefs du N.K.V.D. – Ejov et Iagoda – ont eux-mêmes, après avoir joué les bourreaux, été exécutés.

Les aveux des accusés

Ces procès sont marqués par le mépris pour les accusés (« ces clowns, ces pygmées, ces chiens enragés », etc.), la démesure des accusations, trahison absolue depuis le début de l'entrée dans la lutte révolutionnaire de ces dirigeants. L'étonnant, c'est que les accusés, pour l'essentiel, reconnaissent les crimes aberrants dont on les accuse. On a longtemps épilogué sur les raisons de ces aveux : un dernier acte de fidélité au parti. En fait, la torture et encore la torture, les coups et encore les coups ont eu raison des plus résistants, et le chantage à la vie des proches en échange des aveux a été efficace. Cependant, dans l'atmosphère de guerre qui marque les années 1936-1937, cette monstrueuse parodie de justice est acceptée par de larges secteurs de l'opinion internationale influencée par les partis communistes.

Mais ces procès d'inquisition ont un autre but : terroriser la population, car de nombreux témoignages indiquent que, dans les nouvelles couches du parti et notamment dans la jeunesse, la « dictature » de Staline commence à être contestée. De même le dictateur craint-il une rébellion de certains chefs militaires.

Quoi qu'il en soit, ces procès ne sont que la pointe visible de la répression. Elle touche toutes les couches de la société. Déjà des millions de paysans ont été déportés. Ce sont maintenant d'autres millions de personnes qui, par cercles concentriques (des sommets de l'appareil du parti ou de l'armée jusqu'aux républiques les plus éloignées), sont touchées. Presque tous les membres du Comité central disparaissent ; sur 58 commandants de corps d'armée, 28 seulement sont épargnés, etc. Les milieux intellectuels sont durement frappés, mais il ne faut pas s'en tenir à ces élites.

Des millions de Soviétiques sont arrêtés et déportés, et le système concentrationnaire soviétique devient un élément de la vie économique de l'U.R.S.S. et naturellement de sa vie politique et «culturelle». Une chape de plomb et de conformisme, d'adulation de Staline, d'hypocrisie, de peur, écrase le pays. En même temps, on exalte la démocratie socialiste, puisque la nouvelle Constitution est promulguée en 1936. Cette Constitution, dite stalinienne, proclame les droits des citoyens soviétiques, au moment même où le N.K.V.D. déporte par millions et torture. Le bras criminel de cette organisation frappe d'ailleurs à l'étranger tous ceux qui s'opposent à la ligne stalinienne et notamment les trotskistes. La traque commence contre Trotski. Son fils, Léon Sedov, est assassiné à Paris par un agent de Staline, en 1938. Dans l'Espagne déchirée par la guerre civile, les agents de Staline frappent aussi les anarchistes ou les révolutionnaires non staliniens du P.O.U.M.

L'U.R.S.S. de Staline, en 1937, vit écrasée sous une terreur qui se diffuse peu à peu dans une Europe où existent déjà le nazisme et le fascisme.

1938

Munich : la conférence des illusions, des calculs et des abandons

La responsabilité des élites

Les peuples veulent la paix. Les manifestations bellicistes de quelques groupes minoritaires ne doivent jamais faire illusion, même si elles occupent les grands boulevards et les premières pages des journaux. De là, une des difficultés de la politique extérieure des démocraties, lorsqu'elles doivent affronter des puissances qui, délibérément, jouent avec le risque de guerre et sont prêtes à s'engager dans un conflit. Si les dirigeants suivent ce qu'on appelle l'opinion publique et dès lors que l'intégrité du pays n'est pas concrètement menacée ou entamée, ils iront de concession en concession. Et leur politique d'abandon peut même être plébiscitée par l'opinion. Mais, précisément, le rôle des élites politiques, en démocratie, est d'alerter l'opinion, de prendre parfois les sentiments à rebrousse-poil quand l'intérêt supérieur du pays le commande. Si bien que, lorsque les dirigeants politiques d'une démocratie prennent prétexte de l'attitude de l'opinion pour justifier leurs erreurs, leurs lâchetés ou leurs trahisons, ils n'expliquent rien. L'attitude de l'opinion est aussi de leur responsabilité. En démocratie, on peut l'éveiller, en lui présentant les réalités. Et, si elle ne les accepte pas, c'est souvent qu'elle ne les connaît pas, et c'est aussi la faute de ceux qui, disposant du pouvoir d'informer, d'alerter, y renoncent. La passivité et le pacifisme de l'opinion – qui sont des données incontestables – ne sont ainsi que le reflet d'une « crise » de la

démocratie, de la lâcheté et du désir de renoncement des
« élites ».

Hitler, chancelier du Reich, connaît cette réalité. Dès le
mois de mars 1936, il a testé les capacités de réaction françaises en envoyant la Reichswehr réoccuper la rive gauche
du Rhin. L'acceptation française et anglaise de ce coup de
force l'incite à formuler – secrètement – pour les chefs de
l'armée, le 5 novembre 1937, un programme qui implique,
pour ouvrir à la communauté raciale allemande « un espace
vital plus grand que celui des autres peuples au cœur de
l'Europe dans le voisinage même du Reich », l'attaque,
entre 1938 et 1943, de l'Autriche et de la Tchécoslovaquie.
Selon Hitler, l'Angleterre et la France n'interviendraient pas.
La France serait isolée, paralysée par une crise intérieure et
par la prolongation de la guerre d'Espagne. Ce programme
se réalise, puisque l'*Anschluss* permet le « rattachement »
de l'Autriche au Reich, le 14 mars 1938. L'Italie de Mussolini, qui a longtemps considéré qu'il y avait là un *casus
belli* avec l'Allemagne et qu'elle ne pouvait tolérer sur sa
frontière un Reich de 70 millions d'habitants, a donné son
accord à ce qu'elle juge maintenant inéluctable. Depuis
novembre 1936, le Duce a signé avec le Führer un traité,
l'Axe Rome-Berlin est une réalité. L'agression contre
l'Éthiopie a démontré au Duce la faiblesse de la France et
de l'Angleterre et l'a fait basculer du côté du nazisme. Ce
à quoi toute l'idéologie du régime fasciste poussait déjà.

La Tchécoslovaquie est le prochain terrain de manœuvre
de Hitler, et la partie semble plus difficile pour le chancelier du Reich. La Tchécoslovaquie est liée par un traité à la
France. Paris a promis son aide militaire à Prague en cas
d'attaque. Promesse renouvelée par le ministre des Affaires
étrangères du second cabinet de Léon Blum, Paul-Boncour :
assistance militaire française immédiate en cas d'attaque.
De plus, depuis le 16 mai 1935, un pacte a été signé entre
l'U.R.S.S. et Prague. L'U.R.S.S. apportera son assistance
armée si la France remplit ses engagements.

Mais Hitler dispose de plusieurs cartes. D'abord, il existe
en Tchécoslovaquie une minorité allemande, celle des

Sudètes, forte de 3 millions d'habitants (sur 14 millions de
Tchécoslovaques) et encadrée par le parti nazi de Konrad
Henlein. Pourquoi ce peuple n'aurait-il pas le droit de
« disposer de lui-même » ! Ensuite, la chute du cabinet Blum
place aux Affaires étrangères Georges Bonnet qui, malgré
ses déclarations publiques, paraît moins déterminé à la résistance. De son côté, Londres, avec Neville Chamberlain,
n'est pas disposée à risquer la guerre pour les Sudètes.
L'Angleterre pratique délibérément une politique d'apaisement à l'égard de Hitler. Elle ne tient pas à voir l'armée
soviétique s'avancer, pour protéger la Tchécoslovaquie,
jusqu'au cœur de l'Europe. Ce qui impliquerait d'ailleurs
que la Pologne accepte le passage de ces troupes soviét-
tiques, ce que, prudent et vigoureusement antisoviétique, le
colonel Beck, qui gouverne la Pologne, refuse. Enfin, les
« opinions publiques » anglaise et française ne sont en rien
alertées – à part quelques secteurs : l'extrême gauche et
une droite nationale et lucide – sur le péril que représentent
Hitler et la menace de la guerre. Les courants pacifistes
sont puissants : à droite, par sympathie pour le fascisme et
le nazisme et par anticommunisme. À gauche (dans les
milieux socialistes notamment), par refus de la guerre :
pacifisme des instituteurs, des écrivains, etc.

L'ultimatum de Hitler

Le gouvernement français, qui joue le rôle principal – il
a promis l'assistance militaire à Prague par traité –, se persuade dans ce contexte qu'il est isolé diplomatiquement (le
gouvernement soviétique a pourtant fait savoir à trois
reprises qu'il respecterait ses engagements) – Londres, il
est vrai, l'allié principal, est réticente ; qu'il n'a pas les
moyens militaires de porter assistance ; qu'enfin le pays
veut la paix à tout prix. Et qu'il accueillerait avec un
« lâche soulagement » (la formule est de Blum) un accord.
Dès lors, et devant les exigences maintenant clairement
formulées de Hitler à l'égard de la région des Sudètes, il
fait pression, durant le mois de septembre 1938, pour que

Prague renonce à ces territoires, accepte de capituler, abandonnant ainsi une ligne fortifiée et toute capacité de résistance ultérieure, Paris renonce à ses engagements. Le chantage de Paris sur Prague est net : si la Tchécoslovaquie refuse, la France ne respectera pas les engagements qu'elle a souscrits. Neville Chamberlain, au cours de plusieurs rencontres avec Hitler (15 septembre, 21 septembre), prêche à Hitler un compromis, c'est-à-dire la renonciation à une action de force contre la Tchécoslovaquie, dès lors que les Sudètes lui seraient abandonnés. Hitler formule un véritable ultimatum : avant le 28 septembre, tous les territoires des Sudètes doivent être remis aux forces allemandes. Mussolini, sollicité par Chamberlain (et après accord de Hitler), propose une conférence à quatre, qui se tient à Munich le 29 septembre, et entérine la capitulation française et anglaise devant le diktat hitlérien. L'accord (l'abandon de la Tchécoslovaquie à terme : Prague sera occupée par les Allemands en mars 1939) est accueilli par les « opinions publiques » (foules à Paris et à Londres pour acclamer Daladier et Chamberlain) comme la garantie de la « paix pour notre temps ». Les plus pessimistes imaginent que le répit gagné permettra un effort de réarmement des démocraties.

Mais cet accord, ratifié par le Parlement français (les 73 députés communistes, un socialiste et un divers droite votent seuls contre), marque en fait la faillite de tout le système diplomatique français. « Après Munich, qui croira encore à la parole de la France ? » écrit *Le Journal de Moscou*. Et le Kremlin va rapidement tirer les conclusions d'un accord qui, comme le dit le *Hamburger Fremdenblatt*, « élimine la Russie soviétique du concept des grandes puissances ». Car la volonté d'écarter l'U.R.S.S. de l'Europe et de pousser Hitler vers l'est est évidente dans l'accord.

Mais Hitler et Staline n'ont pas les mains liées par Munich. L'accord a montré à Hitler la faiblesse des démocraties, et Staline sait qu'on veut lui faire payer les frais d'une politique de concessions au nazisme. Paris et Londres vont vite se rendre compte que la lâcheté ne paie pas.

1939

La signature du pacte germano-soviétique : les ennemis complémentaires

La géopolitique commande à l'idéologie. Deux puissances que tout sépare sur le plan des idées, qui désignent, chacune d'elles, l'autre comme l'ennemi principal, qui s'excommunient, peuvent néanmoins conclure entre elles des accords quand leurs intérêts vitaux sont en jeu et quand, de leur entente, peut naître, pour l'une et l'autre, aux dépens de tiers, un profit. L'histoire est pleine de « retournements » de cet ordre. Et, roi catholique, François Ier traitait avec l'Infidèle.

L'accord est d'autant plus facile et le changement de cap ne pose aucun problème majeur quand les deux États contrôlent leur opinion publique. Le silence approbateur est maintenu dans le pays, et l'amnésie sur les condamnations formulées contre l'autre, devenu partenaire, générale. Dans des pays où l'opinion peut s'exprimer, où des groupes sont représentés dans des instances délibératives, des protestations peuvent surgir. Elles sont étouffées quand les régimes sont des dictatures. Cet accord cynique est naturellement lourd d'arrière-pensées car les oppositions idéologiques subsistent et sont prêtes à ressurgir.

Nazisme et communisme

L'Allemagne nazie et la Russie stalinienne illustrent parfaitement, durant l'année 1939, cette complexité des rapports entre deux puissances que tout rend, en apparence, ennemies. Elles s'affrontent par volontaires interposés en

Espagne. Hitler dans *Mein Kampf* fait du communisme – du judéo-bolchevisme – son ennemi principal (et une variante du complot juif). Les communistes allemands ont été les principales victimes (après les Juifs) de la répression nazie. Et l'antifascisme a été le ressort de toute la propagande communiste. En 1938, Moscou a dénoncé l'accord de Munich, se déclarant prête à aider la Tchécoslovaquie aux côtés de la France. L'Allemagne, pour sa part, en 1939, a conclu avec l'Italie et le Japon un pacte anti-Komintern, sans équivoque. Le Pacte d'Acier, signé en mai 1939 entre Rome et Berlin, parachevant par l'alliance militaire du fascisme et du nazisme cette pointe antisoviétique, acérée, de la politique allemande.

Mais il y a entre Moscou et Berlin des liens anciens. Dès le traité de Rapallo (1922) puis de Berlin (1926), la géopolitique impose ses lois. Face à l'Europe de l'Ouest, les deux États ont des intérêts complémentaires. La partie est simple et admet trois variantes. Première donne : l'Allemagne intègre le camp de « l'Ouest » et l'ennemi est la Russie – l'Europe centrale étant le butin offert à l'Allemagne : c'est ce que souhaitent Paris et Londres. Ils l'ont tenté à Locarno (1925), ils le tentent à nouveau à Munich. Deuxième variante : l'Ouest s'allie avec la Russie contre l'Allemagne : c'était la situation en 1914 et c'est ce que, timidement, la France a ébauché en 1935 ; ce que Londres et Paris font mine d'essayer en 1939, quand Hitler, en établissant son protectorat sur la Bohême-Moravie, en occupant Prague (15 mars 1939) a rompu l'accord de Munich.

Enfin, dernière possibilité, l'Allemagne et la Russie s'entendent, pour se partager ensemble l'Europe centrale (et notamment la Pologne), et l'Allemagne (avec la bénédiction de la Russie) trouve son champ d'expansion à l'ouest.

Ces trois types de « solutions » fort classiques devaient être dans la tête de tous les diplomates européens. Mais à Londres et à Paris, on ne croit pas possible un accord entre Moscou et Berlin, entre l'État communiste et l'État nazi. Par ailleurs, au lieu de jouer « cyniquement » les solutions les plus profitables, l'idéologie limite le champ d'action de Paris et de Londres. La démocratie permet le débat d'opinion et on répugne dans ces capitales à traiter avec Moscou, avec les « communistes ». À Londres, on estime même que l'alliance avec la Pologne est préférable à une entente avec l'U.R.S.S. Or, l'U.R.S.S., pour conclure un accord avec Paris et Londres, exige le libre passage de ses troupes en Pologne, au prétexte – légitime – qu'il faut qu'elles entrent en contact avec les troupes allemandes. Les Polonais s'y opposent comme ils l'ont déjà fait au moment de Munich. De plus, à Londres et à Paris, on estime que la Russie « n'est qu'une puissance moyenne sur le plan militaire », et « toute association avec elle détruirait toute chance de bâtir un front solide et unique contre l'agression allemande... ». Londres accorde donc sa garantie à la Pologne, à la Grèce, à la Turquie, à la Roumanie. Manière de montrer à Hitler qu'après Prague il ne doit pas aller plus loin. Mais Hitler peut estimer qu'il ne s'agit encore (cela s'est passé à Munich – et, depuis, l'Italie a pu annexer l'Albanie sans qu'il y ait de réaction, en avril 1939) que de mesures de façade, Londres et Paris reculant devant la guerre. D'autant plus que, le 1er avril, le *Times* écrit : « La destinée de l'Allemagne est d'être l'État continental le plus puissant ; mais les autres États ont le droit de vivre. » Et, en juillet 1939, le principal collaborateur de Chamberlain, Horace Wilson, propose à Berlin un vaste accord économique anglo-allemand de partage du monde en sphères d'influence. Ce qui révèle la volonté de « conciliation » et d'entente de Londres à l'égard de Hitler. Celui-ci peut donc se convaincre que les garanties accordées aux petits États sont formelles et il peut accepter les propositions soviétiques. Car Staline, à partir du mois de mars, multiplie les signes indiquant qu'il est prêt à changer de politique et qu'il ne se laisserait pas entraîner dans la guerre. La politique de l'U.R.S.S., précise l'ambassadeur soviétique à Berlin (17 avril), n'est pas idéologique. Et, le 3 mai, Litvinov – qui est juif – est remplacé aux Affaires étrangères par Molotov, l'homme de Staline. Certes, il y a à Moscou des négociateurs anglais et français : mais ils sont sans vrais pouvoirs, butent sur la question du passage des troupes soviétiques en Pologne. Et Moscou peut penser qu'ils ne sont qu'une manière de conduire Hitler, inquiété par leur présence, à s'entendre avec Paris et Londres aux dépens de la Russie.

Le pacte germano-soviétique signé le 23 août 1939 fait dans ce contexte l'effet d'un coup de tonnerre. Hitler et Staline ont choisi le réalisme. Les opinions publiques voient s'effondrer – et d'abord dans les milieux communistes – l'image claire des affrontements idéologiques. Le cynisme s'affiche. Paris et Londres se voient « doublés » et le pacte signifie à l'évidence l'imminence d'une action de Hitler en Europe centrale, contre la Pologne dont la sécurité est garantie par l'Angleterre et la France. Puisqu'il y a le pacte germano-soviétique, un autre Munich n'est pas possible et donc ce sera la guerre à l'ouest.

Par ce traité et des protocoles secrets, l'Allemagne et la Russie opèrent en fait un nouveau « partage de la Pologne ». L'U.R.S.S. récupère les territoires (en Pologne, en Estonie, Lettonie, Bessarabie) qu'elle avait perdus en 1918. Elle gagne donc – dans la perspective d'un conflit à venir – de « l'espace » en même temps qu'elle peut espérer une guerre longue à l'ouest, dont, puissance hors du conflit, elle tirera des bénéfices.

Paris, qui tente encore d'éviter la guerre, et Londres, plus déterminée quand Hitler attaque la Pologne (1er septembre), sont en tout cas les perdants de cette partie.

Ils entrent dans la guerre, le 3 septembre, dans les pires conditions militaires, diplomatiques et morales. C'est d'abord grave pour la France, puissance continentale, qui va devoir faire face à la machine de guerre allemande.

1940
L'effondrement français :
mort d'un régime, tragédie d'une nation

La défaite des armées d'une nation, leur déroute n'entraînent pas nécessairement la capitulation d'un régime et encore moins sa mort. Elles ne provoquent pas inéluctablement des phénomènes de décomposition sociale ou de collaboration avec l'ennemi vainqueur. Certes, le choc est toujours rude mais les exemples sont nombreux d'une nation qui se raidit, de résistances qui s'arc-boutent sur des régions difficiles d'accès, d'élites et de gouvernements qui prennent la tête, d'hommes irréductibles, qui conduisent contre l'envahisseur des combats désespérés, allant jusqu'au sacrifice. De même, les armées battues ne se défont pas toutes. Des noyaux de troupes organisés, encadrés par leurs officiers, peuvent continuer la lutte, refuser la reddition. Cependant, sous le choc d'une lourde défaite les armées peuvent se débander, la société s'émietter, saisie par une « grande peur »; les « élites » rechercher, à tout prix, l'entente avec l'ennemi au prix de la soumission. Le régime alors se défait. Le vainqueur impose sa loi. La nation agenouillée vit une tragédie. Quand une telle situation se produit, elle ne peut être causée seulement par la défaite des armées. Celle-ci est au contraire le révélateur d'une profonde crise nationale dont l'incapacité militaire n'est à son tour qu'un aspect.

Passivité française

C'est bien de cela qu'il s'agit avec la France de 1940. Le pays est passé de l'atmosphère d'« apaisement », de « lâche

soulagement » qui a entouré Munich (29 septembre 1938)
à l'acceptation passive de la guerre. Pis : ceux qui pensent
que « mourir pour Dantzig » ou bien « mourir pour les Pol-
dèves » le disent à voix haute, soit qu'ils estiment qu'il est
absurde de se battre contre l'Allemagne hitlérienne, soit
qu'ils adhèrent aux idées pacifistes. Le pacte germano-
soviétique a achevé de désorienter. Les communistes – les
seuls adversaires déterminés de Munich – sont sous le choc.
La répression s'abat sur leur parti que de nombreux militants et de nombreux parlementaires (le quart) quittent. En
fait, il n'est pas un groupe social qui ne soit pour des raisons différentes en partie gangrené par le refus d'affronter
la guerre. Est-ce la blessure de 1914-1918 qui est encore à
vif ? Le sacrifice accepté alors est-il trop lourd et trop
proche (des hommes sont mobilisés pour la deuxième fois
de leur vie) ? Quoi qu'il en soit, le pays entre dans la guerre
sans vraie résolution. Et quand, le 12 octobre 1939, la
Pologne est définitivement vaincue (partagée entre Russie
et Allemagne), que Hitler se lance dans une « offensive de
paix », les raisons de se battre apparaissent à beaucoup
avoir disparu. C'est ici que l'on mesure la responsabilité
de ceux qui ont signé l'accord de Munich (pourquoi mourir pour la Pologne si l'on a cédé sur la Tchécoslovaquie ?)
et entretenu l'idée que l'on peut traiter avec le nazisme.

D'ailleurs, l'anticommunisme est si vif dans de très larges
fractions des « élites » – qui gardent la peur de ce qu'elles
ont vécu en 1936, au moment du Front populaire – que,
lorsque les Soviétiques attaquent la Finlande (novembre
1940), c'est contre l'U.R.S.S. que tonnent la propagande et
la plus grande partie de la presse. On parle d'envoyer des
volontaires soutenir les Finnois et l'état-major envisage
d'attaquer Bakou à partir de la Syrie. Le rêve d'un « retournement » d'alliances, d'une guerre contre l'U.R.S.S., ne
s'est pas dissipé. C'est donc bien une « drôle de guerre » qui
s'étend sur plusieurs mois (d'octobre à mai 1940) le long
d'un front immobile (« activités de patrouilles ») et cependant qu'à l'arrière rien n'est fait pour préparer le pays aux

épreuves, mais qu'au contraire l'idée de la paix avec Hitler fait son chemin.

L'offensive allemande du 10 mai 1940 se déclenche dans ce climat. Sa pointe est dans les Ardennes, réputées infranchissables par Pétain. Il suffit d'une bataille de cinq jours pour que le front soit rompu, de six semaines pour que l'armée française n'existe plus. Le 14 juin, les troupes allemandes entrent dans Paris. L'exode jette sur les routes des millions de Français. Le 17 juin, Pétain, qui a succédé à Paul Reynaud à la tête du gouvernement, lance un appel : « Il faut tenter de cesser le combat », et demande les conditions d'armistice. Il sera signé le 22 juin. Le 18 juin, depuis Londres, le général de Gaulle a lancé son appel refusant l'armistice et demandant à ceux qui veulent se battre de le rejoindre.

Une capitulation aux arrière-plans « politiques »

Ces quelques semaines tragiques qui marquent le destin de la nation ne peuvent s'expliquer par un déséquilibre quantitatif des forces : en hommes, il y a égalité entre les deux armées ; le nombre de tanks français est supérieur à celui des allemands. La défaite est donc d'abord à rechercher dans l'incapacité du commandement français. Dans son refus de constituer des unités blindées, dans le conservatisme de ses cadres. Là où des officiers ont mené le combat, les troupes ont tenu. Les actes individuels d'héroïsme n'ont pas été rares (on dénombre 100 000 tués). Mais la volonté centrale, organisée, a fait défaut. Ce qui existe au contraire, c'est le désir d'en finir vite, de la part de beaucoup de cadres militaires – de nombreux notables conservateurs qui ont « rompu » avec la république, en 1936. Les « élites » – à quelques exceptions près – considèrent l'armistice comme un impératif politique et social (on fait courir le bruit d'un soulèvement communiste à Paris), une manière de « liquider » l'esprit du Front populaire, qui est d'ailleurs à leurs yeux à la fois responsable de la guerre et de la défaite. Pétain exprime parfaitement ce conservatisme

aux relents d'ordre moral (en même temps clérical et antirépublicain) lorsqu'il déclare : « Depuis la victoire [de 1918]
l'esprit de jouissance l'a emporté sur l'esprit de sacrifice.
On a revendiqué plus qu'on n'a servi. On a voulu épargner
l'effort ; on rencontre aujourd'hui le malheur. » Et il veut
pour les Français un « redressement intellectuel et moral ».

Ce que concrètement cela signifie, on le mesure rapidement. C'est l'arrivée sur le devant de la scène des vaincus
de 1936 – Pierre Laval en est le chef de file –, des techno-
crates et d'une extrême droite (Tixier-Vignancour) qui veut
liquider la république et ses principes. Le 10 juillet 1940, à
Vichy, le Parlement (80 députés seulement s'y opposent)
vote les pleins pouvoirs à Pétain, ce qui signifie la création
d'un État français – en lieu et place de la république –, la
disparition de la devise « Liberté, Égalité, Fraternité » au
bénéfice de « Travail, Famille, Patrie » ; bref, la tentative
d'instaurer un « ordre nouveau » qui serait l'expression de
ce que le conservatisme français n'a pas réussi à imposer
dans les luttes de la fin du XIXe siècle et aussi en 1934.
« La divine surprise » de la défaite (Maurras) permet ainsi
d'atteindre des objectifs politiques. Ils étaient poursuivis
depuis les années 1930. Ils étaient en harmonie sinon avec
le nazisme, du moins avec une sorte de « franquisme » ou
de « fascisme » à la française. Telle est la pensée de la plupart des élites. Il n'était pas possible dans ces conditions de
conduire la guerre contre Hitler avec résolution. Elle apparaissait à ces conservateurs comme un « contresens ». Ils
souhaitaient – n'était-ce pas l'esprit de Munich ? – « collaborer ». De Gaulle, le 26 juin 1940, parlera de « la France
livrée, la France pillée, la France asservie ». Seuls quelques
hommes, dans la grande peur générale ou la course à la
servitude, se dresseront. Ils sont une infime minorité.

1941

U.R.S.S. et États-Unis
entrent dans la guerre :
l'avenir change de visage

Parce que l'Europe est encore, dans les années 40, l'un des centres vitaux du monde, que Londres et Paris sont des capitales impériales, la guerre déclenchée sur le continent européen doit nécessairement, à terme, devenir mondiale. Elle ne peut qu'entraîner, pan par pan, l'ensemble des grandes nations. D'ailleurs, dès le 27 septembre 1940, au lendemain de la défaite française (juin) un pacte tripartite est signé à Berlin, entre l'Italie, le Japon et l'Allemagne, qui reconnaît à l'Allemagne et à l'Italie «la direction en Europe par la création d'un ordre nouveau», cependant que le Japon a «la direction dans tout l'espace asiatique». Les trois pays doivent se prêter assistance et sont liés dans la guerre et la paix. C'est bien un partage du monde entre ceux qui s'imaginent être en mesure de dicter leur loi.

Mais, à l'automne 1940, s'il y a une Europe allemande, qui s'étend de la Pologne à l'Atlantique, de la Baltique aux Pyrénées, l'Angleterre n'a pu être détruite par l'offensive aérienne (la «bataille de Londres» en août 1940) et par là même la liaison reste ouverte entre l'Europe démocratique et le reste du monde, notamment les États-Unis, dont les liens avec l'Angleterre sont intimes.

La loi « prêt-bail »

Dès la fin du mois de mai 1940, le Congrès des États-Unis a voté des crédits militaires supplémentaires de l'ordre de 1 500 millions de dollars. Fait extraordinaire : en septembre 1940, le service militaire obligatoire est établi. Et si le courant isolationniste (*America First Committee*) reste fort, si Roosevelt, au moment de sa troisième réélection (1940), a promis de ne pas se laisser entraîner dans la guerre, il a, en janvier 1941, proposé une législation l'autorisant à aider « le gouvernement de tout pays » dont il jugera la défense « vitale pour celle des États-Unis ». Votée en mars 1941, la loi « prêt-bail » règle la question des dettes de guerre et fournit un immense appui à l'Angleterre. Des *Committees to defend America by aiding the Allies* se multiplient. L'opinion, que la résistance exemplaire de l'Angleterre frappe, évolue vers l'intervention dans le conflit (*Fight for Freedom Committee*).

De même que les États-Unis sont peu à peu entraînés à participer à la guerre, sur le continent européen, l'U.R.S.S. ne peut qu'y être impliquée. La défaite rapide de la France et la résistance de l'Angleterre ont surpris Staline qui comptait sur une guerre continentale longue. Mais il a largement profité du pacte germano-soviétique et des opérations à l'ouest dans lesquelles l'Allemagne est engagée pour reconquérir les territoires perdus en 1918, et surtout, par une guerre contre la Finlande (automne 1939) qui dresse contre lui Paris et Londres et aussi Berlin, dégager Leningrad. De même, il a bloqué, sur la frontière mongole et sibérienne dans des opérations de guerre – même si celle-ci n'est pas déclarée –, l'avance japonaise. Enfin, par des pressions diplomatiques sur la Turquie, il contraint celle-ci à interdire l'entrée de la mer Noire à tout belligérant. En même temps, Staline, par tous les moyens, s'emploie à ne pas heurter l'Allemagne : il livre des communistes allemands réfugiés en U.R.S.S., qui passent ainsi des prisons soviétiques aux camps hitlériens ; il fournit pétrole et blé au Reich. Croit-il à la non-agression durable entre Berlin et Moscou ? C'est peu probable, mais il essaie de retarder l'instant de la confrontation, avec réalisme et sans souci de « dignité ». Cependant, aveuglé, persuadé que Hitler cherchera d'abord à négocier, il néglige les renseignements répétés qui lui parviennent de diverses sources (Churchill, l'agent soviétique Sorge en poste au Japon, des déserteurs allemands) et qui tous convergent : Hitler a décidé d'attaquer l'U.R.S.S. C'est l'objet du plan Barbarossa qui a commencé à se mettre en place dès le mois d'août 1940. Le contenu « idéologique » en est clair : c'est d'une croisade qu'il s'agit, visant à détruire « l'Empire du mal », mais aussi à mettre l'U.R.S.S. en coupe réglée, faisant de cet espace vital la terre d'exploitation des Allemands. Ressources et main-d'œuvre partiront pour le Reich. Les S.S. auront pour mission de liquider tous les « ennemis politiques et raciaux de l'Allemagne ». La date de l'attaque, fixée au printemps de 1941 (avril-mai), est retardée par l'agression italienne contre la Grèce et l'obligation de distraire les troupes allemandes pour soutenir l'allié fasciste. Elle n'interviendra donc que le 22 juin 1941. Staline a réussi entre-temps – le 8 avril 1941 – à conclure un pacte de non-agression avec le Japon, victoire diplomatique capitale qui le met à l'abri d'une attaque japonaise à l'est et pousse le Japon à s'avancer vers l'ouest, vers la confrontation avec les États-Unis.

L'attaque allemande du 22 juin est une surprise et remporte des succès considérables. Staline, dans sa crainte de tomber dans une provocation, a, jusqu'au dernier moment – et au-delà –, interdit à ses troupes de réagir. Elles sont bousculées. Les percées sont profondes malgré des îlots de résistance. On dénombrera plus de 3 millions de prisonniers, et les Allemands parviennent jusqu'aux abords de Leningrad et de Moscou. Mais ils sont bloqués, dès le mois d'octobre 1941, et leurs pertes sont déjà considérables. La « guerre éclair » n'a pas détruit l'armée rouge, n'a pas réussi à fermer le port de Mourmansk, par où peuvent arriver des convois anglais. De plus sur les arrières allemands, les partisans commencent à multiplier les actions. Les pertes mensuelles « normales » de la Wehrmacht sont de 150 000 à 160 000 hommes. Dans cette guerre d'usure, les Russes ne peuvent être que vainqueurs.

Les intérêts vitaux des États-Unis

D'autant plus que, dès le mois de juin 1941, l'aide des États-Unis leur est accordée. Roosevelt, en effet, se trouve de plus en plus conduit à entrer dans le conflit. En août 1941, il rencontre Churchill au large de Terre-Neuve et définit déjà, avec lui, les traits principaux du monde de l'après-guerre (droit des peuples à se déterminer librement, etc.). Mais c'est parce que les intérêts vitaux des États-Unis dans le Pacifique sont mis en cause que le pays bascule dans la guerre. Les États-Unis ne peuvent en effet tolérer la « fermeture » de l'Asie et l'abord de la Chine par le Japon et, à chaque manifestation de l'impérialisme japonais (septembre 1940, juillet 1941, quand les Japonais conquièrent l'Indochine française), Washington prend des mesures de rétorsion (embargo sur les exportations de ferraille et d'acier, capitaux japonais bloqués aux U.S.A.). Ces mesures conduisent le Japon (assuré de la neutralité soviétique) à conquérir de nouvelles sources de matières premières pour faire face aux sanctions économiques américaines. À la mi-octobre 1941, le parti de la guerre prend la tête du gouvernement nippon. Le 7 décembre 1941, les avions japonais détruisent – sans déclaration de guerre – la flotte américaine de Pearl Harbor. Le pacte tripartite joue et, le 11 décembre, les États-Unis sont en guerre avec l'Allemagne et l'Italie. La guerre est mondiale. Le poids de l'U.R.S.S. et des États-Unis dans le conflit va changer l'avenir du monde. Roosevelt l'énonce clairement, dès le 13 décembre 1941 : « Nous devons faire face à la grande tâche qui est devant nous en abandonnant immédiatement et pour toujours l'illusion que nous pourrions jamais nous isoler à nouveau du reste de l'humanité. »

1942

Dans les tranchées de Stalingrad :
le tournant de la guerre

Un peuple de vieille tradition, une nation à l'histoire plusieurs fois séculaire ne se laissent pas détruire sans résister et, quel que soit le régime qui les encadre, si l'existence même de ce peuple et de cette nation est mise en cause, il puise en lui-même les ressources de la résistance. Le patriotisme est un ressort qui peut soulever le peuple, susciter de multiples initiatives et, si l'accord se fait sur cette base entre le régime et le peuple, l'agresseur est alors en situation difficile. Il est impossible de contrôler un peuple qui se bat dans tous les lieux et dans tous les instants, à moins de l'exterminer.

La politique nazie de destruction

Dans leur guerre contre la Russie, Hitler et les nazis mènent de fait une guerre barbare d'extermination. Non seulement les Juifs, les communistes sont systématiquement exécutés (ainsi pour les Juifs par milliers à Babi Yar, près de Kiev), mais les prisonniers de guerre sont livrés à la mort, par la famine, la maladie et le froid. Les villages sont rasés, les récoltes et les troupeaux pillés, les villes détruites. Il s'agit d'une guerre sauvage qui ne ressemble en rien à ce que l'Europe de l'Ouest a connu. À l'est – en Pologne comme en Russie – les nazis, racistes, ont affaire, estiment-ils, à des *Untermenschen* – des sous-hommes – et leur seule logique est donc celle de la domination par la destruction et l'extermination.

Cette politique inhumaine prive Hitler et les Allemands de toute possibilité de « collaboration » avec des Russes ou d'autres nationalités (les Ukrainiens) qui ont eu à subir la terreur stalinienne. Certes, ici et là, dans les premières semaines de la guerre, on assiste à des mouvements de tel ou tel groupe vers les Allemands, considérés, dans certains villages, comme des libérateurs. Et des collaborateurs de l'occupant existent. On verra même un général soviétique – Vlassov – tenter de constituer une armée russe combattant aux côtés des Allemands et recrutant ses hommes dans les camps de prisonniers. Mais ces éléments ne constituent à aucun moment un ensemble suffisant – et d'ailleurs Hitler et les nazis ne souhaitent pas qu'il voie le jour – pour que naisse un gouvernement « collaborateur », comme il en a existé dans d'autres pays conquis. La Russie n'est qu'un « espace vital » qu'il faut dominer et exploiter directement.

Dès lors, Staline peut – sans oublier de conserver l'élan communiste et les structures du parti – faire appel à ses « frères et sœurs » les Russes, et s'appuyer sur le sentiment national, la révolte contre le « Fritz » criminel, l'envahisseur. Et la guerre, avec ses références aux faits d'armes du passé (à Koutouzov et même à Ivan le Terrible, à la résistance aux chevaliers teutoniques ou à Pierre le Grand), devient la « grande guerre patriotique ».

La mobilisation de toutes les ressources (dans l'Oural, en Sibérie où ont été transférées les usines, les populations, etc.), de toutes les énergies débouche sur un élan national considérable qui se manifeste à la fois dans la combativité des troupes, l'initiative des chefs, la résistance des populations aux malheurs de la guerre (la faim, le froid) et aussi la généralisation de la guerre de partisans, qui ouvrent, sur les arrières et le long des lignes de communication, un front permanent, où les nazis sont perdants.

Cet élan national, ce patriotisme sont d'autant plus nécessaires que, si l'offensive allemande a été stoppée devant Moscou, en décembre 1941, si Leningrad résiste (un siège terrible : 800 000 morts de faim et de froid), si, le 20 janvier 1942, l'armée rouge reprend l'offensive, contraignant l'armée allemande à reculer – et les meilleures troupes nazies ont été ainsi décimées devant Moscou –, l'U.R.S.S. est en fait seule à faire face, en 1942, à l'immense machine de guerre allemande qui mobilise la production de toute l'Europe occupée. Les États-Unis se lancent à peine dans la guerre. Ce n'est que le 8 novembre 1942 qu'ils débarqueront en Afrique du Nord. En juillet 1942, les convois britanniques qui parvenaient à Mourmansk sont arrêtés par l'Amirauté britannique, compte tenu des pertes énormes qu'ils subissent. Les Soviétiques doivent donc affronter avec leurs seules ressources la deuxième grande offensive allemande, lancée au cours de l'été 1942. Plus d'un million d'hommes se mettent en mouvement, dans la moitié sud du front, conquérant Sébastopol, traversant le Don, atteignant la Volga et la ville de Stalingrad à la fin août 1942.

Cette ville industrielle de 500 000 habitants, qui s'étire sur la rive droite de la Volga, est défendue maison par maison et devient un champ de ruines encore plus infranchissable par les nazis. Elle se transforme ainsi en un symbole de la résistance soviétique, et Hitler, qui a pris le commandement en chef des troupes (il a peut-être sauvé au cours de l'hiver de 1941 ses troupes d'un désastre), s'obstine, fait pilonner inutilement la ville. Lorsque les Soviétiques lancent deux offensives ayant pour but d'encercler Stalingrad et les troupes nazies qui s'y trouvent, il refuse d'envisager, quand il est encore temps, la retraite.

Une signification mondiale

Stalingrad est devenu l'enfer de la Wehrmacht et un piège pour des centaines de milliers d'hommes. La contre-offensive soviétique – en tenaille – qui débute en novembre 1942 au sud et au nord de Stalingrad mobilise des troupes venues de Sibérie, des armements efficaces (chars T34) et, sur les lieux de l'attaque, une supériorité en hommes et en matériel. Toutes les tentatives allemandes pour briser l'encerclement (armées de secours) sont stoppées. Dès lors, l'agonie pour les troupes allemandes commandées par le général Paulus commence. Hitler exige que les 120 000 hommes (dont des Roumains) se fassent tuer sur place, mais Paulus (fait maréchal par Hitler), après avoir repoussé deux ultimatums des Russes, se rend le 2 février 1943. Il ne reste que 91 000 hommes (dont 2 500 officiers et 24 généraux) et cette défaite, marquée par trois jours de deuil en Allemagne, retentit non seulement en Union soviétique, mais dans le monde entier comme la preuve que la guerre est arrivée à un tournant et que Hitler désormais ne pourra plus que reculer. Staline – et l'U.R.S.S. – en tire, auprès de tous ceux qui, dans l'Europe occupée, résistent au nazisme, un immense prestige qui efface les souvenirs du pacte germano-soviétique.

La guerre, certes, ne peut se terminer vite. La puissance allemande reste considérable, mais, dans cette évolution vers une guerre d'usure, elle devient aussi une guerre de matériel. Les Russes ont brisé le *Blitzkrieg*, les Américains vont mobiliser toute leur capacité économique pour écraser l'Allemagne – et le Japon – sous un déluge de « force mécanique ». Cette guerre est ainsi, à l'évidence, une « guerre totale », qui vise à la terreur (les nazis exterminent), qui requiert toutes les ressources humaines et matérielles d'un pays et qui exclut toute distinction entre combattants et civils (la politique des bombardements aériens sur l'Angleterre d'abord puis sur l'Allemagne).

Le nœud central de cette guerre mondiale reste l'Europe. C'est l'Allemagne qu'il faut écraser d'abord. En ce sens, la guerre est la deuxième phase de cette guerre civile européenne commencée en 1914. L'épuisement du continent européen, son effacement relatif au bénéfice des Grands (États-Unis, U.R.S.S., puissances qui sont pour tout ou partie extra-européennes) seront à l'évidence une des conséquences de ce conflit implacable.

1943

Le temps du ghetto :
massacre et insurrection des Juifs

Les génocides sont des taches rouges dans l'histoire de l'humanité. Ils existent à toutes les périodes et sans doute la mémoire n'a-t-elle pas gardé le souvenir de tous les peuples massacrés, des tribus exterminées avant que la notion de fraternité entre les hommes ne vienne, sans pouvoir empêcher les meurtres, maintenir la trace du scandale. Le racisme, la volonté de conquérir ont été le plus souvent à l'origine de ces génocides. Les colonisations – en Amérique centrale et dans le Pacifique notamment – ont provoqué ainsi la disparition presque complète de peuples entiers. L'antisémitisme, pour sa part, a souvent suscité des pogroms, des mesures discriminatoires, inscrit qu'il était dans une certaine tradition chrétienne. Il a gagné l'Europe occidentale, avec une force inattendue, dans les dernières décennies du XIXᵉ siècle. Et, au tournant du siècle, il est répandu à Vienne, là où Hitler, déclassé, errant, est en quête d'un avenir. Ses propres origines – incertaines : a-t-il un ascendant juif ? – dans ce contexte en font l'adepte idéal de l'antisémitisme, qui cherche, par la haine de l'autre – vu comme un intellectuel, un « bourgeois » : tout ce que l'on n'est pas –, une identité et une revanche sociale, en même temps qu'une explication apparente aux malheurs des temps.

Une idéologie raciste

Le régime nazi, sous l'impulsion de Hitler et de ses proches, fait ainsi de l'antisémitisme un ressort essentiel de son idéologie. Et les mesures antisémites, édictées en Allemagne dès 1933, les violences (la « nuit de Cristal », le 9 novembre 1938) sont étendues à l'ensemble de l'Europe occupée, après 1940. Elles rencontrent d'ailleurs l'antisémitisme des droites des pays occupés, engagées le plus souvent dans la collaboration et devançant même – c'est le cas de la France de Vichy – par une législation « nationale » les exigences nazies. On exclut le Juif de certaines fonctions, de certains lieux, on le marque (étoile jaune), on l'isole dans des ghettos, puis on le déporte vers des camps. Enfin, on l'extermine.

Cette logique de l'holocauste s'est mise en place progressivement. Hitler a d'abord – et cela jusqu'au début de l'année 1941 – envisagé une déportation de tous les Juifs à Madagascar. Ce plan est sérieusement étudié par tous les départements ministériels nazis. Mais, en même temps, en Pologne notamment, l'extermination, conduite sous l'autorité allemande par des Ukrainiens et des Polonais, a commencé. Elle reproduit les massacres « classiques » du temps des pogroms (à Lvov par exemple). Mais ce n'est là qu'une étape. Bientôt le plan « Madagascar » est abandonné, et les Juifs sont regroupés dans des ghettos : ainsi, celui de Varsovie recueillera dans des conditions inhumaines près de 435 000 personnes. Ces ghettos sont censés préserver une « vie normale » alors que la mort y guette à chaque instant. Ils sont administrés par des *Judenrate* (des conseils juifs) collaborant avec les nazis qui les nomment. Ils répriment, condamnent à mort, désignent aux nazis les victimes qu'ils livrent.

Pourtant, ces ghettos n'apportent pas de « solution » au problème juif, et Hitler, à partir de 1942, veut une « solution finale » qui est l'extermination massive. Elle a déjà commencé en U.R.S.S. (34 000 victimes à Babi Yar). Mais, à la conférence de Wannsee, et sur la suggestion de R. Heydrich, la décision est prise d'organiser systématiquement une « extermination » de tous les Juifs, en assurant leur transfert de toute l'Europe vers des camps aménagés en gigantesques lieux de meurtres.

Des chambres à gaz (le Zyklon B) complétées par des fours crématoires et des fosses sont installées dans les principaux camps : à Auschwitz-Birkenau, Maïdanek, Treblinka, Sobibor. Ces camps sont situés en Pologne, considérée comme le pays où la population juive est la plus nombreuse et l'antisémitisme le plus fort.

L'inconcevable

Dans toute l'Europe, des rafles ont lieu, avec la complicité active des gouvernements collaborateurs. En France, le 16 juillet 1942, la « grande rafle » rassemble au Vélodrome d'hiver, à Paris, des milliers de Juifs. De là ils sont transférés au camp de Drancy, puis déportés. Sans l'aide des autorités locales et la passivité des populations, ces rafles et ces « transferts » n'auraient pas été possibles. Les conditions dans lesquelles s'accomplissent le voyage puis l'arrivée au camp et enfin l'extermination – après sélection des plus valides – sont à inscrire dans les pages les plus horribles de l'histoire de l'humanité et sont « inconcevables ». Elles permettent aux nazis d'exterminer près de 6 millions de victimes, dont 1 500 000 Juifs soviétiques.

Le fonctionnement de cette machine à tuer est révélateur des structures sociales, techniques, culturelles de l'Europe nazifiée. En effet, il faut non seulement la collaboration des gouvernements et des polices, mais aussi des fonctionnaires qui transmettent les ordres, les signent, des juristes qui commentent dignement les lois antisémites, des cheminots qui permettent le passage des trains ; des techniciens qui mettent au point le Zyklon B, et des industriels qui utilisent la main-d'œuvre déportée avant qu'elle ne soit exterminée. Cela témoigne d'une passivité devant l'horreur qui s'explique non seulement par la peur de la répression nazie, mais aussi par la « gradation » dans les mesures qui a rendu possible l'acceptation du dernier degré. Des hommes comme Himmler et Eichmann dont « la mort est le métier » incarnent cette période.

Elle est d'autant plus sinistre que le massacre se déroule

dans le silence presque complet du monde. Certes, le crime est si « inimaginable » qu'il en devient incroyable, mais les autorités morales – Croix-Rouge internationale et surtout Vatican – n'ont pas élevé de protestation. Pourtant les informations ne manquaient pas. Et les Alliés en disposaient aussi. Un Juif de Varsovie parvenu à Londres se suicide devant l'indifférence et l'inaction qu'il rencontre.

Pie XII

Le pape Pie XII – qui a été, comme nonce en Allemagne, l'artisan du concordat avec le Reich hitlérien, donnant ainsi une « personnalité internationale » au nazisme –, s'il eut, par l'intermédiaire de certains de ses prêtres, et les services de la cité du Vatican, des actes d'assistance et de protection à l'égard de personnes singulières, ne procéda jamais à une intervention directe auprès du gouvernement allemand, ni n'intervint publiquement. Et cette prudence pose question. Car la diffusion dans l'opinion internationale (par la presse catholique) d'une protestation pontificale aurait eu du poids.

Il reste aux Juifs à mourir: Bernés par les nazis, traumatisés, terrorisés, la plupart se laissent tuer. Mais, dans le ghetto de Varsovie, dès janvier 1943, puis surtout en avril, des groupes de combat juifs résistèrent aux troupes nazies du général Stroop, contraint de prendre maison après maison.

Cette insurrection du ghetto est un symbole et un moment décisif, au XXe siècle, pour le maintien et le destin de l'identité du peuple juif.

1944

La libération de la France :
« La France qui se bat… la France éternelle »
(de Gaulle)

Dans l'attitude qu'une nation adopte face à l'adversité, dans sa manière de réagir, se lisent les traditions qui composent son histoire. Héroïsme ou lâcheté ne surgissent pas au hasard, attentisme et couardise non plus : pas une réaction qui, face à l'événement, ne doive quelque chose – la pire et la meilleure part – à « l'éternité » de la nation. Et la période nouvelle, à son tour, enrichit la tradition, entre dans l'histoire du pays, comme un moment qui illustre ce qui fait l'essence même de cette nation. Cela vaut surtout pour les pays chargés d'histoire et qui se font d'eux-mêmes une « certaine idée ».

C'est à l'évidence le cas de la France. Et la manière dont, en 1944, elle sort de la défaite et de l'occupation est révélatrice de ce qu'elle « est » et de ce qu'une partie de son peuple veut qu'on imagine d'elle.

La France conservatrice

Vaincue, humiliée, elle a subi l'occupation d'une partie de son sol puis, à partir de novembre 1942 (et du débarquement américain en Afrique du Nord), de la totalité de son territoire. La révolution nationale voulue par le gouvernement de Pétain, cette apologie du retour à la terre, cette exaltation des valeurs conservatrices, ce cléricalisme, cette dérisoire adulation pour « le Chef vénéré » (« Maréchal nous voilà, devant toi le Sauveur de la France, nous saurons nous tes gars », chante-t-on dans les écoles d'où sont chassés les instituteurs francs-maçons, de gauche, etc.) correspondent au triomphe de la France conservatrice qui n'a accepté la république que par défaut. C'est le règne des « antidreyfusards ». La masse de la population accepte, subit, et une frange importante (les bourgeoisies, celles qui ont glorifié Poincaré, font le succès du Bloc national, voté contre le Front populaire) approuve. Elle tolère mal la « résistance armée », condamne les « terroristes » qui provoquent rafles et otages, et sont des « youpins » et des « cocos » (Juifs et communistes). Elle laisse s'opérer les déportations de Juifs, la police et l'administration françaises organisent les opérations dans le cadre de la législation raciste mise en place par Vichy. Cet antisémitisme correspond aussi à une tradition vigoureuse des droites françaises.

En face, la Résistance, qui se recrute dans toutes les classes, est ultraminoritaire (2 % de la population ?) et composée surtout de « marginaux » qui, dès avant la guerre, se distinguaient souvent par leur originalité. De Gaulle lui-même n'est-il pas, dans la caste militaire, un officier singulier ? La gauche est cependant, dans cette minorité composite, majoritaire. D'autant plus que les communistes rejoignent en force – avec leurs organisations propres : Francs-tireurs et partisans français (F.-T.P.F.), etc. – surtout après l'entrée en guerre de l'U.R.S.S. (1941) le combat. À partir de 1942-1943, et surtout en 1944, les mesures décrétées par les Allemands (Service du travail obligatoire en Allemagne) poussent vers les « maquis » de nombreux jeunes « réfractaires », cependant que l'opinion moyenne bascule de l'attentisme prudent à la sympathie plus ou moins active à l'égard de la Résistance. Si bien que cette dernière, quand se produit le débarquement allié, le 6 juin 1944, est un phénomène de masse, capable de gêner les voies de communication allemandes, disputant le terrain aux nazis et payant lourdement son tribut à la guerre (morts du Vercors, pendus de Tulle ; l'insurrection parisienne du 19 au 25 août 1944 provoquant à elle seule 3 000 tués et

7 000 blessés pour les Forces françaises de l'intérieur
– F.F.I. – et la population civile).

De Gaulle, le rebelle

Le symbole de cette « insurrection nationale » (« À chacun son boche », titrera le journal *L'Humanité*) est l'insurrection parisienne qui, par ses méthodes (barricades ancrées
dans les quartiers, participation de la population, et en
même temps réalité des combats, comme aussi liaison entre
F.F.I. et Forces françaises libres de la division du général
Leclerc), renoue avec la tradition « révolutionnaire », si fortement parisienne et si fortement présente dans la mémoire
nationale. Quand, le 25 août, à l'Hôtel de Ville, le général
de Gaulle lance : « Paris libéré ! libéré par lui-même, libéré
par son peuple avec le concours des armées de la France,
avec le concours de la France tout entière… », il magnifie
cette tradition. Et par cette envolée lyrique reconstruit déjà
l'histoire des années 1940-1944 en estompant qu'elles
furent aussi le temps « du chagrin et de la pitié », de beaucoup de prudence, de lâcheté, de débrouillardise quotidienne pour faire face aux difficultés de la vie, pour
s'alimenter au « marché noir ». Mais en même temps il ne
déforme pas, car ces années 1940-1944 et cette Libération
– par son style – donnent naissance à un nouveau « pacte
démocratique ». La Résistance, en effet, par le biais du
Conseil national de la Résistance (C.N.R.), a élaboré un
programme qui est « progressiste » et s'inspire des idéaux
du Front populaire. La France de 1944 est dans le droit fil
de celle de 1936, alors que la France de 1940 à 1944 était
l'héritière de celle du 6 février 1934 et d'au-delà : quand
Maurras est condamné après la Libération (pour son antisémitisme), il s'écrie à la fin de son procès : « C'est la
revanche de Dreyfus. » Le général de Gaulle, s'il incarne la
continuité de l'État et tient à faire rapidement rentrer dans
le lit de l'ordre le flot insurrectionnel (particulièrement
communiste), n'est pas moins – et c'est ce qui fonde sa légitimité – le symbole de cette France-là, même si parce qu'il

appartient à la caste militaire – eût-il été condamné à mort par contumace par elle – il peut rallier à lui les bourgeoisies. À l'exception des pétainistes et collaborationnistes militants qui seront, toujours, des «antigaullistes» irréductibles. Mais cet «antigaullisme» sera toujours prêt à ressurgir aussi dans les larges couches conservatrices. De Gaulle, un jour de juin 1940, a rompu avec l'ordre et les pouvoirs établis. Il a été un rebelle. C'est assez pour qu'il demeure suspect, même s'il faut l'accepter au moindre mal. D'ailleurs, c'est la «Résistance» – ses représentants – puis l'insurrection et l'enthousiasme populaire (la descente des Champs-Élysées le 25 août 1944) qui le sacrent et lui ont donné (à Londres, à Alger en 1942-1943, puis en France en 1944) et lui donnent la légitimité qui lui permet de s'imposer (et son intelligence et sa ténacité et la foi dans sa mission sont essentielles) face aux Alliés, d'écarter les rivaux (le général Giraud), d'éviter surtout que la France ne soit une nation placée sous «administration alliée», avec une monnaie dont elle n'aurait pas la maîtrise, et des pouvoirs dépendant du haut commandement allié.

De Gaulle, parce qu'il y a l'insurrection, la Résistance, et que celle-ci malgré les tensions préserve son unité et se range à ses côtés, s'impose comme représentant de la nation, et impose la nation, avec ses attributs – souveraineté, indépendance.

1944, et malgré les années noires et grises, sordides souvent de l'occupation, renoue ainsi avec le patriotisme «jacobin», le souffle «républicain». Même si, rapidement, les relents du collaborationnisme et de l'esprit de soumission viendront marquer la IVᵉ République, 1944 reste un moment exemplaire, une borne milliaire dans la grande histoire nationale.

Hiroshima et Nagasaki :
l'humanité entre dans l'ère atomique

La guerre, le massacre de l'ennemi et même les génocides sont, depuis qu'il y a des hommes, un aspect – hélas ! – habituel de l'Histoire. Détruire « l'Autre », l'ennemi, avec toutes les justifications religieuses, morales, raciales que les hommes sont capables d'inventer, est le comportement « naturel » des peuples. Et l'établissement de règles entre les nations, de conventions, de paix de Dieu, etc., n'a jamais pu empêcher, jusqu'à aujourd'hui, la violence de se déchaîner même si elle a pu être parfois soutenue et limitée. La Société des Nations n'a évité ni les agressions ni le déclenchement du second conflit mondial. Les Internationales ouvrières se sont montrées aussi impuissantes que les forces morales (Églises, etc.).

Cependant, ces guerres, y compris la Première Guerre mondiale, ne mettent pas en cause la survie de l'humanité, puisque les « massacres », même lorsqu'ils concernent des dizaines de millions d'hommes (c'est le cas pour la période 1914-1921, guerre mondiale et guerre civile en Russie), utilisent des techniques de destruction à champ limité.

Un changement radical

Le 6 août 1945, le bombardement de la ville japonaise d'Hiroshima par une bombe atomique (plus puissante que 20 000 tonnes d'explosif) change radicalement la donne du problème des guerres. Certes, dans des attaques de type classique (sur Dresde, en 1944, sur Tokyo, en 1945), les chiffres des victimes sont équivalents et même supérieurs à ceux provoqués par la bombe atomique : 71 000 morts – sur 250 000 habitants – mais n'ont pas été dénombrées les victimes provoquées par les cancers nés de radiations (le total atteindrait 200 000). La deuxième bombe lâchée le 9 août sur Nagasaki fera, elle aussi, autour de 100 000 victimes.

Ce qui est nouveau, c'est que l'utilisation de l'énergie atomique donne à l'homme la possibilité de créer des explosifs capables d'exterminer toute l'humanité, à la fois par la destruction directe de masses humaines s'élevant à plusieurs centaines de milliers d'hommes – des millions si l'on envisage plusieurs frappes – et aussi par la contamination de l'atmosphère par les radiations ainsi que la désertification et la vitrification (le « gel nucléaire ») provoquées par l'explosion.

L'humanité est ainsi entrée, les 6 et 9 août 1945, dans une nouvelle phase décisive de son histoire.

C'est à la fois le résultat d'un développement « normal » des recherches scientifiques et le produit des circonstances.

Dès avant la guerre (à Rome, Berlin, Paris, Copenhague), on travaille sur la fission de l'atome, dont la possibilité est démontrée par Joliot-Curie et Kowarski au Collège de France. La fission propage une réaction en chaîne qui, à partir de l'isotope 235 de l'uranium, libère d'immenses quantités d'énergie. La victoire des nazis en Europe continentale contraint à l'exil soit à Londres, soit aux États-Unis un grand nombre de savants : Fermi, Fuchs, Niels Bohr, etc., et tant en Angleterre qu'en Amérique la possibilité de fabriquer une pile atomique, puis une bombe, à partir de la fission, est explorée. Einstein (1879-1955) convainc Roosevelt de la nécessité de devancer les Allemands dans cette voie. Roosevelt décide, en 1942, la création d'un centre de recherche (Manhattan District), à Los Alamos au Nouveau-Mexique. Dès le début, les États-Unis sont décidés à conserver la maîtrise de ces secrets décisifs et de l'arme qui peut en naître. Le traité qu'ils signent le

19 août 1943 avec les Britanniques (en les associant aux recherches) est léonin. Les Français sont exclus de ces secrets. Et les Soviétiques tenus dans l'ignorance, même si, sans doute, par des savants travaillant pour les Britanniques (Fuchs), ils connaissent certains aspects du projet. Le savant Niels Bohr qui veut les mettre au courant de la recherche n'est pas entendu.

L'arme atomique apparaît bien ainsi, dès le stade de sa mise au point, comme un instrument essentiel de la puissance des États-Unis, ce qui démontre combien la « grande alliance » contre le nazisme recèle de rivalités internes, et comment aussi c'est de façon traditionnelle (en termes de rapports de forces classiques) que les États-Unis (et l'on peut dire l'humanité) abordent ce nouvel âge de leur histoire.

Le président Roosevelt étant mort le 12 avril 1945, c'est Harry Truman – son vice-président – qui doit décider de l'utilisation éventuelle des trois bombes mises au point. La capitulation allemande étant intervenue (8 mai), elles ne pourront être utilisées que contre le Japon. Un débat va séparer les savants et les politiques. Les collaborateurs de Truman sont favorables à l'utilisation, les savants (Einstein et Oppenheimer), conscients du tournant historique que représenterait l'emploi des bombes atomiques, sont favorables à une expérimentation sur un atoll suivie d'un ultimatum contre le Japon. Un autre savant (l'Allemand Frank) soutenu par Einstein subordonne même l'emploi de la bombe à l'établissement d'un contrôle international sur les armes atomiques. Ce qui suppose bien entendu que les autres grandes puissances soient associées à ce contrôle. Or, les États-Unis ont choisi de conserver pour eux seuls l'avantage considérable que représente la possession de la bombe.

C'est à la conférence de Potsdam (juillet 1945), après que la première bombe a explosé à Alamagordo au Nouveau-Mexique, que, dans une incidente, Truman avertit Staline de l'emploi prochain d'une bombe « nouvelle » contre le Japon. Churchill a donné son accord. Staline ne manifeste aucune surprise. Il vient de s'engager à intervenir militairement contre le Japon.

L'emploi des bombes se justifie-t-il ?

Les Japonais, bien qu'acculés, leur flotte détruite, leurs conquêtes réduites, leur approvisionnement en matières premières et en denrées alimentaires bloqué, écrasés sous les bombes incendiaires, gardent encore deux millions d'hommes sous les armes et on peut craindre que la conquête de l'archipel ne coûte plus d'un million d'hommes aux Américains. L'utilisation de l'arme atomique « sur une cible à haute densité de population » a donc une réelle signification militaire. Et de fait, après la deuxième frappe sur Nagasaki, l'empereur Hiro-Hito, contre l'avis de ses militaires, décide la capitulation.

Les Soviétiques ont, ce même jour, déclenché leur offensive contre le Japon, et font leur liaison avec l'armée communiste chinoise du Nord, tout en débarquant à Sakhaline, et dans les Kouriles, puis en occupant Moukden et Port-Arthur.

Il est net que chacune des grandes puissances – États-Unis, U.R.S.S. – pense déjà en termes de rivalité et de prise de position en vue d'une « confrontation » qui paraît inéluctable.

Le rideau de fer

Dès le 5 mars 1946, dans son discours de Fulton (Missouri), en présence du président Truman, Churchill dénonce la menace soviétique, le « rideau de fer » et suggère la création d'une force de police internationale. Ces propos quand on dispose seul de l'arme atomique ne peuvent qu'inciter les Soviétiques à penser d'une part que l'emploi des bombes contre le Japon était aussi un avertissement qui leur était adressé et d'autre part à se lancer dans la réalisation – par tous les moyens – d'une bombe atomique, afin de rétablir l'équilibre des forces.

L'humanité entre avec ses réflexes traditionnels dans l'âge atomique. Ils peuvent être suicidaires.

1946

La démission du général de Gaulle :
de la Résistance à la IVᵉ République

La lucidité ou l'oubli ?

Une nation blessée par la guerre, humiliée par une défaite, occupée par un ennemi implacable, déchirée par les attitudes contradictoires de ses élites, privée, durant des années, des millions d'hommes jeunes retenus prisonniers chez le vainqueur, a d'abord tendance, quand elle retrouve son indépendance, à masquer ses divisions. Elle se rassemble autour d'un leader qui l'incarne. Elle tente de liquider son passé proche et douloureux par des actes symboliques : du châtiment des « traîtres » (et parfois il ne s'agit que de boucs émissaires sans vraies responsabilités) à la reconstruction glorieuse et mythique de son comportement durant les années noires. Cette unanimité de façade est aussi une manière de ne pas regarder avec lucidité ce qui a provoqué la défaite. Mais, rapidement, l'euphorie de la « libération » se dissipe. Les facteurs de confrontation sont nombreux : entre ceux qui veulent reprendre les méthodes d'avant la défaite, considérant qu'il faut refermer la parenthèse des temps troublés et pratiquer l'oubli – et le pardon – et ceux qui expriment une volonté de renouvellement, de « renaissance » qui implique aussi une réflexion sur les causes de la défaite de la nation. Qui est coupable de l'échec ? Quels partis ? Quelles classes sociales ? Quels hommes ?

Ainsi, l'unanimité se brise d'autant plus que des choix et des problèmes difficiles se posent chaque jour dans une nation à reconstruire. La politique dès lors, un temps masquée, reprend ses droits. Les rapports de forces entre les groupes se recomposent. Les espoirs se heurtent aux réalités.

La France, en 1946, connaît un tournant historique de ce type, puisque, le 20 janvier 1946, le général de Gaulle, chef du gouvernement, démissionne dans l'indifférence de l'opinion alors que, en août 1944, il était accueilli dans l'enthousiasme comme le sauveur du pays.

Cette démission reflète les difficultés d'une nation qui vient de subir quatre années d'occupation partielle puis totale (après novembre 1942). Elle doit d'abord survivre (elle a perdu près de 600 000 personnes : combattants, déportés, etc.). Malgré le redressement de la fécondité (dès 1942), elle est « épuisée » : les Français ont faim et froid. Il faut remettre sur pied une économie dévastée et reconstituer des ressources pillées. En même temps, il faut affronter des problèmes politiques considérables. D'abord restaurer l'État : c'est-à-dire la légalité. De Gaulle, chef du gouvernement provisoire, s'y emploie. Mais, dans cette tâche, il se heurte à ceux qui, venus de la Résistance, veulent, selon le titre du journal *Combat* (21 août 1944, éditorial d'Albert Camus), passer de la « Résistance à la Révolution ». Il doit notamment résoudre la question communiste. Fort de sa participation aux combats de la Résistance, le P.C.F. apparaît comme le parti le mieux organisé, présent dans des organisations de masse « unitaires » mais qu'il vise à contrôler totalement : le Front national, le Mouvement de libération nationale. De plus, il existe des milices patriotiques, armées. Le P.C.F., dans ses déclarations publiques (et après le retour d'U.R.S.S. et l'amnistie de son leader Maurice Thorez, novembre 1944), s'affirme résolument légaliste : « Unir, combattre, travailler », tels sont les mots d'ordre qu'il donne. Mais la suspicion demeure, et l'une des clés de la vie politique de cette période (1944-1946) est de savoir comment contenir sa force et se prémunir contre ses prétentions.

L'essentiel repose sur le parti socialiste (S.F.I.O.) qui, aux premières élections, pour l'Assemblée constituante

(21 octobre 1945), rassemble 24,6 % des voix et peut avec le P.C.F. (26,1 %) constituer une «majorité de gauche» absolue. La S.F.I.O. se refuse à ce tête-à-tête et préfère le *tripartisme* avec le parti «modéré» qui s'est constitué, le Mouvement républicain populaire (M.R.P.) (25,6 % des voix). Cette combinaison politique qui réélit à l'unanimité à la tête du gouvernement le général de Gaulle (le 13 novembre 1945) marque en fait l'échec d'un grand parti de la Résistance.

La France s'est divisée à nouveau : sur l'ampleur de «l'épuration». Pétain condamné à vie, Laval, Brasillach exécutés : derrière ces jugements spectaculaires, l'épuration est d'une ampleur limitée, moins sévère que dans les autres pays d'Europe. Très vite, le thème du «pardon», de la «réconciliation» l'emporte et on dénonce le «résistantialisme». L'épuration est en fait un enjeu politique plus que judiciaire : fera-t-on la lumière sur les responsabilités de la défaite et les culpabilités de l'occupation ? La réponse est négative.

Certes, un «pacte démocratique», un vrai «pacte social» est mis en œuvre qui est dans l'esprit du programme défini par le Comité national de la Résistance (C.N.R.) (nationalisations. Renault, E.D.F., assurances, Air France, banques – création des comités d'entreprise, semaine de 40 heures, réforme de la fonction publique. E.N.A., etc.) et s'explique par la faiblesse de la «droite» durant cette période. Mais cette droite se reconstitue rapidement, dès lors que les partis reparaissent et que l'unité de la Résistance se brise, notamment sur la question communiste : le Mouvement de libération nationale a, dès le mois de janvier 1945, éclaté entre socialistes et communistes. Le seul parti issu de la Résistance est minuscule : l'Union démocratique et socialiste de la résistance (U.D.S.R. avec François Mitterrand).

Le centre de gravité de la politique n'est donc plus dans le courant de la Résistance, mais dans les «partis» reconstitués, opposés, rivaux mais collaborant dans le «tripartisme» et voulant imposer au chef du gouvernement leur programme.

La démission du général de Gaulle

Au mois de janvier 1946, à propos d'une réduction de 20 % des crédits militaires demandée par les socialistes, de Gaulle, soucieux des pouvoirs de l'exécutif, démissionne. Il a « restauré » l'État, mais il ne l'a pas transformé. Cette démission clôt, le 20 janvier 1946, la période provisoire : la IVᵉ République commence véritablement. Et les premières consultations électorales (le 5 mai 1946, puis en juin référendum sur la Constitution et élections à la seconde Constituante) montrent le glissement à droite : P.C.F. et S.F.I.O. n'ont plus la majorité absolue (47,7 % au lieu de 50,7).

Le « tripartisme » (P.C.F., S.F.I.O., M.R.P.) continue, mais d'autres combinaisons politiques (la « troisième force » – S.F.I.O., M.R.P.) apparaissent possibles, d'autant plus qu'aux élections de novembre 1946 le P.C.F. progresse encore, alors que l'ensemble de la gauche recule par l'échec de la S.F.I.O. (46,9 % des voix en tout) et que des formations, à la droite du M.R.P., surgissent (indépendants : 11 %).

La politique devient le « jeu de partis », et le choix constitutionnel (13 octobre 1946, référendum avec près de 8 millions d'abstentions) entraîne la lassitude. L'élection du socialiste Vincent Auriol à la présidence de la République (16 janvier 1947) par les parlementaires ne déclenche aucun enthousiasme.

De Gaulle, dès le 16 juin 1946 (discours de Bayeux), s'est présenté en « recours » contre le régime des partis et l'impuissance des institutions. Il a fait voter non au référendum d'octobre 1946. Plus de 31 % des Français ont suivi sa consigne de vote (il n'y a que 36 % pour le oui).

La république doit réussir sous peine de voir l'ombre de De Gaulle la recouvrir.

1947

Le plan Marshall :
la « guerre froide » déchire le monde

Des puissances rivales peuvent s'entendre pour abattre un ennemi qui leur est commun. Mais, si elles frappent ensemble, elles n'en demeurent pas moins concurrentes et, dès que leur ennemi s'affaiblit, puis est terrassé, leur confrontation, un temps masquée, se dévoile. Il peut même parfois se produire des « renversements d'alliance » spectaculaires. Si même cette extrémité n'est pas immédiatement atteinte, chacune des puissances veille à conquérir, dans la dernière phase de la lutte « commune », des atouts contre son partenaire. Et la victoire acquise de concert est à peine conclue qu'une autre bataille commence qui peut être « chaude » – et ce sont ici et là des conflits limités, par alliés interposés, avec le risque, chaque fois, d'une généralisation du conflit et l'entrée en jeu des puissances leaders ; ou bien ce peut être une « guerre froide », c'est-à-dire une confrontation dans laquelle les deux grands qui s'opposent restent « au bord du gouffre » et ne recourent pas, entre eux, à la guerre, même s'ils soutiennent ceux de leurs partenaires qui ont pris les armes.

Cette situation est celle que connaît le monde avec la rivalité des États-Unis et de l'U.R.S.S. Elle est inscrite, malgré la « grande alliance » qui permet la victoire sur le nazisme et le Japon, dans la géopolitique.

Occupation militaire et système social

La Russie, puissance continentale, a « conquis » l'Europe. Et la conférence de Yalta (4 février 1945) consacre en fait la division de l'Europe en fonction de l'avancée des troupes. « Tout le monde impose son système social aussi loin que son armée peut avancer. Il ne saurait en être autrement », dit Staline à Tito, le Yougoslave, en 1945. Entre cette immense « terre centrale » qui va des Kouriles à l'Elbe, et la puissance océanique que sont les États-Unis, l'opposition est inéluctable. « Dans l'explication violente et permanente qui oppose l'Est à l'Ouest, l'Amérique est le plus jeune et le plus puissant représentant de l'Ouest », écrivait Marx dès 1853.

En 1945, les États-Unis, qui disposent de l'arme atomique, sont les seuls à pouvoir s'opposer à l'U.R.S.S. Et nécessairement l'Europe de l'Ouest, qui a échappé à l'occupation militaire soviétique, doit bénéficier de leur protection. Déjà « l'Ouest » et « l'Est » s'opposent : par exemple, en Grèce où une guerre civile a éclaté dès 1944 et qui met face à face Grecs soutenus par les Anglais et Grecs appuyés par l'Est. L'affrontement entre Est et Ouest est d'autant plus inéluctable qu'il prend figure d'opposition entre des systèmes sociaux antagonistes, des idéologies opposées et que, entre la Russie soviétique et les puissances « capitalistes », il y a eu, jusqu'en 1940, une hostilité déclarée. Churchill a été le plus anticommuniste des grands leaders occidentaux, et, dès le discours de Fulton (5 mars 1946), il retrouve ses accents d'avant-guerre pour dénoncer « le rideau de fer qui s'est abattu sur le continent ».

La situation est cependant rendue complexe du fait que l'idéologie communiste a des adeptes dans plusieurs pays occidentaux (France, Italie) et que les partis communistes sont de fermes soutiens de la politique soviétique tout en étant (ainsi en France et en Italie) partie prenante des gouvernements en place.

C'est donc par étapes que va se faire la rupture et que

naîtront « officiellement » les « deux blocs » que la géopolitique et l'idéologie génèrent à l'évidence.

La « *doctrine Truman* »

Les lieux privilégiés de confrontation se situent en Europe, enjeu décisif : en Allemagne, au contact des deux « zones » occidentale et soviétique, avec la question lancinante : que faire de l'Allemagne, réunification ou bien partition en deux Allemagnes ? Confrontation poursuivie aussi en Grèce et en Turquie. Le 12 mars 1947, le président Truman assure que les États-Unis ne peuvent accepter une progression du « communisme ». Il conteste les élections qui ont lieu dans les pays de l'est de l'Europe et débloque 400 millions de dollars à la Grèce et à la Turquie. C'est la preuve que les États-Unis ne retourneront pas à « l'isolationnisme » et qu'ils se considèrent comme les « protecteurs » et les garants de l'Europe de l'Ouest et qu'ils sont décidés (ils possèdent l'arme atomique) à bloquer toute avancée soviétique.

Le signal du tournant politique de l'après-guerre est donné par cette « doctrine Truman ». Les quatre (France, G.-B., U.S.A., U.R.S.S.) ne peuvent se mettre d'accord sur un statut pour l'Allemagne (conférence à quatre de Moscou, avril 1947), ce qui signifie que l'on s'oriente vers l'existence de deux Allemagnes, avec la question cruciale de Berlin, qui se trouve au cœur de la « zone militaire » soviétique, tout en ayant un statut d'occupation à quatre. En mai, conséquence « intérieure » de cette évolution des relations des blocs – et quelles que soient les péripéties particulières qui y conduisent –, les communistes sont rejetés des coalitions gouvernementales en France et en Italie : décisions politiques qui marquent vraiment la fin de la période commencée avec la Résistance et son unité. La « grande alliance » antinazie est bien rompue. Ce moment décisif de la rupture en deux blocs de l'Europe étant marqué, en juillet 1947, par le refus des Soviétiques (et des États européens qu'ils contrôlent) du plan Marshall, offre d'aide américaine à l'Europe. Ce programme, dit le général Marshall, « doit être un programme commun, accepté par un grand nombre, sinon par toutes les nations européennes ». C'est de ce plan que naîtront successivement les diverses organisations de coopération européenne. Mais, refusé par l'Est, il marque la cassure de l'Europe : d'un côté les « clients » des États-Unis (auxquels on avait promis d'abord 22 milliards de dollars et qui n'en eurent pour finir que 13), de l'autre, les « satellites » de l'U.R.S.S. Entre les deux blocs, c'est bien un rideau de fer aux dramatiques conséquences économiques, culturelles, humaines, qui tombe. Et George Kennan, théoricien américain de la politique extérieure, peut écrire : « L'élément principal de toute politique des États-Unis vis-à-vis de l'U.R.S.S. doit être un "endiguement" à long terme, patient mais ferme et vigilant des tensions expansionnistes de l'U.R.S.S. » (juillet 1947).

Cette politique du *containment* ne peut que recevoir une réponse à l'Est. Elle intervient le 5 octobre 1947, au terme d'une conférence secrète réunissant en Pologne les délégués des partis communistes européens. Le Komintern (IIIe Internationale) avait été dissous en mai 1943, rendant, théoriquement, son autonomie à chaque parti communiste. Un « Kominform » (Bureau commun d'information) rétablit officiellement les liens avec l'U.R.S.S., dont Jdanov – l'un des proches de Staline – préside la conférence. Le Kominform (qui regroupe les P.C. de l'U.R.S.S., de France, d'Italie, de Bulgarie, de Tchécoslovaquie, de Pologne, de Roumanie, de Hongrie) mêle P.C. de l'Est et de l'Ouest. Il va animer la campagne antiaméricaine, dirigée contre le plan Marshall.

Le « coup de Prague »

Mais le bloc de l'Est, c'est d'abord la liquidation de tous les non-communistes (pendaison de Nicolas Petkov, leader du parti agrarien bulgare en septembre 1947, dissolution des partis d'opposition en Pologne et en Hongrie) et, pour finir, « coup de Prague » (25 février 1948, c'est-à-dire la prise du pouvoir par les communistes et la liquidation de la démocratie tchécoslovaque, mort de Masaryk). Enfin, le 20 juin 1948, le début du « blocus » de Berlin. L'U.R.S.S. ne veut tolérer aucune enclave, aucune « hérésie » dans son camp. En juin 1948 la trop indépendante Yougoslavie de Tito est exclue du Kominform et les « titistes » sont pourchassés.

Ainsi les blocs se font face, durement. Moins de trois ans après la fin du conflit mondial, l'alliance est devenue affrontement sévère. Et l'on peut craindre que la guerre froide ne glisse à la guerre véritable.

1948

La Terre promise :
naissance de l'État d'Israël

Il y a peu de terres vides d'hommes. Même les déserts – y compris les zones glacées des Extrêmes-Nord – ont leurs peuples, attachés au sol de leurs ancêtres. Dès lors, le drame surgit quand deux peuples estiment avec la même foi, la même passion – et en avançant des preuves historiques –, avoir des droits sur le même territoire. La raison a peu de poids face aux déchaînements contraires d'hommes qui s'estiment propriétaires d'un sol qu'on leur conteste, dont on les chasse ou bien qu'on leur refuse. Le compromis – qui pourrait être un « partage » – est, dans ces conditions, difficile à appliquer. Même s'il est, en théorie, la meilleure des solutions, il se heurte aux convictions, aux liens des hommes avec toute leur patrie – ou ce qu'ils considèrent comme telle. De plus, chaque groupe comporte ses « extrémistes » qui ne peuvent concevoir de « partager » et rêvent, au nom de leur foi et de leurs droits, de chasser l'autre par tous les moyens. Et les exemples historiques de confrontations entre des peuples pour la possession d'un sol montrent que la logique implacable qui se déploie est celle des rapports de forces et qu'elle vise à la soumission d'un peuple à l'autre, sinon à sa destruction ou à son exil. La sagesse l'emporte rarement et la reconnaissance des droits de l'autre à coexister, ou tout simplement à survivre, n'est jamais donnée. Elle est aussi le fruit de la lutte et donc des rapports de forces.

Une confrontation inéluctable

C'est bien d'une situation de cet ordre que naît, le 14 mai 1948, l'État d'Israël, et ce sont des conflits de ce type qu'il a dû affronter et qu'il doit maîtriser dès les lendemains de sa proclamation.

De la publication de *L'État juif* par Théodore Herzl (1896) (le livre qui est l'acte de naissance du sionisme) à 1948, la route a déjà été parsemée de conflits. En 1917, le ministre des Affaires étrangères anglais, lord Balfour, se dit favorable à « l'établissement d'un foyer juif en Palestine ». En 1920, quand est établi le mandat britannique sur la Palestine, est créée aussi l'Agence juive qui achète des terres aux Arabes. Mais des affrontements ont lieu – 1921, 1929 – entre Juifs et Arabes, et, en 1930, les Anglais limitent l'immigration juive en Palestine. En 1936, une révolte arabe soulève le pays, et la commission Peel préconise le partage de la Palestine en trois États : arabe, juif et les Lieux saints. En 1939, une conférence qui se tient à Londres échoue dans la tentative de réaliser ce partage. Et les Britanniques décident la réglementation sévère de l'immigration juive, au moment où les persécutions nazies rendent la question d'un lieu pour accueillir les persécutés brûlante. Les Juifs organisent alors une immigration clandestine et se dotent d'une organisation armée, l'Irgoun, qui commence à perpétrer des attentats terroristes contre les Anglais et les Arabes. Durant la guerre, les Juifs se rangent dans le camp anglo-saxon et les Arabes sont tentés par une « alliance » avec le nazisme, par anglophobie. Car ils considèrent que l'Angleterre est responsable de ce qu'ils jugent être un phénomène colonial – le sionisme – qui les chasse de leurs terres.

Dès 1944, les attentats juifs contre les Anglais reprennent. La détermination juive devient irrésistible, nourrie qu'elle est par l'expérience de l'holocauste. La *Haganah* (milice juive) multiplie les actions armées, pour protester contre les limitations maintenues de l'immigration (en 1946, atten-

tat de l'Irgoun contre le quartier général britannique à
Jérusalem : 110 morts) : le navire *Exodus* – chargé de
4 500 immigrants – est en 1947 refoulé vers l'Allemagne.
Le 29 novembre 1947, l'O.N.U. décide enfin la création de
deux États palestiniens, l'un juif l'autre arabe. Jérusalem
devenant une zone internationale. Les Anglais annoncent
qu'ils mettent fin à leur mandat et, le 14 mai, Ben Gourion,
président de l'exécutif de l'Agence juive, proclame à Tel-
Aviv la naissance de l'État d'Israël et devient chef de gouvernement. L'U.R.S.S. et la Pologne reconnaissent *de jure*
le nouvel État et les États-Unis *de facto*.

Les Juifs et les Arabes sont désormais face à face. Le partage décidé par l'O.N.U. est refusé par les Arabes qui estiment qu'ils sont victimes d'un véritable vol de patrie décidé
par les « grandes puissances colonisatrices » et que, par
ailleurs, ces mêmes puissances, « responsables » d'avoir
laissé se perpétrer l'holocauste, faisaient porter aux Arabes
des responsabilités et des conséquences qu'ils n'avaient pas
à subir.

Bonne conscience et sentiment d'injustice

Entre l'absolue bonne conscience juive, la volonté
inébranlable de retrouver la Terre promise et le sentiment
d'injustice et de spoliation qui anime les Arabes, il ne peut
y avoir de voie de conciliation. Dès lors, ce ne peut être
que la guerre qui, après des combats isolés, éclate dès le
15 mai 1948, quand les armées de la Ligue arabe (Égyptiens,
Syriens, Irakiens, Jordaniens, Libanais) entreprennent l'invasion d'Israël, qui se trouve le dos à la mer. Les combats
sont très violents et comportent des actes de barbarie (villages rasés, populations exterminées). Les Israéliens l'emportent et reculent partout les frontières de l'État d'Israël,
bien au-delà de ce que l'O.N.U. leur avait attribué. Ils
bénéficient du soutien de l'opinion publique mondiale et
de l'aide des puissantes communautés juives. Le souvenir
du génocide est si proche, le sentiment de culpabilité si

grand à leur égard que la cause d'Israël apparaît comme la plus noble et la plus juste. Ce qui accroît encore l'amertume des Arabes qui, dans cet après-guerre, commencent à être touchés par la volonté d'échapper à la soumission, par le désir de conquérir leur indépendance (des mouvements ont eu lieu en Algérie, dès 1945, et ils ont été sévèrement réprimés, etc.). Les tentatives de médiation de l'O.N.U. échouent à plusieurs reprises, et le médiateur, le comte Folke Bernadotte, jugé trop favorable aux Arabes, est assassiné par des terroristes juifs (17 septembre 1948).

La guerre crée donc un fossé profond entre deux communautés, et laisse des ressentiments immenses chez les Arabes, ainsi qu'une détermination et un orgueil chez les Juifs qui, les armes à la main, ont conquis leur Terre promise et effacé par leurs victoires les légendes sur leur passivité ou leur incapacité à se battre que l'holocauste avait fait naître. Un autre peuple juif, fidèle et différent, se constitue dans ces premières épreuves, et un État original surgit, disposant d'institutions démocratiques, de nombreux partis politiques. Cet État est à la fois laïque et cependant soumis aux principes religieux : par exemple, la pleine juridiction en matière de droit personnel (mariage, divorce) est réservée aux autorités religieuses. Les règles alimentaires sont respectées dans tous les lieux et services publics. L'État est ainsi rattaché à la tradition biblique et se présente davantage comme la « restauration » d'un État ancien que comme une « création ». La « loi du retour » affirme que la nationalité israélienne se définit par le seul fait d'être juif et qu'en conséquence tout Juif de par le monde peut rentrer chez lui en Israël.

Mais les armistices signés en février et juillet 1949 ne peuvent à l'évidence régler les problèmes d'Israël. Près de 800 000 Arabes ont quitté, durant la guerre, la Palestine et deviennent des « réfugiés » sans patrie, parqués dans des camps. En Israël, il reste près de 300 000 Arabes, disposant théoriquement de l'égalité des droits. Et, à terme, outre l'attitude des États arabes, qui se refusent à reconnaître l'État d'Israël, il y a, dans ces communautés misérables, humiliées, dépossédées, toutes les conditions pour que naisse un « nationalisme palestinien ». Aussi déterminé que le fut le sionisme.

1949

Au bout de la « Longue Marche » :
les communistes de Mao,
maîtres de la Chine

Une nation aux traditions millénaires contraint ceux qui veulent la diriger à la « reconnaître », c'est-à-dire à se débarrasser de leurs théories venues de l'extérieur, pour, pas à pas, réapprendre leur pays, ses structures sociales, sa culture, bref, s'ils se veulent révolutionnaires, à le demeurer sans doute, mais à être tout autant ceux – et à apparaître comme ceux – qui veulent sauver le pays, le régénérer, lui rendre sa grandeur. Le patriotisme, le nationalisme même deviennent ainsi, outre l'adaptation aux réalités, des composantes essentielles du mouvement révolutionnaire, et une condition de sa réussite.

Cela est encore plus vrai quand le pays a longtemps été soumis à la domination étrangère, qu'il a été « forcé », humilié, qu'il est occupé.

La manière dont les communistes chinois parviennent à se rendre maîtres du pays et à proclamer, le 21 septembre 1949, la République populaire de Chine est une illustration de ces nécessités.

Trente années de luttes

Il aura fallu près de trente ans (entre le Mouvement des intellectuels du 4 mai 1919 à cette année 1949) pour que Mao Tsé-toung (1893-1976) parvienne au pouvoir. Il lui a fallu – ainsi qu'à ses camarades communistes (le premier congrès du Parti communiste chinois est de 1921) – abandonner une ligne politique suicidaire (après les massacres de communistes en 1927), réapprendre la Chine, c'est-à-dire l'importance des masses paysannes dans toute révolution chinoise, et renoncer de fait à l'idée «marxiste-léniniste» (imposée par le Komintern et par Staline) selon laquelle ce sont les masses ouvrières urbaines qui sont le fer de lance de la révolution. En 1929, Mao établit dans le Kiang-si une République soviétique chinoise, dont il devient le président (1931). Tchang Kaï-chek et le Kuo-min-tang lançant une offensive contre ce bastion, Mao Tsé-toung entreprend alors avec 30 000 de ses partisans une «Longue Marche» d'une année qui lui fait traverser la Chine du sud au nord (octobre 1934-octobre 1935). Étape décisive : Mao échappe à la capture, redécouvre toute la réalité chinoise, cependant que par leur attitude les partisans communistes démontrent aux paysans des régions parcourues qu'ils ne ressemblent en rien aux soldats d'un seigneur de la guerre : ils ne pillent ni ne tuent ; enfin établissement dans le Chan-si, au nord-ouest de la Chine, d'une république populaire qui sera pendant dix ans (1934-1944) inexpugnable. Ce qui transforme aussi radicalement les perspectives du communisme chinois, ce sont les agressions japonaises en 1931, puis en 1937 avec l'occupation des grandes villes. L'essentiel alors aux yeux des Chinois, c'est la lutte «nationale» contre les Japonais. Les intellectuels, les étudiants, les paysans (Mouvement du 9 décembre 1935) exigent qu'il soit mis fin à la guerre civile et que les Chinois (les communistes et les années du Kuo-min-tang, Mao et Tchang Kaï-chek) se rassemblent pour une politique de «salut national». Or, dans cette lutte contre les Japonais, dans cette politique de «Front national», les communistes se montrent les plus déterminés, alors que le Kuo-min-tang reste le plus souvent inactif, pratiquant sans conviction la lutte antijaponaise, de même que l'unité avec les communistes, ses sympathies allant aux régimes fascistes et nazis considérés comme les plus aptes à lutter contre le communisme.

C'est dans cette guerre nationale que les communistes acquièrent une immense popularité. Mao, en 1940, théorise cette ligne politique, en écrivant *La Nouvelle Démocratie*. Il faut, dit-il, l'alliance révolutionnaire entre ouvriers, paysans, classes moyennes, intellectuels, capitalistes nationaux. Une véritable « union patriotique » doit ainsi être forgée, et la révolution « radicale » – par exemple, dans les campagnes – est renvoyée à une étape ultérieure du processus révolutionnaire. Cette politique permet aux communistes de gagner en influence même si, ici et là, ils doivent subir des revers face aux armées du Kuo-min-tang (ainsi en 1941). Tchang Kaï-chek bénéficie d'ailleurs du soutien des États-Unis et aussi de la reconnaissance par l'U.R.S.S. – traité de non-agression signé avec Moscou en 1941. Il semble bien que Staline n'ait aucune confiance dans ceux qu'il appelle des « communistes de margarine » et, en 1945, il confie encore à un envoyé de Truman (Hopkins, le 28 mai) qu'il « ferait tout ce qui était en son pouvoir pour réaliser l'unité de la Chine sous l'autorité de Tchang Kaï-chek et qu'aucun chef communiste n'était assez fort pour la réaliser lui-même ». Staline feint-il pour « rassurer » les Américains ? C'est peu probable. Et peut-être même souhaite-t-il la victoire du Kuo-min-tang pour garder le leadership du mouvement communiste, comprenant bien qu'il lui serait impossible de « domestiquer » une immense Chine rouge.

Le jeu de Staline

Mais, quand la guerre civile reprend en 1946, à l'initiative du Kuo-min-tang, et malgré l'aide apportée par les États-Unis (le transport des troupes est assuré par l'aviation américaine), il est clair que les communistes sont en situation de l'emporter. La corruption, l'inflation, la soumission aux États-Unis sapent l'autorité du Kuo-min-tang. L'ouverture sans droits de douane aux marchandises américaines fait basculer vers les communistes les « capitalistes nationaux », la bourgeoisie des ports et des villes que cette politique commerciale ruine. La réforme agraire entreprise par les communistes, dès 1947, dans les zones libérées achève de leur rallier les paysans, et l'une après l'autre les armées de Tchang Kaï-chek passent aux communistes. Les grandes villes tombent, presque sans combat, aux mains de l'armée populaire. Les « campagnes » ont vaincu les « villes ».

La conférence consultative, convoquée dès le mois de juin pour donner naissance à la République populaire, vise à rassembler toutes les énergies du pays. Même si la sélection des représentants des nombreux partis, associations, groupes ethniques, professions a été faite par le P.C. (qui compte 7 millions de membres), le souci est de préserver « l'union nationale ». Aux côtés du président Mao, trois des vice-présidents (sur six) ne sont pas communistes. On trouve ainsi la veuve de Sun Yat-sen, le fondateur de la première république chinoise en 1911. Le Conseil des ministres (présidé par Chou En-lai) est composé par moitié de membres qui ne sont pas communistes.

Ainsi la révolution chinoise se présente-t-elle comme une révolution nationale, qui réussit à « sauver le pays » et à lui rendre son unité, brisant les féodalités locales qu'elles soient foncières ou militaires (les seigneurs de la guerre). Le succès de la ligne politique « nationale » révèle la vitalité du vieux fonds national chinois qui s'était exprimé à plusieurs reprises dès le milieu du XIXᵉ siècle (révolte des Taipings, des Boxers, etc.). La révolution communiste et la République populaire sont les héritières de cette longue lutte. Mais, en même temps – alors qu'elle est plus « radicale » –, elle retourne à la Chine, en refusant l'influence occidentale.

Ce n'est pas le moindre des paradoxes : les communistes en Chine restaurent la Chine millénaire.

1950

La guerre de Corée :
quand la « guerre froide » devient brûlante

Du conflit localisé à l'affrontement général

L'affrontement direct entre grandes puissances qui se trouvent à la tête d'un bloc d'alliés ou de nations satellites – ou clientes – se fait rarement d'entrée de jeu. La volonté de guerre générale (surtout dans la deuxième moitié du XXᵉ siècle, quand l'arme atomique met en péril la survie de l'humanité) n'existe pas. Elle est une folie. Mais – et cela se vérifie à d'autres époques de l'histoire – le risque de guerre peut être pris. On veut « tâter » les capacités de réaction de l'adversaire. Dès lors, c'est aux marges des empires que peuvent se produire les confrontations armées, et ce sont des alliés qui, là où il y a zone de contact, se chargent de ces « reconnaissances ». Souvent, d'ailleurs, ces alliés, au contact avec le bloc adverse, prennent eux-mêmes l'initiative, persuadés qu'ils seront soutenus par l'État leader. Quoi qu'il en soit, ces conflits qui se veulent « localisés » peuvent à tout instant s'élargir et, par un phénomène d'escalade, entraîner les « grands » dans la guerre. En toute hypothèse, ils contribuent à détériorer et à tendre le climat international. Les propagandes s'embrasent, les opinions publiques se radicalisent, la course aux armements s'en trouve en général accélérée.

Lorsque, à l'aube du 25 juin, les troupes nord-coréennes franchissent le 38ᵉ parallèle et pénètrent dans la Corée du Sud, on se trouve dans un cas de figure de ce type. En effet, la péninsule coréenne (« l'Empire du matin calme »), annexée par le Japon au début du siècle, est redevenue indépendante : ainsi en ont décidé les Alliés. Mais le 38ᵉ parallèle, ligne fixée d'un commun accord par Américains et Soviétiques pour séparer les zones où ils recevraient, respectivement, la reddition des troupes japonaises, est devenu une frontière séparant deux États, l'un satellite de l'U.R.S.S., l'autre des États-Unis. En 1948, les Républiques de Corée du Nord (en février) et de Corée du Sud (août 1948) ont été proclamées. Ce « partage » d'un pays est significatif de cette période où les « blocs » s'affrontent.

Le 4 avril 1949, le Pacte atlantique a été signé avec son corollaire militaire (l'O.T.A.N.). L'Allemagne fédérale est créée en mai. Et, en juillet 1949, le Saint-Office « excommunie » les communistes. L'atmosphère a donc bien des tonalités de « croisade ». L'action d'un camp entraîne immédiatement une réponse : en octobre 1949 est créée la République démocratique allemande. Et, au succès que représente en septembre 1949 la proclamation de la République populaire de Chine, s'ajoute l'annonce de la première explosion atomique soviétique (juillet 1949). Ce qui rétablit l'équilibre des forces, mais déclenche une nouvelle course aux armements : dès le mois de janvier 1950, Truman décide de mettre en route la fabrication de la bombe H (à hydrogène). La situation internationale est donc tendue. L'U.R.S.S. quitte même le Conseil de sécurité de l'O.N.U. où la majorité, guidée par les États-Unis, refuse d'admettre la Chine populaire. Un pacte d'amitié sino-soviétique est signé en février 1950. C'est dans ce contexte que les Coréens du Nord – sans doute sans consulter les Soviétiques ni les Chinois, mais ce n'est qu'une hypothèse – attaquent la Corée du Sud du président Syngman Rhee le 25 juin. Les Américains ont quitté le pays en 1949 et la Corée du Sud ne fait pas partie du périmètre de défense américain. Le succès militaire rapide des Nord-Coréens peut donc leur permettre de penser que les Américains n'interviendront pas. Or le président Truman ordonne, dès le 27 juin, l'intervention des forces aériennes et navales américaines. Pour sa part, le Conseil de sécurité de l'O.N.U. invite les États membres à se porter au secours de la Corée. Enfin, le 30 juin, le président Truman ordonne l'intervention des forces terrestres américaines et le blocus des côtes coréennes. Le général MacArthur, commandant américain en Extrême-Orient, a la maîtrise des opérations.

C'est la première fois que les troupes de l'un des grands sont engagées directement pour affronter un allié de l'autre grand. L'opinion internationale, dans le déferlement des propagandes et des images de guerre, a le sentiment que le monde côtoie le gouffre de la Troisième Guerre mondiale. Les conséquences en sont multiples. Les partis communistes animent une opération résolue sur le thème de la défense de la paix : les partisans de la paix diffusent partout l'*Appel de Stockholm* (mars 1950) qui proscrit l'utilisation des armes atomiques ; la « colombe » dessinée par Picasso devient le symbole de cette intense propagande à l'échelle mondiale. En Europe, face au danger de guerre, on envisage le réarmement de l'Allemagne, et, pour l'encadrer, le Français René Pleven lance l'idée d'une armée européenne (octobre 1950). Pour sa part, le Conseil atlantique décide la création d'un quartier général en Europe (S.H.A.P.E.), et le nombre des divisions de l'O.T.A.N. – avec armement standardisé sur le modèle américain – doit passer de 19 à 69 en trois années (octobre 1950).

Cependant, en Corée, les troupes américaines ont réussi à refouler les Coréens du Nord et franchissent le 38e parallèle, prenant la capitale Pyongyang le 19 octobre 1950. Chou En-lai, au nom de la Chine populaire, avertit que les Chinois ne resteront pas inactifs et, le 26 novembre, 300 000 soldats chinois bousculent les troupes américaines, les contraignant à une évacuation par mer (décembre 1950).

Désormais, deux grandes puissances, les États-Unis et la Chine, sont directement aux prises, et toute escalade (par exemple une attaque américaine contre les « sanctuaires » chinois : c'est ce que propose le général MacArthur, prêt à prendre le risque d'une guerre généralisée, mais sûr, dit-il, de la passivité soviétique) peut entraîner l'intervention des Soviétiques liés aux Chinois par un traité d'amitié.

Bataille idéologique et tension internationale

C'est dire que la tension internationale est à son comble. Dans chaque pays, les camps s'affrontent. Des volontaires français (un bataillon) combattent en Corée, mais les communistes dénoncent les États-Unis. Cependant qu'une violente bataille « idéologique » (sur l'existence d'un système concentrationnaire en U.R.S.S.) se livre à Paris (procès David Rousset contre *Lettres françaises*, avec de très nombreux témoins soviétiques, évadés ou rescapés des camps russes).

Sur le terrain, après avoir pris la capitale de la Corée du Sud, les Nord-Coréens sont lentement refoulés vers le 38e parallèle par les troupes des Nations unies. Le 38e parallèle est atteint le 25 mars 1951.

C'est le moment décisif de la guerre. Faut-il rechercher l'écrasement total des Coréens ou des Chinois ou bien admettre la partition de la Corée en deux États ?

En destituant le général MacArthur de ses fonctions (11 avril 1951), le président Truman choisit la voie de la prudence et montre que les États-Unis se refusent à prendre le risque d'un conflit généralisé avec la Chine et l'U.R.S.S. Les alliés européens des U.S.A. – et d'abord la Grande-Bretagne – ont pesé dans ce sens. Le 12 avril, Truman confirme que, si les États-Unis résisteront à toute agression, ils veulent aussi empêcher l'extension du conflit.

Le risque majeur est passé. Mais la guerre de Corée dans cette phase extrême a montré la fragilité d'une situation internationale dominée par la guerre froide.

Chemins pour l'Europe unie :
la Communauté européenne du charbon
et de l'acier et celle de la défense

On ne décrète pas la date de naissance des nations, encore moins celle de leur disparition. Elles surgissent et disparaissent au terme de processus complexes s'étendant sur de longues périodes, et leurs caractéristiques, leurs singularités s'inscrivent dans les mœurs, les coutumes, les paysages et les esprits. Leurs langues, diverses, résument leurs personnalités de collectivités qui, le plus souvent, résistent au temps. La voie par laquelle des groupes (nations, ou villes-républiques, etc.) s'unissent est en général, dans l'histoire, celle de la force. La conquête au terme de guerres, les déportations, les génocides, les regroupements, etc., bâtissent dans le sang et les larmes les nouvelles unités, laissant toujours des poches de résistance. Il y a dans ces modalités d'unification un vainqueur et des vaincus. Et l'entité, surgie des combats, n'est ressentie comme telle par les populations qui la composent que lorsque, ensemble, elles ont subi, à leur tour, la violence qui unifie. C'est le regard extérieur, l'agression, la menace qui – dans l'histoire – permettent à un groupe de se reconnaître différent.

L'union contre les dangers

C'est bien de la menace extérieure que naît, dans les années 1950, en France, la volonté chez certains hommes politiques (Jean Monnet, Robert Schuman, René Pleven) de créer une Communauté européenne, capable de résister au danger soviétique. C'est la conscience aussi qu'il faut en finir avec la meurtrière querelle franco-allemande et arrimer l'Allemagne de l'Ouest (la République fédérale d'Allemagne est née le 5 mai 1949, la République démocratique allemande à l'est le 7 octobre 1949) au bloc atlantique (le Pacte est du 4 avril 1949).

Lorsque, le 18 avril 1951, est signé à Paris le traité instituant une Communauté européenne du charbon et de l'acier, une étape importante est franchie. Le processus a été lancé un an auparavant par le ministre des Affaires étrangères français R. Schuman. Et c'est la plus ambitieuse initiative de la diplomatie française de l'après-guerre. Ce plan, élaboré par Jean Monnet, prévoit de «placer l'ensemble de la production franco-allemande de charbon et d'acier sous une haute autorité commune dans une organisation ouverte à la participation des autres pays d'Europe». C'est une suite logique du plan Marshall (1947) qui a considéré pour la première fois l'Europe comme un tout. Cet *European Recovery Program* a donné naissance à l'Organisation européenne de coopération économique (O.E.C.E.), à l'Union européenne de paiement (U.E.P.). Schuman et Monnet veulent aller plus loin : amorcer dans le secteur du charbon et de l'acier une coopération et une intégration, et poser les bases de la future fédération politique de l'Europe en créant une «autorité supranationale à compétence limitée mais à pouvoirs réels». «L'Europe, dit Robert Schuman, ne se fera pas d'un coup ni dans une construction d'ensemble : elle se fera par des réalisations concrètes, créant d'abord une solidarité de fait.»

Six pays (Allemagne, Italie, Luxembourg, Pays-Bas, Belgique, France) vont accepter les bases de ce «traité de Paris» du 18 avril 1951 et constituer l'Europe des Six ou Petite Europe.

Explicitement, les Six font de la C.E.C.A. une première étape vers une unité européenne. L'autorité supranationale et indépendante des gouvernements a des pouvoirs étendus et peut imposer ses décisions. Cette Haute Autorité sera assistée d'un Comité consultatif (producteurs, travailleurs, consommateurs) et contrôlée par une Assemblée parlementaire européenne (siégeant à Strasbourg) et composée de représentants des parlements des six pays. Une Cour de justice européenne (sept juges nommés pour six ans) assure le contrôle juridique et enregistre les plaintes contre les manquements au traité. Ce traité de Paris entre en vigueur le 25 juillet 1952.

Il est donc une pièce essentielle de la « construction européenne » qui se veut à la fois pragmatique et déterminée, progressant à la « base » par la création de liens économiques qui favorisent l'intégration. Une sorte de *Zollverein*, étendu aux domaines de la production.

Mais, dans le même esprit, et durant la même période (cruciale : les « blocs » s'agglomèrent, se soudant ainsi en réponse à l'O.E.C.E.) est créé en janvier 1949, à Moscou, le Conseil d'assistance économique mutuelle (*Comecon*), l'idée de créer, dans le domaine militaire, l'équivalent de la C.E.C.A. est lancée, dès le mois d'octobre 1950, par René Pleven qui annonce un « Plan d'armée européenne ». Les objectifs en sont parallèles : éviter une « autonomie » allemande – ici un réarmement allemand que souhaitent les États-Unis qui font davantage confiance, depuis 1940, à l'armée allemande qu'à l'armée française –, répondre à la menace soviétique en commun. Il s'agirait donc de créer une Armée européenne intégrée sous des commandements supranationaux. Une violente opposition se dresse en France (communistes et gaullistes) contre cette perspective, à la fois par hostilité au réarmement allemand et par souci de préserver l'indépendance militaire du pays. Mais le plan Pleven accueille une majorité de votes à l'Assemblée (24 octobre 1950).

L'étape suivante, décisive, est la signature, le 27 mai 1952, du traité de Paris instituant la Communauté européenne de défense (C.E.D.). Il intervient le lendemain de la signature des accords de Bonn (26 mai 1952) qui mettent fin au régime d'occupation en Allemagne et rendent à la République fédérale l'égalité des droits avec les partenaires occidentaux.

La C.E.D. (qui regroupe les six pays de la Petite Europe et de la C.E.C.A.) prévoit des institutions supranationales (Assemblée élue, Conseil) et une armée européenne intégrée avec un budget commun. Toute agression contre l'un des États membres est considérée comme agression contre les cinq autres partenaires.

La querelle de la C.E.D.

Ce traité, d'une importance majeure, car il lie sur le terrain essentiel de la défense les Six et se trouve ainsi compléter celui de la C.E.C.A., est ratifié par les cinq partenaires de la France. Mais il a déclenché en France une polémique où se retrouvent, côte à côte, non seulement les gaullistes et les communistes, mais aussi des socialistes et des radicaux. Cette « querelle » de la C.E.D. devient ainsi une ligne de clivage de l'opinion et des milieux politiques, entre Européens déterminés, partisans de la supranationalité, et nationalistes à l'autre extrémité, et ceux qui ne veulent concéder que des abandons limités de prérogatives nationales.

C'est le gouvernement Pierre Mendès France qui, en 1954, aura à trancher. Le président du Conseil n'a pas pris lui-même position, composant son cabinet de partisans et d'adversaires de la C.E.D. Il a élaboré un compromis, proposant pour une période de huit années la suspension de la clause de supranationalité. Le compromis est rejeté à la fois par les ministres gaullistes de son cabinet qui démissionnent (Chaban-Delmas) et par les partenaires européens de la France (conférence de Bruxelles, 22 août 1954). Le 30 août, le traité de la C.E.D., dont la France avait pris l'initiative, est refusé par l'Assemblée nationale.

La construction européenne bute ainsi sur un obstacle majeur. Le réarmement allemand se fera (accords de Londres et de Paris, octobre 1954). Mais le cadre national n'a pu, dans le domaine essentiel et symbolique de la défense, être brisé.

1952

Les États-Unis et le défi de la puissance : l'élection du général Eisenhower

Être une grande puissance – et *a fortiori* la plus grande puissance mondiale – impose des devoirs – s'il y a d'immenses avantages – qui peuvent peser lourd sur la vie d'une nation. L'engagement inéluctable – direct ou indirect – dans tous les secteurs du monde exige une mobilisation d'une part importante des ressources (armements, aides, etc.), ce qui a des effets sur l'économie : positifs et négatifs. La rivalité avec une autre grande puissance et la confrontation idéologique entraînent un raidissement des comportements, qui peut se traduire par une « chasse aux sorcières », la conviction qu'il faut adhérer à toutes les valeurs du pays sous peine de le trahir. La « démagogie », le « populisme » trouvent ainsi de nouveaux moyens de s'exprimer. S'il y a « guerre froide » à l'extérieur, elle ne peut qu'avoir des répercussions à l'intérieur du pays qui y est impliqué. La « détente », au contraire, est aussi baisse des tensions sur le front intérieur. En outre, puisque le statut de grande puissance est aussi dépendant de la dimension économique de la puissance et que l'économie est mondiale, une nation de cette taille et de ce rôle recherche le contrôle de ses sources de matières premières, mais a aussi une stratégie mondiale en matière économique. Enfin, elle ne peut se désintéresser des évolutions politiques dans des pays dits secondaires : chacun doit rester dans l'un des camps. Et la grande puissance peut jouer le rôle de « gendarme », intervenant militairement ou souterrainement ici et là, pour modifier le choix d'une nation.

Ce sont des éléments qui expliquent – outre son grand prestige personnel – l'élection à la présidence des États-Unis, le 8 novembre 1952, du candidat républicain, le général Dwight Eisenhower.

La fin de la domination démocrate

La victoire d'Eisenhower intervient en effet après une très longue période de domination démocrate (1932-1952), la majorité démocrate au Congrès ayant été perdue dès 1947, ce qui ne s'était pas produit depuis 1930. Ces échecs démocrates sont aussi une rupture avec le *New Deal*, le progressisme rooseveltien. Et les glissements ont eu lieu dès la présidence de son successeur Harry Truman (1945-1952). En effet, Truman, s'il veut prolonger dans un « Fair Deal » l'œuvre de réforme sociale entreprise par le New Deal (notamment dans le domaine de la Sécurité sociale, puis à propos des droits civiques), se trouve bloqué par un Congrès républicain (à partir de 1947) et des démocrates en fait très conservateurs. C'est qu'il y a contradiction réelle entre cette extension de l'État-Providence et la guerre idéologique conduite contre le communisme. Les adversaires du *New Deal* et du *Fair Deal* ont beau jeu de présenter ces mesures comme du « socialisme ». Or Truman est le président de la guerre froide. Pacte atlantique, blocus de Berlin, guerre de Corée : il fait face avec sa politique de *containment*, ne se laissant pas entraîner au-delà (il limogera en avril 1951 MacArthur qui envisage d'attaquer durant la guerre de Corée les sanctuaires chinois), mais, sur le plan intérieur, il est conduit à développer un anticommunisme militant, qui est la traduction de sa politique extérieure et aussi un moyen de répondre aux critiques de ceux qui l'accusent de « socialisme » en matière de *Fair Deal*, et définit sa politique comme un anticommunisme social. Et le plan Marshall en sera la traduction internationale. l'Europe ne peut échapper au communisme que si elle retrouve les chemins de l'abondance. Et il faut lui consentir des prêts pour cela.

Cette politique d'aide correspond aussi à une politique d'expansion économique : dans les années 1950, les grandes sociétés américaines commencent à investir systématiquement à l'étranger. Les États-Unis tirent de l'étranger la plus grande partie des denrées et des matières premières qui sont nécessaires à leur production et à leur consommation. Ils fabriquent à l'extérieur une grande partie des produits manufacturés. Et cette politique d'investissement double leur politique extérieure qui vise à « contenir », à « endiguer » la menace soviétique, mais aussi à protéger les intérêts américains – politiques certes, mais aussi économiques.

Ainsi, en août 1953, la C.I.A. organise la chute du leader nationaliste iranien Mossadegh, qui a nationalisé l'*Anglo-Iranian Petroleum*. Quand le complot aura réussi, les États-Unis représenteront 40 % des intérêts pétroliers de l'*Anglo-Iranian*. En juin 1954, le Guatemala connaîtra un sort identique. Le nationaliste-progressiste Arbenz sera renversé pour avoir eu l'intention de nationaliser 90 000 hectares de l'*United Fruit*.

La « chasse aux sorcières »

Or, malgré cet activisme anticommuniste, tant sous Truman que sous Eisenhower, malgré la prospérité qui est aussi le fruit de la tension internationale, l'Amérique traverse une crise de conscience. Une sorte de « grande peur » saisit le pays à l'initiative du sénateur du Wisconsin Joe McCarthy. En février 1950, il lance des accusations contre le Département d'État soupçonné d'être le siège d'une conspiration communiste. La « chasse aux sorcières », la chasse aux « rouges », se répand dans tout le pays dans un véritable climat d'hystérie, touchant les milieux intellectuels (écrivains, scénaristes, cinéastes), faisant naître un climat de délation. D'anciens collaborateurs de Roosevelt, comme Alger Hiss, sont accusés d'être des agents soviétiques. L'opinion se persuade que seule la trahison a pu permettre aux Soviétiques de fabriquer la bombe atomique, puis, après que les États-Unis eurent fait exploser la bombe à hydrogène (1er novembre 1952), la bombe H (l'explosion soviétique a lieu en juin 1953, moins d'un an après).

Les étrangers qui s'étaient réfugiés en Amérique durant la guerre, notamment les savants, deviennent suspects. Un couple, Julius et Ethel Rosenberg, est accusé et, malgré une campagne internationale de protestation, ils sont électrocutés (juin 1953). Au printemps de 1954, Robert Oppenheimer est exclu de la Commission de l'énergie atomique pour, en 1950, s'être opposé à la fabrication de la bombe H.

Autour des années 1950 (jusqu'en 1955), l'Amérique est ainsi en proie au maccarthysme, rares étant les hommes politiques ou les journalistes qui osent s'attaquer au grand inquisiteur. McCarthy rencontre en effet l'appui des couches les plus conservatrices qui estiment que, depuis Roosevelt, l'Amérique vit une révolution ; mais il touche aussi les Américains des couches moyennes, les fermiers qui se sentent exclus de l'élite du pays, anglo-saxonne, intellectuelle, protestante, installée dans le nord-est du pays. Habilement, McCarthy fait du «populisme», et sa grossièreté, son sectarisme séduisent les éléments les plus rétrogrades de la société.

C'est en même temps ce courant d'opinion qui crée les conditions d'un glissement à droite de la société américaine, et favorise ainsi l'élection du républicain Eisenhower qui va l'emporter facilement par 34 millions de voix contre 27 au démocrate Adlai Stevenson.

Mais cette élection à «droite» – et aussi l'équilibre de la terreur atomique désormais établi entre États-Unis et U.R.S.S., ainsi que la démonstration de la volonté américaine de répondre à toute agression – va permettre d'envisager différemment les relations internationales.

Eisenhower ne peut être soupçonné de faiblesse à l'égard de Moscou, où d'ailleurs, puisque Staline vient de mourir (1953), souffle un vent moins glacial.

1953

Les deux morts du maréchal Staline

La mort d'un dictateur qui concentrait en ses mains tous les pouvoirs ne peut qu'ébranler les sommets de l'État. Chacun dans son entourage dépend de son bon vouloir. Sa disparition oblige à des alliances des uns contre les autres afin d'éviter que le choc de la mort du « grand leader » ne se propage dans la société elle-même et ne provoque des troubles qui remettraient en cause le régime lui-même. Mais cette « solidarité » qui s'affirme ne peut être durable. Le problème de la succession se pose toujours et il faut liquider les « comptes » qui, des années durant, tant que le dictateur gouvernait, n'ont pu être apurés. Des rivalités inexpiables surgissent donc rapidement, conduisent à écarter – ou à assassiner – tel proche du dictateur dont on craint l'ambition. Puis, parce que la vérité du règne qui vient de s'achever fuse de toutes parts, que les problèmes sont là, on en vient, prudemment d'abord, puis de plus en plus vite, à remettre en cause le dictateur lui-même. C'est alors qu'intervient « la deuxième mort » du tyran. Il n'est plus le dirigeant bien-aimé, mais l'homme qui a été responsable de tous les crimes et de toutes les erreurs. Ainsi ses complices, encore au pouvoir, ainsi le fonctionnement du régime ne sont-ils pas mis en cause. On dénonce celui que l'on a vénéré pour mieux perpétuer les principes mêmes du pouvoir qu'il incarnait. Mais cette critique publique après l'adulation fait naître dans la société des forces qu'il est difficile de maîtriser. Un processus est engagé, inéluctablement. La mort, par elle-même, dit bien que le temps passe et que rien n'est éternel.

La mort de « Dieu » ou du « Diable »

La mort de Staline, le 5 mars 1953, a ainsi des répercussions considérables. Jamais en effet, au XXᵉ siècle – et peut-être dans l'histoire –, un homme n'avait régné de manière aussi absolue sur un aussi grand nombre d'hommes. Son « culte », depuis la victoire sur le nazisme en 1945, est célébré partout : y compris hors des frontières de l'U.R.S.S. La « détente » idéologique rendue nécessaire par les conditions de la « grande guerre patriotique » a été annulée par une reprise en main. On lutte contre le « cosmopolitisme bourgeois », on exalte – et on récrit – l'histoire de la Russie comme une préface de l'histoire soviétique. Et l'on voit ressurgir l'antisémitisme, cependant que Jdanov, maître de l'idéologie, « gouverne » les intellectuels et les savants. Et que des aberrations scientifiques (ainsi les théories génétiques de Lyssenko) sont présentées comme des vérités. La guerre froide accentue cette dictature sur les esprits et la justifie. Au XIXᵉ congrès du parti en octobre 1952, la toute-puissance de Staline est réaffirmée, magnifiée à l'égal d'un Dieu vivant. Mais, dès les jours suivants, divers signes semblent annoncer qu'une purge d'une ampleur sans précédent est en préparation. Le 13 janvier 1953, on annonce l'arrestation de neuf médecins – dont plusieurs Juifs – animateurs, dit-on, d'un « complot des blouses blanches » destiné à assassiner Staline. La paranoïa stalinienne, la liquidation de générations comme méthode de gouvernement et de renouvellement des « cadres » du parti semblent ainsi se manifester à nouveau. Mais Staline meurt le 5 mars. Trotski, à la veille de son assassinat en 1940, avait écrit : « Une explication historique n'est pas une justification. Néron lui aussi fut un produit de son temps. Néanmoins, après qu'il eut disparu, ses statues furent brisées et son nom partout effacé. La vengeance de l'Histoire est plus terrible que celle du secrétaire général le plus puissant. J'ose penser que c'est consolant. »

Dès le lendemain de la mort de Staline, on revient à des

formes de direction collective : Malenkov – bientôt remplacé par Khrouchtchev – est assisté de Béria, Boulganine, Kaganovitch et Molotov. Le choc de la mort est immense : scènes de désespoir à Moscou ; deuil chez les communistes du monde entier. Mesures militaires prises par les successeurs. Une « détente » se produit aussi : les médecins du « complot des blouses blanches » sont libérés. Et, dès la fin juin, Béria, l'homme de la police et du système concentrationnaire, est arrêté, puis exécuté (ou assassiné). C'est que la mort de Staline est le début de la fin de la peur. Le 17 juin 1953, à Berlin-Est, des milliers d'ouvriers se mettent en grève et occupent les usines et les bâtiments publics. L'armée soviétique doit intervenir. Berlin-Est est placé en état de siège. Cette fissure dans l'image d'un régime « socialiste » qui intervient quelques semaines après la mort de Staline est un signal. En U.R.S.S. même, les détenus des camps de travail, notamment à Vorkouta, se rebellent en juillet, se mettant en grève. Et le mouvement bien que réprimé par l'armée s'étend à d'autres camps du système concentrationnaire soviétique. En Hongrie, le 4 juillet, le dirigeant « stalinien » Rakosi est remplacé par le communiste plus modéré Imre Nagy, qui décide l'arrêt de la collectivisation forcée. Dans les pays satellites – et notamment en Hongrie et en Pologne – les critiques, venues des milieux intellectuels, sont générales contre la « société stalinienne », et de nombreuses publications dénoncent la dégénérescence du « parti stalinien ». Un processus de « déstalinisation », de critique du « culte de la personnalité » est ainsi mis en route. Il trouve son expression la plus spectaculaire au cours du XXe congrès du parti communiste soviétique qui s'ouvre le 14 février 1956. Khrouchtchev, dans un « rapport secret » (qui parviendra en Occident), dénonce la personnalité de Staline, se référant d'emblée au Testament de Lénine qui en dénonçait les caractéristiques. Il parle de ses crimes contre les dirigeants bolcheviques innocents, puis met en cause les erreurs stratégiques de Staline dans la conduite de la guerre. Bref, tout ce qui était célébré comme les mérites de Staline est effacé, et c'est le visage d'un tyran qui apparaît. Dès le mois de mars, la presse soviétique se mettra à attaquer Staline, et, en Occident comme dans les démocraties populaires, le *Rapport secret* est connu et marque le début d'une crise radicale du système communiste, dans les faits et dans les consciences.

Les conséquences du XXe congrès

Dès lors, les événements se succèdent. Le Kominform est dissous le 17 avril 1956. Et le dirigeant communiste italien Togliatti affirme que l'époque est au « polycentrisme » du mouvement communiste et non plus à son unité sous la direction soviétique. En Pologne, des émeutes ouvrières à Poznan (juin 1956) se soldent par plus de 50 morts. En octobre, au cours de négociations dramatiques avec les Soviétiques, les communistes polonais convainquent leurs interlocuteurs de laisser le communiste Gomulka plus « national » prendre la direction du parti. En Hongrie, au contraire, on assiste à une véritable révolution à la fois populaire, nationale et anticommuniste. Les troupes soviétiques l'écraseront (en novembre) après que le communiste Imre Nagy (il sera fusillé) a décidé de retirer son pays du Pacte de Varsovie et affirmé la neutralité de la Hongrie.

L'un des premiers gestes des insurgés hongrois avait été de renverser à Budapest la statue de Staline. Ils ont dans des millions de consciences (celles de nombreux intellectuels notamment) brisé le mythe de l'U.R.S.S. et du « communisme ».

La mort de Staline et ses suites immédiates sont bien un moment tournant de l'histoire du XXe siècle.

1954

Mendès France au pouvoir :
la fin de la guerre d'Indochine

La Seconde Guerre mondiale a définitivement ébranlé le système colonial. Trois séries de causes ont joué. D'abord l'affaiblissement des grandes puissances « impériales » (France, Angleterre, Pays-Bas, etc.), emportées elles aussi dans le déclin de l'Europe et pour certaines d'entre elles (la France notamment) vaincues et humiliées, occupées. Puis le rôle croissant des « concurrents » mondiaux, États-Unis et U.R.S.S., qui, sous des angles différents et avec des idéologies opposées, n'en tiennent pas moins à remplacer là où c'est possible, et dans des formes nouvelles, les anciennes puissances coloniales. Enfin, et c'est le fait décisif, les peuples coloniaux se sont dressés contre leurs colonisateurs dans un mouvement irrésistible qui prend ses racines des décennies auparavant – et qui est concomitant à la colonisation même – mais qui se déploie dès les années 1940, à cause de « la guerre civile » en Europe, et des « idéaux » que la « croisade des démocraties » contre le nazisme met en avant. Ce mouvement trouve aussi un élan supplémentaire dans le rayonnement du régime soviétique durant la Seconde Guerre mondiale et dans la victoire de la « révolution chinoise » en 1949. Il n'est pas jusqu'aux succès du Japon contre les États-Unis et les autres puissances « blanches » entre 1941 et 1943 qui n'aient joué leur rôle en Asie.

La « sale guerre »

Tenir des « colonies » à bout de bras devient ainsi pour une puissance comme la France, à moyen terme, une impossibilité. La guerre qu'elle conduit en Indochine le démontre. L'occupation japonaise de l'Indochine, la formation, autour de Hô Chi Minh, d'unités communistes (en 1945, Hô Chi Minh constitue un gouvernement), n'ont pas empêché la réoccupation de Saigon par les Français, en septembre 1945, ni le débarquement de troupes françaises au Tonkin (mars 1946). Les tentatives d'accord (Hô Chi Minh-Sainteny, en 1946) se soldent par un échec : le bombardement de Haiphong par la marine française fait plusieurs milliers de morts (novembre 1946). En décembre, c'est l'insurrection du Viêt-minh contre les Français à Hanoi. La guerre d'Indochine est commencée. Elle va se poursuivre dans des conditions de plus en plus difficiles pour les Français qui tentent de faire naître un État vietnamien indépendant, membre de l'Union française (avec à sa tête Bao-Dai : mars 1949). La victoire des communistes chinois change en fait les conditions de la guerre. Le Viêt-minh, adossé à la République populaire de Chine, remporte des victoires militaires : Cao Bang, Langson, Hoa Binh (1950), cependant que la guerre de Corée et la guerre froide font espérer aux milieux français une aide militaire – directe ou indirecte – des États-Unis. Devant les offensives vietminh qui se succèdent en direction du Cambodge et du Laos, des parachutistes français s'installent dans la cuvette de Diên Biên Phû, contre laquelle le Viêt-minh déclenche l'assaut au mois de mars 1954. Les appels aux États-Unis pour des bombardements de soutien (certains dirigeants français, dit-on, pensent même à une attaque atomique !) sont repoussés. Et, le 7 mai 1954, la place de Diên Biên Phû tombe avec de nombreux prisonniers. L'obstination de la politique indochinoise de la France aboutit ainsi à une défaite militaire qui n'entache en rien l'honneur des armes (la place a été submergée et ne s'est pas rendue) et qui, si elle ne rompt pas l'équilibre militaire, a un immense retentissement psychologique. La guerre est impopulaire. Les milieux militaires considèrent que le régime (la IVᵉ République) ne leur a pas donné les moyens de la gagner et qu'ils se sont sacrifiés inutilement. Et le gouvernement dirigé par Laniel, à terme, est condamné, d'autant plus que Hô Chi Minh fait connaître ses propositions pour une négociation avec la France. La mort de Staline (mars 1953), la signature d'un armistice en Corée (juillet 1953) créent un climat favorable à la négociation. Dans le cadre de la conférence de Genève qui réunit les grands États.

L'investiture par l'Assemblée nationale (le 18 juin 1954) de Pierre Mendès France qui symbolise depuis plusieurs années la rigueur, la volonté de paix en Indochine, une politique dynamique et rénovatrice, le refus aussi de se laisser enfermer dans une politique dépendant des communistes (il refuse de comptabiliser les voix communistes dans sa majorité), le soutien que lui apporte tout un courant moderniste dans l'opinion (l'hebdomadaire *L'Express* avec Jean-Jacques Servan-Schreiber crée un mythe P.M.F.) rendent possible la conclusion d'un accord à Genève avec le Viêt-minh dès le 20 juillet 1954. Mendès France obtient la frontière du 17ᵉ parallèle entre les deux États qui se partagent l'Indochine. L'accord est positif, mais il consacre aussi la vanité d'une politique française qui a, durant huit ans, coûté 3 000 milliards de francs et 92 000 morts (dont 19 000 soldats de la métropole) et 144 000 blessés. Dans la foulée de ces accords, Mendès France se rend à Tunis (discours de Carthage le 31 juillet) afin de proclamer l'autonomie interne de la Tunisie et rendre ainsi la transition – vers l'indépendance – pacifique. Son gouvernement, composé de gaullistes (Chaban-Delmas), de personnalités (François Mitterrand), de radicaux et de M.R.P., tente sous son impulsion de créer un style : Mendès France, à la manière de Roosevelt, s'adresse par-dessus les leaders de partis à l'opinion. Il veut revitaliser la IVᵉ République, en donnant au président du Conseil une autorité qu'il a perdue. Ce qui suppose l'appui sur l'opinion et suscite les réserves des leaders parlementaires qui se sentent ainsi débordés. En même temps, Mendès France ne s'engage pas à fond sur les grandes questions européennes : laissant l'Assemblée renvoyer la Communauté européenne de défense. Son souci est, à l'aide de «pouvoirs spéciaux d'ordre économique et financier» (obtenus en août 1954), de redresser l'économie française. Cet effort de rénovation – le style politique, les initiatives en direction de l'opinion –, Mendès France le poursuit en tentant d'obtenir le soutien des socialistes et en cherchant la caution du général de Gaulle, dont il avait quitté le gouvernement dès avril 1945, en désaccord sur la politique économique et financière. De Gaulle se montre sceptique quant à la possibilité dans le cadre du régime de redresser la situation française.

Mendès France, bouc émissaire

En effet, les oppositions à Mendès France sont fortes. Sa méthode de gouvernement irrite le milieu politique. On l'accuse (affaire des fuites) d'avoir préparé l'opinion par la «fuite» de documents militaires secrets à la paix en Indochine. Pour les milieux nationalistes et certains militaires, il symbolise «l'abandon»; pour les communistes, l'homme qui, s'il a renoncé à la C.E.D., a accepté les accords de Londres et de Paris (octobre 1954) qui marquent le réarmement allemand dans le cadre de l'O.T.A.N.

Enfin, Mendès France doit faire face, à compter du 1er novembre 1954, au déclenchement de la guerre d'Algérie, ce véritable cancer de la vie politique française. Il ne mesure pas son importance, affirmant le 12 octobre : «Les départements d'Algérie constituent une partie de la République française. Ils sont français depuis longtemps et d'une manière irrévocable.»

Malgré cette déclaration, c'est lors d'un débat sur l'Afrique du Nord (5 février 1955) que Mendès France est renversé. Accusé d'avoir, par sa politique libérale à l'égard de la Tunisie, encouragé l'insurrection en Algérie.

Il est clair, à sa chute, que le régime ne peut plus trouver en lui-même les éléments de sa survie. Le meilleur de ses hommes politiques vient d'être éliminé.

1955

La voix des peuples pauvres et innombrables : la conférence de Bandung

Le XXe siècle est celui de la mondialisation. Les deux conflits qui le rythment sont mondiaux et les belligérants européens, puissances impérialistes pour la plupart d'entre elles, font appel aux colonisés pour combattre sur le sol du vieux continent ou pour mener ici et là leurs opérations de guerre (en Chine ou en Indochine, par exemple). Ces « échanges », joints à l'affaiblissement de l'Europe, à la faillite morale que représente, dans la Seconde Guerre mondiale, l'holocauste (et plus généralement la guerre elle-même), achèvent de faire prendre conscience aux peuples colonisés et dépendants qu'ils ont en commun des intérêts, qu'ils forment à la fois une immense réserve humaine – des peuples prolifiques et innombrables – et une zone de pauvreté. Que, de ce fait, même quand est brisé le joug colonial, ils ne pèsent pas dans l'histoire du monde, dont ils sont pourtant partie prenante. Ils découvrent aussi, à l'heure où le monde se divise en deux blocs hostiles, qu'ils forment un « tiers monde » (l'expression date des années 1955, et est inventée par deux Français, Alfred Sauvy et Georges Balandier) aux intérêts propres et qui ne devrait pas se laisser entraîner dans des conflits qui concernent d'abord les puissances développées de l'hémisphère Nord.

La « longue marche » des peuples pauvres

Ce sentiment de représenter un monde à part ayant des intérêts communs s'est renforcé tout au cours du XXe siècle, et ses premières manifestations sont anciennes, liées à la Première Guerre mondiale et à la Révolution russe (conférence des peuples d'Orient à Bakou – août 1920 –, congrès d'Irkoutsk – décembre 1921 ; conférence des peuples d'Asie de Nagasaki – été 1926 –, des peuples opprimés de Bruxelles – 1927 –, etc.). En 1947, Nehru, à New Delhi, déclare à la Conférence des relations asiatiques : « Nous, Asiatiques, avons été trop longtemps confinés au rôle de solliciteurs dans les cours des chancelleries occidentales. Tout cela doit appartenir maintenant au passé. Nous souhaitons tenir sur nos propres jambes et coopérer avec tous ceux qui y sont disposés. Nous n'entendons pas être le jouet des autres. »

À l'O.N.U. déjà, à partir de 1949, les puissances afro-asiatiques se réunissent régulièrement pour tenter de défendre des positions indépendantes des grandes puissances.

C'est avec cette volonté d'indépendance que cinq pays (Inde, Ceylan, Pakistan, Indonésie, Birmanie) décident en 1954 de convoquer, pour les 17 et 24 avril 1955, une conférence des pays afro-asiatiques, à Bandung. Elle réunira vingt-cinq pays, dont la Chine et le Viêt-nam du Nord (mais aussi celui du Sud). L'Indien Nehru, l'Indonésien Sukarno, le Premier ministre de Chine Chou En-lai, et l'Égyptien Gamal Abdel Nasser sont les personnalités qui dominent cette assemblée, ressentie par tous les participants comme des « états généraux » des peuples les plus pauvres : les vingt-cinq pays en effet représentent environ 55 % de la population mondiale, mais seulement 8 % du revenu mondial ! Malgré leurs divergences (les vingt-cinq se divisent entre ceux qui appartiennent au bloc de l'Ouest et ceux qui sont proches de l'U.R.S.S.), tous ont le sentiment qu'une voix nouvelle et forte se fait entendre dans le concert des nations : celle des « sous-développés ». Qu'il fallait aussi aider une Afrique encore colonisée à s'émanciper, alors que les nations d'Asie, bien qu'enfoncées dans la misère, avaient conquis leur indépendance. C'est pourquoi, dans les résolutions, cette assemblée des peuples afro-asiatiques condamne le racisme de l'Afrique du Sud, et affirme son soutien à la lutte des Arabes contre Israël et à celle de l'Algérie, de la Tunisie et du Maroc pour leur indépendance. Elle marque la solidarité avec l'Afrique noire encore soumise. La conférence s'affirme ainsi clairement «anticolonialiste» (avec une pointe antifrançaise très nette) et ce poids du tiers monde pèsera, à n'en pas douter, sur la conclusion de luttes anticoloniales, par le biais de l'opinion publique mondiale, ou le poids des résolutions de l'O.N.U.

L'anticolonialisme, ciment de la conférence

L'anticolonialisme est donc le ciment principal de la conférence, et certains estiment que l'Angleterre – influente à Bandung par de nombreuses puissances qui lui sont proches – a favorisé ce mouvement qui a l'avantage de détourner contre la France des énergies qui eussent pu s'exprimer différemment.

Mais ce rôle en coulisse de Londres, probable, n'est pas l'essentiel. La conférence prend position sur le droit des peuples à disposer d'eux-mêmes, la souveraineté et l'égalité de toutes les nations, le principe de non-ingérence politique, le refus de toute pression des grandes puissances, le règlement des différends par la voie pacifique, le désarmement et l'interdiction complète des armes nucléaires. Elle oriente ainsi les relations internationales à un moment où elles hésitent. En effet, après la mort de Staline (1953) et l'armistice de la guerre de Corée (1953), la conclusion de la guerre d'Indochine (1954), on voit s'amorcer «la détente», mais en même temps, à Washington, John Foster Dulles continue à entourer l'U.R.S.S. d'une ceinture de «pactes» militaires, qui prolongent le Pacte atlantique et l'O.T.A.N. mais sont ressentis – notamment par la Chine, qui n'est toujours pas reconnue diplomatiquement – comme des menaces (Pacte dit de l'O.T.A.S.E. dans l'Asie du Sud-Est, et du C.E.N.T.O., dans le Proche-Orient).

À Bandung, le Premier ministre de Chine, Chou En-lai,

tisse, contre cette politique, de nombreux liens, marque le désir de la Chine d'affirmer sa solidarité avec le tiers monde, et montre que, à terme, la diplomatie chinoise sera totalement (est déjà) indépendante de celle de l'U.R.S.S.

À Bandung aussi, le raïs égyptien, Gamal Abdel Nasser, acquiert une dimension internationale, et devient le leader – à son retour de Bandung – du progressisme arabe.

La conférence est ainsi un creuset où les idées chinoises sur la contradiction entre l'hémisphère Nord et l'hémisphère Sud, le monde des villes et celui des campagnes, commencent à se dessiner. C'est aussi l'esquisse d'une politique de « non-alignement » sur les politiques des deux blocs, le début de l'élaboration du « neutralisme » comme réponse aux rivalités entre les deux blocs et comme expression des intérêts des pays du tiers monde.

Enfin, cette conférence qui marque la « mort du complexe d'infériorité » (Léopold Sedar Senghor) des peuples du tiers monde est un puissant accélérateur des prises de conscience.

Elle se situe chronologiquement à un moment tournant : quand l'Asie a achevé de s'émanciper (Inde et Pakistan en 1947, Chine en 1949, Viêt-nam du Nord en 1954) et quand la lutte s'embrase en Afrique du Nord (déposition du sultan du Maroc en 1953, guerre d'Algérie en 1954, autonomie de la Tunisie en 1954). Dès 1955, la France reconnaît l'indépendance du Maroc et rétablit le sultan. En 1956, elle concède une loi-cadre pour l'Afrique noire et l'indépendance de la Tunisie.

Bandung marque donc de manière forte et symbolique la fin de l'ère coloniale. Les empires ne seront plus bientôt que des « confettis » perdus sur l'océan. Une île ici, un petit territoire là. Et même cela est contesté. Les peuples deviennent maîtres de leur destin. Rien n'est moins simple. Les problèmes commencent pour eux.

1956

La victoire impossible :
l'expédition franco-anglaise de Suez

Il ne faut pas se tromper d'époque. Les hommes d'État
qui imaginent, alors que le monde a changé, que les rapports de forces (y compris ceux qui structurent l'opinion
publique) sont identiques à ce qu'ils étaient un demi-siècle
auparavant entraînent leurs pays dans des aventures dangereuses – à la fois pour leur nation mais aussi pour la paix
du monde – sans pour autant obtenir de résultats. Certes,
dans l'instant – ou même à très court terme –, les faits font
parfois illusion, mais tôt ou tard la vérité du moment s'impose avec brutalité. Il ne reste alors que l'échec, l'amertume et la frustration. Ces derniers sentiments sont lourds
de conséquences : les hommes qu'on a envoyés se battre –
et donc mourir – ont cru à une politique et sur le terrain ils
ont même pu remporter des victoires. Quand la politique se
brise sur les réalités qu'on avait ignorées, ils peuvent se
retourner contre leurs gouvernants et les accuser d'incapacité. Ainsi naissent des crises de régime.

La loi des puissances impériales

Dans l'été et l'automne 1956, en décidant de « monter »
contre l'Égypte de Nasser une expédition militaire conju-
guée avec une guerre préventive – une agression, pour parler clair – conduite par Israël, Paris et Londres, le socialiste
Guy Mollet et Anthony Eden imaginent qu'ils peuvent
encore au nom des deux plus anciennes puissances « impériales » dicter leur loi à une ancienne nation dépendante,

dont ils avaient réglé le destin à la fin du XIXᵉ siècle et qui n'avait eu qu'à se soumettre durant la première moitié du XXᵉ. Mais, en juin 1954, l'accession au pouvoir d'un officier, Gamal Abdel Nasser, partisan du panarabisme, hostile au sionisme et nationaliste, modifie les données du problème. Nasser joue habilement de la rivalité entre les États-Unis et l'U.R.S.S. et, devant les refus des États-Unis de livrer des armes, puis de financer la construction d'un grand barrage sur le Nil, à Assouan, il se tourne vers le bloc de l'Est (28 septembre 1955, accord pour la vente d'armes tchécoslovaques) et il décide, le 26 juillet 1956, la nationalisation du canal de Suez, tout en promettant d'indemniser les actionnaires.

Ces actes d'indépendance se produisent dans le climat créé par la conférence des nations afro-asiatiques à Bandung (avril 1955), mais aussi dans celui de la naissante guerre d'Algérie. Par ailleurs, les Israéliens – Ben Gourion, le leader historique, est revenu au pouvoir – s'inquiètent de la possibilité d'une attaque égyptienne qui détruirait l'État d'Israël. Ben Gourion argue de la solidarité socialiste pour circonvenir Guy Mollet. Le leader français de la S.F.I.O., président du Conseil depuis le 31 janvier 1956, vient d'essuyer à Alger une humiliation de la part des colons français. Plusieurs de ses ministres pensent que la rébellion algérienne prend sa source au Caire et qu'il suffit de renverser Nasser pour liquider les nationalistes algériens. La nationalisation du canal de Suez a permis de présenter Nasser comme un nouvel Hitler, «un apprenti dictateur» (selon Mollet), et des courants d'opinion très différents se mêlent pour constituer un climat favorable à une attaque contre Nasser : milieux de droite et d'extrême droite qui veulent venger l'Indochine et empêcher la contagion de l'indépendance à l'Algérie ; milieux socialistes qui ne veulent pas être suspectés de complicité avec les «liquidateurs» de la grandeur française et que hante le souvenir de Munich et qui prennent la pose guerrière ; milieux favorables à Israël inquiets du renouveau égyptien ; et enfin une large partie de l'opinion publique par sentiment antiarabe.

Les difficultés que rencontre par ailleurs l'U.R.S.S. dans le processus de déstalinisation peuvent laisser penser aux dirigeants français qu'ils auront les mains libres, si l'opération qu'ils envisagent contre l'Égypte est «foudroyante». Ils sollicitent et espèrent des États-Unis une passivité complice – et ils ont cru par des conversations pouvoir l'espérer. D'ailleurs, les États-Unis sont en pleine campagne présidentielle pour le renouvellement du mandat du général Eisenhower, cela ne suffit-il pas à les paralyser ? À Londres, cependant, les oppositions sont plus fortes – milieux travaillistes notamment – alors qu'à Paris, en dehors des communistes, de Pierre Mendès France et Jean Monnet, personne ne manifeste son désaccord.

L'alliance avec Israël

Une alliance secrète est conclue, dès le 22 octobre, entre Paris, Londres et Israël. La manœuvre est d'une hypocrisie aveuglante. Israël attaquera l'Égypte, les Français et les Anglais lanceront un ultimatum aux deux belligérants leur demandant de reculer leurs troupes de 15 kilomètres de part et d'autre de la voie d'eau de Suez afin d'assurer la sécurité du canal. Aidées par l'aviation et la marine françaises, les forces israéliennes du général Dayan atteignent le canal, lançant leur offensive le 29 octobre. L'intervention franco-anglaise – bombardement – se produit le 31 octobre. Le climat est très favorable en France : l'opinion est exaltée par la capture le 22 – par un détournement d'avion – des principaux chefs de la rébellion algérienne (dont Ben Bella). Mais, surprise : le général Eisenhower demande l'arrêt des bombardements, cependant que toute l'opinion mondiale – dont une bonne partie de l'opinion britannique – s'indigne. Alors que Londres faiblit, Guy Mollet réussit encore à l'entraîner dans le débarquement à Port-Saïd et à Port-Fouad, le 5 novembre, avec un plein succès. Mais il est déjà trop tard : l'O.N.U. condamne l'intervention ; les États-Unis se désolidarisent de leurs alliés (pression sur la livre sterling, etc.), Moscou menace d'intervenir (y compris par l'envoi de fusées sur Paris et Londres : menaces verbales sans doute, mais les États-Unis déclarent ne pas pouvoir assurer la protection de leurs alliés). Il ne reste donc à Paris et à Londres qu'à cesser leur action (dès le 6 novembre) et à rapatrier leurs troupes : ce sera fait avant Noël.

Victoire diplomatique des Soviétiques

Cette expédition se solde donc par un échec complet. Elle est une étape dans la décomposition de la IVe République – et accessoirement du parti socialiste S.F.I.O. Les milieux militaires et nationalistes considèrent que le régime s'est montré incapable d'aller jusqu'au bout et d'en finir avec Nasser, donc qu'il ne peut « gagner » la guerre d'Algérie. Londres a mesuré qu'elle ne pouvait contester le point de vue des États-Unis. Les Soviétiques sont gagnants au contraire : l'écrasement de la révolution hongroise se trouve effacé par l'intervention franco-anglaise. Et ils ont acquis auprès du monde arabe – en Égypte – un capital de sympathie. Nasser, pour sa part, est consolidé, et personne ne mettra plus en cause la nationalisation du canal de Suez (que les Égyptiens ont obstrué). Les Israéliens ont tiré un immense profit de ce conflit : des « casques bleus » vont stationner dans la bande de Gaza et à Charm el-Cheikh, et d'autre part leur confiance dans les capacités de leur armée se trouve renforcée. Enfin, et plus fondamentalement, l'échec de l'expédition de Suez illustre les nouveaux rapports de forces mondiaux : les grandes puissances européennes qui dictaient leur loi au monde doivent se soumettre, même dans leurs anciennes zones de domination, à la loi des « superpuissances ». Dure leçon pour les Français et les Anglais.

1957

Le pari européen :
Marché commun et Euratom

Laisser circuler librement les marchandises, multiplier les contacts entre ceux qui les produisent, les vendent, les consomment, établir des liens économiques, c'est ainsi, souvent, qu'à travers l'histoire se sont constituées des unités, géographiques, économiques, culturelles, à partir desquelles a pu se bâtir une unité politique. Mais il n'y a aucune automaticité dans ce passage d'une zone d'activités communes, d'échanges commerciaux et le niveau politique. Au Moyen Âge, les trafics commerciaux créaient entre les villes italiennes, puis entre les villes européennes, une trame serrée d'échanges ; des villes constituaient entre elles des unions (ainsi les villes de la Hanse), mais les rivalités politiques demeuraient très vives, les guerres opposaient les cités dans lesquelles banquiers et marchands entretenaient pourtant de solides relations commerciales. Il faut donc, pour que l'*économique* soit producteur d'*unité politique*, qu'il y ait volonté délibérée de *briser les obstacles politiques* et de considérer l'économique comme une étape, indispensable et nécessaire mais non suffisante.

Quand les représentants des six pays européens qui ont constitué la Communauté européenne du charbon et de l'acier (C.E.C.A.) se réunissent à Rome, le 25 mars 1957, pour créer la Communauté économique européenne (C.E.E.) ou Marché commun, ainsi que la Communauté européenne de l'énergie atomique (C.E.E.A.) ou Euratom, c'est bien dans cet esprit qu'ils le font, puisque le traité de la C.E.E. comporte un préambule dont la première phrase déclare que les signataires sont «déterminés à établir les fondements d'une union sans cesse plus étroite entre les peuples européens».

Les limites de la C.E.C.A.

La signature du traité instituant le Marché commun est apparue comme une nécessité dès lors que l'on veut avancer dans la construction de l'Europe unie. En effet, la C.E.C.A. a trouvé rapidement ses limites. Le charbon, l'acier n'apparaissent déjà plus dans les années 1950-1960 comme des activités d'avenir. S'il y a une énergie «porteuse» de promesses, c'est l'énergie atomique – de là, l'idée de bâtir l'Euratom. Et c'est d'abord à lui que pensent les négociateurs des Six quand ils se réunissent à Bruxelles, en janvier 1957, pour préparer cette nouvelle étape. Puis, au fil des travaux, c'est le Marché commun qui prendra la première place, l'Euratom apparaissant comme un traité dépendant et presque une annexe. Il faut avancer aussi parce que l'échec de la Communauté européenne de défense (C.E.D.) (1954) a porté un coup à l'idée d'Europe politique. Et qu'il s'agit d'effacer ce «raté».

Passer au Marché commun en peu de temps (l'entrée en vigueur du traité est fixée au 1er janvier 1958) suppose de franchir de nombreux obstacles. La France est, par exemple, un pays de traditions protectionnistes. En 1957, les droits de douane sont très élevés : 30 % sur les automobiles ; 25 % sur les radios et les appareils photographiques. Son agriculture, bien qu'ayant commencé sa révolution (autour des années 1950), reste le plus souvent archaïque et peut craindre la concurrence à la fois des pays du Nord (les Pays-Bas) et des pays du Sud (l'Italie).

Or le Marché commun prévoit la «libre circulation des hommes, des marchandises, des capitaux entre les pays signataires». Un calendrier est prévu pour l'abaissement progressif des tarifs douaniers. La deuxième phase sera celle de l'élimination des barrières juridiques, fiscales, administratives.

Les négociateurs (pour la France, Maurice Faure et Christian Pineau) doivent affronter notamment le problème agricole. Certains pays envisagent d'écarter l'agriculture du traité, et c'est la France et l'Italie qui réussissent à l'y inclure en faisant admettre l'unité des prix, la libre circulation des produits, la préférence communautaire et la coresponsabilité financière. Ce qui implique une politique agricole commune (qui deviendra l'une des assises du Marché commun et entraînera des bouleversements techniques et sociaux considérables dans le monde agricole européen) dont les premiers textes seront adoptés en janvier 1962.

La mise en application du traité de l'Euratom sera plus difficile que celle du Marché commun. Son but – « créer les conditions de développement d'une puissante industrie nucléaire » – se heurte à la notion de secret militaire d'une part, à la volonté de chaque État, d'autre part, d'obtenir en commandes l'équivalent de ses investissements (loi dite du « juste retour », non inscrite dans le traité mais appliquée).

En même temps, les traités prévoient la mise en place des institutions communautaires. La « supranationalité » qui était l'une des clés de voûte de la C.E.C.A. se trouve ici limitée. En effet, s'il y a une Assemblée européenne composée des représentants des peuples et des États (elle est commune aux trois communautés), qui sera ultérieurement élue au suffrage universel, ses pouvoirs sont très limités. Sa première session se tiendra en mars 1958, à Strasbourg, et elle élira pour président Robert Schuman.

Un Conseil, formé par les représentants des États membres (des ministres), dispose du « pouvoir de décision ». C'est l'instance qui décide donc. À la majorité qualifiée (chaque voix étant pondérée), « sauf dispositions contraires ». Enfin, une Commission dispose de pouvoirs de décision, elle aussi. Elle est indépendante des gouvernements, mais ses membres sont nommés à l'unanimité par le Conseil.

Les faiblesses des institutions

C'est dire que l'architecture juridique juxtapose des organes dont les liens sont ambigus. La Commission – qui siège à Bruxelles et qui va disposer d'une administration (bientôt proliférante) – est un organe d'élaboration, d'impulsion. Son premier président sera Walter Hallstein. Mais elle est en fait dépendante – pour la mise en œuvre des décisions qu'elle a prises – du Conseil des ministres, où se retrouvent, souvent rivaux, les intérêts des différents États membres représentés par des ministres. Et il peut y avoir paralysie, surtout si on abandonne la règle de majorité qualifiée pour passer à celle de l'unanimité. Enfin, le Parlement, qui a un droit de regard sur le budget, ne nomme pas la Commission, qui n'est pas responsable devant lui, et les institutions ne sont donc pas parlementaires.

Rien n'est dit, non plus, dans ce traité de Rome, de domaines essentiels – ou qui, à l'expérience, apparaîtront tels – comme la communication, les politiques culturelles, l'éducation. Or ces secteurs sont importants pour la construction d'une Europe unie, qui ne peut seulement exister au plan économique.

Il reste que, malgré les obstacles et les oppositions nombreuses, une logique est mise en route, qui peu à peu dessine un espace économique et politique commun où les convergences l'emportent, et de très loin, sur les divergences. Rien n'est jamais joué, mais le traité de 1957 rend possible ce pari européen.

1958

Le recours et le retour :
le général de Gaulle prend le pouvoir

La prise de pouvoir, au XXe siècle, dans les États qui ont des institutions démocratiques (et quelles que soient les maladies et les faiblesses de ces structures politiques), qui bénéficient du suffrage universel et du pluralisme des partis et donc des opinions, se joue, pour ceux qui veulent déborder un système parlementaire souvent difficile à maîtriser, sur deux plans : celui de la légalité et celui de la pression extérieure – la rue, l'opinion, l'armée, des milices, etc. –, assortie de menaces sur les institutions. Tout l'art consistant (et ici se révèle la qualité du « joueur ») à se présenter devant l'opinion comme le chantre d'une « légalité » indiscutable que l'on veut rénover. Et à reléguer dans l'ombre l'aspect « illégal ». Il est clair, en effet, que la « démocratie de masse » – qu'on peut appeler celle de la « majorité silencieuse » – n'aime ni le désordre ni la violence. Elle est prête à accepter le changement s'il se produit dans l'ordre, dans le cadre de la légalité. Que celle-ci soit « forcée », conduite à se soumettre, la majorité silencieuse peut l'ignorer si la façade légale est respectée.

La force de la légalité

Cette force de la légalité a même été reconnue par des hommes aussi peu soucieux d'elle que Mussolini et Hitler, opérant dans des pays où les traditions démocratiques étaient récentes. L'un et l'autre pourtant ont veillé – et l'ont dit explicitement – à ce que les pressions (celles des

Squadre et des Sections d'assaut, celle de la « Marche sur Rome ») aboutissent à « subvertir » la légalité de l'intérieur, par la soumission de ceux qui la représentent, plutôt qu'à la briser. C'est une fois installé au sommet du pouvoir – dans les formes et les voies légales – que les transformations de la légalité sont opérées.

Dans un pays comme la France, où l'expérience politique est grande, les traditions démocratiques fortes, ceux qui dans les années 1957-1958 envisagent de renverser l'État républicain par la force ne peuvent aller qu'à l'échec, parce qu'ils susciteront une réaction de défense républicaine. Et cependant l'État est en crise. La guerre d'Algérie dans laquelle il s'enlise est un cancer qui sape les institutions (l'armée s'arroge en Algérie des pouvoirs habituellement dévolus aux autorités civiles), les valeurs républicaines sont oubliées (lors de la bataille d'Alger, dans le printemps-été 1957, la torture est pratiquée comme elle l'est déjà dans le « bled », les regroupements de population, les exécutions sommaires sont courants). Les protestations contre ces pratiques se multiplient (de Mauriac à Malraux), cependant que les cadres les plus déterminés de l'armée veulent, pour gagner cette guerre, utiliser tous les moyens « révolutionnaires ». La crainte chez ces hommes que la défaite indochinoise a marqués est que le pouvoir civil – la IVe République – ne cède en Algérie comme elle a cédé en Tunisie et au Maroc, après l'Indochine. Ils font savoir au président de la République Coty, par l'intermédiaire du général Ely, chef d'état-major, que « l'armée d'une manière unanime ressentirait comme un outrage l'abandon de ce patrimoine national (l'Algérie). On ne saurait préjuger sa réaction de désespoir ». La désignation, pour former le gouvernement, de Pierre Pflimlin (M.R.P.) les inquiète. Le 13 mai, alors que Pflimlin se présente devant l'Assemblée nationale pour son investiture, des manifestants envahissent les bâtiments publics à Alger, les mettent à sac, et le général Massu prend la tête d'un Comité de salut public qui réclame à Coty la constitution d'un « gouvernement de salut public ».

Les organisateurs de la manifestation sont doubles :

d'une part, les « activistes » d'Alger (pieds-noirs, milieux militaires, milieux d'extrême droite) et, d'autre part, les gaullistes. En effet, habilement, des gaullistes (Michel Debré, Roger Frey, Olivier Guichard, Jacques Foccard, Jacques Soustelle) veulent se servir du problème algérien et des complots qu'il suscite pour favoriser le retour du général de Gaulle au pouvoir. Toute leur stratégie visant à utiliser la menace d'un coup de force militaire (dont la préparation existe : opération « Résurrection » qui prévoit d'envoyer en métropole des parachutistes) pour contraindre le président de la République à confier au général de Gaulle le soin de constituer le gouvernement, disposant de pleins pouvoirs. De Gaulle reste au-dessus de ces complots, qu'il ne condamne ni ne patronne, mais dont il connaît l'existence et qui le font apparaître comme un « recours », rassurant pour toutes les parties concernées. Il comprend les préoccupations de l'armée ; il a montré qu'il n'était pas un fauteur de coup d'État (le 19 mai il déclarera : « Croit-on, à soixante-sept ans, que je vais commencer une carrière de dictateur ? »). Par une série d'interventions, de rencontres, de communiqués, il dit se « tenir prêt à assumer les pouvoirs de la République ». Une double pression s'exerce sur le gouvernement Pflimlin investi de pouvoirs spéciaux à une très large majorité (473 voix contre 93, les communistes ont voté pour) : la menace d'une « guerre civile » – dont les communistes seraient partie prenante dans un « Front populaire », ce qui effraie tous les « modérés » et les socialistes – et la pression de De Gaulle, bientôt soutenu par le président Coty. Le 27, Pflimlin démissionne. Le 28 mai, des centaines de milliers de manifestants « antifascistes » défilent derrière Mendès France, Mitterrand, les communistes. Enterrement de la IVe République, en fait, mais aussi marque de la force d'une gauche qui pèse dans le processus. Les socialistes (Guy Mollet) ont à plusieurs reprises vu de Gaulle pour que sa « prise du pouvoir » se fasse dans les formes légales. Le 1er juin, de Gaulle se présente devant l'Assemblée. Il est investi par 329 voix contre 224 (les communistes, Mitterrand, Mendès France, etc.). Puis il obtient le vote des pleins pouvoirs pour six mois, et surtout on lui confie la mission d'établir une nouvelle Constitution. Des socialistes (Mollet) font, aux côtés de Pflimlin, Debré, Malraux, partie de son gouvernement.

Les ambiguïtés de la prise du pouvoir

La crise s'est dénouée dans les formes légales. Au cours d'un voyage en Algérie, de Gaulle rétablit l'autorité de l'État à l'aide de concessions verbales (« Je vous ai compris », « Vive l'Algérie française ! ») et il confirme les chefs militaires (Salan, Massu) dans leurs fonctions.

La Constitution qui s'élabore renforce les pouvoirs du président de la République, limite les pouvoirs du Parlement, mais n'est pas présidentielle. Le gouvernement et le Premier ministre, nommés par le président de la République, restent responsables devant l'Assemblée. Le 28 septembre, elle est approuvée par référendum à une très forte majorité (79,2 % de oui et 20,7 % de non). Tous les territoires d'outre-mer se sont ralliés à la Communauté proposée par la Constitution, à l'exception de la Guinée. Le 21 décembre, 80 000 notables élisent le général de Gaulle président de la République. En même temps, un plan financier (Rueff-Pinay) est mis en œuvre. Un « franc lourd » (valant cent francs anciens) est créé. La dévaluation donne un coup de fouet aux exportations. « Guide de la France et chef de l'État républicain », de Gaulle fonde ainsi la Ve République. Reste à terminer la guerre d'Algérie, sans laquelle le nouveau régime n'eût probablement pas vu le jour.

1959

« Cuba si ! » : la victoire de Fidel Castro

Pour réussir à créer dans l'immédiat voisinage d'une grande puissance, dans sa zone d'influence directe donc, un nouveau régime politique qu'elle considère comme hostile, il faut bénéficier d'un concours de circonstances exceptionnel. Disposer certes de l'appui populaire et remporter la victoire sur le terrain contre le régime qu'on veut remplacer, mais aussi agir de manière à ne pas attirer immédiatement la réprobation de la grande puissance, sous peine d'être écrasé par elle. Il faut donc tromper sa vigilance et utiliser un effet de surprise, sans lequel, d'ailleurs, rares sont les révolutions qui l'emportent. Cela suppose que la grande puissance ne considère pas d'abord qu'elle est menacée par ce « nouveau régime », autrement dit qu'il ne peut être un allié des rivaux puissants avec lesquels elle est en compétition, bref, que cet État ne sera pas le « cheval de Troie ». Mais, si la grande puissance laisse passer l'instant propice pour intervenir – les débuts du nouvel État, au moment où précisément les choses ne sont pas encore fixées –, elle aura les plus grandes difficultés à le faire par la suite. Le nouveau régime organise sa défense. Il est, aux yeux de l'opinion mondiale, « populaire » (puisque la révolution vient de l'emporter), il incarne David contre Goliath, et surtout, parce qu'il y a rivalité entre les grandes puissances, il va pouvoir bénéficier de l'alliance d'un bloc, qui trouve en lui un point d'appui inespéré. Il est « protégé », mais, contrepartie, il y perd de son originalité. Pour être défendu, il s'aligne.

Un réformateur humaniste

La victoire de Fidel Castro (né en 1927, dans la province d'Oriente, fils d'un riche planteur et d'une mère issue de l'aristocratie cubaine, élevé par les jésuites) s'inscrit dans un tel schéma. Lorsqu'il met en fuite le dictateur Batista qui abandonne La Havane le 1er janvier 1959, il apparaît aux yeux de l'opinion mondiale comme un réformateur « humaniste » qui veut mettre fin à un régime de corruption, d'humiliation et de terreur. Cette dernière s'est exercée dès l'origine (en 1935, deux ans après la prise de pouvoir par Batista par le moyen d'un coup d'État), brisant les mouvements sociaux par des exécutions, la torture. L'île est « vendue » aux États-Unis : la monoculture de la canne à sucre est entièrement achetée par le puissant voisin qui dicte donc le niveau des cours, et La Havane est « rabaissée au niveau d'un casino géant et d'un immense lupanar pour hommes d'affaires américains... On se demandait, avec un tel spectacle sous les yeux, quel Cubain aurait pu éprouver pour les États-Unis autre chose que de la haine » (Arthur Schlesinger). Fidel Castro, le 26 juillet 1953, a attaqué avec un groupe d'étudiants la caserne Moncada à Santiago de Cuba (dans l'Oriente). Exilé, il débarque en décembre 1956 avec quatre-vingts compagnons qui bientôt ne sont plus que douze, réfugiés dans la Sierra Maestra. Ce noyau insurrectionnel attire des milliers de volontaires, et le régime de Batista se décompose autant qu'il est renversé. L'action de Fidel Castro s'est située en dehors des « schémas » traditionnels. Elle s'est faite « contre » les communistes cubains (et en tout cas sans leur appui). Castro s'apparente plus – vu de l'extérieur – aux historiques *libertadores* du XIXe siècle. Et cette « indépendance », réelle, par rapport aux forces politiques traditionnelles, cette « originalité » lui valent la sympathie de l'opinion publique. Les États-Unis ne discernent pas immédiatement en lui un ennemi. Et sans doute lui-même estime-t-il qu'il peut trouver un compromis – peut-être négocier une aide – avec Washington.

Castro s'emploie ainsi à bien marquer ses différences dans ses premiers discours : « Le capitalisme sacrifie l'homme, dit-il. L'État communiste par sa conception totalitaire sacrifie les droits de l'homme. C'est pourquoi nous ne sommes d'accord ni avec l'un ni avec l'autre... Cette révolution n'est pas rouge, mais vert olive » (l'uniforme de la Sierra Maestra). Seulement il y a une logique des situations. En voulant changer radicalement les mœurs politiques de l'île, Castro s'engage dans une action révolutionnaire en profondeur qui bouscule les hiérarchies sociales assises sur la corruption. En désirant arracher l'île à la dépendance économique qui la lie aux États-Unis, il entre en conflit avec ceux-ci. En 1954, Arbenz avait été chassé du Guatemala pour avoir voulu nationaliser les propriétés de l'*United Fruit*. Castro s'emploie à répéter (aux États-Unis) qu'il « veut la liberté avec pain et sans terreur, voilà l'humanisme ». Mais il est conduit à exécuter des tortionnaires de Batista, puis à se heurter aux États-Unis. Ceux-ci s'inquiètent de la présence dans son entourage de communistes, tel l'Argentin Ernesto « Che » Guevara. Par ailleurs, les communistes cubains se rapprochent de Fidel Castro, qui a besoin de cadres politiques pour structurer son régime. Et certains de ses premiers compagnons, inquiets de cette évolution, deviennent des opposants (ainsi H. Matos). Des attentats se produisent, montrant que les partisans de Batista n'ont pas renoncé. Le 1er janvier 1960, Mikoyan se rend à La Havane inaugurer une exposition commerciale. L'île rentre dans la logique des blocs, inéluctablement. Le 15 janvier 1960, le président Eisenhower donne à la C.I.A. l'ordre d'entraîner et d'armer les « antifidélistes ».

Certains, aux États-Unis, estiment, en ce début de l'année 1960, que cette politique est une erreur. Qu'il faut éviter les représailles économiques contre Fidel Castro qui, loin d'animer une révolution communiste, est le leader d'une « révolution nationaliste » qu'il faut conserver dans le camp neutraliste. Mais une autre logique l'emporte : Eisenhower réduit d'un quart le plafond des importations de sucre cubain. Et Khrouchtchev se déclare prêt à acheter les

70 000 tonnes de sucre dont Washington ne veut plus. Il s'affirme en même temps prêt à défendre Cuba. Le 2 septembre 1960, Fidel Castro lit la «Déclaration de La Havane» dans laquelle il se déclare «convaincu que l'Amérique latine se mettra en marche bientôt unie et victorieuse, libérée des liens qui font de son économie une proie livrée à l'impérialisme américain». Il se proclame ainsi le leader de la lutte contre les États-Unis.

Le 26 septembre, à l'O.N.U., Fidel Castro – qui s'est installé dans un hôtel de Harlem – s'aligne sur les positions soviétiques, cependant que, quelques semaines plus tard, Che Guevara conclut un accord commercial avec Moscou qui s'engage à acheter la moitié de la production de sucre. Les États-Unis ont décrété un embargo général sur les exportations à destination de Cuba et, le 3 janvier 1961, c'est la rupture des relations diplomatiques entre les deux pays.

«Le rythme de notre révolution, déclarait Guevara, s'adaptera au rythme de la contre-révolution. Nous faisons notre révolution dans la gueule du monstre.» Mais conséquence : le régime cubain, peu à peu, s'ossifie. Les communistes prennent les postes essentiels. Et Kennedy – le nouveau président des États-Unis élu le 8 novembre 1960 – laisse la C.I.A. tenter une épreuve de force : le débarquement sous la protection de la marine américaine de 1 600 exilés cubains entraînés et armés par la C.I.A. Après trois jours de combat ils sont écrasés.

Les États-Unis vont devoir vivre avec la plaie cubaine au flanc. L'île peut à tout instant devenir un enjeu – et donc un risque majeur – dans la rivalité États-Unis-U.R.S.S.

Il est difficile pour un petit pays d'échapper à la logique bipolaire qui organise le monde.

1960

Une « Nouvelle Frontière »
pour les États-Unis :
la présidence de J.F. Kennedy

Une nation, pour se sentir unie, réaffirmer son identité
– et c'est une tâche qui n'est jamais achevée –, a besoin de
défis collectifs à relever, qui recréent ou maintiennent entre
ses membres une « cohérence ». Nécessité d'autant plus
forte quand la « société de consommation », la civilisation
urbaine et ses modes de vie éclatés, l'individualisation
croissante ont tendance à distendre les rapports de chaque
citoyen à la collectivité, sans compter tous ceux qui, emportés par les lois de l'économie de marché, se trouvent soit
marginalisés, soit enfermés dans la recherche personnelle
et agressive du bonheur et du profit individuels. Ces défis
collectifs que la nation se donne, un homme doit le plus
souvent les proposer, les porter et les incarner. Il devient, le
temps de son parcours historique, le symbole de la nation,
celui dans lequel on imagine – ou l'on fait croire, car les
propagandes sont efficaces – que la majorité des citoyens
se reconnaissent. Dans une civilisation de l'image et de la
communication qui commence à imposer ses règles, il faut
un visage, une personne, pour figurer les défis et les projets.
Celui qui est ainsi sculpté à l'égal d'un mythe déchaîne
l'identification. Si l'image se brise (ou est brisée), c'est
toute la nation, dans la manière dont elle se voit, qui est
atteinte.

Incarner la jeunesse

En élisant John Fitzgerald Kennedy (1917-1963), deuxième fils d'une puissante et riche famille (le père, banquier, a été ambassadeur), catholique, président des États-Unis, le 8 novembre 1960, les Américains, à une très courte majorité (100 000 voix d'écart avec le vice-président républicain sortant, Richard Nixon, et ce sur plus de 68 millions de voix – 34 221 349 voix, soit 49,71 % pour le démocrate Kennedy), se donnent un président qui veut incarner la jeunesse, qui est issu d'un clan familial fortuné, et qui symbolise aussi l'héroïsme : officier de marine, il a été blessé dans le Pacifique durant la Seconde Guerre mondiale. Ce sénateur du Massachusetts (1953-1960) a fait campagne en proposant de sortir le pays de l'immobilisme où l'aurait maintenu la présidence Eisenhower, et en définissant son action comme la volonté d'atteindre une « Nouvelle Frontière », à l'intérieur, par une intervention de l'État contre la pauvreté, à l'extérieur, en comblant, par une augmentation considérable des crédits militaires, le *missile gap* – le fossé – qui séparerait à leur détriment les États-Unis de l'Union soviétique. Il s'agirait, après la « sieste » du gouvernement Eisenhower, de « remettre le pays en marche ». Pour réussir, Kennedy s'entoure de jeunes intellectuels, issus de la côte est, représentant l'*establishment*. Démocrates, ils veulent renouer avec la tradition du *New Deal*, mais en conduisant sur le plan extérieur une vigoureuse politique extérieure, face à l'U.R.S.S. Ils se voient comme les « meilleurs et les plus intelligents ». Ils sont à la fois l'image la plus idéale de l'Amérique, mais ils sont aussi très différents de l'Amérique profonde. Ils concentrent donc en même temps (et cela vaut pour leur président et le « clan Kennedy ») « amour et haine ».

S'ils l'ont emporté (d'une très courte tête et cela est très significatif), c'est que les États-Unis ont le sentiment qu'ils sont entrés, à nouveau, dans une phase « dépressive » de leur histoire. Le problème noir (sous l'angle de « l'intégration » scolaire) s'est posé avec brutalité (1 000 parachutistes à Little Rock pour que la loi soit respectée, en septembre 1957). En même temps que ces troubles la prospérité se dérobe (hausse du chômage, croissance qui tombe à 2,5 % par an), cependant que le « rival » soviétique, sous la conduite de Khrouchtchev, paraît marquer des points (mise sur orbite de deux satellites soviétiques en octobre-novembre 1957), acquérant auprès des nations du tiers monde une audience qui échappe aux États-Unis dont la politique est contestée dans le monde entier. En juin 1960, Eisenhower est ainsi contraint d'annuler une visite au Japon devant l'ampleur des manifestations antiaméricaines. Enfin, en mai 1960, l'U.R.S.S. annonce qu'elle a abattu, au-dessus de son sol, un avion américain (l'U2) dont le pilote (Gary Powers) est passé aux aveux.

Dans ces conditions, le faible écart entre le vice-président Nixon et Kennedy est presque une performance. Et la « Nouvelle Frontière », une politique qui apparaît nécessaire. Kennedy, élu, s'y attelle, donnant la priorité à la relance économique, poussant les dépenses militaires, faisant intervenir l'État (pour, par exemple, interdire l'augmentation du prix de l'acier), multipliant les propositions pour porter assistance aux plus pauvres (en 1960, on dénombre plus de 40 millions d'Américains qui vivent au-dessous du seuil de pauvreté). Il veut créer un « droit à la santé » (projet de loi *Medicare*). Et, dans le problème noir, Robert Kennedy (*attorney general*) supprime toute ségrégation dans les transports entre États et interdit toute discrimination dans les logements sociaux, etc. En octobre 1962, l'étudiant James Meredith sera imposé par la force à l'université d'Ole Miss (Mississippi).

« Je suis un Berlinois »

Mais cette politique de la « Nouvelle Frontière » est plus une esquisse qu'une réalité. Le président ne peut faire plier le Congrès, et, le plus souvent, sa recherche des compromis transforme ses intentions en velléités. L'image volontaire et dynamique masque une prudence toute politicienne. À l'extérieur, des contradictions aussi graves surgissent. Il définit (mai 1961) une « Alliance pour le progrès » pour le continent sud-américain, mais il laisse faire la C.I.A. qui patronne l'expédition des exilés cubains contre Cuba (débarquement de la baie des Cochons, avril 1961). Elle se solde par un échec qui marque Kennedy. Quant à l'Alliance pour le progrès, elle ne produit aucun résultat important ; pis, en deux années, Kennedy avalise cinq coups d'État militaires. En revanche, dans son opposition aux initiatives aventurées de Khrouchtchev, Kennedy montre de la détermination. Il s'oppose à l'U.R.S.S. dans l'affaire de Berlin et dénonce la construction du Mur qui sépare les deux villes (août 1961). « Je suis un Berlinois », dira-t-il, marquant que les États-Unis ne céderont pas. Il met le blocus autour de Cuba quand, en octobre 1962, les États-Unis découvrent que l'U.R.S.S. a installé des fusées dans l'île. Dans un climat qui est marqué par la reprise des essais nucléaires par les Soviétiques (août 1961), la guerre mondiale apparaît possible, jusqu'à ce que les Soviétiques annoncent (28 octobre), sans doute après un ultimatum américain, qu'ils retirent les fusées. Dès lors, on s'achemine vers une reprise de la détente : août 1963, signature du traité de Moscou sur les essais nucléaires. Mais versant négatif : en quelques mois, Kennedy a engagé les États-Unis dans le guêpier vietnamien (augmentation du nombre de conseillers U.S. dès décembre 1961, actions contre le Nord-Viêt-nam).

Si bien que l'Amérique n'est pas sortie transformée ni renforcée de la présidence Kennedy. Le suicide de Marilyn Monroe (octobre 1962 ; la star était-elle liée à Kennedy ?) est symbolique des difficultés d'une nation et d'une civilisation. Et l'assassinat du président (22 novembre 1963), jamais élucidé, montre quelles réserves de violences et d'impuissances recèle la démocratie américaine.

1961

De la Terre à la Lune :
le rêve devient réalité, un homme tourne
dans l'espace

L'ambition de l'homme est sans limites. L'examen de l'histoire dégage cette conclusion. Quand le monde est connu, les sommets conquis, les forêts explorées, il reste le fond des océans, les airs, et quand ceux-ci sont à leur tour – même s'ils sont inépuisables – parcourus, il demeure l'espace. C'est un vieux rêve de l'humanité que de s'arracher à la gravitation et d'atteindre l'apesanteur, pour pouvoir un jour gagner d'autres planètes. Mais cette conquête de l'espace ne peut que se situer dans le contexte d'une histoire qui demeure « terrestre », c'est-à-dire marquée par les rivalités entre les puissances, par la menace de la guerre. Et les fusées qui sont nécessaires pour lancer un satellite, habité ou pas, autour de notre globe sont aussi celles qui sont capables de transporter d'un continent à l'autre des charges atomiques. Si bien que, comme toujours, on ne peut dissocier la conquête de l'espace de la compétition entre nations et aussi des arrière-plans militaires. Ce sont les aspects stratégiques qui incitent les gouvernements à débloquer les sommes fabuleuses nécessaires à l'aventure spatiale ; ce sont les données de la compétition qui poussent la nation distancée à relever le défi.

Le long travail des Soviétiques

Lorsque les Soviétiques, le 12 avril 1961, annoncent ainsi que le commandant Gagarine tourne autour de la Terre, les

États-Unis se doivent de tout tenter pour rattraper le retard que cette réussite exceptionnelle manifeste. Le vaisseau cosmique soviétique Vostock 1, pesant 4,7 tonnes, a tourné une fois autour de la Terre entre 175 et 380 kilomètres d'altitude et a parcouru 41 000 kilomètres en une heure quarante-huit minutes. Il s'est posé à l'endroit prévu, en U.R.S.S. Cette maîtrise spectaculaire, conquête de la science et de la technique, consacre un long travail des Soviétiques. Un ingénieur, Serge Korolev, a, dès les années 1930, participé à la mise sur pied du G.I.R.D. (Groupe pour l'étude de la propulsion à réaction), et c'est lui qui, à partir de 1934, est directeur de la section des fusées.

Durant la guerre, les recherches progressent. Puis, en 1945, les Soviétiques, comme les Américains, « bénéficient » des recherches allemandes qui ont abouti aux fusées V1 et V2, lancées sur Londres. À l'origine de ces fusées Wernher von Braun, qui sera « récupéré » par les Américains. Mais les Soviétiques ont eux aussi tiré parti de ses réalisations, et Serge Korolev perfectionne, dans l'après-guerre, les V2 allemands. Des fusées T2 et T3 (lanceurs de satellites et de missiles intercontinentaux) sont mises au point dans les années 1950-1960. Aux États-Unis, von Braun construit des fusées à plusieurs étages, capables de lancer des satellites. Mais cette fusée (Redstone) est écartée au bénéfice du programme déterminé par la marine qui lance une fusée Vanguard.

Mais, le 4 octobre 1957, les Soviétiques lancent le « Spoutnik » qui est le premier satellite artificiel de la Terre. En une heure trente-cinq minutes, cette boule de 58 centimètres parcourt la totalité de sa trajectoire elliptique. Ce lancement produit sur l'opinion américaine un effet de choc : car qui dit lanceur de satellites dit aussi lanceur de charges atomiques intercontinentales. En novembre 1958, les Soviétiques expédient dans l'espace un Spoutnik 2, avec à son bord la chienne Laïka. Les Américains confient alors à nouveau à von Braun la responsabilité de créer un lanceur. Ce sera Jupiter C, qui, dès le mois de janvier 1958, portera sur orbite le premier satellite américain Explorer 1.

La course pour la maîtrise de l'espace est engagée entre les deux superpuissances. En octobre 1958, les Américains créent la N.A.S.A. (National Aeronautics and Space Administration). Et les lancers se multiplient (Lunik 1, 2, 3 – Discoverer) jusqu'à la prouesse de Gagarine. Elle intervient alors que les États-Unis (le 17 avril 1961, à peine cinq jours plus tard) subissent l'échec du débarquement dans la baie des Cochons à Cuba. La réussite de Gagarine est ressentie par les Américains comme un véritable « Pearl Harbor scientifique ».

Le défi va être relevé par le président Kennedy, qui, le 25 mai 1961, dans un véritable second message sur l'état de l'Union, a annoncé tout à la fois que les États-Unis doivent « posséder une force de représailles si puissante et si invulnérable que tout ennemi éventuel saura qu'il sera détruit par cette réplique en cas d'attaque nucléaire » et qu'un effort gigantesque pour un nouveau programme de recherches spatiales, se chiffrant entre 7 et 9 milliards de dollars, sera engagé. Les deux aspects ne sont pas liés à tort : les États-Unis, après le lancement des Spoutnik et des Vostock, sont bien contraints d'admettre que leur territoire n'est plus hors de portée des Soviétiques. Kennedy lance ainsi le « programme Apollo » de conquête de la Lune : « Voici venu le moment pour notre nation de prendre ouvertement la première place dans l'exploration de l'espace, qui, de bien des manières, recèle sans doute la clé de notre avenir sur terre… Il ne s'agit pas seulement d'une compétition… Notre nation doit se consacrer à l'objectif qui consiste à faire atterrir un homme sur la Lune et à le faire revenir sain et sauf sur la Terre avant la fin des dix prochaines années… Ce ne sera pas un seul homme qui ira sur la Lune, mais une nation entière… »

L'engagement américain

Objectif symbolique et presque mythique qui donne la dimension du programme Apollo. Aucune nation ambitieuse ne peut en fait se soustraire à cette perspective de la conquête de l'espace. En décembre 1961, la France crée le Centre national d'études spatiales (C.N.E.S.). Et les Européens suivront, en mettant sur pied des organismes (E.L.D.O., E.S.R.O.) qui ont les mêmes finalités.

C'est en février 1962, à peine un peu plus d'un an après le vol de Gagarine (qui a été suivi par le Soviétique Titov), que, à bord de Friendship 7, l'Américain John Glenn tournera à son tour dans l'espace.

Les États-Unis ont donc rattrapé leur retard et, en moins de dix années, ils vont, en construisant les fusées géantes Saturne 5 (novembre 1967) et les cabines Apollo, faire pièce aux vaisseaux soviétiques Soyouz (1967). Le couronnement de cet effort gigantesque est la réussite, le 21 juillet 1969, devant des centaines de millions de téléspectateurs, de « l'alunissage » de Neil Armstrong et Edwin Aldrin, les premiers hommes à fouler le sol lunaire dans lequel ils plantent le drapeau américain. Immense réussite, retentissement énorme, confirmation, semble-t-il, de la suprématie américaine, un temps (en 1961) chancelante. Début d'une autre époque de l'histoire de l'homme ? Preuve en tout cas de sa puissance et de sa maîtrise.

Mais les Soviétiques, qui paraissent distancés, ont choisi en fait une autre stratégie spatiale qu'ils continuent de développer, et leur « défaite » symbolique n'est pas en réalité une défaite technique.

Reste que, à l'heure où les hommes sont capables de détruire leur planète par une guerre nucléaire, cette capacité à « fuir » dans l'espace, à « abandonner » le globe prend aussi valeur de symbole et d'avertissement.

1962

La fin d'une guerre :
l'indépendance de l'Algérie

Quand les évolutions ou les événements ont eu lieu, il est commode pour l'esprit de dire qu'ils étaient inéluctables. Cela efface la responsabilité des hommes qui avaient en charge, au moment où ils se produisaient, les responsabilités politiques. Pourtant, à chaque instant, devant une situation, des options différentes s'offrent. Certes, au fur et à mesure que le temps passe, les possibilités diminuent et, pour finir, quand se sont accumulées les conséquences des choix antérieurs, il ne reste effectivement qu'une alternative simple, qui limite le choix à l'essentiel. Cela ne signifie en rien que d'autres voies n'eussent pas existé, dont il est impossible de savoir ce qu'elles auraient produit.

Le coût d'une guerre

Pourtant, quand, le 18 mars 1962, sont signés les accords de cessez-le-feu d'Évian entre la France et le Front de libération nationale algérien (F.L.N.), après plus de sept années d'une guerre (1er novembre 1954-mars 1962) qu'on n'a jamais osé qualifier comme telle, il est clair que c'est la politique la plus coûteuse, la plus chaotique, la plus incertaine, la plus contradictoire qui est soldée. Puisque, entre les déclarations de Pierre Mendès France (novembre 1954) : « L'Algérie c'est la France », celle du général de Gaulle : « Vive l'Algérie française ! » (juin 1958), et ces accords qui ne laissent aux pieds-noirs d'Algérie (un million de personnes) que le choix entre « la valise et le cercueil », il y a tous les méandres d'une politique qui prend, toujours trop tard, en compte les réalités. Le coût humain du conflit est énorme : outre les souffrances infligées à ces milliers de familles qui, le 19 mai 1962, dans un véritable mouvement de panique, quittent le sol algérien pour la métropole, il y a les 27 500 militaires tués (plus un millier de disparus). Mais, du côté algérien, le bilan est incomparablement plus lourd. Le F.L.N. parle d'un million et demi de « martyrs ». Il faudrait y ajouter les 30 000 et 100 000 supplétifs musulmans de l'armée française massacrés après le cessez-le-feu. Dans l'incertitude, on peut estimer que la guerre a coûté aux deux parties ensemble entre 500 000 et 1 000 000 de personnes, l'essentiel de ces pertes étant algérien. Si, comme certains l'affirment, l'indépendance de l'Algérie était prévue par les politiques, si leurs déclarations (celles du général de Gaulle) n'étaient qu'une manière de ne pas heurter une opinion aveuglée que les événements allaient se charger d'éclairer, ce cynisme serait insupportable et cette « pédagogie » par les faits macabre.

En fait, les responsables politiques ont hésité et agi en tâtonnant, ne se pliant qu'au moment où il leur apparaissait qu'il n'existait plus d'autres solutions. Mais cette politique, faite de concessions aux groupes de pression, faite d'hésitations entre la négociation et la « pacification », a produit l'une des « décolonisations » les plus coûteuses. Les étapes en sont nettement marquées : de 1954 à 1956, Mendès France comme Mitterrand et tous les leaders politiques (à l'exclusion des communistes) défendent « l'intégrité de la République », « de Dunkerque à Tamanrasset ». Certes, Guy Mollet, au nom des socialistes, fait campagne en 1956 « contre cette guerre imbécile et sans issue ». Mais, parvenu au pouvoir, il cède aux forces décidées à refuser toute concession (envoi du contingent, arrestation de Ben Bella, etc.) tout en affirmant « la personnalité algérienne » et en proposant un triptyque : « cessez-le-feu, élections, négociations ». En 1958, la IVe République s'effondre sous le problème algérien. Et de Gaulle, qui lance aux foules d'Alger : « Je vous ai compris » (juin 1958), parle d'« association étroite » avec la France. Mais, tournant capital, en octobre 1959, il évoque « l'autodétermination » des Algériens, puis, le 4 novembre 1960, il concède que « l'Algérie aura son gouvernement et ses lois ». Et, le 11 avril 1961, de Gaulle se dit persuadé que « l'Algérie sera un État souverain au-dedans et au-dehors ». Parallèlement à ces prises de position publiques, il y a les étapes de la négociation. Le premier contact officiel étant pris avec le F.L.N., dès les conversations de Melun (juin 1960). En 1961, à Évian, les négociations se poursuivent et pas à pas progressent. La France reconnaît le caractère algérien du Sahara et, en février-mars 1962, « l'unité du peuple algérien ». Mais la construction juridique des « accords d'Évian » – présence des pieds-noirs en Algérie, coopération intime entre France et Algérie – s'est rapidement effondrée.

En Algérie, en effet, les passions se déchaînent : l'Organisation armée secrète (O.A.S.), fondée en 1961, au lendemain d'une tentative de « putsch des généraux » (Salan, Challe, Jouhaud, Zeller) contre le général de Gaulle (21 avril 1961), s'emploie, dans une action désespérée et suicidaire, à provoquer le F.L.N. afin de susciter sa réaction et de faire basculer l'armée contre les accords d'Évian. Ce sera, en mars 1962, les combats de Bab el-Oued et le massacre de la rue d'Isly (les troupes françaises tirant contre les « rebelles » O.A.S. : 46 morts, 80 blessés), et l'approbation massive – le référendum du 8 avril 1962 – des accords d'Évian par le peuple français, les arrestations des principaux chefs de l'O.A.S. (dont le général Salan), l'exode des pieds-noirs décapitent l'O.A.S.

La haine contre de Gaulle

Elle est en tout cas le signe extrême des violences qui ont marqué la guerre d'Algérie et qui sont innombrables : tortures, assassinats, répression du mouvement nationaliste (dans la nuit du 17 octobre 1961, des centaines de musulmans sont tués à Paris où ils manifestent), attentats du F.L.N., puis de l'O.A.S. en métropole ; manifestations anti-

O.A.S. si violemment réprimées qu'elles font huit morts au métro Charonne (8 février 1962). La guerre d'Algérie a donc provoqué non seulement la chute d'un régime (la IVᵉ République), mais aussi ébranlé toutes les institutions (l'armée divisée, des officiers entrant dans des complots, pratiquant la «guerre révolutionnaire», tortures, etc.), déchiré la conscience nationale (les «intellectuels portent les valises du F.L.N.», certains prêchent l'insoumission ou la désertion : c'est le *Manifeste des 121* – Sartre, et tous les jeunes écrivains : Simon, Butor, Sarraute, Robbe-Grillet, etc. – septembre 1960), traumatisé des générations qui ont été mêlées aux opérations de répression. La guerre d'Algérie est ainsi l'une de ces crises françaises majeures qui laissent des traces profondes. La haine contre de Gaulle, jugé responsable de la «perte» de l'Algérie, accusé de duplicité, est telle dans certains milieux que les attentats contre lui se multiplient et qu'il échappe miraculeusement à l'un d'eux, le 22 août 1962 (attentat du Petit-Clamart où sa voiture est criblée de balles). Les auteurs en seront arrêtés et leur chef, le colonel Bastien-Thiry, exécuté. De Gaulle, le 20 septembre 1962, utilise l'émotion provoquée par cet attentat pour proposer une révision constitutionnelle qui fait élire le président de la République au suffrage universel. C'est le moyen pour lui de devancer les oppositions parlementaires qui, l'indépendance de l'Algérie étant acquise, souhaitent – comme en 1946 – le renvoyer loin du pouvoir.

Le référendum du 28 octobre 1962 acquiesce à cette modification décisive par 61,75 % des suffrages exprimés.

Dernière conséquence politique d'une guerre qui illustre l'incapacité des milieux politiques français des années 1950 à prévoir et donc à préparer les évolutions afin qu'elles s'effectuent au moindre coût humain.

Ici, chacun a payé avec son sang et ses larmes le prix le plus élevé.

1963

L'Église épouse le siècle :
le pape Jean XXIII et le concile Vatican II

Une Église se situe toujours « hors » du monde temporel. Elle a fixé – elle veut fixer – des principes qui structurent une foi, transcendent les circonstances, se placent d'emblée hors du temps historique pour saisir les questions « éternelles » qui tenaillent l'homme et accompagnent sa destinée. Mais, cela étant posé, l'Église est immergée dans le siècle. Et le XXe est celui des évolutions rapides : technologiques, avec à la fois la libération de la puissance de l'énergie atomique (et tous les risques de destruction collective qu'elle comporte) et la conquête de l'espace (ce « ciel » désormais parcouru par les hommes) ; moraux, avec les nouveaux rapports entre hommes et femmes qui s'établissent avec les « méthodes contraceptives » et les conséquences qui en découlent sur la « morale sexuelle », la structure de la famille (multiplication des divorces, etc.) ; spirituels, avec la diminution considérable de la pratique religieuse, même si la croyance reste proclamée. L'Église catholique, qui est au centre de ce monde qui change, qui en a été historiquement l'un des piliers centraux, se trouve confrontée directement à ces évolutions. Doit-elle les rejeter ou s'y adapter ? Doit-elle affirmer son refus de la modernité ou, tout en maintenant ses valeurs, chercher les meilleurs moyens pour interpréter le comportement contemporain des hommes et réussir ainsi à se faire entendre ?

Le réveil de l'Église

Quand, le 3 juin 1963, le pape Jean XXIII s'éteint en sa quatre-vingt-deuxième année et que s'achève ainsi son pontificat commencé en octobre 1958, la voie est prise et c'est celle de la recherche par l'Église des « signes du temps ». En effet, Jean XXIII (auquel succède, le 22 juin 1963, l'archevêque de Milan, Mgr Montini, qui devient pape sous le nom de Paul VI), que l'on imaginait être, au moment de son accession au trône, un pape de transition, annonce dès le mois de janvier 1959 qu'il convoquera un concile. Il appelle l'Église à un grand réveil et, tout en affirmant le refus « d'idéologies et de systèmes qui sont en opposition déclarée avec la doctrine catholique », il veut ouvrir l'Église catholique au monde tel qu'il est. Il multi-plie ainsi les gestes significatifs, qui sont autant d'indica-tions de ce que le pape attend du concile. Ainsi, en 1960, il nomme pour la première fois un cardinal noir ; il recherche les contacts œcuméniques et crée le Secrétariat pour l'unité des chrétiens (juin 1960), recevant symboliquement au Vatican l'archevêque de Canterbury qui est le chef de la communauté anglicane. En juillet 1961, il publie l'ency-clique *Mater et Magistra* sur les questions sociales. En été 1962, il invite les non-catholiques à envoyer des observa-teurs au concile qui s'ouvre le 11 octobre 1962 à Rome. En 1963, Jean XXIII reçoit en audience privée le gendre de Khrouchtchev, Abjoubei, et déclare que l'Église « n'a pas d'ennemis » même si certains se « disent les ennemis de l'Église ». En 1963, des contacts nombreux seront pris par Mgr Koenig avec les pays de l'Est (Hongrie et Pologne) et Jean XXIII publie l'encyclique *Pacem in terris*, sur les questions de la paix.

La mort du « bon pasteur », ce 3 juin 1963, laisse des questions en suspens, mais le concile est lancé et c'est Paul VI qui le clôturera en 1965.

Selon le mot de Jean XXIII, le concile a fait « pénétrer l'air frais » à l'intérieur de l'Église. Il a eu pour effet de faire sortir l'Église de son cadre historique : elle était vue comme une création gréco-latine, liée donc à l'Europe développée. Elle devient une Église « mondiale », avec ses cardinaux qui sont issus d'autres continents, d'autres cultures, d'autres races. En somme, l'Église connaît son *aggiornamento*, sa mise à jour.

La recherche de l'unité des chrétiens

En même temps, cet effort de mise à jour ne se limite pas à la prise en compte d'un changement d'équilibre entre les régions du monde (au plan économique ou démographique). L'Église fait son « autocritique » (par exemple à propos d'un « antisémitisme » chrétien qui prend sa source dans le thème des Juifs « peuple déicide » et dans un enseignement catholique longtemps porteur de ce thème). Elle affirme un souci évangélique, se montre plus proche des pauvres, marquant sa différence avec les « puissants » et les pouvoirs. Dans ce mouvement de retour sur elle-même et sur ses origines, l'Église recherche « l'unité des chrétiens ». Vatican II se veut un concile œcuménique. L'Église, ainsi, par Vatican II, ne se présente plus comme ayant le monopole de la vérité. Ce qui implique non seulement la reconnaissance des autres Églises comme exprimant des démarches respectables et l'expression d'une croyance, à l'égal de celles des catholiques, mais aussi une attitude différente à l'égard de la personne humaine, reconnue dans sa liberté. Et le rejet de toute la tradition inquisitoriale de l'Église. Un signe : en 1965, c'est la réforme du Saint-Office et la suppression de l'Index.

En somme, c'est une rupture avec la tradition issue de la Contre-Réforme. L'acte de foi devient « libre » et, implicitement, les anciennes notions d'autorité, d'obéissance, de rigueur dogmatique se trouvent dévaluées. Ce qui peut entraîner des conflits avec les tenants de ces valeurs qui veulent respecter la tradition, son *intégralité* (ils deviendront des *intégristes*). D'autant plus que, dans son souci de rencontrer le monde tel qu'il est, la liturgie est modifiée :

on introduit les langues nationales, on simplifie le rituel de la messe, on donne plus d'importance aux laïcs.

Cependant, comme toujours dans l'Église catholique – et dans toute institution –, des contradictions surgissent entre ceux qui veulent aller plus loin et ceux qui désirent limiter le concile. Certains, par exemple, notamment dans les pays d'Amérique latine en proie à des inégalités et à des injustices féroces, mettent l'accent sur une « théologie de la libération », qui va très loin dans la solidarité avec les plus pauvres et leurs luttes.

Par ailleurs, le concile Vatican II bute sur la question de la « démocratisation » du fonctionnement de l'Église. Comment désigner les évêques si l'on veut qu'ils représentent le « peuple de Dieu » ? Comment élargir le collège qui procède à l'élection du pape ? Ces questions ne sont pas tranchées.

Il en est d'autres qui touchent à l'essentiel de la liberté humaine. Le pape Paul VI s'est en effet réservé la décision en ce qui concerne le problème de la régulation des naissances. Et les avis exprimés au concile sont contradictoires face à ce principe même de la vie. Interrogation avec réponse négative à propos de la possibilité d'ordonner des prêtres mariés. L'Église garde donc son visage de société constituée par des célibataires, ce qui, implicitement, continue de signifier que l'acte charnel et le plaisir sont un « mal ». Et, liée à ces deux questions, celle de la possibilité du remariage de l'un des conjoints en cas de divorce.

Ces blocages montrent bien qu'en dépit de Jean XXIII et de « l'air frais » du concile, l'Église catholique peut connaître, à partir de ces points clés, un retour à des positions plus traditionnelles. Puisqu'elle reste une « monarchie », tout dépend du pape. Et la mort de Jean XXIII, ce 3 juin 1963, est une perte pour les partisans les plus résolus de l'*aggiornamento*.

1964

La fin des illusions :
la chute de « Monsieur K »

Il ne suffit pas, pour réformer un système politique, social et économique bloqué, de désigner, du haut de l'appareil de l'État, un ou des boucs émissaires. Même si cette désignation peut avoir un effet libérateur d'énergies sociales, ce coup de boutoir n'est pas à lui seul générateur d'autres pratiques de fonctionnement. Celles-ci ne peuvent surgir que d'un desserrement des pratiques autoritaires, donc de modifications dans l'ordre de l'économique et du politique, c'est-à-dire par la remise en cause des principes qui sous-tendent un système bloqué. Mais cette « libéralisation », cette « démocratisation », même relatives, peuvent entraîner des dysfonctionnements nouveaux. Toute société, même dans les pires conditions, atteint un certain équilibre et se donne – explicitement ou implicitement – des moyens de « fonctionner ». Un coup de boutoir, fût-il nécessaire et salutaire, « désorganise » dans un premier temps cette construction précaire qu'est une société. Il peut susciter des inquiétudes, des remises en question, et, loin d'être un accélérateur des changements, peut au contraire se muer en facteur d'ankylose. Surtout si, dans la tentative de déchirer un coin du voile, les « iconoclastes » laissent dans l'ombre des pans entiers ou continuent, après avoir dénoncé leurs boucs émissaires, à vanter les mérites du système. Dans un système bloqué, une réforme qui ne va pas jusqu'au bout condamne ses auteurs.

Des réformes incomplètes

C'est ce qui arrive en U.R.S.S. à Khrouchtchev, quand, le 14 octobre 1964, il est démis de toutes ses fonctions dans le gouvernement et le parti, en raison, prétend le communiqué officiel, de « son âge avancé et de l'aggravation de son état de santé ». En fait, après une décennie de pouvoir, Khrouchtchev n'a pu s'imposer à la tête du parti et du gouvernement ni entreprendre dans la société des réformes substantielles.

Certes, sa dénonciation du « culte de la personnalité » (XXᵉ congrès – 1956) lui a permis d'éliminer les « vieux staliniens », ses rivaux. Mais les troubles en Pologne, la révolution hongroise suscitent les critiques, et Khrouchtchev, en 1957, est mis en minorité au Praesidium du parti. L'appui que lui apportent les milieux militaires (Joukov) lui permet, convoquant le Comité central, de retrouver une majorité et de modifier la composition du Praesidium à son avantage. Il élimine ceux qu'il appelle « le groupe antiparti » (Malenkov, Molotov, etc.). En mars 1958, Khrouchtchev concentre ainsi dans ses mains la totalité des pouvoirs puisqu'il est aussi – après la démission de Boulganine – chef du gouvernement.

Ces années 1958-1960 représentent l'apogée du « khrouchtchévisme ». Les lancements réussis des *Spoutnik* (1957), le vol de Gagarine (1961) dans l'espace font croire à Khrouchtchev que l'avance du système soviétique sur le système capitaliste est un fait et est irréversible, qu'elle vaut dans tous les domaines, que le communisme va l'emporter. Par ailleurs, après les secousses des années 1953-1956, le « camp socialiste » semble à nouveau soudé. La moisson de 1958 est abondante. La censure se relâche en U.R.S.S., et des livres et des films témoignent de la puissance créatrice des Soviétiques (*L'homme ne vit pas seulement de pain* de Doudintsev, *Quand passent les cigognes* de Kalatozov). En 1959, Fidel Castro l'emporte à Cuba. Et, en 1960, l'avion espion U2 est abattu au-dessus de l'U.R.S.S. C'est dans cette atmosphère que s'ouvre le XXIIe congrès (octobre 1961) qui fixe à une durée de vingt ans la construction du communisme et confirme le pouvoir de Khrouchtchev, en même temps que le stalinisme est à nouveau dénoncé, preuves à l'appui. La momie de Staline est retirée du mausolée et Stalingrad, débaptisée, devient Volgograd. En 1962, la revue *Novy Mir* publie *Une journée d'Ivan Denissovitch*, une nouvelle d'un auteur encore inconnu, Alexandre Soljenitsyne.

En fait, le pouvoir de Khrouchtchev est déjà érodé de toutes parts. Les désillusions s'accumulent. Le système économique et social soviétique reste bloqué. Dans les derniers mois du pouvoir de Khrouchtchev, le taux de croissance industrielle diminue très brutalement et la disette menace, si bien qu'il faut acheter en quantités massives du blé canadien. C'est que Khrouchtchev veut tenter d'améliorer les conditions de vie des Soviétiques. Quelques efforts sont faits dans le domaine des biens de consommation (mais les productions – ainsi les logements – sont de qualité très inférieure). Il faut pour cela améliorer la situation de l'agriculture. Et Khrouchtchev lance la campagne de conquête des «terres vierges», qui sont aux limites des déserts et dont la mise en culture provoque parfois des changements climatiques et écologiques graves. Les récoltes, par ailleurs, sont précaires. Mais, en dehors de cette extension des espaces cultivés, la solution est recherchée dans une augmentation du degré de socialisation de l'agriculture, en mettant l'accent sur les sovkhozes jugés supérieurs aux kolkhozes. Et les dirigeants soviétiques continuent de limiter les «lopins individuels», qui ne doivent, estiment-ils, être tournés que vers la production familiale. Aucune de ces mesures ne réussit à mettre fin à la crise de l'agriculture soviétique. Pour tenter de trouver un nouveau remède, en 1962, Khrouchtchev promulgue une mesure qui sépare en deux branches le parti communiste : l'une chargée de l'industrie, l'autre de l'agriculture !

Tout cela est inopérant. Et pourtant Khrouchtchev – et le congrès du parti en 1961 – développe l'idée que le communisme est l'affaire de deux décennies et qu'il doit être fondé sur une économie d'abondance – propos tenus au moment même où la pénurie est grave pour de nombreux produits. Il s'agira de satisfaire les besoins de la population, mais, précise Khrouchtchev : « Bien entendu, nous ne pensons pas aux caprices ni aux envies de luxe, mais aux besoins normaux d'une personne évoluée. » Le communisme doit par ailleurs effacer la différence entre la campagne et la ville. Et Khrouchtchev, dans cette vision d'une utopie proche, développe l'idée qu'il faut maintenir une propriété collective, étendue aux produits de consommation. Il existerait ainsi des « pools électroménagers » utilisés en commun ; de même, les automobiles seraient propriété de l'État et utilisées en commun. La vie – santé, transports, école, etc. – serait de plus en plus socialisée.

Les échecs de Khrouchtchev

En même temps que l'écart se creuse ainsi entre « utopie » et « réalité », sur le plan de la politique extérieure, Khrouchtchev essuie de nombreux échecs. La construction du mur de Berlin (août 1961) est déjà un aveu d'échec. Le retrait, après un blocus américain de Cuba, des fusées soviétiques qui y ont été implantées est un camouflet et en même temps la révélation de la politique aventuriste de Khrouchtchev. Ces inconséquences de Khrouchtchev sont vivement critiquées par les Chinois, et le différend entre les deux grands du communisme éclate au grand jour dès les années 1960, atteignant un état de crise dans les années 1963-1964, lorsque les Soviétiques dénoncent les prétentions territoriales chinoises sur l'U.R.S.S. Des heurts ont lieu à la frontière entre les deux pays, et cette cassure du bloc communiste – après le choc de la déstalinisation – est aussi un boomerang que la réalité historique envoie à ceux qui refusent de la regarder.

L'ère de Khrouchtchev annonce ainsi le grand réveil, dans le monde entier, de ceux que la fascination pour l'U.R.S.S. avait aveuglés.

1965

« Moi ou le chaos » :
l'élection du général de Gaulle

Le pouvoir suprême a toujours été personnalisé. Le roi thaumaturge et le dictateur du XXe siècle – qu'il se nomme Hitler ou Staline – ont un rapport personnel avec leurs sujets. Les visages des « leaders » ont toujours été multipliés par des « supports » : qu'il s'agisse de pièces de monnaie, de vitraux ou d'affiches. Les démocraties parlementaires qui se constituent pas à pas au cours du XIXe siècle ont tenté de mettre fin à cette représentation du pouvoir. Les chefs d'État, dans ce système politique, n'exercent pas la réalité du pouvoir qui est entre les mains d'un président du Conseil, ou d'un Premier ministre auxquels des majorités accordent, durant un temps, souvent bref, l'exercice précaire de l'autorité gouvernementale. Quant aux chefs d'État, ils ont des fonctions de représentation, qu'il s'agisse de monarques constitutionnels ou de présidents de la République.

La force de l'exécutif

Or, dans la seconde moitié du XXe siècle, ces démocraties parlementaires sont elles aussi touchées par la personnalisation du pouvoir, sous l'effet de deux phénomènes presque concomitants. D'une part, parce que des réformes constitutionnelles introduisent, au nom de l'efficacité, l'élection du chef de l'État au suffrage universel, d'autre part, parce que les moyens de communication de masse redoublent ce rapport direct entre le candidat puis le chef de l'État et l'électeur. Cela crée une nouvelle forme de démocratie, plus spectaculaire, personnalisée à l'évidence et dans laquelle les corps intermédiaires – les élus et les notables – voient leur influence réduite, cependant que l'élu au suffrage universel, qui tient dans ses mains la réalité de l'exécutif, acquiert une légitimité supérieure : l'onction du suffrage universel national. Roosevelt, Mendès France à sa suite avaient ainsi usé d'émissions régulières de radio pour toucher chaque foyer. La télévision accentue ce phénomène, personnalisant à outrance, donnant à l'image la priorité sur le discours et l'analyse. En 1960, il y a en France environ 2 500 000 récepteurs, mais ils sont déjà plus de 8 millions en 1965 (et 11 millions en 1969), au moment où s'ouvre la campagne présidentielle qui oppose le général de Gaulle à cinq candidats (François Mitterrand représentant la gauche, Jean Lecanuet le centre, Jean-Louis Tixier-Vignancour l'extrême droite, etc.).

Cette campagne est en fait la première qui combine à la fois le suffrage universel direct et la télévision. Le 5 décembre 1965 (comme les sondages – autre innovation sur une telle échelle – le laissaient prévoir), le Général est mis en ballottage par François Mitterrand (43,71 % des voix contre 32,23 %) et, le 19 décembre 1965, de Gaulle l'emporte par 54,50 % des voix contre 45,49 % à Mitterrand. De Gaulle obtient la majorité absolue dans 66 départements, dont la Seine. Ce ballottage (qui, au Général, fait l'effet d'un camouflet, une sorte de « blasphème ») redistribue en fait les cartes politiques.

Les résultats s'expliquent d'abord par un phénomène d'usure du pouvoir. Difficultés économiques et mécontentement social latent se conjuguent, maintenant que la guerre d'Algérie est terminée et que la fonction « historique » du général de Gaulle – faire la paix – peut paraître terminée. La politique européenne de De Gaulle inquiète les milieux centristes. De Gaulle pratique à Bruxelles la politique de la « chaise vide », s'oppose à l'entrée de l'Angleterre dans le Marché commun. Sa politique extérieure est tout aussi inquiétante aux yeux des « atlantistes ». Si de Gaulle a soutenu très fermement les États-Unis au moment de la crise de Berlin et de Cuba (1961-1962) face à l'U.R.S.S., il réaffirme l'indépendance de la politique française (en 1964, la France a reconnu la Chine populaire, par exemple ; octobre 1965, visite du ministre des Affaires étrangères Couve de Murville à Moscou). Sa volonté de combattre les « deux hégémonies » et d'affirmer une « certaine idée de la France » s'oppose aux partisans de la supranationalité. En outre, le style du pouvoir commence à peser sur une opinion où les jeunes générations issues du *baby-boom* de la guerre et de l'après-guerre (la remontée de la natalité a commencé dès 1942) accèdent à la majorité électorale. Les « grands » de la Seconde Guerre mondiale ont quitté la scène (Churchill est mort le 24 janvier 1965 et Staline dès 1953). De Gaulle fait figure de « survivant », de « dernier des géants ». Et piaffent d'impatience dans son camp comme dans l'opposition les successeurs éventuels (Pompidou, le Premier ministre, le jeune Giscard d'Estaing, Mitterrand, etc.). Enfin, une affaire criminelle – l'enlèvement en plein Paris, avec la complicité d'agents français du contre-espionnage, de l'opposant marocain Mehdi Ben Barka (octobre 1965) – illustre combien, derrière l'auguste façade gaulliste, grouillent les « barbouzes » (ceux qui ont mené la guerre de l'ombre contre les terroristes activistes de l'O.A.S.) et aussi les avides qui profitent du pouvoir pour s'enrichir.

Problèmes de société et archaïsme

De Gaulle s'est déclaré candidat tard, affirmant que s'il était battu la République « s'écroulerait aussitôt ». La France devrait alors subir, « mais cette fois sans recours possible, une confusion de l'État plus désastreuse encore que celle qu'elle connut autrefois ». Mais cette dramatisation (« Moi ou le chaos ») n'opère pas avec l'efficacité attendue. La télévision, tenue sous le strict contrôle gouvernemental (par le ministre de l'Information A. Peyrefitte), est contrainte de laisser, pour la durée de la campagne électorale, les opposants s'exprimer. Et les images frappent.

Les « chevaux de retour » – Mitterrand, Lecanuet, selon le pouvoir gaulliste – apparaissent comme des hommes jeunes (Lecanuet joue les Kennedy, Mitterrand fait entendre la voix de la gauche) face à un homme âgé qui incarne plutôt le passé. De Gaulle, d'abord dédaigneux, doit se mobiliser, faire campagne, admettre qu'il est un parmi d'autres. Les hommes neufs sont les opposants qui semblent préfigurer une VIᵉ République contre les tenants de cette Vᵉ République qui depuis sept années est omniprésente. Une convergence de fait s'établit entre les centristes et la gauche et même, au second tour, avec l'extrême droite qui, par haine de De Gaulle, vote Mitterrand. Si bien que la réélection du général de Gaulle ne règle rien. Les problèmes de société demeurent. L'archaïsme des structures devient pesant avec ses effets ridicules comme l'interdiction, en 1966, du film *La Religieuse* (de Jacques Rivette d'après Diderot). Et chacun attend les élections législatives qui doivent intervenir en 1967. Le 20 décembre 1966 – pour la première fois depuis 1945 –, les communistes, les socialistes et les radicaux concluent un accord électoral qui lie ainsi la Fédération de la gauche démocrate et socialiste (F.G.D.S.) et le P.C.F. C'est un choix politique décisif dans la mesure où le Centre démocrate (Lecanuet) se trouve rejeté à droite et où la tentative de troisième force (incarnée un temps par Defferre) est enterrée. L'union de la gauche apparaît comme l'alternative crédible au gaullisme, et François Mitterrand, l'homme qui a mis de Gaulle en ballottage, en est le leader naturel. Mais, cependant, aux élections de 1967 les gaullistes conservent d'extrême justesse la majorité (243 députés sur 487). Pompidou, le leader des gaullistes, apparaît comme le successeur de De Gaulle. Et le régime, malgré ce succès électoral, paraît fragile. Reste que, au plan des institutions, sa stabilité semble assurée. Mais l'histoire se fait aussi ailleurs que dans les palais officiels.

1966

Gardes rouges et Grand Timonier :
la Grande Révolution culturelle prolétarienne

L'idée – l'utopie ? – selon laquelle on peut, on doit changer les pensées des hommes pour les rendre meilleurs court tout au long de l'Histoire, en Occident comme en Orient. Et, pour ce faire, on a usé de tous les moyens : la persuasion, la propagande de tous les instants, la violence et la répression, la peur qu'elles engendrent. Il faut « extirper » des têtes les idées fausses, afin d'y inscrire la juste pensée. Toutes les religions, à un moment ou à un autre de leur histoire, ont eu cette tentation qui a conduit des centaines, des dizaines de milliers d'hommes (et sans doute davantage) à la mort.

Fanatisme religieux

L'étonnant, de prime abord, c'est que de tels comportements surgissent dans le dernier tiers du XXᵉ siècle – celui de la technique et de la science rayonnantes – comme expression d'une doctrine – le communisme – qui s'est toujours présentée comme un rationalisme critique. Or, c'est en Chine, en 1966 – le début de la campagne a lieu le 18 avril –, qu'est lancé le mot d'ordre de « révolution culturelle », bientôt qualifiée de « prolétarienne » (en juin 1966), et il participe de cette volonté de changer les idées dans les têtes, toutes les têtes, en faisant naître un mouvement qui, dans ses formes, relève du fanatisme religieux.

Il a cependant un autre aspect. Il tente en effet de répondre à un danger qu'aucune révolution n'a pu éviter :

celui de l'épuisement de l'élan révolutionnaire. Après la conquête du pouvoir, le parti révolutionnaire se transforme en parti de gouvernement. Les cadres, hier révolutionnaires engagés dans le combat, deviennent des fonctionnaires disposant des bénéfices du pouvoir. Ils « s'embourgeoisent ». Comment faire que dans la révolution victorieuse renaisse une révolution ? Comment, en somme, animer une « révolution permanente » qui renouvelle les cadres ? La « Grande Révolution culturelle prolétarienne » est aussi l'expression de cette volonté, et c'est par ce biais-là qu'elle réussit à séduire des intellectuels occidentaux, qui vont, puisque l'U.R.S.S. de Brejnev – le successeur de Khrouchtchev – n'a plus le visage de la révolution, se définir comme « maoïstes » et chercher du côté de Pékin l'utopie qu'ils avaient, depuis 1917, située à Moscou. Mouvement favorisé par le fait que la querelle sino-soviétique, conflit frontalier de deux grandes puissances, rivalité pour l'hégémonie sur le mouvement communiste, a aussi des aspects doctrinaux. Pékin reprochant à Moscou de rechercher l'entente avec les États-Unis pour stabiliser la situation mondiale et juguler les forces révolutionnaires. Pékin serait donc devenu le nouveau centre de la révolution mondiale, et la guerre du Viêt-nam qui s'est rouverte et où les États-Unis interviennent massivement crée aussi les conditions pour que, de l'extérieur, la Grande Révolution culturelle prolétarienne apparaisse comme la « Révolution » continuée, reprenant son cours authentique, loin des compromissions.

La « Bible » de ce mouvement – qui a donc des échos mondiaux, avec la création de groupes maoïstes dans différents pays et parfois de scissions dans les partis communistes entre « orthodoxes » et ceux qui se définissent marxistes-léninistes, c'est-à-dire se reconnaissent dans la politique chinoise – est le *Petit Livre rouge*. Ce texte de trente-trois chapitres est un manuel rédigé par Mao et que chaque Chinois possède, qu'il brandit dans les manifestations. Sous couverture plastique rouge, il devient le « guide de la pensée correcte », l'expression de la « Pensée Mao Tsétoung » qui permet de s'orienter dans toutes les situations et de « traiter – en l'isolant puis en l'extirpant – la maladie idéologique ou politique ».

Une bataille pour le pouvoir

En fait, quand on analyse les causes de la Révolution culturelle prolétarienne, on se rend compte qu'elle prend sa source dans une bataille pour le pouvoir. Mao Tsé-toung, à la suite des déconvenues de sa politique économique (« le Grand Bond en avant »), a vu son influence dans le parti peu à peu érodée (de 1959 à 1965), cependant que, dans le pays, sous le poids des difficultés, le mouvement révolutionnaire s'arrêtait. Le propos de Mao est de reconquérir le pouvoir, tout le pouvoir, en s'appuyant contre le parti sur l'armée (dirigée par le maréchal Lin Piao), sur la jeunesse que l'on mettrait en mouvement et qu'on encadrerait (« les gardes rouges ») et en attaquant, dans tout le pays, les « cadres embourgeoisés », les « intellectuels », en les forçant à l'autocritique, en les soumettant à la critique des masses et en leur imposant une régénération de leurs pensées par des travaux pénibles. Des hommes comme l'historien Wou Han, vice-maire de Pékin, l'écrivain Kouo Mo-jo ou le président de la République Liu Shao-ch'i deviennent ainsi – avec des centaines de milliers d'autres « intellectuels » – la cible des gardes rouges. L'objectif étant de créer des « comités révolutionnaires » qui peu à peu permettront de reconstruire le parti autour de Mao. L'armée est le fer de lance et le modèle d'« organisation ». Il faut « militariser » la société. Il faut mettre « la politique aux postes de commande ». Et cela devrait permettre aussi de résister à une attaque américaine, de faire naître partout dans le monde une vague révolutionnaire irrésistible, les « campagnes » (le tiers monde) assiégeant les « villes » (le monde capitaliste, l'hémisphère Nord). La Révolution culturelle prolétarienne est donc aussi l'expression d'un populisme, d'un communisme paysan, hostile aux villes, aux intellectuels. Chou En-lai, qui appuie le mouvement, parle, dès 1965, de la nécessité de la « transformation radicale de toute idéolo-

gie, bourgeoise, féodale ou autre », de « lutte des classes »
prolongée.

Régression et répression

Mao – qui s'est réfugié à Shanghai – est naturellement la
clé de voûte de cette Révolution culturelle. Il réussit à faire
destituer Peng Chen (le maire de Pékin). Il devient l'objet
d'un culte idolâtre. Non seulement le *Petit Livre rouge* est
diffusé à des dizaines de millions d'exemplaires, récité par
cœur, mais l'image de Mao – badges, affiches, etc. – envahit tout. Il est le « Grand Timonier » qui oriente le combat
des « masses ». Des manifestations énormes de centaines
de milliers de gardes rouges ont lieu. Des *dazibaos*,
journaux muraux dénonçant les « suspects ». Ainsi se développent l'épuration, la « rectification », et les violences
physiques dans tout le pays : crimes, bastonnades, humiliations, déportations. Elles entraînent des suicides. Elles
créent de véritables batailles pour le pouvoir : les comités
révolutionnaires (rebelles et gardes rouges, armée, cadres
du parti ralliés au maoïsme) s'implantent dans le pays,
désorganisent en fait la production. Et, en 1967, le groupe
des modérés (Chou En-lai) recommande la fin des violences, le retour à l'ordre. Mais la Révolution culturelle, la
reconstruction du parti, la fidélité à la « Pensée Mao Tsé-
toung » sont toujours les objectifs. Et entre « modérés » de
la Révolution culturelle et « extrême gauche », les conflits
et les combats sont nombreux. L'armée recevant l'ordre
d'intervenir pour réprimer les troubles. C'est dire que la
Chine « révolutionnée » est en pleine régression. Les intellectuels sont « à la production » ou dans des camps ; l'économie est paralysée. La peur et le conformisme s'installent.
Les violences ont provoqué des millions de victimes (on
avancera pour tous ceux qui ont eu à souffrir de la Révolution culturelle, des tués aux bannis, des blessés aux exclus
du parti, le chiffre de 100 millions de victimes pour la
période de 1966-1976).

Cette réalité, les Chinois la subissent, cependant que, en Occident – en Europe notamment –, on imagine sous des aspects idylliques ce mouvement, violent, sanglant et fanatique.

1967

Les guerres d'Israël

La tentation de régler par la force les problèmes qui opposent les hommes entre eux est la plus « naturelle », la plus spontanée, la plus répandue. Détruire l'adversaire, c'est effacer le problème. Et donc le résoudre. Mais il y a une logique du rapport de forces : il peut s'inverser. Et l'ennemi, s'il n'est pas complètement détruit, applique à son tour le même principe. Une course à la puissance s'engage donc entre les rivaux qui fait souvent la trame des relations internationales, la paix – ou la non-guerre – étant fondée sur l'équilibre précaire des forces en présence. Dans cette perspective, qui n'admet que son propre droit comme seul droit légitime, il faut éviter, à n'importe quel prix, que l'équilibre s'inverse en sa défaveur. Si bien que l'une des parties peut être tentée de pratiquer une « guerre préventive », pour gagner du temps et de l'espace.

Le Conseil national palestinien

C'est ce qui a lieu le 5 juin 1967, quand l'armée israélienne déclenche une guerre éclair contre les trois puissances arabes – Égypte, Jordanie, Syrie – qui deviennent menaçantes. En effet, le 4 juin, au pacte militaire égypto-jordanien s'est associé l'Irak. Et ces États arabes bénéficient de l'aide militaire soviétique en même temps que du soutien des nouveaux États arabes indépendants, ceux du Maghreb, au premier rang desquels l'Algérie. La question palestinienne continue, par ailleurs, de se poser et elle a même pris une importance croissante parce que le nombre des réfugiés s'accroît (ils sont plus de 1 300 000 en Jordanie) et que, le 28 mai 1964, s'est réuni le premier Conseil national palestinien, sous le patronage de la Ligue arabe et avec les représentants de tous les courants palestiniens ainsi que les ambassadeurs de la plupart des pays arabes. C'est à la reconquête de leur identité, de leur « patrie usurpée », à la vengeance de « toutes les générations humiliées et trahies » (depuis la déclaration Balfour) que veulent se consacrer les Palestiniens. Et ils n'envisagent qu'une seule issue : la lutte armée. Dans sa résolution finale, le Congrès national palestinien déclare : « Le problème palestinien ne sera jamais résolu qu'en Palestine et par la force des armes. » Des camps d'entraînement militaires doivent être ouverts dans les États arabes. Le 28 février de chaque année doit être célébrée la « Journée nationale des peuples arabes ». Une taxe sera prélevée sur tous les Palestiniens afin d'alimenter la trésorerie du Conseil national.

Devant ces menaces potentielles, le gouvernement israélien s'oriente vers une guerre préventive. Un cabinet d'Union nationale est constitué le 1er juin à Tel-Aviv, et le général Moshé Dayan en devient le ministre de la Défense. L'imminence probable du déclenchement des hostilités conduit le général de Gaulle à préciser que « l'État qui emploierait le premier les armes n'aurait pas l'approbation de la France ». Mais, le 5 juin, l'attaque est déclenchée par l'aviation israélienne et, en moins de six jours (la guerre sera dite « des Six Jours »), l'armée égyptienne est bousculée, le canal de Suez est atteint après que les Israéliens ont occupé le Sinaï (Gaza et El-Arich, ainsi que Charm el-Cheikh) ; la vieille ville de Jérusalem et toute la partie cisjordanienne de la Jordanie ainsi que les hauteurs du Golan sont conquises sur les Jordaniens et les Syriens.

Ce désastre militaire humiliant conduit les belligérants arabes à accepter le cessez-le-feu (les combats cessent le 10 juin). Le 8 juin, Nasser présente sa démission, mais devant le mouvement d'opinion il la reprendra. Autres conséquences politiques : les pays arabes décident de ne plus livrer de pétrole aux Anglo-Saxons. Quant aux Soviétiques, ils rompent leurs relations diplomatiques avec Israël, suivis par les démocraties populaires (excepté la Roumanie). De Gaulle, pour sa part, dénonce la responsabilité d'Israël (le 21 juin) dans le déclenchement de la guerre, refusant toute reconnaissance du droit de conquête. C'est d'ailleurs avec des nuances le point de vue des grandes puissances.

Mais Israël considère d'abord sa sécurité. Il n'est plus question pour lui de revenir aux frontières d'avant le 5 juin 1967. Même si l'existence de « territoires occupés » lui pose – et lui posera, surtout – de graves problèmes de maintien de l'ordre. En fait, la perspective est, pour une partie des dirigeants israéliens, d'y implanter des colonies de peuplement juives. Mais un Moshé Dayan accepte les conséquences de cette situation, en déclarant, après la guerre des Six Jours : « Nous sommes venus dans un pays habité et nous y construisons un État juif. Les Arabes n'accepteront pas notre entreprise. Nous sommes condamnés à un état de belligérance perpétuelle. Nous sommes un corps étranger transplanté dans cette région que les autres organes repoussent » (1967). Il est en même temps persuadé que « le temps travaille pour Israël... et qu'il maintiendra le statu quo dans la région aussi longtemps qu'il le désirera », parce que « les Arabes n'ont pas d'option militaire ».

Cette vision qui se veut réaliste – ou cynique – est optimiste. Elle néglige le sentiment qui anime les Palestiniens et la reconstruction lente d'un potentiel militaire arabe. Mais elle est apparemment confortée par le massacre de milliers de Palestiniens par l'armée jordanienne en septembre 1970 (« Septembre noir »), le roi Hussein de Jordanie craignant pour son trône menacé, estime-t-il, par les réfugiés palestiniens. Un cessez-le-feu sera finalement conclu entre Hussein et Yasser Arafat (pour les Palestiniens), mais cet épisode sanglant semble montrer l'isolement des Palestiniens et la division des Arabes. Il ne peut que favoriser le maintien de la *Pax israelica*, selon les vues de Moshé Dayan. La mort de Nasser – le 28 septembre 1970 – fait aussi disparaître l'un des adversaires les plus résolus et les plus symboliques d'Israël. Le « Guide » – le raïs – mort, que peut craindre Israël ? Le successeur de Nasser, Anouar el-Sadate, ne paraît pas avoir la dimension charismatique du raïs.

La « guerre du Kippour »

Or le 6 octobre 1973 – le jour du Kippour, d'où l'appellation « guerre du Kippour » –, les Égyptiens et les Syriens déclenchent une attaque contre les lignes israéliennes.

Elle avait été précédée de nombreux signes de préparation qui n'avaient pas été pris en compte par les Israéliens persuadés de leur supériorité. En juillet 1973, le général Sharon déclarait ainsi : « Israël est une superpuissance… En une semaine nous pouvons conquérir toute la région allant de Khartoum à Bagdad et à l'Algérie. »

Or l'attaque surprise des Égyptiens et des Syriens remporte des succès importants même si, après quelques jours, la situation est retournée par les Israéliens qui atteignent Suez et Ismaelia et encerclent une armée égyptienne. Mais si le sort des armes leur est ainsi favorable, les Arabes ont démontré leur capacité offensive et militaire, à la grande surprise des Israéliens finalement vainqueurs.

La guerre du Kippour, en tout cas, confirme que la logique du rapport des forces conduit à une répétition et à une amplification des conflits. Que la négociation et le compromis seraient donc nécessaires.

Mais ils ne sont possibles que si le protecteur d'Israël – les États-Unis – en est partisan et pèse sur Tel-Aviv et sur les Arabes et les Palestiniens pour l'imposer.

En 1973, le chemin est encore long pour y parvenir.

1968

« Sous les pavés, la plage » :
les mouvements de mai

La jeunesse est souvent dans l'Histoire le ferment des transformations. Cela ne tient pas tant à la biologie – énergie vitale, dynamisme, etc., jouent cependant un vrai rôle dans le comportement social – qu'au fait qu'elle n'est pas encore insérée dans un cadre social strict, stable, conforme. Entre la famille et la production, elle est, surtout au XXᵉ siècle où se prolongent les temps d'initiation à la vie active (scolarité jusqu'à seize ans, universités, etc.), à la « lisière » de la société et donc plus apte à la contester. Plus liée aussi à des « espoirs » – parce que la vie est devant elle –, la jeunesse aspire à des perspectives ouvertes et veut donner du « sens » à sa vie. Or, dans les années 1960-1970 – et le phénomène se prolongera – les « grands idéaux » s'incarnent difficilement dans la société dite de « consommation » que n'a pas touchée depuis des décennies une profonde crise économique. Il reste certes des « groupuscules » que mobilisent les idées révolutionnaires, mais, s'ils jouent le rôle de germe dans la jeunesse, s'ils sont capables de l'encadrer, ils n'expriment pas ce sentiment de vide qui s'empare de beaucoup de jeunes. La lutte pour la « paix au Viêt-nam » contre « l'impérialisme américain », au nom du maoïsme ou du trotskisme, concerne les militants. Elle sert de détonateur à quelque chose de plus profond qui est à la fois volonté d'intégration, refus de la normalisation que cette intégration suppose dans une société qui n'est pas encore permissive, et en même temps goût de la liberté et donc contestation de cette même société. Par ailleurs, ces mouvements de la jeunesse peuvent à leur tour servir de catalyseur à des groupements sociaux, si des groupes, des classes ont le sentiment que la collectivité ne les écoute pas et qu'elle doit se renouveler.

Une agitation mondiale

Dans le monde entier, au printemps de 1968, des signes existent que la « jeunesse » est en ébullition. Au Brésil, aux États-Unis, en Italie, en Allemagne (violentes manifestations après l'attentat dirigé contre le leader étudiant socialiste Rudi Dutschke, blessé dans un attentat à Berlin-Ouest – 11 avril 1968). Mais, d'une certaine manière, le mouvement des gardes rouges, dans le cadre la Révolution culturelle prolétarienne chinoise, est aussi, bien que manipulé, un mouvement de la jeunesse. Et dans ces mouvements d'étudiants qui surgissent ici et là – et d'abord en France – le « maoïsme » joue un rôle de ferment.

De ces différents points de vue les événements français sont exemplaires. L'agitation qui naît à l'université de Nanterre (« mouvement du 22 mars ») entraîne la fermeture de l'université (2 mai), se répand dans le Quartier latin. Les heurts avec la police (du 3 au 7 mai) favorisent la mobilisation étudiante, qui atteint son paroxysme avec la « nuit des barricades » (10-11 mai) et des scènes de violence (arbres coupés, voitures brûlées, charges de la police, etc.). Le 11 mai, Pompidou, président du Conseil, rentré à Paris d'un voyage à l'étranger, prend des mesures d'apaisement (réouverture de la Sorbonne) qui semblent marquer la capitulation du pouvoir. Les forces d'opposition (syndicats, partis politiques de gauche, personnalités – Mitterrand, Mendès France, etc.) se solidarisent avec le mouvement étudiant et, le 13 mai, une immense manifestation prend le sens d'une « attaque » politique contre le régime et la majorité gaulliste. Cependant que, dans les jours suivants, les occupations symboliques se multiplient (Sorbonne, théâtre de l'Odéon, etc.), le monde ouvrier entre dans l'action et l'on dénombrera bientôt 11 millions de grévistes : chiffre immense et record. L'intervention du général de Gaulle est inefficace et c'est Georges Pompidou qui, en concluant avec les syndicats les accords de Grenelle (27 mai), marque le premier point.

Cette ouverture et cette conclusion de négociations sociales sont significatives. Elles montrent que le monde du travail (et, derrière la C.G.T., le parti communiste) ne veut pas se lancer dans une aventure politique même si les manifestations continuent. Les hommes politiques (Mendès France au stade Charléty, le 27 mai ; François Mitterrand dans une conférence de presse le 28) qui se présentent en successeurs de De Gaulle ne saisissent pas que le pouvoir n'est pas réellement menacé – malgré les apparences – puisque personne n'a, en fait, les moyens de le renverser. De Gaulle, après une mise en scène spectaculaire (il disparaît quelques heures pour s'assurer de la fidélité de l'armée ; il rencontre le général Massu en Allemagne), intervient le 30 mai à la radio, cependant que ses partisans organisent une manifestation aux Champs-Élysées. La France qui « s'ennuyait » (titre d'un article célèbre du journaliste Viansson-Ponté le 14 février 1968) vient de vivre un simulacre de « révolution ». L'ordre doit revenir. Les élections législatives des 29-30 juin 1968 sont un triomphe pour la majorité gaulliste : 358 sièges sur 485. La gauche est défaite. Les événements de mai ont cependant ébranlé toute la société politique et marqué la fin du « gaullisme ». De Gaulle, qui écarte Pompidou au lendemain des élections triomphales, se prolonge encore un an. Mais, pour trouver une nouvelle « légitimité », il tente un référendum sur la régionalisation et la réforme du Sénat, dans lequel le non l'emporte (27 avril 1969). De Gaulle se retire aussitôt. Les « modérés » (Giscard d'Estaing) ont fait campagne pour le non, mais ils soutiendront par contre la candidature de G. Pompidou à la présidence de la République. Les socialistes et les communistes vont séparés au scrutin (Defferre et Duclos). Un candidat centriste (Alain Poher) restera en lice au second tour contre Pompidou, élu le 15 juin 1969, avec 58,21 % des suffrages exprimés et seulement 37,5 %

des inscrits. Les abstentions, blancs et nuls ont représenté 35,55 % des inscrits.

Ainsi, l'effet politique de la secousse de mai aura été d'écarter de Gaulle du pouvoir et de permettre la transition avec son successeur. La gauche socialiste subit une cuisante défaite (Defferre : 5 % !). Et malgré le bon succès du candidat communiste (Jacques Duclos 21,5 % des suffrages exprimés), les événements internationaux – en août 1968, les tanks soviétiques sont entrés en Tchécoslovaquie pour mettre fin à l'expérience du « socialisme à visage humain » de Dubcek –, l'impasse politique dans laquelle ils sont enfermés (jamais un président de la République communiste ne sera élu en France) réduisent leur influence. Et leur attitude durant les événements de mai les a coupés de toute une génération, celle qui va prendre le pouvoir dans la société.

La fin d'une époque

Car le mouvement de mai a fait sauter un certain nombre de verrous dans la société française. De Gaulle renvoyé, c'est bien la fin de la guerre mondiale et de l'esprit de la Résistance qui se trouve, plus tard que dans d'autres pays, manifestée. Pompidou, Giscard d'Estaing, les nouveaux leaders ne se réfèrent plus à ce passé. Avec le départ de De Gaulle, des valeurs traditionnelles – dont celles liées à la « grandeur française » – s'émoussent cependant qu'une autre façon de vivre, permissive, antiautoritaire, gagne toutes les couches de la société.

Mai est donc ainsi une « révolution culturelle » et, dans un simulacre révolutionnaire, la fin des idéaux révolutionnaires pour quelques générations. Le mouvement a permis en effet un « renouvellement » des élites. Les « révolutionnaires » de mai choisissent de s'intégrer à la société. Une France différente va s'afficher, qui avait du mal à percer sous de Gaulle.

Une époque se ferme. De Gaulle meurt le 9 novembre 1970.

Ce qui a été fait ne peut être défait :
Willy Brandt chancelier

Une nation doit connaître et regarder son passé. C'est à cette condition qu'elle peut éviter d'être saisie à nouveau par les démons qui hier l'ont emporté. Il faut pour cela du courage aux hommes d'État qui la gouvernent. Et ce n'est possible que si eux-mêmes ont été exemplaires. Mais ils doivent affronter leur opinion publique où se heurtent plusieurs générations. Celles qui ont été complices ou témoins des événements refusent le plus souvent cette culpabilité qu'on leur demande d'assumer. Leur jeunesse coïncide avec le passé qu'il leur faudrait juger et condamner. Les nouvelles générations sont davantage prêtes à examiner avec lucidité ce que fut l'histoire de leur pays. Encore faut-il qu'elle leur soit enseignée. Mais leur situation n'est pas simple et ne va pas sans déchirements : s'ils condamnent le passé, ce sont aussi leurs parents qu'ils déclarent coupables. Les jeunes – ou certains d'entre eux – ont donc le sentiment, face à une société tranquille qui enveloppe de silence les événements d'hier – quelquefois monstrueux –, que l'hypocrisie est la loi même de la vie sociale, et leur révolte peut prendre des formes extrêmes comme le terrorisme. Elles sont aussi pour une part les fruits amers, empoisonnés, du passé.

L'Allemagne au centre des contradictions européennes

L'Allemagne est la nation qui, en Europe, se trouve confrontée, de plein fouet, à cette situation. Elle doit assu-

mer l'hitlérisme et ses conséquences : la guerre mondiale –
dont Hitler est déclaré responsable –, le système concentrationnaire, la barbarie des actions des S.S., et surtout
l'holocauste et la mort de près de 6 millions de Juifs exter-
minés dans le cadre de la Solution finale. Enfin, elle se
trouve, comme nation, amputée de territoires – ceux qui ont
été annexés par la Pologne –, privée de sa capitale historique, Berlin, enchâssée dans une « deuxième » Allemagne,
la République démocratique allemande qui est rattachée au
système socialiste et dont la sépare le mur de Berlin. Elle a
dû intégrer des millions de réfugiés venant de l'Europe de
l'Est, puis de la R.D.A. blessée dans son être historique,
occupée, désignée comme la coupable (elle verse des pen-
sions aux parents des victimes juives de l'extermination),
elle n'a que fort partiellement réussi sa « dénazification »,
car, outre que la plupart des Allemands ont été membres
du parti nazi, elle s'est trouvée engagée aux côtés des puissances de l'Ouest dans la lutte contre le communisme
devenu le principal ennemi.

C'est par ce biais que le chancelier Konrad Adenauer
(1876-1967), lui-même irréprochable quant à son attitude
pendant le nazisme, démocrate-chrétien (C.D.U.) qui reste
longuement au pouvoir (1949-1963), obtient le réarmement
de l'Allemagne dans le cadre des accords de Londres et de
Paris (1954). Partisan de l'Europe (il avait été favorable à
la Communauté européenne de défense), il joue un rôle
actif dans le cadre du Marché commun, noue de solides
relations d'amitié avec le général de Gaulle et surtout réalise avec l'aide de Ludwig Erhard le redressement spectaculaire de l'Allemagne, qui devient la première puissance
économique de la Communauté.

Reste que, après son départ, les chanceliers de la C.D.U.
qui lui succèdent (Erhard, Kiesinger) se trouvent face à de
nouveaux problèmes : la montée des socialistes du S.P.D. ;
les rapports avec la R.D.A. et les pays de l'Europe de l'Est
– la Pologne notamment (c'est-à-dire la reconnaissance de
la situation géopolitique issue de la guerre) – ; la gestion de
la puissance économique et financière de l'Allemagne.

Les élections du 28 septembre 1969 sont, de ce point de vue, décisives. Si les chrétiens-démocrates (C.D.U.) restent la première force politique du pays (46,1 % des voix et 242 sièges – au lieu de 47,6 %), les socialistes progressent au détriment du parti libéral (F.D.P.). L'extrême droite n'obtenant pas le pourcentage nécessaire pour être représentée au Bundestag. Une coalition entre le S.P.D. et le F.D.P. (socialistes et libéraux) dispose de la majorité à l'Assemblée. Le 21 octobre 1969, Willy Brandt, leader du S.P.D., est investi avec une majorité de trois voix chancelier de la R.F.A. L'homme incarne une « autre » Allemagne puisque, en 1933, il a émigré en Norvège et qu'il a revêtu l'uniforme norvégien, n'étant rentré en Allemagne qu'en 1945. Il a été maire de Berlin-Ouest. Il est – au plan individuel – étranger au nazisme (ce n'était pas le cas du chancelier Kiesinger).

L'Allemagne qu'il prend en charge écrase ses voisins économiquement. La France vient (8 août) de dévaluer sa monnaie de 12,5 %. Et le départ du général de Gaulle, l'élection de Pompidou à la présidence de la République – Chaban-Delmas étant Premier ministre – indiquent que le temps des ambitions planétaires est terminé et que la France, engagée dans la construction d'une « nouvelle société », se tourne modestement vers les problèmes quotidiens.

La première décision du gouvernement de Willy Brandt est de réévaluer le mark de 9,29 %. C'est un constat de la puissance allemande, un coup d'arrêt aux spéculations financières contre les monnaies européennes et aussi un acte de foi dans les capacités de l'économie allemande à exporter.

Mais c'est sur le plan de la politique extérieure que les actes de Willy Brandt sont, au cours des mois qui viennent, les plus spectaculaires. Son accession au poste de chancelier se situe à un moment favorable. En octobre, les ministres des Affaires étrangères du Pacte de Varsovie lancent un appel aux Occidentaux pour la réunion d'une conférence paneuropéenne sur la sécurité au début de l'année 1970. Pour le vingtième anniversaire de la R.D.A. (6 octobre

1969), Brejnev et Walter Ulbricht invitent à une ouverture en direction de la R.F.A.

L'atmosphère internationale est ainsi à la détente. Les États-Unis et l'U.R.S.S. ratifient le traité de non-dissémination nucléaire (le 24 novembre 1969, à Moscou par Podgorny, à Washington par Nixon). À Helsinki, les conversations soviéto-américaines sur la limitation des armements stratégiques (S.A.L.T.) se poursuivent. On estime que chaque habitant de la Terre «dispose» de 15 tonnes de T.N.T… ou 60 tonnes par habitant dans les pays de l'O.T.A.N. et du Pacte de Varsovie. L'Allemagne s'insère dans la détente. Elle signe le traité de non-prolifération nucléaire et entame des négociations avec Varsovie, sur les changements territoriaux intervenus après 1945.

C'est en 1970 que Willy Brandt fera deux gestes décisifs. Le 19 mars 1970, il se rend à Erfurt, en territoire de la R.D.A., et engage ainsi des conversations avec l'autre Allemagne, jusque-là ignorée. Date historique pour un acte qui peut modifier les rapports internationaux en Europe.

En décembre 1970, Willy Brandt se rend en Pologne pour signer le traité germano-polonais par lequel l'Allemagne renonce à près de 25 % du territoire du Reich de 1939. Geste symbolique : Willy Brandt, rompant avec les usages du protocole, s'agenouille devant le monument aux victimes du ghetto de Varsovie. L'image fait choc dans la conscience mondiale, comme la reconnaissance par la nouvelle Allemagne de son passé.

Dès lors, un voyage en Israël est possible. Il a lieu le 7 juin 1973. C'est à cette occasion que Brandt dira : «Ce qui a été fait ne peut être défait.»

Rien n'est jamais joué pour une nation. Des forces contraires – tendant à déculpabiliser l'Allemagne – existent, mais Willy Brandt a ouvert une nouvelle période de l'histoire allemande.

1970

La puissance des mots :
Alexandre Soljénitsyne, prix Nobel

Puissance des médias

Il est difficile de mesurer la force et le rôle d'un livre dans le mouvement historique. Et cependant la puissance de l'écrit s'est à chaque instant manifestée, des grands livres sacrés qui deviennent l'âme d'un peuple, le point de rassemblement de millions de croyants, à des pamphlets qu'on se passe sous le manteau pour échapper à la répression, jusqu'à ce *Petit Livre rouge* du président Mao brandi par des millions de Chinois. La puissance d'un livre lui vient de ce que, à un moment donné, il catalyse des expériences, des sentiments, des révoltes qui sont diffus et que tout à coup il exprime, et les porte plus loin et plus haut par la force de ses images et de son style. Il échappe alors à son auteur pour, comme une force autonome, engendrer des effets dont rares étaient ceux qui avaient pu concevoir l'importance. Cette rencontre entre un livre et des consciences individuelles est aujourd'hui – à l'époque des grands médias – amplifiée à l'échelle mondiale par l'écho que les événements – même littéraires – reçoivent de la télévision et autres moyens de communication. Dès lors qu'un livre existe, qu'un auteur peut être vu et lu, il n'est plus possible de les effacer de la réalité comme s'ils n'avaient jamais existé. La censure peut être battue en brèche. La puissance du livre dans ce dernier tiers du XXe siècle est relayée par la puissance des autres médias. Les mots sont sources d'images. Et celles-ci renvoient aux mots.

Ainsi, lorsque, le 8 octobre 1970, l'Académie suédoise décerne à Alexandre Soljenitsyne le prix Nobel de littérature (cinq ans après le Soviétique « orthodoxe » Cholokov, douze ans après Boris Pasternak, écrivain en disgrâce en U.R.S.S.) donne-t-elle d'emblée à cet écrivain une notoriété universelle que les passions que suscite toujours l'U.R.S.S. vont décupler.

L'homme – né en 1918 – est exceptionnel. Enseignant de mathématiques, officier durant la Seconde Guerre mondiale, il est condamné à huit ans de camp en 1945 pour avoir critiqué le régime. Réhabilité en 1957, il devient (grâce à Khrouchtchev qui le soutient) en quelques jours un auteur considérable quand la revue *Novy Mir* publie, en 1962, son premier livre qui raconte la vie quotidienne dans un camp de concentration soviétique : *Une journée d'Ivan Denissovitch*, dont l'audience mondiale est immédiate, tant le livre est fort et révèle un monde de violence que jusqu'alors beaucoup avaient refusé de voir. Ils doivent bien en admettre l'existence puisqu'une revue officielle soviétique publie ce texte. Des milliers de lecteurs soviétiques entrent alors en relation avec Soljenitsyne et lui envoient leur témoignage. Soljenitsyne entreprend la rédaction de *L'Archipel du Goulag*, grande œuvre polyphonique qui est à la fois une histoire du système concentrationnaire soviétique et une somme de témoignages, un essai et un roman, qui a, en tout cas, une puissance émotionnelle considérable et transcende par sa force littéraire tous les témoignages antérieurs – et ils étaient déjà innombrables. Il faudra cinq ans à Soljenitsyne pour achever cette œuvre. Il l'écrit dans une semi-clandestinité, déclarant ainsi en 1966 : « Que le K.G.B. déboule en ce moment et le murmure de millions d'agonies, tous les testaments imprononcés des disparus, tout tombe entre leurs mains : je n'arriverai plus désormais à le reconstituer. » En fait, pour la publication d'*Une journée d'Ivan Denissovitch*, Soljenitsyne a bénéficié d'une étroite fenêtre ouverte dans la censure, d'une brève période de « dégel », qui correspondait aux intérêts politiques de Khrouchtchev dans sa lutte contre ses rivaux.

Mais, dès les lendemains de la chute de Khrouchtchev, le « regel » est manifeste. Des auteurs (ainsi Siniavski et Daniel en février 1966) sont condamnés. En même temps, les articles se multiplient contre ceux qui « tirent sur le dos de leur peuple » (les écrivains critiques), signe que le mouvement de dissidence commence à s'amplifier. En avril 1968 paraît en samizdat le premier numéro de *La Chronique des événements en cours*. L'évolution de la situation en Tchécoslovaquie conduit à une nouvelle étape dans le raidissement des autorités, d'autant plus que, le 25 août 1968, une brève manifestation a lieu sur la place Rouge contre l'intervention soviétique en Tchécoslovaquie, et qu'en mai 1969 se forment des groupes d'action pour la Défense des droits civiques en U.R.S.S. Des hommes comme l'historien Medvedev, comme le physicien Sakharov (il sera, en 1975, prix Nobel de la paix) commencent à faire connaître leur point de vue et – grâce aux médias occidentaux – à briser le mur de la censure, et d'une certaine manière à être protégés par leur notoriété même.

Mais c'est Soljenitsyne qui devient le symbole de la résistance et de l'opposition. Avec détermination, il élabore une sorte de « stratégie léniniste » contre le pouvoir, revendiquant haut et fort, par exemple dès mai 1967, dans une lettre au Congrès des écrivains, « la suppression de toute censure ». Le 11 novembre 1969, il est exclu de l'Union des écrivains, mais au lieu de se soumettre il adresse à ses juges une lettre violente dans laquelle il déclare : « Vous ne soupçonnez même pas que dehors il fait jour. Ce n'est plus le temps des sourds, l'époque sombre où il n'y avait pas d'issue, où il vous avait plu d'exclure Akhmatova. Et ce n'est plus non plus l'époque de la timidité et des temps frileux où vous aviez exclu Pasternak en poussant des hurlements : cette honte ne vous a-t-elle pas suffi ? Voulez-vous l'épaissir ? Mais l'heure est proche où chacun d'entre vous cherchera à rayer sa signature apposée sous la résolution d'aujourd'hui… Les hommes naturellement doivent être libres, Et, si on les enchaîne, nous reviendrons au stade animal. »

L'obstination de Soljenitsyne

Soljenitsyne non seulement ne courbe pas la tête, mais devient l'accusateur de ses censeurs et se pose en adversaire radical du système communiste. Dès lors, la consécration du prix Nobel lui apporte un soutien considérable en même temps qu'elle est ressentie, en U.R.S.S., dans les milieux officiels comme une provocation. On souhaite se débarrasser de Soljenitsyne, on l'incite à quitter le territoire de l'U.R.S.S. pour ces pays « où ses écrits antisoviétiques sont accueillis avec tant d'enthousiasme ».

Mais Soljenitsyne s'accroche. Il s'installe et écrit dans la résidence du violoncelliste Rostropovitch. La pression se fait de plus en plus forte. En février 1970 déjà, Tvardovski, le directeur de la revue *Novy Mir*, qui a toujours défendu – et publié – Soljenitsyne, est contraint de quitter son poste. C'est la preuve que désormais qui a touché ou touche à Soljenitsyne se condamne. Quand, en décembre 1973, paraissent à Paris les deux premiers tomes de *L'Archipel du Goulag*, avec un immense écho, Soljenitsyne est dénoncé avec violence. Le 13 février 1974, il sera expulsé d'U.R.S.S.

En Occident – et particulièrement en France –, son œuvre est publiée au moment où le mythe soviétique n'est plus qu'une mince façade qui chancelle. Les livres de Soljenitsyne, par leur force de conviction, achèvent de la renverser. Son œuvre – magistrale au plan littéraire – est aussi un acte politique majeur. En 1989, l'U.R.S.S. de Gorbatchev en autorise la publication.

1971

La crise s'annonce :
le dollar n'est plus convertible en or

Les hommes – à l'échelle des comportements collectifs comme des attitudes individuelles – ont souvent conscience de ce qu'ils ne devraient pas faire, des voies qu'ils devraient emprunter s'ils voulaient améliorer leurs conditions. Ou – quand il s'agit des États, du fonctionnement de l'économie – des limitations qu'ils devraient accepter à leur liberté ou à leurs intérêts pour éviter des catastrophes. Et, cependant, malgré quelques tentatives de compromis, ce sont leurs intérêts à court terme qui l'emportent, c'est la loi du plus fort qui s'impose.

L'intérêt des États-Unis

Cette attitude est particulièrement nette en ce qui concerne les rapports économiques entre puissances. Alors que l'économie est mondialisée, qu'un système monétaire international existe de fait, et qu'il faudrait une gestion commune – celle des grands pays industrialisés, les plus riches –, les tentatives pour que cette gestion soit rigoureuse (rencontre des experts, des chefs d'État, groupe des Dix, etc.) se heurtent aux intérêts de la plus grande puissance économique du monde – dans les années 1970 –, de celle qui détient le potentiel militaire le plus fort, et de celle dont la monnaie nationale est, en fait, la monnaie mondiale, à savoir les États-Unis. Si bien que le système économique mondial devient, d'une certaine manière, totalement dépendant des décisions américaines, qui sont prises moins en fonction de l'intérêt collectif de l'ensemble des puissances que de l'intérêt national des États-Unis, confondu avec cet intérêt collectif. Ce qui est bon pour les États-Unis serait bon pour le monde.

Quand, le 15 août 1971, dans un discours marqué par un nationalisme agressif aux lourds accents protectionnistes, le président Nixon annonce qu'il suspend la convertibilité du dollar en or, qu'il laisse ainsi « flotter » le cours du dollar et qu'en même temps il institue une surtaxe de 10 % sur les importations, qu'il va par ailleurs aider les exportateurs, on mesure que c'est l'intérêt des États-Unis qui est au centre de ces décisions. La surtaxe de 10 % sur les importations équivaut en fait à une dévaluation du dollar commercial qui doit « doper » les exportations américaines.

Cette décision – qui revient à retirer le métal jaune du système monétaire mondial et à faire du dollar la monnaie mondiale de fait et de… droit – est (avec la dévaluation de la livre de 1931) l'une des grandes décisions monétaires du XXe siècle. Elle met fin aux accords de Bretton Woods – autre décision capitale – qui, en 1944, rétablissaient un système monétaire mondial. Il était, après ces accords (qui tenaient compte de la leçon de la grande crise des années 1930), adossé à l'étalon-or (clé de voûte du système donc) : les monnaies étaient librement convertibles entre elles et leur parité fixe par rapport à l'or. Mais l'intermédiaire était en réalité le dollar qui, lui, était librement convertible en or. Le dollar était donc, dès 1944, la vraie monnaie mondiale, mais avec le régulateur de la convertibilité du dollar en or.

Cette situation enregistrait les conséquences de la Seconde Guerre mondiale dont les États-Unis étaient en fait les seuls vainqueurs : à peine (!) 300 000 morts (plus de 20 millions pour l'U.R.S.S.), aucune destruction sur leur territoire et une puissance économique et militaire décuplée.

Cette prépondérance américaine fait que ce sont eux qui dictent la loi des échanges. Et, si le système monétaire issu de Bretton Woods se maintient, c'est aussi qu'aucune grande banque centrale qui dispose de dollars n'exige de les convertir en or. Mais ce système installe encore davantage le dollar comme seule référence : ce n'est plus le dollar qui est défini en or, mais l'or en dollars.

Ce système fonctionne à peu près parfaitement entre 1958 (après donc une longue période d'adaptation au moment où les monnaies européennes deviennent convertibles) et 1967-1968 (une décennie). Il commence à être ébranlé à cette date quand – la reconstruction industrielle achevée – un autre cycle économique commence, marqué par l'inflation. Celle-ci est consécutive au développement de la guerre du Viêt-nam, à la course aux armements qu'elle implique. Elle va de pair avec la continuation de la croissance, mais comme elle s'accompagne – sous les pressions sociales car les salariés courent après l'inflation pour maintenir et augmenter leur pouvoir d'achat – d'une hausse des salaires, les taux de profit ont tendance à diminuer. Cette inflation, très sensible aux États-Unis – engagés directement dans le conflit vietnamien et y mobilisant hommes et ressources considérables –, conduit à une dépréciation du dollar. Cette dépréciation est préjudiciable aux autres États, car elle les met en difficulté dans leur politique exportatrice : leurs monnaies et leurs produits prenant une valeur supérieure à celle du dollar. Par ailleurs, les grands pays sont acheteurs de dollars, par nécessité, pour maintenir son cours. C'est ainsi que les deux puissances qui apparaissent comme les principales concurrentes des États-Unis, à savoir l'Allemagne fédérale et le Japon, sont détentrices chacune de près de 13 milliards de dollars. La masse monétaire mondiale – les États-Unis étant soumis à l'inflation – augmente considérablement (dans l'année 1970, le total des réserves en devises du monde occidental a augmenté de 48,6 %). Cela permet aux États-Unis d'acquérir dans différents pays des biens industriels importants : leur apparente faiblesse monétaire finance en fait leurs acquisitions, payées par d'autres. En fait, les États-Unis étendent à l'ensemble du monde leur « dette intérieure », et la dénonciation des accords de Bretton Woods est une façon d'acquérir encore une plus grande liberté de manœuvre.

Le déficit intérieur américain s'accroissant, ce sont les pays étrangers qui, plaçant sur le marché de New York les créances que par ailleurs ils accumulent, aident à le combler et à l'entretenir. Pourquoi les États-Unis pratiqueraient-ils une politique de rigueur budgétaire puisque le monde entier leur sert de « masse de réserve » ?

Défendre le dollar

Dès lors, toutes les tentatives de « replâtrage » du système monétaire international se heurtent à cette logique des intérêts américains. Ainsi, celle du 18 décembre 1971, qui rétablit des parités de change entre les grandes monnaies, mais qui n'est qu'une façade. Le désengagement monétaire des États-Unis sera achevé par Nixon, en mars 1973, lorsque toutes les monnaies flotteront par rapport au dollar. Les Américains contraignent ainsi tous leurs partenaires à défendre, s'ils le jugent bon, la valeur du dollar. Quant à Washington, il gère sa politique au mieux de ses intérêts nationaux, le dollar demeurant en même temps la monnaie mondiale.

Mais, pour se défendre de la baisse du dollar, les pays producteurs de pétrole dès janvier 1971 et surtout à partir de 1973 (à l'initiative du shah d'Iran) quadruplent le prix du pétrole brut. Le monde entre dans la crise avec des conséquences inéluctables : faillites, crise de la rentabilité des capitaux, poussée considérable du chômage et début de ralentissement de la croissance.

Une phase de longue période de « dépression » économique commence, qui va marquer tous les pays.

1972

Réalisme et cynisme :
la présidence impériale de Richard Nixon

Il est difficile, même dans un système démocratique, qu'un homme qui dispose du pouvoir suprême ne soit pas emporté par la tentation d'étendre ses prérogatives et de se regarder comme le seul juge de ses actions. De ce point de vue, l'élection au suffrage universel d'un président, sa réélection qui lui confère une sorte de double légitimité font souvent franchir à l'élu des seuils psychologiques. Il oublie ainsi qu'en démocratie, toute avancée du pouvoir, tout privilège nouveau est souvent accompagné par des réactions hostiles ou concurrentes qui suscitent des contre-pouvoirs. Les médias portent au plus haut un président, contribuent à sa popularité, mais ils en acquièrent aussi une puissance accrue sur son destin. La réélection semble multiplier l'autorité d'un président alors qu'elle est souvent ressentie par les acteurs politiques comme le début de la fin, puisqu'il est en général difficile d'envisager une deuxième réélection. Les libertés que le président, oublieux des limites de sa fonction, se donne sont durement contestées par les chambres élues qui ne tolèrent pas l'élargissement du pouvoir exécutif au détriment du pouvoir législatif.

Le président cible

Ainsi un président élu est-il toujours, en système démocratique dans une société qui est dominée par les grands médias, en situation de fragilité, dès lors qu'il veut agir. Il peut évidemment se contenter de n'être qu'une « image » du pouvoir, mais, même dans ce cas, cette attitude sera attaquée pour son insuffisance et considérée comme un aveu d'impuissance. Être président élu d'une démocratie, c'est *à la fois* être le détenteur de la première charge politique et du vrai pouvoir dans un pays et en devenir la cible permanente.

L'année 1972 est, dans cette perspective, décisive pour les États-Unis et pour le président Richard Nixon. C'est pour lui une année électorale puisqu'il a été élu pour la première fois à la Maison-Blanche en novembre 1968. Sa présidence a commencé alors que, de l'aveu même de Johnson (qui avait succédé à Kennedy), l'Amérique est une « maison divisée ». Les démocrates ont échoué dans la tentative de créer – selon le programme de Johnson – une « Grande Société ». Et le sénateur William Fulbright a même qualifié les États-Unis de « société malade ». L'assassinat de Martin Luther King, puis celui de Robert Kennedy (1968) ont montré – après celui de J.F. Kennedy – la profondeur du malaise américain. Ni « Nouvelle Frontière » ni « Grande Société », mais des problèmes qui demeurent (la pauvreté, la place des Noirs, la difficile négociation avec le Nord-Viêt-nam pour sortir du guêpier indochinois). Et un président, Richard Nixon, qui bat le démocrate Humphrey cependant que, témoignant du glissement à droite de la société américaine, le gouverneur Wallace obtient près de 10 millions de voix autour de thèmes ségrégationnistes et réactionnaires.

En quatre années, avec habileté, Nixon prépare en fait sa réélection, gouvernant avec pragmatisme, renonçant aux grands programmes, cherchant à séduire la *middle class* qui a eu le sentiment, avec Kennedy puis Johnson, que l'État fédéral utilisait les impôts perçus pour des mesures d'assistance qui ne la concernaient pas.

Le réalisme cynique de Nixon

Cette gestion « réaliste », aux frontières du cynisme, est en fait plus apparente que réelle car, durant la présidence

Nixon, le budget fédéral passe de 200 à 300 milliards de dollars et 40 % en sont consacrés à des dépenses sociales. Mais Nixon, impuissant à réduire l'ampleur globale d'une intervention gouvernementale, s'emploie – dans l'année électorale 1972 – à la réorienter en direction des États de l'Union.

Mettant en œuvre ce qu'il appelle sa « doctrine fédéraliste », il transfère aux États une partie des ressources et des compétences fédérales. Cela favorise surtout les États du Sud (où la « majorité silencieuse » a voté Wallace), et il conforte sa « stratégie sudiste » de récupération d'un électorat réactionnaire en renversant la majorité libérale de la Cour suprême en matière raciale. Pour la première fois depuis 1954, une majorité se dégage à la Cour suprême (à la suite de la nomination de quatre juges) pour donner un coup de frein à la politique d'intégration. Un arrêt rendu par la Cour (5 voix contre 4) précise que le *busing* entre la ville et les banlieues proches ne peut être légitimé par l'intégration scolaire.

En 1972, Nixon opère aussi un renversement spectaculaire de la politique étrangère américaine, guidé dans ce secteur par le talent de Henry Kissinger, son secrétaire d'État. Le but est de tenir compte avec « réalisme » des nouvelles données qui sont apparues, et notamment de la rivalité entre la Chine et l'U.R.S.S. Il s'agit, en renouant des relations avec la Chine, de peser sur l'U.R.S.S. Un voyage spectaculaire de Nixon (préparé par des contacts pris par Kissinger) en Chine, en février 1972, marque la réussite de cette politique. Et, par ricochet, Moscou est bien contraint, en mai 1972, de recevoir Richard Nixon au Kremlin.

Deux dates historiques qui confirment que la politique extérieure américaine abandonne ses tabous, s'élève au-dessus des considérations idéologiques et traite avec sang-froid les réalités mondiales.

Si l'on ajoute à cela la politique monétaire – une dévaluation du dollar (18 décembre 1971) –, l'intervention comme médiateur dans la guerre israélo-arabe du Kippour, ou bien la gestion de l'embargo pétrolier décrété par les pays arabes et utilisé par les U.S.A. comme moyen de briser la concurrence que l'Europe fait aux États-Unis, le bilan de Nixon dans le domaine international est positif. Le tandem Nixon-Kissinger sachant d'ailleurs utiliser la force pour faire prévaloir ses vues : ainsi Hanoi est bombardé en décembre 1972. Le cessez-le-feu intervenant en janvier 1973.

Tous ces éléments concourent à la réélection triomphale de Richard Nixon en novembre 1972. Il remporte la majorité – contre le démocrate McGovern – dans quarante-neuf États sur cinquante, le meilleur score jamais réalisé par un candidat à la présidence.

Le piège du Watergate

Mais, dans cette campagne électorale, le piège dans lequel Nixon va tomber s'est ouvert. Des cambrioleurs ont été surpris au siège du Comité de campagne démocrate dans l'immeuble du Watergate à Washington le 17 juin 1972, et ils sont liés à la présidence. Dès lors, l'enquête va se poursuivre, et contraindre Nixon à livrer des enregistrements prouvant qu'il a cherché à étouffer l'affaire, à couvrir les responsables.

Le 9 août 1974, devançant une procédure d'*impeachment* que le Congrès s'apprête à décider, il démissionne. C'est la première fois dans l'histoire américaine qu'un président est conduit à renoncer à son mandat. Et cette affaire du Watergate, outre qu'elle prouve la puissance de la presse (le *Washington Post* a mené son enquête), illustre aussi la volonté du Congrès de résister à la « présidence impériale ». Elle montre que la crise que traversent les États-Unis est profonde. Et Watergate va encore l'aggraver. La défaite au Viêt-nam (les Américains quittent Saigon dans des conditions humiliantes le 30 avril 1975) redouble encore ces incertitudes.

Après les espoirs de rénovation, portés par les présidents démocrates (Kennedy-Johnson), le pragmatisme cynique de Nixon, les États-Unis paraissent en plein désarroi. Le vice-président Ford qui succède à Nixon aura la tâche difficile.

Mais une grande nation, la plus puissante militairement du monde et dominante dans le système financier mondial, peut-elle accepter longtemps l'idée de son déclin sans réagir ?

1973

Le *golpe* : l'assassinat du Chili populaire
de Salvador Allende

Vouloir réformer, par les voies constitutionnelles, sans recourir ni à la violence ni à l'illégalité, en n'avançant que dans le cadre des lois, un pays aux fortes inégalités, faisant partie d'un continent sous-développé où règnent surtout les dictatures, est un défi. Il ne suffit pas en effet d'être légaliste, encore faut-il que les adversaires du réformateur le soient aussi. Sinon, le légalisme est une forme de naïveté, et même s'il devient exemple et facteur d'avenir, il est dans le court terme une impasse politique puisqu'il est récusé par des secteurs entiers de l'opinion, entraînés par l'opposition aux réformes. Si bien que le réformateur légaliste se trouve démuni et acculé : la violence sourd à chaque pas qu'il fait. Ses ennemis en usent. Certains de ses partisans considèrent qu'il faut y recourir sous peine d'aller au massacre. Rester dans le cadre de la loi est une gageure chaque jour plus périlleuse. Surtout si des forces extérieures au pays pèsent de tout leur poids pour empêcher, au nom des intérêts globaux de leur politique mondiale, le succès des réformes. Elles ne peuvent que trouver des appuis dans le pays divisé. Dans un tel contexte, le rôle de l'armée est décisif.

Le poids de l'armée

L'armée représente, en effet, dans un pays aux forts contrastes sociaux, une organisation cohérente, disciplinée, qui, dans une société déchirée par les inégalités et les contradictions politiques, est perçue comme un recours. Elle a les moyens de briser, dans « l'ordre », le cadre légal. Face à la légitimité de l'élection et de la Constitution, elle peut se présenter comme l'incarnation de la légitimité nationale, supérieure à toutes les autres, dépositaire des intérêts du pays. Elle est de plus en relation avec les milieux militaires des puissances voisines ou dominantes. C'est donc par elle que passent les influences extérieures (formation des officiers, armement, etc.). Elle sera classiquement l'instrument d'un coup de force. Et elle peut gérer directement, par l'intermédiaire de ses chefs, le pays.

Quand, le 11 septembre 1973, l'armée chilienne commandée par le général Pinochet renverse par la violence – putsch, *golpe* – le gouvernement légal du président Salvador Allende, qui meurt dans les combats du palais de la Moneda, à Santiago, elle réalise un coup de force que dans tous les secteurs de l'opinion on attendait avec espoir ou inquiétude, tant l'évolution de la situation depuis l'élection de Salvador Allende à la présidence (4 septembre 1970) le rendait prévisible.

Allende (1908-1973), lorsqu'il accède au pouvoir présidentiel comme leader du parti socialiste chilien, ne dispose en effet que d'une très faible majorité relative (36,3 %) et ne doit son élection qu'à la division des droites. Médecin, lecteur de Marx et de Lénine, mais légaliste (« je crois au vote et non au fusil », répétera-t-il), ce cofondateur du parti socialiste est persuadé que la tradition chilienne est démocratique. L'une des seules dans le continent sud-américain, ce qui crée les conditions pour une évolution politique dans le cadre constitutionnel. N'y a-t-il pas eu en 1938 un Front populaire ? Les élections présidentielles (Allende s'y est présenté trois fois) lui paraissent la clé de la situation. Et, en effet, bien que ne disposant ni d'une majorité au Parlement, ni du pouvoir judiciaire, ni du pouvoir militaire, Allende réussit à s'installer à la présidence le 4 novembre 1970, puisque les deux Chambres lui ont accordé l'investiture (la démocratie chrétienne lui a apporté son appui sur ce point).

Mais le Chili est en Amérique du Sud, et les États-Unis, dès l'élection d'Allende, engagent une stratégie de déstabilisation du régime. La C.I.A., par l'intermédiaire de la compagnie I.T.T., finance les opposants, renforce ses liens avec l'armée, manipule l'opinion. Le Chili est en outre placé dans une situation de quasi-quarantaine économique et financière (crédits coupés, interdiction d'exporter des pièces de rechange, jeu à la baisse contre les cours du cuivre, etc.). Washington est décidé à ne pas tolérer la survie d'un régime dont le président, légaliste certes, n'en est pas moins l'ami et l'admirateur de Fidel Castro et de Che Guevara.

L'action américaine est facilitée par les contradictions de la société chilienne. Allende entreprend de terminer une réforme agraire engagée avant les élections qui dresse contre lui les gros propriétaires fonciers. Il nationalise les industries du cuivre. Il augmente les salaires. Mais cette politique – serrée à la gorge par les contraintes économiques imposées au Chili par les places bancaires internationales et par le refus d'investir des patrons chiliens – provoque un envol des prix : en 1973, l'inflation atteint 238 %. La petite bourgeoisie, les petits patrons (les camionneurs) et même certains salariés (ainsi les ouvriers du cuivre) se dressent contre cette politique et manifestent à plusieurs reprises : grève des patrons (octobre 1972), grève des camionneurs (1972, 1973), grève dans les mines de cuivre (1973). La presse (*El Mercurio*), les radios privées mobilisent jour après jour l'opinion contre Allende et toutes les oppositions (de la démocratie chrétienne à l'extrême droite) font bloc contre le pouvoir. L'armée, soutenue par la C.I.A., organise à plusieurs reprises des tentatives de coups d'État (la première dès le 22 octobre 1970 avant même l'investiture par les Chambres d'Allende ; le 29 juin 1973 un *tancazo* [« le coup des tanks »] qui encercle le palais présidentiel de la Moneda). La question que se posent les partisans de l'*unité populaire* est de savoir quand aura lieu le suivant et comment se défendre.

Or les partisans d'Allende sont divisés. Une extrême gauche imagine le salut dans la radicalisation et la révolution (gauche socialiste, M.I.R. – gauche révolutionnaire). Il faudrait armer les « cordons ouvriers » des faubourgs pauvres de Santiago. Les communistes, Allende et les radicaux souhaitent au contraire maintenir la voie légale et rallier ainsi au pouvoir les couches moyennes. Ils estiment un compromis possible avec l'aile gauche de la démocratie chrétienne.

La poussée des gauches et le golpe

Or, les élections législatives – en mars 1973 – montrent que, au lieu de s'affaiblir, le gouvernement d'Allende se renforce dans l'opinion : 43,79 % des voix accordent leur confiance à l'Unité populaire. C'est le tournant politique majeur. Les droites jugent fermée la voie légale d'un retour au pouvoir et basculent dans la préparation du coup d'État militaire. Les gauches se mobilisent (le 4 septembre, défilé d'un million de personnes). Allende, tout en prenant des mesures antiputsch (et il charge le général Pinochet de les coordonner !…), veut, fort du soutien de l'opinion, organiser un référendum qu'il estime pouvoir gagner. Il doit l'annoncer le 11 septembre 1973, le jour choisi pour le *golpe*. Son dernier message, sous les bombes d'une attaque aérienne, sera pour affirmer que « tôt ou tard se rouvriront les larges avenues où passe l'homme libre… ».

Dans les minutes qui suivent sa mort, une répression sauvage s'abat sur le Chili : stades transformés en prisons, tortures, exécutions sommaires. En même temps qu'on annonce la dénationalisation du cuivre et la restitution des grands domaines fonciers à leurs propriétaires. L'ordre militaire va régner au Chili. Les États-Unis sont rassurés. Il n'y aura pas de second Cuba.

1974

« Démocratie française » :
Valéry Giscard d'Estaing
président de la République

L'intelligence et les idées ne suffisent pas à un homme d'État. Elles peuvent même parfois constituer un handicap si elles lui masquent les obstacles qui se dressent devant lui et si, dans sa vision conceptuelle de l'Histoire et de ses projets, il néglige ces facteurs puissants que sont les sentiments, les sensibilités, les passions et les idéologies (autres que la sienne). Ils composent souvent un scénario tragique qui est la marque même de l'Histoire.

De même, la capacité à anticiper n'est pas toujours un avantage pour l'homme politique si elle ne s'appuie pas sur une connaissance précise du rapport des forces, des archaïsmes, ou des spécificités d'une nation et d'une société. Le risque est grand de voir se coaliser contre soi des oppositions d'origines différentes. Un homme d'État soucieux de gérer prudemment son pouvoir ne précède que de quelques instants les évolutions, afin d'utiliser un courant porteur et profond.

Mais cette capacité à « sentir » le réel fait souvent défaut quand l'homme d'État est issu de cercles qui ne l'ont pas mis en contact direct avec le « peuple », quand son cursus l'a maintenu dans les cercles privilégiés. Et l'accession au pouvoir suprême isole celui qui y accède. Vus du palais présidentiel, l'Histoire, la société, les autres deviennent des « abstractions ». Et le monde se réduit au groupe des grands et des flatteurs qui entourent toujours les puissants. Ils ne renvoient au chef d'État que l'écho de ses pensées.

Celui-ci s'égare alors, multiplie les erreurs et la nation ne se « reconnaît » plus en lui.

L'élection de Valéry Giscard d'Estaing à la présidence de la République le 20 mai 1974 à l'âge de quarante-huit ans ne semble pas, de prime abord, ouvrir une période de ce type. Certes, la victoire du leader des Républicains indépendants est courte. Il ne l'a emporté sur François Mitterrand, premier secrétaire du Parti socialiste, que par 50,81 % des voix contre 49,19 %. Mais l'homme a montré, durant toute sa carrière, une très grande et très précoce habileté. Issu d'une famille liée au monde des affaires et mêlée depuis des générations à la politique au plus haut niveau (il y eut des Bardoux – le côté maternel – ministres, sénateurs, parlementaires), ce polytechnicien, énarque, occupera le poste de secrétaire d'État puis de ministre de l'Économie et des Finances sans discontinuer de 1959 à 1966. Député du Puy-de-Dôme, partisan de l'Algérie française, il sait cependant rester proche du général de Gaulle, et il ne quitte le pouvoir qu'en janvier 1966. Dès lors, il entreprend de se distinguer, et de représenter une alternative au régime gaulliste, mettant l'accent sur « sa » différence, organisant un groupe « giscardien », décochant des flèches au général de Gaulle, condamnant « l'exercice solitaire du pouvoir », accordant un soutien plein de réserves (« oui, mais ») et finalement, la crise de 1968 ayant ébranlé de Gaulle, lui refusant son concours lors du référendum d'avril 1969 en appelant à voter « non, tout compte fait avec regret mais avec certitude ».

Le projet giscardien

Le départ du général de Gaulle à la suite de son échec au référendum le replace dans les cercles gouvernementaux : centriste libéral et européen, il soutient Georges Pompidou lors de l'élection présidentielle et redevient ministre de l'Économie et des Finances jusqu'à la mort du président Pompidou (avril 1969-avril 1974). Candidat à la présidence, contre François Mitterrand, il a aussi pour adversaire le gaulliste Chaban-Delmas, mais pour allié un autre clan gaulliste que dirige Jacques Chirac. Après la période de transition qu'a représentée, par rapport au gaullisme, la présidence de Georges Pompidou, c'est une nouvelle phase de l'histoire française qui commence avec Giscard d'Estaing. Cet homme jeune et intelligent, qui accède au pouvoir suprême alors que la crise économique, monétaire et pétrolière fait sentir ses premiers effets, a en effet un projet politique cohérent. Et qu'il va tenter d'appliquer avec détermination. Sa volonté est de « moderniser » la vie politique et la société française afin de « l'aligner » sur les démocraties anglo-saxonnes qui sont le modèle de référence. Cela suppose de rompre avec l'idée d'une « exceptionnalité française », avec l'essence même du gaullisme et socialement cela implique de s'appuyer sur un « groupe central » qui, selon Giscard d'Estaing, représente la majorité des Français. Ce groupe souhaite être gouverné sans éclat, au centre, dans un nouveau style de pouvoir, plus proche des citoyens. Giscard a ainsi une vision politique. « De ce jour date une ère nouvelle de la politique française », dira-t-il au lendemain de son élection. S'il confie le poste de Premier ministre à son allié gaulliste Jacques Chirac, le ministère comporte des « réformateurs » (J.-J. Servan-Schreiber, Françoise Giroud, qui, à *L'Express*, ont toujours exprimé leur hostilité au gaullisme). Des mesures symboliques marquent le début de ce nouveau septennat, qui sont comme la retombée institutionnelle de la révolution des mœurs que les événements de mai 1968 ont révélée : abaissement du droit de vote à dix-huit ans, loi sur l'interruption volontaire de grossesse libéralisant l'avortement, réforme de l'Office de radio télévision française – démantèlement de l'office et « libéralisation » de l'information –, création d'un secrétariat à la Condition féminine (F. Giroud). Par des « causeries au coin du feu » – à la télévision où il est un maître pédagogue –, des dîners dans des familles françaises, des visites dans les prisons, des rencontres organisées avec des éboueurs, des débats organisés à la télévision entre le président et des lycéens ou des citoyens, Giscard tente de montrer que le pouvoir est à l'écoute du peuple et qu'il n'est pas enfermé dans un apparat monarchique. En même temps, Giscard récuse toute vision catastrophique du débat politique. Il déclare que, si la gauche l'emporte aux élections législatives de 1978, il respectera la Constitution. C'est donc le contraire de l'attitude gaullienne qui, à chaque consultation, remettait en jeu son mandat (« Moi ou le chaos »).

L'accent est mis aussi sur l'intégration politique européenne : les députés au Parlement européen seront désormais élus au suffrage universel.

La faiblesse politique du giscardisme

Mais cette « modernisation » se heurte aux réalités sociales et politiques. Mitterrand a représenté à lui seul au premier tour de l'élection présidentielle 43,36 % des voix contre 32,76 à Giscard. Les gaullistes, heurtés par la politique giscardienne, s'éloignent. En août 1976, Chirac quitte son poste de Premier ministre et est remplacé par Raymond Barre. La fracture entre giscardiens (centristes, libéraux, européens) et gaullistes s'accentue (en 1977, Chirac sera élu maire de Paris contre un giscardien), tandis que la gauche progresse.

Giscard se trouve ainsi paralysé. Sa chance tient au fait que, en 1977, la gauche se divise (rupture du Programme commun entre communistes et socialistes en septembre 1977), ce qui assure au président, aux élections législatives de 1978, une large majorité parlementaire. Mais la gauche a obtenu dans le pays 49,5 % des voix. Les gaullistes demeurent en fait hostiles.

La « modernisation » giscardienne est ainsi en avance sur l'état des forces politiques. Elle ne pourrait trouver son équilibre qu'en s'appuyant sur un fort centre gauche. Or celui-ci est faible ou lié aux socialistes. Tout dépendra en fait de l'élection présidentielle de 1981. La politique giscardienne sera-t-elle apte à susciter une dynamique sociale et électorale ? C'est la question.

1975

L'année de plomb :
l'ombre du terrorisme sur l'Europe

Les sociétés modernes sont complexes et donc fragiles. Les démocraties parlementaires et pluralistes se veulent et s'affirment respectueuses des droits de l'individu. Elles sont donc en partie désarmées devant ceux qui profitent des libertés et qui, rompant avec les règles démocratiques, utilisent la violence et le chantage à des fins politiques. Ces deux éléments s'ajoutent pour faire de l'Europe occidentale une cible pour les terroristes. Les régimes européens sont, en effet, des démocraties dans lesquelles les opinions publiques pèsent lourd sur la politique des gouvernements. Par ailleurs, les communications de masse (télévision, radios, grande presse, etc.) en font des chambres d'écho pour toute action spectaculaire. Des minorités actives et violentes peuvent donc y frapper avec un triple objectif : obtenir des résultats immédiats (tuer, libérer des camarades emprisonnés, voler, etc.) ; puis peser sur les politiques gouvernementales par le biais d'une opinion publique traumatisée par des crimes et des attentats, intimider certains hommes politiques ; obtenir enfin, par le ricochet des médias, une diffusion des thèmes et des analyses des terroristes.

La théorie du « parti armé »

En Europe, par ailleurs, se croisent et se mêlent – échange d'informations, aide logistique, etc. – plusieurs groupes violents. Certains ont choisi « l'action directe » parce que, après les événements de mai 1968, la recomposition politique et sociale a montré qu'il n'y avait pas d'issue révolutionnaire. Une marge des militants engagés dans ces années 1960 dans le « mouvement » a, après l'échec des petits partis révolutionnaires (en Italie, par exemple : *Lotta continua*, *Il Manifesto*, *Avanguardia operaia*), décidé de constituer un « parti armé ». Ou bien d'attaquer de front l'État afin de « témoigner » et d'affaiblir cet État en neutralisant certains de ses rouages. C'est ainsi que se développent en Italie les Brigades rouges, en Allemagne la R.A.F., la Fraction armée rouge.

Ces mouvements, même s'ils ont des liens, sont différents. En Allemagne, il ne s'est jamais agi que de quelques dizaines de femmes et d'hommes (Andreas Baader, Ulrike Meinhof, Gudrun Ensslin, Jan Carl Raspe, Horst Mahler, etc.). Ils se sont d'abord constitués en opposition extra-parlementaire, notamment après l'assassinat, par la police de Berlin-Ouest (le 2 juin 1967), d'un étudiant qui manifestait contre la présence du shah d'Iran, Bruno Ohnesorg. Mais, devant l'échec de cette opposition extra-parlementaire, certains passent aux actions d'éclat. Par exemple, l'évasion, organisée en 1970 par Ulrike Meinhof et Gudrun Ensslin de la prison de Berlin, d'Andreas Baader. Autour de ces quelques personnes existe un cercle de « sympathisants » qui comprennent, sinon justifient, leurs actions (ainsi l'avocat Klaus Croissant). Le poids d'une société allemande conformiste, refusant de regarder son passé, explique aussi cette dérive extrémiste, comme aux yeux des terroristes la légitiment la dureté de la répression, les appels à la délation, le rôle d'une presse à grand tirage déformant les faits (Heinrich Böll critiquera dans *L'Honneur perdu de Katharina Blum* ce climat allemand).

En Italie, les Brigades rouges – qui sont aussi une réaction au terrorisme d'extrême droite (en 1969, 14 morts à Milan puis de nombreux attentats très meurtriers) – disposeront de davantage de soutien « populaire ».

Enfin, l'Europe est le terrain d'action des terroristes venus du Proche-Orient (Palestiniens du mouvement de

Septembre noir) qui soit attaquent des objectifs israéliens, soit, par des détournements d'avions, des attentats, font pression sur les gouvernements européens. En septembre 1972, des Palestiniens de Septembre noir ont ainsi attaqué la délégation israélienne aux Jeux olympiques de Munich. En septembre 1974, une grenade est lancée au Drugstore Saint-Germain à Paris, peut-être par le terroriste Carlos. Celui-ci, aux parcours troubles (un passage par Moscou), est un terroriste professionnel d'origine vénézuélienne, au service des « Palestiniens ». Car, et c'est une autre caractéristique de cette période, il y a peut-être une « internationale terroriste », manipulant les acteurs, visant à déstabiliser tel ou tel régime, se servant du Moyen-Orient comme d'une plate-forme et d'un vivier, où les passions sont telles (conflit israélo-arabe, guerre du Liban) qu'on peut toujours y trouver des volontaires pour des actions violentes.

C'est ainsi que l'année 1975 s'ouvre en janvier par un attentat à Orly, provoqué par Septembre noir, l'organisation palestinienne – mais attentat que condamne l'Organisation de libération de la Palestine (O.L.P.) –, et qui a pour but de détruire un appareil israélien. Les terroristes survivants réussiront – avec des otages – à quitter Orly dans un avion d'Air France.

L'« ordre moral »

En Allemagne, le 27 février 1975, le chef du parti chrétien-démocrate à Berlin-Ouest est enlevé par des terroristes qui exigent, pour sa libération, celle de leurs camarades emprisonnés. Ils obtiennent satisfaction, et ce chantage réussi et spectaculaire pose le problème de la résistance des États démocratiques à la pression terroriste. En avril 1975, l'État ouest-allemand refusera de négocier avec des terroristes – et ce sera désormais sa ligne de conduite : l'assaut sera donné à l'ambassade allemande à Stockholm où des terroristes se sont réfugiés menaçant de la faire sauter. C'est dans ce climat que s'ouvre, le 21 mai 1975, à Stuttgart, le procès des fondateurs de la Fraction année rouge (Baader, Meinhof, Ensslin, Raspe). Les conditions de détention sont mises en cause par la défense, les avocats récusés. Une atmosphère lourde s'établit en Allemagne. L'ordre moral – une émission de télévision incite chaque semaine les citoyens à la délation – écrase la société allemande. Sans pour autant déraciner le terrorisme. C'est ainsi que, en octobre 1977, le chef du patronat allemand Hans Martin Schleyer est enlevé puis assassiné, qu'un détournement d'avion a lieu avec intervention d'un commando allemand à Mogadiscio. L'État ne cède plus. Et on retrouvera, le 18 octobre 1977, dans leurs cellules les détenus de la bande à Baader « suicidés ». Les chefs historiques du mouvement ont donc disparu, et le mouvement peu à peu n'a plus qu'une présence résiduelle.

Mais le terrorisme « international » continue d'être très actif en Europe. Carlos est encore mêlé à l'attentat commis à Vienne – en décembre 1975 – contre la réunion de l'O.P.E.P. (Organisation des pays producteurs de pétrole). En juillet 1976, le détournement d'un avion français sur Entebe (en Ouganda) entraînera l'intervention des commandos israéliens.

Ces différentes actions (et en Italie, l'assassinat par les Brigades rouges d'Aldo Moro, personnalité démocrate-chrétienne, en mai 1978) créent dans les différents pays d'Europe un climat favorable à l'expression des tendances « sécuritaires ». La peur devient un élément de la psychologie collective et, de ce fait, elle entre dans le jeu politique. L'exploiter est un moyen efficace de gagner des voix. La démagogie sécuritaire s'appuie sur la menace terroriste et la rejoint ainsi pour saper les fondements de la démocratie.

1976

Soweto : la révolte contre l'*apartheid*

Il est difficile d'assurer sur le long terme la domination d'une minorité sur une large majorité qui lui est hostile. Les risques d'explosion croissent en fonction du degré d'inégalité qui sépare les droits de la minorité et de la majorité. Et ils sont encore accrus, jusqu'à devenir inéluctables, quand la minorité et la majorité correspondent en fait à des races différentes. Toutes les injustices sociales, les disparités dans les situations s'exacerbent quand elles sont recoupées par un racisme qui s'avoue comme tel. Situation d'autant plus dangereuse quand, autour du pays considéré, existent des États qui sont peuplés de la race majoritaire et pourtant dominée. Il faut alors à la minorité une tension de tous les instants, une vigilance armée accrue, un système de lois pour contrôler l'antagonisme à son profit et maintenir sa domination.

Les ghettos noirs

C'est dans cette situation que se trouvent les Blancs d'Afrique du Sud. Et, malgré le système mis en place pour « tenir » la très large majorité noire, ils ne peuvent empêcher les manifestations violentes. C'est ainsi que, le 16 juin 1976, des émeutes éclatent dans la banlieue de Johannesburg, à Soweto. Cette cité noire, jumelle de la cité blanche voisine de 15 kilomètres, compte près de 850 000 habitants qui vivent dans des conditions déplorables. Les écoliers noirs ont manifesté pour protester contre l'extension de l'enseignement de la langue « d'État des Blancs », l'afrikaans.

Cette démonstration pacifique ayant été durement réprimée par les forces de l'ordre, les émeutes ont éclaté et elles ont saccagé la plupart des bâtiments officiels dont ceux de l'aide sociale. Ces émeutes n'ont pris une telle ampleur (au moins 23 morts et 200 blessés) que parce qu'elles sont une révolte contre le système de l'*apartheid*.

Ce mot «afrikaans», précisément, désigne la politique de ségrégation raciale qui a été mise en place par le parti national après sa victoire aux élections de mai 1948. Dans ses justifications, l'*apartheid* prétend qu'il s'agit de permettre le «développement séparé» des différentes communautés ethniques. En fait, cette politique n'a qu'un seul but : assurer la domination de la minorité blanche sur les Noirs et les métis qui représentent plus de 80 % du pays. Le gouvernement sud-africain a donc élaboré un certain nombre de lois qui permettent l'expropriation des Noirs : la «déportation», la création de véritables ghettos noirs (Soweto est l'un d'eux) et la séparation rigoureuse de tous les lieux publics et des transports selon la règle de la différence raciale. Les «non-Blancs» sont ainsi regroupés dans de vastes «villes» qui sont des zones de misère et de taudis (*Group Areas Act* de 1951). Une loi de 1950 permet au gouvernement de décréter que tel ou tel individu appartient à tel ou tel groupe racial. Et les «non-Blancs» sont, depuis 1952, contraints de posséder un passeport qui les fait ainsi étrangers chez eux. Naturellement, les rapports sexuels et les mariages mixtes sont interdits. Comme, en même temps, les Noirs composent la totalité du «prolétariat» – celui des mines, ou bien celui du personnel de service –, cette domination raciale a aussi un contenu social. De plus, le gouvernement sud-africain a créé, dans sa volonté de «cantonner» les Noirs et de les diviser, des «bantoustans», sorte d'États fantoches qui servent aussi de protection au noyau blanc sud-africain.

Les condamnations par l'O.N.U., en 1962, le vote de sanctions sont de peu d'effet sur la politique du gouvernement sud-africain. Rares sont en fait les pays qui ont rompu leurs relations diplomatiques ou qui n'entretiennent pas des échanges commerciaux avec ce pays dont les ressources (l'or et le chrome notamment) et la position stratégique – sur la route des pétroliers – sont un enjeu dans la rivalité Est-Ouest.

L'embargo sur les armes (1963) est lui-même tourné (Israël sera l'un des fournisseurs ou l'un des intermédiaires). Le gouvernement sud-africain joue d'ailleurs de sa situation pour apparaître comme le bastion « blanc » et occidental face aux Noirs qui seraient manipulés par les « communistes ». On voit ainsi le système de l'*apartheid* se renforcer surtout après la proclamation de la République (1960) et la sortie du Commonwealth (1961). Des lois répressives (on peut détenir un « suspect » durant au moins trois mois), des forces de l'ordre surentraînées, surarmées et brutales maintiennent l'ordre, et un service secret efficace va poursuivre et assassiner les militants noirs loin hors des frontières (et jusqu'en Europe).

En réaction à cette politique, un double mouvement se manifeste : d'une part la création de l'*African National Congress* (A.N.C.) qui, à ses origines, se donne pour règle la non-violence, puis une série de révoltes qui sont autant sociales que raciales et qui sont réprimées de manière impitoyable (massacre de Sharpville le 20 mars 1961). Les arrestations, les exécutions se multiplient, l'appareil de répression militaire et judiciaire se perfectionne, mais une révolte comme celle de Soweto en juin 1976 s'étend à de très nombreuses villes noires malgré leur mise en état de siège, et, au bout de six jours de manifestation, le bilan officiel s'établit à 140 morts et 1 128 blessés. Le bilan réel est sans doute au moins deux fois plus élevé.

Cependant, le régime et la minorité blanche ont les moyens de faire face. Une sorte de « national-racisme » sûr de lui sert d'idéologie officielle et écarte – arrestations, etc. – la minorité blanche qui souhaiterait traiter et dans laquelle on trouve des hommes d'affaires soucieux de préparer l'avenir. L'armée sud-africaine pratique le droit de poursuite et d'intervention préventive dans les pays dits de la « ligne de front » qui bordent les frontières de la république. Des raids aériens ou terrestres sont lancés afin de détruire – c'est la justification de ces actions – les bases de l'A.N.C. La Zambie, le Botswana et le Zimbabwe sont périodiquement attaqués.

La guerre en Angola

La proclamation par le M.P.L.A. (Mouvement populaire de libération de l'Angola) de la République populaire d'Angola le 11 novembre 1975 a créé un nouvel abcès de fixation. Au sud du pays, en effet, un mouvement, l'U.N.I.T.A., encadré par l'armée sud-africaine, présent en Angola depuis le 23 octobre 1975, continue de résister aux troupes du M.P.L.A. Celles-ci ont reçu des armes en quantité considérable de l'U.R.S.S. et surtout l'apport de plus de 15 000 « conseillers militaires » cubains (leur nombre sera porté à environ 50 000 hommes). « Le sang africain coule abondamment dans nos veines, répète Fidel Castro. Cuba est aussi un pays latino-africain. »

Cette guerre souligne combien est périlleuse la politique d'*apartheid*. Le déséquilibre démographique, la prise de conscience noire, la situation même de l'Afrique jouent contre la minorité blanche. Mais celle-ci a pour elle sa détermination, sa capacité à utiliser la rivalité Est-Ouest, et sa supériorité écrasante en termes militaires et répressifs. Cela lui permet de résister aux pressions – ambiguës – de l'opinion internationale. Une évolution lente vers plus de libertés est délicate. Elle se heurte, dès 1976, aux plus extrémistes des Blancs et aux exigences noires qui considèrent comme des « traîtres » ceux qui collaborent avec le pouvoir blanc.

Il est facile de prévoir que la situation ne saurait se prolonger indéfiniment et impossible d'en fixer le terme historique, ni de dessiner les modalités de « sortie » tant les obstacles sont nombreux à une solution pacifique.

Vertus et faiblesses d'un acte symbolique :
Anouar el-Sadate en Israël

Dans le dénouement d'une crise, pour favoriser la prise de conscience, les actes symboliques peuvent jouer un rôle important. Ils frappent les imaginations, ont un effet de choc et contraignent les opinions publiques à admettre ce qu'elles refusaient jusqu'alors. Il faut à ceux qui les accomplissent du courage. Ils bravent souvent les convictions de leurs concitoyens, enfermés dans leurs passions. Ils risquent de devenir des boucs émissaires. Et, plus grave encore, si les chemins qu'ils ont empruntés sont des impasses, l'acte symbolique de positif devient négatif, sa signification et son effet se retournent. C'est dire qu'au-delà des gestes c'est le contenu réel du symbole et ce qu'il permet de débloquer, de négocier, qui sont importants. À la longue, en effet, l'acte symbolique n'est plus qu'une référence, et demeurent les situations et les données concrètes. L'effet spectacle s'est dissipé : il faut régler les problèmes.

Quand, le 19 novembre 1977, le président égyptien Anouar el-Sadate arrive en Israël et qu'il est accueilli par le Premier ministre israélien Menahem Begin, c'est bien d'un acte spectaculaire et symbolique qu'il s'agit. C'est Sadate qui, dans le souci de trouver une solution pacifique aux problèmes de la région, a proposé cette visite qui a été acceptée par Begin. Les risques personnels pris par le raïs égyptien sont immenses : l'ensemble des pays arabes est officiellement hostile à sa démarche et surtout, plus que les gouvernements, les opinions publiques arabes considèrent qu'il s'agit d'une «trahison», que Sadate est le «Judas» du XXᵉ siècle.

Israël existe

Il est vrai que le geste de Sadate contraint masses arabes et gouvernements à voir en pleine lumière cette réalité qu'ils se refusent à accepter : Israël existe. Sadate, en se rendant au Parlement israélien, en y prononçant un discours, rend aveuglante cette réalité. Il franchit le pas décisif : il reconnaît Israël.

Pour le reste, le discours de Sadate, ce 19 novembre 1977, est sans équivoque : il propose un plan de paix en cinq points. Il demande d'abord le retrait des territoires occupés en 1967 ; ensuite, la création d'un État palestinien ; puis la garantie de sécurité des frontières de tous les États de la région ; enfin, que les rapports entre États soient basés sur les principes de l'O.N.U. et qu'on en termine avec l'état de guerre.

La réponse de Begin est certes émouvante, mais sans concession. Il a privilégié les accords bilatéraux et n'a, à aucun moment., envisagé la renonciation à la Cisjordanie, qui est pour lui partie intégrante d'Israël (elle constitue la Samarie et la Judée), ni la reconnaissance des droits des Palestiniens. Les deux hommes n'ont pas, à la Knesset, parlé de la même paix.

Sous la pression des États-Unis et de leur président Jimmy Carter, Sadate et Begin se rencontrent à nouveau du 5 au 17 septembre 1978 à Camp David, dans le Maryland, à 80 kilomètres de Washington. Pour les États-Unis, l'Égypte et Israël sont les deux pièces maîtresses de leur stratégie au Moyen-Orient, l'une et l'autre sont des alliés. Il s'agit donc de leur forcer la main afin qu'ils s'entendent. Deux accords-cadres sont signés à la Maison-Blanche le 17 septembre 1978 par Sadate et Begin, Jimmy Carter y apposant sa signature comme témoin.

Le premier accord concerne les rapports entre Israël et l'Égypte. Il est concret et précis puisqu'il prévoit le démantèlement des colonies juives dans le Sinaï, l'évacuation de ce territoire et la reconnaissance diplomatique des deux pays. En acceptant que le départ des Israéliens du Sinaï se fasse dans un délai de deux à trois ans, on mesure l'ampleur des concessions de Sadate. Le second accord marque encore plus que les négociations de Camp David ont surtout été un succès pour Israël. Sadate, en effet, n'a pas obtenu la promesse d'un retrait complet de Gaza et de Cisjordanie. Rien n'a été dit de précis sur les droits du peuple palestinien ni sur leur capacité à bâtir un État. Quelques mesures favorables à l'autonomie interne ont bien été concédées par Begin – comme par exemple l'arrêt des implantations de colons israéliens ou l'installation éventuelle d'une force des Nations unies – mais aucun calendrier précis n'est fixé. Le risque est donc grand pour Sadate de voir les accords de Camp David réduits à une paix bilatérale Israël-Égypte, ce qui est certes un progrès par rapport à l'état de guerre, mais surtout une victoire diplomatique israélienne qui veut briser le front des États arabes, traiter bilatéralement et ainsi isoler les Palestiniens.

La population israélienne ne s'y trompe pas, qui accueille très favorablement les accords de Camp David, cependant qu'ils sont condamnés dans les capitales arabes et que l'Égypte se retrouve isolée. L'opinion occidentale salue l'accord, et Sadate et Begin se voient décerner, le 10 décembre 1978, le prix Nobel de la paix.

Mais, moins de trois années plus tard, le 6 octobre 1981, le président Sadate sera assassiné au Caire par des militaires proches des milieux intégristes musulmans. Son successeur, Moubarak, continue sa politique. C'est ainsi qu'en avril 1982, Israël, conformément aux accords de Camp David, restitue la péninsule du Sinaï aux Égyptiens. L'évacuation israélienne a commencé par l'évacuation de la capitale El-Arich – 25 mai 1979 – et s'est poursuivie en trois étapes. Les colonies juives ont été évacuées par la force israélienne qui a pratiqué la politique du « sable nettoyé » (destruction des constructions). L'accord bilatéral de Camp David a donc été respecté et la visite de Sadate en Israël a, sur ce plan, porté ses fruits.

Mais, dans les autres territoires occupés – Cisjordanie, Gaza –, l'implantation de colons juifs se poursuit, et le problème palestinien reste entier.

L'Intifada

Dix ans après Camp David (en 1988), un nouveau tournant est accompli, qui se présente comme un succès palestinien. L'*Intifada* – la guerre des pierres – déclenchée dans les territoires occupés, la violence de la répression (au moins trois cents morts et des centaines de blessés) ont fait évoluer l'opinion mondiale en faveur des Palestiniens. Le Conseil national palestinien a par ailleurs adopté (novembre 1988) une résolution dans laquelle il reconnaît implicitement l'État d'Israël en se référant aux résolutions de l'O.N.U. (résolutions 181, 242 et 338), renonce au terrorisme et proclame l'existence d'un État palestinien qui, sans être clairement défini, correspond aux territoires occupés. Cet État est reconnu par plus de quarante États et notamment par l'Égypte, ce qui efface le succès diplomatique israélien des années 1977-1978.

Cette situation est durement ressentie par l'opinion israélienne. Face à l'*Intifada*, son glissement à droite est manifeste.

Les élections de novembre 1988 enregistrent cette évolution. Le parti du *Likoud*, les partis religieux et d'extrême droite sont victorieux cependant que les travaillistes reculent.

Le chemin de la paix est encore long. Seule la pression des États-Unis peut, éventuellement (l'incertitude même sur ce point demeure car l'opinion israélienne risque de se cabrer), conduire à une conférence internationale ouvrant la voie à un règlement pacifique. Rien n'est moins sûr.

1978

Jean-Paul II, le pape venu de si loin

Le rôle d'un pape est toujours décisif. L'Église catholique, quelles que soient les adaptations qu'elle réalise, les principes de délibération qu'elle admet, le savant et délicat équilibre qui se met en place entre les tendances, les hommes, les « nationalités », etc., reste une monarchie absolue dans laquelle le monarque, à la tête d'une administration temporelle, centralisée et contrôlée par des « bureaux » qu'il domine, est aussi un élu de Dieu, le descendant de Pierre, indiscutable – infaillible – sous peine d'excommunication. Dès lors, la personnalité du pape, son origine, son histoire personnelle, ses jugements sur la situation politique contemporaine façonnent le visage de l'Église le temps de son pontificat. Certes, l'Église est composée de multiples rouages ; elle est surtout lestée par une force d'inertie qui lui vient de sa millénaire histoire, mais à l'époque des médias de masse, de la personnalisation accrue de tous les pouvoirs – y compris le pouvoir pontifical –, le poids du pape est décuplé. Il est la voix – l'image – de l'Église. Et l'opinion juge de l'évolution de l'Église à partir des paroles et des actions du pape, alors que, parce que les évêques ont, en fait, une certaine autonomie, parce que les croyants, surtout, sont immergés dans la vie contemporaine et subissent ses influences, la réalité de l'Église est plus nuancée. Mais c'est le pape qui impose sa marque dans les médias et c'est lui qui, symboliquement, représente toute l'Église.

Un pape polonais

De là l'importance de l'élection, le 16 octobre 1978, de l'archevêque de Cracovie, Karol Wojtyla (né le 18 mai 1920) au pontificat. Pour la première fois depuis 1523, le trône de Pierre ne va pas à un Italien. Et cette novation est lourde de significations et de conséquences. Elle souligne que l'Église de Rome manifeste de façon spectaculaire son « universalisme » – un élargissement commencé dès Pie XII et poursuivi avec détermination par Jean XXIII. En même temps, l'élection d'un pape slave est, en 1978, manière d'affirmer que l'Église ne renonce pas aux croyants que les décisions politiques ont placés dans un univers hostile. Jean-Paul II est le pape qui, comme prêtre (il est entré au séminaire en 1942), puis comme évêque (en 1958, il est évêque auxiliaire de Cracovie), a été confronté au nazisme d'abord et surtout au stalinisme et à ses conséquences « polonaises ». Il est aussi le témoin d'une communauté nationale où l'Église joue le rôle de ciment et n'a été que très peu touchée par la « sécularisation » qui a émietté les communautés occidentales, soumises aux « tentations » de la société dite de consommation. Ce pape, à ces trois titres (polonais, confronté au stalinisme, issu d'un monde de « vieilles croyances »), vient de loin. Il voit la chrétienté avec les yeux d'un catholique de Cracovie, trempé par les difficultés. Et il dit avec force aux catholiques du monde entier : « N'ayez pas peur ! »

En choisissant comme nom Jean-Paul II, outre qu'il reprend le nom de son prédécesseur Jean-Paul Ier, successeur de Paul VI rapidement décédé, il signifie qu'il se place à la fois dans les pas de Jean XXIII et dans ceux de Paul VI.

Mais, très vite, son pontificat est marqué par quelques traits majeurs. D'abord – et cela se confirmera au fil des années – la reprise en main de l'administration vaticane. Plus que jamais, l'Église est une monarchie absolue. Et ceux qui ne sont pas en accord complet avec le pape (ainsi son « Premier ministre » Mgr Casaroli) sont écartés. Il faut exécuter, mettre en œuvre la politique de Jean-Paul II.

Le deuxième élément est l'importance accordée aux contacts personnels du pape avec les différentes Églises nationales. Il multiplie donc les voyages avec une moyenne de quatre par an depuis 1979 et ce jusqu'en 1988. Il visite tous les continents (Amérique latine, Afrique, etc.). Il ne néglige aucun pays d'Europe, et retourne en Pologne, déplaçant à chaque fois des foules nombreuses. Ces voyages sont l'occasion de grandes mises en scène médiatiques qui popularisent sa silhouette, son visage et ses propos. L'attentat dont il a été victime le 13 mai 1981 (et dont il est difficile de percer les mobiles et d'identifier les commanditaires) a contribué à lui dessiner une aura héroïque d'homme courageux.

Mais – et c'est le troisième trait de son pontificat, tout au moins dans sa première décennie – alors qu'il est ainsi devenu une personnalité médiatique, une « star » dont le « style » est connu dans le monde entier et qui communique d'autant mieux qu'il est polyglotte, que sa personnalité est l'objet de culte et de respect chez les plus humbles, il tient un langage sans concession, en contradiction avec les évolutions contemporaines. Il condamne ainsi à plusieurs reprises et avec beaucoup de force le divorce, l'homosexualité, la sexualité préconjugale, l'euthanasie. Il refuse l'ordination de prêtres mariés ou de femmes. Il veut rétablir une stricte discipline et, de ce point de vue, ses propos tranchent avec ceux du concile Vatican II. Sur deux points essentiels, il formule de manière absolue un enseignement traditionaliste quand il récuse le « contrôle artificiel » des naissances et qu'il dénonce comme criminel l'avortement. Sur tous ces points, sa parole, si elle est entendue, est rarement écoutée dans les pratiques quotidiennes. Même si elle s'accorde avec le discours d'ordre moral, d'exaltation de la famille, qui est prononcé par des courants politiques conservateurs.

Une volonté normative

Ces sentiments de Jean-Paul II – sur la famille, la stricte discipline conjugale – le mettent en conflit avec certains secteurs de l'Église, liés aux évolutions du concile Vatican II (les Jésuites), et ceux qui sont engagés dans la lutte radicale contre les inégalités (en Amérique latine). Sept encycliques publiées en dix ans (dont deux consacrées au travail et à la question sociale – 1981-1988) disent la volonté normative de Jean-Paul II et son désir que l'Église soit présente au monde.

Ses rencontres multiples (avec Arafat, Gromyko, le rabbin de la synagogue de Rome, mais aussi Waldheim, le président contesté de l'Autriche) manifestent ce désir. En même temps qu'est affirmée la direction œcuménique – par exemple, le 27 octobre 1986, l'organisation en Ombrie, à Assise, d'une journée mondiale de la prière pour la paix avec les représentants de douze religions.

Le pontificat de Jean-Paul II apparaît donc – sur une décennie – comme un ensemble complexe d'où ressort cependant la détermination de l'Église d'agir et de parler avec force. Cette parole est très clairement conservatrice. Jean-Paul II est persuadé que le discours immémorial de l'Église – tenu sur des tréteaux médiatiques, utilisant les techniques modernes – est celui qu'il doit prononcer. Et le cardinal allemand Joseph Ratzinger, qui est à la tête de la Congrégation de la Foi (l'ancien Saint-Office), parle clairement de l'échec du concile Vatican II et évoque la nécessaire « restauration » de l'Église.

C'est bien de cela qu'il s'agit avec Jean-Paul II. Mais, entre cette volonté de la sécularisation croissante du monde, l'écart peut se creuser, et le pape le plus connu de l'histoire de la chrétienté peut être aussi le moins suivi.

1979

Allah Akbar : la révolution des ayatollahs

Une religion peut servir de cadre aux aspirations souvent contradictoires de tout un peuple, surtout quand elle affirme qu'il y a fusion entre le politique et le religieux. Dès lors, les aspirations sociales, les revendications politiques, l'affirmation de l'identité nationale, la révolte contre les injustices sont portées avec une force explosive par le fanatisme religieux, surtout si la société a conservé des traits archaïques, des oppositions tranchées entre une masse enfermée dans des mœurs traditionnelles et une élite « moderniste ». Les « religieux » jouent alors le rôle de chefs politiques et leur autorité est assise à la fois sur leur programme et sur leur charisme lié à leur statut d'intermédiaires avec Dieu. Une révolution de caractère religieux peut ainsi se déployer, bousculant les données politiques classiques, et pour un temps apparaître comme irrésistible. Cette révolution, quand elle fait irruption en cette fin du XXe siècle, exprime aussi la carence des idéologies modernes, leur échec. Elle confirme l'inégal développement des structures économiques et sociales, les écarts qui séparent les différents pays dans un monde pourtant unifié par les échanges, les communications. Elle est d'autant plus menaçante qu'elle met au service du fanatisme toutes les puissances de la technique contemporaine. Elle peut être contagieuse, car les injustices, les frustrations sont immenses et le discours qui associe mystique et revendications peut faire lever des milliers de « martyrs ».

Ce modèle de « révolution » se réalise en Iran avec la chute du régime du shah Reza Pahlavi qui quitte le pays le

16 janvier 1979 et le retour, le 1ᵉʳ février 1979, à Téhéran après quinze ans d'exil de l'ayatollah Khomeiny.

Religion et politique

Les conditions sont en effet remplies pour que les masses iraniennes basculent dans une révole dont les religieux chiites vont prendre la direction. En effet, la tradition islamique – et surtout sa branche chiite – ne dissocie pas religion et politique, le sacré et le profane. Le chiisme s'est toujours soucié des problèmes de prise du pouvoir temporel. L'imam (chef religieux) doit être le guide de la communauté – qui regroupe tout le peuple – afin de conduire à la « justice ». L'imam prend le parti des « opprimés », dénonce les « oppresseurs », assure l'égalité des chances entre les hommes, et pour cela intervient directement dans les luttes politiques. Khomeiny (1900-1989), qui devient en 1962 le chef de la communauté chiite d'Iran, a pris position dès les années 1940 contre la dynastie des Pahlavi en mettant en avant trois mots d'ordre : liberté, indépendance et refus de la domination étrangère. Le régime du shah (celui du père, puis celui du fils, Reza Pahlavi) lui apparaît comme l'incarnation du mal. Il est sceptique quand, dans les années 1950, le réformateur Mossadegh tente, dans le cadre d'un Front national, d'affirmer l'indépendance de l'Iran (nationalisation du pétrole). Le renversement de Mossadegh (1953, grâce à la pression américaine) le confirme dans l'idée que seule une révolution islamique peut rendre à l'Iran sa dignité (liberté et indépendance) et faire progresser la justice. Arrêté, exilé (en Irak, puis en France à partir de 1978), il continue à « prêcher ». Or le régime du shah est une construction bâtie sur du sable. La « modernisation » va de pair avec la corruption. Les inégalités se creusent. La mégalomanie du shah – soutenu par les États-Unis et les puissances occidentales – se traduit par des manifestations d'un luxe provocant, un gaspillage scandaleux compte tenu de la misère des masses chiites, et une répression impitoyable et barbare conduite par le service secret et la police politique (la Savak). Ce régime apparaît ainsi, aux yeux des masses iraniennes, comme générateur d'inégalités, destructeur d'une tradition et totalement dépendant de l'Étranger même quand le shah mégalomane affirme que dans les années 1980 l'Iran sera « la cinquième puissance militaire du monde ». Une opposition « marxiste » – le parti communiste Toudeh – et une opposition « libérale » et « intellectuelle » existent, malgré les arrestations, la torture et les exécutions. Le soulèvement populaire rassemblant toutes les oppositions a lieu à la fin de l'année 1978 (« vendredi noir » : 8 septembre 1978 et « dimanche rouge » : 9 novembre 1978). L'armée tire sur le peuple et le shah, psychologiquement blessé, politiquement isolé, quitte Téhéran le 16 janvier 1979 dans l'incapacité de contrôler la situation. Qui peut prendre la tête de la révolution ? La concurrence est grande entre des « modérés » (Bazargan) qui représentent une volonté de réforme et de modernisation à l'occidentale, les révolutionnaires marxistes, les intellectuels laïques et les religieux. Dès son retour, Khomeiny se présente comme le porte-parole de tout le peuple : « Je demande à tout le peuple musulman de conserver son unité…, dit-il. Le peuple m'a choisi comme chef et la religion m'autorise à agir comme je le fais. » En quelques jours d'insurrection populaire (à partir du 10 février 1979), les instruments du régime du shah (l'armée, la police, etc.) sont brisés ou se décomposent. De nombreuses exécutions ont lieu. La gauche islamique (moudjahidin du peuple), les marxistes, les libéraux espèrent encore prendre la tête du mouvement. Mais la surenchère khomeiniste fait qu'ils sont débordés. L'occupation par des étudiants de l'ambassade américaine (6 novembre 1979), la dénonciation du « Grand Satan » (les États-Unis) représentent une deuxième phase dans la révolution et assurent en fait la domination de Khomeiny et des religieux sur les masses iraniennes. Le discours anti-impérialiste de l'imam Khomeiny joint à son autorité religieuse lui permet d'écarter les « modérés » (Bazargan, Bani Sadr) et de limiter l'influence des moudjahidin du peuple et des marxistes sur lesquels va bientôt s'abattre une répression implacable. Les exécutions se comptent par milliers et répondent aux attentats que réalisent les opposants à Khomeiny. En même temps des mesures économiques libérales sont prises (la production pétrolière est multipliée par deux, importations de produits de consommation, etc.). Surtout le déclenchement par les Irakiens, le 23 septembre 1980, de la guerre contre l'Iran entraîne une radicalisation religieuse et politique qui conforte encore le pouvoir de Khomeiny. Elle se soldera (jusqu'à l'armistice de 1988) par plusieurs centaines de milliers de morts (des millions ?).

Le « Grand Satan » américain

Par ailleurs, la révolution islamique radicale s'exporte et menace les États arabes modérés. Elle intervient, par l'intermédiaire des communautés chiites, dans la guerre du Liban. Elle menace la libre circulation du pétrole dans le détroit d'Ormuz. Elle pèse sur la vie politique des États occidentaux par le chantage qu'elle exerce sur leurs orientations en se saisissant d'otages. Elle a ainsi un rôle déstabilisateur et elle est une manifestation de « l'intégrisme » musulman qui doit son influence aux inégalités criantes qui déchirent le tissu social des pays arabes. Si la politique « laïque » est incapable de réduire ces inégalités et de proposer aux masses arabes des perspectives sociales, il semble difficile d'éviter la contagion d'un extrémisme qui marie la force de la passion religieuse millénaire au besoin irrépressible de justice. Mais la mort de Khomeiny (1989) peut changer la donne en Iran en ouvrant la lutte pour le pouvoir.

L'Être et le Néant :
mort de Jean-Paul Sartre

Le pouvoir des intellectuels – ce groupe social composé de professeurs, d'écrivains, de philosophes, d'historiens dont les œuvres sont connues d'un large public et qui collaborent aux grands journaux – se manifeste en France, à plusieurs reprises, à compter de la fin du XIXᵉ siècle. C'est à l'occasion de l'affaire Dreyfus que le mot « intellectuel » devient d'un usage courant pour désigner ceux qui, dreyfusards, se retrouvent aux côtés de Zola (après son article *J'accuse* dénonçant l'injustice) dans la Ligue des droits de l'homme, ou avec Charles Péguy et le bibliothécaire de l'École normale supérieure Lucien Herr. Au moment du Front populaire et de la guerre d'Espagne, ils sont « antifascistes » et, de Malraux à Aragon ou Paul Nizan – et même André Gide –, ils sont fascinés par le communisme. Nombreux sont ceux qui rejoindront la Résistance et le parti communiste, puis joueront un rôle de premier plan : ainsi Malraux dans le gaullisme et Aragon dans le communisme.

La « tentation fasciste »

Mais, si on les place habituellement à « gauche », il n'en existe pas moins une tradition intellectuelle de « droite » – de Barrès à Maurras – qui s'exprime dans les années 1930 par la plume de Brasillach et de Drieu La Rochelle ou par les choix politiques de la plupart des académiciens français. La « tentation fasciste » est forte. Elle conduira à la collaboration nombre d'écrivains par antisémitisme ou anticommunisme, par attrait pour la « virilité » d'un ordre nouveau européen, celui du nazisme.

Il est donc vrai que, en France, les intellectuels s'engagent dans le combat politique et tentent, par la notoriété que leurs œuvres leur donnent, d'entraîner dans leur sillage des adhésions. Mais la mort de Jean-Paul Sartre, le 15 avril 1980, marque peut-être la fin – ou en tout cas la disparition provisoire – de ce comportement.

Sartre – dont l'enterrement est suivi par des dizaines de milliers de Parisiens – représente en effet la figure emblématique de « l'intellectuel de gauche », et sa mort laisse les estrades vides. Né en 1905, normalien, agrégé de philosophie – camarade d'études de Paul Nizan et de Raymond Aron –, il reste longtemps un homme qui veut seulement changer la compréhension du monde par les livres : *La Nausée* (1938), *L'Être et le Néant* (1943), sans intervenir dans la vie politique autrement que par ses textes. Après la Libération, sa notoriété qu'il doit à son théâtre (*Les Mains sales*, 1948), la « vulgarisation » de sa philosophie par la presse en « existentialisme », sa revue, *Les Temps modernes*, l'image qu'il donne de sa vie avec Simone de Beauvoir – un couple au-delà des conventions bourgeoises – apportent à ses prises de position politiques un écho mondial. Il sera, de 1952 à 1956, le compagnon de route des communistes, puis, après les événements de Hongrie, prenant acte de la « faillite retentissante du communisme », il restera un contestataire intransigeant de la société capitaliste et de son ordre mondial, dénonçant la guerre d'Algérie (il signera le *Manifeste des 121*, intellectuels pour le droit à l'insoumission – 1960) ; partisan des luttes du tiers monde, dont les peuples sont « les damnés de la Terre », critiquant la politique américaine au Viêt-nam (il présidera le « Tribunal Russell » qui juge les crimes de guerre américains en Indochine), il sera en France dans les années 1970 aux côtés des « gauchistes » et « maoïstes » qui lancent les journaux *La Cause du peuple*, puis *Libération*. Son œuvre, continuée (des *Chemins de la liberté* aux *Mots*), lui fait attribuer, en 1964, le prix Nobel de littérature, qu'il refuse.

Ces livres sont tirés à des millions d'exemplaires et son audience est mondiale. Sa vie reflète les engagements, les ruptures, les déceptions des « intellectuels » et les limites de leur pouvoir.

Car leur « engagement », s'il accompagne l'événement politique, a souvent peu de prise sur lui. Certes, le cheminement des idées, le travail souterrain des textes et des mots préparent à l'action. Mais les grandes secousses – tant la guerre d'Espagne que la guerre d'Algérie, que la déstalinisation et ses suites (révolution hongroise, printemps de Prague) – se font sans que les intellectuels en soient l'origine. Même les événements de Mai 1968 – où les étudiants prennent une part majeure – doivent leur ampleur, au-delà du théâtre du Quartier latin et de la Sorbonne, à la grève de 11 millions de salariés et ils se concluent par les élections de juin 1968, qui envoient au Parlement une forte majorité conservatrice.

Le « pouvoir des intellectuels » et donc l'influence de Sartre doivent être confrontés à ces réalités.

Mais il reste que – dans un pays de vieille tradition littéraire (« Si je suis tombé par terre c'est la faute à Voltaire, si je suis tombé dans le ruisseau c'est la faute à Rousseau », dit la chanson de Gavroche), de contestation du pouvoir en place – leur rôle, s'il doit être nuancé, ne peut être sous-estimé. Les intellectuels contribuent à « l'air du temps » politique et donnent leurs lettres de noblesse à tel ou tel secteur politique.

Or la mort de Sartre marque un tournant. D'abord elle est la disparition d'un « symbole » et d'une grande voix. (En 1981, meurt Jacques Lacan, en 1983, Raymond Aron, ce qui dépeuple un peu plus la scène intellectuelle française.) Il n'y a plus d'écrivain et de philosophe ayant cette stature et cette histoire.

Le règne des stars

Les générations intellectuelles suivantes – celles qui avaient autour de vingt-trente ans en 1944 : d'Edgar Morin à Althusser – ont été, pan après pan, conduites à quitter le terrain politique qu'elles avaient occupé dans ou aux côtés du parti communiste. Elles se replient sur leurs travaux personnels et condamnent l'action politique quand elles ne sont pas nettement passées à droite. La génération qui atteignait l'âge adulte autour des années 1960-1970 a été brûlée au même « opium des intellectuels » – selon le mot de Raymond Aron pour qualifier l'engagement marxiste. Et après avoir « fait » Mai 68, elle s'est fondue dans la société, réaliste et même cynique, avide de places et de profits, mettant son talent au service des carrières indivi- duelles. Elle s'est soit désintéressée de l'engagement poli- tique, soit, par adhésion au parti socialiste, elle a choisi de se tailler un fief électoral. Par ailleurs, la rupture avec le marxisme, le ralliement aux « Droits de l'homme », aux actions humanitaires (« Médecins du monde », etc.), la cri- tique du totalitarisme, des « maîtres penseurs », ont fait des « nouveaux philosophes » – de Bernard-Henri Lévy à André Glucksmann – des commentateurs brillants de l'actualité plutôt que des intellectuels engagés dans l'action politique. La « médiatisation » a enfin réduit le rôle des intellectuels. Ainsi commence, dès les années 1980, le règne des « stars ». C'est Yves Montand qui parle politique à la télévision et qu'on écoute, plutôt que Régis Debray. Comme par ailleurs les enjeux politiques semblent réduits à des choix de ges- tion quotidienne, les intellectuels se désintéressent de la scène politique, et l'on n'entend plus que leur « silence ».

Cet effacement d'une « pensée critique » nuit d'abord à la « gauche » qui, même lorsqu'elle accède au pouvoir, devrait être force de proposition, de mouvement et donc de contestation de l'ordre établi.

Sans l'aiguillon des intellectuels, sans leur pression sur le monde politique, sans leur engagement, la tradition démocratique française se trouve affaiblie. Et le paysage politique français réduit. Si cette disparition des intellectuels du terrain et du débat politiques devait être définitive, elle marquerait la « fin de l'exception française » et la « normalisation » de l'histoire française sur le modèle anglo-saxon.

Mais l'une des caractéristiques de cette histoire est précisément sa capacité à « rebondir ». Sur ce plan – celui du rôle des « intellectuels » – comme sur d'autres, les années qui viennent seront décisives.

1981

La fin d'un monopole politique :
François Mitterrand,
président de la République

L'alternance au pouvoir d'hommes représentant des familles politiques différentes est l'une des preuves de l'existence d'une démocratie pluraliste. Elle n'est cependant pas simple à mettre en œuvre. Le parti au pouvoir, quel qu'il soit, tient à y demeurer et, dans le respect des règles démocratiques, il peut, s'il dispose d'une majorité au Parlement, modifier telle ou telle disposition électorale pour permettre la reconduction plus aisée de son pouvoir. Il peut aussi jouer de tout le clavier de l'action économique et sociale pour agglomérer autour de lui des groupes d'électeurs dont il flatte et satisfait les intérêts. Il use enfin des moyens de la « propagande » qui accompagne tout pouvoir. Même si celle-ci est contrebalancée par la diversité des médias, le fait d'être porté par la légitimité qu'assure le pouvoir donne des avantages qui, sans être décisifs, peuvent être importants.

Les règles de l'alternance

L'obstacle principal à l'alternance tient aussi au fait que – notamment dans un pays comme la France – elle a été présentée dans les années 1970-1980 comme impliquant un changement de société et menaçant donc les citoyens dans leur vie privée, par l'atteinte prévisible à leur patrimoine, voire à leurs libertés. L'existence d'un parti communiste – contestant non seulement l'équipe au pouvoir mais les principes mêmes de l'organisation sociale et économique – accréditait cette thèse. Mais, réciproquement, pour tourner cet obstacle, les candidats au pouvoir peuvent être tentés de ne plus remettre en cause le système politique et social. Autrement dit, compte tenu du réseau d'intérêts qui structure une société, du poids des forces économiques, des liens qui existent entre économie nationale et économie internationale (dans le cadre européen et mondial), l'alternance n'apparaît possible qu'entre des formations qui ne cherchent en aucune manière à bouleverser le système économique et social et ne prétendent le changer qu'à la marge. Tout discours « extrémiste » rejette vers l'autre camp la masse d'électeurs indécis qui, dans une élection du président au suffrage universel, font la différence entre les deux candidats.

Le risque, dès lors, est que l'alternance « politique » ne soit en rien un changement de politique, même si elle assure une rotation – salutaire – des équipes en place.

La recherche de l'hégémonie

On mesure combien, dans ces conditions, les images du candidat à la présidence et celle de la formation politique qui le soutient sont importantes et combien le jeu politique doit être conduit avec finesse. La victoire électorale de François Mitterrand à l'élection présidentielle du 10 mai 1981 avec 51,75 % des voix (15 708 262) contre 48,24 % à Valéry Giscard d'Estaing (14 642 306) n'en apparaît que plus remarquable. Elle est le fruit d'une longue histoire politique qui s'étend sur plus d'une décennie et qui commence, en fait, en 1958, quand François Mitterrand, ministre à plusieurs reprises sous la IVe République sans jamais avoir été président du Conseil, s'oppose résolument au « coup d'État permanent » que représentent selon lui le retour du général de Gaulle au pouvoir, ses méthodes de gouvernement et ses institutions. Campant dans l'opposition, Mitterrand veut incarner « l'authenticité républicaine », mais il prend rapidement conscience de la chance qu'offre à la « gauche » une Constitution que par ailleurs il dénonce. Et, en 1965, tournant décisif, il réussit à mettre le général de Gaulle en ballottage et à rassembler au deuxième tour de cette élection présidentielle, le 19 décembre 1965, plus de dix millions d'électeurs, soit 45,5 % des voix. C'est à partir de ce socle et de cette dimension nationale que, malgré des régressions (ainsi, les événements de Mai 1968 placent Mitterrand en situation difficile et, à l'élection présidentielle de 1969, après la démission de De Gaulle il ne sera pas candidat, laissant Defferre et Mendès France explorer une stratégie de centre gauche qui se révèle être un échec : 5 % des voix), il poursuit un double objectif : d'une part, construire un parti socialiste fort, ancré à gauche et donc allié du parti communiste et, d'autre part, dans cette « union de la gauche » affichée, agir de telle sorte que l'hégémonie détenue par le parti communiste passe au socialisme démocratique. Cette double nécessité est difficile à maintenir. D'abord, parce que l'union de la gauche peut effrayer des couches sociales qui sont nécessaires pour le succès électoral. D'autre part, parce que le rééquilibrage de la gauche au profit du P.S. se heurte, dès le lendemain de l'élection présidentielle de 1974 qui voit Mitterrand frôler la victoire contre Giscard d'Estaing, au parti communiste qui a senti la menace (elle est d'ailleurs ouvertement exprimée par Mitterrand). En 1977, l'union de la gauche et son programme commun se brisent, ce qui permet à la majorité conservatrice de gagner les élections de 1978.

Cette défaite paraît signer celle de la stratégie suivie depuis 1971 et le congrès d'Épinay qui a vu François Mitterrand accéder au poste de premier secrétaire du nouveau parti socialiste. Elle libère donc les ambitions d'autres hommes porteurs d'une autre stratégie et notamment celles de Michel Rocard qui, au congrès de Metz (1979), s'oppose à Mitterrand, affirme – 1980 – qu'il pose sa candidature à la présidence de la République. Mitterrand, maître du P.S., sera le candidat des socialistes et son habile campagne utilise à la fois le désir profond de changement (il faut « changer la vie »), les rivalités aiguës de la droite (Giscard contre les gaullistes de Chirac), la volonté démocratique de voir les équipes au pouvoir (en place en fait depuis 1958, malgré la tentative de créer un État giscardien, opposé à l'État gaulliste) être remplacées, et enfin la volonté conservatrice d'une France des villages à l'abri de leur clocher (thème de l'affiche) et que ne saurait inquiéter une « force tranquille ». Les communistes, réduits à 15 %, loin derrière le parti socialiste, n'apparaissent plus menaçants : les socialistes sont devenus hégémoniques, et la mécanique de l'élection présidentielle les favorise (il est impossible d'imaginer un président de la République communiste) et entraîne, en juin 1981, le succès électoral des législatives. Le P.S. et ses alliés obtiennent la majorité absolue des sièges à l'Assemblée (285 députés sur 481 au lieu de 117). Le P.C.F. passe de 86 députés à 44 ; le R.P.R. de 155 à 88 ; l'U.D.F. de 120 à 64. Le parti socialiste dispose donc des pouvoirs politiques (sauf au Sénat) majeurs : présidence et Parlement ; et la constitution du deuxième gouvernement de Pierre Mauroy (avec quatre ministres communistes) reflète cette réalité d'après élections législatives.

Changer ou gérer

Mais il y a loin du pouvoir politique à la capacité de « changer la vie » ou même simplement de « changer la société » sans même vouloir « changer de société ». L'alternance politique réussie, reste à savoir quelles novations elle pourra apporter, sachant que toute modification importante se heurte à des oppositions socio-économiques fortes, relayées par l'opposition politique. La gauche se trouve ainsi coincée dans un dilemme classique : changer la société et risquer de perdre le pouvoir, y demeurer mais renoncer à proposer une « autre politique ». Gérer efficacement le système tel qu'il est en y introduisant un peu plus de justice. Et risquer aussi de perdre le pouvoir parce que se multiplieront les « déçus du socialisme ».

Les premières élections partielles, dès janvier et mars

1982, marquent un retour en force de la droite. L'« état de grâce » aura duré moins d'un an, comme en 1936, au temps du Front populaire. Mais les institutions de la Vᵉ République constituent un rempart dont Blum ne disposait pas.

1982

La *movida* :
les socialistes de Felipe Gonzalez accèdent
au pouvoir en Espagne

Rien n'est plus difficile et risqué qu'une transition politique et sociale entre un régime de dictature et la démocratie. La dictature s'appuie sur des forces armées – police, unités spéciales, corps militaires, etc. – qui peuvent, à tout moment, parce que la dictature est la manifestation d'une organisation hiérarchique dans laquelle l'armée occupe une place centrale, intervenir dans les évolutions afin de maintenir ou de rétablir cette dictature. Des groupes politiques peuvent aussi vouloir déborder le processus – nécessairement graduel – pour en accélérer le rythme ou exiger la liquidation de rouages de la dictature qui demeurent précisément en place durant la période de transition.

Celle-ci n'est en fait possible pacifiquement que si des hommes, à tous les niveaux du pouvoir, et d'abord au sommet, sont fermement décidés à la favoriser et à éviter toute régression vers la violence. Et surtout si l'évolution sociale, sous la dictature, a été telle qu'elle a préparé, malgré le pouvoir politique, une transformation du système. Elle intervient parce que les différents éléments, qui dans la société fondent la démocratie, préexistent à leur manifestation politique ou institutionnelle.

La transition démocratique

Quand, le 28 octobre 1982, aux élections législatives anticipées, le parti socialiste ouvrier espagnol (P.S.O.E.), dirigé par Felipe Gonzalez, obtient la majorité des sièges aux Cortès, on peut dire que la « transition » démocratique a été une réussite exceptionnelle et que commence réellement la *movida*, le changement.

Cette « transition » était d'autant plus périlleuse que l'Espagne, depuis 1939, a été tenue dans la main de fer du franquisme. Le Caudillo Franco, habilement, a su à la fois préserver son indépendance tout en manifestant sa solidarité avec Hitler et Mussolini dans la Seconde Guerre mondiale et s'enrôler, au lendemain de la défaite du nazisme, dans la croisade contre le communisme, qui n'était après tout pour lui que la continuation du combat engagé pendant la guerre civile (1936-1939). Durant ces presque quatre décennies (il meurt le 20 novembre 1975), la répression, toujours brutale, meurtrière – c'est le règne de la torture et du garrot –, n'a cependant pas pu empêcher la reconstitution d'une société que la guerre civile avait totalement écrasée. De nouvelles générations sont apparues et, surtout à partir des années 1960, l'aide américaine, l'émigration de centaines de milliers d'Espagnols vers les autres pays européens, l'arrivée de millions de touristes ont peu à peu changé le climat social, bien que Franco, appuyé sur la Guardia Civil et l'armée, conserve l'essentiel de son pouvoir. Des grèves, la naissance en Espagne même de nouveaux cadres politiques – ainsi des cadres du parti socialiste – et surtout l'apparition de nouvelles couches sociales – une petite et une moyenne bourgeoisie – font penser que l'après-franquisme est déjà commencé avant même la mort de Franco.

Mais toutes les éventualités sont ouvertes, puisque l'armée et les forces de police sont capables de tenir le pays et que personne dans la société (à l'exception de groupuscules terroristes dont les attentats permettent à la répression de se manifester : ainsi le procès de Burgos du 28 décembre 1970 qui déclenche une vague d'indignation en Europe) n'envisage un affrontement. La mémoire de la guerre civile est encore vive, et ce sont les profondes blessures de ces années-là qui imposent à tous les Espagnols responsables une transition pacifique.

Trois hommes vont jouer, dans ce climat ambigu (le régime, malgré la mort de Franco, reste « dictatorial », et l'armée est là pour le rappeler ; mais la société aspire à la démocratie ; elle est « européenne », accordée et déjà ouverte – tourisme et émigration – sur les démocraties occidentales), un rôle clé.

L'habileté du roi

D'abord Juan Carlos, choisi par Franco pour être le roi d'Espagne. Ce Bourbon va avec habileté jouer le jeu de la démocratie. Il a pour lui le fait d'être – après une solide éducation militaire – le chef des forces armées et de représenter la tradition monarchique. Il offre ainsi une « garantie » à l'institution militaire même s'il ne satisfait pas les « vieilles chemises » du franquisme et les éléments les plus durs de la Guardia Civil et de l'armée.

Il choisit, pour diriger le gouvernement, un homme jeune, issu des milieux franquistes, Adolfo Suarez, technocrate ayant décidé de parier sur la démocratie pour asseoir son pouvoir, et assurer dans un cadre pluraliste, à l'occidentale, la victoire de la droite. Mais, très vite, les divisions vont se manifester et faire apparaître des droites. Les mesures qu'il prend (légalisation des partis de gauche et du parti communiste notamment, création de régions autonomes) mécontentent l'aile la plus réactionnaire.

Dans la nuit du 23 au 24 février 1981, un colonel de la Guardia Civil (Tejero de Molina) prend en otages tous les députés des Cortès, et, dans la province de Valence, le lieutenant-général décrète l'état d'urgence. Cette tentative de coup d'État militaire est brisée par le roi qui obtient de toutes les garnisons leur respect de l'ordre. Dès lors, les mutins sont isolés et arrêtés. Mais les droites – et Adolfo Suarez – ont fait preuve de leur incapacité à devenir hégémoniques dans l'Espagne de l'après-franquisme.

C'est Felipe Gonzalez et les socialistes qui incarnent le

mieux la nouvelle Espagne, née dans les années 1960. En effet, Felipe Gonzalez a su en une décennie rénover le P.S.O.E. et en devenir le leader. Avec un groupe de « Sévillans » – parmi lesquels Alfonso Guerra –, ils ont chassé, au terme de batailles politiques d'appareil et de congrès (1969, 1970, 1972), les dirigeants « historiques » (ainsi Rodolfo Llopis) qui, exilés, restent enfermés dans les querelles des années 1930-1940 et ignorent l'Espagne de l'intérieur. En mai 1974, au congrès de Suresnes, Felipe Gonzalez accède à la direction du P.S.O.E. rénové. En 1977, les socialistes remportent un important succès électoral, rassemblant trois fois plus de voix que les communistes. Le rééquilibrage de la gauche est donc accompli. Et Gonzalez peut signer avec les autres forces politiques « le pacte de la Moncloa » (1977) qui assure la transition démocratique. En 1974, le P.S.O.E. – après un débat au cours duquel Gonzalez a un temps renoncé à son mandat de secrétaire général – abandonne la référence marxiste, et cette modération lui ouvre les portes du succès électoral du 28 octobre 1982.

Dès lors, les socialistes vont gérer, Felipe Gonzalez présidant le gouvernement, avec efficacité – et en accord avec Juan Carlos – la modernisation sociale, économique et culturelle de l'Espagne.

Cette *movida* impétueuse (sur le plan économique et culturel) doit affronter le terrorisme basque contre lequel Gonzalez lutte avec détermination. Elle doit faire face aussi à des revendications sociales, la politique de rigueur économique empêchant de satisfaire les syndicats (ceux-ci – y compris les socialistes – ont même déclenché une grève générale en décembre 1988).

Gonzalez veut faire de l'Espagne une puissance européenne à part entière. L'entrée, en 1985, dans le Marché commun (avec le Portugal) marque le succès de cette volonté d'intégration.

Les socialistes, malgré leurs difficultés, semblent capables de détenir, pour longtemps, le pouvoir en Espagne.

1983

Une nouvelle grande peur : le sida

Dans l'histoire, de grandes épidémies ont creusé des sillons profonds dans les populations de continents entiers. La «peste noire» fit ainsi, entre 1347 et 1351, plus de 25 millions de victimes en Europe et sans doute au moins autant en Asie. En Inde, à la fin du XIXe siècle, près de 10 millions de victimes succombèrent encore à ce fléau (entre 1896 et 1917). Le choléra a frappé l'Europe autour des années 1830 (Paris notamment en 1832-1834). La gravité, la soudaineté de l'épidémie, l'égalité plus apparente que réelle de tous devant la maladie (des «grands» sont touchés : dans la Florence du Moyen Âge ou dans le Paris du XIXe siècle : ainsi la mort de Casimir-Perier), l'impuissance répandent la terreur et créent à chaque fois des réactions extrêmes. Le dévouement de quelques-uns d'abord qui soignent sans s'inquiéter des risques encourus. Mais surtout des attitudes de défense et d'explication. La maladie devient ainsi une «malédiction de Dieu» qui veut châtier pour telle ou telle attitude. Ceux qui sont frappés sont des «coupables» et la maladie est le signe de leur culpabilité. Il est donc légitime de les condamner, de les isoler, de les tuer parfois : on se défend contre l'épidémie de manière barbare en se donnant ainsi bonne conscience. On imagine aussi que l'épidémie est provoquée par tel ou tel groupe d'individus : à Paris, au XIXe siècle, les bourgeois seraient responsables du choléra pour affaiblir le peuple et ils empoisonneraient dans ce but les fontaines. Pogroms, mises à l'écart, extermination des porteurs de germe, recherches de coupables et terreur devant la manifestation de la colère de Dieu (ou l'action du Diable) : ces attitudes accompagnent à chaque fois les épidémies.

Les attitudes devant l'épidémie

On avait pu croire qu'elles étaient enfouies et oubliées dans un lointain passé historique. Or, l'apparition dans les années 1980 d'une nouvelle épidémie a suscité des réactions plus limitées certes, mais du même type.

C'est au mois de mai 1983 que le virus de cette épidémie de sida – *syndrome d'immuno-déficience acquise* LAV-HTLV III – est isolé par l'Institut Pasteur à Paris. Il s'attaque à certaines cellules du sang, se loge – parfois plusieurs années sans se manifester et on est alors *séropositif* – dans les lymphocytes T, pour se «réveiller» dans certaines conditions et livrer, plus ou moins rapidement, tout l'organisme à des infections mortelles.

L'impuissance médicale, durant ces premières années, frappe, en notre siècle de puissance scientifique et d'exploits techniques qui touchent tous les domaines, et notamment à la biologie, comme une manifestation «divine» voulant rappeler à l'homme sa faiblesse. D'autant plus que, depuis la révélation de l'épidémie (en 1981, cinq cas relevés à New York), la propagation du mal est suivie par les médias et que, à la prise de conscience de l'étendue du danger, se mêle le sentiment qu'on ne peut rien faire pour vaincre la maladie. Des personnalités connues – vedettes de cinéma, intellectuels, etc. – succombent parfois de manière spectaculaire puisqu'elles avouent leur maladie en des sortes de confessions publiques. Cette attitude lève certains tabous, mais renforce la peur.

De plus le mode de transmission de la maladie fait ressurgir de vieux interdits et donne à l'idée de châtiment une force qu'elle avait perdue. Le sida se répand en effet par les voies sexuelles. Il atteint d'abord – tout au moins dans les pays développés – les homosexuels (50 à 70 % des homosexuels de New York ou de San Francisco seraient touchés), les individus à partenaires sexuels multiples, les drogués (utilisation de seringues contaminées). Il se transmet aussi par voie sanguine et transplacentaire : les enfants de mères atteintes de sida sont eux-mêmes séropositifs.

Il y a donc des populations « à risques » qui, au début de la connaissance de l'épidémie, ont paru coïncider avec des populations « marginales » par rapport aux règles de la morale traditionnelle. Si bien que, insidieusement d'abord puis explicitement, le sida a été présenté et ressenti comme un « jugement de Dieu » et la preuve que la libéralisation des mœurs, consécutive notamment à la diffusion de la pilule contraceptive (et à l'avortement), était condamnée et source de malheur. La liaison sida-liberté sexuelle, mort et sexe, fait jouer tous les phantasmes collectifs et sert les tenants de la « majorité morale ». C'est ainsi que le discours sur le sida se développe parallèlement au retour des valeurs conservatrices (famille, condamnation par Jean-Paul II des méthodes artificielles de contraception, éloge de la fidélité conjugale, refus de la sexualité préconjugale, etc.).

Pourtant, plus l'on progresse dans la connaissance de la maladie et plus l'on découvre qu'elle s'étend à des populations hétérosexuelles ou bien sans qu'on puisse même mettre en cause le comportement sexuel des malades (transmission à la suite d'une transfusion sanguine). Il n'empêche que, psychologiquement, socialement et politiquement, les conséquences de l'épidémie sont lourdes.

La liberté sexuelle conquise dans les années 1960 régresse. Le repliement sur le couple se confirme. Majorité silencieuse et *moral majority* se renforcent et servent de point d'appui aux partis conservateurs ou ouvertement réactionnaires (aux États-Unis, les républicains de Reagan et de Bush, ce dernier réélu dans ce contexte – en France le parti du Front national qui dénonce les « sidaïques »).

Par ailleurs, la thèse de l'action délibérée d'un groupe, utilisant l'épidémie, s'est aussi manifestée. Certains organes de presse ont accusé les États-Unis d'avoir fabriqué le virus du sida afin de détruire la race noire en Afrique du Sud. Une erreur de manipulation aurait libéré le virus et étendu son pouvoir à l'ensemble des hommes ! Cette thèse (d'origine soviétique ?) aujourd'hui rejetée – par les Soviétiques eux-mêmes – manifeste, dans les échos qu'elle a rencontrés, surtout le désarroi devant une épidémie dont la diffusion est extrêmement rapide. En novembre 1988, on aurait dénombré 5 000 cas nouveaux dans le monde et une journée mondiale de lutte contre le sida est organisée le 1er décembre 1988 ! Il s'agit en effet, dans un monde où chaque continent communique et où, donc, les risques de propagation de la maladie sont nombreux, de coordonner recherches et moyens de prévention et de lutte. On dénombrerait en effet de 5 à 10 millions de séropositifs dans le monde, dont plus de 30 % pourraient développer la maladie dans un délai de cinq à six ans. En France, on compterait entre 150 000 et 500 000 séropositifs et déjà de 10 000 à 15 000 malades (1989, prévisions). Aux États-Unis, le chiffre des malades serait de 50 000. Mais faute de dépistage systématique, toutes ces données sont inférieures à la réalité. On prévoit plus d'un million de malades à la fin de 1991.

Les défis du sida

Ce type d'épidémie lance un défi aux scientifiques. Il montre que l'homme n'en a jamais terminé avec son combat contre la maladie et la mort, et que l'équilibre est toujours précaire entre les défenses qu'il élève et les assauts qu'organise contre lui la « nature » dans sa relation complexe et toujours modifiée avec l'humanité.

L'autre défi est celui de la liberté.

Le sida dévoile les tentations d'ordre, de contrôle, de lutte contre la maladie par un encadrement autoritaire, de mise en fiches des individus suspects. Ainsi sont posés tous les problèmes des rapports entre individu et collectivité.

À ce titre, le sida est un révélateur des tendances archaïques qui, en plein âge de la science, demeurent vives sous l'apparente domination de la « raison ».

1984

« L'Amérique est de retour » :
la « révolution conservatrice »
de Ronald Reagan

L'image en cette fin de XXe siècle dicte sa loi. Elle impose la simplification des discours adressés à l'opinion. Ils se réduisent à quelques « petites phrases » soigneusement ciselées pour frapper et pouvoir être retenues par les médias et donc indéfiniment répétées. Les réseaux de télévision s'adressent – ainsi durant une campagne électorale présidentielle aux États-Unis – à plus de 100 millions de téléspectateurs lors des débats majeurs entre les candidats à la magistrature suprême. Ce sont ces millions de téléspectateurs qu'il faut convaincre. Et ce n'est possible, répètent les spécialistes, que si l'image est « lisse », « souriante », et le discours limité à l'essentiel. Même si les différences sont sensibles entre les programmes des candidats – et ce n'est guère le cas –, ceux-ci doivent être réduits à quelques formules.

La majorité silencieuse

Cette rénovation de la « démocratie directe » par l'intermédiaire de la télévision accuse de manière extrême la personnalisation, et c'est sur les traits, physiques et psychologiques, que se jouent les élections. La maîtrise de l'image par le candidat devient ainsi un élément indispensable et déterminant de son succès. Enfin, cette « démocratie directe » accroît encore le poids de la « majorité silencieuse » sur laquelle les appareils des partis, les « mili-

, ont peu de prise. Et c'est en priorité à cette majorité silencieuse aux opinions souvent conservatrices que doit s'adresser le candidat. Les programmes « radicaux », les idées réformatrices qui peuvent séduire des minorités de militants ou d'adhérents deviennent de dangereux projets révolutionnaires quand ils sont grossis par les médias. La « majorité silencieuse » est, en outre, émiettée en individus isolés devant leur écran de télévision. Cet « individualisme » de fait favorise les thèmes sécuritaires ou les programmes qui mettent l'accent sur « l'individu » plutôt que sur les besoins de la collectivité. Ordre dans la société – et donc renforcement des moyens policiers et peine de mort ; défense des revenus des individus (baisse des impôts), exaltation des réussites individuelles (et donc diminution de l'aide apportée aux « minorités » que la pauvreté frappe et marginalise) : telles sont les aspirations de la « majorité ».

La réélection du président Reagan – le 6 novembre 1984 – s'inscrit dans ce contexte. L'ancien acteur de Hollywood, qui maîtrise parfaitement l'image et – le plus souvent – son expression, est réélu avec un net avantage sur le candidat démocrate (Walter Mondale), remportant 59 % des voix contre 41 %. Le candidat démocrate n'a rassemblé que 13 des 538 grands électeurs. En 1980, Carter en avait réuni 49 contre le même Reagan.

Mais l'élection et la réélection de Reagan témoignent d'abord d'un glissement en profondeur de l'opinion américaine marquée par la crainte du « déclin américain » que la présidence Carter (1976-1980) n'a pas, en termes d'image, su combattre. En 1979, face à l'Iran khomeiniste, l'échec de la politique américaine est patent. Et, la même année, le deuxième choc pétrolier est une nouvelle épreuve pour l'orgueil américain, montrant (il y a de longues files d'attente devant les stations d'essence) que la suprématie américaine est remise en cause. En Amérique centrale, l'évolution du gouvernement des « sandinistes » qui ont pris le pouvoir au Nicaragua est ressentie comme un camouflet. Or, ces événements s'inscrivent dans une longue série d'humiliations et de reculs : le Viêt-nam, Watergate, le premier choc pétrolier, la chute de Saigon, la stagnation économique. Face à cette image négative d'eux-mêmes, les Américains sont de plus en plus sensibles aux idées d'une « révolution conservatrice », diffusées systématiquement par des fondations, des instituts, des universités (*Hoover Institution* ; *Heritage Foundation*) disposant de puissants moyens financiers.

On constate d'ailleurs des changements dans les comportements : à la libération sexuelle, à la contestation des valeurs traditionnelles dans la jeunesse (patrie, famille, etc.) succède un regain d'attitudes traditionalistes. Cela va de pair avec la critique des programmes gouvernementaux d'assistance qui ont fait proliférer – prétend-on – une « nouvelle classe » (les Wordsmiths) composée de fonctionnaires, d'intellectuels, etc., qui dilapident les sommes prélevées par les impôts. Et ce, à leur profit propre et à celui de couches d'« assistés », que ces aides enferment dans leur inactivité. Ainsi se dessinent peu à peu les contours d'une *moral majority*, expression d'un groupe central mais aussi résultat d'une véritable propagande des milieux les plus conservateurs.

Reagan est, depuis qu'il s'est engagé dans la vie politique (il a été gouverneur de Californie dès 1967), l'homme de ces milieux. Il manifeste clairement ses intentions quand il déclare, peu après son entrée à la Maison-Blanche : « Le gouvernement n'est pas la solution à nos problèmes. Le gouvernement est le problème. »

Sa première présidence, même si les résultats peuvent en être nuancés, a aux yeux des électeurs de la « majorité silencieuse » provoqué une baisse des impôts de près de 25 % sur le revenu des personnes physiques et des entreprises. Certes, les conséquences sociales et budgétaires en sont lourdes. Le déficit s'accroît – puisque, en même temps, les dépenses militaires augmentent de près de 40 % par rapport à 1981. Le nombre des pauvres s'élève à près de 35 millions (revenu inférieur à 10 000 dollars par an) et ils se concentrent dans les communautés hispanique et noire.

La déréglementation provoque une limitation des droits des salariés et les multiplications des emplois précaires, faiblement payés. Les grèves sont durement réprimées : en 1981, les 12 000 contrôleurs aériens sont licenciés collectivement. Mais ces aspects négatifs vont de pair avec une exaltation des « gagneurs », une confiance affichée dans le destin de l'Amérique : l'Amérique est de retour. Le discours à l'égard de « l'Empire du Mal » (les Russes) est vigoureux. Les fusées *Pershing* sont installées en Europe.

L'intervention militaire dans l'île de Grenade (octobre 1983) efface les échecs militaires et, quelles qu'en soient les limites réelles, semble confirmer le retour à la puissance de l'Amérique. Le slogan de la campagne électorale – face à un parti démocrate longtemps divisé entre le Noir Jackson, le « rénovateur » Gary Hart et l'homme de l'appareil Mondale – est simple : « Si l'Amérique est de retour, c'est à Ronald Reagan qu'elle le doit. » Une utilisation magistrale des médias fera le reste.

Ainsi s'ouvre le second mandat de Ronald Reagan : « Le moment est venu, déclare le président, de nous engager sur la voie d'un nouveau grand défi : une seconde révolution américaine faite d'espoirs et de possibilités. »

L'héritage de Reagan

En fait, Reagan sera bien contraint, au fil des années, de réduire ses ambitions. Il traitera avec Moscou, hier Empire du Mal, aujourd'hui partenaire. Il sera contraint de faire face au scandale de l'Irangate. Et la corruption de son entourage apparaîtra peu à peu. Il subira la crise financière d'octobre 1987. Et sa politique économique s'inspire davantage de Keynes que des principes libéraux pourtant proclamés. Restent l'image, les créations d'emplois, l'adéquation du discours à la fois aux médias et aux aspirations de la majorité silencieuse, la crise des idées qui frappe le parti démocrate (Quel programme ? Quelles différences avec les républicains ?) : tout cela suffit à assurer en novembre 1988, au terme d'une campagne électorale vide et sordide, le succès du vice-président républicain Bush et à assurer ainsi une dernière victoire à Ronald Reagan. Les présidences Reagan, «été indien» de l'Amérique ou réel tremplin pour l'avenir? La question est posée. C'est probablement dans le domaine économique et financier que se trouve la réponse. Et les concurrents (Japon, Allemagne, Europe peut-être) sont puissants cependant qu'aucun des problèmes fondamentaux de l'Amérique n'a été résolu.

1985

Glasnost et *Perestroïka* :
les défis de Mikhaïl Gorbatchev

Quand l'histoire d'un pays a été marquée par des événements tragiques – guerres, révolutions, répressions, etc. –, le maintien au pouvoir d'hommes qui y ont été directement mêlés est un facteur de blocage. Il leur est difficile de mettre à nu le passé, d'évaluer « objectivement » les responsabilités, de comprendre aussi que le temps des violences est révolu. Au sommet de l'État une gérontocratie, issue de telles circonstances historiques, favorise l'immobilisme et, dans une structure de pouvoir très hiérarchisée, elle reproduit à tous les niveaux les mêmes verrous. La société est bloquée. L'accession d'hommes issus des nouvelles générations est donc la condition nécessaire – non suffisante certes – pour que la société bouge et prenne en compte le temps qui a passé, c'est-à-dire les réalités nouvelles, les aspirations des hommes et des femmes qui restent encore enfermés dans des cadres issus d'une autre époque.

L'homme d'une nouvelle génération

C'est ainsi que l'accession au pouvoir en U.R.S.S., le 10 mars 1985, de Mikhaïl Gorbatchev est en soi un événement. Il n'a que cinquante-quatre ans. Certes Khrouchtchev (cinquante-neuf ans) et Brejnev (cinquante-huit ans) n'étaient guère plus vieux que lui lorsqu'ils accédèrent au pouvoir en 1953 et 1964. Mais l'un et l'autre avaient vécu les épisodes tragiques de la Révolution puis de la guerre mondiale. Gorbatchev est encore un jeune adolescent durant cette dernière. Il appartient de ce fait aux générations que l'Union soviétique a formées. Il est ainsi le seul des grands dirigeants soviétiques à avoir fait de véritables études (à la faculté de droit) tout en étant un fils et petit-fils de paysans de la région de Stavropol, où il est né le 2 mars 1931. À la mort de Staline, il n'a que vingt-deux ans : il a aussi échappé au stalinisme dont il n'a été ni complice ni victime. C'est donc à la fois le plus jeune dirigeant depuis Staline (qui avait pris le pouvoir à quarante-cinq ans) et le premier qui n'ait pas partie liée, personnellement, avec les épisodes les plus cruels de l'histoire soviétique.

Ce n'est évidemment pas un « sans-parti ». Il est, dès la faculté de droit, responsable du Komsomol, puis membre du parti. Il devient rapidement un apparatchik et c'est à ce titre qu'il exerce les fonctions de secrétaire des Jeunesses communistes dans la ville de Stavropol (1956-1958). Il occupe donc des postes dirigeants dans la période du « dégel » khrouchtchévien, et il les vit dans un climat plus ouvert, qui n'est plus marqué par la peur de purges sanglantes. Grâce à l'appui de Mikhaïl Souslov qui l'a distingué, il franchira les différentes étapes d'une carrière dans la Nomenklatura du parti. Après la chute de Khrouchtchev (1964), il devient – en 1977 – secrétaire du Comité central pour le département agricole. Durant la longue période du gouvernement de Brejnev (1964-1982), il acquiert une influence de plus en plus grande et apparaît, dans la période de transition suivante (Brejnev est remplacé par Andropov qui meurt en février 1984, et son successeur Tchernenko disparaît l'année suivante), comme le dauphin. Il est entré au Politburo en 1979 et en devient membre de plein droit en 1980.

L'homme a ainsi parcouru tout le cursus d'un cadre de l'appareil, mais sa formation, les circonstances historiques (sa génération donc) en font un homme nouveau. Il a pu ainsi voyager à l'étranger (Europe occidentale en 1975-1976, Canada en 1983). Le climat intellectuel dans les années décisives de sa formation (vingt-cinq-trente-cinq ans) a été, pour une part, celui de la « détente », donc de l'accès possible à des œuvres jusqu'alors interdites (Soljenitsyne est publié dans *Novy Mir* en 1962 : Gorbatchev a trente et un ans). Ses qualités intellectuelles, son esprit de décision, sa volonté déterminée, tels qu'ils vont rapidement apparaître, font ainsi de Gorbatchev l'homme qui rassemble en lui les possibilités de faire bouger l'U.R.S.S.

Or, c'est une nécessité. Depuis la secousse donnée par Khrouchtchev dans les années 1960, l'ankylose a peu à peu paralysé l'U.R.S.S., dirigée par des hommes vieux et malades. Rationnement pour des produits de première nécessité, pénurie (logements, etc.), crise morale (corruption à tous les niveaux et dans l'entourage direct de Brejnev, alcoolisme, etc.), crise de la politique extérieure par l'engagement dans des conflits régionaux (intervention russe en Afghanistan en 1979), répression (Sakharov est exilé à Gorki) signalent la gravité de la crise que traverse l'U.R.S.S.

Dès les lendemains de son arrivée au pouvoir, Gorbatchev affirme un style différent, ouvert, marqué par le souci de communiquer, de présenter une image positive de l'Union soviétique (rôle, à ses côtés, pour ces « effets d'image » de Raïssa, sa femme). Il agit très vite et de manière symbolique.

Des mesures contre l'alcoolisme sont prises ; Gromyko (qui symbolise la permanence de la politique extérieure soviétique depuis des décennies) est élu président du Praesidium du Soviet suprême, simple poste honorifique, et d'autres changements dans le personnel politique marquent la volonté de changer toute la direction du parti et du pays.

Vers l'extérieur, la rencontre dès le 19 novembre 1985 de Gorbatchev et de Ronald Reagan à Genève (premier sommet soviéto-américain depuis six ans) est l'indice spectaculaire de l'ouverture d'une nouvelle période des relations internationales. On entre dans une phase de détente et de désarmement, de désengagement de l'U.R.S.S. des conflits régionaux (retrait des troupes d'Afghanistan : 1987-1988). L'accent est mis sur la coopération internationale (et donc la reprise des relations diplomatiques là où elles étaient interrompues : ainsi des pas sont faits en direction d'Israël), que ce soit avec la Chine ou avec l'Europe. L'U.R.S.S. de Gorbatchev insiste sur son appartenance à la « Maison commune » européenne, et des liens nombreux sont liés – sur tous les plans – avec la République fédérale allemande, notamment.

Une révolution par en haut

À l'intérieur, c'est l'application de la *Glasnost* et de la *Perestroïka* : transparence et restructuration. La réforme pénètre partout : dans le domaine économique (rôle de l'initiative privée, des coopératives, la rentabilité étant prise comme critère, les entreprises, les fermes, pouvant se développer en autonomie de gestion, etc.), dans le domaine culturel (une presse presque « libre » de publier des reportages, des articles d'un ton vif), dans le domaine historique : pour la première fois, le passé est réexploré dans sa totalité (Boukharine est réhabilité, le rôle de Trotski est mis en lumière) ; les dissidents – ainsi Sakharov – sont libérés. Une réforme constitutionnelle est préparée qui doit permettre à Gorbatchev de concentrer à la fois les pouvoirs de chef de l'État et du parti. Mais des élections pourront avoir lieu à bulletins secrets.

Gorbatchev est ainsi l'artisan d'une véritable « révolution » par le haut. Elle rencontre des résistances dans l'appareil, mais surtout elle fait éclater les cadres dans lesquels l'U.R.S.S. était serrée. Le bouillonnement intellectuel et critique n'est pas le plus grave pour la stabilité du système. C'est aux périphéries de l'Empire – dans les États baltes, en Azerbaïdjan, en Arménie, dans les républiques musulmanes, en Géorgie, peut-être demain en Ukraine – que se pose le problème majeur : celui des mouvements nationalistes qui réclament indépendance, autonomie et libertés politiques et qui parfois (Arméniens et Azéris) s'opposent violemment entre eux (1988).

Avec Gorbatchev, c'est bien tout le destin de l'U.R.S.S. qui est en question, pour la première fois sans doute depuis les années 1920. L'immobilisme n'est plus possible. Mais la réforme entreprise demeure difficile à maîtriser.

1986

La vie menacée :
la catastrophe nucléaire de Tchernobyl

La prise de conscience par l'homme – et les États – de la menace que leurs activités (industrielles, militaires, etc.), leur mode de vie (circulation, types de consommation, etc.) font peser sur l'environnement et sur la vie même des espèces et bientôt sur le destin de l'humanité est relativement récente. La libération de l'énergie atomique et la course aux armements nucléaires ont, sur ce point particulier (la destruction possible, en cas de conflit ou d'accident nucléaire, de la vie sur de larges zones habitées ou sur tout le globe), mobilisé l'opinion. Mais, si un climat d'inquiétude a été ainsi créé, il est resté limité, puisque les accidents d'origine militaire ont été rares et que la guerre nucléaire apparaît à beaucoup comme impensable, si bien que le danger représenté par l'entassement de milliers d'ogives nucléaires, la circulation de sous-marins porteurs de fusées, semble abstrait et éloigné. Cependant, c'est sur ce fond d'angoisse pour la survie de l'espèce liée à la menace atomique que l'opinion s'est peu à peu préoccupée de la destruction de l'environnement naturel.

Nécessité de l'écologie

Les réalités sont ici plus proches. Les industries polluantes, la prolifération des centrales nucléaires, les catastrophes liées à des accidents dans les manipulations – quotidiennes – de produits toxiques ou en relation avec leur fabrication ou leur évacuation font désormais partie de l'information courante. Si bien que pollution et écologie sont depuis une vingtaine d'années des thèmes présents dans les campagnes d'opinion et même un des éléments des luttes politiques (ainsi le mouvement écologiste, antinucléaire et pacifiste dit des Verts en Allemagne occidentale).

La rencontre de ces deux thèmes – peur nucléaire et menace sur l'environnement – explique le retentissement donné à la catastrophe survenue le 25 avril 1986 à la centrale atomique de Tchernobyl. D'autant plus que les dimensions de l'accident et de ses conséquences en font la plus importante de toutes celles qui se sont produites. (Sans doute, le secret a empêché de connaître la dimension exacte d'autres catastrophes : ainsi celle de Kychtym dans l'Oural, en 1957.) Autour de Tchernobyl – au nord de Kiev –, la radioactivité a contraint à l'évacuation de près de 150 000 personnes. Le taux de radioactivité a été multiplié par six jusque dans les pays scandinaves. Le nuage radioactif a survolé une grande partie de l'Europe occidentale, entraînant – en U.R.S.S. et en Europe – l'interdiction de consommation de certains produits (10 millions de tonnes de blé auraient été contaminés en U.R.S.S.). Mais les tentatives pour fixer des normes, dans le cadre européen, permettant d'exclure les produits dangereux se heurtent aux intérêts des pays producteurs. De même, les États masquent le fait qu'ils sont pour une bonne part impuissants devant une menace de ce type, ce qui laisse à penser ce qu'il en serait en cas de guerre ou d'explosion atomique.

L'accident de Tchernobyl révèle ainsi le risque – une erreur humaine est à l'origine de la catastrophe – que les sociétés industrielles font naître – notamment avec leurs centrales atomiques, et l'insuffisance des moyens d'alerte et de protection, comme la longue durée des conséquences : on prévoit dans les soixante-dix années à venir près de 5 000 morts consécutives à Tchernobyl alors que le nombre des morts dû strictement à l'accident ne dépasse pas 50. La catastrophe atomique tue ainsi sur le long terme.

Mais il en va de même pour d'autres «pollutions» chimiques. La fuite d'un gaz toxique d'une usine chimique à

Bhopal (1984) en Inde a provoqué des milliers de morts dans les heures et les jours qui ont suivi. Dans les années suivantes (1987-1988), le nombre des morts s'est encore élevé à plus de 500 chaque année, victimes de l'intoxication.

Il est par ailleurs difficile – sinon impossible – de saisir les conséquences sur l'organisme de la pollution de l'air et des eaux, de la présence de produits chimiques dans les aliments (les engrais répandus en grosses quantités, les insecticides, les médicaments visant à favoriser la croissance rapide des animaux demeurent de manière résiduelle dans les produits consommés). Les contrôles – plus ou moins sévères selon les pays – sont en contradiction avec les exigences des producteurs et des intermédiaires, soucieux de bénéfices. Seules les pressions des consommateurs peuvent permettre la mise en place de réglementations rigoureuses.

On assiste ainsi à l'expression de plus en plus fréquente de ces «associations de consommateurs» qui, souvent liées aux mouvements écologiques, introduisent des éléments nouveaux dans la vie politique. Ils sont d'autant plus actifs que les «catastrophes» se multiplient. À la pollution des mers par les pétroliers (aujourd'hui plus sévèrement contrôlés depuis la catastrophe du superpétrolier *Torrey Canyon* sur les côtes de Bretagne – 1967 – sans que cela empêche des catastrophes, ainsi en Alaska en 1989) a succédé la pollution des fleuves et des lacs. Tous les systèmes politiques sont concernés puisque les catastrophes écologiques concernent tous les pays : ainsi la destruction des eaux du lac Baïkal en Union soviétique, ou la désertification des «nouvelles terres» mises en culture à l'époque de Khrouchtchev. En novembre 1986, c'est le Rhin qui a été atteint par des milliers de tonnes de produits phosphorés et de composés de mercure déversés par une usine de produits pharmaceutiques de Bâle, provoquant la pollution du fleuve sur tout son cours – jusqu'en Hollande – et la contamination des eaux de certaines des régions riveraines. Les forêts européennes sont pour leur part depuis une décennie au moins menacées par des «pluies acides» provoquées – sans doute – par les fumées industrielles ou les émanations des moteurs automobiles. D'autres forêts, notamment sur le pourtour méditerranéen ou aux États-Unis, sont détruites par des incendies (ainsi, durant l'été 1986, en France sur la Côte d'Azur). Plus grave encore, en moins de vingt ans (1969-1986), la couche d'ozone – qui protège la terre des rayons solaires dangereux – se serait appauvrie de 3 % au-dessus de l'hémisphère Nord. Les produits utilisés dans les bombes aérosol étant considérés comme responsables de cette destruction dangereuse. On aurait ainsi repéré un «trou» dans la couche d'ozone au-dessus du pôle Sud entre 15 et 23 kilomètres d'altitude. Et il augmenterait de 15 % par an. En septembre 1987, 46 nations ont signé un traité prévoyant de réduire de 50 % d'ici à 1999 la consommation des produits destructeurs de l'ozone.

Cet accord est significatif. Il illustre le fait que, face aux problèmes de l'environnement, la communauté internationale tente de réagir collectivement. C'est d'ailleurs le seul moyen de résoudre – ou de limiter – ces problèmes. Ils sont en effet posés à *toute* l'humanité considérée comme un ensemble solidaire, ayant des intérêts communs face à la ruine de son écosystème. Mais leur résolution suppose des contrôles stricts, internationaux et nationaux, qui impliquent donc la coopération internationale et l'adoption de règles mettant en cause les intérêts à court terme. Ces règles se heurtent donc souvent aux producteurs et leur adoption est lente (ainsi, par exemple, pour l'application de procédés permettant d'utiliser dans les véhicules une essence sans plomb). Ils exigent une pression des États, qui ne peut elle-même intervenir que si s'exerce le poids d'une opinion publique avertie.

La question du désarmement

Et en arrière-plan des questions industrielles se profile la grande affaire du désarmement. Car la menace la plus forte sur la vie provient de la prolifération des armes de destruction massive. L'humanité reste ainsi à la merci d'un accident ou d'un conflit non maîtrisé dérivant vers un affrontement nucléaire.

1987

La « bulle financière » explose :
le krach boursier

L'unité du monde économique et financier est l'une des réalités les plus fortes de l'histoire contemporaine. La dimension internationale des firmes, leurs lieux de production répartis sur l'ensemble des continents, l'intensité des échanges en sont une manifestation. Aucun pays du monde, aucun système économique n'échappe à ce réseau dense de relations. L'U.R.S.S. ou la Chine en font partie, même si leurs économies sont moins imbriquées dans le système mondial que celles des pays de l'économie de marché. Les régions pauvres sont concernées par le cours des matières premières ou bien par l'endettement dans lequel elles sont plongées et les intérêts des dettes qu'elles doivent payer. Enfin, le système mondial de communication a établi une véritable instantanéité entre les différentes places financières. Les ordinateurs gèrent vingt-quatre heures sur vingt-quatre les portefeuilles, tenant compte de toutes les variations : celles de Tokyo, de Hong Kong, de Wall Street ou de Londres sans référence au décalage horaire. L'informatisation de la gestion des comptes – *program trading* – rend automatiques les ajustements. Il y a donc – grâce à l'informatique et aux satellites de communication – un marché mondial de la finance qui est unifié : unité de temps (sans interruption), unité de lieu (automaticité des cotations entre les grandes Bourses sur plusieurs centaines de titres), unité d'opération.

Bulle financière et économie réelle

Par rapport à cette « bulle financière » qui entoure la planète, l'économie « réelle » – productions, échanges, etc. –, tout en étant mondiale, est décalée. Elle ne peut agir avec la même instantanéité : les temps de production existent et ne sont pas indéfiniment compressibles, alors que, dans la sphère financière, l'abstraction des signes se traduit en gains ou en pertes (vente ou achat) au terme du temps qu'il faut à un ordinateur pour inscrire une ligne sur un écran. Les « jeux » d'écriture dans cette bulle financière sont d'autant plus fructueux qu'existe une instabilité des taux de change (entre les monnaies) et des taux d'intérêt, ce qui permet, en passant d'une place financière à l'autre et dans des temps records, de réaliser de considérables plus-values. L'unité mondiale de la bulle financière – et à un moindre degré celle de l'économie réelle – est ainsi stimulée dans son fonctionnement par l'existence de réalités nationales, de disparités financières locales. La spéculation est possible parce qu'il y a ces différences, mais la contradiction est grande entre ces disparités et l'unité mondiale. Le fonctionnement régulier, planifié, permettant des prévisions, exigerait une gestion mondiale. Or, il n'existe que des cadres législatifs nationaux, et des gouvernements qui, faute d'accord monétaire global, défendent leurs intérêts nationaux au moment même où la bulle financière est mondiale et fonctionne dans l'instantanéité.

Quand, le lundi 19 octobre 1987, se produit à Wall Street le krach le plus brutal de l'histoire boursière et que l'indice des valeurs, Dow Jones, a, dans sa chute de 508,32 points, largement dépassé le niveau du krach de 1929, c'est ce dysfonctionnement structurel de la situation financière et économique mondiale qui est fondamentalement en cause.

Mais il y a d'autres origines à ce krach qui ébranle durant quelques semaines toutes les certitudes quant à la vigueur de l'économie capitaliste.

C'est d'abord l'ampleur du déficit commercial américain (15,68 milliards de dollars au mois d'août 1987, alors qu'on n'en attendait que 14 milliards). Ce déficit – financé par le monde entier – entraîne immédiatement un glissement du dollar. Ce qui provoque une hausse des taux d'intérêt. Cette hausse sensible (aux États-Unis, les taux des emprunts d'État atteignent leur plus haut niveau depuis deux ans et demi : 10,31 %) provoque, dès le 16 octobre, et « mécaniquement » par le jeu des *program trading* des ordinateurs, une mise en vente des actions. Le processus est accéléré par des déclarations de responsables financiers allemands et américains, notamment le secrétaire d'État au Trésor James Baker qui annonce que, face à la hausse des taux d'intérêt allemands, il va laisser « filer » le dollar. Ainsi apparaissent au grand jour la discorde internationale et l'incapacité où se trouvent les États de coopérer réellement en matière économique et financière quand leurs intérêts vitaux sont menacés.

Les Bourses vont immédiatement intégrer ces données en se désaisissant de millions d'actions. Ce sont les gros investisseurs qui vendent par énormes paquets d'actions, alors que les « petits épargnants », bousculés par les événements, mais tenus à distance des consoles d'ordinateurs, ont du mal à passer leurs ordres de vente et hésitent à le faire parce que la chute des cours est si brutale – quelques heures – que la vente impliquerait la perte totale et que, dans ces conditions, contenus aussi par les conseils des banquiers et les commentaires rassurants des moyens d'information, ils préfèrent attendre. Tokyo, Hong Kong (qui fermera), Londres – durement affectée –, Paris, etc. : toutes les places financières subissent l'effet de « l'explosion de la bulle financière » marquée par cet effondrement des cours des actions.

En fait, ce 19 octobre 1967, c'est d'abord un immense « réajustement technique » qui se réalise en quelques heures et qui fait perdre 750 milliards de dollars à l'économie mondiale. Ce krach du siècle – il est en effet plus important, plus profond que celui de 1929 – met fin à une longue période de hausse continue et exceptionnelle des actions. Ce cycle boursier à la hausse a duré six années. Dans certains secteurs, les plus-values boursières ont pu atteindre les 3 000 % et, couramment, les 400 %. Ces hausses ont été causées par les rendements beaucoup plus fructueux donnés par la Bourse, par rapport à ceux réalisés par l'investissement dans l'économie « réelle », où les forts taux d'intérêt rendent les emprunts nécessaires trop onéreux et où les risques économiques liés à toute entreprise apparaissaient trop grands par rapport à la rentabilité. Comme, de plus, les Bourses ont créé – en relation avec le développement de l'information et la mondialisation des échanges financiers – de nouveaux produits financiers, la spéculation a pu s'envoler. Sans que les hausses soient le reflet de l'économie « réelle ». Cette déconnexion entre bulle financière et économie « réelle » s'est approfondie jusqu'au krach du 19 octobre 1987 qui apparaît donc comme une « correction technique » de grande ampleur.

Les facteurs de crise dans l'embellie

En effet, contrairement à la plupart des prévisions, la crise financière n'a pas été suivie par une récession durant l'année 1988. Au contraire, les taux de croissance sont les plus forts depuis les années 1970. Cela semble dû au fait que l'économie « réelle » et donc les entreprises étaient en meilleure santé financière que prévu. Qu'ensuite et surtout les gouvernements ont, après le krach, pratiqué une politique d'« argent facile » pour éviter une crise. Qu'enfin la consommation n'a pas diminué. L'« effet patrimoine » (on économise après une crise) n'a pas joué. Mais, dans cette embellie inattendue, les facteurs qui ont provoqué le krach de 1987 demeurent : importance du déficit commercial américain ; poussée économique du Japon et de l'Asie du Sud-Est qui concurrencent les États-Unis ; hausse des taux d'intérêt et menace de baisse du dollar ; enfin, discordance entre des politiques nationales et la « sphère mondiale ». L'économie mondiale peut-elle fonctionner autrement que sans « krach » ? Le souhaitable n'est pas toujours possible. Et il est rarement prévisible.

1988

La France et l'Europe à l'heure des choix

Il faut, l'expérience historique le prouve, se défier des situations où le calme politique coïncide avec l'existence de problèmes non résolus, qu'ils soient économiques ou sociaux. Un moment vient, à plus ou moins long terme, où cette réalité pleine de contradictions vient bousculer l'ordre politique que l'on imaginait pourtant stable, garanti par des institutions qui assurent la durée. Certes, l'histoire est soumise à la loi des surprises. Et on peut imaginer que d'autres modalités apparaissent. Là où les dysfonctionnements, les conflits pouvaient faire craindre l'explosion, la coagulation des luttes sociales et un problème d'ampleur nationale, on peut se trouver face à des abcès localisés, qu'on peut croire contournables – et qui le sont souvent –, qui se résorbent lentement et qui ne remettent pas en cause, semble-t-il, le fonctionnement social d'ensemble. De même, au lieu de l'explosion, on peut connaître une implosion, et, au lieu de dynamiques conflictuelles qui s'élargissent, un pourrissement sectoriel qui peut devenir le mode d'existence d'une société émiettée.

L'apparence du consensus

En 1988, la situation française conduit à ce type d'interrogation. Les élections présidentielles et législatives (mai-juin 1988) ont marqué nettement le rejet d'un libéralisme dogmatique qui prétendait appliquer à la France des méthodes reaganiennes, plus imaginées que conformes à la politique concrète du président américain. La cohabitation entre un président élu par la gauche en 1981 (Mitterrand) et un Premier ministre porté au pouvoir par la droite en mars 1986 (Chirac) fut apparemment tranquille et en fait durement concurrentielle. Sous les dehors d'un consensus, le pays s'est trouvé à chaque instant divisé au sommet (en politique extérieure, en politique économique et sociale), et cette période, courte, 1986-1988, a cependant retardé la solution des problèmes (ainsi à propos du statut de la Nouvelle-Calédonie). En outre, le gouvernement de Jacques Chirac a, vigoureusement dans les premiers mois (jusqu'au début de l'année 1987 seulement), entrepris, dans le secteur nationalisé, une politique de privatisation, créant ainsi une nouvelle donne, que le gouvernement de Michel Rocard, porté au pouvoir par les élections de juin 1988, doit maîtriser. La conjoncture internationale est, pour ces premiers mois, favorable. Et dans cette période de retour à la croissance et aux abondantes rentrées fiscales pour l'État, les mouvements sociaux longtemps comprimés explosent ici et là.

Ils signalent des problèmes structurels – quelles doivent être la place et l'organisation du service public ? quel doit être le rôle et la place de l'État ? Ils soulignent des inégalités criantes entre les couches sociales, aggravées par la gestion des gouvernements qui se sont succédé de 1983 à 1988. Ils marquent aussi l'émiettement de la société française avec l'apparition de groupes « marginaux » qui sont le fruit de situations très inégalitaires. Pauvres, salariés oubliés dans des secteurs en déclin ou des activités obscures, chômeurs forment désormais des groupes nombreux qui peuvent, ici et là, bloquer la machine économique (dans les transports, les communications, etc.). D'autant plus qu'il existe une crise des représentations politiques que révèlent le pourcentage important des abstentionnistes aux dernières élections de 1988 (à partir des législatives) et les 15 % que le mouvement national-populiste de Le Pen a rassemblé à l'élection présidentielle. Les partis politiques, les syndicats (à peine 15 % des salariés y adhèrent) sont touchés par ce phénomène qui recrée, dans l'ordre poli-

tique, des citoyens actifs et passifs : ceux qui ne votent pas
sont les plus pauvres, les plus « marginaux » et les plus
jeunes.

Cette crise des « intermédiaires » et de la démocratie
représentative est liée à la difficulté qu'ont les élites (politiques, intellectuelles, etc.) à dessiner des perspectives.
L'avenir se vide de tout projet ambitieux autre qu'économique. L'essoufflement ou la disparition des idéologies
laisse en fait le champ libre à l'idéologie de l'acceptation
de ce qui existe, c'est-à-dire de l'économie de marché avec
toutes ses conséquences. La fin des « utopies » sociales et
socialistes n'est remplacée que par un discours « gestion-
naire », d'autant plus difficile à accepter dans la société
que cette « gestion » n'est capable ni de réduire les inégalités – elle les aggrave –, ni de faire disparaître le chômage,
ni de maîtriser les fluctuations économiques et financières
(ainsi que l'a démontré le krach boursier d'octobre 1987).

Ce « vide » est durement ressenti en France, puisque la
culture politique y est marquée par l'idée de « modèle », de
nécessité de formuler de grands projets au service de la
« nation ».

Or, tout cela est remis en cause. Et cependant la situation
française recèle des problèmes majeurs non résolus : tout le
système éducatif est à réformer, ce qui suppose la mobilisation de crédits importants sur plusieurs années. Le déficit
du commerce extérieur, le solde industriel négatif marquent
aussi la perte de marché qu'a subie en une dizaine d'années
l'économie française dans le monde (20 %).

Le libre jeu du marché financier

Le seul espoir offert est la construction européenne. « La
France est notre patrie et l'Europe notre avenir », a indiqué
le président Mitterrand. L'Europe à douze (depuis 1985-
1986) s'est donné pour ambition la construction d'un grand
« marché intérieur » à compter du 1er janvier 1993. Et l'Acte
unique européen qui le définit a été signé en 1986. Pas à
pas il se met en place. Mais les problèmes que pose l'Acte

unique, quand on les dégage de discours emphatiques, sont nombreux et ouvrent de multiples questions. Par exemple, la décision de libéraliser les services financiers et les mouvements de capitaux à la date du 1er juillet 1990 indique que la construction européenne veut s'appuyer sur la logique du marché financier pour pousser les feux de la croissance. Mais cette libéralisation conduit à l'alignement des politiques fiscales et, dans un pays comme la France, cela risque de provoquer de difficiles ajustements. De plus, qu'on ait mis en avant, pour structurer le marché intérieur – le faire naître en fait –, cette libéralisation des capitaux implique un dessaisissement des «politiques nationales», au bénéfice du libre jeu du marché financier. Car, sans construction d'un système financier européen (monnaie, banque européenne, autorité politique, etc.), ce libre jeu ne peut que favoriser des déséquilibres et des tensions. En l'absence de toute réalité de l'Europe sociale, il n'est pas impossible que des mouvements sociaux ne se déclenchent et qu'ils prennent un visage antieuropéen, là où se creuseront les inégalités – régions marginalisées, professions menacées, etc. Des «résurgences» nationalistes peuvent être envisagées allant de pair avec des manifestations de corporatisme.

D'autant que ce marché unique risque d'être ouvert à tous vents si on ne le dote pas d'un système douanier protecteur, dont certains membres de la communauté ne veulent pas, et si on ne s'assure pas qu'il suscite aussi une «politique culturelle» autonome, capable de faire naître un «patriotisme européen». Or, depuis les années 1980, l'Europe culturelle n'est qu'un marché pour les programmes américains et japonais de télévision : on parle de «culture européenne» mais on livre les Européens à Disneyland.

C'est bien pour la France et l'Europe, dont les destins sont imbriqués, l'heure des choix cruciaux.

1989

Le retour des peuples

Les régimes totalitaires et, avant eux, les systèmes auto-cratiques ou bien les gouvernements militaires, ou ceux fondés sur la domination d'un groupe social, religieux ou ethnique sur tous les autres ne peuvent durer qu'autant que les peuples qu'ils prétendent représenter acceptent d'obéir. L'idéologie officielle, l'emploi de toutes les formes de contrôle et de répression (censure, polices en tous genres, armée, espionnage de la vie privée, incitation à la délation, choix de boucs émissaires à l'extérieur ou à l'intérieur du pays) incitent à la soumission.

Mais l'efficacité de ces systèmes répressifs diminue avec le temps. Et, surtout, l'exigence de liberté est un ferment qu'aucun gouvernement, depuis le début de l'histoire des hommes, ne peut sur le long terme étouffer. Des individus isolés d'abord, mus par des convictions morales, puis des groupes de plus en plus nombreux entrent en lutte contre les pouvoirs. Et si les circonstances sont favorables (divi-sions au sommet du pouvoir, pression extérieure, crise économique, difficultés sociales, accès à une information différente), la contestation s'étend. Au cours de l'année 1989 – celle du deux centième anniversaire de la Révolution française, qui marque l'entrée en scène du peuple français – et dans les années suivantes, le retour des peuples dans le jeu historique ébranle ou renverse États totalitaires ou autoritaires.

À Pékin : les étudiants aux mains nues face aux tanks

La Chine est la première touchée. Les réformes entreprises par le chef de l'État Deng Xiaoping et le Premier ministre Li Peng desserrent un peu l'étau. Dans le même temps Gorbatchev, en U.R.S.S., bouleverse le système soviétique. Il suffit du renvoi d'un dirigeant réformateur – Hu Yaobang – le 17 avril pour que les étudiants, fer de lance du mouvement, envahissent les quarante hectares de la place Tienanmen, à Pékin, là où le régime rassemble les foules encadrées. Cette fois-ci des milliers d'étudiants manifestent : « Pour la Liberté, pour la Démocratie ! » Ils sont pacifiques. « La patience de la goutte d'eau vient à bout du marbre le plus dur. » Ils sont persuadés qu'ils peuvent contraindre le pouvoir à négocier. « Expliquons aux soldats que nous nous battons aussi pour eux », déclarent-ils pleins d'espoir. Mais Deng Xiaoping, Li Peng et le secrétaire général du parti communiste chinois Zhao Ziyang ont une ligne politique qui, au-delà de leurs rivalités personnelles, est claire : tenir le pays, garder le pouvoir, ne pas laisser se désagréger l'autorité du parti communiste, ouvrir la Chine aux mécanismes du marché, mais empêcher que cette « libéralisation » économique ne conduise au libéralisme politique.

Dans la nuit du 3 au 4 juin 1989, ils font donc intervenir les chars sur la place Tienanmen ; les étudiants aux mains nues sont dispersés, écrasés, et la répression se généralise à toute la Chine, à toutes les formes de contestation. Pour les héritiers de Mao, « le pouvoir est toujours au bout du fusil ».

Mais si la Chine est à l'intérieur du « continent » communiste le bastion de la résistance du pouvoir – avec Cuba –, partout ailleurs les défenses cèdent et les chefs communistes sont balayés par une véritable révolution démocratique et nationale. Car c'est cette double exigence qui explique l'ampleur du soulèvement en Europe, chez des peuples qui ont subi non seulement l'oppression politique des communistes, mais aussi la domination des

Russes (enseignement de la langue russe obligatoire, révérence à l'égard des intérêts de la Russie, répression des mouvements populaires par l'armée russe – à Berlin en 1953, à Budapest en 1956, à Prague en 1968).

Ainsi, en Pologne, l'une des nations les plus surveillées et les plus dominées par le voisin russe, Mazowiecki, membre du syndicat Solidanosc, devient dès le 19 août 1989 Premier ministre, et le 9 décembre 1990, Lech Walesa, leader syndical, est élu président de la République avec 74,25 % des voix.

Mais l'événement majeur, le plus symbolique, intervient en Allemagne. La République démocratique allemande représentait pour les Soviétiques une pièce maîtresse dans leur dispositif diplomatique, politique et militaire. Les dirigeants communistes allemands – comme Honecker – restaient des « staliniens » réticents à toutes les réformes et hostiles aux ouvertures de Gorbatchev en Russie. Ils raidissaient leurs positions derrière le mur de Berlin, symbole de la division de l'Allemagne et de la fermeture de l'Europe de l'Est. Or le mouvement démocratique et national allemand va submerger en quelques jours cette frontière artificielle et meurtrière. Par la Hongrie et la Tchécoslovaquie, des Allemands de l'Est passent à l'Ouest par milliers, rendant inutile et ridicule le Mur. Le 9 novembre 1989, sa chute est un moment décisif de l'histoire du XXe siècle. Non seulement elle conduit à la réunification allemande (le 1er juillet 1990, avec Berlin comme capitale), ce qui change tout l'équilibre européen, mais elle marque aussi la défaite irrémédiable de l'U.R.S.S. dans la guerre froide et, à terme rapproché, elle implique la capitulation de celle-ci, c'est-à-dire la fin du régime soviétique.

Le 9 novembre 1989 : chute du mur de Berlin

La chute du mur de Berlin agit ainsi à la fois comme un signal lancé à tous les peuples demeurés sous le joug et comme un accélérateur de la révolution démocratique et nationale.

En Tchécoslovaquie, Vaclav Havel, l'intellectuel qui incarne l'opposition organisée dans le Forum civique, est élu président de la République à l'unanimité par le Parlement, le 7 décembre. La transition, comme à Varsovie et à Berlin, s'opère à Prague sans effusion de sang. Les pouvoirs en place s'effondrent sans opposer de résistance majeure. Les forces de répression se délitent ou passent à la révolution. Le mouvement est irrésistible.

En Roumanie au contraire, ce n'est qu'au terme de six jours déments que Nicolas Ceaucescu cède, le 22 décembre 1989. Le dirigeant roumain sera exécuté en compagnie de sa femme Elena le 25 décembre après une parodie de procès. À la fin de l'année 1989, le bloc communiste européen n'existe plus. Les peuples l'ont emporté.

La révolution démocratique et nationale se poursuivra durant toute l'année 1990. La Lituanie, la Lettonie, l'Estonie, l'Ukraine, la Biélorussie, l'Arménie conquièrent leur indépendance. Le 12 juin 1990, les députés de la Fédération de Russie portent à la présidence de leur Parlement Boris Eltsine et proclament la souveraineté d'État de leur République. La décomposition de l'U.R.S.S. est largement engagée. L'U.R.S.S. était la clé de voûte de tout le système politique et militaire qui, de Berlin à Varsovie, contrôlait l'Europe orientale. En se fissurant, et en reconnaissant ses faiblesses, l'U.R.S.S. de Gorbatchev favorise la montée de la révolution démocratique et nationale dans toute l'Europe et jusqu'en Chine, révolution qui, par un effet de boomerang, va briser la structure de l'organisation soviétique.

C'est parce qu'ils ont perçu ces risques politiques majeurs pour leur pouvoir que les dirigeants chinois ont finalement, après des hésitations, étouffé avec brutalité les rêves des étudiants de Tienanmen. Mais un régime peut-il laisser libre cours à l'initiative économique de son peuple tout en enfermant dans un carcan politique rigide ? C'est la question qui se pose à la Chine, dès cette année 1989.

1990

Tempête du désert

La guerre est toujours le condensé d'un moment historique, qui permet de saisir dans leur cruauté les rapports de forces entre les groupes de nations en conflit. Mais à ne prendre en compte que l'aspect militaire de cette confrontation, on obscurcit l'éclairage violent qu'une guerre porte sur l'état du monde. Elle révèle l'idéologie et les sentiments des peuples, les réalités technologiques et scientifiques aussi. Elle dévoile, dans chaque nation belligérante, l'état de l'opinion en même temps que les mécanismes institutionnels ou les réalités politiques et les manipulations qui ont conduit le pays à participer au conflit. Lire une guerre dans ces multiples facettes, c'est lire l'état d'une région du monde, et même l'état du monde.

C'est sans conteste le cas lorsque l'on essaie de comprendre le conflit qui a opposé l'Irak à une coalition dirigée par les États-Unis. La « guerre du Golfe », amorcée le 2 août 1990 par l'entrée de l'armée irakienne dans l'État indépendant du Koweit, a éclaté de fait le 17 janvier 1991 avec l'attaque de la coalition contre Bagdad et la capitulation de l'Irak, dès le 27 février. Mais on peut estimer qu'elle se poursuit encore dix années plus tard puisque Saddam Hussein, le leader irakien dont le renversement paraissait être l'un des buts de guerre, est encore en place, que l'embargo étrangle toujours l'Irak, provoquant des dizaines de milliers de victimes chaque année, et que, enfin, l'aviation anglo-américaine continue à sa guise de bombarder le pays.

Un renversement du jeu diplomatique

Ce qui commence en 1990 est donc bien plus qu'une opération militaire de grande envergure – *Tempête du désert* – pour châtier un dictateur qui viole la législation internationale. Il s'agit de la mise à l'écart d'un État important du Moyen et du Proche-Orient, dont le poids dans la production pétrolière est considérable. Cette « neutralisation » par la force d'un acteur sur l'un des échiquiers les plus sensibles du globe – Islam, pétrole, Israël, Iran – est en réalité un renversement du jeu diplomatique.

En effet l'Irak, État laïque, a longtemps été le bras armé des puissances occidentales contre le péril islamique représenté par la révolution de Khomeiny en Iran. Huit années durant l'Europe et les États-Unis ont soutenu l'Irak dans la guerre qu'il menait contre l'Iran (1980-1988 : 400 000 morts iraniens dont 45 000 enfants de 12 à 14 ans ; 300 000 morts irakiens).

L'Irak de Saddam Hussein considère, à la fin de ce conflit avec l'Iran, qu'il a bien servi les intérêts des « Occidentaux » et Saddam Hussein peut penser – certaines conversations diplomatiques le lui laissent croire – qu'on acceptera l'invasion et l'annexion du Koweit, dont les Irakiens n'ont jamais admis l'indépendance. Elle a été imposée par les Anglais qui s'assuraient ainsi le contrôle de riches champs pétrolifères. Le 2 août 1990 l'armée irakienne s'empare sans difficulté du Koweit. Le Conseil de sécurité de l'O.N.U. condamne cette annexion et, le 6 août, vote un embargo contre l'Irak. La question posée aux deux grandes puissances mondiales – États-Unis-U.R.S.S. – par cette agression est celle de savoir si elles peuvent tolérer le jeu autonome d'un acteur régional qui joue sa carte et tente de réaménager à son profit l'ordre local. Il est évident que Saddam Hussein croit que la fin de la guerre froide, la faiblesse de l'U.R.S.S., le désarmement, les réticences de l'Amérique de George Bush à l'égard de tout engagement militaire hors des États-Unis, et les services rendus par l'Irak, lui ouvrent une « fenêtre » d'action. En plaçant les États-Unis devant le fait accompli de l'annexion, il pense décourager toute contre-attaque.

Or c'est une erreur de calcul majeure. Les États-Unis ont tout intérêt à intervenir, si même ils n'ont pas induit délibérément Saddam Hussein en erreur, afin que, croyant à son impunité, il attaque le Koweit. En fait Bush est décidé à faire un exemple qui montrera que, face à l'U.R.S.S. enlisée et en voie de décomposition, un nouvel ordre mondial, d'après guerre froide, se met en place et que son organisation et sa police ne relèvent que de la volonté et de la puissance des États-Unis.

La préparation diplomatique de cette intervention est remarquable. Il s'agit de neutraliser l'U.R.S.S., chose facile, mais surtout de réunir dans une coalition le plus grand nombre d'États arabes – Égypte, Syrie, Arabie Saoudite – contre le Nabuchodonosor, le Hitler irakien. Et ce au nom du droit international. Toute l'habileté américaine consiste à éviter que Saddam Hussein n'apparaisse comme le « chef » des musulmans ; c'est pourquoi Washington demande à Israël de ne pas intervenir dans le conflit alors même que l'Irak bombarde Tel-Aviv avec des fusées (*Scud*). Les États-Unis, en signe de solidarité et d'alliance entre les deux puissances, fourniront à l'État hébreu des missiles *Patriot*. Les nations européennes sont invitées à entrer dans cette coalition, et c'est ainsi l'ensemble des principales puissances (à l'exclusion de l'U.R.S.S., de l'Iran, formellement d'Israël, de la Chine, de l'Algérie et de la Jordanie) qui se trouve engagé dans la *Tempête du désert*, l'attaque déclenchée le 17 janvier 1991. Les Palestiniens ont pris position en faveur de Saddam Hussein.

La bataille de l'opinion publique

L'action militaire a été précédée d'une intense propagande qui prend souvent les formes d'une manipulation de l'opinion publique internationale. Il s'agit de convaincre les peuples de la nécessité de choisir la guerre, présentée comme seul moyen de résoudre la crise. Il faut pour cela inventer des atrocités irakiennes (couveuses pour nouveau-nés débranchées à Koweit City). Il faut présenter l'Irak comme la quatrième puissance militaire du globe disposant d'armes chimiques et de la possibilité de se doter d'armes atomiques. Saddam Hussein – nouvel Hitler –, incontestable dictateur, devient le visage du Mal, alors que de nombreux pays de la coalition – l'Arabie Saoudite par exemple – ne sont pas des modèles de démocratie et de tolérance ! Dans certains pays, notamment en France, l'hostilité à la guerre est réelle : en atteste la démission du ministre de la Défense J.-P. Chevènement. Il ne s'agit pas de soutenir Saddam Hussein mais de le contraindre par l'embargo et par la négociation à quitter le Koweit. La guerre, selon ces milieux, aggraverait la tension entre le monde musulman – évoluant vers un islamisme radical – et l'Occident.

Une guerre « médiatisée »

Mais ces adversaires de la guerre sont minoritaires et submergés par une propagande efficace qui passe naturellement sous silence certains aspects du conflit (questions pétrolières, prédominance des États-Unis, conséquences pour l'équilibre de la région, etc.). La guerre est d'autant mieux acceptée que, tirant la leçon du conflit du Viêt-nam, l'état-major du général Schwarzkopf contrôle l'information et les images. C'est une sorte de « série télévisée » mise en scène sous le titre *Tempête du désert* que suivront des centaines de millions de téléspectateurs.

Première guerre médiatisée de cette manière, la guerre du Golfe se termine par la capitulation de Bagdad, le 27 février 1991. L'armée irakienne a été détruite au sol par des missiles sans avoir jamais pu combattre réellement. Le nombre de ses tués demeurera incertain (au moins 100 000 morts), contre quelques dizaines du côté de la coalition. Le pays est dévasté, ses infrastructures détruites. Mais Saddam Hussein reste en place. Et son peuple est

écrasé par ce régime comme par les privations qu'entraînent l'embargo et les sanctions. Quant aux États-Unis,
ils apparaissent comme la puissance à laquelle nul ne peut
résister.

1991

La mort de l'U.R.S.S.

La fin d'un Empire est toujours un processus de longue durée. Des lézardes apparaissent : les peuples concernés doutent de la légitimité et de l'efficacité du pouvoir, la pression extérieure révèle les faiblesses de toute la construction économique et politique. Bientôt le régime ne trouve plus en son sein les ressorts nécessaires à une reprise en main. Il tente alors, par des réformes engagées trop tard et suscitant des résistances, de se rénover ; il desserre les contraintes policières et idéologiques qui laissaient à la puissance étatique une certaine crédibilité, alors qu'il ne s'agissait plus que d'une façade. Les brèches s'élargissent. L'Empire tout entier est ébranlé. Il s'effondre et l'on s'étonne alors qu'une telle machine gigantesque ait pu ainsi disparaître en quelques jours.

Ce processus est celui que connaît l'U.R.S.S. En fait, à bien y réfléchir, la durée de cet Empire est fort brève. De 1917 à 1991 à peine soixante-quatorze ans ! Si peu à l'échelle de l'Histoire, et même de l'histoire russe. De plus, le régime ne connaît qu'une suite de cahots tragiques : guerre civile jusqu'aux années 1920, grands procès d'épuration durant les années 1930, puis la Seconde Guerre mondiale (les troupes de Hitler sont aux portes de Moscou en décembre 1941)… La mort de Staline (1953) puis les critiques contre le culte de la personnalité (rapport Khrouchtchev), la glaciation imposée par les « gérontes » (Brejnev) achèvent de paralyser un Empire qui donne encore l'illusion de la puissance et qui réprime durement les peuples tentés de se révolter (1953, Berlin ; 1956, Budapest ; 1968,

Prague ; 1979, guerre d'Afghanistan). Mais la multiplication des dissidences (Sakharov, Soljenitsyne) montre bien que le régime n'est plus légitime. À ces échecs s'en ajoute un autre : la guerre froide – l'U.R.S.S. est incapable de relever le défi technologique lancé par Ronald Reagan avec le concept de « guerre des étoiles » – achève d'épuiser un régime qui, depuis sa naissance, n'est jamais parvenu à s'épanouir dans la stabilité et la démocratie. La tentative de Mikhaïl Gorbatchev à partir de 1985 pour reformer le système se heurte à l'inertie et à l'hostilité.

L'Empire totalitaire ne peut se rénover

Héritier d'une histoire russe marquée par l'autocratie et l'autoritarisme, né du coup d'État de 1917, maintenu par la répression stalinienne (le Goulag), cet Empire totalitaire ne peut plus ni se prolonger ni se rénover. Il va disparaître.

Naturellement, l'effondrement des régimes dépendants (République démocratique allemande, Pologne, Tchécoslovaquie, Roumanie, etc.), les proclamations d'indépendance par des États de l'U.R.S.S. (pays baltes, Ukraine, Biélorussie) donnent le coup de grâce à un empire qui commence ainsi par s'effriter et se décomposer à sa périphérie européenne.

Le 14 mars 1990, l'élection de M. Gorbatchev à la présidence de l'U.R.S.S. par le Congrès ne peut faire illusion. D'autant plus qu'un rival, B. Eltsine (lui aussi ancien dirigeant du parti communiste), élu président du Parlement, va rapidement incarner l'aile réformatrice décidée à aller jusqu'à la liquidation formelle de l'U.R.S.S. La position « mesurée » et « gradualiste », « centriste » de Gorbatchev est donc très menacée. Il est, pour les « conservateurs », le responsable de la crise, et pour les « réformateurs » un timoré, fidèle à l'U.R.S.S.

Un coup d'État conservateur

Ce sont les conservateurs qui, par un coup d'État, passent à l'attaque le 19 août. Dirigés par Guennadi Ianaev et des généraux, les conjurés créent un Comité d'État pour l'état d'urgence. Plaçant M. Gorbatchev en résidence surveillée, ils le déclarent dans l'incapacité, pour raisons de santé, d'assumer ses fonctions de président. Des unités blindées convergent vers Moscou afin de s'emparer du siège du Parlement. Mais l'armée et les services de sécurité (le K.G.B.) sont divisés ; Eltsine, le 21 août 1991, prend la tête de la résistance et s'adresse en tribun aux manifestants venus défendre le Parlement. Dans le même temps, Gorbatchev est libéré et rentre à Moscou. Les conjurés sont rapidement arrêtés ; certains se suicident.

L'échec du coup d'État conservateur, mal préparé et mal exécuté, est révélateur de la faiblesse des derniers partisans de l'U.R.S.S. Tout le monde aspire au changement. Les premières mesures de Boris Eltsine qui reconnaît l'indépendance des Républiques et des États qui l'ont revendiquée sont bien accueillies. Mais Eltsine, par sa formation politique, par son caractère autoritaire aggravé par l'alcoolisme, est le contraire d'un démocrate.

Le 6 novembre 1991 il se désigne lui-même chef du gouvernement tout en conservant les ministères de la Défense, de l'Intérieur, ainsi que le contrôle du K.G.B. Cette police politique omniprésente change d'appellation – F.S.B. – mais reste la force principale du pouvoir, la seule institution ayant résisté à l'effondrement de l'U.R.S.S. ; ses hommes se retrouveront dans tous les rouages de l'État ; Vladimir Poutine, président élu en 2000, est l'un d'eux.

Eltsine, en dissolvant le Parti communiste de l'Union soviétique, provoque un véritable tremblement de terre. Le P.C.U.S. était, avec le K.G.B., la colonne vertébrale de l'État, disposant de dizaines de milliers de fonctionnaires, de plus de 5 000 bâtiments administratifs et d'une fortune immense, dont une partie gérée sur des comptes secrets situés à l'étranger. En décidant la confiscation de ces biens – estimés à 1 000 milliards de francs –, Eltsine organise en fait un vaste transfert de propriété. Ce sont les anciens membres de la Nomenklatura communiste qui se partagent les dépouilles du P.C.U.S. et de l'économie collective. Les usines, les magasins d'État, les biens immobiliers – et naturellement mobiliers – deviennent un butin livré à la caste au pouvoir, issue du parti communiste. Et cela ne peut aller qu'avec le développement de la corruption, la constitution de mafias, l'emploi de la violence pour revendiquer « sa » part du butin.

Dans les décombres de cet Empire errent des dizaines de millions de citoyens, tous ceux qui n'ont pu accéder aux richesses ainsi confisquées. Ils perdent les rares avantages du système antérieur – retraites, assurance de l'emploi, loyers faibles, etc. Les dévaluations successives du rouble, la crise du système bancaire entraînent même une véritable spoliation des différentes couches de salariés, privés ainsi de leur épargne. Leurs salaires ne sont même pas versés.

Si bien que, en quelques années, la décomposition de l'Empire provoque une explosion de la misère, une chute de la natalité et de l'espérance de vie, une crise du système de santé et une inégalité entre la couche de la nouvelle Nomenklatura et le reste de la société.

Tout s'est joué dans les derniers mois de 1991 qui ont vu un véritable effondrement de l'État. L'U.R.S.S. a cédé la place à une communauté d'États indépendants. Le 25 décembre Mikhaïl Gorbatchev démissionne, le drapeau de l'U.R.S.S. est remplacé par celui de la Russie.

Un pays aux fortes traditions étatiques, à l'orgueil national enraciné dans une histoire millénaire, peut-il sans réagir accepter d'être ainsi humilié ? C'est peu probable. Mais la renaissance de la Russie prendra plusieurs dizaines d'années.

1992

Maastricht : fin et début d'une Europe

La construction d'une Europe économique et politique a d'abord été un pari aux multiples enjeux. Seule l'union des grandes puissances de l'Europe occidentale – et d'abord de la France et de l'Allemagne, rivales de toujours – pouvait permettre, selon les «pères fondateurs» (Monnet, Schuman, De Gasperi, Adenauer mais aussi de Gaulle), d'empêcher le retour d'une «guerre civile européenne» du type de celle qui, nouvelle guerre de Trente Ans (1914-1944), avait déchiré le continent. Mais il s'agissait également de se protéger de la menace soviétique. L'U.R.S.S. contrôlait toute l'Europe orientale de la Vistule à l'Elbe, et Brest n'était qu'à quelques heures de route de ses divisions blindées cantonnées en République démocratique allemande. Il fallait en outre arrimer à l'Ouest la République fédérale d'Allemagne, autre moitié de l'Allemagne, qui pouvait être tentée par le neutralisme si l'U.R.S.S. lui cédait la R.D.A., et acceptait donc la réunification. De cette manière on pouvait aussi constituer un ensemble autour des valeurs communes de la civilisation occidentale, chrétienne et démocratique. La méthode choisie était de favoriser la naissance d'une Communauté économique (d'abord celle du charbon et de l'acier) d'où surgirait nécessairement une union politique. On procéderait progressivement à la manière d'un engrenage qui ne peut revenir en arrière, chaque étape franchie étant définitive. Peu à peu se sont ainsi mises en place des institutions (Conseil des ministres, Commission des communautés, Parlement européen, Haute Cour de justice), créant un réseau dense d'obligations, limitant les souverainetés nationales, sans d'ailleurs que les peuples soient clairement consultés. On construisait l'Europe – même si les frontières de celle-ci n'étaient pas définies. Et il était admis et proclamé que cette construction était le «Bien» et la «nécessité». Le traité de Maastricht, signé le 7 février 1992, acheva cette construction, en même tant qu'il ouvrit une autre étape de la construction européenne.

La Banque centrale européenne, clé de voûte du traité

Signé par les douze chefs d'État dans cette petite ville des Pays-Bas, il institue une Union européenne. Sa base est la libération totale des mouvements de capitaux (décision prise dès le 1er juillet 1990), la mise en place d'un institut monétaire européen, basé à Francfort et appelé – alors que les différentes banques centrales nationales forment une coordination – à devenir la Banque centrale européenne. Cette B.C.E. est la clé de voûte du traité de Maastricht. Elle est indépendante, n'a en rien le devoir de se soumettre aux autorités politiques nationales ou européennes. Son but est de préparer l'entrée en vigueur d'une monnaie européenne – d'abord appelée Écu puis *Euro* –, dont la généralisation aux pays satisfaisant à un certain nombre de critères budgétaires est fixée au 1er janvier 2002. Sa valeur sera de 6,55957 francs pour un euro. Le traité affirme par ailleurs le principe dit «de subsidiarité» qui réserve aux États nationaux ce qui peut relever de leur compétence. Il évoque la circulation des personnes et des marchandises. Il définit les principes de vote au sein du Conseil des ministres, sur la base de «majorités qualifiées». Il élargit les compétences et les pouvoirs de contrôle du Parlement européen. Et il souhaite la définition d'une politique étrangère et de défense commune.

C'est donc bien le passage à une union politique qui est envisagé et esquissé. Mais rien n'est précisé quant aux institutions futures puisque des divergences subsistent entre les partisans de l'Europe fédérale (la Banque centrale européenne anticipe cette construction) ou ceux des coopérations renforcées entre nations. En ce sens Maastricht est l'achèvement de la phase « économique » de la construction européenne mais le traité, s'il ouvre sur la phase politique, n'implique en rien qu'elle puisse être réalisée. Pour le croire – et c'est l'arrière-pensée de ses initiateurs –, il faut imaginer que les structures politiques (la création d'une Union européenne avec politique de défense et politique européenne, pouvoir exécutif, etc.) puissent naître, inéluctablement, de l'Union monétaire et économique. Cette pensée « économiste », sorte de rémanence marxiste, se heurte à bien des réalités politiques, qui sont apparues dès le lendemain de la signature du traité de Maastricht, et notamment lors des procédures de ratification dans les différentes nations.

L'influence allemande

La situation européenne a radicalement évolué. D'abord la menace soviétique a disparu avec le naufrage de l'U.R.S.S. Les nations de l'Europe orientale ont recouvré leur indépendance. Et, événement plus décisif encore, l'Allemagne s'est réunifiée. Sa capitale n'est plus Bonn sur le Rhin, mais Berlin de nouveau. Cette réunification modifie tout l'équilibre européen. L'influence allemande est, à terme, prépondérante dans les pays d'Europe centrale et dans les Balkans. L'éclatement de la Yougoslavie – l'indépendance de la Slovénie et de la Croatie et la guerre qui s'ensuit – montre bien que la configuration diplomatique, mise en place non seulement au lendemain de la Seconde Guerre mondiale mais même depuis les traités de Versailles de 1919, se trouve détruite. Sous la pression allemande la Communauté européenne a reconnu l'indépendance de la Slovénie et de la Croatie, sans se soucier d'apporter des garanties aux minorités serbes de ces nouvelles républiques. La Serbie – où le nationalisme exacerbé sert de tremplin à Milosevic, le nouveau leader – déclenche la guerre en tentant de s'emparer de la Croatie (siège de Vukovar) puis de la Bosnie (siège de Sarajevo). Les atrocités de cette guerre « ethnique » annoncent une recomposition de toute la région. Les populations albanaises – celles du Kosovo et de Macédoine – réclament leur indépendance.

Le traité de Maastricht, d'une certaine manière, a été conclu pour « contenir » l'Allemagne. Mais celle-ci tire au contraire un bénéfice considérable de ce nouveau traité et des circonstances qui l'entourent. La Yougoslavie et la Tchécoslovaquie – deux créations du traité de Versailles – n'existent plus (la Tchéquie et la Slovaquie se séparent sans conflit). Toute l'Europe orientale regarde vers l'Allemagne. Et celle-ci fait « payer » à l'ensemble de la communauté européenne l'immense coût de la réunification, conduite sur la base d'une équivalence des deux monnaies allemandes. L'Allemagne obtient par ailleurs l'augmentation du nombre de ses députés au Parlement européen – en rupture avec le traité de Rome, fondateur de la communauté européenne – sous prétexte de prendre en compte son poids démographique. Et tous les traités suivants (Amsterdam, 1997 ; Nice, 2000) accusent encore cette prépondérance. L'Allemagne possède avec Francfort le siège de la Banque centrale européenne, et ses propositions pour l'organisation politique de l'Union européenne sont calquées sur sa Constitution nationale (discours de G. Schroeder en 2001).

Si bien que le traité de Maastricht, loin d'avoir resserré les liens entre les puissances européennes, et d'abord entre la France et l'Allemagne, couple moteur de l'Union selon le discours officiel, a plutôt marqué le début d'un processus de « renationalisation » des esprits et des politiques. Le Danemark dans un premier référendum refuse de ratifier Maastricht. Les Français consultés ne se prononcent en faveur du traité qu'à 51 %. Le traité de Nice est refusé par les Irlandais en 2001. Ces réticences et ces évolutions sont d'autant plus inquiétantes que l'élargissement de l'Union à vingt-sept membres a été décidé, et que les institutions ne

sont pas adaptées à cette nouvelle donne. L'Union européenne risque donc d'avoir émasculé les nations sans donner naissance à une Europe puissante. Resteront la monnaie
unique et un grand marché. Mais les États-Unis conservent,
avec l'O.T.A.N., les instruments de la puissance.

1993

La mort d'une gauche française

L'histoire est scandée par des événements dont certains acquièrent, dès qu'ils sont connus, une valeur symbolique. Et d'ailleurs ceux qui en sont à l'origine ont souvent choisi d'agir précisément pour marquer par un acte singulier la fin ou le début d'une période, l'importance qu'ils attachent à ce moment particulier de leur vie, de l'histoire.

Le suicide, le 1er mai 1993, de l'ancien Premier ministre socialiste Pierre Bérégovoy est à l'évidence l'un de ces événements. Ce ne sont pas les circonstances de l'acte lui-même – bien qu'un certain mystère continue d'entourer ce suicide dans la proximité de Nevers, ville dont Pierre Bérégovoy était député-maire – mais la ponctuation tragique qu'il donne à toute une époque qui en fait un repère.

Pierre Bérégovoy : un destin politique

Pierre Bérégovoy, fils d'un Russe blanc émigré, autodidacte (il est titulaire d'un C.A.P. de mécanicien-ajusteur), militant du Parti socialiste unifié, puis, dès 1971, proche de François Mitterrand, devient, après avoir été secrétaire général de l'Élysée (1984) et ministre des Affaires sociales (1982), ministre de l'Économie et des Finances (1984-1986). La défaite de la gauche en 1986 et la période de cohabitation qui s'ensuit (gouvernement de Jacques Chirac) entraînent son éviction de ce ministère clé, qu'il occupera de nouveau en 1988 après la réélection de François Mitterrand. Le 2 avril 1992, il succède à Édith Cresson et devient alors Premier ministre.

Cet homme, l'un des rares dirigeants socialistes à être d'origine modeste, incarne à ces postes de ministre de l'Économie puis de Premier ministre la rigueur budgétaire, l'ouverture de la France aux flux monétaires internationaux, la mise en œuvre de nouvelles législations qui permettent l'expansion de la Bourse, et surtout la politique du franc fort. Mais cette politique monétaire qui met la France en harmonie avec les orientations de la Commission européenne (dont le président sera Jacques Delors), si elle est saluée par les milieux financiers comme un modèle d'orthodoxie et de rigueur, et même si ses partisans affirment qu'elle est la seule politique possible dans le cadre européen et, *a fortiori*, après la réunification allemande et les coûts que la politique du chancelier Kohl entraîne pour tous ses partenaires, déclenche cependant la stagnation économique, la déflation et la montée du chômage. Bérégovoy, salué par tous les ministres des Finances et par les leaders économiques comme un grand ministre, ne peut empêcher que sa politique suscite le désarroi dans l'électorat de gauche. Les salaires n'augmentent pas et le chômage croît. Par ailleurs, dans un climat d'affairisme boursier, des personnalités proches du pouvoir et d'abord de François Mitterrand sont compromises (Bernard Tapie, ministre de la Ville, a été contraint de démissionner, dès le 23 mai 1992, mis en examen pour des abus de biens sociaux).

Un climat délétère

Le pouvoir socialiste apparaît à une partie de l'opinion comme un lieu de corruption, même si la droite est elle-même engluée dans de nombreuses affaires. À la même époque on découvre les pratiques illégales de l'Élysée qui organise des écoutes téléphoniques sans justification. Par ailleurs, un ancien Premier ministre et deux de ses ministres (Laurent Fabius, Georgina Dufoix et Edmond Hervé) sont traduits devant la Haute Cour de justice dans l'affaire du sang contaminé. Ce climat délétère provoque des divisions de plus en plus marquées au sein du Parti socialiste, dont

Michel Rocard entend bien se saisir des rênes (ce sera fait en avril 1993). Le président de la République – dont on apprend qu'il a été opéré d'un cancer de la prostate le 11 septembre 1992 – semble ainsi affaibli. Des rumeurs se répandent sur son passé vichyste (parution en septembre 1994 du livre de Pierre Péan *Une jeunesse française* qui dévoile les engagements à l'extrême droite de François Mitterrand, cependant qu'on découvre sa fidèle amitié avec René Bousquet, secrétaire général de la police de Vichy, responsable de la déportation des Juifs par sa collaboration active avec les autorités allemandes).

La révélation par un juge qu'un prêt sans intérêts d'un million de francs a été consenti à Pierre Bérégovoy par l'industriel Roger Patrice Pelat, proche de François Mitterrand et ayant bénéficié de ses faveurs, achève de rendre irrespirable l'atmosphère de ce printemps 1993. Les élections législatives des 21 et 28 mars 1993 sont une déroute pour le Parti socialiste qui perd 215 sièges et obtient seulement 17,4 % des suffrages, cependant que le R.P.R. gagne 115 sièges et l'U.D.F. 77. Ainsi commence une seconde période de cohabitation. Edouard Balladur, qui fut secrétaire général de l'Élysée sous Pompidou, puis ministre de l'Économie en 1986 durant la première cohabitation, devient Premier ministre.

Un suicide expiation

Dans ces conditions, se jugeant responsable de cette déroute, blessé par l'affaire du prêt – somme dérisoire, comparée à celles que brassent les proches de Mitterrand, plus ou moins impliqués dans des délits d'initiés –, abandonné par ses camarades qui mettent en accusation la politique qu'il a conduite et qu'ils avaient soutenue, puisque voulue par Mitterrand, Pierre Bérégovoy se suicide. « Livré aux chiens », accusera Mitterrand, qui met ainsi en cause les journalistes et une partie de la magistrature. En fait Bérégovoy résout de manière tragique la contradiction de la gauche française. Il la vit d'autant plus durement qu'il fut un militant d'origine modeste, peut-être emporté par la griserie des honneurs, et le souci de satisfaire les exigences de ces élites qui l'honoraient pour mieux l'abandonner à sa solitude, dès lors qu'il avait perdu le pouvoir.

En Bérégovoy se dévoile cette discordance entre un discours égalitariste, proche encore du vocabulaire de la critique marxiste du capitalisme, et une pratique qui se soumet aux contraintes de ce marché dont on veut être le meilleur des serviteurs (lois sur la Bourse, sur la circulation des capitaux, sur les privatisations, etc.).

Pierre Bérégovoy et le parti socialiste paient ainsi de ne pas avoir adapté leur discours et leurs promesses à leur pratique. Ils n'ont pas réalisé cette révolution théorique et programmatique que fut le congrès de Bad-Godesberg pour le S.P.D., le parti socialiste allemand. Il est vrai que la société française reste imprégnée par les approximations marxistes. Et que, pour gagner les élections, le parti socialiste doit « gauchir » son discours. Mais, en 1993, l'écart est trop grand entre les mots et les faits.

Surtout, la prolifération des « affaires », le climat de corruption entraînent une condamnation morale des socialistes par une large partie de leur électorat. On soupçonne Mitterrand d'avoir joué sur l'extrême droite raciste pour diviser la droite. On s'étonne du suicide, dans un bureau de l'Élysée, de l'un de ses plus proches conseillers, François de Grossouvre (7 avril 1994). L'assassinat de René Bousquet semble lui aussi étrange (8 juin 1993).

Le cynisme et le mensonge apparaissent ainsi comme les ressorts du comportement de bien des socialistes au pouvoir – sans pour autant que cette condamnation pousse les électeurs à faire confiance à une droite elle aussi compromise (assassinat de la députée du Var Yann Piat par des hommes du milieu, en février 1994).

Le suicide de Pierre Bérégovoy vient donc symboliser une époque – la fin du règne de Mitterrand –, la mort d'une gauche française et la profonde crise de la politique.

1994

Rwanda : le génocide accepté

Le XXe siècle est le siècle des massacres et des génocides. Certes, depuis le début de l'histoire des hommes l'élimination de peuples entiers a été longtemps la règle choisie par les vainqueurs. Il n'est que de lire les *Commentaires de la guerre des Gaules* pour savoir que Jules César éliminait systématiquement les vaincus, femmes et enfants compris. Mais, ouvert par le massacre des Arméniens (1915-1916) – qualifié aujourd'hui de génocide –, le XXe siècle a connu avec la mise en œuvre de la «solution finale» par les nazis – la Shoah –, destinée à assassiner tous les Juifs (1942-1945), la tentative la plus méditée, la plus élaborée, la plus systématique de génocide.

On aurait pu penser que la condamnation unanime de cet holocauste aurait suscité la vigilance de l'opinion internationale et son intervention devant tout risque de nouveau génocide ; et en premier lieu de la part des grandes puissances démocratiques qui ne cessent de se réclamer des droits de l'homme et s'accusent de n'avoir pas su empêcher la Shoah.

Or à la fin du XXe siècle, en quelques mois, et selon des observateurs avec la complicité de certaines nations démocratiques, un génocide a été perpétré en Afrique, provoquant la mort d'au moins 1 500 000 personnes. C'est au Rwanda que ce génocide a eu lieu, durant quelques mois (d'avril à juillet 1994).

Le Rwanda, un carrefour stratégique

Un événement de cette importance ne s'explique que par une superposition de causes. D'abord la situation géographique du Rwanda qui, au cœur de l'Afrique des Grands Lacs, occupe une position stratégique. Ses frontières communes avec l'Ouganda, le Zaïre (aujourd'hui République démocratique du Congo), la Tanzanie et le Burundi en font un territoire d'un grand enjeu. Les Allemands (avant la guerre de 14-18), les Belges puis les Français ont joué un rôle majeur dans l'histoire de cette nation. Mais le Rwanda est divisé en deux ethnies : les Tutsis (minoritaires) représentent, jusqu'aux années 1970, l'ethnie politiquement dominante (monarchie, appui des Belges). Leur pouvoir est contesté par l'ethnie hutu qui s'empare du pouvoir en 1973. La République proclamée signe un traité de coopération militaire avec la France. Cependant, à partir de 1990, le Front patriotique rwandais (F.P.R.) du leader Kagame, s'appuyant sur l'Ouganda, le Burundi et la Tanzanie, entreprend de lutter contre le pouvoir hutu. Les objectifs du F.P.R. sont d'abolir toute discrimination raciale, dont les Tutsis, minoritaires, s'estiment – à raison – victimes. Les Hutus (majoritaires) au pouvoir pratiquent un nationalisme racial qui se manifeste par des massacres (de nombreux Tutsis se réfugient dans les pays voisins) et par l'exclusion des Tutsis de l'armée et des hautes fonctions étatiques. Ainsi, à partir des années 1990, un État ethniste qui prétend avoir mis fin à la « féodalité tutsi » s'est mis en place, se présentant comme une République « sociale ».

Ce pays des « mille collines » devient le siège d'une guerre civile larvée qui recouvre aussi des oppositions religieuses : les catholiques hutus rivaux des protestants tutsis ; et, derrière ces oppositions raciales et religieuses, la volonté des grandes puissances de s'assurer du contrôle du Rwanda, la France soutenant les Hutus et les puissances anglo-saxonnes, elles, ne voyant pas d'un mauvais œil les États anglophones de la région armer les réfugiés tutsis et les combattants du F.P.R. de Kagame.

Le 6 avril 1994, deux missiles tirés par les hommes du F.R.F. abattent l'avion dans lequel se trouvent les deux leaders hutus Habyarimana et le président Ntaryamira. Tous deux sont tués.

Le massacre des Tutsis par les Hutus

C'est le signal, le prétexte et la cause immédiate du massacre systématique des Tutsis. On dénombrera entre 1 500 000 et 2 000 000 de victimes. Les Tutsis sont massacrés dans des conditions atroces, souvent à la machette. C'est tout un peuple que l'on veut exterminer : hommes, femmes, enfants. Des milices hutus, agissant selon un plan préétabli, disposent d'armes nombreuses, obtenues dans le cadre de la coopération militaire avec la France. Des centaines de milliers d'habitants se réfugient au Congo. Des « prédicateurs » incitent à l'extermination, utilisant la radio pour transmettre leurs ordres. Le pays, à feu et à sang, devient un immense charnier. L'intervention militaire française – opération Turquoise à but humanitaire (22 juin 1994) – ne peut arrêter le génocide ; c'est la victoire des troupes du F.P.R. – Kagame entre à Kigali, la capitale, en juillet 1994 – qui met fin au massacre des Tutsis. Mais ce succès militaire, rendu possible par l'aide des États voisins, va livrer aux vainqueurs tutsis les hutus vaincus. Le pays, désormais aux mains des militaires, est par ailleurs déserté par un tiers au moins de ses habitants, des Hutus réfugiés dans des camps situés au Congo. Même si est officiellement proclamé, en janvier 1995, un « programme de réconciliation », les violences ethniques continuent. Les Tutsis veulent venger les pogroms, les massacres qui les ont frappés dès les années 1960, devenus systématiques à partir de 1990, avant de se transformer en génocide en avril 1994.

Certes, un Tribunal pénal international se met en place – lentement – pour rechercher et punir les responsables. Mais la justice rwandaise a été dévastée matériellement et humainement, les conditions d'arrestation et d'incarcération des coupables du génocide sont inhumaines. Les arrestations arbitraires sont de règle. Le procureur général de la République qui les dénonce préfère s'exiler, tant il craint pour sa propre vie. Des centaines de milliers de Hutus ont été regroupés dans des camps et l'armée, en avril 1995, tire au fusil et à la mitrailleuse sur cette foule démunie, provoquant plusieurs milliers de victimes. L'officier responsable de cette tuerie sera condamné à dix-huit mois de prison avec sursis et recevra, quelques mois plus tard, le commandement de la région militaire de Kigali.

Les responsabilités de la France

C'est dire que la situation au Rwanda est loin d'être celle d'un pays démocratique. D'ailleurs, ce sont les Tutsis de la « diaspora » qui ont pris le pouvoir, au détriment des rescapés du génocide ; ces derniers n'ont jamais été indemnisés.

De même, la lumière n'est pas encore totalement faite sur les responsabilités des grandes puissances, et notamment de la France. Une commission parlementaire française a tenté d'éclairer les conditions de l'action de la France au Rwanda dans les mois et les semaines qui ont précédé le génocide. Elle n'a pas apporté d'explications définitives. On a pu remarquer que, d'octobre 1992 à janvier 1994, des avertissements nombreux avaient été envoyés à l'Élysée, au ministère de la Défense et au Quai d'Orsay par des diplomates et des militaires français en poste au Rwanda, soulignant que des distributions d'armes étaient effectuées aux milices hutus et que les appels au meurtre de Tutsis se multipliaient. Les coopérants militaires français ont même participé à l'entraînement de ces miliciens. De plus, à compter du déclenchement du génocide (avril 1994) et durant six semaines, les Français sont restés en contact avec le gouvernement rwandais responsable des massacres.

Certes, il était difficile de prévoir et de jauger l'ampleur de ce crime contre une ethnie entière. Les gouvernements, et notamment celui des États-Unis, ont pourtant disposé d'informations précises dès le début de l'action des Hutus.

On ne peut donc malgré tout s'empêcher de noter que les réactions auraient été sans doute différentes s'il ne s'était pas agi d'un pays africain. Mais un génocide reste un génocide, même si ses victimes sont noires ; et il a droit, comme les autres, à s'inscrire dans notre mémoire.

1995

Jacques Chirac, président de la République

L'élection présidentielle au suffrage universel est toujours, dans un grand État démocratique, révélatrice des tendances profondes et des aspirations d'une nation. Les candidats doivent en effet établir avec la majorité de leur peuple un lien personnel qui n'est pas seulement fondé sur l'appartenance partisane des électeurs, mais aussi sur leur personnalité – et donc leur biographie –, leur capacité à rassembler au-delà de leur camp. Car c'est au second tour de l'élection, quand ne s'affrontent plus que deux candidats – ainsi en France, mais également aux États-Unis où les deux grands partis, au cours de leurs « primaires », procèdent à cette même élimination de candidats marginaux –, que se fait l'élection. Et les candidats restés en lice doivent s'adresser à un auditoire dont le nombre dépasse de loin celui des électeurs qui les avaient placés en tête du premier tour.

C'est donc une alchimie souvent imprévisible qui doit se réaliser. Celui qui l'emporte a incarné, mieux que son rival, les désirs de ses concitoyens qui lui ont fait confiance. Et cette majorité du peuple surprend fréquemment les « élites » qui ont négligé cette dimension personnelle décisive de l'élection, d'autant plus que journalistes, commentateurs et même spécialistes des sondages sont souvent ignorants de l'état d'esprit du pays profond que des sondages ne révèlent qu'imparfaitement.

Balladur, Jospin : les candidats des élites

Au printemps de 1995, rares sont ainsi ceux qui donnent à Jacques Chirac des chances sérieuses d'être élu. Ses deux rivaux principaux du premier tour, Edouard Balladur – comme Chirac membre du R.P.R., et comme lui proche de l'ancien président des années 1970, Georges Pompidou – et Lionel Jospin – le candidat socialiste – ont été « élus » par les élites. Edouard Balladur, Premier ministre, rassemble la majorité des suffrages des commentateurs. Il a su conduire avec efficacité et prudence son gouvernement de cohabitation depuis 1993, il a établi des relations courtoises avec le président François Mitterrand. Balladur, homme mesuré et capable, ancien élève de l'E.N.A., secrétaire général de la présidence de la République sous Pompidou, ministre de l'Économie et des Finances lors d'une première cohabitation (1986-1988), a la confiance des milieux d'affaires et l'estime des journalistes qui comptent (la direction du journal *Le Monde*). On imagine qu'il rassemblera sur son nom la droite « gaulliste » et centriste. Les élites le préfèrent à Jacques Chirac dont on souligne les variations idéologiques, l'ambition, l'opportunisme, les foucades, le populisme. Peut-on se fier à un homme qui, Premier ministre de Giscard (en 1974-1976), maire de Paris (depuis 1977), Premier ministre de cohabitation (1986-1988), s'est présenté successivement comme un « travailliste à la française », un adversaire du « parti de l'étranger » (les partisans de l'Europe), un adepte de l'ultra-libéralisme (1988) et qui a déjà été deux fois battu à l'élection présidentielle (1981 et 1988) ? Qui a en outre, assure-t-on, deux fois trahi son camp : en 1974, en abandonnant le gaulliste Chaban-Delmas pour soutenir Giscard d'Estaing en échange du poste de Premier ministre ; en 1981, en laissant battre Giscard par Mitterrand, persuadé qu'il serait plus facile de vaincre ce dernier ? Juger ainsi Chirac c'est oublier que cet homme dont la politique est l'oxygène (il a été secrétaire d'État dès 1967 et député de la Corrèze à la même date, puis ministre de l'Intérieur, Premier ministre, maire de Paris, il est à la tête d'un grand parti qu'il a créé, le R.P.R.) a parcouru le pays en tous sens, qu'il sait établir le contact avec le peuple et deviner ses souhaits. Par ailleurs, la « trahison » d'Edouard Balladur, son « ami de trente ans », le stimule. Il sait bien que Lionel Jospin, dans la dépression socialiste de la fin du règne de Mitterrand, n'est pas son véritable rival. Il faut simplement avoir l'occasion de l'affronter au second tour, et pour cela devancer Balladur au premier.

La fracture sociale

Le thème que choisit Chirac est en phase avec les aspirations d'une majorité d'électeurs qui ont vu les inégalités s'accroître sous la présidence de François Mitterrand, formellement socialiste : c'est celui de la « fracture sociale » qu'il faut réduire. Et Chirac, surtout, apporte à la campagne son dynamisme. Après les renoncements habiles de Mitterrand, après les mensonges d'une politique qui se dit socialiste et se soumet aux exigences du libéralisme, Jacques Chirac donne le sentiment que le volontarisme est encore d'actualité. Il répond ainsi aux espoirs des couches les plus jeunes de la société qui veulent croire qu'il est possible d'agir, que les hommes politiques ne sont pas faits uniquement pour enregistrer ce qui leur est imposé par le « marché ».

Le 23 avril 1995 Chirac devance Edouard Balladur de plus de deux points (Jospin, 23,30 %, Chirac 20,84, Balladur 18,5 ; Le Pen 15, Robert Hue, communiste, 8,64 %). Il est élu le 7 mai par 52,64 % des voix contre 47,36 à Jospin. Il choisit comme Premier ministre Alain Juppé (né en 1945, École normale supérieure et E.N.A.) et ne dissout pas l'Assemblée nationale – à majorité de droite, élue en 1993.

L'impasse du gouvernement Juppé

L'élection présidentielle ne résout cependant aucune des contradictions qui traversent le pays. La politique européenne définie par le traité de Maastricht impose des contraintes budgétaires alors que la conjoncture est défavorable. Elles doivent pourtant être respectées puisque le pays est tenu d'adopter la monnaie unique en 2002. Cela implique une politique de rigueur alors que le thème de la campagne était celui de la réduction de la fracture sociale. Par ailleurs, la nécessité des réformes (Sécurité sociale, régimes de retraite, services publics) se heurte à la résistance des fonctionnaires et des salariés protégés, d'autant plus vive que la « gauche », avec Lionel Jospin, combat cette politique. La « raideur » d'Alain Juppé ne favorise pas l'adhésion de l'opinion ; les « élites » hostiles à Chirac redressent la tête après le choc de l'élection. Les milieux intellectuels, la presse dénoncent la politique « réactionnaire » de Chirac-Juppé, en matière sociale, face à l'immigration clandestine, dans la politique de défense (Chirac a décidé de faire effectuer une série d'essais nucléaires afin de maintenir la force de frappe à son niveau). Des grèves longues (à la S.N.C.F., en décembre 1995), des campagnes d'opinion contre l'expulsion par la police d'immigrés sans papiers (de l'église Saint-Bernard, en août 1996) achèvent d'isoler le gouvernement. Quelques mesures bien accueillies (suppression du service militaire obligatoire, février 1997), des initiatives saluées par les « élites » (reconnaissance de la responsabilité de la France dans la déportation des Juifs : discours de Jacques Chirac, le 16 juillet 1995, jour anniversaire de « la rafle du Vélodrome d'hiver » en 1942) ne peuvent compenser la perte de confiance dans le gouvernement Juppé.

Le choix de la dissolution

La mort de François Mitterrand (8 janvier 1996) permet à Lionel Jospin d'incarner une rupture avec les mensonges du mitterrandisme (le droit d'inventaire) dont chaque jour révèle le nombre (maladie du président cachée durant quatorze ans ; existence d'une deuxième famille clandestine, et une fille, Mazarine, restées dans l'ombre jusqu'aux obsèques, etc.) et renforce l'opposition. Le dilemme est ainsi posé à Chirac : soit s'obstiner jusqu'aux élections législatives de 1998 et être battu, soit tenter, par une dissolution de l'Assemblée nationale, de reprendre la main en remportant les élections. Et si les résultats sont défavorables, entrer dans la cohabitation jusqu'en 2002 et user le Premier ministre socialiste, Lionel Jospin.

La force de l'extrême droite de Jean-Marie Le Pen rend risquée cette dissolution, les candidats du Front national étant décidés à se maintenir afin de faire battre la droite, fût-ce au prix d'une victoire socialiste.

Le gouvernement d'Alain Juppé est cependant dans une telle impasse politique que cette solution est choisie. La dissolution intervient donc le 21 avril 1997 ; Jacques Chirac, lui, est bien décidé à rester président de la République même en cas de défaite électorale. Mais la victoire de la gauche, aux élections de mai, par la durée de la cohabitation qu'elle annonce (cinq ans), modifie, en fait, l'esprit des institutions de la Vᵉ République.

1996

Clinton : une génération au pouvoir

L'histoire est faite d'abord de la succession des générations. Or on ne mesure pas toujours la signification de ce qui apparaît comme une évidence. Une génération n'est pas seulement caractérisée par son ancrage chronologique – les deux à trois décennies qui couvrent l'espace d'une vie ; elle est en fait marquée par une expérience historique spécifique qui détermine les expériences, les références, les valeurs auxquelles elle adhère majoritairement. Certes, une génération est divisée en strates sociales qui vivent les événements de manière différente. Il reste que l'ensemble de la génération est plongé dans une « atmosphère d'époque », qui détermine l'habitus des individus et permet de les identifier, tout au long de leur vie, en dépit des évolutions qu'ils subissent. Cette dimension « génération-nelle » du mouvement historique est souvent minorée, alors qu'elle permet de comprendre bien des réactions des peuples face aux événements auxquels ils sont confrontés.

Les baby-boomers

C'est ainsi que la génération née immédiatement après la Seconde Guerre mondiale – entre 1946 et 1950 – est parfaitement repérable. Composée de ceux que l'on appelle les *baby-boomers* (les enfants du *baby-boom*), elle est âgée environ de vingt ans dans les années 1968. Elle est nombreuse. Pour la première fois dans l'histoire, elle échappe à la misère, du moins dans les pays démocratiques développés. Elle conteste les règles, jugées dépassées (famille, ordre moral, etc.), veut imposer son mode de vie (libération sexuelle à laquelle les moyens contraceptifs lui permettent d'accéder, véritable révolution historique, l'une des plus importantes). Elle se rebelle contre les contraintes sociales et contre les générations antérieures qui les incarnent. Son habitus, sa musique, son attitude en face du plaisir, ses mœurs donc, en font une génération en rupture. Elle est, politiquement, la génération « libertaire » qui, de Berkeley à la Sorbonne, est à l'origine de Woodstock (400 000 personnes, 40 groupes de musiciens pour trois jours de musique et de paix, 15-18 août 1969, dans l'État de New York) et des événements de « mai 68 », comme de l'opposition à la guerre du Viêt-nam.

L'élection en 1992 à la présidence des États-Unis puis la réélection, en 1996, de William Jefferson – dit Bill Clinton, époux de Hillary, est d'une certaine manière la victoire de cette génération. Car le président Clinton, né en 1946 dans l'Arkansas, est un *baby-boomer*. Diplômé d'Oxford et de Yale, saxophoniste, il n'a pas dédaigné l'usage des drogues douces. Il a réussi à ne pas participer à la guerre du Viêt-nam, à laquelle il était opposé. Démocrate, *attorney general* (1976) puis gouverneur (1980-1982 et 1982-1992) de l'Arkansas, il est élu en 1992 contre George Bush par 43 % des votants (contre 38 %). Il exprime les aspirations des *baby-boomers*, que l'immobilisme de Bush déçoit et qui ne le créditent pas de ses succès contre Saddam Hussein. Plus qu'à la politique internationale et au nouvel ordre mondial, ils sont sensibles aux promesses de relance économique et de mesures sociales prodiguées par Clinton.

Le populisme démocrate

À Bush, homme de l'*establishment*, ils préfèrent comme les Noirs le populisme démocrate de Clinton. Ce dernier est un grand communicateur. Il bénéficie du soutien d'Hollywood, des « libéraux » – en termes de mœurs – et des financiers. En même temps, confronté à une majorité parlementaire républicaine, il abandonne une large partie de son programme social en se présentant comme l'homme qui lutte contre l'insécurité (il est partisan de la peine de mort), qui réduit les déficits budgétaires, favorise la libéralisation du commerce international (avec le Canada, l'Amérique latine). Il est cependant l'objet d'une haine déterminée de la minorité d'extrême droite de la population (10 à 15 %) qui lui reproche son passé (guerre du Viêt-nam, drogue), ses déclarations en faveur de l'interruption volontaire de grossesse ou son soutien aux homosexuels dans l'armée. Mais l'opinion, dans sa grande majorité, lui reste favorable (48 à 60 %), en partie grâce à cette génération nombreuse des *baby-boomers*. C'est ainsi que la réélection de Clinton en 1996, contre le républicain Robert Dole, est aisée (50 % contre 41 %). Mais l'image de Bill Clinton, si positive dans la majorité de la population (il est le premier président « noir » des USA, dit-on) et à l'étranger (on le loue pour son engagement dans le processus de paix au Moyen-Orient, où il tente d'imposer sa médiation entre Arafat et les dirigeants israéliens), se dégrade auprès des médias américains.

L'homme apparaît sous un jour par trop manipulateur et incertain sur le plan moral. Les « élites », pas seulement conservatrices, dénoncent ses mensonges. En fait, la génération des *baby-boomers* et ses « valeurs » cèdent peu à peu la place. On constate, partout dans le monde, un regain des attitudes morales après un règne « libertaire ». La génération de « 68 » à laquelle appartient Clinton, et qui occupe désormais de nombreux postes au sommet de la hiérarchie sociale, est critiquée, dénoncée. C'est d'autant plus facile qu'elle a fait montre dans son ascension d'un cynisme efficace mais en contradiction avec son désintéressement proclamé. Les scandales qui jalonnent ainsi la carrière de Bill Clinton ne sont pas seulement le résultat d'une propagande de l'extrême droite religieuse et raciste.

Un président compromis

Dès les années 1980, dans l'Arkansas, un scandale immobilier (*Whitewater*) compromet les Clinton. En 1993, le *Travelgate* révèle que le président a licencié sept employés de la Maison-Blanche pour les remplacer par des agents de voyage de l'Arkansas. La même année le suicide d'un avocat (V. Foster), ami des Clinton, paraît suspect. En 1996, c'est le financement de la campagne électorale – appel à des fonds chinois (*Asiangate*) – qui suscite des doutes. Quant aux aventures extra-conjugales, elles jalonnent la vie de Bill Clinton, qui les nie sous serment, puis passe aux aveux. Le plus spectaculaire de ces reniements intervient en 1998, quand Clinton est contraint d'avouer – sous la pression du procureur Kenneth Starr, un juge républicain conservateur – sa liaison avec une jeune stagiaire de la Maison-Blanche, Monica Lewinsky.

Le parjure et le mensonge de Clinton sont si évidents que le remords, la demande de pardon en direct à la télévision ne peuvent convaincre les médias, en dépit d'une opinion qui lui reste favorable et du soutien sans faille d'Hillary Clinton. Pour les grands journaux (le *Washington Post*), les chaînes de télévision (C.N.N.), le président Clinton est déconsidéré et doit, bien qu'il ait présenté ses excuses, être destitué. La Chambre des représentants vote en ce sens (décembre 1998) mais le Sénat refuse de la suivre (février 1999). Clinton échappe donc à la destitution. Et sa popularité reste grande ! Il est pourtant un président impuissant qui attend la fin de son second mandat en tentant, dans un dernier effort, de parvenir à faire signer la paix entre Palestiniens et Israéliens, sans doute pour couronner ses présidences d'un prix Nobel de la paix, et effacer ainsi la trace des scandales. C'est un échec.

Encore plus grave pour Clinton : le vice-président démocrate Al Gore, candidat à la présidence aux élections de 2000, se démarque de lui pour ne pas être compromis ; c'est le fils de George Bush qui l'emporte au terme d'une élection serrée et dont certains résultats sont controversés.

Certes, la victoire du camp républicain est fragile. Mais ce ne sont plus les valeurs des *baby-boomers* qui dominent, ni les mêmes secteurs de la société américaine. À l'association Wall Street-Hollywood succède la prééminence des industriels et des pétroliers. Une génération passe.

1997

La Troisième Voie

Entre les pôles antagonistes qui souvent structurent le débat politique, des penseurs, des leaders, des partis ont toujours voulu définir une « troisième voie » qui rejetterait les inconvénients des idéologies extrêmes tout en additionnant leurs avantages. Depuis le début du XXe siècle c'est le dépassement de l'opposition entre le « capitalisme » et le « socialisme » qu'ont recherché les innovateurs, ou bien entre les excès du « marché » et les « paralysies » de l'économie administrée.

Depuis les années 1990, les thèmes ont changé. La faillite du communisme, le triomphe incontesté du capitalisme, la reconnaissance par la plupart des hommes politiques des vertus innovatrices du marché ont déplacé les enjeux du débat. C'est en Angleterre autour de Tony Blair, le leader du *New Labour*, que s'exprime le plus clairement cette volonté de définir une nouvelle Troisième Voie. L'élection de Blair en mai 1997, son accession au poste de Premier ministre, après dix-huit années de gouvernement conservateur (Margaret Thatcher a brisé les syndicats britanniques, socle du vieux Labour, et fait du libéralisme l'axe de sa politique), ont donné à cette Troisième Voie une résonance internationale. Et d'autant plus qu'en France, en juin 1997, Lionel Jospin, à la tête des socialistes, accède à son tour au pouvoir et qu'en Allemagne, quelques mois plus tard (septembre 1998), c'est Gerhard Schroeder, le leader du S.P.D. social-démocrate, qui devient chancelier, succédant à Helmut Kohl.

Anthony Giddens, théoricien d'une « troisième voie »

Les trois principaux pays d'Europe ont ainsi une direction sociale-démocrate. L'Italie se donne aussi un gouvernement réformiste de gauche (avec d'abord Romano Prodi, puis Massimo D'Aléma, un communiste devenu social-démocrate). Et l'idée d'une nouvelle Internationale – ou tout au moins de convergences fortes – regroupant ces « socialistes » et les démocrates américains se concrétise avec la réunion à Florence d'une conférence entre ces leaders européens et Bill Clinton (1999). Cette Troisième Voie a un théoricien : le Britannique Anthony Giddens, de la London School of Economics. Il s'agit de faire naître une « nouvelle social-démocratie » pour le troisième millénaire. Elle doit rejeter « les contraintes de l'État-Providence » et la dureté « néo-libérale ». Elle s'enracine dans la tradition du socialisme chrétien. Elle se veut à la fois « projet concret, stratégie politique et ambition sociale ». Elle utilise pour s'imposer toutes les ressources de la communication (Bill Clinton et les démocrates, en phase avec les milieux d'Hollywood, les intellectuels et tous les communicateurs, constituent à l'évidence un modèle). Elle cherche à réformer les services publics, quitte à les privatiser en partie (hôpitaux, écoles, transports). Elle met l'accent sur la décentralisation (Blair accorde l'autonomie au pays de Galles et à l'Écosse). Elle est d'orientation « communautariste ». Elle veut s'appuyer sur le désir de réussite des individus. Elle valorise le travail. Elle se soucie d'assurer la sécurité. En somme, elle « naturalise » les valeurs conservatrices et libérales, en se les appropriant et en y ajoutant une dimension de solidarité et de compassion. L'équité – et non l'égalité – est son maître mot. Un député proche de Tony Blair, Denis MacShane, définit ainsi les objectifs du New Labour : « Le Labour représente ceux qui veulent accroître leurs chances naturelles. Il reconnaît les nouvelles forces économiques et sociales représentées par les femmes, les homosexuels et par les communautés asiatiques et africaines. [...] Le style de Blair est fondé sur une politique post-héroïque. Les ministres travaillistes sont des gens ordinaires et non des intellectuels prestigieux sortis d'Oxford »...

Il s'agit donc de faire surgir une « nouvelle Angleterre » en s'appuyant sur de « nouvelles couches » (réforme de la Chambre des lords).

Après quatre années de gouvernement, Blair peut faire état de résultats économiques réels (il a bénéficié de la croissance), mais les inégalités se sont accrues, les services publics (et d'abord ceux de l'éducation et de la santé) sont délabrés. Blair est néanmoins réélu en 2001, et promet de s'attaquer à ces problèmes au cours de son second mandat. Cependant, l'importance des abstentions (plus de 30 % des électeurs) montre que si les Britanniques ne se sont pas tournés vers les conservateurs, la confiance qu'ils accordent à Blair est limitée.

Lionel Jospin est issu d'une tradition différente

Ainsi la Troisième Voie apparaît-elle davantage comme une habileté politique dans l'ordre de la communication que comme une solution originale aux problèmes posés en cette fin de siècle et à ceux qui s'annoncent pour le nouveau millénaire (mondialisation, flux migratoires, inégalités croissantes, etc.). D'ailleurs, son visage est bien différent d'un pays à l'autre.

En France, Lionel Jospin est issu d'une tradition politique aux antipodes de celle de Blair. Né en 1937, dans une famille pacifiste – son père ne participera pas aux combats contre le nazisme –, Jospin opte dans les années 1960 pour l'une des branches les plus sectaires du trotskisme, l'O.C.I. Et des soupçons pèsent sur son adhésion tardive au parti socialiste, en 1971 : elle aurait été motivée par son rôle d'agent d'influence du trotskisme chargé d'infiltrer le nouveau parti socialiste de Mitterrand et d'y prendre des responsabilités. Premier secrétaire de ce parti en 1981, cet ancien élève de l'E.N.A. devient ministre de l'Éducation nationale en 1988 et candidat à l'élection présidentielle en 1995 contre Jacques Chirac, puis Premier ministre en 1997. Sa politique, favorisée par la croissance, vise à donner une image véritablement de gauche, à satisfaire ses alliés (communistes et écologistes-Verts) de sa coalition parlementaire et électorale, qu'il qualifie de « gauche plurielle ». Mais les mesures sociales qu'il décrète ne rompent pas avec l'étatisme (réduction autoritaire de la durée du travail à 35 heures, emplois-jeunes subventionnés). En revanche, il adopte sur le terrain économique une politique libérale de privatisations, et sur le plan des mœurs une orientation communautariste. Par ailleurs, il s'engage à respecter les décisions européennes, évidemment en contradiction avec ses choix sociaux. De même il cède aux mouvements régionalistes et nationalistes (Corse, langues régionales). Il pratique donc un habillage verbal de gauche pour une politique pragmatique, en fait opportuniste, dont le sens paraît être essentiellement électoraliste. Tony Blair a du moins tenté de théoriser sa pratique politique avec le concept de Troisième Voie ; Jospin, lui, se contente de dire qu'il faut admettre « l'économie de marché » et refuser « la société de marché ». C'est la quadrature du cercle qui risque de décevoir et de désorienter toutes les couches de la société, à l'exclusion peut-être des « salariés » protégés, fonctionnaires et assimilés, ce qui peut assurer une majorité électorale, les recrutements dans la fonction publique étant systématiquement poursuivis. Mais cette politique, incapable d'imposer des réformes de structure, est dépendante de la conjoncture économique : de 1997 à 2000, elle a bénéficié de la croissance, mais les difficultés de l'économie américaine puis le ralentissement de l'économie européenne mettent en péril des équilibres monétaires fragilisés par des mesures sociales dont on n'avait pas prévu le financement. Bref, le gouvernement Jospin, moins encore que celui de Blair, n'a donné un sens à son action. Et tout comme celui de Londres, la question qui se pose à lui, en ce début de nouveau millénaire marqué par un retournement de tendance économique, est de savoir comment rebondir.

En s'engageant plus encore dans la construction européenne ? C'est la question posée à Paris. En entrant réellement dans l'Europe ? C'est la question posée à Londres.

Les États-Unis, modèle dominant

Les sociaux-démocrates allemands, confrontés eux aussi
à la récession, ont au moins la perspective d'être la nation la
plus puissante d'Europe, tant par son poids démographique
que par son économie. Ils tentent d'ailleurs d'imposer leur
modèle fédéraliste à leurs partenaires européens, et d'abord
à la France. Mais on voit bien, au moment où l'Italie choisit
pour président du Conseil un homme d'affaires maître des
moyens de communication – Berlusconi –, qu'une nouvelle
phase politique s'amorce en Europe. L'esquisse de la Troisième Voie risque donc de n'avoir été qu'une courte période
de transition, préparant un alignement encore plus marqué
des sociétés européennes sur un modèle dominant : celui
des États-Unis.

1998

La question de la France

L'histoire d'une nation

Chaque nation a une histoire singulière. Les peuples qui ont occupé le territoire devenu le leur ont semé leurs structures familiales, leurs rituels, leurs langues, leur mémoire et leur imaginaire. Les terroirs, les monuments, les créations artistiques portent témoignage de cette superposition d'hommes qui constitue le patrimoine sur lequel la nation s'est construite. Peu à peu, au fil des millénaires ou des siècles, une organisation nationale s'est dessinée, une histoire s'est constituée qui donnent à chaque nation son visage. De même qu'un homme en vaut un autre, ce qui signifie qu'il est «unique», de même une histoire nationale ne peut être supérieure à une autre, du point de vue de ceux qui la vivent. Cela n'implique pas que cette histoire soit parfaite. Si l'on mesure l'histoire d'une nation – ou celle d'une personne – à l'aune des valeurs morales, on pourra évaluer les crimes commis, les oppressions réalisées. Mais cette histoire de la nation n'en sera pas moins unique, et vouloir la nier, ce n'est pas la critiquer mais la défaire, c'est-à-dire défaire cette nation pour en construire une autre.

Ce qui est vrai de chaque nation l'est au premier chef pour la France, l'une des plus anciennes constructions nationales du monde. Non pas la «meilleure» des nations, mais tout simplement la nation France, formation enracinée dans un passé millénaire, qui doit évoluer, mais ne peut le faire, si elle veut rester la France, qu'à la condition de se déployer à partir de ce qu'elle est : son histoire, ni pure ni impure, mais *son* histoire.

L'assassinat du préfet Claude Érignac

Lorsque, le 6 février 1998, des nationalistes corses assassinent d'une balle dans la nuque, à Ajaccio, le préfet Claude Érignac, un homme qui marchait seul, sans escorte, désarmé, c'est, à travers lui, la France, son passé, son histoire et donc son avenir qu'ils veulent abattre. Crime symbolique qui atteint en son cœur l'organisation que la France s'était donnée depuis deux siècles, mais qui reprenait aussi un principe essentiel de l'organisation monarchique. Au-delà de la République, c'est donc bien l'essence même de la France qui est visée.

Il s'agit, en tuant le haut fonctionnaire qui représente la République et incarne l'histoire nationale, de montrer que l'on veut détruire cette histoire, rompre les liens qui depuis 1769 lient la Corse à la France continentale et ont fait de cette île une part de la France, à l'égal des autres portions de son territoire.

C'est aussi proclamer que cette remise en cause se fera par la violence criminelle. Celle que pratique le Front de libération nationale corse depuis sa fondation, dans les années 1970. C'est décréter que l'histoire de la France et de la Corse lie un colonisateur et un colonisé et que ce lien, noué dans le sang de la conquête, ne peut être tranché que par le sang de la violence libératrice. C'est soumettre la réalité historique (Napoléon, les fonctionnaires corses d'autorité, la fusion depuis 1769 entre les deux parties de la France – la continentale et l'insulaire –, la présence de Corses à la fête de la Fédération de 1790, etc.) à une idéologie dont on connaît les aspects et les conséquences.

L'idéologie des groupes minoritaires

Une minorité décide qu'elle incarne un peuple – ou une classe sociale, ou une ethnie, etc. – et, parce que les mécanismes démocratiques la voueraient à rester une minorité, elle décide d'employer la violence, pour révéler ce qu'elle affirme être la vérité d'une histoire et d'une situation. Dans les années 1960-1970, celles de la fondation du F.L.N.C., on a vu se multiplier de tels mouvements, d'extrême gauche ou d'extrême droite, pratiquant le terrorisme : Brigades rouges ou Fraction armée rouge, Brigades noires ou Action directe. Ces mouvements connaissent une évolution caractéristique : ceux liés à une idée de révolution sociale ont disparu, mais demeurent ceux qui ont un enracinement « ethnique » ou « religieux » : E.T.A. au Pays basque, U.C.K. dans les Balkans, mouvements islamiques, etc. Leur point commun est de récuser la démocratie, et de se servir de l'attentat et du crime pour imposer leur point de vue. La régression politique et intellectuelle est leur marque. Parfois ces mouvements clandestins ont une « façade légale » qui utilise la pression des attentats pour obtenir, des gouvernements démocratiques, des concessions ou une capitulation.

Bien entendu les « nationalistes légaux » ne condamnent jamais le recours à la violence. Au contraire, ils la légitiment. Elle est le levier dont ils se servent. Leur objectif est clair : « le cap vers l'indépendance est mis et il ne s'arrêtera pas », déclare le leader nationaliste corse Talamoni. Le parti qu'ils créent (2001) s'appelle d'ailleurs *Indipendenza*. Et ils réclament amnistie et compréhension pour les nationalistes incarcérés ou recherchés – et naturellement pour l'assassin du préfet Érignac.

La mort du préfet Érignac est ainsi un révélateur. À la fois de ce que sont les méthodes et la revendication du nationalisme corse, et aussi de la capacité de réaction de la France, donc de son gouvernement.

Les accords de Matignon

Or celui-ci, après une posture de résistance, a décidé de négocier avec les nationalistes corses qui avaient montré par quelques attentats spectaculaires qu'ils étaient résolus à poursuivre dans la voie du terrorisme. Le Premier ministre Lionel Jospin, qui jusqu'alors avait exigé, comme condition préalable à toute négociation, le renoncement à la violence, fait marche arrière. Les «nationalistes légaux» sont reçus à Matignon et leurs exigences constituent l'essentiel d'un «relevé de conclusions» dit accords de Matignon qui, le 20 juillet, est soumis aux élus de l'assemblée de Corse. Ceux-ci, au terme de multiples pressions, l'approuvent. Le gouvernement de Lionel Jospin a donc cédé au chantage à la violence (les attentats et les crimes continuent de se produire). Par là même il a accrédité, légitimé toute la stratégie politique de recours à la violence des nationalistes. Mais, en outre, il a accepté de ce fait tout le discours idéologique des nationalistes (Corse colonisée, etc.) et rejeté ainsi la réalité et le sens de l'histoire nationale.

C'est donc bien la question de la France qui est posée par ces accords de Matignon.

Une autre France

Car le choix de Lionel Jospin n'est pas seulement politicien (obtenir le calme en Corse jusqu'aux élections présidentielles de 2002 et bénéficier du soutien des voix nationalistes); il dessine en fait une autre France – en rupture avec son histoire. Il ne s'agit plus d'une France «communauté de citoyens», république égalitaire fondée sur l'adhésion de chaque citoyen à des principes valables pour tous. Il ne s'agit plus d'une «nation politique», mais de la mise en conformité de la France – de sa normalisation – avec une Europe des régions, à structure fédérale. Comme le dit à l'Assemblée nationale, le 15 mai 2001, Jean-Pierre Chevènement, ministre de l'Intérieur qui a démissionné du gouvernement Jospin pour marquer son désaccord : «Au-delà de la question corse se pose la question de la France. [...] Qui peut croire que la faiblesse de l'État devant le chantage d'une minorité violente ne servira pas d'exemple à toutes les féodalités?» Et de s'élever contre la dévolution de blocs de compétences et de pouvoirs réglementaires à l'assemblée de Corse, premier pas vers la rupture de l'égalité entre citoyens, chemin vers la «corsisation»

des emplois, ethnicisme, moyen d'aller vers l'indépendance.

En fait, il s'agit bien d'une volonté de dissoudre la nation
française telle que l'histoire l'a constituée, avec, en clé de
voûte, le citoyen et l'unité politique. Une large partie de
l'élite politique et journalistique qui croit au caractère
obsolète des nations accepte cette disparition de la France
politique. Le directeur du journal *Le Monde* écrit ainsi qu'il
faut « déverrouiller l'organisation du territoire pour faire
de chaque région, de chaque métropole un atome français
d'Europe ». On ne peut dire plus clairement que la question de la France est posée.

1999

Le charnier des Balkans

Les Balkans, entre la grande plaine européenne et la Méditerranée, entre l'Asie et l'Europe, sont un univers géographique tourmenté où, au milieu des collines qui dessinent un chaos de sommets et de monts, sinuent d'étroites vallées et quelques étendues plus vastes, surplombées par des hauteurs rocheuses. Ce relief accidenté favorise la création de petits terroirs où se concentrent depuis des millénaires des peuples farouches, le plus souvent opposés entre eux.

Des haines millénaires

Car l'histoire sanglante a irrigué cette région. Les invasions venues d'Asie s'y sont succédé, laissant des groupes ethniques qui sont la mémoire du passage des hordes. Puis les empires ont tenté de contrôler la région. Le plus souvent en vain. Des religions antagonistes – catholique, orthodoxe, musulmane – ont avivé les haines inextinguibles. Les Turcs, dans leur occupation pluriséculaire, ont obtenu par la force la conversion de certaines populations. Et pour finir le communisme russe a imposé dans la plupart de ces pays sa barbarie récente, se substituant à celle que les nazis avaient durant quelques années fait régner avec l'aide de tel ou tel groupe de peuples.

Ici, les Slovènes, Croates, Bosniaques, Serbes, Albanais, les catholiques, les orthodoxes, les musulmans ont la mémoire des crimes commis par chacun d'eux contre les autres. Et *vice versa*. Et cette mémoire fouaille dans le passé médiéval pour trouver des raisons contemporaines de haïr. D'ailleurs, les souvenirs du XXᵉ siècle seraient à eux seuls motifs suffisants à s'égorger mutuellement. C'est ici, à Sarajevo, le 28 juin 1914, que l'assassinat par les Serbes de la Main noire de l'archiduc François-Ferdinand, héritier de l'Empire austro-hongrois, a déclenché en quelques semaines le premier conflit mondial.

Au terme de celui-ci, les vainqueurs et d'abord la France créent la Yougoslavie, en rassemblant les Slovènes, les Bosniaques, les Croates, les Serbes, les Kosovars, sans, naturellement, demander à ces peuples leur approbation et en s'appuyant sur les Serbes, la nation alliée dans le conflit.

Les nazis démantèlent cette construction, utilisent contre les Serbes le nationalisme croate et bosniaque et constituent des unités de S.S., avec des engagés de ces deux peuples. La terreur se répand dans cette région. Un Croate, Tito, va animer la résistance, avec le soutien des Serbes. Mais, communiste, il élimine tous ceux qui, antinazis, sont soit monarchistes, soit démocrates. On le laisse faire. Comme le dit cyniquement Churchill à l'un de ses proches qui s'étonne de la tolérance occidentale à l'égard de Tito : « Avez-vous l'intention de vivre en Yougoslavie ? Non. Laissez-les donc s'entre-tuer pour notre cause. »

L'effondrement de la Yougoslavie de Tito

Tito maintient en place la Yougoslavie, dans une structure fédérale qui résiste d'autant mieux que Tito incarne la résistance aux Soviétiques, en développant un « communisme national » qui rencontre le soutien occidental et l'hostilité des Albanais, ceux-ci s'enfermant dans un régime « pro-chinois ». La mort de Tito, l'effondrement du communisme, le désir des peuples de participer à la grande révolution démocratique et nationale qui embrase toute l'Europe orientale dans les années 1990 (1989, chute du mur de Berlin) font éclater la Yougoslavie, libèrent les passions et les haines contenues depuis le milieu du siècle. La reconnaissance hâtive par l'Allemagne puis, sous sa pression, par l'Union européenne de l'indépendance de la Slovénie et de la Croatie donne aux Serbes le sentiment qu'ils vont être les perdants de cette révolution. Et ce d'autant plus que les minorités serbes de ces nouvelles républiques n'ont obtenu aucune garantie internationale.

Les Croates, catholiques, fer de lance des nazis durant l'occupation allemande, sont des rivaux séculaires. Les Serbes orthodoxes s'imaginent pouvoir reconquérir militairement les territoires perdus. Situation d'autant plus périlleuse qu'aucun de ces peuples n'a jamais connu de régime démocratique. Or la tentation est grande pour les anciens apparatchiks communistes, dans chacun de ces nouveaux États, de retrouver une virginité politique en se convertissant au nationalisme le plus agressif et en développant la xénophobie dans un milieu où il est facile de ranimer un brasier qui ne s'est jamais éteint.

Milosevic et le nationalisme serbe

C'est en Serbie, menacée dans sa domination régionale et dont les minorités en Croatie – plusieurs centaines de milliers de Serbes – sont encerclées, expulsées, que l'exacerbation nationaliste est la plus forte. On veut croire à la Grande Serbie. On imagine que l'armée serbe (héritière pour l'essentiel de l'armée yougoslave) pourra imposer la loi de Belgrade en Croatie, en Bosnie, au Kosovo. Cette dernière province (2 250 000 habitants) est peuplée à 90 % de musulmans albanophones dont le nombre a été multiplié par 4,5 en quatre-vingts ans. Or le Kosovo est, pour les Serbes, le lieu de naissance historique de leur nation : « notre Jérusalem » (bataille du « Chant des Merles », Kosovo Polje en 1389, perdue contre les Turcs). Le leader communiste Milosevic, né en 1941, a compris dès 1987 qu'il pouvait assurer son pouvoir sur la Serbie en exaltant le nationalisme des Serbes. Habile et cynique, marqué par une enfance sombre (ses parents se sont suicidés), déterminé à conserver le pouvoir à tout prix, tête d'un système mafieux, criminel, spoliateur et politique, il prend la direction de la

Serbie sans tenir compte des rapports de forces internationaux, imaginant que la passivité européenne lui permettra
d'imposer ses vues. Il règne en Yougoslavie par la censure,
le crime et la corruption : une dictature de fait, même si le
nationalisme et la manipulation de l'information lui assurent un réel soutien populaire. En Croatie et en Bosnie il
mène une guerre impitoyable (bombardements, massacres,
viols, déplacements de population, siège impitoyable des
villes : Vukovar, Sarajevo), se jouant des gouvernements
européens peu désireux de s'engager dans ce guêpier. En
1995 on le célèbre même parce qu'il accepte les accords de
Dayton, qui doivent mettre fin à la guerre en Croatie et en
Bosnie. Mais pour assurer son pouvoir Milosevic poursuit
la fuite en avant nationaliste et d'autant plus que, au
Kosovo, une guérilla albanaise (U.C.K.) soutenue par les
États-Unis et l'Allemagne se développe qui vise à susciter
l'intervention militaire occidentale. La violence de la répression, l'exode de centaines de milliers de Kosovars isolent
les Serbes dans l'opinion internationale. « Milosevic, c'est
Hitler. » On affirme qu'il organise un génocide. Les crimes
de guerre sont certains. La barbarie réelle. Les victimes se
comptent par milliers. Mais aucun de ces faits inaccep-
tables n'appelle les dénominations extrêmes utilisées par
les partisans d'une intervention militaire au Kosovo. En fait,
celle-ci n'est rendue possible qu'en raison de l'affaiblissement des Russes (qui soutiennent habituellement leurs
frères orthodoxes) et de la décision américaine, lentement
mûrie et qui obéit moins à des raisons humanitaires qu'à
des objectifs géopolitiques majeurs. Prendre pied dans
cette région stratégique, qui, au flanc de l'Europe, offre un
tracé aux *pipelines* pétroliers venus de la Transcaucasie,
représente un atout militaire et économique majeur.

L'intervention de l'O.T.A.N. au Kosovo et en Serbie

Le 24 mars 1999, les forces de l'O.T.A.N. commencent
leurs bombardements aériens sur la Serbie et détruisent ses
infrastructures, au terme d'opérations massives, première

campagne aérienne sur un pays européen depuis 1945. Le 3 juin les Serbes acceptent de retirer leurs forces du Kosovo. Et l'épuration ethnique s'inverse : près de 200 000 Serbes sont contraints de quitter la région, venant s'additionner aux centaines de milliers d'autres chassés de Croatie et de Bosnie. Pour autant l'instabilité demeure : l'U.C.K. albanophobe a repris ses attaques en Macédoine, dernière république multiethnique de la région. Milosevic, renversé, est livré le 29 juin 2001 au Tribunal pénal international de La Haye, poursuivi pour crimes de guerre et pour génocide. La Serbie, ruinée, bénéficie à ce prix d'une aide européenne et américaine... Au même instant le président George W. Bush fait l'éloge de Vladimir Poutine, président de Russie, et le président Chirac se rend à Saint-Pétersbourg. Les troupes russes continuent la guerre en Tchétchénie. « Selon que vous serez puissant ou misérable, les jugements de cour vous rendront blanc ou noir », écrivait La Fontaine.

D'un siècle à l'autre

2000-2005

Le sens de l'Histoire

Le deuxième millénaire est achevé, le troisième commence. Et il a suffi de cinq années pour que s'esquissent et se révèlent les lignes de force d'une nouvelle séquence historique, comme il avait suffi des années 1900-1905 pour que les plus lucides des contemporains voient se dessiner ce qui allait être le XXᵉ siècle.

Mais les enjeux sont plus vastes, car ce qui se termine en l'an 2000 c'est une longue durée, ouverte au XVIIIᵉ siècle et symbolisée par la Révolution américaine et surtout la Révolution française, celle-ci donnant le coup d'envoi aux révolutions qui allaient scander tout le XIXᵉ siècle et enfanter le XXᵉ.

Si les événements politiques et sociaux sont des repères bien définis qui s'inscrivent dans la mémoire collective et que les commémorations rappellent rituellement – l'expression devenue courante de «devoir de mémoire» signale l'ampleur de ce phénomène culturel –, les bouleversements les plus lourds de conséquences, à la charnière des deux millénaires, se situent dans les domaines scientifiques et technologiques.

La révolution est dans l'ordre scientifique

Elle est capitale dans le domaine biologique. Les moyens contraceptifs ont permis la maîtrise des naissances, changeant ainsi le rapport à l'enfant et la structure familiale. Un dogme de la biologie a été brisé quand – au tournant précisément des deux millénaires – la reproduction non sexuée des mammifères a été réalisée. Une brebis, puis, une dizaine d'années plus tard, un chien ont été clonés en Angleterre puis en Corée. Ce qui relevait de la science-fiction est désormais possible. On pourra sans doute « cloner » des humains, les trier. Les technologies biologiques autorisent une femme de plus de soixante ans à accoucher. La maîtrise du vivant, l'intervention sur le vivant, la sélection du vivant, l'eugénisme, sont ainsi au cœur des problèmes – éthiques, pratiques, politiques – que l'humanité devra se poser et résoudre au cours du XXIe siècle, et qui sont posés dès ses premières années.

La planète en danger et donc l'espèce en péril

Mais au moment où s'affirme cet immense pouvoir de l'homme sur le vivant, le cadre même de la vie est menacé par les conséquences multiples des découvertes scientifiques et de leurs applications technologiques. Le mode de vie qu'elles induisent – urbanisation, circulation, consommation boulimique de l'énergie, des matières premières – bois, minerais, etc. – détruisent les équilibres climatiques. Le réchauffement est une réalité et il est sans doute en partie responsable de la violence des cyclones qui ont ravagé les côtes du golfe du Mexique et détruit La Nouvelle-Orléans (2005).

Le pétrole et l'eau deviennent rares pour une humanité en croissance démographique et de plus en plus prédatrice de ressources naturelles. Malgré tous les « protocoles » internationaux destinés à réguler l'activité humaine de manière à préserver son environnement – protocole de Kyoto et diverses résolutions dans les années 2000-2005 –, les puissances émergentes (Chine, Inde) et les États-Unis, mais aussi les pays européens se montrent incapables d'inverser la tendance à perpétuer, à développer un modèle économique et social destructeur (émissions de gaz à effet de serre, par exemple). C'est tout l'avenir de l'humanité et des espèces vivantes qui est concerné.

La globalisation arrive à son terme

Car, en deux cents ans, le processus de globalisation a unifié, de fait, l'humanité. Commencé dès le XVIe siècle, ce processus n'implique ni solidarité entre les hommes ni égalisation de leurs conditions d'existence. Mais les destins de ces hommes, restés inégaux et souvent rivaux, sont totalement imbriqués.

Les marchandises, les personnes, les images, les variations de la valeur des actions, les virus (sida ou grippe aviaire) et bien entendu les capitaux ne connaissent plus les frontières. On délocalise les usines des régions à haut niveau de vie, et à droits sociaux, vers d'autres, à bas salaires. Et inversement les flux migratoires des régions pauvres vers les régions riches, des zones à haute pression démographique (Asie, Afrique) vers les régions à faible taux de natalité (Europe) ne peuvent être endigués. Les peuples, et d'abord ceux de l'Europe, devront (ils le font déjà) accepter cette proximité quotidienne avec des peuples porteurs d'autres langues, d'autres mœurs, d'autres religions, d'autres cultures. Cela ne pourra pas aller sans heurts, comme le montrent déjà les difficultés – sinon la faillite – des politiques d'intégration, comme l'impossibilité sans risque majeur – on le voit dès 2004-2005, aux Pays-Bas, en Angleterre – de laisser se développer des « communautés » enracinées dans leur seule identité d'origine et exaltées par l'intégrisme musulman (attentats commis par des « citoyens » de ces pays mais enfermés dans leurs origines culturelles). Le communautarisme, le multiculturalisme longtemps prônés sont ainsi remis en cause, alors même que l'assimilation, l'intégration, sont rendues plus difficiles, voire impossibles.

La révolution dans la communication : Internet

En effet les nouvelles technologies de la communication – télévision, et surtout Internet – permettent à chacun de rester « connecté » avec son identité d'origine : télévisions arabes, par exemple, captées en Europe, sites « idéologiques » ou religieux, facilement accessibles sur la « Toile » informatique.

De ce point de vue, on peut parler de changement radical dans les relations entre les hommes. D'une certaine manière, Internet, en une dizaine d'années (1995-2005), a changé le monde. On compte près de 15 % de la population mondiale – au moins un milliard d'hommes – connectés. Ces internautes font vivre une « nouvelle économie » (vente en ligne, etc.). Mais plus importante est la révolution culturelle produite par Internet. C'est à une prise de parole que l'on assiste. Messageries instantanées, forums de discussion, sites de communauté et de rencontre, « blogs » (journaux intimes diffusés sur la Toile : près de 50 millions sont apparus en quelques mois, en 2005).

Les débats politiques sont désormais influencés, sinon déterminés, par cette communication qui échappe au contrôle des « médias classiques » (journaux, radios, télévisions). Ainsi autour de la planète s'est tissée, à partir de cette révolution technologique, une « hypersphère », où les internautes se déplacent à leur guise, qui se superpose à la « logosphère » – communication par le discours – à la « graphosphère » – l'écrit et le support papier dominent – et à la « vidéosphère » – règne de l'image télévisuelle.

C'est un univers « virtuel » qui enveloppe ainsi le monde. Mais la liberté créatrice des « internautes » et leur pouvoir ne doivent pas être surévalués. Ils restent dépendants des « moteurs de recherche » – deux milliards de recherches sont effectuées, chaque mois, via Google, et son concurrent Yahoo ! sert 350 millions de personnes.

Il n'empêche. Chaque internaute se connecte sur « son » site préféré. Il « s'enracine » dans ses convictions et ses croyances, et sa résidence réelle – dans un pays et une civilisation donnés – peut avoir moins d'importance pour lui que son lien « virtuel » avec telle ou telle idéologie ou religion. Des réseaux – terroristes, mais pas seulement – peuvent ainsi recruter des membres nouveaux, entretenir des convictions, transmettre des consignes, exalter des sacrifices, justifier des attentats. Les frontières s'effacent. L'émiettement social s'accentue. Le communautarisme de fait se cimente. Il n'y a plus de vérité, mais des vérités, et chacun choisit celle qui lui convient. Elles sont toutes sur la « Toile ». L'injustifiable – un attentat terroriste – s'y trouve légitimé.

La révolution Internet est ainsi, déjà et potentiellement, un défi majeur lancé à ceux qui veulent « organiser » le monde.

Des empires, des réseaux et des micro-nations

On voit surgir partout des revendications « micro-identitaires » portées par des réseaux, des « sectes » qui veulent être reconnues, des « micro-nations », qui veulent naître ou renaître. Si bien que ce XXIe siècle s'annonce comme un entrelacs de réseaux – plus ou moins dangereux, plus ou moins fanatiques –, un conglomérat de souverainetés locales dominées par quelques grands empires – et d'abord l'Américain – politiques et/ou économiques. Cela signifie bien que la séquence des deux derniers siècles – 1789-2000 – qui a vu se déployer l'espérance révolutionnaire (1917 relaie 1789) est bien fermée.

Une autre phase a commencé, marquée en 1989 par la chute du mur de Berlin puis la disparition de l'Union soviétique. C'est la fin du totalitarisme soviétique, et de son empire, et donc la renaissance des nations opprimées – l'Europe dite de l'Est – et une conquête démocratique.

Mais après l'espoir des années 1990 qui a soulevé les peuples débarrassés de leur maître soviétique, la déception s'est installée dans toute l'Europe.

Ce qui semble se mettre en place partout, y compris dans les pays de vieille tradition démocratique, c'est un gouvernement d'oligarchies qui font légitimer leurs décisions et leur pouvoir par un scrutin qui n'est plus que d'approbation. L'apparence démocratique est sauve, et si l'aléa électoral existe, il n'est plus que résiduel. Les partis politiques

« opposés » sont soumis aux mêmes contraintes et pratiquent, à quelques nuances près, des politiques proches. Le nombre des abstentions s'accroît, si bien qu'un suffrage censitaire de fait fonctionne dans le cadre du suffrage universel formel. Les inégalités sociales et culturelles sont telles que les élites se recrutent dans les mêmes groupes sociaux. Les « oligarchies démocratiques » tendent ainsi à devenir la règle. Et les grandes constructions politico-économiques – l'Union européenne en est le meilleur exemple – accentuent cette évolution.

Mais dans certaines circonstances – malaise économique et social (chômage au-dessus de 10 %), résistance des peuples à forte tradition nationale qui veulent conserver ou recouvrer leur souveraineté –, cette évolution peut rencontrer des obstacles. L'échec du référendum sur le projet de Constitution européenne, en France et aux Pays-Bas, a ainsi surpris les « élites » de tous les partis de gouvernement, habituées à être suivies par leurs électeurs – ne fussent-ils que moins de 40 % des inscrits – et tolérées par les abstentionnistes. Ces scrutins illustrent le fait que la « surprise » est la seule loi de l'histoire car elle est l'expression de la liberté humaine, qui, pour l'heure, est encore la caractéristique majeure de l'homme.

Mais, en ces années de transition, d'un millénaire à l'autre, alors que les décors de la pièce que joue l'humanité, les moyens dont elle dispose sont devenus différents et que les enjeux ont changé, les ressorts qui mènent les hommes semblent immuables, et les événements qui marquent le passage du XXe au XXIe siècles sont nés du fanatisme, de la violence, de l'aveuglement. Ils génèrent des tragédies humaines. Ils vont surtout, et c'est le plus grave, orienter tout le siècle, comme la guerre russo-japonaise et la Révolution russe de 1905, les conflits balkaniques de 1912, puis l'attentat de Sarajevo, en 1914, avaient jeté le XXe siècle dans les guerres et les totalitarismes.

La rupture symbolique du 11 septembre 2001

C'est l'événement qui ouvre le XXIe siècle et donc le troisième millénaire. Même s'il puise ses racines dans la décennie précédente et dans la longue durée des relations entre les États-Unis et le monde musulman – et de l'Occident tout entier avec cette civilisation, car les États-Unis sont, vus du monde musulman, la figure de proue de l'Occident –, il est un révélateur et un accélérateur de la mise en place de la nouvelle donne.

D'abord il dévoile cette nouvelle forme de guerre qui échappe aux États. Al-Qaïda est une « marque » et un « réseau ». Les terroristes qui agissent en son nom, s'ils bénéficient de ses structures, de son financement, de l'aura de Ben Laden, ne peuvent être frappés dans un État particulier. Il n'y a pas d'adversaire aux frontières définies, mais des « terroristes hors sol », adhérents d'une organisation ramifiée, inscrite dans le virtuel des communiqués sur Internet, des cassettes de Ben Laden, et s'incarnant en quelques milliers d'hommes dispersés dans plusieurs pays et prêts à mourir, en fanatiques, pour leur cause. Ces tueurs mystiques se présentent comme des vengeurs. Vouloir les annihiler en attaquant l'Afghanistan (janvier 2002) ou l'Irak (20 mars 2003) et peut-être demain l'Iran (qui en 2005 refuse de mettre un terme à ses recherches nucléaires qui peuvent déboucher sur l'arme atomique) est illusoire.

En frappant à Madrid (11 mars 2004), à Londres (les 7 et 21 juillet 2005) comme ils avaient frappé en Afrique (au Maroc), en Indonésie, au Pakistan, les terroristes islamiques montrent à la fois qu'ils ne peuvent frontalement vaincre « l'Occident » même s'ils réussissent à l'atteindre spectaculairement, essayant de l'entraîner dans une confrontation, civilisation contre civilisation, « croisés » contre « musulmans ».

Ils parviennent ainsi à recruter des « terroristes » vivant dans les pays occidentaux, apparemment « intégrés » (Pays-Bas, Angleterre) sans même qu'il soit besoin pour Al-Qaïda de les former, de les diriger. Ils trouvent sur Internet et dans certaines mosquées situées en Europe, les aliments de leur fanatisme. Certains font un séjour au Pakistan dans les écoles coraniques. Et c'est l'un des paradoxes de la situation présente que ce Pakistan, allié des États-Unis, détenteur de l'arme atomique, soit aussi l'un des foyers de l'islamisme.

Les enjeux géopolitiques

C'est dire la complexité et les risques de la situation internationale.

Les États-Unis en sont l'acteur principal. Ils sont « l'hyperpuissance » dont le budget militaire équivaut presque à lui seul à celui de toutes les autres grandes puissances. Ils dominent la vie économique puisque leur monnaie est la monnaie internationale. Ils sont en croissance démographique et affichent un nationalisme qui exprime leur croyance en une « destinée manifeste ». Ils sont le Bien, jugent des affaires internationales et, on l'a vu au moment de l'attaque contre l'Irak, refusant de se plier aux règles du droit international.

Cette position, théorisée par les « néo-conservateurs », est incarnée depuis 2000 par le président George W. Bush, réélu en 2004, et qui s'identifie à cette « guerre » du Bien contre le Mal.

L'attaque contre l'Irak était à l'évidence destinée à « remodeler » un Grand Moyen-Orient qui contient les principales réserves de pétrole – et à ce titre vital pour les États-Unis et l'Occident –, bien plus qu'à éradiquer le terrorisme ou à prévenir la fabrication d'armes de destruction massives qui n'existaient pas.

Mais après la victoire militaire sur Saddam Hussein, la situation en Irak n'est pas stabilisée. Et, paradoxe, le pouvoir glisse aux mains des chiites, frères en religion des chiites iraniens, dont précisément les États-Unis craignent l'influence et demain la puissance s'ils se dotent de l'arme nucléaire.

Comme, par ailleurs, le problème israélo-palestinien, malgré l'évacuation des colonies de Gaza (août 2005), n'est pas réglé, que la situation de l'Égypte est difficile, que l'islamisme y est présent et la misère accablante – la situation du Maroc n'est pas meilleure –, on comprend que le Grand Moyen-Orient puisse être considéré – en plus dangereux encore – comme jouant, au début de ce XXIᵉ siècle, le rôle des Balkans à l'orée du XXᵉ siècle.

Certes, il n'y a pas autour de ce foyer explosif, et déjà en feu, de grandes puissances capables de s'opposer aux États-Unis. Mais on notera le traité conclu entre la Chine et l'Iran pour la fourniture de pétrole, et le soutien qu'avec la Russie, la Chine apporte à l'Iran dans la question nucléaire.

Or le grand défi que prévoient les experts américains pour le siècle à venir est précisément celui qui opposera la Chine aux États-Unis. On le voit poindre dans ces premières années du XXIᵉ siècle. Sur le plan économique et monétaire, sur le plan militaire (la Chine envisage d'envoyer un homme sur la Lune et elle a déjà mis trois (un puis deux) cosmonautes en orbite) et dans la course aux ressources : le besoin en pétrole d'une Chine dont la population (sans doute 1,3 milliard) est encore emportée par une croissance de près de 10 % par an, est gigantesque. D'où la diplomatie active de la Chine tant au Moyen-Orient qu'en Afrique et en Amérique latine. En même temps elle inonde le monde de ses produits à bon marché (textile) et a la capacité d'élargir et de diversifier sa production aux domaines de la haute technologie.

Si l'on ajoute l'Inde, elle aussi géant démographique (qui dépassera la Chine) et pays de forte croissance et de grande capacité créatrice qui « traite » déjà pour les pays développés de nombreuses données numériques – comptabilité, gestion des grandes sociétés, etc. – et scientifiques – domaine médical –, on mesure quel basculement est en train de s'opérer et combien le XXIᵉ siècle aura un visage différent de celui des siècles précédents.

Tout cela, qui s'esquisse en ces premières années du siècle, souligne l'ampleur des défis que l'Europe a à relever.

La crise européenne

Le rejet par les électeurs français et néerlandais du projet de Constitution européenne (mai-juin 2005) est révélateur de la crise que traverse l'Union européenne. Ce début du XXIe siècle marque la fin d'une des dernières utopies du XXe siècle : croire qu'il était possible de fondre en un État nouveau les vieilles nations d'Europe. La guerre froide et donc la soumission au protecteur américain, la division de l'Allemagne, la puissance menaçante de l'U.R.S.S., la mise sous tutelle soviétique des nations d'Europe de l'Est, la prospérité économique avaient permis à cette utopie de se transformer en projet réalisable. Mais les circonstances nouvelles (fin de l'U.R.S.S., réunification de l'Allemagne, renaissance des nations de l'Est, stagnation puis crise de l'économie et de l'emploi, regain des identités nationales, méthode de gouvernement de la Commission européenne, etc.) provoquent une crise de confiance. Il n'y aura pas d'État européen unifié. Les nations resteront des lieux de décision, même si des politiques communes sont mises en œuvre et que les liens restent forts entre les membres de l'Union.

Encore faudrait-il – ce sera l'un des enjeux des années à venir – que l'on fixe les frontières de l'Europe. C'est-à-dire d'abord qu'on tranche la question de l'adhésion turque. Les négociations pour l'adhésion ont commencé – octobre 2005 – mais leur terme aléatoire n'interviendra pas avant une décennie.

Mais au-delà de ce cas précis, c'est toute la question des rapports des nations européennes avec le reste du monde qui se trouve posée. L'Europe n'est-elle que la partie orientale d'un « ensemble euro-atlantique » dont les États-Unis sont le leader ? Ou bien l'Europe peut-elle nouer avec la Russie un partenariat privilégié qui lui assurerait un approvisionnement en énergie ? Les nations européennes auront-elles à quelques-unes (France, Allemagne, Espagne, par exemple) une politique autonome, comme cela s'est déjà produit au moment de la crise irakienne où Berlin et surtout Paris ont agi en opposition aux États-Unis ?

La confrontation avec ces derniers, ou la soumission devant eux est une question cardinale. Car les États-Unis sont actifs en Europe. Ils ont des liens privilégiés avec les pays de la « nouvelle Europe » – Pologne –, ils ont favorisé la « révolution orange » en Ukraine, ils sont partisans de l'entrée de la Turquie en Europe. Ils ont créé de nombreuses bases militaires sur la frontière sud de la Russie et soutiennent la Géorgie contre Moscou. À l'évidence, ils ne veulent pas que la Russie joue à nouveau un rôle important dans les relations internationales et que se constitue un axe Paris-Berlin-Moscou. Quoi qu'il en soit, ces questions pèseront lourd sur le XXIᵉ siècle.

L'Europe ne peut espérer jouer un rôle que si chacune des nations qui la composent – et d'abord celles de la zone euro – réussit à dominer les problèmes que pose la mondialisation, développant son économie et réussissent à préserver un modèle social original, à la fois flexible et protecteur. Sera-ce possible dans le cadre d'une concurrence impitoyable, avec des pouvoirs politiques fragiles ?

Le cas de la France, qui, à l'élection présidentielle d'avril-mai 2002, a vu la faillite des partis de gouvernement (moins de 40 % à la gauche et à la droite réunies) et le parti du Front national de Jean-Marie Le Pen réussir à devancer les socialistes et à être présent au second tour de l'élection, est exemplaire.

La question d'un nouveau modèle économique, politique et social des nations européennes dominera donc le XXIᵉ siècle. L'Union européenne refondée deviendra-t-elle un pôle de puissance, un facteur d'équilibre dans le monde ? Elle ne le peut que si elle avance pas à pas, à quelques nations (la France et l'Allemagne d'abord) qui, ayant en commun des valeurs identiques, pourront définir, dans les domaines économique, social et politique, des objectifs communs.

Pari et nécessité de la croyance

C'est d'autant plus nécessaire que la violence extrémiste (le terrorisme), la tentation d'y répondre par une violence d'État (la guerre préventive, l'occupation, la sécurité renforcée des sociétés et donc la limitation des libertés) sont probables.

Le XXIe siècle sera cruel, peut-être tragique. La prolifération nucléaire, la destruction de l'environnement, les inégalités, la crise énergétique, les variations climatiques exacerbées y accroîtront les risques.

Nous savons depuis l'Antiquité que Cassandre n'est jamais écoutée. Mais il faut aussi se souvenir que la seule loi de l'Histoire est la surprise. L'examen des événements historiques permet de constater qu'à tout instant – c'est le cas entre 1789 et 2005 – l'Histoire est *indissociablement, en même temps donc, sombre et lumineuse*.

Que de crimes, de folies, d'exterminations ! mais aussi quelle puissance de création et d'invention !

Que d'égoïsme et que de générosité !

Que de haine et que d'amour !

Il ne reste donc à l'homme qui se veut lucide qu'à faire le pari, *l'acte de volonté, l'acte de croyance*, qu'il est possible d'arracher les hommes à la barbarie qu'ils déploient avec détermination depuis qu'ils sont hommes.

Croire et vouloir !

Bernard de Clairvaux écrivait au XIIe siècle : « Supprimez le libre arbitre et il n'y a rien à sauver ; supprimez la grâce et il n'y a rien d'où vienne le salut. »

L'homme est liberté créatrice.

Jaurès répétait au début du XXe siècle : « La route est bordée de tombeaux mais elle mène à la justice. »

Ce ne sont qu'une *croyance* et une *espérance*, mais sans elles, il n'est que barbarie.

Août 2005.

Index des personnes,
des lieux et des institutions

E

F

M

Tables

Table générale

Histoire de France

Histoire des principaux pays

ALLEMAGNE

ANGLETERRE

CHINE

AUTRES PAYS

Aspects internationaux

Faits de civilisation et de culture

Table des matières

La Mafia, mythe et réalités, Seghers, 1972.
L'Affiche, miroir de l'Histoire, Robert Laffont, 1973, 1989.
Le Pouvoir à vif, Robert Laffont, 1978.
Le XXᵉ siècle, Librairie Académique Perrin, 1979.
La Troisième Alliance, Fayard, 1984.
Les idées décident de tout, Galilée, 1984.
Lettre ouverte à Robespierre sur les nouveaux Muscadins, Albin Michel, 1986.
Que passe la Justice du Roi, Robert Laffont, 1987.
Les Clés de l'histoire contemporaine, Robert Laffont, 1989.
Manifeste pour une fin de siècle obscure, Odile Jacob, 1989.
La gauche est morte, vive la gauche, Odile Jacob, 1990.
L'Europe contre l'Europe, Le Rocher, 1992.
Jè. Histoire modeste et héroïque d'un homme qui croyait aux lendemains qui chantent, Stock, 1994.
L'Amour de la France expliqué à mon fils, Le Seuil, 1999.

BIOGRAPHIES

Maximilien Robespierre, histoire d'une solitude, Librairie Académique Perrin, 1968 (et Pocket).
Garibaldi, la force d'un destin, Fayard, 1982.
Le Grand Jaurès, Robert Laffont, 1984 et 1994 (et Pocket).
Jules Vallès, Robert Laffont, 1988.
Une femme rebelle. Vie et mort de Rosa Luxemburg, Fayard, 2000.

Napoléon :
I. *Le Chant du départ*, Robert Laffont, 1997 (et Pocket).
II. *Le Soleil d'Austerlitz*, Robert Laffont, 1997 (et Pocket).
III. *L'Empereur des Rois*, Robert Laffont, 1997 (et Pocket).
IV. *L'Immortel de Sainte-Hélène*, Robert Laffont, 1997 (et Pocket).

De Gaulle :
I. *L'Appel du destin*, Robert Laffont, 1998 (et Pocket).
II. *La Solitude du combattant*, Robert Laffont, 1998 (et Pocket).
III. *Le Premier des Français*, Robert Laffont, 1998 (et Pocket).

IV. *La Statue du Commandeur*, Robert Laffont, 1998 (et Pocket).

Victor Hugo :
I. *Je suis une force qui va*, XO, 2001.
II. *Je serai celui-là*, XO, 2001.

CONTE

La Bague magique, Casterman, 1981.

EN COLLABORATION

Au nom de tous les miens, de Martin Gray, Robert Laffont, 1971 (et Pocket).

Composé ...

Achevé d'imprimer en août 2011 en ... par ... (...)

LIBRAIRIE GÉNÉRALE FRANÇAISE
...

Composition réalisée par INTERLIGNE

Achevé d'imprimer en août 2006 en France sur Presse Offset par

BRODARD & TAUPIN

GROUPE CPI

La Flèche (Sarthe).
N° d'imprimeur : 36572 – N° d'éditeur : 76568
Dépôt légal 1ʳᵉ publication : décembre 2005
Édition 04 - août 2006
LIBRAIRIE GÉNÉRALE FRANÇAISE – 31, rue de Fleurus – 75278 Paris cedex 06.